이야기 망태기 2

충북(2) · 충남 · 경북 · 경남

현지채록 구비전승 자료집

이야기 망태기 2

충북(2) · 충남 · 경북 · 경남

조 희 웅

글누림

머리말

이번 여름엔 몇 주에 걸쳐 끈질기게도 비가 내린다. 이 글을 쓰고 있는 지금 이 시각에도 서재의 창에 부딪쳐 떨어지는 빗방울이 매우 거세다. 하지만 비 때문에 외출을 하지 못하고 방안에 틀어박혀 오랫동안 별러오던 자료 정리 작업을 서두를 수 있었음을 참으로 다행으로 생각한다.

몇 년 전 30여 년간의 강단생활을 마치면서 앞으로는 될 수 있으면 강단엘 서든가 학회활동 같은 일들엔 관여하지 않고, 그동안 마무리 짓지 못했던 일들에 대한 정리 작업을 마치겠다고 다짐했었다. 염두했던 정리 작업 중에는 기발표 연구논문들의 보완 집성, 아직 구성 단계에 머물렀던 연구 논저들의 완성, 미발표 자료 정리 같은 학적인 것도 있고, 일기 정리나 사진 정리 따위와 같은 사적인 일들이 포함되어 있었다.

이들 중 어떤 것은 이미 대충 마무리를 지은 것도 있으나, 대부분은 틈틈이 조금씩 진척 중이거나 혹은 미처 손을 대지 못한 상태이다. 이번에 끝내려는 '이야기 망태기'는 필자가 참가하여 계속 수행하여 왔던 현지조사 자료 중 미처 공간되지 못했던 이야기문학 자료들을 대상으로 한 것이다.

돌이켜 보면 필자가 현지조사, 특히 이야기 자료 채집과 인연을 맺게 된 것은 1960년대 말부터 1970년대 초 대학원생으로서 이른바 '답사반'의 일원으로, 혹은 조교로서 학생들을 인솔하였던 것으로부터 시작되었고, 이어 1980년대 초에는 『한국구비문학대계』 연구 및 현지조사원으로 활약하면서 본궤도에 오른 셈이라면, 1980년대 말부터 2000년대 후반까지는 대학 강단에서 구비문학 강의를 하는 한편 학생들에게 현지실습을 시키면서 큰 성과를 얻었다고 볼 수 있다. 40여 년간에 걸친 현지조사 결과 『한국구비문학대계』(4책), 『경기북부 구전자료집』(공편, 2책), 『영남 구전자료집』(공편, 8책), 『호남 구전자료집』(공편, 8책)을 펴낸 바 있다.

위 책들의 제목에서도 알 수 있다시피 그 주요 활동지역은 서울 일부 및 경기·영남·호남 지역이었다. 따라서 이제까지 강원·충청·제주에 대한 자료 조사는 전혀 하지 못한 것으로 드러나 보인다. 하지만 실제 자료 조사는 충청 지역에서 시작하였고, 강원도에 대한 조사도 일부 수행한 바 있다. 다만 아직까지 자료들을 종합 정리할 시간적 여유가 없어서 보고서 형태로 공간하지 못했을 뿐이다. 이에 모처럼 한가한 틈을 타 자료 정리를 시작한 것은 금년 4월부터의 일이며, 그럴 수 있었던 것은 그 무렵 3년을 끌어오던 소설 사전 작업이 완료된 상태라 새 작업을 착수할 수 있었기 때문이다.

이 책에 수록된 자료를 대충 소개해 보기로 하겠다. 먼저 전제해 둘 것은 수록 자료 중에는 설화뿐만 아니라 민속에 관한 이야기까지 포함시켰다는 것이다. 이 때문에 책의 제목을 '설화'라고 하지 않고 '이야기'라고 포괄적으로 붙였다. 각처의 이야기 중 가장 중심을 이루는 것은 아무래도 분량으로 보아 가장 많은 양을 차지하고 있는 충북지역의 자료들이다. 사실 영남에서 채록한 소량의 자료들을 빼어 버리면 이 책의 이름은 차라리 '중부 구전자료집'이라 하는 편이 더 좋을 걸 그랬다는 생각이 들 정도이다.

서울시 서초구 염곡동의 자료들은 저자가 1971년 9월 4일에 고향 마을인 서울시 관악구(후에 강남구로 바뀌었다가 곧 서초구로 바뀌었음) 염곡동 선산에서 있었던 시제에 참석하였다가 같은 마을 133번지에서 채록

한 자료들이다.

경기도 안산시·화성시의 자료들은 필자가 조사 책임자로 참가하여 얻었던 1993년도 2월의 『서해안고속도로(안산－安仲間) 건설예정지역 문화유적지표조사보고서』(한국도로공사·국민대학교박물관, 1993) 중 일부를 재수록한 것이다.

강원도 명주군의 자료들은 1991년도 저자 담당의 '구비문학개론' 강의의 현지조사의 일환으로, 1991. 5. 22~5. 25일간 강원도 명주군 일대에서 얻은 것이다. 하지만 당시 조사 자료 중 일부만 남아 있어 그것을 수록하였고, 사천면의 제보자 상황은 모두 망실되었다.

충북 괴산군·단양군·영동군·옥천군·제천군의 구비전승 자료는 서울 문리대 국어국문학과 학술 답사반이 1968. 5. 24~10. 26(제3차 소백산 서록지대 학술답사) 및 1968. 9. 30~10. 4(동 제4차 조사), 1968. 10. 27~10. 28(동 추가 조사)에, 경북 상주군 및 안동군의 구비전승 자료는 1967. 6. 10~6. 14(제1차 소백산 서록지대 학술답사)에 조사한 것들이다. 이 지역의 조사는 모두 6차에 걸쳐 실시되었으나, 이 중 자료가 남아 있는 것은 필자가 참가했던 위의 4차에 걸친 자료뿐이다. 또한 영동군 자료 조사는 1977. 5. 16.~5. 19. 국민대 문과대 국문과에 의해서도 실시되었다.

위의 충북·경북 지역의 조사 자료들은 지금은 대부분의 녹음테이프나 상당수 수기(手記) 원본들이 망실된 터라, 제보자의 정확한 구연 내용이나 제보자 사항, 조사자 명단 등을 확인할 길이 없음이 매우 유감이다. 따라서 현존 테이프나 원고를 참조하여 정리 수록하였으므로, 당시 속기되었던 요약 내용만을 제시하였거나, 또는 의미를 확인할 수 없는 어휘나 대목 따위가 포함된 자료가 상당히 많음을 고백하지 않을 수 없다.

경남 남해군의 구비전승 자료는 서울 문리대 국어국문학과 학술 답사반이 1971. 9. 22~9. 27에 조사하였다. 그러나 이 역시 현재 대부분의 녹음테이프나 수기(手記) 원본들은 망실되었고, 현재는 10여 편의 녹음자료만 남아 있는 상태이다. 그 중 자료적 가치가 있다고 여겨지며, 또한 채록이 가능한 일부 자료를 선택하여 수록하였다.

이상과 같이 필자는 제주를 제외한 전국의 자료를 주마간산 격으로 접해본 셈이다. 특히 이번 자료집은 이제까지 보고하지 못했던 중부지역의 자료를 비로소 학계에 내놓음으로써 책무를 일부나마 벗게 되었다는 점, 또한 가공되지 않은 1960~1970년대의 현지조사 자료들을 늦기는 하였지만 내놓게 되었다는 점에 의의가 적지 않다고 하겠다. 그 이전에 채록된 자료로써 설화력이 제대로 밝혀져 있는 것은 임석재 선생의 『한국구전설화』가 거의 유일하기 때문이다.

수록 작품 중 몇몇은 필자가 공저자로 참여했던 『구비문학개론』 및 『구비문학선집』에 이미 수록된 바 있다. 그러나 이들도 이번에 재수록하면서 원래 테이프를 재확인하여 수정과정을 거쳤으며, 각주도 새로 달았다. 제보자 설명에 간혹 등장하는 '현재'란 모두 채록 당시를 가리키는 것이다. 또한 특정 어휘의 뜻풀이는 주로 인터넷 네이버의 국어사전(원래 국어연구원 편찬)을 참조하였음을 밝혀 둔다.

채록의 원칙은 가급적 방언을 살리고 제보자의 말 그대로 표거함을 원칙으로 하였다. 하지만 정확한 표기가 불가능한 경우는 가능한 한 원발음에 가깝게 표기하려고 하였다. 따라서 본서의 표기는 맞춤법이나 띄어쓰기의 원 규정과는 합치하지 않는 것이 많을 줄 안다. 그리고 대화에 이어지는 '하고 / ㅡ하구'는 모두 별행으로 처리하였다. 또한 본문 중 조사자, 청중 혹은 제보자 자신의 개입이 이루어지는 곳이 있는데, 이 경우는 각각 (조사자 : ……), (청중 : ……), (제보자 : ……)로 처리하였다.

끝으로 조사에 응해주신 현지의 제보자 여러분께 충심으로 감사드리며, 열과 성을 다하여 자료 채록에 이바지했던 실제 조사자들과 함께 이 책 출간의 기쁨을 축하하고 싶다. 좋은 책을 만들어주신 글누림의 최종숙 사장 및 편집부 여러분의 노고에 대해서도 감사의 말씀드린다.

2011. 8. 15. 파정재에서

충청북도(2) 편

III. 영동군

5. 황간면(黃澗面)

IV. 옥천군(沃川郡)

1. 청산면(靑山面)

V. 제천군(堤川郡)

1. 청풍면(靑風面)

II. 상주군

1. 상주읍

2. 모서면

3. 화북면

I. 남해군(南海郡)

1. 고현면(古縣面)

차 례 【이야기 망태기 1 – 서울 · 경기 · 강원 · 충북⑴】

3. 사천면(沙川面)

1) 열녀문 1 / 2) 진정한 친구 / 3) 사기(邪氣)로 된 황금 / 4) 귀신의 원수를 갚아준 어사 / 5) 손맞이 마을 / 6) 열녀문 2 / 7) 낙향한 허균의 손자 / 8) 강릉 원님의 심술 / 9) 부자 된 소금장수 / 10) 강릉 단오제

4. 성산면(城山面)

1) 곽곽 선생과 이순풍 / 2) 호랑이에게 자식 던져주고 시아버지 구한 효부 1 / 3) 인불구(人不救) / 4) 두 친구의 깊은 우정 / 5) 삼복(三伏)에 홍시 구한 효자 / 6) 보현사 / 7) 무쇠골과 대공산성

5. 옥계면(玉溪面)

1) 호랑이의 새끼 사랑 1 / 2) 장자늪 1 / 3) 기우제(祈雨祭) 1 / 4) 기우제 2 / 5) 부자가 된 종 / 6) 탑거리와 피밀골 / 7) 기우제 3 / 8) 종선각 / 9) 웅봉산 / 10) 호랑이에게 끌려간 시누이 / 11) 호랑이

6. 주문진읍(注文津邑)

1) 벼락 없앤 강감찬 / 2) 성황당에 얽힌 전설 / 3) 금기 / 4) 소돌 마을 / 5) 삼태기 형국의 집터 1 / 6) 삼태기 형국의 집터 2 / 7) 우장귀신 / 8) 무당의 넋걷이굿 / 9) 암탉으로 넋 건지기

◉ 충청북도(1) 편

I. 괴산군

1. 청천면(靑川面)

1) 사또의 명재판 / 2) 간부간부를 재판한 아이의 꾀 1 / 3) 효자 부부가 얻은 황금 / 4) 효자와 동자삼(童子蔘) / 5) 우애 좋은 친구 / 6) 아버지의 유언 지켜 왕이 된 아들 / 7) 황희(黃喜) 황정승 부자(父子) / 8) 드센 시어머니 버릇 고친 며느리 1 / 9) 원두막 정사(情事) / 10) 부모 때리는 효도 1－청주 경효자 / 11) 재앙을 면케 해준 이묵재(李默齋)의 비 / 12) 아버지의 원한을 갚은 종의 아들 / 13) 우암(尤庵)이 명명한 절승(絶勝)들 / 14) 만동묘(萬東廟)를 없앤 흥선대원군 / 15) 아들의 꾀로 행실 고친

II. 단양군

1. 가곡면(佳谷面)

충청북도(2) 편

III. 영동군

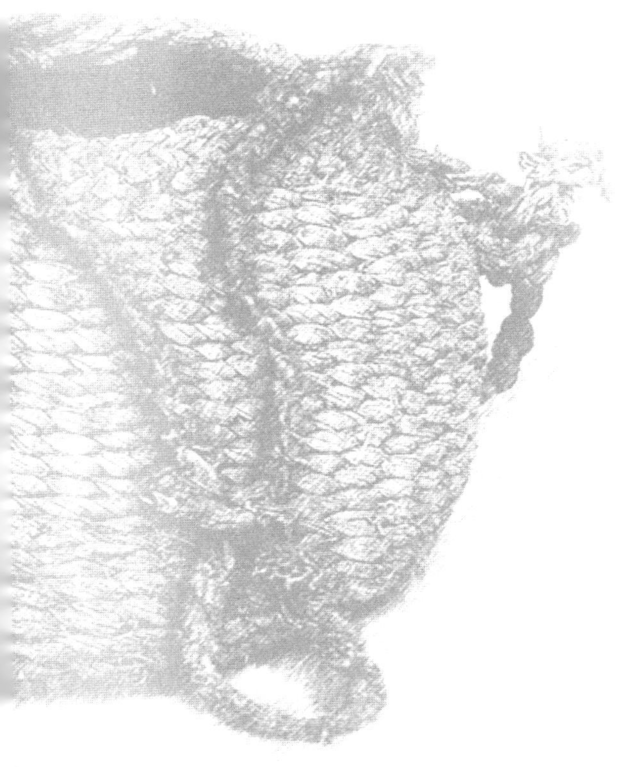

1. 영동읍(永同邑)

1) 허준(許浚) ···

1967. 10. 23. 가리(加里) / 김경수(金敬水), 남 · 82

*젊었을 때 들은 이야기라며 천천히 쉬어가며 이야기했다. 제보자는 젊어서 한학을 하였으며, 생업은 농업이다.

경상도 안동 사람인데 늦도록 부모를 모시는데 아무 병환도 없으신데 앉기만 하면 뱀이 나와서 아무리 약을 해도 낫지를 않는다. 허준[1]이 고명하다는 얘기를 듣고, 서울로 찾아가,

"병이 이러이러하니 고쳐주시오."

하니,

"이건 고칠 수가 없으니 그만 가시오."

하고 보내니, 할 수 없어 그냥 내려오다 조령[2]에 이르러서 하인들이 쉬고 있는데, 어느 하인들이 돼지를 잡아 가져오는데,

"이놈을 잡아먹자."

---

1) 조선 선조 때의 명의(名醫)(1539~1615).
2) 조령(鳥嶺). 새재. 경상북도 문경시와 충청북도 괴산군 사이에 있는 고개.

하며 야단들이다. 그날 그 하인들과 같이 여관에서 잤는데, 자다보니 돼지 삶는 냄새가 나서 병든 어머니가 '돼지고기를 달라.'고 해서 실컷 먹었는데 그만 병이 낫다. 하[3] 신기해서 허준 대감을 찾아가서,

"하, 일전에 어머니 병환을 못 고쳐서 애타 했는데, 어머니께서 어떻게 해서 낫았습니다." 하니, 허준이 대뜸―

"허, 그거 돼지고기를 잡수셨구먼! 어머니 병환에는 천년 묵은 돼지고기를 먹어야만 낫는 것이어서 내가 얘기를 안 했더니 그걸 잡숫고 낫으셨군."

하더라.

2) 강감찬의 출생

1967. 10. 23. 가리 / 김경수, 남 · 82

*관련 자료로 충북 영동군 〔영동읍 자료 19〕 참조할 것.

강감찬 아버지가 천 사람과 취정[4]하여 아들 낳으면 대인 낳는다고 하여 범색[5]을 많이 하였다. 하루는 산을 지나다가 소복한 여인이 앉아 있다. 그래 운우지락[6]을 얻어 취정하게 되었다. 여자가 자기 집에 가자고 하였으나 도망하였더니 갑자기 여우로 되었다. 여우가,

"명년 이날 여기에 오면 알 것이다."

그때[7] 자기 아들을 데려가다가 키운 것이 강감찬이다.

---

3) 하도. 정도가 매우 심하거나 큼을 강조하여 이르는 말. 아주. 몹시.
4) 취정(取情). 통정(通情). 정을 통함. 정을 얻음.
5) 범색(犯色). 함부로 색을 씀.
6) 운우지락(雲雨之樂). 구름과 비를 만나는 즐거움이라는 뜻으로, 남녀의 정교(情交)를 이르는 말.
7) 여우가 지정해 준 시각을 말한다.

3) 수정봉(水晶峰)

1967. 10. 23. 가리 / 김경수, 남 · 82

보은 속리산에 수정봉[8]이란 곳이 있는데 수정봉에 거북 형상의 바위가 있다. 거북의 꼬리도 있고 모가지도 있고 다 있다. 그 자라 대가리 같은 것이 북쪽으로 중원[9]을 향해 대들고 있다. 그것이 중원에서 대맥을 중원에서 뺏어 온다고 이여송 장군이 그것을 끊어 놓았다. 지금은 다시 붙여 놓았다.

4) 서포(西浦)[10]와 어머니

1967. 10. 23. 가리 / 김경수, 남 · 82

윤씨[11]가 스물세 살에 홀로 되었는데, 병자호란 때 남편[12]은 청인들이 와서 협박하는 걸 보고 학생들을 모아 상소를 했다.

"우리는 명나라에 복종을 하는 나라인데 청을 받들려고 하니 청나라 사신을 죽이자."

하므로 청나라 사신이 도망갔어. 하므로 청은 용골대,[13] 마부대[14]를 보내어 대부대를 보냈다. 남편은 봉림대군, 소현세자와 같이 강화도로 갔다가 전사했다. 이로써 서포는 유복자가 되었다.

만중을 중원 사신으로 보냈을 때,

---

8) 충북 보은군 속리산면 사내리에 있는 봉우리.
9) 중원(中原). 중국의 황하 중류의 남부 지역. 흔히 한때 중국의 중심부나 중국 땅을 이른다.
10) 조선시대의 문신이자 소설가인 김만중(金萬重, 1637~1692)의 호.
11) 서포의 어머니를 말함.
12) 김익겸(金益謙, 1614~1636).
13) 중국 청나라의 장군(?~?).
14) 위와 같음.

"내 책자15) 좀 가져 오라."

하고, 어머니가 부탁을 하시므로 중원에 가서 가져 오다 잃어버리고는 다시 지었다. 하룻밤 사이에 다시 지어서는 어머니에게 바쳤더니, 어머니가 말씀하기를,

"중원 글도 별게 아니구나!"

하더라.

5) 신령 문답을 엿들은 소금장수 ··

1967. 10. 23. 가리 어느 집 / 호순할머니, 여 · 77

옛날에 한 사람이 있었는데, 집이 가난해 소금 장사를 했더란다. 어느 날 가다가 날이 저물어, 동리 뒷산에서 자기로 하고 뫼16) 곁에 드러누워 있으니, 어디선가,

"할멈, 할멈?"

하고 부르는 소리가 나더래.

"왜 그래?"

"아, 오늘이 내가 간 날17)이 아닌가. 가서 나랑 같이 먹지."

"나는 오늘 손님18)이 와서 못 가니 당신이나 가서 먹다 남은 것이나 싸 오소."

"그럼 갔다 옴세."

한참 있다가, 다시,

"할멈, 할멈?"

찾는 소리가 나더래.

---

15) 책. 볼 만한 책을 말함.
16) 묘(墓).
17) 죽은 날.
18) 소금장수를 말함.

"그래 갔다 왔소?"

"그 계집년이 밥이라고 한 것이 구렁이[19]를 삶아 놓고 어린 것을 때리고 하여 내가 어린 것을 불화덕에 밀어 넣고 왔으니 어린 것이 데었을 거야."

"어린 것이 무슨 죄가 있다고 지나치지 않소?"

"참기름을 살살 덴 데 바르고 삼골을 바르면 나을 게라. 나는 이제 갈라네."

소금장수가 생각에, 영혼이 없다는 말도 거짓말이라, 소금을 지고 그 동네를 찾아가니 과연, 어느 한 집 아이가 데었다고 야단하며, '제사를 잘못 지내 그랬는지─' 하고 법석들을 피웠다. 소금장수가 그 아기를 청해 보고자 하니 궁둥이가 다 데었는지라, 들은 대로 '참기름을 곱게 쳐서 바르고 삼골을 바르라.'고 가르쳐주니 아기가 울지도 않고 곧 효험이 있더래. 동리에서 고맙게 여겨 소금을 팔아 주었다. 소금장수는,

"누구 제사를 지냈느냐?"

고 묻고, 들은 이야기를 해주었다. 들은즉, 그 뫼는 이 집 주인 여자의 시부모의 뫼라, 다음부터는 제사를 잘 지내주었다고 한다.

6) 정직한 양반 도둑 ···

1967. 10. 23. 가리 어느 집 / 호순할머니, 여 · 77

옛날에 늙은 사람 하나가 대감댁 이웃에 가난하게 살았다. 섣달 그믐날 저녁에, 대감댁 광에 숨어들어서 음식을 조금씩 싸가지고 나왔다. 집에 오니, 내자[20]가 화를 내어 꾸짖으며,

"당신의 마음이 변하여 남의 것을 가져왔으니 큰일 났소."

---

19) 머리카락을 가리킴.
20) 내자(內子). 남 앞에서 자기의 아내를 이르는 말.

"그럼 있던 자리에 도로 갖다 두겠소."

두고 나올 때, 모르고 삽작21) 홍루를 찼기 때문에 소리가 나고, 하인들에게 도둑으로 몰리게 되었다.

대감이 문지기를 불러,

"왜 요란스러우냐?"

고 묻고, 그 사람을 불러와서 물었다.

"무슨 마음으로 내 집에 들어왔느냐?"

"오늘 저녁이 그믐이라, 어린 것들이 딱해서 대감댁 광에 가서 음식을 조금씩 싸가지고 갔더니, 아내가 마음 변했다고 탓하기에 도로 갖다 두고 나오다가 이렇게 되었소."

대감이 말하기를,

"내일 아침 가족 전부를 데리고 오라."

하고, 새 옷과 좋은 음식을 주어서 보내며,

"꼭 오라."

고 다짐했다.

다음 날 아들 전부를 데리고 갔더니, 모두 새 옷을 입히고 좋은 음식을 먹이고 말하기를,

"이 집을 맡아 달라. 나는 유람을 떠나갔다 오겠다."

하였다. 그래서 큰 대감 댁을 맡아서 차차로 큰 부자가 되었단다.

7) 강변에 쓴 묘

1967. 10. 23. 가리 어느 집 / 제보자 미상

*이본으로 충북 괴산군 〔청천면 자료 6〕과 단양군 〔가곡면 자료 16〕이 있다.

---

21) 문맥상으로 보아 '사립문'이라기보다는 '살짝'의 뜻일 듯.

옛날 어떤 사람이 풍수를 잘 보아, 풍수만 보며 다녔다. 아들 삼 형제가 있었는데, 큰 아들 둘은 약국에 가고, 열다섯 살 난 작은 아들만 서당에 다니며 같이 살았다. 이 아들이 아버지에게,

"아버지 자리를 보자."

고 부탁하니, 어느 날 아버지가 셋째아들을 불러 말하기를,

"네 성22)들은 약집에 갔다마는 너는 내 시키는 대로 잘 듣고 그대로 하여라. 나는 이제 죽을 것이다. 내 자리를 잘 잡아 놓았다. 여기서 몇 십 리 나가면 강가 큰 모래밭이 있는데, 거기 나를 묻어라. 그렇지 않으면 큰일이 난다."

그리고 나서는 죽어 버렸다. 형들이 와서 묻기를,

"아버지가 네게 하신 말씀이 없더냐?"

"아버지가 강가 모래밭에 묻어 달라 하더라."

"그럴 수는 없다."

이리하여 오일장23)을 하는데, 막내아들이 아무리 생각해도 아버지 말씀대로 해야지, 그렇지 않으면 안 될 것 같아서 서당 친구를 찾아가서 의논을 했다. 친구가 말하기를,

"부모 원대로 풀어드려야지, 그렇지 않으면 큰일이 난다."

하여 짚을 구하고 널24)을 구하여 오일장을 치르는 동안, 사람들이 자는 틈을 타서 널장을 아버지의 시체처럼 꾸며 이불을 덮어 두자고 계획을 세웠다.

아들과 친구는 계획대로 하여 시체를 동아줄25)로 묶어 강가에 묻어 놓으니, 널이 온데간데 없어져 버렸다. 막내아들은 걱정이 돼서 서울로 도망가기로 작정했다. 친구는 노자를 주기 위해 부모에게 데리고 가서 이야

---

22) 형(兄).
23) 오일장(五日葬). 사람이 죽은 지 닷새 만에 지내는 장사.
24) 시체를 넣는 관이나 곽 따위를 통틀어 이르는 말.
25) 굵고 튼튼하게 꼰 줄.

기를 하고, 노자와 먹을 것을 갖추어 서울로 보냈다. 가다가 한 골짜기에 들어가니, 덧다리[26]가 있는데 손이 하나 늘어져 있었다. 그의 혼신[27]이 부탁하기를,

"우리 아버지는 서울의 대감이고 내가 그 외딸인데 내 가락지를 줄 테니 이것을 우리 아버지에게 전해 달라."

하고 가락지와 함께 무엇을 적은 종이쪽지를 주었다.

서울에 와서, 그 혼신이 가르쳐 준 대로 대감집을 찾아가니 곡소리가 났다. 대문 밖에서 문지기가,

"어떻게 왔느냐?"

고 묻는데, 마침 대감이 나왔다. 보아하니 아이가 옷은 남루하나 장래가 있어 보여,

"웬 아이냐?"

고 물었다. 우선,

"부모가 없어 걸식한다."

고 대답하니,

"그러면 내 시중을 들고 같이 있자."

하여 며칠을 지냈다. 하루 저녁 그 가락지를 끼고 마당을 쓸고 있으니, 머슴이 보고,

"그것이 아씨의 가락지가 아니냐?"

고 물었다. 둘이서 옥신각신하다가 머슴이 대감에게 알려 불리어 갔다. 대감이 조사하니, 영락없는 자기 딸의 가락지라,

"어떻게 해서 네 손에 들어오게 됐느냐?"

고 물었다. 그때 그가 이야기를 자세히 하고, 그때 주던 종이쪽지를 바쳤다. 거기에 쓰인즉 '이 사람을 아들같이 여기고 공부시켜라.' 하여 이 아

---

26) 덕대. 비바람이나 들짐승 등의 피해를 막기 위하여 덕을 매어 아이의 시체를 그 위에 올려놓고 용마름을 덮어 허술하게 장사를 지냄. 또는 그 시체.
27) 혼신(魂神). 영혼. 죽은 사람의 넋.

이를 공부시키니, 딸의 혼신도 와서 같이 공부를 하더라.

서로 상관하여 아이를 배게 되었다. 달이 차서 내일이면 몸을 풀게 되자, 그는 꾀를 내어 '배가 아프다.'고 데굴데굴 구르면서 말하기를,

"나는 이렇게 아플 때면 정한 짚 한 단과 미역국밥을 지어다 놓으면 낫는다."

하니, 집안사람[28]이 시킨 대로 하였다. 드디어 혼신이 와서 아들을 낳았는데, 그때 어머니가 빈소[29]에 가 보니 자기의 달덩이[30] 같은 딸이 와서 아들을 낳고 가 버렸더라. 막내아들에게 그 연유를 물어보는데, 혼신이 아들을 안고 들어와서 가로되,

"내일 이 방에 죽을 잘 떠다 놓고, 무슨 소리가 나더라도 들여다보아서는 안 된다. 그렇잖으면 부모가 상면[31]하지 못한다."

하고는 아이를 안고 가버렸다. 다음 날 저녁 시킨 대로 하고는 대감 부부에게 그 방에 '가보라.'고 했다. 그들이 가본즉 딸이 살아와 있었다. 크게 기뻐하고 잔치를 치렀다.

이때 나랏님이 죽게 되었다. 죽은 대감의 딸을 살렸다는 소문을 듣고, 나라에서 이 사람을 부르러 왔다. 가서 나랏님을 보니 죽게 되었다. 맥을 만지고 '약을 새로 지어서 오겠다.' 하고 한 달 말미를 받고 돌아왔다. 그의 부인이 가르쳐 주기를,

"저승에 가서 당신 아버지를 만나라."

하였다.

"산 사람이 어떻게 저승에 가느냐?"

"동구 밖 도사에게 인사하고 물으면 가르쳐 줄 것이오."

그가 동구 밖 도사에게 가서 공손히 인사하고 물으니,

---

28) 남의 앞에서 자기의 아내를 이르는 말.
29) 빈소(殯所). 상여가 나갈 때까지 관을 놓아두는 방.
30) 둥글고 환하게 생긴 사람의 얼굴을 비유적으로 이르는 말.
31) 상면(相面). 서로 만나서 얼굴을 마주 봄.

"이 길을 가면 허연 도사를 만나게 될 것인즉 가르쳐 줄 것이다."

하였다. 과연 소를 몰고 밭을 가는 허연 영감을 만나게 되어 물었다. 그가 말하되,

"이리이리로 몇 천 리를 가면 머슴 세 명이 바둑을 둘 것이니 그들에게 물어보라."

하였다. 그 말대로 바둑을 두는 머슴들을 만나 물어보니 말하기를,

"여기서 몇 천 리를 가면 큰 강이 있고 거기에 실끝 같은 다리가 있는데 그것을 건너가면 된다. 내가 금부처 하나 줄 터이니 시킨 대로 해야 한다. 혼자 힘으로 건너가지 못할 때면 이 금부처를 던져라. 그러면 강이 갈라질 것이니 뒤를 돌아보지 말고 앞만 보고 걸어라."

하였다. 그가 하라는 대로 금부처를 던지고 다리를 건너가니, 처자가 세 명 나와 절을 했다.

"서방님의 아버지가 저승의 왕입니다. 그래서 서방님을 모시러 왔습니다."

열두 대문을 거쳐 자기 아버지 앞으로 나아가 부자 상면하고 좋은 음식을 먹고 원기를 회복했다.

"너 대감의 딸 살려서 아들 놓고 사는 것 보고 나랏님이 너에게 이런 부탁을 했지. 왔던 김에 저승 구경이나 하여라."

저승 구경을 하니 좋기 그지없다. 한 곳에 가니 소를 잡아서 고기를 이쪽저쪽에 걸고 있는데, 보니 자기 어머니와 형들이었다. 괘씸히 여겨 아버지에게 연유를 물었다.

"다른 사람들은 붓대를 들고 사무를 보는데, 어찌 어머니, 성님들은 저승에 와서 칼잡이 노릇을 시킵니까?"

"큰아들 둘은 너희 어머니가 백정놈과 붙어서 낳게 되어 내가 불러와서 백정을 시키고, 그 대감 딸은 내가 살려주었다. 내 묻힌 묏자리가 명당'이라 너는 내 아들이라 너에게 유언했더니, 친구와 의논하니 나를 그렇게 좋은 곳에 묻어 내가 이렇게 귀하게 된 것이다. 나랏님은 아직 살아

있으니 같이 가자.”

그는 나랏님 목을 쇠사슬로 잡아서,

“죽을 때가 되면 죽는 것이지, 다시는 살려 달라는 소리 마라.”

하고 저승으로 보내고, 자기는 아들, 며느리 집에 가서 구경한 뒤 저승으로 되돌아갔다.

8) 오래 묵은 개는 사람을 해친다 ···

1967. 6. 12. 부용리(芙蓉里) 334 / 박내필(朴來弼), 남 · 70

인제 예전에 한 집에서 독선생을 데려다 글을 갈치는데,[32] 그런데 그때가 농절[33]이 되어서 일하러 가면 점심밥을 해서 정자에 말꽂이[34]를 하고 밥을 달아 두는데, 일하고 밥 먹으러— 일하고 오니 밥이 없어. 선생은 무안하지. 주인이 선생을 욕하는 거야.

“애들 글을 안 갈치고 밥만 훔쳐 먹는다.”

고. 그래 민망해서 아들 글을 갈치면서 문구멍으로 보니까, 점심때가 되니까 개가 밥을 다 먹고 말꽂이에 걸고 나간다. 그 이튿날도 개가 먹고 그래. 그래서 선생이,

“개가 밥을 먹고 그럽디다.”

하니 주인은 그놈의 개를 때려 죽여야겠다 하고 나서니까, 개는 선생이 말했다 눈을 흘기면서 뒤를 돌아다보며 뒷길로 가거든. 그래 따라가 보니 암만해도 수상해야.[35] 겨릅때기[36]를 뚝 끊어가지고 가는데,

“저놈이 날 죽여 끌어 묻은까보다.”[37]

---

32) 가르치는데.
33) 농사철. 농사짓는 시기.
34) 말코지. 물건을 걸기 위하여 벽 따위에 달아 두는 나무 갈고리.
35) 수상해.
36) 겨릅대. 껍질을 벗긴 삼대.

하는 생각이 들어 막 도망치니까, 개가 청소년으로 둔갑하여 그 선생을 쫓아오는 거야. 선생이 깜짝 놀라서 도망가다가 산모퉁이를 잡아드니 하얀 노인이 있어,

　"아, 사람을 살리시오."

　"오냐, 안다. 저 바위 아래 가 숨어 있어라."

하거든. 그래 그대로 있으니 청소년이 와설랑,

　"사람 가는 것 못 봤냐?"

　"못 봤다."

　"갔다."

　"못 봤다."

이래서 둘이 시비가 벌어져서 공중으로 올라가서 막 싸우는데 연기 같은 게 자욱자욱해서 못 보겠어. 한참 싸운데 개 발모가지하고 대가리가 떨어졌다. 좀 있다가 백발노인이 내려와서,

　"내가 오늘 이럴 줄 알았다."

하고 노인이 표연히[38] 가는 거야. 그 노인은 산신령이야. 그 노인이 아니면 선생은 죽었어. 개라는 것이 오래 먹이면 둔갑하고 보통을 넘거든. 닭도 아롱아롱하니 된 재래종이 구렁이가 된다지.

9) 구복여행(求福旅行) 2 ··

1967. 6. 12. 부용리 334 / 박내필, 남 · 70

　*이본인 충북 괴산군 〔청천면 자료 58〕; 동 옥천군 〔청산면 자료 8〕 참조할 것.

　그래 이야기가 어찌되느냐 하면, 그전에 네 부자[39]가 있었는데 농사를

---

37) 묻으려고 하는가보다.
38) 표연(飄然)히. 훌쩍 나타나거나 떠나는 모양이 거침없이.

많이 지으면 오히려 농사 안 질 때보다도 더 간고[40]하게 산다. 짚신을 삼고 살면 때꺼리[41]는 되는데, 그 중 끝에 아들이 한 날은 아버지에게 말하기를,

"난 하늘에 올라가서 옥황상제한테 왜 우린 복이 없느냐고 원정[42]을 가겠소."

했거든. 그러니까,

"에이— 미친놈. 네가 하늘을 어찌 가?"

"전 그래도 갑니다."

하고는, 하루는 쇠지팽이를 마쳐서 '하늘을 가리라.' 하고, '어딘지 쇠지팽이가 닳도록 가면 하늘가가 있겠지.' 했다. 그래서 간다고 간 것이 바다에 나섰어. 무변대해[43] 바다를 갈 재간이 있어야지. (제보자 : 아냐, 틀렸군. 이건 나중이고) 그래 간다고 가니까, 배는 고픈데 기와집이 있는데 거기 가서 자야겠다 하고 주인을 찾으니 밥해 먹는 종이 나온단 말야.

"나 여기서 자고 가야겠다."

고 하니, 대문간 방을 얻어서 들어가서 저녁을 가서 해 먹고 있으니 주인이란 젊은 여자인데 식모하고만 살고 있었어. 저녁 후 서로 만나서 이야기를 하는데,

"어디 사는 도령인데 어디를 가오?"

"난 아무데 산데 난 그 집의 막내요. 농사를 지으면 얻어먹고 짚신을 삼으면 사니 그 이유를 알고자 원정 가고 등장[44] 가는 길요."

"그럼 가시는 길이면— 기왕 가는 길이면 내 원정을 좀 들어다 주시오."

"뭐요?"

---

39) 부자(父子).
40) 간고(艱苦). 가난하고 고생스러움.
41) 끼닛거리. 끼니로 할 음식.
42) 원정(原情). 사정을 하소연함.
43) 무변대해(無邊大海). 끝없이 넓은 바다.
44) 등장(等狀). 여러 사람이 이름을 잇대어 써서 관청에 올려 하소연함. 또는 그 일.

"이 앞들45)이 다 내 것인데, 남편을 얻기만 하면 죽어서 만날 과부가
되니 내 원정을 얻어다 주시오."
하고 밥을 먹고 갔다.

그래 바다에 달하니 갈 길이 없어 방황을 하다 보니까 조그만 배가 있
어서 타니까 갑자기 회오리바람이 부니까 무변대해로 가니 복판에 한 뾰
족한 산이 있는데 거기다 대거늘, 그 산 날망46)에 무엇이 맷방석만치 반
들반들한 것이 있어. 보니까 용 못된 이모기47)야. 그래 그때에는 뱀도 말
했던지 뚜루루 일어서며,

"웬 사람이 여길 오느냐?"
그래.

"내가 옥황상제께 원정을 가려 하늘을 가는 길이요."

"그럼 내가 하늘을 가도록 해줄 테니까, 나는 득천48) 기회가 넘었는데
도 왜 올라가지 못하는지 그 원정을 들어다 달라."
고 해서,

"그러마."
고 했다. 그래서 입으로 안개를 뿜어 무지개다리로 하늘을 올라가니 옥황
상제가 있던 곳을 갔어.

"제가 원정을 왔습니다."

"어찌 왔느냐?"

"그래 저희 네 부자는 복을 어찌 마련하셨습니까? 농사지으면 밥 못
먹고, 짚신을 삼어야 가히 살아가니 어찌 된 일입니까?"

"너희는 그밖에 복을 마련할 길이 없어 편하면 일찍 죽으니 그런다."

---

45) 집이나 마을 앞에 있는 들.
46) 마루. 등성이를 이루는 지붕이나 산 따위의 꼭대기.
47) 이무기. 전설상의 동물로 뿔이 없는 용. 어떤 저주에 의하여 용이 되지 못하고 물속
    에 산다는, 여러 해 묵은 큰 구렁이.
48) 득천(得天). 하늘에 오름. 등천(登天).

"저희 복은 그렇다 하고도 그러면 아무데 사는 과택[49] 여자는 어찌 그렇니까?"

"그 여자는 아무 때라도 여의주를 얻은 남편을 얻어야 해로하고 살지 여의주가 없는 남편은 죽는다."

"그 아무개 산의 이무기는 왜 승천을 못합니까?"

"그놈은 욕심이 많아서 여의주를 하나면 득천할 것을 두 개를 가져서 못 올라간다."

이래서 제 것은 못 알고 남의 원정만 듣고 도로 나와서 무지개다리로 와서 그것을 타고 내려오니, 이무기가,

"그래 뭐라더냐?"

"용님은 욕심이 많아서 여의주가 두 개라면요. 날 하나 주시오. 그러면 간단해요."

"그럼 그래라."

하고 한 개를 주니 이내 득천이야. 그 배에 앉아서 바람으로[50] 딱 가서 그 여자한테로 가니, 여자가 묻기를,[51]

"아무 때라도 여의주를 얻은 남편을 얻어야 백년해로[52]한데 내가 가졌으니 나하고 살자."이래서 여자 얻고 의복을 차반[53]하고 자기 집으로 와서 제 부형을 보니 놀라드래. 그래 잘 살았소.

---

49) 과택(寡宅). 과수(寡守). 과부(寡婦). 남편을 잃고 혼자 사는 여자.
50) 바람을 타고.
51) '여자가 물으니.' 혹은 '여자에게 말하기를'이라야 옳음.
52) 백년해로(百年偕老). 부부가 되어 한평생을 사이좋게 지내고 즐겁게 함께 늙음.
53) 채비. 어떤 일이 되기 위하여 필요한 물건, 자세 따위가 미리 갖추어져 차려지거나 그렇게 되게 함. 또는 그 물건이나 자세.

10) 눈병에 민속요법(民俗療法)[54] ···

1967. 6. 12. 부용리 334 / 박내필, 남 · 70

*조사자가 제보자 댁을 방문하였을 때, 제보자가 마침 진달래 뿌리를 다듬고 있기에 민간요법에 대해 여쭤 보니 아래 이야기를 해주었다.

• 참꽃나무(진달래)

1. 용도

중상, 멍든 데, 맞아서 어혈[55]진 데, 피를 상하게 한데, 아래 못 쓰는 사람을 완전히 낫게도 한다.

2. 방법

참꽃나무 뿌리를 잡것이 없이 씻고 쪼개서 푹 달이면 부연 물이 우러 나온다. 여기 고두밥[56]을 쪄서 단술[57]을 만드는데, 고추는 씨를 바르고 쌀을 삭힌 뒤에 넣어서 술을 만들어서 취안[58]을 푹 하면— 뜨건[59] 때 뜨거운 방에서 하면 거뜬히 낫는다.

3. 경험

오십 년이나 되는데 수— 수천 명을 고쳐 주었다. 경상도 경기도로 선전하고 다니기도 했다.

또 눈에 백태[60]가 낀데 남좌여우[61]로 발바닥 장심[62]에 '지평(指平)'이

---

54) 본 자료는 설화라기보다는 민간전승에 속하는 이야기이다.
55) 어혈(瘀血). 타박상 따위로 살 속에 피가 맺힘.
56) 아주 되게 지어져 고들고들한 밥.
57) 감주. 식혜. 엿기름을 우린 물에 밥알을 넣어 식혜처럼 삭혀서 끓인 음식
58) 취안(醉顔). 술에 취한 얼굴.
59) 뜨거운.

란 글을 써두고 약쑥으로 세 방을 뜻뜻하게 글 쓴 위에 떠서 준다. 며칠 만에 효험을 본다.

신경통엔 무신 풀을 대려[63] 먹으면 단박 낫는다고 하는데, 그 이름은 영 생각이 안 나누만.

11) 천지개벽 ···

1967. 6. 12. 부용리 334 / 박내필, 남 · 70

*제보자에 의하면 아래 이야기는 10년 전쯤에 『천지개벽연의(天地開闢演義)』(상하권)를 얻어다 본 것 중에서 기억해낸 것이라 한다. 이 책은 중국 역사 위주인데 한문도 한글도 있고 두꺼워 여러 날 동안 읽었다가, 요즈음 다시 보려 하니 책의 원 소유주가 자기 조카가 가져갔다며 주지 않아 읽지를 못했다고 한다.

태고라 천황씨[64] 적에 암흑세계요, 퍽 혼잡해서 캄캄한 혼돈 속에선 사람인지 짐승인지 모르고 세상을 넘겼는데, 지황씨[65] 대에 열두 형제를 두어서 거기서 천간지지[66]가 나온 것인데, 그 지황씨 아들이 지진[67]이가 있어서 천지만물을 생장하야겠다 하고, 일월이 없으니 생장을 할 수가 없어서 관음보살을 찾기로 했다. 그는 우주가 개척되고 생긴 그때부터 있었

---

60) 백태(白苔). 몸의 열이나 그 밖의 원인으로 눈에 희끄무레한 막이 덮이는 병. 또는 그런 눈.
61) 남좌여우(男左女右). 남자는 왼쪽, 여자는 오른쪽.
62) 장심(掌心). 손바닥이나 발바닥의 한가운데.
63) 달여.
64) 중국 태고의 전설적 인물. 삼황(三皇)의 으뜸으로 1만 8천년 동안 왕노릇을 하였다 함.
65) 지황씨(地皇氏). 상고의 제왕(帝王). 천황을 계승했다 함.
66) 천간지지(天干地支). '천간'과 '지지'. '천간'은 육십갑자의 위 단위를 이루는 요소. 갑(甲), 을(乙), 병(丙), 정(丁), 무(戊), 기(己), 경(庚), 신(辛), 임(壬), 계(癸)이고, '지지'는 육십갑자의 아래 단위를 이루는 요소. 자(子), 축(丑), 인(寅), 묘(卯), 진(辰), 사(巳), 오(午), 미(未), 신(申), 유(酉), 술(戌), 해(亥)이다.
67) 지진(地震).

던 것이다. 지진이가 생각해 보니, '일월을 어떻게 분리해 버리나? 일은 양자(陽子)이고 월은 여(女)인데 함지[68]에 가서 내외간이 의가 좋아서 살고 있으니 불러낼 능력이 없다.' 그래서 지진이가 관음에게 가서,

"일월이 저리 좋게 지내니 어떻게 해야겠소?"
하고 관음에게 물으니까,

"해는 손개(孫個)요, 달은 당미(唐美)니 - 그러한데 그걸 어떻게 불러내느냐?

"왼짝- 왼손 장심[69]에 일, 오른쪽 장심에 월을 써 두고 주문을 외우면 해가 올라온다. 그리고 해가 넘어갈 때 오른손에 월을 펴고 주문을 외우면 월이 떠오른다. 해 넘어갈 때 달을 부르니, 두 부부가 서로 못 볼 것이니 - 넘어갈 때 오르니[70] 지구가 도는 것이다. 말하자면."

"그럼, 서로 만나볼라고 할 때 만나게 할 도리가 없지 않소!"

"그렇다. 그 기회는 둘이 만날 기회는 있어야지. 일식과 월식 때가 그땐데, 남편은 끌려 하고 여자는 월식 때 줄려고 그런 것이다. 그래서 부부간에 만나보는 것이다."

(제보자 : 이런 이야기는 딴 데서 못 들어 보았을 것이다) 그 다음으로 일월이 생기니 잘 살고- 만물이 나와 사는데, 그 뒤로 불을 때서 화식을 하고 의복을 헤 입고는 어떻게 하게 했는가? 그래서 수인씨[71]가 불을 내 가지고 화식해 먹도록 하고, 옷감을 지어서- 신농씨[72]는 백초[73]를 맛보아가지고 백성들의 병을 고치고 이렇게 했고, 농사와 약초 전체를 마련

---

68) 함지(咸池). 해가 진다고 하는 서쪽의 큰 못.
69) 장심(掌心). 손바닥이나 발바닥의 한가운데.
70) 해가 넘어갈 때 달을 떠오르게 하니.
71) 수인씨(燧人氏). 중국 고대 전설상의 제왕. 삼황(三皇)의 한 사람으로, 불을 쓰는 법과 음식물을 조리하는 법을 전하였다고 한다.
72) 신농씨(神農氏). 중국 고대 전설상의 제왕. 삼황(三皇)의 한 사람으로, 농업·의료·악사(樂師)의 신, 주조(鑄造)와 양조(醸造)의 신이며, 또 역(易)의 신, 상업의 신이라고도 한다.
73) 백초(百草). 온갖 풀.

하고- 그 뒤로는 백성들이 무력을 잡히고[74] 사리사욕 물욕을 펴니 투쟁 싸움이 일어난 것이다.

12) 영물(靈物) 쥐

1967. 6. 12. 부용리 334 / 박내필, 남 · 70

나는 쥐약을 놓아서 쥐를 살해 안 한다. 그 까닭은 이렇다.

들은 이야기다. 사오 년 전이라든가 낙동강 칠백 리에 비는 폭우로 오는데, 마루 밑을 보니까 쥐 암수가 새끼 다섯 마리를 데리고 사립문 밖으로 나가기에 따라가니 뒷산으로 가서 산태꼴[75]을 호비작호비작 하고 들어 앉드란다. 그래 집에 와서 아들에게,

"모든 세간을 뒷산으로 옮겨라."

하니 아들이 효자이든가. 다 옮기고 나니 강물이 불어 덮쳐서 사람만은 살고 살림은 다 잃었다고 한다. 이것을 볼 때 쥐는 아주 영물이다.

또 육이오 때 쥐가 텃논을 다 헤쳐 먹어서 쥐약을 놓으니, 수천 마리가 다 죽었다. 그 뒤 그 식구가 다 포를 맞아 죽었다고 한다.

13) 강철이

1967. 6. 12. 부용리 334 / 박내필, 남 · 70

'강철이[76] 지나면 삼 년이 흉년 든다.'고 한다. 강철이 무어냐? 그것이 바다에 천년 묵은 갈치인데, 그 갈치가 천년이 되면 불이 따라서, 그 불길로 농사가 탄다. 그 떨어지는 데는 썩은 냄새가 하도 독해서 농사가 안

---

74) 사용하고. 쓰고.
75) 산골짜기.
76) 지나가기만 하면 초목이나 곡식이 다 말라 죽는다고 하는 전설상의 악독한 용(龍).

된다. 떨어지자마자 죽는다.

또 재래종 닭이 오래 되면 구렁이가 된다. '계불삼년 구불오년'[77]이라고 오래 안 먹는다. 닭이 오래 되면 구렁이가 되어 나가고, 개가 오래되면 사람이 돼서 피해를 끼친 일이 있다.

14) 개무덤 ··

1967. 6. 12. 부용리 334 / 박내필, 남 · 70

*다른 유형의 '개무덤' 이야기는 '경주 최부자네 개무덤'을 들 수 있다(괴산군 〔청천면 자료 33〕; 영동군 〔용산면 자료 11〕).

전북 정읍군 신부란 데[78] 가면 개비[犬碑]가 섰는데— 그 개는 주인을 따라 다니는데, 이웃을 가도 따라가고 시장을 가도, 나들이를 가도 따라 다닌대. 사람을 물고 짖지도 않고 그리 좋은 개다. 하루는 정읍 장날 술을 먹고— 봄인데 술에 취해 떨어져서 자고 있는데, 담뱃불이 일어서 큰 불이 났던가 타 죽게 됐어. 그러니 개가 물논에 궁글어 불에 딩굴고, 또 그러고 그러고 해서 논 방천뚝[79]이 물이 들도록 하고는 주인 옆에서 죽었다. 그 사람이 깨서는 알고 고마워서 사람같이 후히 장사 지냈다고 한다.

---

77) 계불삼년 구불오년(鷄不三年 狗不五年). 닭은 3년 동안 기르지 않고, 개는 5년 동안 기르지 않는다. 즉 닭과 개 같은 가축을 집에서 오래 기르면 안 된다는 뜻임. '계불 삼년 구불십년'이라고도 한다.
78) 이곳은 아마도 전북 임실군 오수면(獒樹面) 오수리의 '개무덤'을 가리키는 듯하다.
79) 방천(防川)둑. 둑을 쌓거나 나무를 많이 심어서 냇물이 넘쳐 들어오는 것을 막음. 또는 그 둑.

15) 제사 때 왜 차일[80]을 치는가? ·······················

1967. 6. 12. 부용리 334 / 박내필, 남 · 70

저 짐조[81]라는 새가 공중을 날라가는데 그 그림자가 술에 비치기만 하면 사람은 직사하는 것이다. 그럼 짐조의 근원이 무엇이 되는 것이냐 하면, 산에 까토리[82]가 천년을 먹으면 독사가 되고 독사 천년이 짐조가 된다. 그 술에 비치기만 해도 죽기에 술을 다루는 길흉 간엔 차일을 치는 것이다. 실제 있다. 응 물론 '버새'라고도 한다. (조사자 : 짐새는 무얼 먹고 삽니까?) 아무것도 안 먹고 공기만 흡수하는 것이다.

환생의 예를 들면 굼벵이는 매미, 거생이[83]는 땅개비,[84] 찰거무리[85]는 메초리,[86] 참새는 바다에 가서 합자,[87] 제비는 전복이 되는데 어느[88] 해나 그런 정량은 없고 그리 된다고 전하는 것이다.

16) 용(龍) ···

1967. 6. 12. 부용리 334 / 박내필, 남 · 70

용은 두 가지야. 잉어가 되는 어룡[89]하고 뱀이 되는 사룡[90]이 있는데, 이것이 득천[91]을 하게 되는데, 용이 오르려면 각자 구름이 모여 들어가지

---

80) 햇볕을 가리기 위하여 치는 포장.
81) 짐조(鴆鳥). 중국 남방 광동(廣東)에서 사는, 독이 있는 새. 뱀을 잡아먹는데 온몸에 독기가 있어 배설물이나 깃이 잠긴 음식물을 먹으면 즉사한다고 한다.
82) 까투리. 암꿩. 꿩의 암컷.
83) 지렁이.
84) 방아깨비.
85) 찰거머리.
86) 메추리. 메추라기.
87) 합자(蛤子). 홍합이나 털격판담치를 말린 어물
88) '몇'의 뜻임.
89) 어룡(魚龍). 잉어가 변하여 된다는 용.
90) 사룡(蛇龍). 이무기가 변하여 된다는 용.

고서는 구름이 에워싼다. 꽁댕이[92]는 비어도 목은 안 보이는데 구름 새에 몸뚱이는 보이는데, 올라갈 때는 물 따라 오르듯 싹 오른다.

여의주를 얻어야 득천을 한다는데, 여의주란 무어냐? 처녀의 자궁 경도 있는데, 그 자궁 안에 구실 같은 것인데 그거인데, 그것이 어떻게 해서 나오느냐? (이때 손님의 내방으로 구연이 중단됨)

17) 어사 박문수와 산신령의 어음 2 ··

1967. 10. 23. 설계리(雪溪里) 눈어치 / 고내만(高來萬). 남 · 78

*제보자는 설계리에서 태어나 계속 살고 있다고 했다. 한학을 하였으며 현재 농사를 짓고 있다. 조사자들이 자꾸 조르니까 작은 목소리로 책에 있는 이야기라며 해주었다. 처음에는 소극적이었으나 점차 자연스레 재미난 이야기를 많이 구연했다. 하지만 이 이야기 채록시에는 발음이 정확치 못해 이야기 도중 약간의 얘기를 속기할 수 없었다. 이 이야기의 좀더 상세한 채록 자료는 충북 괴산군 〔청천면 자료 72〕를 참조하고, 그밖에 유관 자료로 충북 단양군 〔대강면 자료 21〕; 영동군 〔심천면 자료11-3〕을 참조할 것.

박어사가 행차할 때 어느 산중에 이르르니, 웬 젊은 사람 하나이 나타나 어사 앞에 버티고 선다. 돈을 내라고 위협을 하므로,
"내가 어사인데─"
하고 말하니,
"흥."
하고 코답[93]으로 대답하더니,
"내가 노자가 없는데 돈 냥을 좀 달라."

---

91) 득천(得天). 하늘에 올라감.
92) 꼬리.
93) 코대답. 탐탁하지 아니하거나 대수롭지 아니하게 여겨 건성으로 하는 대답

눈을 딱 부르떠서 돈 석 냥을 내주었다. 청년을 따라가니,

"돈 천 냥을 내게 기부하라."[94]

"돈 천 냥이 어디 있나?"

사람을 보니 하도 무섭게 생겨서 할 수 없이 돈을 내었다.[95]

저녁에 안동을 향해 출발하는데, 재를 넘으니 불빛이 비친다.

"이 손님, 이곳에서 기다리시면 내 집에 갔다 오리다."

하며 갔다 오겠다던 젊은이는 한 시간이 지나도 오지 않는다. 어사가 궁금하여 그 집을 찾으니 한 십팔, 이십살 먹은 처자가 있는데, 나와 떡을 한 그릇 퍼다 놓고 백지 석 장을 갖다놓고 합장배례하며,

"소녀 아버지를 살려 달라."

고 애원을 한다.

"너 웬일이냐?"

하니, 소녀는 축귀문을 읽으며 하는 말이,

"소녀의 애비가 돈 천 냥을 축냈는데 며칠이 지나면 죽게 되었습니다."

그 청년은 어음쪽[96] 천 냥으로 어사를[97] 맡긴 것이다. 노인은 앓아누워 있다.

"날이 밝으면 난 죽소."

하며 노인은 끙끙 앓아누워 있다.

옛날 돈 백 냥은 한 짐밖에 지지 못한다. 박어사가 보낸 어음쪽 천 냥을 보내라고 보낸 전령이 와서 노인은 살게 되었다. 즉 소녀가 애비를 살린 것이다.

---

94) 이 부분의 이야기는 전후맥락이 좀 모호하다. 하지만 다른 곳에서 채록된 이야기를 참조해 보면, 청년은 산신령이 화신한 것으로 박문수와 동행해 가다가 어느 마을 부자에게 묘터 따위를 잡아주고 그 보수로 거액의 어음을 받는 것으로 되어 있다.
95) 부자가 어음을 써 준 것이다.
96) 어음. 돈을 주기로 약속한 표 쪽.
97) 천 냥을 어사에게.

18) 투전구명(投錢救命)　···

1967. 10. 23. 설계리 눈어치 / 고내만. 남 · 78

　　*이본으로는 충북 괴산군 〔청천면 자료 7〕; 영동군 〔심천면 자료 2〕를 참조
할 수 있다.

　　상주군수와 대구군수는 외사촌간이다. 군수를 지내면 잘살아야 할 텐
데 먹을 것이 없어 음력 사나흘에 대구군수는 식량을 얻으러 상주군수에
게 아들을 보냈다. 상주군수는 외아들을 두고 잘 살았다.
　　"응, 그래 느들 그새 어떻게 지냈니? 쉬어라."
하며 사흘을 쉬었는데, 가라고 할 수는 없었다. '내 집에 아버지가 잘 못
산다.'는 말은 하지 못하고 있는데, 닷새가 되자 상주군수는 돈 천오백 냥
을 주며,
　　"이 돈으로 산골 전답 백오십만 석을 살 수 있는데 처갓집에 일체 걱
정을 없애려 한다."
　　집에 가는 길에 아들은 나룻가에 이르렀다. 한 여자가 쭈그리고 앉아
있고, 늙은이와 젊은이가 서로 다투어 빠지려고 한다. 물이 깊어 헤엄 못
하면 죽는다.
　　"여보, 저들이 왜 서로 빠지려 합니까?"
　　"저 남자는 내 남편이고, 천 냥이 필요한데 어떡합니까?"
하고 사정을 하므로, 돈 천 냥을 주었다. 그러나 생면부지[98]의 사람에게
이름도 물어보지 않았다.
　　집에 당도하여 그 말을 다 아뢰고, 편지를 보여드리니,
　　"너 참 잘했다. 대인이 될 사람이다."
하며 무릎을 탁 쳤다. 얼마 안 있어 부친이 세상을 버렸다. 저녁을 먹고

____

98) 서로 한 번도 만난 적이 없어서 전혀 알지 못하는 사람. 또는 그런 관계.

있으니 밖에서 손님이 왔다. 안내해서 알고 보니 절간의 노승이었다.

"점심을 어떻게 했으며 저녁은 어떻게 했는가?"

하니 중은 "못 먹었다."고 한다.

부인께 가서 여차여차 얘기해서 말하니,

"당신도 저녁을 못 먹었잖소?"

한다. 고승이 삼신바가지[99]를 헐어 밥을 해드렸다. 반찬도 없다. 달게 먹고 그 이튿날 아침도 먹고,

"주인장 명복[100]을 보니, 친상을 당했는데 지관을 댈 수도 없고 술 한 말도 못 받았다. 하루 저녁을 자고 가도 그냥 갈 수 없다. 느 아버지 일평생 궁하게 지냈는데, 느 아버지의 묏자리를 잘 봐줘서 일평생 잘 지낼 터를 잡아주마. 그래 점심 쌀 거리가 있나?"

"없다."

고 하니,

"그러면 날 따라 가자. 일평생 고생했으니 묏자리나 봐주겠다."

하루 종일 가다가,

"산등성이에 저기가 너의 아버지 묏자리다. 거기다가 막을 쳐 놓았다."

"노자가 없는데 어떻게 돌아가나?"

"저기 저 기와집에 가서 쉬라."

그 집에 가니 부인이 환영하며 저녁상을 차려오는데 저녁을 먹으니 밥상을 돌려놓는다. 돌려놓고 먹으니, 부인이 젊은이의 얼굴의 점을 보고는 인사하면서, '옛날 자기에게 돈을 준 적이 없느냐?'고 묻는다. 가만히 생각해 보니 어디서 많이 본 얼굴이다. 옛날 나루터에서 돈 천 냥을 준 일이 있으므로, '그렇다.'고 대답을 하니 반가워하며 '은인을 만났다.'고 기뻐한다. 사랑에 앉아 기다리는데, 집이 네 채인데 자기와 똑같은 집을 제

---

99) 세존(世尊)단지. 경상도와 전라도에서 농신(農神)에게 바치는 뜻으로 가을에 제일 먼저 거둔 햇곡식을 넣어 모시는 단지.

100) 명(命)과 복.

공하고 서로 누님이니 동생이니 하면서 화목하게 지냈다.

19) 여우 자식 강감찬 ···

1967. 10. 23. 설계리 눈어치 / 고내만, 남 · 78

*관련 자료로 충북 영동군 〔영동읍 자료 2〕 참조할 것.

강감찬의 아버지가 여우가 둔갑을 해서 꾀이는데— 솔밭에 와서 같이 자자고 해서 같이 잤는데 포태[101]가 돼서 강감찬이 태어났다.

아버지가,

"내가 서울서 관직에 있으니 날 만나려면 어려운 일이다."

하고 헤어졌다. 얼마나 지난 후 낙향해 있으니 한 여인이 조그만 아이를 데리고 들어온다. 보니 과거의 여자다.

"이 아이가 어떤 아이냐?"

"생각하지 못하십니까? 이 애가 영감의 아들입니다. 장군님 눈에만 사람이지 난 사실 여우입니다. 말끔히 잘 기르면 대한의 큰 인물이 될 것입니다."

하고 사라졌다.

글을 가리키니[102] 머리가 총명했는데 체구가 작았다. 그래 그 아들을 키웠는데 한 구 세가 되었는데 그 동네에 장가가는 경사가 있었다.

"너 공부나 하고 있어라. 그리고 나를 따라오지 마라."

열세 살 먹은 사람이 장가를 가는데, 여우가 둔갑을 해서 신랑을 없애고 장가를 간 건데, 가만 두면 큰일이다. 강감찬은 '공부도 하지 않고 이런 곳에 온다'고 아버지가 호통을 쳤지만, 신랑이 가만있다 강감찬을 보

---

101) 포태(胞胎). 임신(姙娠). 아이나 새끼를 뱀.
102) 가르치니.

고 놀라 도망을 쳤다. 강감찬이 신방에 들어가 패서 죽이니 빨간 여우였
다. 아버지는 그 일을 보고 그가 커서 큰 인물이 될 줄을 알았다 한다.

20) 근친상간(近親相姦)

1967. 10. 23. 설계리 눈어치 / 고내만, 남 · 78

아버지와 딸이 살고 있는데 딸이 성장하였다. 딸이 이쁜데 아버지가 하
는 말이— 자기가 홀애비로 키워 왔는데 남을 주자니 아깝다. 가을 추수
가 끝난 뒤 딸에게,

"애야, 추수를 한 뒤 남이 먼저 먹니? 내가 먼저 먹니?"

"물론 내가 먼저 먹어야죠."

딸이 이상하게 생각하고는,

"아버지는 마루 밑에 들어가 개소리 세 번만 하쇼."

하고 말했다. 그리해서 딸이 아버지가 자꾸 그러므로 그만 도망을 치고
말았다.

21) 축지법 하는 장난기

1967. 10. 23. 설계리 눈어치 / 고내만, 남 · 78

장난기라는 사람이 축지법[103]을 하는데 서당에서 글을 읽은 뒤, 서당
친구들이,

"장난기, 자네 이 방에서 나이도 제일 적고 하니 가을 떡을 좀 얻어오
너라."

망태기를 하나 가져다 놓고 백지를 네모지게 접어 꼬개꼬개하고 마당

---

103) 축지법(縮地法). 도술로 지맥(地脈)을 축소하여 먼 거리를 가깝게 하는 술법.

에 던지고 뭐라고 중얼중얼하니 비둘기가 되어 날아가더니 조금 있자니 떡 시루가 문 앞에 와 있었다. 사람들이 먹을려고 하니 먹지 못하게 하였다. 그동안에 그 집에서는 일대 소동이 났다.

축지법을 시험하려고 어떤 사람이 서울까지 가 보라고 하니, 장난기라는 사람이 아침밥을 다 하기도 전에 서울을 갔다 왔다.

22) 천마산(天摩山) 멈춘 이야기 ···

1967. 10. 23. 설계리 눈어치 / 고내만, 남 · 78

*유관 자료로 충북 영동군 〔용산면 자료 2〕; 동 〔황간면 자료 17〕; 옥천군 〔청산면 자료 16〕을 들 수 있다.

천마산104) 두 봉오리105)가 한참 커올라가는 것을— 촌집에서 삿갓을 엮고 있는데, 아침밥을 지을려고 나와 보니까 산봉오리가 커올라가니까,

"산봉우리가 커올라간다!"

고 소리를 치는 바람에 산이 크는 것을 중지했다.

23) 우암 선생(尤庵先生) 일화 ···

1967. 10. 23. 설계리 눈어치 / 고내만, 남 · 78

*우암106) 선생의 탄생에 관한 이야기는 영동군 〔심천면 자료 4〕; 동 〔심천면 자료 24〕; 옥천군 〔청산면 자료 6〕; 동 〔청산면 자료 13〕들에 보이고, 축지법에 관한 이야기는 〔심천면 자료 4〕 및 〔심천면 자료 24〕에도 나타난다.

---

104) 영동읍 화신리(花新里) 소재의 산.
105) 봉우리.
106) 조선 숙종 때의 문신 · 학자인 송시열(宋時烈, 1607~1689). '우암'은 그의 호임.

이원107)의 대성산108)은 우암 선생이 공부하던 곳으로, 서당이 있었다. 우암 선생이 국민학교 과정을 마치고 선생을 대접하기 위해서 팥죽을 들고 오십 리 길을 선생에게 달려갔다. 그때까지 아직도 팥죽이 엉기지 않았다고 한다.

우암 아버지는 남의 집 고용살이였다. 어머니가 임신했을 때 두 산이 입안으로 들어오는 꿈을 꾸었다 한다. 어머니가 산에 나무를 하러 산에 갔다가 눈이 내리는 곳에서 분만을 하였다는데 우암 선생이 태어난 곳엔 눈이 내리지 않았다 한다. 그런데 우암은 귀가 한 짝109) 없다 한다. 이원에 가면 우암 선생 비가 있다. 구룡촌에 가면 곽씨,110) 송씨, 박씨끼리 산다.

24) 곽가를 골탕 먹인 태학중111) ···

1967. 6. 13. 영동읍 경로당 / 성명환(成明煥), 남 · 60

*조사자는 남원 태학중(太學中)의 전설을 묻다가 이 이야기를 유도해 내었다.

그래 태진사가 서울을 구경하러 갔는데, 그 잘 아는 대감집에 가서 인사를 하고서 오줌을 누러 가는데, 그 방에 남아 있던 옆 사람이 대감에게,

"저 사람이 누구요?"

하니까,

"전라도서 온 태가라."

그러니, 이 사람이,

"태가— 태가— 태가?"

---

107) 옥천군 이원면(伊院面).
108) 대성산(大聖山). 충청북도 옥천군 이원면 의평리에 있는 산.
109) 쪽.
110) 우암 선생의 외가임.
111) 호남지방에서 구비전승으로 전하는 해학적 인물이지만, 실존 여부는 미상이다.

하고 중얼거리고 있는 것을 변소 갔다 오다 듣고서, 속으로 괘씸한 생각
이 나서 골탕 먹일려고,

"우리 수인사112)나 하고 지납시다."

하니 그 사람이 '곽처중'이라 했겄다.

"여러분네들, 내가 언성이 높아도 양해해 주시오."

저 사람이 무언데 '태가— 태가' 하니 듣기가 공연시러서 저놈과 어울
릴려고 그런 것이다.

"실은 전에 저놈 어미가 주막거리서 고(高), 이(李), 정(鄭)을 합해서 난
것이라 곽(郭)이라 성을 짓고, 그 어중113)에 있다 해서 '곽처중(郭處中)'이
라 했답니다."

하니 대판 싸움이 벌어졌다. 대감이 말려서 그만이지. 그런 이야기가 있지.

25) 고자대감 ···

1967. 6. 13. 영동읍 경로당 / 성명환, 남·60

아, 그래 분하고 그래서 태가가 종로로 와서,

"내 성 사시오. 내 성을 사시오"

하고 다니니, 정 아무개 대감이 청지기114)를 시켜 불러서,

"너 무얼 사라고 그랬느냐?"

"성이 개좆같아서 팔아버려야겠오."

"네 성이 뭐냐?"

"태학중이요."

그래서 거 놈 쓸만하다고 같이 지내는데, 그 정대감은 환자115)대감이

---

112) 수인사(修人事). 인사를 차림.
113) 어중(於中). 가운데가 되는 정도.
114) 양반집에서 잡일을 맡아보거나 시중을 들던 사람.
115) 환자(宦者). 환관(宦官). 내시(內侍). 조선시대에 내시부에 속하여 임금의 시중을 들

놀러와서 농을 하면 만날 밑진 터라, 하루는 대감이 나가면서,

　"자네 여기 있으면 환자대감이 올 터이니 내 대신 대담 좀 하여 주게."

하여 방 지킴으로 있으니, 아니나- 그가 오더니 주인 찾고 없다니까 그런 이야기 저런 이야기가 나오다가, (고자대감이)

　"시골은 우스운 풍속이 있다더군. 담살이116)하고 주인하고 같이 밥을 해서 동식117)해서 먹는다며?"

　"담살이도 식구인데 같이 안 먹겠소.- 그것도 안하겠소?"

　"그럼 담살이 자식은 나서 어디 쓴담?"

　"낸들 알겠소. 불알 깨서 다 서울로 보내서 고자대감으로 보낸답니다."

　하, 생각하니 담살이 자식꼴이라 나가버렸다. 주인이 와서 듣고는 큰일 났다,

　"어서118) 어디 가 숨어라."

하고 숨겨 두었는데, 좀 있으니까 나졸들이 잡으러 오니 벌써 도망갔다 하여 다신 안 찾고 환자도 안 왔다. 그래서 거기서 진사를 하나 얻었다고 한다.

26) 고목생화(枯木生花)119) 1 ···

－황간(黃澗)의 삼태(三胎)120)

1967. 6. 13. 영동읍 경로당 / 성지환(成芝煥), 남 · 53

　*유관 자료로 충북 영동군 〔심천면 자료 16〕; 〔용산면 자료 10〕을 들 수 있다.

　거나 숙직 따위의 일을 맡아보던 남자로, 모두 거세된 사람이었다.
116) 머슴살이. 더부살이.
117) 동식(同食). 같이 식사를 함.
118) 빨리.
119) 말라 죽은 나무에서 꽃이 핀다는 뜻으로, 늘그막에 아기를 낳거나 대가 끊길 지경에 대를 이을 아들을 낳음을 이르는 말.
120) 삼태생(三胎生). 한 태에서 세 아이를 낳음.

중년에 장수황씨(長水黃氏)가— 그야 황방촌121)의 후손이지. 그래 어떤 황씨의 아버지가 죽을 때, 자손들에게 자기 친구 아무개 풍수122)를 쓰라고 위촉을 했다. 그래 아들이 찾아가서 물으니,

"있기는 있는데 좀 어려울 거다. 장손123)은 삼 형제인데 다 죽어."

"아니, 손을 두고 죽는다는 말이 무슨 말입니까?"

'장사 지내면 삼우날124) 맏상제가 죽고 초제125)때 둘째가 죽고 대상126) 때에 셋째가 죽고 다 죽는다.'는 판이니 마음이 성큼 나야지.

"그런 데 말고 안 됩니까?"

"거기밖에는 안 돼. 쓰려면 쓰고 말려면 말게나."

이렇게 딱 뿌지르니,127)

"거기다 써야겠습니다."

하고 응락하고, 뒤에 날 받아서 장사지내는데 삼우날 맏상제가 죽어버렸다. 그리고 초기엔 둘째가 죽으니, 과부가 둘이야. 끝에는 결혼도 안한 홀애비다. 과수128) 둘이 벌써 맏상제가 죽으니, 저 대상날은 이 미성129)도 죽으니 쫓아내 보자, 이래서 있는 것 없는 것 다 팔고 장만해서 마련해서 두 형수가 총각놈을 보내며,

"당신은 여기 있으면 죽으니— 당신은 장가도 못 가고 죽으니, 이 돈을 원대로 쓰시오. 죽을 바엔 집에 와서 죽으시오."

"네."

그리고 눈물을 흘리며 떠나갔겠다. 촌놈이 가면 어디를 간다는 말인가?

---

121) 황방촌(黃厖村). 조선 시대의 명신 황희(黃喜, 1363~1452). '방촌'은 호.
122) 풍수(風水). 풍수설에 따라 집터나 묏자리 따위의 좋고 나쁨을 가려내는 사람.
123) 장손(長孫) 한집안에서 맏이가 되는 후손.
124) 삼우(三虞)날. 장사를 지낸 후 세 번째 날. 이 날 흔히 가족들이 성묘를 한다.
125) 초제(初祭). 초기(初忌). 사람이 죽은 지 1년이 되는 날.
126) 대상(大祥). 사람이 죽은 지 두 돌 만에 지내는 제사.
127) 딱 부지르니. 딱 부러지게. 아주 단호하게.
128) 과수(寡守). 과부.
129) 미성(未成). 아직 혼인한 어른이 되지 못함.

돈을 짊어지고 욕만 흠씬 보고 돈을 쓰고 돌아다니다가— 얻어먹기 하는 걸인들도 못 먹고 그런데 어떻게 되어서 귀한 집 딸 하나가 일을 저질렀어. 일을— 시집가기 전에 저질렀다는 말이야. 이 녀석도 노총각이라 유혹을 당해 노처녀에게 붙어서 그래그래 데릴사위가 되고 머슴같이 삼고 처녀와 사는데, '고향이 어니냐? 성이 어디냐?' 하니까, 다만 황간 사는 황인 줄로만 알았어. 그 처갓집에서도 그밖에 몰라. 그러다 또 삼년상[130] 이 되는 날 그 집에서 죽었단 말야.

그 본집에서는 대상날 무척 기다렸으나, 형수가 그 기다린 때에 웬 젊은 여자가 무얼 이고서 와설랑은,

"이 집이 황아무개네 집입니까?"

하고 묻거든.

"그렇다"

하니까,

"난 전라도 사람인데 여기가 시댁이라 왔소."

이래서 참 세 과부가 모여 살게 되었어. 그래 연유를 물으니,

"내가 시집 있을 때 웬 총각이 와서 살다가 갔는데, 내가 태중이라 내가 황간 어디라는 말을 듣고 뱃속에 애기가 있어서 왔노라."

고 하는 거야. 차차 산월[131]이 다가오지 않겠습니까? 진통을 겪고 애기— 옥동자가 나오니,

"이건 내 차례다."

하고 큰 과수가 차지해 버리고, 둘째도 있다가 나오니까,

"이건 내 거다."

하고 차지하고, 정작 애 어머니 허통해[132] 하고 있노라니, 또 아이가 나

---

130) 삼년상(三年喪). 부모의 상을 당해 삼 년 동안 거상하는 일.

131) 산월(産月). 해산(解産)달. 아이를 낳을 달.

132) '허탕해'의 잘못. '허탕하다'는 '어떤 일을 시도하였다가 아무 소득이 없이 일을 끝내다.'

오더라는 거야. 이래서 자기가 차지했는데ㅡ. 여기서 큰 부자 큰 벼슬했다는 소리는 못 들었으나, 자손이 무척 번성하였다는 소리는 들었다.

27) 영동군(永同郡)의 유래

1967. 10. 22. 영동읍 경로당 / 제보자 미상

옛날에는 지금의 영동군을 황간군, 영동현이라 했다. 애초에는 길동(吉同)이란 이름에서 차차 영동(永同)으로 변했다. 이조 말년 임현상이란 분이 황간군(한일합방 전) 군수로 와서 학교를 세우기 위해 황간의 유림들을 모두 없애고 (제보자 : 이 당시는 열 가지 정도의 계급이 있었다) 처음으로 학교를 세우고 산업을 장려했다. 그 뒤 이삼 년 후 한일합방이 되었다.

28) 영국사(寧國寺)

1967. 10. 22. 영동읍 경로당 / 제보자 미상

영동읍에서 약 오십 리 떨어진 곳에 '영국사'[133]라는 절이 있는데, 그 절의 뒷산은 바로 천태산[134]이라 한다. 신라 진흥왕 시대에 창설한 절인데, 역사적으로는 제일 긴 유적이다. 양산 누교리[135]로 해서 들어가는데 폭포가 있고 기암절벽이 있다. '영국사'라는 절 이름은 공민왕께서 왔다 지어주신 것이라고 한다.

---

133) 충청북도 영동군 양산면(陽山面) 천태산에 있는 사찰.
134) 천태산(天台山). 충청북도 영동군 양산면과 충청남도 금산군 제원면에 걸쳐 있는 산.
135) 영동군 양산면(陽山面) 누교리(樓橋里).

29) 낙화대(落花臺) ···

1967. 10. 22. 영동읍 경로당 / 제보자 미상

낙화대[136]는 영동교를 지나 영동 행교[137] 동네에 있는데 그곳을 부용리[138]라 한다. 당초에 삼한시대 백제 땅으로서 고을 때가 향교 부용리였는데 그때 고을 이름을 ?주 자사골[139]이라고 했다. 그 고을에 가인[140]을 데리고 원님이 삼월 그믐께 전춘[141]이라 해서 놀이를 했다. 예전에 그 고을의 소리 잘 하는 관기가 있어서, 기생이 술을 먹고 노래를 하다가 낙화대에서 떨어졌다고 해서 그 후에 이름 짓기를 낙화대라고 했다.

30) 양정리(楊亭里)[142] 장세호 ·······································

1967. 10. 22. 영동읍 경로당 / 이창호, 남 · ?

*유화인 충북 영동군 〔황간면 자료 5〕; 경남 남해군 〔고현면 자료 5〕 참조할 것.

옛날 장세호라는 사람의 조부가 효성이 지극해서 세묘[143]를 사는데, 호랑이란 놈이 늘 세묘 사는 곳에 있다. 그래서 그 호랑이와 친동무같이 되었다. 하루 저녁엔 호랑이가 꿈에 나타나

"전라도 무주 땅에서 함정에 빠졌으니 당신이 꼭 좀 구해 주쇼."
한다. 그까지 길이 한 육십 리 길이 되는데 상주인데도 불구하고 마을 타

---

136) 영동군 영동읍 부용리 고개 근처의 암벽.
137) 향교(鄕校). 고려·조선 시대에, 지방에 있던 문묘(文廟)와 그에 속한 관립(官立) 학교.
138) 충북 영동군 영동읍에 있는 리(里).
139) 충북 영동군 학산면 지내리에 속한 마을.
140) 가인(佳人). 미인. 아름다운 사람.
141) 전춘(餞春). 봄철을 마지막으로 보냄.
142) 양강면(楊江面) 양정리.
143) 시묘(侍墓).

고 쫓아가니 아직 총살[144]을 하지 않았다.

"내가 이 범 때문에 왔으니 총살하지 말아라."

하고 말했다. 호랑이는 고맙다는 몸짓을 하고 산으로 갔다. 장세호의 조부가 또 한 번 현몽을 했는데, 워낙 길이 멀어 가 보니 이미 호랑이는 죽어 있었다.

31) 용마대(龍馬臺)[145]

1967. 10. 22. 영동읍 경로당 / 이창호, 남·?

*이본으로 충북 영동군 〔영동읍 자료 51〕; 동 〔용산면 자료 74〕를 들 수 있다.

한 장수가 낙화대로 활을 쏘아 살이 땅에 떨어지기 전에 말을 달려 그곳에 도착하는 것을 했는데, 말이 힘껏 달려 그곳에 이르렀으나 살이 없어 말의 목을 베니, 그제야 살이 도착했더라.

32) 합천(陜川) 해인사(海印寺)

1967. 10. 22. 영동읍 경로당 / 이창호, 남·?

그 절의 중들이 수백 명이 끊는다. 절에 세 명이 남을 때는 좋지 못하다고 해서 세 명이 남을 때가 없는데 종내[146] 남게 되었다. 장을 열어 보니 고깔 여덟, 방망이 여덟, 장삼 여덟 개가 있었다. 그래 이놈을 걸치고 장에 가다오다가 까치 까마귀가 있어 던지니 모두 땅에 떨어졌다. 절에 들어오니 청년이 여덟이 나타나,

---

144) 총살(銃殺).
145) 유사한 이야기인, 주곡리에서 채록한 「장병사(張兵使)」를 참조할 것.
146) 종내(終乃). 끝내. 마침내.

"이놈들, 나쁜 놈들 같으니−."

고깔, 장삼, 방망이를 들고 가 버리면서,

"천기를 누설했으므로 한국이 이십사 개 국을 통일할 때를 놓쳤다."
고 했다.

33) 부모 때리는 효도 2

1967. 10. 22. 영동읍 경로당 / 정구표(鄭求杓), 남 · 72

*이야기를 자연스럽고 편안하게 구연했다. 입담이 좋은 편이며 웃는 얼굴로
빨리 말하였다. 현재 농사를 짓고 있다. 이본인 충북 괴산군 〔청천면 자료 10〕;
동 〔용산면 자료 39〕; 경북 상주군 〔화북면 자료 3〕을 참조할 것.

깊고 깊은 산중에 두 내외가 아들 하나를 데리고 살았다. 외아들이라
응석받이로 길렀다. (제보자가 조사자에게 : 자식이 귀하면 손자가 할아버
지 수염을 잡는다는 말이 있지?) 그런 식으로 애가 어른을 때리면 부모가,
'애야, 그러면 안 된다.' 해야 할 것인데, 장난삼아, 아버지 어머니를 때리
면 고사리 손의 감촉이 귀여워,

"에− 그놈, 잘한다, 잘한다! 네 애비 때려라, 네 에미 때려라!"
되려 사랑스럽게 보았다. 자랄수록, 들명날명 부모를 두들기는 것을 유
일한 애정의 방법으로 알았으나 아무도 고쳐주지 않았다.

아버지가 죽고 어머니 혼자 사는데 때리는 게 좋은 줄 알고 어머니를
때리고− 식전에도 저녁에도 잘 때도 때린다. 이웃 하나 없는 외딴 곳에
서 장골147)이 된 아들이 점점 더 때리니 자식놈에게 어머니는 맞아 죽게
끔 됐더랬다. 기가 막혀서 어디루 도망을 칠 수도 없다.

어느 날 야지148)에 사는 유복한 노인이 유람차 다니다가 저물어 인가

---

147) 장골(壯骨). 기운이 세고 큼직하게 생긴 뼈대. 또는 그런 뼈대를 가진 사람.

를 찾아서 이 집에 이르렀다. 마침 아들은 나무하러 산에 가고 어머니는 무엇보다 사람이 그립던 중 사랑방에 모셔 놓고 대접을 잘해서 손님에게 하소연을 했다.

"이러이러한 일이 있어 꼭 죽게 되었소. 아들을 어떻게 할 수도 없고—."

그래 연구를 하는데, 아니나 다를까 산에서 돌아온 아들은 집에 들어서 자마자 불문곡직[149]하고 어머니를 개 패듯 때린다. 노인이 아들을 불러,

"왜 이렇게 어머니를 패니?"

아들은 의아해하며 노인더러 말하기를,

"이것이 효도가 아니냐?"

생각 깊고 인자한 노인은 이 모자의 실정을 딱하게 여겨 아들의 그릇된 생각을 고쳐줄려고 곰곰 꾀를 내여,

"이 산골에 살지만 말고 야지에 나가 우리 집에 가서 구경이나 하자."

청년을 꾀었더랬다. 아들이 가만히 생각해 보니 외관도 점잖고 해서 노인을 따라 나섰다. 그동안 어머니를 못 볼 것을 생각하고 집 떠나 있을 동안의 며칠 몫을 앞질러 어머니를 양껏 때리고 노인을 따라 나섰다.

그 노인의 집에 들었더니, 이것 보게! 아들 손자가 마루 밑에서 문안을 드리네, 딸, 며느리가 밥상을 드려와,

"진지 많이 잡수십시오."

시중을 드리네— 들명날명 어머니를 때려만 주던 아들은 그만 이상하다고 생각했지. 그래 노인을 보고,

"제는[150] 이만 가보겠습니다. 제가 이곳에 와서 산중에서 못 보던 예절을 보았는데, 저는 부모에게 효성을 하는 것은 매질을 하는 것으로 알고 있었는데, 이집에서는 어떻게 하는 것입니까?"

노인이 웃으며 일러 말하길,

---

148) 야지(野地). 산이 적고 들판이 넓은 지대.
149) 불문곡직(不問曲直). 다짜고짜. 옳고 그름을 따지지 아니함.
150) 저는.

"몽둥이질은 구식 효도, 신식 효도는 밥상을 갖다놓고 부모님을 잘 공양하는 것이니라. 이제는 신식 효도를 하게나."

아들은 집으로 돌아왔다. 집에 있던 어머니는 매를 무서워하던 중, 아들이 돌아와,

"어머니, 그동안 안녕하셨습니까?"

한다.

아들은 이후 어머니에게 지극한 효성을 하였다. 그 노인이 은인이므로 꼭 한번 보고 싶어 하던 중, 노인은 아들이 '어떻게 하나?' 하고 일부러 유람을 하여 그 집에 가니, 모자가 모두 나와서 반갑게 대접을 하였다 한다.

34) 미끼가 되어 호랑이 잡기 ···

1967. 10. 22. 영동읍 경로당 / 정구표, 남 · 72

야지[151]의 사람이 사돈을 하다 보니 산중의 사람과 사돈을 했다. 서울 있는 사람이 강원도 있는 사돈댁에 갔다. 산중에 있는 사람은 물론 곤란하게 살고 있을 줄 알고 가 보니 아주 부자로 살고 있었다. 이상하게 생각하여,

"무얼 해서 이렇게 부자가 되었습니까?"

"내사 아무 것도 한 것이 없지만 범을 잡아서 부자가 되었소."

고 하였다. 그러나 야지 사돈은 의심이 갔다.

"사람이 어떻게 하루 저녁에 호랑이를 수십 마리나 잡았습니까? 내가 있는 동안에 그 범을 잡아보시오."

"그럼 사돈이 있는 동안에 구경도 시킬 겸 돈도 벌 겸 범 잡으러 가세."

하며 가는데, 도구는 도구렝이,[152] 새끼 몇 발, 말뚝 이십 개하고 둘러메고,

---

151) 야지(野地). 산이 적고 들판이 넓은 지대.

　"갑시다."

한다. 저 뒷산에 올라가더니 큰 참나무 아래 가서 말뚝을 수북이 박아놓고 자기는 도구렝이 위에 들어앉아 있으니 호랑이들이 와서는 잡아먹으려고 펄썩 뛰어서는 말뚝에 박혀 죽는다. 사돈과 함께 돌아와서 생각하니 부럽기 한이 없어,

　"사돈은 여기 있어서 늘 잡으니 난 하루 저녁만 잡아가도 되니 오늘 저녁만 날 빌려주소."

하고는 말뚝을 사십 개 박아 놓고 기다리다가 나무 위에서 호랑이가 자주 떨어져 죽는 것을 보고는 좋아서 날뛰다가 떨어져 죽었다.

　허, 그 떨어진 사람이 어떻게 되었겠어?

35) 미신을 없앤 며느리 ···

1967. 10. 22. 영동읍 경로당 / 제보자 미상

　한 부부가 살았다. 마누라는 점쟁이인데 외아들을 두었다. 이웃집에서 떡과 쌀을 얻어와 잘 살았다. 혼인을 했는데, 좀 못한[153] 곳과 했다. 친정에서 가 보니 시어머니가 점쟁이였다. 방바닥에는 먼지가 수북이 쌓였고, 광에는 귀신대가리가 있고― 시집을 가 보니 욕지기가 나서 못 살겠다.

　"여보 우리 집은 이렇지 않소. 우리 어머니, 아버지에게 말씀 드려 모두 헐어버립시다."

　"그건 안 되오."

　그럭저럭 하다 아들 형제를 낳았다. 어느 날 백부[154]가 죽어서 시부모가 그곳에 간 틈에 며느리는 도끼로 고목나무를 파고 궤자루[155]― 벌거

---

152) 둥구미. 짚으로 둥글고 울이 깊게 겯어 만든 그릇.
153) 못 사는. 가난한.
154) 백부(伯父). 큰아버지.
155) 궤짝.

지156)가 생기는 것을 전부 뜯고 자리를 걷어 쓸고 광주리 모두 뜯어 불을 놓으니, 시부모가 삼오157)를 지내고 집에 와 보니 며느리가 그 지랄을 해놓았으므로 눈에 상열158)이 나,

"집구석 망한다."

시아버지는,

"글쎄 글쎄……."

한다. 시아버지치고 며느리 야단치는 사람이 어디 있나? 며느리가 영리한 머리를 가진 사람이라 암말159)도 안 한다. 자기네 내우160) 그러다가 피곤하여 누워 잤다.

며느리가 고기, 두부를 만들어 약주를 따끈히 데워 주안상을 올렸다.

"아버님, 술 한 잔 드십시오."

"그거 무슨 거냐?"

"예, 제가 준비한 게 있습니다."

시어머니는 며느리가 미워 한 점도 먹지 않는다. 눈치 빠른 며느리가,

"아버님, 어머님께 여쭐 말씀이 있습니다. 이 집에 산 지 십여 년이 지났습니다. 아버님 어머님 돌아가시면 저희 둘이 뒤치다꺼리161)를 모두 할 게 아닙니까?"

무식한 놈들이 들으니 옳거든.

"응, 그래 그래."

시어머니도 들어보니 말은 당연하다. 되박이162) 내다 쌀을 내주고,

---

156) 벌레.
157) '삼우(三虞)'의 잘못. 장사를 지낸 후 세 번째 지내는 제사. 흔히 가족들이 성묘를 한다.
158) 상열(上熱). 열이 오름.
159) 아무 말.
160) 내외(內外). 부부(夫婦).
161) 일이 끝난 뒤에 뒤끝을 정리하는 일.
162) 됫박. 되. 되 대신 쓰는 바가지.

"그것도 니가 전부 내주어."

며느리가 자꾸 빌으니 시어머니도 풀렸다. 그날 저녁 남편이 돌아와 두 내외가 결의를 하고 그 이튿날 깨끗이 청소를 하고 된장을 지지고 상을 올렸다. 시아버지는 놀랐다. 시어머니가 생각해 보니 통증이 나서 살 수가 없다. 그래,

"여보, 큰일 났소. 간밤에 고목나무를 위하는 허연 영감이 악독한 네 며느리년이 나를 못 살게 구니 네 손자놈을 아무 날 아무 시에 잡아가겠다 하니 어떡하오?"

"응, 그래? 그건 안 되지."

아들놈을 불러 그 이야기를 하니, 며느리가,

"아, 아버님 어머님 참 딱도 하십니다. 아들 죽어도 내 자식이고 자식 죽으면 다시 낳으면 되지 않습니까? 귀신도 사람이 죽어서 된 것인데 왜 그러십니까?"

하였다.

36) 효자 덕으로 목숨 구한 총각 ···

1967. 10. 22. 영동읍 경로당 / 제보자 미상

나이 삼십 되는 놈이 돈을 짊어지고 길을 가다 오두막집에 들어서니 노파 한 분이 있다.

"내가 아들 하나를 잃고 사는데 며느리가 시묘로[163] 산다."

고 한다. 옛날 같으면 머리도 땋고 했으므로 이 자가 며느리를 보니 참 예쁘다. 그 자는 욕심이 나서 보니, 어떻게 예쁘던지 썩 집에 데려가고 싶었다. 얘기를 해도 대답이 없이 그대로 앉아 있다. 총각이 손목을 붙잡으니,

---

163) 시묘(侍墓)를. '시묘'는 부모의 거상 중에 3년간 그 무덤 옆에서 움막을 짓고 삶.

"산소에 갔다 온다."고, "잠깐 기다리라."

하고는 묘에 가서 울고 있다.

"기저 울지 마라."

하면서 젖퉁이를 만지니 칼로 젖퉁이를 썩 잘라 묘에 놓고 죽었다. 그래 이자[164]는 사람을 죽였다고 해서 도망을 하니, 많은 사람이 모여 소경에게 점을 치고 있다.

"나는 나이 삼십이 되도록 장가 한번 가지 못했다."

"너 열두 시 이전에 이 집에서 백리 밖으로 가지 못하면 벼락을 맞아 죽는다."

백 리를 갈 수가 있어야지. 남자[165]가 참 묘로 살다 집에 오는 도중인데 상제— 삼십 먹은 총각에게 벼락을 줄려고 할 거다.[166] 점쟁이가,

"가다 어떤 사람을 보면 그놈을 잡고 놓지 마라."

한다. 상제가 길에 꿇어앉으니,[167] 아무리 놓으라고 해도 놓지 않았다. 상제가 효자이기 때문에 효자를 붙잡고 있으니 그를 때릴 수가 없었다.[168] 시간이 지난 후 벼락불이 없어지니 그는 효자 때문에 살았다고 한다.

37) 이승에서 만난 전생(前生) 부모 ···

1967. 10. 22. 영동읍 경로당 / 제보자 미상

동반씨가 열다섯 살 때부터는 삼월 보름엔 어딜 가서 제삿밥을 얻어먹고 온다. 그러나 가는 길을 모른다. 어떻게 해서 평양감사를 했는데, 삼월 보름날 가만히 보니, 제삿밥을 얻어먹는다. 깜짝 놀라 깨서 통인을 불러,

---

164) '이 사람'을 조금 낮잡아 이르는 삼인칭 대명사.
165) 이 남자는 시묘를 살다 집으로 돌아가던 제3의 인물인 효자를 가리킨다.
166) 하늘이 벌로써 총각에게 벼락을 내리려 한다는 말이다.
167) 총각이 꽉 잡았기 때문이다.
168) 하늘이 벼락을 때릴 수가 없었다는 말이다.

"너 이러이러한 곳을 아느냐?"

하고 꿈속에 알았던 곳을 물으니, 통인이 "안다."고 한다. 가 보니 조그만 오두막집에 조그만 불을 켜놓고 있다. 마당에 들어가 보니 사십 년간을 제삿밥을 먹은 곳이라 눈에 훤하다. 칠십여 먹은 노인 두 분이 있다.

"그래 이 제사는 누구 제사냐?"

하고 물으니,

"다른 게 아니고 제 자식 제사올시다. 아들 녀석이 젊었을 때, '어머니, 난 어째서 이런 상놈으로 태어났습니까? 나도 한번 양반으로 태어나서 감사 자리나 해봐야겠습니다.' 그러던 중 이십여 살에 강에 가서 뱃놀이를 하다 강에 빠져 죽었습니."

젊은 부부는 양자도 못하고 죽었으므로 이제껏 늙은 내외가 살아왔다 한다. 감사가 가만히 생각해 보니 그 젊은이가 죽은 날짜와 자기의 생일 날짜가 사흘밖에 차가 안 난다. 몽중보은[169]이다. 그 사람 영혼이 내게 와서 꿈속에서 제삿밥을 먹었다. 감사가 그 집을 잘 지어주고 잘 살게 해주었다.

38) 어사 박문수(朴文秀) ·······································

1967. 10. 22. 영동읍 경로당 / 제보자 미상

*이본으로 충북 괴산군 〔청천면 자료 57〕 참조할 것.

박어사가 길을 가다 해는 지고 어두워 어느 촌가에 이르러 주인을 찾으니 이십여 세가 되는 총각이 나온다. 친절히 웃방으로 인도하는데 천?이다.

"손님 어디서 오셨습니까?"

"난 서울서 왔다. 지나가다 늬 댁에 왔다."

---

169) 몽중보은(夢中報恩). 꿈을 통하여 은혜를 갚음.

“저녁 진지는 어떻게 하셨습니까?”

“아직 안 먹었다.”

“예, 그러십니까?”

샛문을 열고 어머니에게 가서, “서울서 오신 손님이신데 저녁 진지를 못 잡숫고 오셨다는데요.”

“그런데 찬물로 끼니를 때우는데, 어떻게 대접을 하니?”

“그래도 웃방 천정에 매달린 거라도 대접을 해야 할 게 아닙니까?”

“그럼 아버지 제사는 어떻게 하니?”

“그래도 할 수 없죠.”

보니, 웃방에 주먹만 한 게 달려 있다. 밥을 해 오는데 보니 보리밥 한 그릇 가져온다. 박어사도 감동을 했다. 밥을 먹고 있는 도중인데,

“박동아, 생원님이 부르신다.”

하고 부른다.

“예.”

하, 야단을 친다.

“네, 곧 가겠습니다.”

“왜 그러냐?”고.

“예, 저는 모자와 단둘이 사는데 저 건너 한 삼백 석 하는 분이 계시는데 따님과 혼약을 가지고 말썽입니다.”

“오, 그래? 그럼 나하고 같이 가자. 너도 박가고, 나도 박가니 가서 네가 나보고 네 당숙170)이라고 해라.”

하고 둘이는 김동지가 있는 곳으로 갔다. 가 보니 김동지는 비스듬히 드러누워 있는데 간신히 일어나 앉는다. 그런 게 아마 돈푼 있고 훌륭하다고 재는 멋인가 보다.

“영감께 인사드리겠습니다.”

---

170) 당숙(堂叔). 아버지의 사촌 형제로 오촌이 되는 관계.

"당신은 어디서 왔소?"

"예. 저는 서울 사는 박아무개올시다."

"서울에 산다 해도 가난해 무엇을 얻어오려고 와 보니 애 집도 하도 가난하여 저녁을 먹다 보니 애를 자꾸 부르시므로 왜 그러시나 하고 왔습니다."

"응, 거 상놈이 양반이 청혼을 하는데 자꾸 반대를 하지 않나?"

"무엇 때문에 자꾸만 볼기를 때리십니까? 당신 이런 것을 구경했소?"

마패[171]를 보이며 물으니, 그는,

"아이고, 잘못했습니다."

한다. 어사 필적으로 앞으로 십오 일을 사주 택일을 결정해 놓았다. 아들 장래를 위해 고을 사령들에게 청첩을 내라고 했다. 김동지 집에도 그런 영광은 없었다. 그는 부자고 하니까, 사령들을 집에 유숙케 하고,

"이봐, 사돈? 사위 자식도 친자식이니 땅을 가져오게."

삼백 석을 반씩 나누어 반은 사위를 주고, 반은 사돈에게 주었다. 관 수령에게 관인을 찍어서.

39) 박어사가 대필한 명소지(名所志)[172] ∙∙

1967. 10. 22. 영동읍 경로당 / 제보자 미상

박어사가 어디를 가다가 보니까 날이 저물어 그 집엘 들르니, 주인이 말하길,

"우리 남편이 대장간을 하는데 어떤 자가 사람을 죽이고 그곳에 집어 넣었습니다. 그래 남편이 그 혐의를 받아 잡혀가고 동네 사람도 자꾸 잡

---

171) 마패(馬牌). 벼슬아치가 공무로 지방에 나갈 때 역마를 징발하는 증표로 쓰던 둥근 구리 패.
172) 잘쓴 소지(所志). '소지'는 예전에, 청원이 있을 때에 관아에 내던 서면.

혀갑니다. 당신 같은 사람 못 잡니다."

"그럼 날만 재워 주, 그럼 내가 소지를 써줄께."

해서 어쩔 수 없이 재우니, 이튿날 소지에 쓰기를, '예전에 초왕[173]이 의제[174]를 죽여 강에 던진 것은 죄가 강에 있는 것이 아니요, 대장간에 도둑이 들어 살인을 하여 사람을 풀무 속에 집어넣었는데 어찌 주인에게 죄가 있겠는가?' 하는 말을 해서 대장간 주인은 죄를 벗고 나왔다.

40) 도둑질 간 선비 ···

1967. 10. 22. 영동읍 경로당 / 제보자 미상

숙종대왕 때 김재민(金在民)이 사는데— 오십 년을 서울서 생장한 나지만 지금 나를 서울 내다놓으면 어디가 어딘지 모른다. 내가 지금 얘기하려 하는 데는 인현동— 딸각발이[175]들이 많이 사는 곳— 선비들 나막신만을 신었는데 끈이 닳아 딸각발이라 한다. 이들이 무엇을 기다리고 무엇을 희망으로 사냐 하면 이십, 삼십 년이고 기다렸다 과거에 급제하는 것이 소원이었다.

김재민이라고 하는 사람이 딸각발이촌에 살았는데, 어찌 가난한지 섣달그믐이 닥쳤는데 북촌[176]에 친구가 많이 있어서 가난한데 자식들은 많고 쪽박에 밤 주워 담은 것 같다. 아이들은 아버지를 불러,

"왜 우리는 안 사줘?"

---

173) 초패왕(楚覇王) 항우(項羽).
174) 중국 진(秦) 말기, 다시 세워진 초(楚)의 왕으로, 처음에는 회왕(懷王)이라는 칭호를 썼지만, 진(秦) 멸망 후에 의제(義帝)로 바꾸었다. 진(秦)이 멸망한 뒤에 항우에게 살해되었다.
175) 일상적으로 신을 신이 없어 맑은 날에도 나막신을 신는다는 뜻으로, 가난한 선비를 낮잡아 이르는 말.
176) 북촌(北村). 조선 시대에, 서울 안에서 북쪽으로 치우쳐 있는 마을들을 통틀어 이르던 말.

하고 재촉을 한다. 연 사흘을 굶었다. 바라[177]를 꽝꽝 울리면 이 근대엔 통행금지다. 이 시간 후에 통행을 하면 순라꾼[178]들이 잡아다 감금을 한다. 의관과 신까지 잡혀 놓았으니 나갈 수도 없다. 바라 칠 때를 기다려도 아무도 쌀 한 말, 돈 한 냥 갖다 주지 않는다.

"여보, 자루 있소?"

"예, 있는데 여기저기가 뺑 뚫려 있소."

"거, 가난한 집에 뭐 있소? 아무거나 주시오."

하고 자루를 들고 다방골[179]로 갔다. 골목 한 군데를 쓱 돌아가니 넓은 대문집이 활짝 열려 있다. 안으로 들어가니 문이 큰데 사직으로 들어가는 것 같다. 큰 문으로 들어가니 사방으로 큰 나무 위에 초를 켜 놓고 등촉이 휘황찬란하다. 사방을 보니 괴괴하다. 무인적하다. 유리창을 통해 보니 부인네들이 음식을 마련하다 곤해 그대로 잠이 들어 있었다. 그때는 괭이[180]가 무서워 과고[181]에 음식을 넣어두었는데, 그것을 내어보니 고기 절여 놓은 것, 떡— 강아지 불알만한 자루를 가져다 무엇을 가져오겠어. 큰 홑이불만한 것을 내[182] 시렁에 있는 음식을 모두 갖다 부었다. 굶고 추워 부엌에 가 보니 가마솥에 떡국이 끓고 있었다. 뜨거운 국이 끓고 있는 곳에 술이 없겠는가 하고 건넛방을 뒤져보니 약주술을 빚어내고 있었다. 약주술을 몇 잔 마신 뒤 뚱땅거리며,

"지게꾼아 나오너라." 하고 소리친다.

아들 삼 형제가 나와 보니 봉두[183]산발[184]한 웬 낮두꺼비 같은 놈이

---

177) '파루(罷漏)'의 변한 말. '파루'는 조선 시대에, 서울에서 통행금지를 해제하기 위하여 종각의 종을 서른 세 번 치던 일. 오경 삼점(五更三點)에 쳤다.
178) 순라군(巡邏軍). 조선 시대에, 도둑·화재 따위를 경계하기 위하여 밤에 궁중과 장안 안팎을 순찰하던 군졸.
179) 서울 중구 다동(茶洞)의 옛 이름. 조선시대 이 지역에 조정의 다례(茶禮)를 주관하던 관서인 다방(茶房)이 있어 생긴 이름.
180) 고양이.
181) 바구니. 원래는 손수레를 뜻하는 카고(Cargo)가 일본어화한 '가고'에서 온 말임.
182) 꺼내어.

마루 한가운데 무엇을 쌓아 놓고 있는 것을 보니,

"지게꾼 왔어? 짊어졌으면 갑시다."

한다. 김[185]은 주인방에 들어가서 방이 뜨끈뜨끈해 곧 잠이 들었다.

"너 가서 무엇을 쌓았나 보고 그대로 말해라."

"아, 그런 고얀 도둑놈이 있습니까? 그건 할아버지 차례 지내려고 한 음식인데 다 쌓아 놓았으니— 거 숟가락 같은 것은 없습니다."

"음, 그래. 거 도둑놈 같으면 유기[186]그릇 많은 것을 가져갔을 텐데."

이튿날 날이 밝아 정신이 든 그는

"죽여줍쇼."

"응, 이제 정신이 드나?"

주인이 원 밥술을 가져다주니 몸이 노근하다.

"성, 이름이 뭐지?"

항렬[187]을 대고 보니, 형제간이다. 김재민의 자초지종을 듣자,

"허, 그래? 그럼 가만있게."

큰아들을 부르더니,

"네 것이 맞을 것 같다. 네 것 갓만 갖고 오너라."

한 뒤 새옷, 새갓에 단장을 하니 씻은 호배추 같이 되었다.

"일홍아, 너 광에 가서 쌀 한 섬하고 돈 백 냥하고 내오너라."

행랑 사람들이 많으니 갖다 놓았다. 김재민이 가만히 생각하니 자기가 도둑질해 놓은 것이다.

"자네가 죽을 짓을 해서 만들어 놓은 것인데 그냥 가져가게."

마누라와 아이들은 기다리다— 나갈 땐 그 지경으로 나갔다 그 모습으

---

183) 봉두(蓬頭). 쑥대강이. 쑥대머리. 머리털이 마구 흐트러져 어지럽게 된 머리.
184) 산발(散髮). 머리를 풀어 헤침.
185) '김재민'을 가리킴.
186) 놋그릇. 놋쇠로 만든 그릇.
187) 항렬(行列). 같은 혈족의 직계에서 갈라져 나간 계통 사이의 대수 관계를 나타내는 말. 형제자매 관계는 같은 항렬로 같은 돌림자를 써서 나타낸다.

로 들어오니 누군지 몰라,

  "아이구, 망측해라!"

한다.

  "여보, 내요."

하며 목소리를 들으니 남편이다.

  "미안하지만 나 나무 한 냥 어치만 사다 주."

  나뭇짐을 마당 가득 쌓아 놓고, '가져온 음식을 끓여 먹으라.'188)고 했다.

  "아침을 먹으러 오라고 해서 갔다 올 테니 기다리시오."

하고 가니, 차례189)를 끝내고 주인과 둘이서 아침상을 받았다. 아들들은

자기 '할아버지 차례 음식을 먹은 고약한 놈'이라고 투덜거렸다.

  "자네 오늘부터 우리 집에서 우리 살림살이를 맡아보게."

  "저 같은 도적놈이 이걸 어떻게 맡습니까?"

  "너, 내가 하라는 대로 해!"

그러더니 문갑을 썩 열고는 열쇠 꾸러미를 이거만한 것을 내놓는단 말야.

이걸 썩 내밀면서 "오늘부터 내 집일을 봐."

  "형님께서 이처럼 엄하게 말씀하시니, 제가 아니 할 수가 없습니다."

  열쇠 꾸럼지190)를 내맡기고는,

  "네가 큰살림을 하나, 자네가 뒷냇골191) 생각을 하느라고 우리 집 일을

소홀히 할 것이니 자네 집 세간 일은 내가 해줌세. 하니 천 냥만 내주게."192)

하고 장부책에 자기 형님에게 돈 천 냥을 주었다고 기입한다. 그 건너에

조그만 집을 사고 김재민 식구를 그곳으로 이사시켰다.

---

188) 남편인 김재민의 말이다.

189) 차례(茶禮). 음력 매달 초하룻날과 보름날, 명절날, 조상 생일 등의 낮에 지내는 제사.

190) 꾸러미.

191) 후천동(後川洞). 예전에 중구 예관동 70번지 일대에 있던 마을로서, 마을 뒤에 시내
     가 있으므로 뒷내골·뒷냇골이라 했다. 여기에서는 이야기의 주인공인 김재민의
     집이 있는 곳을 가리킨 것이다.

192) 자기 돈이지만 금전 출납을 김재민이 맡았기에 한 말이다.

　김재민이가 십 년 동안에 천 냥 가지고 시작해서 팔백 석이 되었다. 한 번은 아들 삼 형제와 김재민을 부르더니,

　"내가 아무래도 죽어, 그러니 재산 분배를 해야겠다."

하고 아들, 부인, 김재민에게 분배를 한 뒤,

　"여보게, 재민이? 아들 삼 형제가 내가 죽은 뒤 삼 년간 뒤에는 빌어먹게 될 것 같으네. 십 년이 지나도 본체만체하게. 꼭 십일 년 지난 뒤는 자네 맘대로 하게."

　심복 셋을 보내 아들 삼 형제의 기물을 모두 전당 잡혀갔다. 삼백 냥을 주었더니,

　"아, 그 돈으로 얼굴을 때리지, 그냥 받고 와?"

한다.

　둘째 아들이 가니 삼십 냥과 찬밥으로 대접을 하고, 셋째 아들이 가니 삼 냥과 찬밥도 없다 하면서―

　십 년이 지나니 문객들이 불평을 늘어놓으며,

　"자네 신세 갚을 줄도 모르나?"

하므로 하루는 하인을 불러 아들 삼 형제의 소식을 물은즉,

　"예 그 사람 삼청동리[193] 움[194] 속에 삽니다."

한다.

　김이 찾아가 움 속을 열고 들어가니, 부끄러워 고개를 숙인다.

　"여보게들, 고생들 많이 했지? 가세."

하고 집으로 데리고 가 목욕을 깨끗이 한 뒤 갓, 옷을 입고 처가에 가 보니 부인들은 셋 보교[195]를 타고 가니. 그전에 있던 종이,

　"오래간만에 아씨 가마를 잡아 보겠습니다."

---

193) 삼청동(三淸洞). 서울특별시 종로구에 있는 동.

194) 땅을 파고 위에 거적 따위를 얹어 비바람이나 추위를 막아 겨울에 화초나 채소를 넣어 두는 곳.

195) 보교(步轎). 사람이 메는 가마의 하나.

하고, 교군 궁둥이를 찌르며 냅다 내달으니, 아들 삼 형제는 디럽다[196]
뛰어갔지만 놓치고 말았다. 옛날 살던 고대로[197] 있는 곳으로 데리고 갔
던 것이다. 떡국을 먹으로 김서방 댁으로 가 보니 마루에 앉아 하는 말이,
   "이곳이 내가 십삼 년 전에 제삿밥을 훔쳐 가로 뛰고 세로 뛰고 하던
곳이야. 내 부친의 은혜를 어찌 잊겠는가? 하니 자네들 그동안 불은 재산
을 모두 가져가게."
하였다.

41) 도깨비 정사(情事)[198]

1967. 10. 22. 영동읍 경로당 / 제보자 미상

   (조사자 : 도깨비를 뭐라고 씁니까?) 이매망량(魑魅魍魎)[199] ― 암도깨비,
숫도깨비―
   한 사람이 볏[200] 백이나 하고 있는 사람이 그 동네 어떤 여자하고 연
애가 되었다. 그 여자가 뚝섬으로 떠나게 되었다. 그 남자가 늘 다니는데
암만 해도 가깝게 사는 게 좋아 그곳으로 이사를 갔다. 그리고 동네 사람
들이 와서 이사 인사를 하여 갔더니 여자 소리가 나는데,
   "아이, 간지러워!"
하는 여자 소리가 난다. 이상해서 물으니,
   "내 그 도깨비 때문에 잘살게 되었네."
한다.
   사위는 그 옆에 동네에 제를 하러 가고 친정아버지가 왔는데, 딸이,

196) 들입다. 세차게 마구.
197) 그대로.
198) 남녀 사이에 벌이는 육체적인 사랑의 행위.
199) 온갖 도깨비. 산천, 목석의 정령에서 생겨난다고 함.
200) 벼.

"아버지, 사랑에서 주무시지 마시고 건넛방에서 주무세요."

"오, 그게 무슨 요사스러운 짓이야? 도깨비가 어디 있어?"

하고 말한 뒤 사랑방에서 자니, 조금 있자니 도깨비가 들어온다.

"요 깍쟁이가 먼저 자고 있구나!"

하며 도깨비가 들어오더니, 옷을 벗더니만 숨이 막히게 찍어 누르므로, 장인은 혼이 나 소리를 질렀더니, 암도깨비가 놀라 황급히 옷을 입고 도망을 쳤다. 제에 나간 사위가 들어와, '이 깍정이가 나를 기다리다 잠이 들었구나!' 하고는 여자 신발인 줄 알고 방문을 열고 들어와 장인을 찍어 누르므로 숨을 헐떡인다. 사위가 수염을 만져보고 놀라 황급히 밖으로 나가 다시 헛기침을 하고는 들어와서 장인을 보았더니, 장인 왈―

"거 암도깨비와 숫도깨비란 놈들 어지간한 놈들이더군. 아, 숨이 콱 막히도록 찍어 누르는데 정말 혼이 났다."

하였다.

42) 폐황후 복위시킨 꾀 ··

1967. 10. 22. 영동읍 경로당 / 제보자 미상

장씨라는 정승이 있었다. 황후가 자기 당고모[201]야. 이 황후가 왠지 몇 해가 되어도 포태를 못해 백관들이,

"포태를 못하니 폐비를 시켜 새 황후를 맞아들입시다."

하고 결의를 보아 임금께 간하였다. 그때 장정승은 이를 몰랐다. 큰일이 났으므로, 장정승은 황제에게 가,

"황후가 포태 중이므로 잠시 기다리시오."

하였으나, 이미 결정이 난 일이라 어쩌는 수가 없었다.

그때 토끼 한 마리가 갓을 쓰고 얼중얼중[202] 간다. 그놈을 잡으려고 하

---

201) 아버지의 사촌 누이.

니, 어느 틈에 당고모 집으로 간다. 정승은 자기 당고모가 폐비이므로 함부로 집에 가지를 못한다. 그래 토끼 짜[203]에 갓[冖]을 씌워 놓았으니 원통할 원짜[204]다.

당고모 집에 가 보니 알을 낳았는데, 시녀들이 해복[205]과를 했다. 장정승은 이를 눈치 채고 황제 앞에 나아가,

"소신이 십만 냥만 쓸 일이 있으니 하사하십시오."

하고 청하여 십만 냥을 얻은 뒤, 그 돈으로 어느 한 산을 사서 그 산을 깊이 파고 염라국을 만들었다. 염라국 대사를 보내 시녀 셋을 불러내,

"너 젊은 것들이 무엇 때문에 이곳에 왔느냐? 만일 전생의 죄를 솔직히 말하면 그대로 보내고, 만일 잘못 말하면 그대로 이곳에 두겠다."

두 시녀가,

"아무 죄도 안 지었다."

고 하는데, 셋째 시녀가―

"저는 아무 죄도 없지만, 신 황후가 '만일 구 황후가 아들을 낳으면 장안의 딸들과 바꾸게 하여라.' 했다."

고 말하므로, 왕께 나아가 이러한 경위를 말하여 다시 복위가 되었다 한다.

43) 첫날밤에 억센 신부 길들인 신랑 ·······································

1967. 10. 23. 영동읍 / 제보자 미상

옛날옛적에 김정승, 이정승이 살았더랍니다. 두 정승은 사돈을 맺기로 해서 복[206] 안에서 계약을 했는데 김정승은 아들을, 이정승은 딸을 보게

---

202) 얼씬얼씬. 눈앞에 잇따라 빠르게 잠깐씩 나타나는 모양.
203) 토(兔) 자(字).
204) 원통할 원자(寃字).
205) 해복(解腹). 해산(解産). 아이를 낳음.
206) 복(腹). 배.

되었더랍니다. 그런데 아— 그만 이정승 딸이 성질머리가 종이나 행랑 손님 누구에게나 억세어서 온 마을에 소문이 자자했더랍니다. 김정승 아들이 들으니,

  "이 처녀는 성질이 억세어서 시집을 가면 집안을 휘두를 것이다."
라 해서, 김정승 아들이 고만 근심에 싸이게 되었더랍니다. 어른들이 이미 뱃속에서부터 맹약207)한 바라 할 수 없이 열두 살 먹어 장가를 가게 되었더랍니다. 가마를 타고 가다가 김정승 아들은,

  "살림을 차리기 전에 색씨 버릇을 고쳐야지."
하고 생각하다, 어머니에게 생콩가루 한 숟갈을 싸 달라고 했죠. 옛날에는 생콩가루를 비누 대신 썼는데, 이것을 냉수에 타서 먹으면 설사가 나죠. 아, 그래서 김정승 아들은 신방에 들어가서 신부가 잠잘 때 생콩가루를 먹고 색씨 속곳에다 설사를 했더랍니다. 아, 그리구나서 색씨를 깨웠죠. 그래 시치밀 뚝 떼고 앉아서,

  "웬 쿠린내가 이렇게 나오?"
하니, 신부가 얼굴이 빨개지면서 고개도 못 들더래요. 보니 제 속옷, 요 할 것 없이 설사 천지니. 김정승 아들이, '냄새가 난다.' 하고 나가려 하자, 색씨가 못 나가게 말리더랍니다. 그 후부터는 남편에게 고분고분히 복종을 하고 잘 살았더라는 말이 있습니다.

44) 천마산 ··

1967. 10. 22. 오정리(梧井里) / 김영필(金永弼), 남 · ?

  *제보자는 약 6개월 전에 영동으로 이주해 왔다고 한다. 연세가 많았음에도 적극적으로 구연했다. 젊었을 때 교사였다고 하는데, 조사에도 매우 협조적이었다.

---

207) 맹약(盟約). 굳게 약속을 맹세함.

산중에 중화사208)라는 사찰이 있다. 이 산은 천마산(天馬山)이라고 말 마(馬) 짜를 썼는데, 중화사 승들이 신성한 사원이 마짜 든 산중에 있다는 것을 개운치 않게 생각하던 중, 어느 날 새벽 한 승이 새벽에 속가209)에 내려왔다가 다시 절로 가던 길에 이제껏 볼 수 없었던 큰 바위를 보게 되었다. 호기심에서 바위 앞으로 다가가니 '천마산(天摩山) 상원(上原)'이라는 현판이 있었다. '말 마(馬)'짜가 '만질 마(摩)'자로 맞쳐진 것을 기뻐하며, '상원'이 있으면 필시 '중·하원'도 있으리라 생각하고 찾아다녔다. 왠지 주곡리210) 쪽으로 가고 싶다는 생각으로 산맥을 따라 십 리쯤 가니까 과연 '천마산 중원(中原)'이라 쓰여진 것을 찾아냈다. 그러나 '하원'은 상기211) 발견하지 못하고, 그 글씨가 누구의 소작212)인지는 알지 못한다. 생각건대 고승의 지감213)에 감응214)된 천신의 소행이 아닐까?

45) 두꺼비의 보은 2

1967. 10. 22. 오정리 / 김영필. 남·?

옛날, 이곳에 한 가난한 소녀가 살았는데, 해마다 마을에서 소녀를 산 채로 제공하여 제사를 지냈다. 왜냐하면 그렇게 해야만 풍년이 들고 마을이 잘 되는 까닭이다. 처녀는 쌀을 주고 사서 바쳤다.

어느 날 이 가난한 집의 소녀가 효성이 지극한 나머지 아버지의 여생을 위해 몸소 팔려가게 되었다. 이때, 두꺼비가 한 마리 따라 나섰는데, 그 크기가 중도야지215)만 했다. 이 소녀는 마음씨가 고와 어려서부터 밥

---

208) 중화사(重華寺). 영동읍 화신리 천마산(天摩山)에 있는 사찰.
209) 속가(俗家). 절이 아닌 속계(俗界)에 있는 집.
210) 주곡리(主谷里). 영동읍에 속해 있는 이명(里名).
211) 아직.
212) 소작(所作). 어떤 사람의 제작. 또는 그 작품.
213) 지감(知鑑). 지인지감(知人之鑑). 사람을 잘 알아보는 능력.
214) 감응(感應). 믿거나 비는 정성이 신령에게 통함.

먹을 적마다 이 두꺼비에게 한 숟갈씩 덜어주어 이렇게 키운 것이다. 제사는 창고를 열고 산 소녀를 집어넣는 법이라, 해 질 무렵 소녀가 들어갔다.

이튿날 동리 사람들은 필경 소녀가 없을 거라 생각하고 문을 열었더니, 그곳에 소녀는 살아 있고, 곁에는 불당216)의 기둥처럼 몇 아름이나 되는 지네가 죽어 있었으며, 두꺼비도 앉아 있었다.

생각건대 두꺼비와 지네는 상극으로, 지네는 두꺼비 입에서 나오는 독기에 쏘이면 죽는다. 창고 천정 대들보 위에 숨어 있던 지네를 그 두꺼비가 죽였을 것이다 하여 이 후로 이곳을 '오공이'217)이라 불렀다. 지금도 고을 사람들은 '오공골'이라 부른다.

46) 사명당(四溟堂)

1967. 10. 23. 주곡리(主谷里) 화곡국교(花谷國校) / 손영식(孫永植), 남 · 37

*제보자는 현직 교사이다. 군복무 때를 제외하고는 이곳 고향에서 계속 거주 중이라 한다.

사명당218) 이야기를 하지. 그래 사명당이 들어가서 일본 가서 항서를 받는데, 일본으로 갈 때에 동래를 거쳐 가는데 그곳 부사가 영접도 안하고 하는 소리가,

"영웅호걸이 많은데 하필이면 중을 보내느냐?"

고 했거던. 사명당이 화가 나서 부사의 목을 치고 일본으로 들어갔는데 일본에서는 사명당이 생불219)임을 알고 두려워했어. 그래 계략을 써서 골

---

215) 중간 정도 크기의 돼지.
216) 불당(佛堂). 절. 부처를 모신 집.
217) 오공리(蜈蚣里). '오공'은 '두꺼비'.
218) 조선 중기의 승려인 유정(惟政, 1544~1610)의 호. 속명은 임응규(任應奎).
219) 생불(生佛). 살아 있는 부처라는 뜻으로, 덕행이 높은 승려를 이르는 말.

탕을 먹이려고 삼백 폭 병풍에 글을 써 붙였겠다. 그리고 글로 이야기를 하라고 하였다. 그랬더니 서슴지 않고 그 병풍에 써 있는 시구를 다 외이면서 단 두 구절은 '보이지 않아 욀 수 없다.'고 하였단 말이지. 나중에 그 병풍을 조사해 보니 과연 한 쪽이 닫겨 있더라고.

다음에는 무쇠방석을 바다에 띄워 앉으라 한단 말야. 무쇠야 놓자마자 가라앉을 게 뻔한데, 사명당은 또 서슴지 않고 무쇠방석에 앉았어. 동풍이 불면 북으로 가고 북풍이 불면 동으로 가고 사해용왕이 그의 머리 위에서 도니 이가 곧 부처가 아닌가?

세 번째는 비단방석, 무명방석에 앉으면서,

"부처는 벌레 똥구멍에서 나온 것을 앉지 않으니 무명방석을 좋아한다."

고 말했어. 무쇠로 집을 지서[220] 숯을 쌓아 놓고 대풍을 양쪽에서 불면 무쇠가 시뻘겋게 달아올라 쇳물이 줄줄 떨어져서 외구[221]들이

"제 아무리 생불이리고서니 구워졌겠지."

하고 방문을 열어보니 사명당이 방바닥에 빙(氷), 벽장에 서리 상(霜)짜 써 놓고 팔만대장경을 외우니 벽장에 서리가 끼고 사명당의 수염에 얼음이 끼었어. 왜놈들이 기겁을 할 수밖에.

최후로 무쇠로 말을 만들어 달구어 놓고 타라고 하자 사명당은 눈 하나 까딱 아니하고 말을 타고 부처의 힘을 빌어 북쪽에서는 흑운[222] 비를 왜왕 궁전에 몰아치게 하였어. 궁 안이 삽시간에 물바다가 되고 아수라장이 되었단 말야. 왜왕이 살려 달라고 하며 마침내 항서를 썼다. 사명당이 이를 응낙하고 다음과 같은 것을 요구했단 말야. 들어봐. 여자 열다섯 살짜리 인피(人皮) 삼백장, 싱싱한 불알 세 말. 과연 사명당다운 요구였거든.

---

220) 지어서.
221) 왜구(倭寇). 13세기부터 16세기까지 중국과 우리나라 연안을 무대로 약탈을 일삼던 일본 해적.
222) 흑운(黑雲).

47) 지명 유래 4

1967. 10. 23. 주곡리 화곡국교 / 손영식, 남 · 37

1. 역말, 말목이

구한말 때 역원(驛院)으로 말을 먹이던 곳이다.

2. 사기점

이조 때 거무튀튀한 그릇을 굽던 곳이다.

3. 무근점

옹기를 굽던 곳이다.

4. 백마성

삼국시대 때 나제(羅濟) 국경으로, 풍수설에 의하면 흰말[白馬]이 물을 먹는 형상이라고 한다. 현재 달성서씨가 사 대째 거주하고 있는데, 백마산에 묘를 잘 둔 까닭이라 한다.

5. 삼도봉(三道峰)

근조 때 삼도(충청 · 경상 · 전라)가 갈리는 산이다.

6. 주행봉(舟行峰)

옛 풍수설에 의하면 다슬기 형상으로 꼬인 곳이 명산이라 했는데, 이곳이 그러하며, 물이 괴었다. 한 사람이 그곳에 묘를 쓰고 뱃놀이를 했다 하여 명명(命名)하였다.

48) 지명 유래 5

1967. 10. 23. 주곡리의 제보자 자택 / 장대섭(張大燮), 남 · 77

1. 회령(會嶺)

구한국 말 서울 회현동(回賢洞) 살던 하동정씨가 낙향하여 이곳에 살았으므로 '회령'이라 하였다.

2. 비석거리

지금은 유실됐으나, 옛날에 원으로 부임한 사람들의 송덕비가 이곳에 나열돼 있었으므로 '비석거리'라 불렀다.

3. 재궁골

재실(齋室)이 있었으므로 '재궁골'이라 했다.

4. 마평(馬坪)

군마를 먹이던 곳이다.

5. 미륵당

옛날에 미륵(彌勒)이 길가에 서 있었다.

49) 학승패가(虐僧敗家) 1

1967. 10. 24. 주곡리 / 서병한, 남 · 81

*제보자는 6 · 25 때를 제외하곤 현지에서 계속 살았다고 한다. 유관 자료로 충북 영동군 〔용산면 자료 19〕; 동 〔용산면 자료 38〕; 동 〔황간면 자료 4〕를 참

조할 것. 그 밖에 파명당(破名堂) 설화로 괴산군 〔청천면 자료 12〕도 있다.

　　옛날 이곳에는 영일정씨(迎日鄭氏)가 득세했다. 회동(會洞)223) 담안이224)에서 굉장한 권세를 잡고 사는데, 다른 인심은 좋은데 중이 오면 귀를 꿰어 기둥에다 매어달았다. 하루는 중 하나가 동냥을 왔다. 주인이 달아매라 분부하니, 중이 대답하여 말하기를,

　“나를 달아매십시오. 나는 저 산 속에서 십 년 동안 선도225)와 풍수를 연구한 사람입니다. 댁에서 뫼 세 군데를 이장하면 정승, 판사226)가 쏟아져 나올 것입니다. 이장할 때 나를 기둥에다 달아매고 만약 내 말대로 되지 않으면 목을 치십시오.”

　주인이 듣고 말하기를,

　“오냐, 만약 거짓이었다면 네놈의 목을 치겠다.”

하고 하인을 시켜 요지부동227)으로 종을 묶으고 뫼 세 군데를 한날한시228)에 파는데, 재궁229)을─ 바위 아래 뫼를 파니, 뫼 속에는 붕어가 놀고 있었다. 깜짝 놀라 새로 그곳에 묻었다. 잘못하여 붕어눈을 건드렸는데 이후로 정씨 집안에 애꾸눈이 그치지 않았다. 또 한 군데는 뫼에 외꽃230)이 피었고, 또 한 군데─ 노고성231) 밑 뫼에서는 학이 날라 나왔다. 급히 집에 돌아가 보니 중은 간데없고 새끼232)만 있더라. 예부터 풍수설에 이르기를 붕애,233) 학 등은 명산의 상징이라 한다.

----

223) 영동군 영동읍 회동리.
224) 담안. 회동리에 속해 있는 마을 이름.
225) 선도(仙道). 신선이 되기 위하여 닦는 도.
226) 판서(判書).
227) 요지부동(搖之不動). 흔들어도 꼼짝하지 아니함.
228) 같은 날 같은 시각.
229) 재궁(梓宮). 시신을 넣는 관.
230) 오이꽃. 오이 덩굴에 피는 꽃.
231) 노고성(老姑城). 충청북도 청원군 북이면(北二面) 영하리(靈下里)에 있는 백제 때의
　　　성터.
232) 새끼줄. 중을 묶어 놓았던 줄을 말함.

50) 백마성(白馬城)의 오뉘 힘내기 ·······························

1967. 10. 24. 주곡리 / 서병한. 남 · 81

옛날 어떤 사람이 아들 하나, 딸 하나를 두었는데 둘 다 힘이 장사라, 한 집안에 역사234) 둘이 있으면 살지를 못해 둘 중에 하나를 죽이기로 했다. 그 방법으로는 힘내기를 하여 오빠가 송아지 천 마리를 몰고 서울을 갔다 올 동안, 누이는 앞산에 성을 쌓기로 하고, 지는 편이 죽기로 했다.

어머니 욕심으로는 딸보다 아들을 살리고 싶어서, 문짝만 빼고는 다 지은 딸의 성에 가서 자꾸만 팥죽을 먹으라고 권했다. 어머니의 강권에 못 이긴 딸이 팥죽을 먹고 막 올라가는데, 오빠가 와서 딸은 죽고 말았다. 그 어머니가 살던 곳은 노고성(老姑城)235)이라 하고, 그 성터가 남아 있으며, 문짝으로 쓰려던 돌이 남아 있는데, 길 공사를 할 때에 이 돌 밑에서 병 하나와 살[矢] 두 개가 나왔다고 전한다.

51) 장병사(張兵使) ··

1967. 10. 24. 주곡리 / 서병한. 남 · 81

*이본으로 충북 영동군 〔영동읍 자료 31〕; 동 〔용산면 자료 74〕를 들 수 있다.

장병사는 매천236) 과택의 아들로 아랫목서 밥 먹으면 윗목에서 뒤를 보았다. 힘이 장사라 은행나무를 치면 나무가 넘어졌다. 입버릇처럼 말하기를,

"내 죽은 뒤라도 이 나무가 벌떡 서면 나 같은 사람이 또 난다."

---

233) 붕어.
234) 역사(力士). 뛰어나게 힘이 센 사람.
235) 충북 보은 산성리 소재의 '노고성'일 듯하다.
236) 영동읍 매천리(梅川里).

나라에 난이 나서 훈련을 하는데 화살을 쏘며 말더러 이르기를,

"화살이 닿기 전에 달려가라. 그렇지 않으면 목을 치겠다."

기실은[237] 말이 먼저 달려갔는데 잠깐 잘못 알고 말을 죽인 후 나중에 이를 알고 자살했다 한다. 추풍령에 장병사 비가 있는데 일제 때 이를 깎으려 하자 일본인이 병들었다 한다. 후일 그 은행나무가 비슬비슬 일어났는데, 그와 같은 역사가 또 났는가는 알 수 없다.

52) 오동지의 동제(洞祭) ···

1967. 10. 24. 주곡리 / 서병한, 남 · 81

옛날옛적 주곡리에 늙은이 두 내외가 살았는데 신장사로 연명을 했다. 할멈이 죽고 자기도 죽을 때가 가까워오자 돈을 모아 논 서 마지기와 밭 얼마를 샀다. 죽을 때에 동장을 불러 말하기를,

"내 돈을 모두 줄 테니 동리를 위해 쓰고 나 죽은 뒤 묻어나 주시오."

성이 '오씨'라 모두 '오동지'라 불렀는데, 시월 초사흗날이 오동지 죽은 날이라 다음부터 이 날은 이 동리 사람 모두의 제삿날이 되었다. 오동지 묘 앞에 모여 대대로 그 밭을 부치는 사람이 제주가 되어 제사를 맡아 보는데, 이 날(10월 3일)은 제사와 함께 동·구장을 새로 뽑고 '주곡리'의 전 동리 일을 총결산한다 한다.

---

237) 그실(其實)은.

2. 상촌면(上村面)

1) 도깨비

1967. 10. 22. 궁촌리(弓村里) / 양선오(梁善五), 여 · 74

*황해도 재령군에서 출생하여 6 · 25 때 피란해 왔다고 한다.

　소장사가 소를 팔고 해가 져서 집으로 오는 도중에 도깨비가 나타나 돈을 달라고 하기에 칼로 찔러 죽이고 도망 와서 다음 아침 그곳에 찾아가 보니 도리깨에 칼이 찔려 있었다.
　재령 남우리에 살았는데, 어떤 사람이 냇가에서 그물을 쳐서 고기를 잡는데, 도깨비가 사람 형상을 하고 나와,
　"떡 한 시루 쪄다 주면 고기 많이 잡아 주겠다."
고 했다. 그래 그렇게 하겠다니까, 고기를 많이 몰아다 주었다. 이튿날 다시 고기를 잡으러 가니 도깨비가 나타나,
　"떡 가져왔느냐?"
고 물었다.
　"잊어삐리고 못 가져왔다."
그랬더니 도깨비가 다시 고기를 몰아다 주었다. 사흘째도 또 잊어삐렸다

고 하니, 도깨비가 아뭇 소리 없이,

　"고기를 몰아 줄 테니 그물을 대라."

고 하더니, 송장 뼈다귀, 개뼈다귀만 가득 몰아다 주었다. 그래 그 사람이 다 버리고 그물만 쥐고 도망을 쳤다. 오 리도 못 되는 길을 도깨비가 따라오면서,

　"이놈아, 입으로 거짓부리1)를 했으니, 입이 비뚤어져라."

고 고함을 질렀다. 그 사람이 아침에 일어나니 정말 입이 비뚤어졌다. 그래 밥도 못 먹었다. 사람이 참 미련하기도하지. 그게 사람이여? 도깨비는 산중에 없고 들에 더 많다.

2) 개와 고양이 ···

1967. 10. 22. 궁촌리 / 양선오, 여 · 74

　옛날 할마이가 혼자 사는데 고양이와 개를 먹여 살렸다. 서로 의논해 잘해주기로 한다. 강 건너 장재2) 첨지3)의 야광주가 베개 속에 있는 것을 알고 같이 갔다. 고양이가 쥐들을 협박해 쥐들은 굴을 파고 야광주를 훔쳤다. 강 건너다가 개가 참말로 가져왔는가 자꾸 물어봐 물에 떨어뜨려 싸웠다. 고양이는 못 들어가고 개는 집에 들어갔다. 원래는 둘 다 방에서 잤다. 낚시로 잉어를 채는데, 고양이가 물고 도망쳤다. 그 속에서 야광주가 나와 집으로 갔다. 주인이 개보고 밖에서 자며 도적을 지키라고 했다. 몇 바퀴씩 집안을 돌고 자라고 한다. 개는 그때 버릇이 남아 있고, 지금도 개와 고양이는 원수가 되었다.

---

1) 거짓말.
2) 장자(長者). 큰 부자를 점잖게 이르는 말.
3) 첨지(僉知). 나이 많은 남자를 낮잡아 이르는 말.

3) 구렁이 버섯

1967. 10. 22. 궁촌리 / 양선오, 여 · 74

구렁이가 되는 닭은 수수닭이다. 털이 희고 노랗고 벌겋다. 오래 먹이면 구렁이가 되어 나간다. 닭이 나가 뱀이 되어 죽었는데, 영감이 나가 보니 버섯이 났다. 이웃 사람이 제삿밥 먹으로 오라고 해서 영감이 가 보니 버섯이 있었다. 버섯이 싫어서 젓가락을 대다가 놓고 다른 음식을 먹었으나 배가 불러서 죽었다. 다른 사람은 아무 일도 없었다.

4) 제비 조개

1967. 10. 22. 궁촌리 / 양선오, 여 · 74

제비는 나기만 하고 아무도 잡지 않고 늙어 죽지도 않는다. 물에 낮게 날다가 물에 빠져서 조개가 된다. 꼭 제비같이 생긴 조개가 있다.

5) 호랑이와 먹저구

1967. 10. 22. 궁촌리 / 양선오, 여 · 74

호랑이가 수수밭 옆에 쭈그리고 앉았는데, 먹저구[4]가 뛰어가다가 호랑이 얼굴에 오줌을 찔금 쌌습니다. 호랑이는 화가 나서,

"잡아먹겠다."

고 했습니다. 먹저구는,

"십 리를 누가 먼저 뛰는가 내기해서 지면 잡아먹으라."

고 했습니다. 그러구서 먹저구들끼리 사발공사[5]를 하고 서로 의논해 십

---

4) 먹저구리. 두꺼비.
5) '사발통문(沙鉢通文)'의 잘못. 호소문이나 격문 따위를 쓸 때에 누가 주모자인가를 알

리에 먹저구들로 하여금 죽 엎드려 있게 했습니다. 내기가 시작되어 호랑이가 뛰면 한 놈씩 뛰어나와,

　"야― 이놈아, 여기 있다."

　"야― 이놈아, 여기 있다."

하다가 마지막 놈이, 또 뛰어나와,

　"너 이제 오느냐? 나는 여기 와 있었다."

하였습니다. 그래 호랑이가 지고 말았지요.

6) 서낭[6]의 유래 2

1967. 10. 22. 궁촌리 / 양선오, 여 · 74

　*이본인 충북 단양군 〔대강면 자료 1〕을 참조할 수 있으며, 유화로는 충북 괴산군 〔청천면 자료 33〕을 참조할 수 있다.

　강태공이 도를 믿어 집이 가난했다. 뻐드렁[7] 낚시만 드리우고 있음을 본 아내가,

　"당신과는 배가 고파 못살겠다."

고 나갔다. 강태공은 도를 깨쳐 벼슬길에 올라 사령 앞세우고 행차하는데, 돌피[8]만 훑어먹고 살던 아내가 나서서 당신 따라가겠다고 했다. 강태공은 '물 한 동이를 떠 오라.'고 해 '쏟아라.' 하고 '다시 담으면 데리고 가겠다.'고 했다. 길바닥에 쏟은 물은 담아도 독이 안 찼다. 강태공은 내버리고 갔다. 아내는 갈 데가 없어 고개 넘어가는 곳의 서낭나무가 되어서 지나가는 사람들에게, '침을 뱉아 달라.'고 해서 물동이를 채우고 있다.

　지 못하도록 서명에 참여한 사람들의 이름을 사발 모양으로 둥글게 삥 돌려 적은 통문.
6) 서낭신이 붙어 있다는 나무.
7) 곧은. 미끼를 끼우지 않은.
8) 볏과의 한해살이풀.

7) 꾀쟁이 종 계수목 ··

1967. 10. 22. 궁촌리 / 양선오, 여 · 74

　　옛날에 어느 집 종이 심술부리고 사나웠다. 주인이 과것길9)에 말하고 가는데, 종을 데리고 갔다. 종이 주인댁보고 '쇠요강에다 밥을 담아야 급제한다.'고 해서 주인댁은 깨끗이 닦아서 밥을 담았다. 종이 이름을 "계수목이라고 지어주시오." 했다. 가는데 종이 자꾸 딴 길로 가 '계수목'이라고 부르며 찾으니 가지고 간 음식을 다 먹고 온다. 계속 먹어라 하길래, 먹고 왔다는 것이다.10)

　　점심을 먹는데, 요강에 담아 온 밥을 주인은 먹을 수 없어 종만 먹었다. 국수집이 있어 냉면 한 그릇 시켜 오라고 하니 손가락으로 저으며 온다. 콧방울이 떨어졌다는 것이다. 종이 다 먹고 주인은 배가 고파서 견딜 수 없다.

　　서울에 도착해,

　　"서울이라는 곳은 속눈깔 빼 먹는 데다. 말 잘 건사해라."

하고 주인은 어디 갔다. 종은 말을 팔아먹고 말고방11)을 꽁무니에 차고 엎드려 눈깔 감고 있다.

　　"눈깔 빼먹는다고 해서 눈깔 빠질까봐 이러고 있었습니다."

　　주인은 종 잔등에, '이놈 돌아가면 돌을 안겨 바다에 넣으라.'는 편지를 써서 내려 보냈다. 길에서 밀가루 찧는 방아가 있어 밀가루를 훔쳤다. 꿀장사가 꿀짐 지고 가는데, 밀가루로 그릇을 만들어 꿀을 훔쳐서 먹으며 간다. 중이 오다가 배가 고파 누웠다.

　　"이거 먹고ー 너 글자나 했냐?"

---

9) 과거시험을 보기 위해 가는 길.

10) 주인이 종의 이름을 부르며 '계수목아, 계수목아'한 것을, 종은 '계속 먹어, 계속 먹어.'로 들었다는 것이다.

11) 말고삐.

했다.

"했소다. 당신 내려가면 죽이라는 거요."

"고쳐라."

'과거 잘하고 올 터이니 막득딸[12]과 장가들이고 돈 주고 새 기와집 지어 주라.'고 썼다. 내려가기 전에 그리하라는 것이다.

종이 집으로 가니, 계획대로 되었다. 주인이 내려가니 고약한 놈이다. 종들에게,

"갖다 강에 처넣으라."

했다. 그래 종들이 가죽푸대에 넣어— 넷이 메고 강으로 갔다. 가다가 거리에 두고 술집에 들어가 술을 먹는다. 눈 하나 먼 바리장사[13]가 마침 지나가는데,

"니 눈 번쩍, 내 눈 깜빡."

했다. 바리장사가 이상히 여겨서 물으니,

"눈이 하나 멀어서 푸대 속에 들어가 눈을 떴다."

고 했다. 바리장사가 그 속에 들어가고, 종은 통바리짐[14] 지고 내뺐다. 하인들이 술 먹고 나와 다시 푸대를 메고 갔다. 바리장사가 속에서 뭐라고 하니 종들이,

"빌어먹을 놈 죽으러 가면서 별 이상한 소리도 다한다."

그래 바리장사가 대신 죽고 종이 얼마 후 돌아왔다. 강물에 넣은 게 나왔으니 이상해 물으니,

"용궁에 들어가 살았다. 다 같이 가자. 제일 귀한 게 솥이니 솥을 가지고 가자."

며 키도 가지고 갔다. 물속에 들어가 살아나려고 키로 치니, '어서 오라고 부른다.'고 다 들어가게 했다. 막득딸만 못 들어가게 하고 같이 살았다.

---

12) 막내딸.
13) 통바리 장사. 통바리에 물건을 싣고 다니며 파는 장사.
14) 통바리에 넣은 짐. '통바리'는 가는 댓조각이나 싸리를 엮어서 통같이 만든 기구.

8) 미륵과 구렁이 ···

1967. 10. 22. 궁촌리 / 양선오, 여 · 74

옛날 사람 하나 총각으로 살다가 말을 타고 멀리 서울 가는 길이었다. 산 옆에서 눈 땡구란 놈이 말고삐를 잡고 같이 가자 해서 무서워서 별수 없이 같이 갔다. 큰 동리에서 잤다. 그 동리에 색시가 있어 잔치를 했다. 자는데, 일어나라고 하더니 큰 칼을 주고, '신랑을 죽이고 오라.' 했다. '아니면 너 죽인다.'며, 칼을 주고 담을 넘겨주었다. 들어가 신랑을 죽이고 돌아와 잤다. 이튿날 신랑이 죽은 걸 보니 큰 구렁이었다.

'말 타라.'고 해서 산중의 딴 집에서 자는데, 그 사람이 들락날락하더니 한참 후에 널[15) 하나를 지고 들어와 뜯더니 처녀 시체를 꺼내서, '데리고 자라.'고 했다. 한참 안고 자니 살아났다. 그녀석이 색시 죽은 집으로 갔다. '딸 죽어서 서럽다.'고 울고 있었다. '살아났다.'고 했다. 가보자 해서 따라오니 살아났다. 딸은 돌아오고 그 사람을 사위로 삼았다.

눈 땡구란 녀석이 말하기를,

"나는 미륵이다. 미륵 밑창에 구렁이가 와서 집을 지어 죽이려고 한 것이다. 구렁이가 신랑을 잡아먹고 신랑이 된 걸 죽이게 했다. 그 대신 죽지 않을 처녀를 죽여서 장가들게 해 주었다."

9) 비형랑(鼻荊郞)[16)과 귀교(鬼橋) ······························

1967. 10. 22. 임산리(林山里) 유곡(柳谷) / 남원우, 남 · ?

신라 진지왕[17)이 황음무도[18)하여 쫓기어나서 유배 중 자기의 잘못을

---

15) 시체를 넣는 관이나 곽 따위를 통틀어 이르는 말.
16) 비형랑(鼻荊郞, ?~?). 신라 진평왕 때의 관리. 진지왕의 아들이다. 죽은 진지왕과 사량부(沙梁部) 민간 출신의 도화랑(桃花娘)과의 사이에서 출생하였다고 함. (출전 : 『삼국유사』)

뉘우치면서 죽고, 진평[19]이 왕위에 올랐다. 진지왕이 평소에 마음에 둔 미색의 과부가 있었는데, 진지왕의 죽은 혼이 이 과부에게로 들어가 아들이 생겼으니, 이름을 비형이라고 지었다. 진평왕에게는 아들이 없었는데, 비형이 똑똑하고 잘생기어 진평왕이 아들로 삼았으나, 비형이는 밤마다 밖에 나가서 재물이 많고 부패한 재상들의 재물을 뺏어 청빈한 재상에게 나누어주곤 하여 진평왕이,

"왜 그런 짓을 하느냐?"

고 물으니 대답하기를,

"밤에 부모 산소에 가면 부모와 말을 할 수 있습니다. 그런데 도깨비들이 경주의 황천내에 모여 나를 대장으로 모시어 시정[20] 논의를 한 결과 나라가 너무 부패하였다는 것이 밝혀져서 세상을 바로잡아 보려고 그렇게 했습니다."

고 대답했다.

그 당시 어느 절로 가는 목다리[21]가 있었으나, 비만 오면 떠내려가서 그 목다리를 돌다리로 만들도록 비형에게 왕이 하명하니 비형은 도깨비들을 데리고 돌다리를 만들고내니 그 다리를 '귀교(鬼橋)'라 하였다. 이와 같이 도깨비들의 힘으로 다리를 만들고 보니, 도깨비를 사람으로 만들어 나라의 일을 맡기면 아주 잘해 낼 것이라고 여기어, 도깨비 중의 왕초인 길달[22]이를 사람으로 만들어 장군을 삼으니, 왜적들이 길달이 이름만 들어도 멀리 도망갈 정도로 많은 공을 세웠다. 차츰 길달이는 다른 야심을 품게 되어 비형에게 죽고, 이때 모든 도깨비들이 비형에게 죽어 지금 보

---

17) 진지왕(眞智王, ?~579). 신라 제25대 왕(재위 576~579).
18) 황음무도(荒淫無道). 주색에 빠져 사람으로서 마땅히 할 도리를 돌아보지 않는 면이 있음.
19) 진평왕(眞平王, ?~632). 신라 제26대 왕(재위 579~632).
20) 시정(時政). 그 당시의 정치나 행정에 관한 일.
21) 목(木)다리. 나무로 된 다리.
22) 길달(吉達, ?~?). 신라 진평왕 때 도깨비가 인간으로 현신한 전설상의 인물.

이는 것은 도깨비가 아니고 허깨비다.

10) 도깨비의 정체

1967. 10. 25. 하도대리(下道大里) / 김순갑(金順甲), 남 · 60

　*흙목에서 임산리(林山里)로 가던 길에 제보자를 만났다. 경북 금릉군 대항면 공자동에서 출생하여 24세 때부터 54세까지 일본에서 노동을 하며 살았으나, 교통사고로 머리를 다쳐 머리와 손 다리가 불구가 되어 귀국했다고 한다, 이후 현재는 상촌면 일대에서 걸식하며, 뱀을 잡으러 다니고 있다. 조사단은 제보자에게서 뜻밖에 많은 이야기를 들었다.

　키가 팔대[23]장승 일곱 자나 되고 발뒤꿈치가 없는 놈이 씨름하자고 덤볐다. 처백히이서[24] ─ 처백힌 사람이 눈두부리[25] 깨져서 이튿날 가 보니 디딜방애[26] 방애고[27]였다. 방애고와 씨름을 한 것이다. 도깨비와 허깨비[28]는 다르다.

11) 여우 둔갑

1967. 10. 25. 하도대리 / 김순갑, 남 · 60

　여시[29]는 둔갑을 잘해서 사람이 된다. 시 분만[30] 머리띠 넘으면 정신

---

23) '팔척(八尺)'의 잘못.
24) 처박혀서.
25) 눈두덩. 눈언저리의 두둑한 곳.
26) 디딜방아.
27) 방앗공이.
28) 기(氣)가 허하여 착각이 일어나, 없는데 있는 것처럼, 또는 다른 것처럼 보이는 물체.
29) 여우.
30) 세 번만.

없이 사람이 쓰러지고 코로 피 다 빨아먹고 똥구녕 째 피 다 빨아먹는다. 손톱 발톱 다 뽑고 머리를 어찌 핥았는지 기름 바른 것같이 한다. 그런 일을 보았다.

12) 보은의 종소리 ···

1967. 10. 25. 하도대리 / 김순갑, 남·60

*이본인 괴산군 〔청천면 자료 31〕을 참조할 수 있다.

웬 사람이— 마흔 살 먹은 총각인데, 장[31] 벌어도 돈이 안 모이.[32] 옷을 한 벌 삼비[33] 책보에 싸가지고 가는데, 한 군데 가니 깊은 쏘[34]가 있어. 버드나무가 꽉 섰다. 장꿩이 푸르르 날다가 널찐다.[35] 그래 저 머이[36] 있는가 가니까, 큰 구리[37]가 자[38] 먹을라고 용을 쓴다. 꽘[39]을 버쩍 지르니 꿩이 좋다고 날아갔다.

하루 점두룩[40] 가도 동네는 없고 길만 빠꼼한데[41] 날이 저물었다. 외딴집이 질가[42]에 있어 그래 '좀 자고 간다.'고 카니께, 여자가 나와.

"내가 과택인데 잘 수가 없어."

"당신 발치에 누[43] 잘 테니 재이[44] 주소."

---

31) 늘. 계속하여 언제나.
32) 모여.
33) 삼베. 삼실로 짠 천.
34) 소(沼). 늪. 땅바닥이 우묵하게 뭉떵 빠지고 늘 물이 괴어 있는 곳.
35) '널찌다'는 '떨어지다'.
36) 무엇이.
37) 구렁이.
38) 잡아.
39) 고함(高喊).
40) 저물도록.
41) '빠꼼하다'는 '작은 틈이나 구멍이 깊고 매우 또렷하게 벌어져 있다.'
42) 길가.

하니 대답하더라. 그래 밥을 해주는데 비린내도 나고 밥도 아인[45] 것 같아. 그래 과택이 이뻐.

"몇 살이냐?"

고 물으니,

"스물한 살이라"

고 하더라. 그래 바느질한다고 실을 끼는데 배암[46] 씨[47]가 나름거리더라. 그래서 '아이고-' 싶어서 한데[48] 나갈려 하니,

"못 나간다."

그래 덕시[49]를 넘더니 낮에 보던 구리가 되어 문지방에 걸치고 앉아,

"낮에 꿩 먹을라고 용쓰는데 니가 날렀다. 너를 자[50]먹어야겠다. 절 뜯은 터가 있는데 밤중 되어 소리나는 인경[51]이 방구[52]에 씨고리[53]로 달려 있는데 소리가 시 분 나면 너를 안 잡아먹는다."

열두 시 되니께 소리가 시 분[54] 난다.

"허허- 이놈의 꿩이 이놈을 살렸네. 너는 살았다."

나와 보니 저건[55] 방구 속에 한 군데 가서 널쩌 죽을라고 방구 위에 서서 있는데, 뒤에서 누가 와칵 잡아 땡긴다. 젊은 소년이 패랭이[56] 쓰고 도복을 입었다.

---

43) 누워.
44) 재워.
45) 아닌.
46) 뱀.
47) 혀.
48) 집채의 바깥.
49) '멍석'의 방언. 여기서는 '재주'의 뜻.
50) 잡아.
51) 인정(人定). 조선 시대에, 통행금지를 알리거나 해제하기 위하여 치던 종.
52) 바위.
53) 쇠고리.
54) 세 번.
55) 적은.
56) 댓개비로 엮어 만든 갓.

“왜, 이런 데 니가 죽으려노? 장개가고 접나?”[57]

“예, 가고 접다.”

“요 밑에 니리가면 처녀 서이[58]가 목욕을 한다. 질 밑에 있는 처녀에게 어디로 가면 동네가 있는지 질을 물어라. 우에 있는 처녀들은 거들떠보지도 말고, 그래 너 갈대로 가거라.”

하고는 인부불견[59]이야. 그 양반이 산신령이다. 그래서 밑에 있는 처녀에게 가 물으니, 젓티[60] 내놓고 사타구리[61] 가리고 돌아서 옷을 입더니, ‘동쪽으로 뻗은 버들가지 시[62] 가지 꺾어서 손을 잡고서 날 따라오라.’고 한다.

여러 수십 질이나 되는 큰 산을 꼬쟁이[63]로 때리니 물이 짜개지고 큰 지와집[64]이 가득하다. 그 처녀는 용왕국 처녀였다. 그래 가니 제일 큰 집으로 들어가더니 어머이 아버지를 불렀다. 아버지는 탕근[65] 쓰고 점잖다.

“육지 총각을 내가 데리고 왔습니다.”

하니 어마이가 말하기를,

“아이고! 니가 육지 사람을 우째 데리고 왔나? 우리 사우를 삼자.”

하더니 그 후 농사도 많이 짓고 팔자 고쳤다.

---

57) 싶은가?
58) 셋.
59) 인부불견(人復不見). 사람이 다시 보이지 않음.
60) 곁에.
61) 사타구니. 하체(下體).
62) 세.
63) 꼬챙이.
64) 기와집.
65) 탕건(宕巾). 벼슬아치가 갓 아래 받쳐 쓰던 관(冠)의 하나.

13) 금강산 포수 반쪽이 ···

1967. 10. 25. 하도대리 / 김순갑, 남 · 60

*유관 자료로 충북 괴산군 〔청천면 자료 47〕; 동 〔청천면 자료 59〕가 있다.

이전에 장가[66]란 사람이 포수로 총질을 했는데, 아들은 없고 내외만 있었다. 아직에 앞산에 '끌크덩 끌크덩'[67] 소리가 나니, 총을 들고 나서며,

"저 꿩이 아직 마다 저러는데 어디든지 따라가려네."

칼을 쓱 빼서 아내에게 주며,

"이 칼이 녹쓸거든 내가 죽은 줄 알아라."

하고 갔다. 간 지 삼년 후에 칼이 녹쓸었다.

어느 대사가 아내에게 오더니 천도복상[68]을 주며, '꼭 먹으라.' 하더라. 아내는 두 개 먹고 더 먹을 수가 없어 억지로 먹다가 두 개 반만 먹었다. 아들 삼 형제를 낳았는데, 제일 끝놈은 반쪽이었다. 삼 형제가 커서 아버지 복수를 하러 강원도 금강산으로 가는데, 작은놈 반쪽이가 따라가려고 해 나무에다 묶어 놓았는데 언제 왔는지 한 발로 뛰어왔다. 반쪽이는 장군수[69]를 마셔서 장사이다. 금강산에 들어가니 이쁜 여자들이 반기는데 모두 다 호랑이가 둔갑을 한 것이다. 반쪽이는 물리치고 한 곳에 가니까 백골과 총이 즐비하게 있는데, '어느 게 장포수[70] 백골인가?' 하니 백골이 일어서― 그 '어느 게 장포수 총인가?' 하니 총이 일어섰다. 가지고 산에서 나오니 사람들이,

"들어가는 포수는 봤어도 나오는 포수는 처음 본다."

고 하더라. 돌아와 아버지 장사를 지냈다.

---

66) 장씨.
67) 꿩의 울음소리.
68) 천도(天桃) 복숭아.
69) 장군수(將軍水). 마시면 장사(壯士)처럼 힘이 나게 해 준다는 물.
70) 장씨 포수. 즉 주인공 반쪽이의 아버지임.

14) 선빈이 후빈이 ···

1967. 10. 25. 하도대리 / 김순갑, 남 · 60

선빈이 후빈이라는 형제가 홀어머니를 모시고 살았다. 어느 날 밤 어머니가 몰래 어디로 가서 형제가 몰래 뒤따라가니 뒷절로 들어갔다. 한참 후에 중놈과 지껄이는 소리가 들려왔다. 형제를 죽일 계획을 하는 것이었다.

"장포수한테 열닷 냥만 주면 해치울 건데ㅡ."

형제는 속으로, '망할 년 멀 지랄하노?' 하고 생각했으나, 모른 척하고 돌아와 잤다.

이튿날 어머니는,

"닭을 한 마리 잡아 닭국을 끓여서 먹자."

했다. 작은놈은,

"성아, 성아. 우리 지길라고71) 닭 잡아 준다. 배 아프다고 먹지 말자."

"평소에도 개 먼저 던져주고 먹었다."

"성아, 성아. 우리 우째도72) 죽을 것 아이가? 먹고나 죽자."

하고 먹었다. 찬밥 두 뭉치 싸주더니,

"너 아바이73) 미74) 인 데75) 꽃 꺾으러 가라."

고 내보냈다.

"성아, 성아. 꽃 꺾으러 가자."

묘 있는데 가서 끌안고 우니 포수가 총을 들고 오더니 반석76)을 보고 헛총을 두 번 놓고 갔다. 왜? 죽이기 싫어서ㅡ.

"가자, 우리가 집에 가면 죽을 거고 얻어먹으러 가자."

---

71) 죽일라고.
72) 어찌 해도. 어떻게 하여도.
73) 아버지.
74) 묘(墓).
75) 있는 데.
76) 반석(盤石). 넓고 평평한 큰 돌.

하고 이십 리나 가서 큰 동네에 가 얻어먹고 지냈다. 이월이다. 한 동네
에서 삼년 동안 얻어먹으니 욕을 하더라.

　“성아, 갈리자. 큰 쌍가름질[77)]에 꼬쟁이를 파고 탕기[78)]를 묻고 섣달그
믐날 저녁에 만나자. 먼저 오는 사람이 파 보자.” 하고 딴 동리로 갈렸다.
그믐날이 되어 와 파 보니― 형이 먼저 팠다. 둘이 붙잡고 울다 다시 묻
어 놓고 떡 얻은 것 먹고 갈렸다.

　그래 후빈이가 큰 부잣집 여물간[79)]에서 잤다. 새벽에 머슴이 소죽 끓
일라고 여물을 들치는데 시커먼 놈이 자빠져 잔다. 놀라서 보니 걸배이[80)]
다. 뺨을 때리니 울었다. 방에서 영감이 머슴을 불러,

　“뭣 때문에 그러느냐?”

　주인이,

　“오라 캐라.”

해 불러 보니 옷 다 떨어진 걸 입고 울고 있다. 종년을 부르더니 옷 한
벌 해 입혀라 하고,

　“나한테 물심부름이나 하고 있거라.”

하면서 천자책을 내놓고 글이나 배울제, 이놈이 어째 재주 있던지 ‘천
(天)’ 배우면 ‘지(地)’까지 먼저 안다. 귀엽게 생각해서 잘 컸다. 아홉 살에
들어가 열 살이 되었다. 형은 열세 살이고. 열여덟 살을 먹었다.

　영감과 할마이가 의논했다. 딸이 하나 있는데 연당[81)] 안에 여독선생[82)]
을 앉히고 공부를 하고 배를 타고 댕겼다. 처녀도 열여덟 살을 먹었다.

　“그래 니 성이 뭐냐?”

하니,

____

77) 쌍갈랫길.
78) 탕기(湯器). 국이나 찌개 따위를 떠 놓는 자그마한 그릇. 모양이 주발과 비슷하다.
79) 여물을 쟁여 두는 헛간.
80) 걸뱅이. 거렁뱅이. 거지.
81) 연당(蓮塘). 연꽃을 심은 못.
82) 여자 독선생. ‘독선생(獨先生)’은 ‘한 집의 아이만을 맡아서 가르치는 선생.’

"이가— 전주이가입니다."

"근본도 좋다."

영감이,

"나는 황가다. 할마이한테 소당83)을 했다. 그때 『동몽선습』84)도 다 띠고85) 책거리86)도 거창하게 했다. 우리 사우 데릴사우87) 삼자."

딸 한 분88) 볼라 해도 살짝살짝 댕기서 보지 못했다. 한날은 약주89) 먹고 딸 방에 들어가 문을 살재기 열다 책이 항금90) 쌓여 있는데, '이건 다 배운 기고— 이건 배우는 기고—' 했다. 혼례 후에 다시 만나기로 하고 헤어졌다. 그래 둘 다 날 받기만 기다렸다. 날을 받으니 한 열흘 안에 난다. 그래 혼례를 지냈다.

첫아들을 낳고 가만히 생각하니, 섣달그믐날이다. 삼년 되었다. 형 만나러 가야겠다고 척척 벗어놓고 미투리91) 신고 쫓아가니 형이 파 놓고— 보재기 짊어지고 어디 가 죽었는가 하더니— 둘이 끌안고 울었다.

"형님, 내 따라가자."

따라가니 형은 삽작거리92) 섰다. 집에서는 후빈이 찾느라고 야단이 났다. 눈물을 흘리고 눈이 부었다. 무릎 꿇고 앉아,

"아부지 보이소, 지가 혼자다93) 했는데 형이 있심더."

---

83) 서당(書堂). 서당 공부.
84) 『동몽선습(童蒙先習)』. 조선 중종 때에, 박세무(朴世茂)가 쓴 어린이 학습서. 오륜(五倫)의 요의(要義)를 간결하게 서술하고, 중국과 조선의 역대 세계(世系)와 개략적인 역사를 덧붙였다.
85) 떼고. '떼다'는 '마치다'.
86) 책씻이. 글방 따위에서 학생이 책 한 권을 다 읽어 떼거나 다 베껴 쓰고 난 뒤에 선생과 동료들에게 한턱내는 일.
87) 데릴사위. 처가에서 데리고 사는 사위.
88) 번(番).
89) '술[酒]'을 점잖게 이르는 말.
90) 많이.
91) 삼이나 노 따위로 짚신처럼 삼은 신. 흔히 날을 여섯 개로 한다.
92) 집 근처. 대문밖 가까운 길거리.
93) 혼자라고.

그라고는 내력 이야기를 죽 하니 영감이 이 소리를 듣고 버선발로 나와 옷 갈아입히고 잘 먹이고 잘 모신다. 불상한 처녀를 맞아 장가 들였다. 집 옆에 새집 짓고 땅도 주었다. 후빈이가 말하기를,

"성아, 성아, 중놈하고 사는가94) 가보자."

변복95)을 하고 가니께 모르더라. 몇 십 년 후니께 중놈은 절도 그만두고 열 마지기 농사를 짓고 살고 있고, 아무에게도 말하지 않고 '쉬고 가겠다.'고 했다. 여자는 백야시96)처럼 보다 자식 얼굴이고 콧대고 이상한데- '찾아올 리는 만무하다.' 그래 '우리는 잘 쉬고 간다.'고 하고 와서 종놈 시켜 가매97) 바닥에 아까시 난두나무 짧게 잘라 가마 밑에 깔고 가서 저 어머이에게,

"이년, 니가 이년! 아무년이 아이가? 나는 후비고98) 이 양반은 선비다.99) 가매 타라. 가매에 넣고 새끼로 홀가라.100) 그 중놈은 뒷바로 묶고 죽이자."

중놈은 죽이고 어머이마저 죽이려 하니 말려서 오두막집에 두고 보지 않다가 죽은 후에는 후이 장사를 지내 주었다.

15) 도깨비보 ··

1967. 10. 25. 하도대리 / 김순갑, 남 · 60

밀양 청도101)에 '도깨비보'가 있는데, 도깨비가 아무나 보고 김서방이

---

94) 어머니를 가리킴.
95) 변복(變服). 남이 알아보지 못하도록 평소와 다르게 옷을 차려입음. 또는 그런 옷차림.
96) 백여우. 털빛이 흰 여우. 요사스러운 여자를 속되게 욕하여 이르는 말.
97) 가마.
98) 후빈이고.
99) 선빈이다.
100) 묶어라.
101) 경북 밀양군 청도면(淸道面).

라 캐여. 김가 아이래도102) 김가라 캐여. 캄캄한데 비는 주룩주룩 오는데,
논물 보러 가 논물을 보고 오는데, 앞에 장승 같은 놈이 얼굴이 지다란
놈이,

"김서방, 여103) 닐 큰 비 오는데, 팥죽을 많이 끼리다 주게. 우리가 팥
죽을 잘 먹네. 생전 이 보가 안 떠니리가게 해줄 께니께, 큰물이 져도."

"그라겠습니다."

하고 잊어부렸다. '저게 허깨비도 아이고104) 택105)이 지다란 게―'

나106) 많은 노이107) 사랑108)에 가 이야기하니께,

"그런 쓸데없는 소리하지 마라. 헛거 봤구만!"

"이 사람, 내가 실지109)네."

팥을 거110) 두고 쌀하고― 안 떠니리가게 한다니까― 어려웁다. 그래
팥죽을 여나무111) 동우112) 끼리113) 횃불해 들고 보았는데― 가서 숟가락
꼽아 놓으니께 쑥쑥 나오는데 여러 명이라. 한 그릇씩 돌아갈까, 한 놈이
한 그릇이 모자란다. 한 놈이 팥죽을 못 먹어,

"쌍놈, 내 싼 건 빼 뿌릴란다."

그놈들이 쌓는데― 돌에도 암돌 숫돌이 있어. 암돌 밑에 놓고 숫돌 위
에 놓으면 큰 물 져도 안 떠니리가는데 그래 한 놈이 지 돌114)을 뺐다.

---

102) 아니라고 하여도.
103) 여기.
104) 아니고.
105) 턱.
106) 나이.
107) 노인.
108) 사랑방.
109) 실지(實地). 실제(實際). 실제의 처지나 경우.
110) 거기. 또는 그것(을).
111) 여남은. 열이 조금 넘는 수. 또는 그런 수의.
112) 동이.
113) 끓여.
114) 제 돌. 제가 쌓은 돌.

암만115) 비가 와도 엉그름해도116) 하나 뺀 데만 물이 나오지 다른 데는
안 빠진다고 한다.

16) 여우터

1967. 10. 25. 하도대리 / 김순갑, 남 · 60

대국 핀작이가117) 미자리118) 잘 보고 약도 잘 쓰는데, 의관 갓망119)하
고 나왔다가 한참 보리타작할 때- 오월달인데 각중에120) 뇌성121)하고
비가 심히 온다. 비 피할 데가 없어 길가 작은 집에 들어가다가- 발 디
디다가 아이를 터자122) 죽였다. 난 지 이레123) 된 아들을. 부모가 오자
사죄를 하고 '죄를 갚겠다.'고 했다. 부부가 먹을 게 없어 남의 집에 보리
방아 찧어 주러 갔다 왔다. 여자는 울고 야단하는데 남자는,

"울지 마라. 실수니- 아는 다시 놓으면 안 되나?"

점잖은 어른인데, 그래 핀작이가,

"앞에 큰 밭이 있는데, 이 밭이 뉘 밭이냐?"

쇠를 빼보더니,

"당신이 삼 년 만 이 밭 가운데 집 짓고 도지124) 달라는 대로 주라."

"도지를 무슨 돈으로 주겠느냐?"

"생길 터이니- 갚아줄 터이니 시키는 대로 해라."

---

115) 아무리.
116) 엉성하다. '엉그름'은 '차지게 갠 흙바닥이 말라 터져서 넓게 벌어진 금'.
117) 편작(扁鵲)이가. 중국 전국 시대의 명의.
118) 묘(墓) 자리. 묘 터.
119) 갓망건. 갓과 망건(網巾)을 아울러 이르는 말.
120) 갑자기. 미처 생각할 겨를도 없이 급히.
121) 뇌성(雷聲). 천둥소리. 우렛소리.
122) 밟아 터뜨려.
123) 매달 초하룻날부터 헤아려 일곱째 되는 날.
124) 도조(賭租). 남의 논밭을 빌려서 부치고 논밭을 빌린 대가로 해마다 내는 벼.

새끼로 말목125) 박고, ‘여는 정지126)다, 여는 방—’이라 일러주고,

“십 년 만 지내면 당신 밭 당신 논 된다. 큰 부자가 된다.”

그리고는 핀작이는 가 버렸어.

밭임자에게,

“남의 집에 살아 갚더라도 여기 집 짓자.”

고 했다.

“이 사람아, 저게는 어떤고?”

“질 옆이라 좋지 않심더.”

아,127) 죽었다는 소리는 안 하고—.

“그러면 거기 짓게. 나락128) 한 섬은 줘야 되는데—”

“예, 디리지요.”

하고 절 열 번 하고 그 안날129)부터 집을 짓는다. 헌집 뜯어다 정지 한 칸 짓다.130) 십 년 안에는 떠나야 한다는데, 밭임자가 하도 내우간131)에 열심히 일하니까,

“이 밭을 자네가 붙이게. 밭 붙이고 도지가 되겠는가?”

또 하나가,

“그 밑에 논이 여나문 마지기 짜리가 몇 두락132) 있는데 지가 논 있으면 논농사 좀 짓고 싶심더. 열 마지기 허지해133) 주소.”

“그러게. 소, 훌치기,134) 써리135)도 집에 다 있네.”

---

125) 가늘게 다듬어 깎아서 무슨 표가 되도록 박는 나무 말뚝.
126) 부엌.
127) 아이. 아기.
128) ‘벼’를 이르는 말.
129) 바로 전날. 여기서는 ‘그날’의 뜻일 듯.
130) 지었다.
131) 내외간(內外間). 부부간(夫婦間).
132) 마지기. 논밭 넓이의 단위.
133) 허지(許地). 땅을 빌려 줌을 하락함.
134) 벼훑이. 두 나뭇가지의 한끝을 동여매어 집게처럼 만들고 그 틈에 벼 이삭을 넣고
　　벼의 알을 훑는 농기구.

　장리136) 나락도 내다먹고 나락 농사짓고 갚고, 나락 너덧 섬 갖다 놓으니 대번에 부자가 된 것 같다. 삼년 안에 논이 여남137) 마지가 됐다. 밭임자가,

　"이 밭도 자네가 사게."

　밭 사고 살림이 불꽃 같이 인다.138) 거기 여시턴데139)— 십 년 안에 떠나라고 했는데 안 떠났다. '이렇게 좋은 걸—.' 천 석이 꺼떡꺼떡한다. 십 년을 채우고 말았다. '까짓것!' 매일 겉이 초하룻날이고 그믐날이요, 사랑방 있고 종도 있고 집도 좋다.

　비장사가 둘이 오디,140)

　"고향이 아무덴데 여기서 설을 쉬고 갑시다."

　"그러면 자이소."141)

　이놈들이 비짐을 놓고 짓구대이142) 빼고 잃었다고 싸우더니 딴 놈을 배지143)를 칼로 찔러 죽인다. 그리고는 도망을 쳤다. 사랑방에는 피가 한강144)이다. 그믐날 영장145)을 보았으니 큰일이다. 영장을 보면 제사도 안 지낸다는데. 그래 거름 자리에 종놈 시켜 파묻고 초하룻날 지내고 끌어묻자 조금 있더니 여자가 하나 온다.

　"여 비장사 둘 들어오지 안 했소?"

　"없다."

---

135) 보습. 갈아 놓은 논의 바닥을 고르는 데 쓰는 농기구.
136) 장리(長利)나락. 장리곡(長利穀). 장리로 빌려 주거나 또는 장리로 갚기로 하고 꾸는 곡식.
137) 여남은.
138) 일어난다.
139) 여우터인데.
140) 오더니.
141) 자십시오.
142) 짓고땡. 화투 노름의 하나.
143) '배'를 속되게 이르는 말.
144) 한강(漢江). '많음'을 비유하는 말.
145) 송장. 죽은 사람의 몸을 이르는 말.

“온 일이 있는데 왜 없다고 해?”

방도 말짱 닦았다. 거름자리 파 보더니,

“사람을 여기 죽여 놓고— 비도 다 뺏고 돈도 다 뺏고— 내 관청에 간다.”

핀작이가 대국서 무선맹크로[146) 천기를 보니께 ‘십 년 안에 떠나라.’ 했는데 십 년을 채우다 저 지경을 당했다. 산 주령[147)을 잡고 와— 점잖은 수염에 도복을 입고 보기 좋게 하고서 왔다. 주인은 또 그놈들인가 겁이 나서—.

“허허— 이 사람이 큰 고통을 많이 당한다. 왜 십 년을 채우다 이 지경인가?”

반가워 버선발로 내달았다.

“구들 밑에 여시 시[148) 마리가 있는데, 집구석 끄실려고 한다. 질뚝[149) 틀어막고 고치[150) 여나문 말 부엌에다 때고 캥이로 부치라. 캑캑거리고 나올 터이니 방맹이 들고 때려잡으라. 여러 천 년— 천 년 묵은 부부 야시다.”

그래 그대로 했다. 고치[151) 한 섬 때고— 수건 짜매고[152) 캑 그러면서 나온다. 몇 십 명이 몽딩이로다 잡았다. 핀작이가,

“나는 가네. 인제는 있어도 된다.”

집터 잡아줄 직에 아[153) 밟아 죽인 죄로 야시터 잡아준 것이다. 그러니 그 사람은 자식 하나 죽이고 여러 천 석을 주고[154) 잘 살았다.

---

146) 무선(無線)처럼. 무전기처럼.
147) 지팡이.
148) 세.
149) 굴뚝.
150) 고추.
151) 고추.
152) 싸매고.
153) 아이.
154) 받고.

17) 편작·유희태·도선의 재주

1967. 10. 25. 하도대리 / 김순갑, 남·60

편작이는 지리 잘 보고 상[155) 잘 보고 유희태는 침을 잘 놓는다. 선도선[156)이는 미자리, 상을 잘 보고. 세 사람이 길을 가는데 웬 아이가 꼴을 베면서 노래를 부르는데 참풀 날아가는 소리 같다. 유희태가 보고,

"저놈, 물 먹다가 검저리[157)로 들어가 간을 갉아먹는다. 간이 간지라와 저래 목소리가 나온다."

편작이와 선도선이가,

"살릴 수 없는가?"

"살리지."

가[158)를 불렀어. 점잖은 노인이 수염을 길고— 부르니 왔다.

"야— 이놈, 내한테 침 한 대 맞아야지, 안 그르면 내일 죽는다."

죽는단 말 들으니 겁이 나거든.

"이놈아, 찬물 먹다가 검저리 새끼가 물에 따라 들어가 간을 갉아 먹는다. 옳은 목소리가 아니다. 그래 누워라."

뱃구녕에다 침을 한 대 두 대 집어넣었다.

"저 가서 똥 좀 눠봐라."

목이 칵 서려 소리가 안 나온다. 똥에 벌건 핏덩이가 이만한 게 나왔는데, 그래서 가를 살렸다. 유희태 기술을 보았지.

도선이가 보니 사십 살 먹은 아[159)가 머리꼬댕이[160) 길게 해서 정자나무 밑에서 잠을 잔다. 도선이가,

---

155) 상(相). 관상(觀相).
156) 통일 신라 말기의 승려로, 풍수지리설의 대가인 도선(道詵, 827~898)을 말함인 듯.
157) 거머리.
158) 그 아이.
159) 아이.
160) 머리끄덩이. 머리카락을 한데 뭉친 끝.

“헤헤— 저놈 낼 대번에 만석 하네.”

그놈은 저 아버지가 죽어서 끌어 묻을 데도 없고 괭이도 없고 해서 걱정이다. 머슴 산다. 아버지가 호부래비[161]로 외딴 집에 살다가 죽었다. 꿈에 현몽을 하기를,

“너 아부지는 만인간이 밟아다는데[162] 묻어라. 여가 좋다. 정자나무 밑 귀목나무[163] 밑이다.”

도선이가,

“저놈이 만석 하는 과택에— 남의 집 사네. 머슴이 둘 서인데[164] 큰 머슴이네.”

괭이도 없이 저 아바이한테 가니 지게는 있는데— 몽땅[165]가리 괭이 하나만 있다. 못 먹어서 죽었다.

밤중 되어, 삭자리[166]에 묶어 징과서[167] 정자나무 밑에 징과서 보니 괭이를 안 가주고 왔다. 대밤중[168] 되어 과택에 큰 개가 있어 삽작문[169]을 달았다. 여자가 꿈을 꾸니께 삽작에서 청룡 황룡이 덕수[170]를 넘고 있다. 빌일[171]이다. 단속곳 바람으로 삭 깨가주고 나가보니 사람이 있다. 개가 짖는다. 개 짖는 바람에 이 과택이 깼다. 그래 만석 재산이고, 양아들 할라고 말해 놓았다. 남편 죽은 지는 몇 달 안 되고 그래 안에는 몸종도 있다. 개를 짖지 말라 하고 대문을 열고 보니, 보던 사람이 대문에 딱 붙

---

161) 홀아비.
162) 밟고 다니는 데.
163) 느티나무.
164) 둘이 있는데. 혹은 둘 내지 셋인데.
165) 몽당해진. ‘몽당’은 물건의 끝이 닳아서 몽톡하게 몽그라지거나 몽그라지게 하는 모양.
166) 돗자리. 왕골이나 골풀의 줄기를 재료로 하여 만든 자리.
167) 끼워서.
168) 한밤중.
169) 사립문.
170) 울타리.
171) 별일. 드물고 이상한 일.

어 있다. 대문을 열고,

"누고?"

하니, 우는 소리로,

"집니다."172)

"이 사람아, 우째 여 밤중에 섰는고?"

"액씨님한테173) 지가 말을 못 드렸어요. 지 부친이 시상174)을 버린는데, 우짜꼬175) 싫어서— 괭이도 없지. 괭이를 가지고 올라니 개도 짖지 대문은 닫았지."

"아이고! 이 사람아, 왜 나한테 통지를 안 했는고?"

"치사하고 이래서 통지를 안 했습니다."

그래 여자가 정지다176) 불을 쓰디마는177) 몸종도 모르고서178) 술을 옹깃빙179)에다 한 병 넣고 자리하고 괭이 두 가락 찾아내어,

"나랑 가세."

"아이고, 액씨님은 오지 마이소."

"그래 가세."

가니까 보들보들한 불길 같은 손으로 흙을 팔라 하니 불킬180) 것 아니야. '파지 마라.'고 열 분181) 더 캐도 '괜찮다.'고 판다. 그래 땅을 같이 파서 저 아부지 들어갈 만치 파는데, 우깨이는182) 야문데183) 그 밑은 잘

---

172) 저입니다.
173) 애기씨님에게.
174) 세상(世上).
175) 어찌할까.
176) 정지에다. 부엌에다.
177) 켜더니만.
178) 모르게.
179) 옹기병(甕器瓶).
180) 부르틀 것.
181) 번(番).
182) 위에는.
183) 딱딱한데.

파인다. 살짝 묻고 봉긋하게 밀장184)을 한다. 그래 여자가 자리를 펴더니 술잔을 따르더니 서로 절하고 집에 가지만도 물을 말양푼185)에 내놓고, '씻그라.'186) 하고 남편 입으라고 해놓은 바늘만 뺀 옷을 내놓아 입게 하고 물을 소반에다 떠오더니 이런 거 저런 거 채리놓고 머리 상투 따아 준다. 그래 손을 잡고 같이 잤다.

잠을 자 보이 희한하고 좋다. 사흘을 골방에 요강단지 들라놓고187) 있다가, 저그188) 어른 죽어 초상 치러 가 안 온다고 거짓말하고 일주일 후 징역 사는 것 같애. 적189)도 부치고 닭도 잡아 집안 사람에게 다 알리고. 일도 안하고 머슴들 감독이나 하고 잘 살았다.

핀작이는 약 씨면 다 죽어가는 사람도 낫는다. 줄 서서 약 지 준다.

"우리 냄편이 올게190) 삼 년째 고생하는데 삐짝 마르고 일나도191) 못하고 일도 못하고 아무것도 안 먹는다."

하니, 핀작이가,

"앵두를 디기192) 따 먹어야 하는데, 앵두가 약이 좋다."

앵두는 집에 장고방193) 디194)에 벌겋게 많은데, 잎, 씨까지 다 훑어 먹고 실컨 누 잤다. 새벽에 일라,

"물 주게."

살았에.

"그 약 참 좋네."

---

184) 밀장(密葬). 무덤이 어디 있는지를 남이 알지 못하게 시신을 묻는 일.
185) 큰 양푼. '양푼'은 음식을 담거나 데우는 데에 쓰는 놋그릇.
186) 씻어라.
187) 들여놓고.
188) 저의. 제.
189) 적(炙). 생선이나 고기 따위를 양념하여 대꼬챙이에 꿰어 불에 굽거나 지진 음식.
190) 올해.
191) 일어나지도.
192) 되게.
193) 장고방(醬庫房). 장을 넣어 두는 곳.
194) 뒤.

하더라.

　유희태가 어디 가다이께195) 이정승 딸이 아파서─ 점잖은 영감이 가니께 딸을 보더니,

　"알았다."

　딸은 닭띠196)고, 지붕 대들보에 지네가 있어 집을 지어─ 작대기만한 게.

　"대들보를 비라."

하고, 참기름 끓는데 넣어─ 지네 넣고 끓이다. 지네발이 손 만하다. 머리카락 밤 껍디기197) 까고 고아서 고약이 됐다. 배 아픈 데도 먹고, 뒨198) 데도 직차199)다. 그래 고약은 유희태가 내났다.200)

　유희태가 죽을 때는 꿈에 큰 수염이─ 복판 수염이 빠져 보인다. 그래 주201)를 놓아보니 죽을 주가 내렸다. '큰일 났구나!' 그래 이자 어떤 사람이 소깝작202)을 지고 오다가 발목을 분질렀다. 침을 한 대공 가주 댕긴다. 일침이엽203)이라고 침을 놓으니 침 끝에가 다 부러진다. '날 다시 못해 먹으라고204) 산신령이 가져가는갑다.' 유희태가 집에 가니 마느래가 짚불205) 피워놓고 명베206) 맨다.

　"이제 오십니까?"

---

195) 가자니까. 갔더니.
196) 닭해에 태어난 사람의 띠.
197) 껍데기. 껍질.
198) 덴.
199) 즉차(卽差). 병이 곧바로 나음.
200) 내놓았다.
201) 주(籌). 예전에, 산가지를 놓아서 셈을 하던 일.
202) 솔가지. 땔감으로 쓰려고 꺾어서 말린 소나무 가지.
203) 일침이엽(一鍼二葉). 한방에 첫 번째가 침을 놓는 것이고 약초를 쓰는 것은 그 다음이라는 말이다.
204) '침 놓는 일을 하지 말라고'의 뜻임.
205) 짚을 태운 불.
206) 무명베. 무명실로 짠 베.

하니,

"아무도 안 왔다."

하고,

"땅 좀 파고 날 독에다 여어라."[207]

그래 짚불 밑에 땅 파고 유희태 넣었다.

"어떤 여자가 올 터니 안 왔다 하고 다 피해라. 사람이 아니고 큰 구리[208]다. 용 못 된 이무기라고. 피해라."

그래 웬 여자가 오더니 왼신짝[209]을 딱 벗어들고,

"여 유희태 안 왔소?"

그리고 나서 마느래도 아들도 말 안 하고 도망쳐 버렸더니 여자가 구리가 되어 귀가 덮이고─ 큰 구리가 되어 돌아갔다. 자동차 지내간 것 모양 길이 있다. 유희태는 물이 되었다.

---

207) 넣어라.
208) 구렁이.
209) 왼쪽 신짝.

3. 심천면(深川面)

1) 황희(黃喜) 정승의 명견(名見)[1] ···

1967. 10. 23. 심천리(深川里) 심천강변 / 정헌묵(鄭憲默), 남 · 54

*제보자는 매우 해박한 분으로, 한문시나 고담에 대해 잘 알고 있었으므로 많은 자료를 채록할 수 있었다. 조사자들에게 호의를 보이며 유쾌하게 구연했다. 이야기를 조르기 전에 본인이 먼저 적극적으로 여러 이야기를 해주었다. 중풍으로 다리를 좀 저신다.

황희 정승은 국록[2]을 받지 않았으므로 늘 가난했다. 어느 날 황정승 딸 셋이 정승의 머리맡에 앉아,

"배고파 못 살겠어요."

했더니, 정승은,

"애야, 납거미[3]만 먹고 사는 공작도 산다더라. 설마 죽겠느냐. 견뎌 보아라."

고 했다. 얼마 뒤 정승이 병들어 누우니 딸 셋은,

---

1) 명견(明見). 앞의 일을 잘 내다봄.
2) 국록(國祿). 나라에서 주는 녹봉.
3) 거미의 종류 중의 하나.

　"이제 돌아가시면 우린 죽도 못 먹고 살아요."
하니,
　"이젠 나도 모른다. 너희들이 알아 해라. 박난계[4]나 알지 나는 모른다."
하고 정승은 죽었다.
　죽은 몇 해 뒤 중국에서 사신이 공작을 한 마리 갖고 와,
　"이를 살찌게 해서 보내되 그렇지 않으면 나라를 망하게 해 버리겠다."
고 했다. 나라에서 아무리 해도 공작은 살찌지 않고 말라서 죽게 되었다.
왕은 크게 걱정하여,
　"황정승이 있었더면 이를 알 것이다."
하며 혹시 황정승 댁에서 정승이 생전에 남긴 무엇이 있지 않을까 하여
찾아보게 했다. 심부름꾼이 가서,
　"혹시 생전에 공작에 대해 남긴 말씀이 없나?"
　알아보니 딸이,
　"다른 말씀은 없었고 언젠가 '납거미만 먹고 사는 공작도 사는데 설마
죽겠느냐?'고 한 적은 있었다."
고 했다. 왕이 그 말을 듣고 공작에게 납거미를 먹이니 공작은 잘 자랐다.
그래서 공작을 살찌게 하여 돌려보내니 중국 천자도 감탄하고 나라를 해
하지 않았다.

2) 곽재우(郭再祐) ···

1967. 10. 23. 심천리 심천강 / 정헌묵, 남 · 54

　*이본으로는 충북 괴산군 〔청천면 자료 7〕; 영동군 〔영동읍 자료 18〕을 참조
할 수 있다.

---

4) 박난계(朴蘭溪). 조선 세종 때의 음악가인 박연(朴堧, 1378~1458). '난계'는 그의 호.

곽재우[5)]는 현풍[6)] 사람인데— 어릴 때 집이 매우 가난했다. 그런데 어느 날,

"이번 추석은 냉수로 지내겠다. 서울 외삼촌에게 가서 뭘 좀 얻어 오라."

는 어머니의 말을 듣고 서울로 갔다. 외삼촌은 아직 삼베옷을 입은 재우를 자기 집의 옷으로 갈아입히고 그를 보낼 때 말 한 필 주며,

"이 말은 대구서 팔면 천 이백 냥은 받으리라."

고 했다.

재우가 달천강[7)]쯤에 오니 두 남녀가 투신자살을 하려고 했다. 이를 만류하여 물으니,

"상관 말라."

고 했다. 다시 캐어물으니 남자가 말하되,

"우리 부친이 이 고을 이방인데, 일 년 공금 중 천 냥이 없어져 내일까지 그를 메꾸지 않으니— 않으면 죽게 되는데, 도저히 천 냥을 구할 수 없어 아버지가 죽게 되니, 우리도 살 뜻이 없어 죽으려 한다."

고 했다. 이 말을 듣고 재우는 자기 말을 내주며,

"이 말이 천 냥은 될 것이다."

하고 빈손으로 집에 돌아갔다. 그 사연을 이야기하니 재우의 부친도 잘했다고 칭찬했다.

나이 이십 세가 되어 재우는 과거를 보러 갔다. 한양으로 가는 길에 충주 달천강에 오니, 문둥이떼들이 갯국[8)]을 끓이고 있었다. 그 중의 한 문둥이가,

"오늘은 우리 대장 생일이니 생각이 있으면 같이 먹자."

---

5) 곽재우(郭再祐). 조선 중기의 의병장(1552~1617). 호는 망우당(忘憂堂).
6) 대구시 달성군 현풍면(玄風面).
7) 달천(達川). 충북 괴산군 괴산읍과 충주시를 흐르는 하천.
8) 개장국.

고 하였다. 재우가 그를 먹고 토사9)가 걸려 늘어져 잤잤다. 한참 자다가 깨어 보니 문둥이들은 다 가고 없었는데, 먼 곳에 불빛이 보여 그 집에 갔다. 거기 가 보니 어떤 부부가 산제사10)를 지내고 있었다. 재우가 들어가서 시장하다고 하니 그들은 밥을 주었다. 재우가 밥을 먹는 동안 둘은 쑥덕대더니 벽장에서 한 장의 사진을 꺼내어 재우와 비교해 보더니 무릎을 치며,

"이제 육 년 만에 찾았구려. 이름도 곳도 알 수 없어 육 년간 산에 와서 제사를 지내고 있었는데, 이제 만났구려. 우리는 그때 당신의 말로 목숨을 구한 사람인데, 아버지는 살아나고 가산은 피어서 오백 석을 하고 있으니 그중 삼백 석을 당신께 드리겠다."

고 했다. 재우는 그 길로 과거에 급제하여 내려와 그들을 다시 만났다.

곽재우를 왜 홍의장군이라 했는지 알아? 곽재우 부인이 시집을 가서 월경 때 나온 피로 옷을 물들여 곽재우가 그 옷을 입고 나가 싸워서 많은 전승을 거두었지. 이때부터 '음끼11)가 동하면 적탄을 맞지 않는다.' 하는 말이 나오게 되었는데, 음끼라 하면 월경 때의 피를 말한다.

3) 금주령 어긴 죄인을 용서한 유진항(柳鎭恒) ··························

1967. 10. 23. 심천리 심천강변 / 정헌묵, 남 · 54

영조 때에 유진항12)이란 선전관이 있었다. 당시 나라에 큰 흉년이 들었다. 그러나 술타령은 심하여 더욱 살기가 곤란했으므로, 임금은 금주령13)을 내렸다. 어느 날 상감이 유진항을 불러 칼을 하나 주며,

---

9) 토사(吐瀉). 토하고 설사함.
10) 산제사(山祭祀). 산신제(山神祭). 산신령에게 드리는 제사.
11) 음기(陰氣) 몸 안에 있는 음의 기운.
12) 조선 후기의 무신(1720~1801).
13) 금주령(禁酒令). 술의 제조 및 판매를 금하는 명령.

　　"들자니 남산에 술을 파는 자가 있다 하니 꼭 찾아내어 죽여라."
했다. 유진항이 찾아 돌아다녔으나 알 수 없었다. 생각한 끝에 그는 전에
다니던 기생의 집에 들어가 매일 화투만 치다가 돌아오곤 하다가, 어느
날 화투를 여느 때처럼 치다가 갑자기 갓을 쓴 채로 뒹굴며,
　　"배가 아파 못 살겠다. 비밀히 얘기하지만 약주 한 잔만 있으면 살겠다."
고 했다. 그를 믿고 기생은 술병을 들고 밖으로 나가니, 진항이 뒤를 밟
았다. 기생은 남산 기슭의 오두막으로 갔다. 유진항이 그 집에 뛰어 들어
가 칼을 던지며,
　　"어명이요."
하니, 노파가 나와 자기 죄를 알고,
　　"자식 공부시키기 위한 짓이니, 이 목숨을 짜르시오."
한다. 그러자 며느리가 나와,
　　"노인은 아무것도 모르니 내 목을 짜르시오."
했다. 또 그러자 방에 있던 아들이 뛰어나와,
　　"모두 내 죄니 내 목을 짜르시오. 나의 과거 공부를 위해 우리 어머니
와 아내가 희생당하고 있었소."
한다. 세 사람의 모습을 보자 유진항은 감동하여, 셋을 용서해 주고 조정
에 들어가서 찾지 못했다고 했다. 그래서 왕은 그를 삼 년간 제주도에 귀
양을 보냈다.
　　귀양 생활을 마치고 돌아오니 상감은 그의 재능을 생각하여 어느 조그
만 고을에 원으로 보냈다. 그런데 원으로 부임하자, 유진항은 생각이 바
뀌었다. 결국 결백과 인정이란 허무한 것이며, 자기에게 무엇을 남겨 주
지 않는다고 생각하여 고을 백성들을 착취하기 시작하였다. 어느 날 암행
어사가 나타나 그를 파면시켰다. 파면된 날 밤 유진항은 어사를 찾아가
추억을 더듬으며 어사가 옛날 자기가 남산에서 용서해 준 사람이란 것을
깨우치자, 어사도 그제사 알고 놀라 반가워하였다. 옛날 남산의 청년과
유진항이 여기서 만나게 된 것이다.

4) 송시열(宋時烈) 일화

1967. 10. 23. 심천리 심천강변 / 정헌묵, 남 · 54

*우암 선생이 외가에서 박대를 받고 외가와 등을 진 이야기는 이 밖에도 단양군 〔어상천면 자료 2〕; 영동군 〔심천면 자료 24〕; 동 〔용산면 자료 36〕; 옥천군 〔청산면 자료 13〕에도 나타난다. 또한 탄생담은 영동군 〔영동읍 자료 23〕; 동 〔심천면 자료 24〕; 동 〔용산면 자료 36〕; 옥천군 〔청산면 자료 6〕; 〔청산면 자료 13〕에, 호안(虎眼) 이야기는 〔심천면 자료 24〕에, 축지법에 관한 이야기는 〔영동읍 자료 23〕 및 〔심천면 자료 24〕들에도 나타난다.

1. 외가에 복수한 이야기

송시열이 출생한 곳은 구룡촌14) 인데, 그 당시는 곽씨가(제보자 : 송시열의 외가지) 그 마을의 모든 빛을 점하고 있던 때였다. 송시열은 어려서부터 외가에서 자라났는데, 많은 구박을 받았다. 외가를 떠날 때 굉장히 우니까, 외가에서 하는 말이 '외손자는 방아꽂15)만도 못하다.'16)고 하였다. 그래서 송시열이 밥도 안 먹고 그 집을 떠나니, 삽작17) 바깥이 밤인데도 훤하니 밝아졌다. 그 후 송시열이 이름을 떨쳤을 때, 외가를 절단18) 하였다.

2. 호안19) 이야기

우암이 세자를 가르칠 때 눈을 안 떴다. 그래 세자가 답답해서,

"눈을 뜨라."

---

14) 옥천군 이원면(伊院面) 구룡촌(九龍村).
15) 방아공이.
16) 쓸모가 없다는 뜻임.
17) 사립문. 문.
18) 절단(絶斷). 관계 따위를 끊음.
19) 호안(虎眼). 호랑이 모양의 얼굴.

고 재촉하였다. 우암이,

"소인이 눈을 뜨면 세자께서 놀래십니다."

라고 대답하였다. 세자가 더욱 더 재촉하므로 할 수 없이 눈을 뜨니 두 줄기 섬광을 뿜는 호안이라 세자가 그것을 보고 기절하였다. 우암은 키가 팔 척이요, 용심이 많았고 사약20)도 세 사발이나 먹고 돌아갔다.

3. 산천이 마른 이야기

우암이 태어났을 때 근처의 산줄기— (제보자 : 지금의 소백산맥 지류) 와 금강 물줄기가 말랐다. 우암은 소년 시절에 옥길 폭포21)에서 세수를 하고 축지법을 익혔다. 그의 눈에는 호박덩쿨이 크는 것이 보였고, 담뱃 잎 크는 것도 보였다. 즉 대인의 눈에는 초목이 성장하는 것이 보인다. 그리고 끝으로 귀신도 보았다고 한다.

5) 김장생(金長生) 일화 ··

1967. 10. 23. 심천리 심천강변 / 정헌묵, 남 · 54

철종 때 평양감사가 부임하면 그 지방 기생들이나 아전들에게 속임을 당하고 쫓겨 왔다. 이 사실을 들은 호조판서 '김장생'22)이 등급을 내리고 라도 요놈의 아전들의 버릇을 고치기 위해 평양감사를 자원해 갔다. 부임 첫날에 소장23)이 날러 들어왔어.

"행인이 나의 전답을 가로질러 사용한다. 이것을 처리해 주십시오."

---

20) 사역(賜藥). 왕족이나 사대부가 죽을죄를 범하였을 때, 임금이 독약을 내림. 또는 그 독약.
21) 영동군 심천면 고당리(高塘里) 옥길동(玉吉洞)에 있는 폭포.
22) 조선 중기의 학자 · 문신(1548~1631). 호는 사계(沙溪). 이이의 제자이자 송시열의 스승으로, 조선 예학(禮學)의 태두이다.
23) 소장(訴狀). 소송장. 진정서.

하고 밭주인이 고소했다. 감사 김장생이 재판을 했는데, 아전이 동석했다. 판결이 났는데 김장생이 '백(白)!' 하고 소리를 질렀다. 아전은 어리둥절해서 김장생에게 무슨 소리냐고 물어보았지. 그러자 김장생이 아전더러 자격 없다고 목을 베었다.[24] 두 번째 아전도 김장생이 지른 '백'의 의미를 몰라서 똑같은 경우가 되었지. 아전들이 모여서 긴급회의를 열고 그 마을에 있는 한진사에게 찾아갔었지. 한진사는,

"너희들의 버릇을 가르치러 김장생 어른이 오셨으니 너희들은 이제 다 죽었다."

고 하며 돌려보냈다.

때마침 두 번째 소장이 날라 들어왔어. 양반집 자제가 '징집 면제를 해 주십시오.' 하는 내용으로 보낸 것이었다. 판결은 '귤(橘)'이었다. 기록하고 있던 아전 역시 뜻을 몰라 목이 달아났어. 아전들은 다시 한진사를 찾아갔어. 한진사는 아전들의 뜻을 들어주기로 하고 아전으로 변장하고 판결 내리는 곳에 갔단 말야. 다시 '백' 하자, 한진사는 얼른 '이백승학비상천[25] – 이백기경비상천[26]'이란 절구[27]를 외고 – '그때그때 따라서 해라.' 그러니까 '길이 없을 때는 밭으로 가도 좋다.' 하고, '귤' 하자 한진사는 '귤위도하위극'[28] 하고 – '귤이 우리 지방에 오면 탱자로 변하듯이 – 본시 양반이지만 전쟁 때는 군인 가라' 하고 해설을 해냈어. 그 뒤부터 아전들은 옛날 버릇을 고치고 감사를 곯리지 않게 되었지.

---

24) 해임시켰다는 말임.
25) 이백승학비상천(李白乘鶴飛上天). '이백이 학을 타고 하늘로 날아 올라갔다.'는 뜻.
26) 이백기경비상천(李白騎鯨飛上天). '이백이 고래를 타고 하늘로 날아 올라갔다'는 뜻. 문사들 중에 회자되던 한시구 중에 '이백기경비상천(李白騎鯨飛翔天) 강남풍월한다 년(江南風月恨多年)'이란 시구가 있다.
27) 절구(絶句). 한시(漢詩)의 근체시(近體詩) 형식의 하나.
28) 귤위도하위극(橘爲渡河爲棘). '귤이 황하를 건너면 탱자가 된다.'는 뜻.

6) 난세(亂世)의 비결 ···

1967. 10. 23. 심천리 심천강변 / 정헌묵, 남 · 54

중국을 갔을 때 팔구십 먹은 노인과 이야기한 것을 적어 보겠는데, 비결[29]이 있었지. 그 당시는 조선, 일본, 중국, 독일, 불란서, 영국 미국, 로서아 등이 알려졌는데, 지금 말하는 비결이 몇 천 년 뒤에 가서— 즉 삼차대전이 일어나면 이 말이 적용될지 모르지.

조우몽몽만수춘[30] 청가일곡쇄정신[31]
노화선타충동명[32] 일욕장사객의신[33]
불심수인난제세[34] 독전명의미여의[35]
영웅졸곤미둔신[36] 미귀여금난제세[37]

---

29) 비결(秘訣). 앞날의 길흉화복을 얼른 보아서는 그 내용을 알 수 없도록 적어 놓은 글이나 책.

30) 조우몽몽만수춘(朝雨濛濛萬樹春). '몽몽(濛濛)'은 '비, 안개, 연기 따위가 자욱하다. 따라서 전체 뜻은 '아침 비 내려 자욱하니 온갖 초목이 봄일레라. '죠(朝)'는 '조선' 곧 우리나라를 가리킴.

31) 청가일곡쇄정신(淸歌一曲灑精神). 맑은 노래 한 곡조가 정신을 맑게 해 주누나. '청(淸)'은 청나라 즉 중국을 가리킴.

32) 노화선타충동명(蘆花先墮蟲動鳴). '노화'는 갈대꽃. 갈대꽃이 먼저 떨어지니 풀벌레소리 요란하다. '노(蘆)'는 '노(露)' 즉 러시아를 가리킴. 이 구절은 '노화선타충선동(露花先墮蟲先動)'으로 되어있기도 하다.

33) 일욕장사객의신(日欲將斜客意新). 해가 바야흐로 떨어지려 하니 나그네 뜻이 새로워지는구나. '일(日)'은 일본.

34) 불심수인난제세(佛心雖仁難濟世). 부처의 마음이 비록 어질다 하더라도 세상을 구제하기 어려워라. '불(佛)'은 프랑스. 다른 구전에는 이 구절이 '불도유존난제세(佛道有存難濟世)'로 되어 있기도 하다.

35) 독전명의미여의(獨專名儀未如意). '오직 혼자 명의를 차지하기 여의치 않구나.' '독(獨)'은 독일. 제보자가 제시한 비결 구절보다는 다른 본에 보이는 '독점이익인하거(獨占利益人何去)— 즉 '이익을 독차지하니 다른 사람들은 어찌 할거나.'가 나을 듯하다.

36) 영웅졸곤미둔신(英雄卒困未遯身). '영웅이 마침내 곤궁에 빠져 몸조차 숨기지 못한다.' '영(英)'은 영국.

37) 미귀여금난제세(米貴如金難濟世). 쌀이 귀하여 금과 같아서 세상을 구하기 어렵도다. '미(米)'는 미국(米國; 美國).

7) 금돼지 아들 최치원(崔致遠) 2

1967. 10. 23. 심천리 심천강변 / 정헌묵, 남 · 54

*이본인 충북 단양군 〔가곡면 자료 4〕 참조할 것.

신라 시대 문주현[38]은 지금 안동이다. 당시 문주현에 원이 부임하면 반드시 원의 마누라가 없어졌다. 이렇게 하여 수없는 원의 부인이 없어졌다. 최후에 최치원의 부친이 지원하여 부임했다. 그 부인은 매우 미인이었다. 부임한 날 밤 신임 원은 부인의 발목에 명주실을 매어 두었다. 사흘째 되던 날 부인이 없어졌다. 원은 명주실 꾸러미의 실을 따라가니 태백산 중턱에 가서 그 실은 없어져 버렸다. 그래서 부인을 잃고 말았다. 그런데 부인이 잡혀가 보니 그것은 금돼지의 장난이었다. 부인이 잡혀간 금돼지의 굴에는 칠팔십 명의 부인들이 잡혀 있었다. 어느 날 금돼지가 부인에게 머리의 이를 잡아 달라고 하였다. 금돼지가 자기를 가장 사랑하고 믿는다고 생각한 부인은 이를 잡으며,

 "당신은 언제 죽느냐?"
고 물으니, 금돼지는,

 "나는 죽지 않는다. 다만 내 숨통에 사슴 껍질을 대면 죽을 뿐이다."
라고 하였다. 그러자 부인은 마침 차고 있었던 사양[39] 주머니를 얼른 금돼지의 숨통에 갖다 대었다. 그래서 금돼지를 죽이고 다른 부인을 해방하고 돌아왔다. 그러고 난 뒤 열 달 만에 최치원을 낳았는데, 그는 원의 아들인지 금돼지의 아들인지 분명치 않다. 그것은 옥황상제가 보낸 아들이었다.

---

38) 신라 시대에 '문주현'이란 곳은 없었다. 다만 안동과 이웃하여 있는 의성(義成)의 옛 이름이 '문조현(聞詔縣)'이니 이를 말함인 듯하다.
39) 사향(麝香). 사향노루의 사향샘을 건조하여 얻는 향료

8) 파경노(破鏡奴) 최치원 ·······································

1967. 10. 23. 심천리 심천강변 / 정헌묵, 남 · 54.

최치원이 열한 살 때 어머니에게,

"세상을 맨 밑에서 맨 위까지 살펴보겠습니다."

라고 말하고 집을 나섰다. 경주에 나가서 최치원이 갑자기 무슨 생각에서인지, '거울 때우쇼, 거울 때우쇼.' 하며 외치고 다녔다. 때마침 정승의 딸이 있어서 그 처녀에에 옥경40)이 있었는데, 하녀가 최치원을 불러들여 금이 간 옥경을 고치도록 했다. 그러나 고치다가 잘못하여 가루를 만들어버렸다. 그래서 최치원은 정승께 가서 사죄를 하고 그 죗값으로 삼 년간 종살이하기로 하였다.

목동이 되었는데 그는 양을 도술로 키워서 양들을 감독 안 해도 도망을 치지 않고 잘 자랐다. 그래서 그는 화전노41)가 되었다. 꽃도 역시 도술로 키워 꽃들이 저마다 탐스럽게 자랐다. 그는 그곳에서 '최파경'42)이라고 불리워왔는데, 정승 딸이 꽃밭 구경을 나오기 위해 최파경이 피해 있기로 했어. 그런데 꽃밭 속에 숨어서 정승 딸이 꽃구경 나온 것을 엿보았다. 정승 딸은 감탄한 나머지 '화소함전성미청'43)이라고 한 수 읊었겠다. 꽃밭 속에 숨어 있던 최치원이 이에 대구44)하여 '조제림하루난시'45)이라 하니, 과연 큰 선비여.

그 당시 당46)에서 신라에게 난문을 하나 보내왔는데, 즉 '돌로 만든 궤짝 속에 무엇이 들어 있는가 맞추어 보라'는 것이었다. 신라 임금은 원정

---

40) 옥경(玉鏡). 옥으로 만든 거울.
41) 화전노(花田奴). 꽃밭을 가꾸는 종.
42) '파경(破鏡)'은 깨어진 거울.
43) 화소함전성미청(花笑檻前聲未聽). 꽃이 난간 앞에서 웃어도 소리가 들리지 않는다.
44) 대구(對句). 비슷한 어조나 어세를 가진 어구를 짝 지어 표현의 효과를 나타냄.
45) 조제림하루난시(鳥啼林下淚難視). 새들이 숲 아래서 우는데 눈물이 보이지 않는다.
    '시(視)'가 다른 구전본에는 '간(看)'으로 되어 있기도 하다.
46) 중국의 당(唐)나라.

승에게 이 문제를 풀라고 시켰단 말야. 원정승이나 그 부인이나 딸은 풀길이 없어 근심 속에 싸여 지내게 되었어. 이것을 알아낸 최치원이 자기가 푼다고 '맞추면 따님을 달라.'고 하였단 말야! 그러나 처음에는 원정승이 완강히 거절하였어. 그러나 나중에는 수락하였지. 그리고 계약서를 썼거든. 드디어 최치원을 문제를 푸는데, '단단지중란47) 반황반백금48) 야야지조49) 함정미토함'50) 하며 궤짝을 여니까, 알이 나오고 알을 깨니까 병아리가 과연 나왔단 말야. 당에서 이 사실을 듣고 '최치원을 내버려 두었다간 이놈이 우리를 먹어 버릴 놈'이라 하여 중국에서 회의를 열고 최치원을 죽이기로 하고 우선 불러들였다.

최치원이 떠나가기 전에 '세 길51) 사모관대'52)를 부인께 해 달라고 하고 그것을 쓰고 일엽편주53)를 타고 갔어. 가는 도중 죄인 유배지인 섬에 들렀는데, 그곳은 날이 가물대로 가물어 땅이 말라붙었어. 그는 용왕을 찾아가 비를 내려 달라고 하였어. 용왕은 비를 내려 주었어. 옥황상제가 이것을 보고 대로하여 내 승낙 없이 비를 내린 용왕을 소환할 것을 명령했다. 용왕은 소환되었단 말야. 최치원은 옥황상제를 만나 용왕을 변호해 주었어. 옥황상제의 분노도 풀리고 용왕은 무사히 돌아왔어. 용왕은 최치

---

47) 단단지중란(團團之中卵). '동글동글한 것 속의 알'이란 뜻. 그러나 돌로 만든 궤 속에 물건을 알아맞히라는 중국측 요구에 대해 최치원이 '닭의 알[卵]'이라 답하는 것이 므로, 이것은 고전소설 『최치원전』의 경우처럼 '단단석중물(團團石中物)'이 옳다. 어떤 구전담에는 '단단차중물(團團此中物)'로 되어 있는 것도 있다.

48) 반은 누렇고 반은 하얗다는 뜻으로, 달걀의 노른자와 흰자를 가리킨 말임. 『최치원전』에는 '반백반황금'으로 되어 있다.

49) 야야지조(夜夜之鳥). '밤새'라는 뜻이겠으나, 자수가 다른 구절과 맞지 않고 뜻도 분명치 않다. 『최치원전』처럼 '야야지시명(夜夜知時鳴)' 즉 '밤마다 새벽 시간을 알려 우는구나!'로 되어야 할 것이다.

50) 함정미토함(含情未吐含). '뜻은 있으나 미처 소리를 내지 못한다.' 『최치원전』에는 '회정미토음(懷情未吐音)'으로 되어 있다.

51) 길이의 단위. 한 길은 사람의 키 정도의 길이이다.

52) 사모와 관대를 아울러 이르는 말. 본디 벼슬아치의 복장이었으나, 종종 전통 혼례에서 착용한다.

53) 일엽편주(一葉片舟). 한 척의 조그마한 배.

원에게 감사드리고,

"이 부적 세 장을 갖고 위험시에만 사용하고 육 년 만에 다시 만납시다."

라고 하였단 말야.

그를 죽이려고 중국에서는 맨 처음에 구렁이떼로, 둘째는 군사들의 칼춤으로, 셋째는 예쁜 색시로 대면케 하였으나 부적 석 장을 각각 적시에 사용해 죽음을 면하였어. 저녁때 천자가 수저를 들라고 재촉하였다.

"독약이 들어 있으니 못 먹겠소."

하니 과연 음식마다 독약이 있었어. 남만54)에서 오랑캐가 백만 대군을 몰고 오자 최치원이 자원하여 군사 이천을 데리고 나가 부적을 써서 오랑캐 진영에 던졌어. '불유천하지인개현륙 역지하지귀기은주'55) 그러자 오랑캐 백만대군이 눈이 멀어 서로 죽이려고 하였어.

귀국길에 올라서 돌아오는 최치원을 양자강에서 죽이려고 하였다. 당은 그를 죽이려고 온갖 방법을 다 쓰는 것이었다. 최치원이 탄 독선56)이 무너지자 가라앉아 버렸다. 이때 용왕이 나타나 생명을 건질 수 있어 신라로 돌아왔다.

합천 해인사에 벽곡57)하러 갈 때 지팡이를 땅에다 꽂으니 큰 느티나무가 되었어.

"이 나무가 죽으면 내가 죽은 것으로 알라." 하고 절로 들어갔었던 이야기가 있는디 자세한 것은 알 수가 없어.

------

54) 남만(南蠻). 중국에서 남쪽의 오랑캐라는 뜻으로 남쪽 지방에 사는 민족을 낮잡아 이르던 말.

55) 불유천하지인개현륙 역지하지귀기은주(不唯天下之人概現戮 亦地下之鬼旣隱誅). '다만 천하의 사람들만 살육당한 것이 아니라 지하의 귀신들까지 이미 숨어 버리고 죽임을 당했다.'는 뜻.

56) 독선(獨船). 나룻배에서 여럿이 타지 아니하고 혼자서만 타고 건너는 배.

57) 벽곡(辟穀). 곡식은 안 먹고 솔잎, 대추, 밤 따위만 날로 조금씩 먹음. 또는 그런 삶.

9) 축학자를 물리친 목은(牧隱) 선생 ·······················

1967. 10. 23. 심천리 심천강변 / 정헌묵, 남 · 54

고려 때는 과거제도가 없어 중국에서 과거를 치루었다. 목은58)은 열일곱 살 때 과거를 중국으로 보러 갔다. 가는 도중 여관에서 하룻밤 묵고 조반을 먹고 나서 밖을 내다보니 팔 척이 넘는 기괴한 장승이 와서 목은더러 말을 타라고 했다. 목은은 순순히 응낙했다. 그 말은 묘향산을 돌아 중국에 들어갔다. 중국 땅에 들어서자 목은은 그 장승더러,

"당신은 누구요?"

하고 물어보았다. 그랬더니 대답하기를,

"저는 묘향산에서 살고 있는 두꺼비입니다. 그런데 그곳에 사는 구렁이 이천 마리와 두꺼비 이천 마리가 서로 싸워 두꺼비 이천 마리가 전멸하여 살아남은 제가 복수하기로 결심했습니다. 그래서 오늘 대감을 만나러 왔습니다. 대감은 꼭 장원급제하시길 바랍니다. 그리고 원나라 정승 딸이 시집을 오늘 밤 가는데, 묘향산 구렁이가 둔갑해서 오니 여차여차 하십시오."

하고 알려 주고 갔다.

과연 밤이 되자 사랑방에 기거하고 있는 목은의 눈에 귀신이 보였다. 신랑으로 둔갑한 구렁이가 부하 이천여 명을 끌고 대문으로 들어서고 있는데, 목은은 미리 정승과 약속한 대로 몽둥이로 신랑과 그 부하를 쳐 죽였다. 죽자마자 모두 구렁이의 원모습으로 돌아갔다. 목은은 정승으로부터 신임을 얻었다.

밤이 되자 두꺼비가 나타나 다음날 과거에 대한 것을 일러준다.

"'사희(四凶)'라는 글제를 걸고 글을 지으라 할 것이로되, 중국에 '촉'이란 성을 가진 자가 급제할 것이요, 촉은 오언구로 할 것이니, 대감은

---

58) 고려 말기의 문신 · 학자인 이색(李穡, 1328~1396). 자는 영숙(穎叔). 목은(牧隱)은 그의 호임.

칠언구로 하십시오. 그러면 촉학자를 물리칠 수 있습니다.”

하고 물러갔다. 다음 날 고시장에 가 보니 글제도 ‘사희’요, 촉학자가 가장 유력하였다. 촉학자가 지은 것은 다음과 같았다. ‘대한봉감우 타향견고인 금방부명시 동방화초현’[59] 이것에 목은은 ‘칠년’, ‘천리’, ‘소년’, ‘무월’로 붙여[60] 칠언으로 만들어 장원급제하였다. 촉학자는 분해서 토혈[61] 급사하였다.

그날 밤 목은의 방 창호지를 뚫고 손이 하나 들어왔다.

“나는 촉의 귀신이다. 오늘 급제는 내가 할 것을 네가 대신했으니, 이제 실력을 견주어 보자.”

그리고는 한 구절 읊는데 ‘지촉지창생공자’[62] 하니 목은의 대구는 ‘수파면경견안회’[63]라. 다시 촉학자가 ‘비파금슬팔대왕’[64]이라 하자, 또 대구는 ‘이매망량사귀신’[65]이라. 귀신이 당할 수 없음을 알고 그냥 가버렸다.

---

59) 제보자는 ‘대한봉강우 타향견고인 금방부명시 동방화촉아(大旱逢江雨 他鄕見故人 金榜赴名時 東方花燭夜)’이라 하였으나, 이는 다른 이본들에서처럼 대한봉감우 타향견고인 금방제명시 동방화촉아(大旱逢甘雨 他鄕見[혹은 逢]故人 金榜[혹은 登科]掛名時 東方花燭夜)’의 잘못으로 생각된다.

60) 역시 ‘칠년대한봉강우 천리타향견고인 소년금방부명시 무월동방화촉아(七年大旱逢江雨 千里他鄕見故人 少年金榜赴名時 無月東方花燭夜)’라 하였으나, 위처럼 ‘칠년대한봉감우 천리타향견고인 소년금방부명시 무월동방화촉아(七年大旱逢甘雨 千里他鄕見故人 少年金榜赴名示 無月東方花燭夜)’가 옳을 것이다. 그 뜻은 ’칠년간의 가뭄 끝에 단비를 맞았을 때, 천리 타향에서 옛 친구와 만났을 때, 어린 나이에 과거에 급제하여 그 이름이 방에 나 붙었을 때, 달 없는 밤 신방에 촛불을 켜 놓았을 때‘란 뜻 이 네 가지의 기쁨을 ‘사희’라 한 것임.

61) 토혈(吐血). 피를 토함.

62) 지촉지창생공자(指觸紙窓生孔子). ‘손가락으로 창호지로 바른 창문을 찔러 구멍을 내다.’의 뜻. 여기에서 ‘생공자’는 ‘공자를 낳다’라는 외면상의 뜻을 지님과 동시에 내면적으로는 ‘구멍을 뚫다’란 이중의 뜻을 가진 것이다.

63) 수파면경견안회(手把面鏡見顔回). ‘손에 거울을 들고 얼굴을 비춰 본다.’의 뜻. 이 역시 ‘안회’는 공자의 제자인 안회[顔淵]라 뜻과 얼굴을 비춰 본다는 이중의 뜻을 가졌다.

64) 비파금슬팔대왕(琵琶琴瑟八大王). ‘비파와 금슬은 8대왕이다.’ ‘비파’와 ‘금슬’의 네 글자에 ‘임금 왕(王)’자가 모두 여덟 개임을 가리킨 것이다.

65) 이매망량사귀신(魑魅魍魎四鬼神). 이것도 ‘이매망량’ 네 글자에 ‘귀신 귀(鬼)’자가 모두 넷이다.

　이튿날은 천자가 친히 목은을 위해 연회를 베풀어주었다. 천자는 글로 우세[66]를 주려 했다. 천자가 '지배입해지다해'[67]라 하자 목은은 '좌정시천왈소천'[68] 다시 천자가 '조제수적교중국'[69] 하자 목은이 '계명구폐야삼경'[70]이라고 대구를 제시하여 천자도 당할 수가 없었다.

10) 사명당과 서산대사의 경술(競術)[71] ·······························

1967. 10. 23. 심천리 심천강변 / 정헌묵, 남 · 54

　*유관 자료로 강원도 명주군〔성산면 자료 1〕; 경남 남해군〔고현면 자료 4〕를 참조할 것.

　사명당과 서산대사가 둘러앉아,

　"오늘 저녁은 무엇이 나올까?"

　사명당은 국수라 하고, 서산대사는 수제비라고 하였겠다. 수제비가 나왔어. 어떻게 알았느냐고 사명당이 묻자,

　"네가 뱀을 보고 국수를 연상한 것 보긴 잘 봤는데, 뱀은 저녁때가 되면 또아리 모양이 된다. 그러므로 수제비가 나오는 것은 당연하지.

---

66) 남우세. 남에게 비웃음과 놀림을 받게 됨
67) 지배입해지다해(持盃入海知多海). 술잔을 들고 바다에 들어가니 바다가 큼을 알겠도다.
68) 좌정시천왈소천(坐井視天曰小天). 우물에 앉아 하늘을 보고 하늘이 작다고 한다.
69) 조제수적교중국(鳥啼獸跡交中國). 새와 짐승들의 자취가 중국에 와 섞인다. '새와 짐승은' 이색을 무지몽매한 오랑캐에 빗댄 것임.
70) 계명구폐야삼경(鷄鳴狗吠夜三更). 닭과 개가 우는 한밤중 삼경 무렵. 중국을 하찮은 '닭과 개'에 빗댄 것임.
71) 술법을 겨룸.

11) 어사 박문수

1967. 10. 23. 심천리 심천강변 / 정헌묵, 남 · 54

*세 번째 이야기에 나타나는 '산신령의 어음' 모티프가 나타나는 자료로 충북 괴산군〔청천면 자료 72〕; 단양군〔대강면 자료 21〕; 영동군〔영동읍 자료 17〕 따위를 참조할 것.

1.

박문수는 효종 때 사람으로 정사에는 서른세 살에 급제한 것으로 되어 있고, 야사에서는 열일곱 살에 급제한 것으로 되어 있지. 그는 고령박씨이며 천안군 목천면이 고향이야. 그럼 이야기를 해보자. 그는 홀어미 슬하에서 자랐는데 어느 날 서당을 다녀와서 한숨을 쉬며 말없이 앉아 있어. 어머니가 그 연유를 물으매,

"딴 친구는 과거 보러 간다고 야단인데, 나는 돈이 없어 못 가는 신세라 그것을 한탄하고 있다."

고 말했다. 어머니는 그 말을 듣고 품삯 두 냥을 받아다 박문수에게 주었지. 그는 엽전 두 냥을 받아가지고 걸어가기로 결심했어. 달천[72]쯤 가니 해가 저물었것다. 산모퉁이를 돌아보니, 가마가 있어. 그곳에 구슬이 주렁주렁 달린 것이 보였단 말야. 그리고 가마에 흰 포장이 쳐 있었어. 가마문이 열리며 소복한 여인이 나오는데 가히 경국지색[73]이라. 그 눈매마다에 음끼[74]가 흐르고 있었지. 그 마을에서 제일 부자인 이진사네 집으로 그 가마는 들어갔거든. 박문수는 이 행렬을 쫓아 들어가 이진사를 만나 사정 이야기를 다하고, '하룻밤 신세지겠노라.'고 했어. 진사는 허락해 주

---

72) 달천(達川). 충북 괴산군 괴산읍과 충주시를 흐르는 하천.
73) 경국지색(傾國之色). 임금이 혹하여 나라가 기울어져도 모를 정도의 미인이라는 뜻으로, 뛰어나게 아름다운 미인을 이르는 말.
74) 음기(淫氣). 음란한 기운.

었지. 박문수가 제 나이를 대자 이진사는 눈물을 지었어. 이야기를 들은즉 조금 전 소복의 여인은 과부가 된 며느리였어. 이진사는 일어나서,

"편히 쉬시오."

하고는 며느리방으로 들어갔지. 박문수는 몰래 뒤따라 마루 밑에 숨어서 이야기를 엿들었지. 진사는 며느리를 위로하는 것이었어. 문수는 마루 밑에서 나와 사랑방에 들어가 밖의 동태를 살펴보았지.

밤이 이슥하자 팔척장승75)이 담을 넘어 들어와 며느리방으로 들어가 두 연놈이 놀아났단 말야. 잠시 후 그 장승은 나와 담을 뛰어넘고 홀연히 사라졌어. 문수는 몰래 뒤를 밟았지. 그놈은 서당으로 들어가 미리 와 있던 젊은 놈들과 어울려 이야기하는 거야. 그놈의 이름은 김진국이었다. 문수는 자초지종을 캐기 위해서, (집주인에게)

"다음날 돌아오는 길76)에 들르마."

고 했다.

문수가 왕십리쯤 가니, 웬 초립동이77)가 와서,

"어딜 가느냐?"

고 묻는 거야.

"과거 보러 간다."

고 하니까, 초립동이는 빈정거리면서,

"아이고, 이 젊은 사람아? 과거는 이틀 전에 치르었소. 이왕 올라온 김이니 장원급제한 글이나 한번 보고 가소."

하였지. 기실78) 문수는 과거는 이틀 후에 있는 것으로 알았는데ㅡ. 그 초립동이가 장원한 글을 외이는데,79) 과제80)는 '낙조'81)라. '낙조토홍괘벽

---

75) 키가 멋없이 큰 사람을 비유적으로 이르는 말.
76) '과거 보고 오는 길'을 뜻함.
77) 초립동(草笠童)이. 초립을 쓴 사내아이.
78) 사실은. 실제의 사정.
79) 외우는데.
80) 과제(科題). 과거를 볼 때에 내주던 제목.

산82) 한아척진백운간83) 문진행객편응급84) 심사귀승장불한85) 방목원중우대영86) 망부대상첩저환87) 창연고목계남로-'88) 그러나 초립동이는 마지막 한 구절은 잊었다고 했다. 문수는 떡 숨이 어렸어.

그러나 문수가 생각하던 그날이 진짜 과거 일이었지. 과제도 '낙조' 그대로였어. 문수는 맨 나중에 '단발초동농저환'89)이라는 귀를 써서 글을 냈지. 심사하는 사람들이 보니 초중90)은 귀신의 글이라 인정치 아니하고 던지려는데, 맨 나중을 보니 역시 사람의 글이라. 문수는 장원을 했어. 임금에게서 친히 마패와 술 한 잔을 받고 하향길에 올랐지. 가는 도중 전에 약속하던 이진사 집에 들렀어. 이진사의 며느리와 김진국을 묶어 대령케 한 후 문수는 친히 심문했지. 그들은 자백했어. 그들의 자백에 의해 연못을 들어본즉91) 며느리의 전 남편- 즉 이진사의 아들이 코 밑에 바늘이 꿴 채 바위가 가슴에 매달린 채 죽어 있었지. 김진국과 며느리는 형장의 이슬이 된 건 뻔하지.

2.

어머니에게 급제하였다는 소식을 주고 문수는 다시 어사 활동을 나갔어. 천안을 좀 벗어나서 걸어가는데 앞에 중놈이 하나가 그 모양이 하도 해괴망측하게 생겨서 문수는 그 중을 불렀겠다.

---

81) 낙조(落照). 저녁에 지는 햇빛.
82) 낙조토홍괘벽산(落照吐紅卦壁山). 지는 해는 붉은 빛을 토하며 푸른 산에 걸려 있고.
83) 한아척진백운간(寒鳥尺盡白雲間). 차디찬 하늘에 까마귀는 흰 구름 사이로 사라지네.
84) 문진행객편응급(門津行客鞭應急). 나루터를 묻는 길손의 채찍이 급하고.
85) 심사귀승장불한(尋寺歸僧杖不閑). 절 찾아 돌아가는 스님의 지팡이도 한가롭지 못하네.
86) 방목원중우대영(放牧園中牛帶影). 풀밭에서 풀뜯는 소 그림자 길고.
87) 망부대상첩저환(望夫臺上妾底鬟). 대 위에 올라 지아비 기다리는 아낙의 쪽진 머리 수그러드네.
88) 창연고목계남로(蒼煙古木溪南路). 푸른 저녁연기 오르는 고목의 남쪽 시냇길에.
89) 단발초동농저환(短髮樵童弄笛還). 단발머리 초동이 피리 불며 돌아오네.
90) 초중(初中). 처음과 중간 구절.
91) 퍼내 보니.

"중님, 중님? 어데 가시오?"

그러자 중놈이 돌아서며,

"중이면 중이지, 중님이 무엇이니? 대사님이라고 해라."

"네, 알겠소. 그런데 대사님은 어디까지 가십니까?"

"나는 합천 해인사로 가는 길이다."

"그럼 잘 되었군요. 같이 갑시다."

해서 동행해 가다가, 날이 저물어 주막에서 잠을 자게 되었는데, 문수는 슬쩍 잠꼬대하듯 한쪽 다리를 중 배위에 다 올려놓고,

"나는 처자가 있지만 넌 무어냐? 병신같이—"

그러자 중놈 한다는 소리가,

"모르는 소리 마라. 나도 계집과 같이 논 적이 있는 몸이다."

그러자 문수는 중을 살살 달래어 중으로부터 경험담을 듣게 되었어. 즉, 삼 년 전에 어느 마을 진사네 집으로 목화 동냥을 갔다. 그런데 그 큰 집에 갓 시집온 며느리 하나밖에 없음을 알고 중이 강간하고는 바로 죽이고 겁이 나 강원도로 도망갔다가 이제 해인사로 가는 길이었다.

이튿날 문수는 일찍이 그 주막을 나와 문제의 진사네로 갔어. 그 큰 집에 잡초만 우거지고 문을 두드리니 누더기 옷을 입은 노인이 나왔어. 그 노인에게 이야기를 들은즉,

"삼 년 전에 탈상[92]해서 아버지 제사에 식구들을 다 데리고 갔는데 철부지 며느리만을 놓고 갔다. 그래서 불안한 마음이 들어 밤에 부랴부랴 시아버지가 오니 며느리는 이미 죽어 있었다. 그래서 그 마을에서 소문이 나길 '시아버지가 며느리를 겁탈하고 죽였다.' 하여 마침내 다음날 오시에 사형이 집행될 것이라."

했다. 박문수는 모든 진상을 깨닫고 중을 잡아 대령하고 그 시아버지를 살려주었지.

---

92) 어버이의 삼년상을 마침.

3.

　박문수가 안동 땅에 갔어. 안동에 중요한 사형수가 있는데, 그를 죽이러 가는 게 그의 임무였지. 가는 길에 하도 목이 말라 주막에 들렀어. 그래 막 막걸리를 마시려고 하는데 어데선지 시원한 바람이 들어와서 박문수가 뒤를 보니 아, 웬 노인이 부채질을 하는데 그 바람이 그렇게 세단 말이야. 그런데 노인이 박문수를 보더니 막걸리를 달라는 거야. 그래 막걸리 한 사발을 주었지. 그랬더니 한 사발 더 달라는 게여. 주었지. 또 한 사발. 그래 두 명은 안동까지 동행하기로 했는데 노인은 노비93)가 한 푼 없어 박문수가 두 명의 노비를 혼자 부담하였지.

　사흘쯤 되니 노비가 딱 떨어졌지. 그래 해가 저물자 큰 집 앞에 가서 나온 노인을 보고 잠자리를 청했지. 그랬더니 그 집 노인이,

　“일곱 살 난 외아들을 죽이고 덮어 논 처지이니 딴 데 가보시오.”

하는 거야. 그래 박어사와 동행하던 노인이,

　“내가 좀 봐드리리다.”

하고 우겨가지고 들어갔지. 이불을 걷어치고 진맥이 끝나자 노인이 말하기를,

　“한 시간만 늦었어도 죽을 뻔했소.”

하고는 장닭을 한 마리 잡아 오라는 게여. 잡아가지고 오니까 그 피를 아이의 목구멍 속으로 넣어 주었지. 그리고 나서 담배 한 대 피울 시간도 못 되어,

　“아이구 더워!”

하고는 그 아이가 일어났어. 알고 보니 퉁소를 불다가 지네가 그 속에 들어가 버렸어. 그래 닭피를 먹인 거지. 그 집 주인은 엽전 삼백 냥을 사례로 주려 했으니, 노인이 지표94)로 달라 해서 지표를 주었지. 그것을 받은

---

93) 노비(路費). 노자(路資). 먼 길을 떠나 오가는 데 드는 비용.
94) 지표(紙票). 어음.

노인은 박문수에게 주고 온데간데없이 사라졌다 말야. 한참 찾고 있는데
산 위에서 누가,

"박어사, 박어사?"
하고 부른단 말야. 그리고는,

"사형수는 구대 독자, 십일 대 독자 유복자이니 놓아 주어라. 그 삼백
냥을 백 냥씩 나눠 주어라. 나는 태백산 신령이다."

약속대로 박문수는 그렇게 했지.

12) 초강(草江)

1967. 10. 23. 심천리 심천강변 / 정헌묵, 남 · 54

황새가 많아서 '초강'이라고 한 게 아니지. 채전95)이여. 본래 이곳은
순전히 앉은땅이었지. 그래서 풀이 많고 물도 많았지. 그중에 띠, 왁새96)
가 많이 자랐지. 그후 '왁새말이'97)라고 불렀고, 중년엔 풀이 많았던 곳이
라 해서 '초강'이라고 했지.

13) 하동정씨(河東鄭氏)

1967. 10. 23. 심천리 심천강변 / 정헌묵, 남 · 54

하동정씨가 그곳 좌수98)로 들어가 삼 년이 되니까 천 냥이 포흠99)이
졌어. 갚을 길은 막연하거던. 그러니 옥에다 가두었지. 그 좌수가 딸 하나
아들 하나를 두었는데 좌수의 아들이 생각해 보니, 아, 이거 자식이 되어

---

95) 채전(菜田). 채마밭. 채소를 심어 가꾸는 밭.
96) 억새.
97) 억새마을.
98) 좌수(座首). 조선 시대에, 지방의 자치 기구인 향청(鄕廳)의 우두머리.
99) 포흠(逋欠). 관청의 물건을 사사로이 써 버림.

서 부모 죽는 것을 못 보겠단 말야. 그래 원님께 들어가 "석 달 열흘 말미만 주면 그 돈을 틀림없이 갚겠습니다."

하고 사정을 했지. 그런 거야 원님이 들어주었지.

그 아들이 개나리봇짐[100]을 싸 둘러매고 충청도 양반 마을 청주에 오니, 어데서 글 읽는 소리가 좋게 들린다 말야. 글 읽는 소리가 난 곳은 서당이었지. 그 소년이 보니까 자기 또래 아이들이 글을 읽고 있단 말이지. 이 서당 주인은 진사인데, 이진사의 사정이 또 딱해. 제 아들을 가르치는데 아들이 못된 병에 걸려 뜻을 못 이루고 있었지. 이 소년은 주인에게 하룻밤 신세 지겠다 하고 이부자리도 잘 개고 방도 잘 쓸고 해서 주인이 잘 보았거든. 밤이 되어서 주인하고 같이 자게 되었는데, 주인이,

"내 집에서 있어라."

하니, 소년은 그 집에서 매일 심부름을 해주며 있었지. 달 반이 되도록 소년이 유심히 보니 이진사는 담배만 재떨이에다 털고 잠을 제대로 안 이루었어. 그러더니 결국 소년을 깨우더란 말야.

"내가 너한테 실히 부탁할 것이 있는데 의향을 몰라 고민하고 있다."

"들어드리겠습니다."

"내가 자식을 하나 주문받자 그 자식이 병신이 되었어. 내일 신랑을 보러 온다는데 내 자식은 병신이니 네가 좀 대리로 서라."

"예, 그리하겠습니다."

아침이 되니까, 옷을 입혀 주었어. 식은 거행되었지. 주안상을 차리고 내려와 인사를 드리니 바라볼 때 훌륭하거든.

"너 사주 쓸 줄 아느냐?"

"예 쓸 줄 압니다."

그래 써서 주었지. 다음 날 오라 하고 결정을 다하고 신부집을 나왔지. 진사가 또 부탁을 하는 거야. "대리 결혼을 해주어야겠는데 성사가 되겠

---

100) 괴나리봇짐. 걸어서 먼 길을 떠날 때에 보자기에 싸서 어깨에 메는 작은 짐.

나, 안 되겠나?”

하고.

“너 집에서 무슨 일로 나왔느냐?”

그러니까 소년이 사실 이야기를 다했지.

“그러면 천 냥을 줄 것이니 내 말을 들어라.”

“예.”

“시키는 대로 해라. 대리 장가를 가서 신방에 들어가거든 불을 꺼서는 안 된다. 내가 사랑방에 있으면 네 머리가 비추도록 해라.”

다음 날이 되었지. 색시 집은 김판서의 딸– 신랑은 말을 타고 이진사는 가마를 타고 갔어. 저녁을 먹고 대청에 들어서는데, 동네 사람들이 구경 와서,

“저렇게 얌전한 신랑을 병신이라고 했구나!”

하며 떠들썩했지. 신방에 들어갔어. 색시가 보니까 신랑이란 자가 족도리도 안 벗겨 주고 가만히 앉아 있단 말야. 이진사는 사랑방에서 그림자만 보고 있는 거지.

‘이거 일평생 오늘이 제일인데 신랑이란 자가 저러니–’ 색시가 곰곰이 생각했지. ‘무슨 약정이 있구나! 결판을 내야지.’ 하며 벽장에서 단도를 꺼내들었어. 그리고 그 앞에 놓으며 하는 말이,

“오늘 저녁이 제일이요, 그래도 부부라고 하면 화촉동방101)이 아니오. 어떤 이유인지 안 가르쳐주면 당신 죽이고 나도 죽겠소.”

신랑이 가슴이 두근거렸지. 신부는 자꾸 다그치는 거야. 신부가 참 영리하거든.

“당신이 대리 장가 온 모양인데, 이진사 아들은 병신이오. 그러나 그것은 아무것도 아니고 당신과 나와 백년해로합시다.”

족도리를 벗고 불을 끄니, ‘아차, 다 틀렸구나!’ 하고 이진사가 소리를

___

101) 화촉동방(華燭洞房). 첫날밤에 신랑 신부가 자는 방.

질렀다. 이진사는 그 밤으로 가마를 타고 돌아와 버렸어. 날이 새자 신부가 자기 아버지 앞에 가서 사실 얘기를 다했지. 신부 아버지 김판서는 내력을 듣고,

"근본도 괜찮군. 그만하면 되었지."

하고 승낙해 주었어.

한 일주일 후에 김판서 딸이,

"시가에 가서 시부모를 보아야겠소."

하고 혼행길을 차리고 사인교102)를 타고 신랑은 말을 타고 갔단 말야. 딸이 아버지에게,

"딸도 반자103)인데 집을 내주셔야지. 저 먹을 것을 주선해 주십시오."

하니 김판서가 천 석 문서를 주었지. 하동으로 갔어. 물론 김판서는 안 따라갔지. 거기 가서 천 냥을 원님께 바치고 아버지를 살려내고 천석 부자가 되었는데, 얘기는 여기서 끝난 게 아니야.

이진사 집을 찾아가야 하겠는데 참 입장이 난처하거든. 자기 누이와 상의해서 결정을 지을랴고 자초지종을 다 얘기했어. 역시 누이도 영리하거든.

"이진사가 널 반가워하지 않을 것이다. 날 그 집으로 시집보내 다오. 네가 가서 중매 노릇해라."

이진사네를 갔지. 문안드리니까 바라다보지도 않어.

"한 말씀 드릴 것이 있어 왔습니다. 제가 진사 어른 때문에 잘되었는데, 제 누님이 시집온다고 하는 소탁104)을 받고 왔습니다."

"그래? 어서 들어오게."

결국 자기 아들 몽달이105)나 면하자는 거지. 그래 소년이 사주를 쓰고 누님과 같이 오라는 것이야. 한 사흘 쉬다 소년은 집으로 내려가 부모님

---

102) 사인교(四人轎). 앞뒤에 각각 두 사람씩 모두 네 사람이 메는 가마.
103) 반자(半子). 아들이나 다름없이 여긴다는 뜻.
104) 소탁(所託). 부탁한 일.
105) 장가를 아직 가지 못한 처녀 총각을 일컫는 말.

께 말씀을 드리니,

"너의 남매 상의를 잘했구나!"

하며 승낙해 주었어. 그날이 되어서 누님은 시집을 갔는데, 간신히 신랑
이란 자를 끌어다가 결혼시키고 다시 초당에 가두었어. 종년 하나가 불
때어주고 주먹밥이나 넣어주곤 했지. 신부가 생각해 보니 기가 찰 일이
라. 삼 일 후에 돌아가서 초당에 들어가 병간호를 하기로 했지. 신랑이란
자가 아주 진106) 문둥이야. 병을 고쳐야 백년해로 해야겠는데, 이 여자가
종을 시켜 소고기를 반 근 사오라고 했지. 남편 몰래 돌아서서 자기 넓적
다리를 떼어서 솥에다 볶아 주었지. 이렇게 사흘쯤 계속 일주일 가니까,
남자의 얼굴은 화색이 도는데 여자는 생살을 베어 철꼴이라. 이진사가 밤
낮으로 순찰을 돌다 구멍을 뚫고 보니, 그와 같았거든. 처음엔 전염인가
하고 근심했는데, 달밤이 지나니까 아들의 얼굴은 정상적이 되고 며느리
는 꼬챙이같이 말랐어. 두어 달 지나니까 둘 다 본 얼굴이 되었어. 둘이
나와 성장을 하고 아버지에게 인사하였어,

"처덕107)으로 제 얼굴이 다 나았습니다."

두 집이 다 화목하게 지내게 되었지. 효부, 효자가 다 하동정씨 집에서
나왔다는 이야기지.

14) 바보 사위

1967. 10. 23. 심천리 심천강변 / 정헌묵, 남 · 54

*유화인 경남 남해군 〔고현면 자료 10〕을 참조할 것.

멍텅구리 이야긴데, 참 숙맥108)이야. 장가를 보냈는데 그 장모 되는 분

---

106) 짓무른. 살갗이 헐어서 문드러진.
107) 처덕(妻德). 아내 덕분에 입는 덕.

이 사위 녀석한테,

"편109) 좀 해줄까?"

했더니,

"못 먹어요."

했어.

"면110) 좀 해줄까?"

"못 먹어요."

"약주 좀 줄까?"

"못 먹어요."

그래 이 사위놈이 동네 아이들한테 가니까, 동네 아이들이,

"편 좀 먹었니?"

"편이 무엇인지 몰라 못 먹었네."

"면은? 약주는?"

"무엇인지 몰라 하나도 못 먹었네."

"에이 바보야, 편은 떡이고 면은 국수고 약주는 술 아니냐."

"아하, 그걸 몰랐군."

하며 편, 면, 약주를 외고 가다가 물방아 있는 곳을 건너뛰다 잊어먹었겠다.

이놈이 물속에 제가 외우던 것이 빠진 줄 알고 그곳을 막고 허우적허우적대는데 조금 있다가 물방아 임자가 올라왔어. 물이 안 내려오니까 올라와 본 거지.

"야, 임마 뭘 찾아? 이편에서 잊었니, 저편에서 잊었니?"

그랬더니, 놈이,

"아, 하나 찾았다."

"이 자식이, 약주를 먹었나 소주를 먹었나 무슨 소리야?"

---

108) 숙맥(菽麥). 사리 분별을 못하고 세상 물정을 잘 모르는 사람.
109) '떡'을 점잖게 이르는 말. 혹은 절편(떡살로 눌러 모나거나 둥글게 만든 떡).
110) 면(麵). 국수.

“야, 또 하나 찾았다.”

“어? 야− 임마, 너 어느 면에 살아. 미친 자식 같으니.”

“야, 세 개 다 찾았다.”

하고 좋아하며 장모한테 가서 실컷 얻어먹었지.

며느리를 얻고 일 년 지나면 시아버지가 떡을 해서 며느리를 따라 사돈집으로 가는데, 이 숙맥이 우겨서 자기가 가겠다고 하는 거야. 장인과 노부가 지붕을 잇고 있는데, 그 앞에 가서 “음메 소, 꿀꿀 돼지, 꺼끄덩 프드더기,111) 면·편·약주.” 하고 펼쳐 놓는단 말야. 장모가 뒤를 보고 있는 뒷간에 가서 또 펼치고 이야기한단 말야. 장모가 입장이 난처해서 어쩔 줄 몰라했지. 장인도 일을 맺고112) 장모도 뒷간에서 나와 방에 들어오니까, 이 숙맥이 하는 소리가,

“나는 이제 가요.”

하고 제가 가져온 것을 다 가져오려 했단 말야.

장모가 쫓아 나오니까,

“우리 어머니 아버지가 구경시키고 갖고 오랬어요.”

“에그! 이 녀석아, 놓고 가면 내년에 우리가 해가지고 가는 거야.”

옆에 있던 며느리가 놓고 가라고 하니까,

“욕먹어!”

하며 소릴 지르더란 말야. 그러나 결국 놓고 가게 되었지. 집에 가서 하는 말이,

“뺏기구 왔어요. 그 빌어먹을 년이 그리 놓구 가라 해서 놓구 왔죠.”

하니까, 부모님들이− ‘아들 하나 있는 게 저리 숙맥인고!’ 하며 한탄하더랍니다.

---

111) ‘꺼끄덩’은 꿩의 울음소리, ‘푸드덕’은 꿩이 날아가는 소리를 흉내 낸 말임.
112) 마치고.

15) 호랑이에게 자식 던져주고 시아버지 구한 효부 3 ··············

1967. 10. 23. 심천리 심천강변 / 정헌묵, 남 · 54

　*이본으로 강원도 명주군 〔성산면 자료 2〕와 충북 단양군 〔각곡면 자료 30〕 참조할 것.

　근근하니 없이 사는 사람이 있는데 홀시아버지하고 아들, 며느리가 살았지요. 아들이 나무장사하고 며느리는 살림을 하고 있는데, 집안에 잔치가 있는데 없이 살아도 준비는 돼 있었더랍니다. 시아버지가 독고리짝[113]에 담아서 갖다 주는데, 호랑이가 나오는 무인지경의 산을 넘게 되었더랍니다. 며느리가 아기를 업고 시아버지 마중을 나갔는데 오재도[114] 안 되고 가재도 안 되어 만날 때까지 가는데 덤푸렁[115] 밑에 시아버지가 잠을 자고 있었지요. 곤주가[116] 되어 자는데 그 옆에 불을 킨 호랑이눈이 있길 않겠어요? 며느리는 '자식은 다시 낳으면 자식이려니-' 생각하고 애기를 끌러 호랑이 앞에 놓고 시아버지를 살려냈지요.

　그날 밤 남편이란 사람이 나무를 팔아 쌀과 과자를- 애기를 주려고 사가지고 와서 어린애 있는 곳을 물으니, 며느리는 아무 소리 않고 밥 먹은 다음에 사실 얘기를 다했지요. 남편은 그 말을 듣고 부인에게 고맙다고 밤새도록 절을 하고 나서 그래도 시원치 않아 정짓문[117]에 대고 계속 절을 했지요. 반장이 때마침 찾아와 그 모양을 보고 사실 얘기를 다 듣고 원님에게 고를[118] 하니까 상금을 많이 내려 일방 땅을 사고 집을 사고 했지요. 범도 그 마음이 하도 착해 그 아이를 범젖으로 키워[119] 깍지

---

113) 동고리짝. '고리짝'은 키버들의 가지나 대오리 따위로 엮어서 상자같이 만든 물건.
114) 오자고 하여도. 오려고 하여도.
115) 덤불. 어수선하게 엉클어진 수풀.
116) 곤죽이. 몸이 지치거나 주색에 빠져서 늘어진 모습을 비유적으로 이르는 말.
117) 부엌문.
118) 고(告)를. 보고를.
119) 먹여.

통120)에다 그 아이를 놓아 노인이 이를 발견했지요. 그 아이를 돌려주어 부자도 되고 아이도 찾고 효부문도 세워주고 길이 칭송했지요.

16) 고목생화 2

1967. 10. 23. 심천리 심천강변 / 정헌묵, 남 · 54

 *유관 자료로 충북 영동군 〔영동읍 자료 26〕; 동 〔용산면 자료 10〕을 들 수 있다.

 고목생화라면 현풍곽씨 얘기가 있지. 그럭저럭 삼천 석 추수하고- 아들 삼 형제가 있었는데, 이 아들들이 선친상을 맞아서 뫼를 쓰는데 문제가 많았단 말야. 두 형은 장가를 갔으나 막내는 결혼을 아직 안 했거든. 묏자리를 구하는데 자기 집 앞에 큰 산이 있어. 벌떡 솟아가지고 뭉쳐져서 펑퍼짐하게 되었는데, 큰 정자와 고목이 있어. 풍수가가 말하기를,
 "그 고목의 뿌리를 헤치고 산소를 쓰면 고목생화하리라. 본 삼 형제가 죽어도 그 자손에서 삼 진사가 나오리라."
 첫 형과 둘째 형이 응낙을 했는데, 동네 사람들이 말렸단 말야. 동네 사람들이 말렸어도 품삯을 주어 그 뿌리를 헤쳤지. '뫼 쓴 지 삼오121) 만에 맏상제, 칠 일 만에 둘째, 한 달이면 막내가 죽으리라.' 과연 사흘 만에, 또 일주일 만에 첫째, 둘째가 죽어 버렸지. 두 과부들이 생각해 보니 기가 막힐 노릇 아냐? 막내를 불러다 놓고,
 "도련님은 원대로 구경할 만치 하시고 객지에나 가서 죽든지 말든지 하시오."
하고 노잣돈 옷 등을 주어 내보내었어.

---

120) 깍지를 담아 놓은 통.
121) 삼우(三虞).

정처 없이 가다가 은진[122] 땅에 도착하자 날이 저물어 잘라고 하니 잘 데가 없어. 큰 대문간 앞에 적은 오두막집이 있어 부르니, 웬 노파가 하나 나오는데, 그 노파가 하는 말이,

"상전댁 제사니, 하룻밤은 혼자 잘 수 있소."

하며 저녁밥을 주고 이불을 깔아 주고 갔단 말야. 상전은 김정승인데 노파는 김정승 딸의 유모였어. 그 집에서 제사를 지내는데, 김정승 딸이,

"난 딸이니까 유모집에 들어가 잠이나 자야지."[123]

하며 유모집에 가서 옷을 훌훌 벗고 들어가니까 아 큼직한 손이 꽉 껴안아 소리도 못 지르고 둘이서 잠을 잤지.

아침이 되어서 막내는 사실 얘기를 그 여자에게 다 이야기했지.

"보름 있으면 내 죽을 날이니 그동안 구경이나 하다 죽으리라. 당신과 나와는 천생연분이라. 떠나 있다가 죽을 날짜가 되면 이리로 와야지."

하고 헤어졌어.

그날이 되었지. 막내는 노파네 집에 갔지. 그 여자가 저녁을 먹고 왔지.

"죽을 시간은?"

"자시[124]요"

"그럼 자시 때 뒷산을 돌아 우리 집 후원이 대밭이니 한복판 장대[125] 옆에서 죽소."

돌아간 그 여자는 잠이 안 왔어. 잠이 올 리가 없지. 그 정승 딸은 자기 몸종의 오래비를 닭 울기 전에 만나게 하도록 하여,

"우리 둘이만 얘기하세. 곡괭이를 하나 준비해서 날 따라오시오."

하고 대밭에 가서 그 시체를 찾아 고이 매장시켜 주었지.

한 너덧 달 지내니까 배가 불러왔어. 집안에서 부모가 알면 큰일이거

---

122) 은진(恩津). 충청남도 논산시에 있는 옛 읍.
123) 딸이니까 제사에 참여하지 않아도 된다는 뜻임.
124) 자시(子時). 십이시(十二時)의 첫째 시. 밤 열한 시부터 오전 한 시까지이다.
125) 긴 대나무.

든. 그래 남복을 하고 밤을 틈타 현풍으로 찾아갔지. 주막에 가서 물어보니 그 곽씨 집안이 아주 망했다고 하는 거야. 하인들도 풍지박산[126]이고 토지 전답도 말이 아니게 못쓰게 되었고, 굶기를 밥 먹듯 하고 동서 둘이서 형편없이 산다고 했어. 정승딸이 남복을 벗고 들어가니 두 과부가 반색하였지. 사실 이야기를 다하고 동네에서 쌀 서너 말을 구해다가 미음[127]을 써서[128] 구원하고 그럭저럭 십 개월이 찼어.

아들을 낳아 보니 삼태아[129]라. 첫째 과부가, '요건 내 아들─' 하며 맨 처음 나온 아이를 갖고, 둘째 과부가, '요건 내 아들─' 하며 두 번째 나온 아이를 가졌지. 나갔던 종놈도 살림을 빼앗던 놈들도 문서를 갖고 돌아왔지. 일곱 살 먹자 세 놈을 공부시켜 열세 살 때 경주로 과거를 보러갔지. 한림학사[130]가 되어 돌아와 찌들어진 집안을 일으켰지. 원손[131]이 죽고 그 후손이 잘되었다는 이야기지.

17) 강홍립(姜弘立)과 김응서(金應瑞) ·····················

1967. 10. 22. 심천리 경로당 / 김현화(金賢化), 남 · 70

*제보자는 경로당에서 만난 분으로, 일본에도 가신 적이 있는데, 현재는 농사를 짓고 있다고 했다. 말을 천천히 하는 편이었고, 표정이나 몸짓에는 별로 변화가 없었다.

이건 『임진록』을 본건데 오십 육십 년 전이야. 전주판 책[132]이지. 문종

---

126) '풍비박산(風飛雹散)'의 잘못. 사방으로 날아 흩어짐.
127) 미음(米飮). 입쌀이나 좁쌀에 물을 충분히 붓고 푹 끓여 체에 걸러 낸 걸쭉한 음식.
128) 쒀서. 쑤어.
129) 삼태아(三胎兒). 세쌍둥이.
130) 한림학사(翰林學士). 옛날 임금의 조서를 짓는 일을 맡아보던 벼슬.
131) 원손(元孫). 맏아들.
132) 완판본 고전소설을 말함.

이로 박은 것- 두텁고 두 권인데- 팔년 풍진을 겪은 거야. 갑진년133)까지 나왔지, 아마. 대학생이라고 하니까 말이지. 강홍립134)이 역사책에 병자호란에 있었다면서? 강홍립이가 성공하였다던가? 강홍립이가 임진왜란 때 사람인데- 김응서135)하고 조선 장사인데, 대국서 청병을 해가지고 나왔지 안 했어? 니왔는데- 이여송이 나왔는데 그때 일본은 왜장 조섭136)이가 나왔는데. 영광절에서 죽었어. 월천 손에 죽었는데- 월천- 누가 편지하기를 송(松), 곡(谷) 고을을 조심하라고 하였는데, 그때 소나무 밑에 있는 사람은 피했는데, 송(松), 곡(谷) 자 지명을 몰랐단 말이야.

성공한 뒤 일본으로 항서를 받으러 김응서- 강홍립이가 좌장이 되고 김응서가 그때는 아래137)로 가는데, 강홍립이가 도착하는데 김응서 눈에 무슨 못에서 이두병이란 귀신이 삼일 간 알몸둥이로 나와서, '삼 일만 머물러 가시오.' 하고 신신당부를 하거든? 그래 강홍립에게 이야기를 하니 선봉이 되어설랑 말을 안 들어주고 군사를 데리고 가니, 일본 선문138)을 놓고 들어가니 조선서 군사를 데리고 양 선봉이 올다니 모두 장사와 군사를 뽑아서 막으러 보내는데, 그 무슨 산이라고 들어가는데- 앗다! 그 무슨 산이래드라만.

"너희가 가 기다리다가 삼일 후면 내려온다."

하고 매복시키고 두었어. 그래서 강홍립이가 복병 있는 줄 모르고 갔다가

---

133) 1644년.
134) 조선 광해군 때의 무신(1560~1627).
135) 조선 중기의 무신(1564~1624). 초명인 '응서'를 후에 '경서(景瑞)'로 고쳤다. 임진왜란 때 평양 방위전에서 대동강을 건너려는 적을 막고 명나라 이여송의 군대와 함께 평양성을 탈환했다. 명나라가 후금을 치기 위하여 원병요청을 하자 출전했고 금나라 군대에 항복하여 포로가 되었다가 적정을 기록하여 고국에 보내려다 처형되었다.
136) 소섭(小攝). 혹은 소서비(小西飛, 1550?~1626) 임진왜란 때에 활약한 일본의 무장. 본명은 나이토 조안[內藤如安].
137) '수하(手下)'의 뜻임.
138) 선문(先文). 중앙의 벼슬아치가 지방에 출장할 때, 그곳에 도착 날짜를 미리 알리던 공문.

다 죽었는데, 아− 그런게 김응서와 강홍립이하고 두 장사만 남았는데 패진하고설라믄− 김응서가 참 장사는 장사라. 김응서가 갑옷도 안 입고 말게 올라서 춤을 주고 들어가니 강홍립이가,

"아, 장군은 갑옷도 안 입고 가요?"

하고 말했어.

"아, 저런 것이 무슨 장수요, 겁이 많아서."

하고 강홍립이를 나무라고 춤추고 가니, 적들이 어이없어서 웃는 걸. 그때 들어가 적의 장수 칼을 빼앗아 다 죽이고 들어가서 바로 다 망했어.

일본왕이 크게 대접을 하는데, 딸을 공주를 주니게 강홍립이를 부모를 삼고 김응서도 주니 다 사촌끼리지. 일본이 오죽이나 대접하는가? 강홍립이는 거기서 부마가 되었다. 김응서는 종내 말을 안 들었고. 나중에 강홍립에게 물으니,

"아, 장군이 치러 와서 이러면 되겠소?"

하니, 강홍립이가 뭐라고 하니까 그만 강홍립이를 죽였어. 그래 강홍립이를 죽이고 만리장서[139]를 써서 상투에 묻고 자기가 자결을 하였다.

그의 말[馬]이− 그 머리를 말이 물고서 조선을 나와서는 본집으로 갔어. 김응서 부인이 집에 있다가 말방울 소리를 듣고 나가니, 자기 남편이 아니라 머리를 안고 있어. 그래 울고− 그러다가 머리를 싣고 나라에 가니, 나라에서 그때가 선조대왕 때여. 참 슬피 울고 용루를 흘리고 자세히 보니 머리맡에 상투가 있어. 자시 보니, 이두병이란 동내 귀신 이야기와 일본 동신령 고개 넘다가 복병을 만나 패전한 일, 그 뒤 일본 가서 부마[140]가 된 일, 강홍립이가 배역[141]해서 쳐 죽이고 분이 돼서 자결한 말을 다 거깃다가 기록하니− 강홍립이가 역적이거든. 말하자면 병자란에 강홍립이가 나왔다니, 거 허망하거든.[142] 그래서 학교에서도 배웠는가 하

139) 장서(長書). 긴 편지.
140) 부마(駙馬). 임금의 사위.
141) 배역(背逆). 은혜를 저버리고 배반함.

고 물어본 거지.

18) 임경업(林慶業) ....

1967. 10. 22. 심천리 경로당 / 김현화, 남 · 70

병자란 때 임경업[143]이란 장사가 있었는데, 임(林)이었는데- 임경업이가 장수라. 호국에서는 만날 조선을 쳐들어올라고 엿보고 의주로 오는데, 임경업이가 나라 장수라 의주부윤을 삼았는데 호왕의 딸이 임경업이가 이름이 난 것을 알아서 보니까 이인이란 말이야. 이인이야, 아주.

그래서 남으로 가다가는 남으로 안 가고 동으로 가다가는 항복을 받았거든. 그래 임경업이가 이시백[144]이란 그이하고 임[145]하고 대국 사신을 들어가는데- 호국서[146] 난리를 만나서 대국으로 청병을 갔는데- 말하자면 대국서 사신 들어가니 그럴듯하니까 그들은 대국서 청국으로 청병을 들어가서 승전하고 임경업이 화상은 걸어 두니 삼국[147] 대장이라. 부마를 삼으려 하니까 공주가 한 번 보자는 거야. 그러니 임경업이를 청하니- 그러니께 그가 먼저 알았어. 임장군이 키가 작으니까 키를 세치 돋구고 들어가는데, 그는 부마를 안 할려고 했는데 들어가서 보니까 호왕의 딸이 탄식한다.

"키 세 치만 작으면 호국대장이 될 건데- 키가 커서 못 된다."
하니, 그가 관상도 잘 보는 거야. 그래서 대국으로 돌아와도 보니까 호국서는 승전을 했으니까 호국 대장이지. 대국서도 보냈으니 대국 대장이지.

---

142) 강홍립은 병자호란(1636) 이전 정묘호란(1727)이 일어나던 해에 작고했음. 따라서 그는 호란과는 관계가 없음.
143) 조선 인조 때의 명장(1594~1646).
144) 조선 시대의 문신(1581~1660).
145) 임경업.
146) 호국의. '호국(胡國)'은 청나라를 가리킴.
147) 삼국(三國). 조선 · 명나라 · 청나라의 삼국을 뜻함.

우리나라에서 보냈으니 조선 대장이지. 그래 삼국 대장 아니어? 그 뒤 호국이 우리나라를 쳤어.

임경업이는— 김자점[148)]이가 죽였는데— 그건 그렇게 되었지. 용골대·마부대가 지나간 뒤— 말하자면 삼 형제[149)]를 데리고 갔어. 그런데 그 양반[150)]을 모시고 나왔는데, 그 양반들은 부왕을 뵈러 갔는데, 김자겸이가 지함(地陷)[151)]을 파고서 철퇴를 두드려서 어명이라고 죽였단 말이야.[152)] 그래 점점이 찢어 죽였다고 한다.[153)] (조사자 : 누가 죽었나요?) 김자점이를 죽인 거 아니겠어?

19) 지명 유래 6

1967. 10. 22. 심천리 경로당 / 김길호(金吉鎬), 남 · 50

*약국을 경영하고 있는 분으로, 지명 전설을 비롯한 다른 이야기를 구연하였다.

1. 망실(芒室)

이 지방 이야기를 해 달라니 뭐 알아야지. (제보자 : 조사자의 지도를 보고서) 여기서 좀 가면 망실— 망실이란 데가 있는데 예전 나라에서 군사를 동원하였는데 갑오 동란 때 국가가 총 동원할 때 성을 쌓기 위해서랍니다. 아들을 기다리던 노파가 눈물을 흘리며 세월을 보냈다고 합니다.

---

148) 조선 중기의 문신(1588~1651).
149) 인조의 세 왕자를 말함.
150) 청나라에 볼모로 잡혀갔던 왕자들을 말함.
151) 땅굴. 땅을 파서 굴과 같이 만든 큰 구덩이.
152) 임경업을 죽였다는 말임.
153) 임경업이 죽은 후 그의 무고함이 밝혀지고 김자점의 역모가 발각되자, 김자점을 '점점이 찢어 죽였다.'는 말임.

2. 어류산(御留山)[154]

세종인가 인종인가 어느 왕이 ― 임금이 이곳에 머물러서 그랬다는데 국사봉(國師峰)과 연결된 이야기가 있으나 잘 모르겠다.

3. 사동(寺洞)

사동은 거기 절이 있었던 게 아니라, 원래 '원(院)골'이었답니다. 역말을 갈아탔던 곳이니 황간의 역마촌서 타고 원골까지 와서 그걸 갈아 잡아타고 갔는데, 원엔 반드시 음식물을 준비해야 했다고 합니다. 오늘날 전령식[155] 체제지요.

4. 용당리 용소(龍沼)

용이 나오고 그런다는데 가물면 기우제를 지낸다는데 여자가 보아서 용이 못 올라갔다고 하더군.

5. 초강리(草江里)

옛말로 '황새말이' 즉 '대초지리(大草之里)'라 불렀었지. 들은 넓었는데 인구는 적고 풀은 많고 황새가 또한 많아. 그래서 그렇게 말한 것 같아.

20) 영동 지방 풍습 ··

1967. 10. 22. 심천리 경로당 / 김길호, 남 · 50

1.

'영등할머니'가 원래는 강원도의 '영동'을 '영등'이라 하는데 충북 '영

---

154) 심천면 기호리(耆湖里)에 있는 산.
155) 전령식(傳令式).

동'이 그 소리가 비슷해서 판배기[156)가 되었답니다. 이월 초에서 그믐까지 풍속인데, 그해의 가족의 명복을 빌고 집집마다 부럼[157)을 조심하여 잘 제사 지낸 것이지요.

2. 머슴 버선 벗기

왜 머슴의 묶은 발을 푸는 때가 있지 않습니까? 칠월에 농사 다 짓고 씻은 발을 가을 수확하여 버선을 신고 이듬해 이월에 벗는데ー 그해 새 출발이라는 거지요. 이월 영등할머니는 농사가 잘 되라고, 자손이 잘 되라고ー 잘 이루어지라고 그런 거지요.

3.

정월 대보름은 지금 그리 심하게 안 해요. 석전[158)이야 그전에 굉장히 심했지요. 요 삼십 년 전만 해도 박[159)이 터지고 죽고 그런 일이 있었으니께ー.

21) 생시명주(生時溟州) 사후진천(死後鎭川) ·······························

1967. 10. 22. 심천리 경로당 / 김길호, 남 · 50

서울 갔다 온[160) 차 안에서 팔구 년 전 강원도 강릉 사는 분이 한 삼

---

156) 판박이. 판에 박은 듯이 똑같아 변화가 없는 것.
157) 음력 정월 대보름날 새벽에 깨물어 먹는 딱딱한 열매류인 땅콩, 호두, 잣, 밤, 은행 따위를 통틀어 이르는 말. 이런 것을 깨물면 한 해 동안 부스럼이 생기지 않는다고 한다.
158) 석전(石戰). 돌팔매질을 하여 승부를 겨루는 놀이. 고구려 때에, 대보름에 하류층에서 하던 놀이.
159) '머리통'을 속되게 이르는 말.
160) 갔다 오는.

십 리 밖에 안 떨어진 곳이지요. 이야기 끝에 무심히 들었답니다. 오사[161] 라고 합니까, 별의 별 것이 다 있군요. 전에 진천 사람이 죽었는데, 한 팔 년 전이래요- 실화라니까. 그래 명주 사람도 한날한시에 죽었는데, 이 진천 사람은 파묻고 명주 사람은 안 파묻었는데, 둘이 그리 죽은 것이지 요. 그래 저승을 가 보니 진천 사람이 잘못 죽어서 나오려고 진천 사람이 제 몸을 찾으니 이미 파묻어서 있어야지. 그래 영혼이 명주에 가서 신체 혼에 붙어서 일어나서 보니 집이 아니라. '육체는 틀림없는데-' 하고 휘 적휘적 일어나서 나오거든요. 아들이 그래서,

"아버지, 왜 이러십니까?"

죽은 사람이 살았으니 한없이 기쁘나, '이건 정신 이상이 아닌가?' 이 상히 여겨서. 그래 진천을 갔다가 양쪽 가족이 합의를 보고- 이미 진천 을 가니까 초상을 다 치룬 뒤라.

"살아선 명주 있다가, 죽어선 영혼을 진천서 지내시오."

하였답니다. 팔구 년 전이란데-. '생시명주요 사후진천이라'는 글귀가 그래서 생겼답니다.

22) 지명 풀이 노래 ···

1967. 10. 23. 심천리 / 박내찬(朴來贊) · 박헌(朴憲) · 박희원(朴喜源).

*심천리 이장이신 박내찬, 초강국민학교 교장이신 박희원, 서울에서 경기공업 을 졸업하신 박헌, 이 세 분의 이야기를 종합한 것이다.

(박헌)

펄쩍뛰었다 노루골[獐洞里]

뱅뱅돌아 구탄리(九灘里)

---

161) 오사(誤死). 형벌이나 재앙으로 제 목숨대로 살지 못하고 비명에 죽음.

언덕밑에 짚으내[深川里]

용올라갔다 용당리(龍塘里)

나무접시 고당리(高塘里)

황새앉았다 초강리(草江里)162)

헌두더기163) 날근이(老隱里)

섭섭하다 서금리164)

(박희원)

황새덕새 황새말

나무접시 고당개

펄떡건너 노루골

팽팽팽팽 구탄리

헌누더기 날근이

물짚었다165) 짚으내

23) 지명 유래 7

1967. 10. 23. 심천리 / 박내찬, 남 · ?

1. 어류산(御留山)

백제 임금이 전쟁통에 피난 와 머물렀다 간 곳이라 한다. 그곳에다 나라의 평안을 기구166)하는 뜻에서 절 영국사(寧國寺)167)를 지었다고 한다.

---

162) '황새말'이라고도 함.
163) 헌 누더기.
164) 충북 영동군 심천면 심천리 소재 마을.
165) 물 깊었다.
166) 기구(祈求). 원하는 바가 실현되도록 빌고 바람.
167) 충청북도 영동군 양산면(陽山面) 천태산에 있는 절.

아직도 그곳에 돌화살 등의 유물이 있다.

2. 용당리(龍塘里)

아직도 용소(龍沼)가 있는데, 이곳은 용이 올라간 자리라고 한다. 그런데 용이 올라가는 것을 본 여자가 보아서 올라가다 떨어졌다고 한다.

3. 우무실과 와우혈(臥牛穴)

우무동(牛舞洞)이란 옛날 오만분의 일 지도는 잘못 표기된 것이다.[168] 옥천과 영동 경계를 지른 이원면(伊院面)과 심천면의 우산리(牛山里)·길현리(吉峴里) 사이의― 옥천 이원 우산리[169]와 영동 심천 길현리 사이의 산이 그러니까 담제까지가 소가 꼴을 먹고 누워 있는 와우형이 되었는데, 예전 여산송씨가 와우혈[170]을 찾아 먼저 왔으나 제대로 못 썼고, 이백 년 전 울진 송씨(송시열계)가 초강(草江)에 와서 소가 물마시고 누워 있는 그 자리에 묘를 써서, 말이 천 석이지 만 석은 하였다고 한다. 그러니까 이백 년 전 송시열의 후손일 것이다. 초강인즉 소가 물 먹은 곳이고, 앞 심천내의 물을 먹는 것이니 그 아니 좋겠는가?

4. 화랑이둠벙

장동리(獐洞里)엔 10여 년 전만 하여도 큰 둠벙[171]이 있었는데, 예전 여기가 신라·백제의 경계 지역이었는데, 지금같이 경계가 애매해서 밀치고 당기고 하였다 한다. 한 화랑이 전투하다가 빠져 죽어 '화랑이둠벙'

---

168) '우무실'이란 마을 이름은 '소가 춤을 추는 형국'이라 생긴 것이 아니라, '소가 물을 먹는 형국'이기 때문에 생긴 것이라는 말이다.
169) '우산리'는 실제로는 동이면(東二面) 관할이다.
170) 풍수지리에서, 누운 소처럼 보이는 산의 모양을 이르는 말. 뿔, 코, 꼬리, 젖, 눈썹 사이를 골라 묘지로 쓰면 좋다고 한다.
171) 웅덩이.

이라고 불리어 왔다. 전에는 '펄떡 뛰었다 노루골' 했는데, 지금은 행정상
으로 '장동리'라고 한다.

5. 방가(方家)터

심천국민학교의 뒷산이 이 심천 고을에 맨 먼저 온 방씨네 집이 있었
다 한다. 그들은 여기서 오래 못 살고 떠났는데, 그 뒤 하동정씨가 와서
판쳤다고 한다. 방가네 터라 해서 부른다.

6. 옥길폭포(玉吉瀑布)

기생이 그이[172]를 뛰다가 떨어져 죽어서 화이위조[173]라 '새'로 넋이
된 이야기가 전해 내려온다.

24) 송시열

1967. 10. 23. 심천리 / 박내찬, 남 · ?

　*우암 선생이 외가에서 박대를 받고 외가와 등을 진 이야기는 단양군 〔어상
천면 자료 2〕; 영동군 〔심천면 자료 4〕; 동 〔용산면 자료 36〕; 옥천군 〔청산면
자료 13〕에도 나타난다. 우암 선생의 탄생담은 영동군 〔영동읍 자료 23〕; 동
〔심천면 자료 4〕; 동 〔용산면 자료 36〕; 옥천군 〔청산면 자료 6〕; 〔청산면 자료
13〕들에, 축지법에 관한 이야기는 〔영동읍 자료 23〕; 〔심천면 자료 4〕에 끝부
분의 호안 이야기는 〔심천면 자료 4〕에 보인다.

　송시열이 여기서 난 거야 아시겠죠? 그거야 야사적이고 가족 명예적인
것이 많겠지만—. 잉태할 적에 달이산〔月伊山〕[174] 줄기가 마르고 금강수

---

172) 그네.
173) 화이위조(化而爲鳥). 변화하여 새가 되었다.

가 말랐다고 한다. 구룡촌이 곽씨 댁 인데 일곱 살 될 때까지 가난해서 있다가 괄세를 받고 떠날 때 송우암이 숟갈을 깨물고 울고 떠났는데, 그 뒤 외가가 절단이 났지. 그 양반이야 담배잎 귀신도 보았단 양반이니까. 그래 곽씨 집에서— 외가를 떠날 때 굉장히 곤란했던가 봐. '외손자는 방앗고만 못하다.'[175]고— 이건 외손은 당대(當代)가 아니오? 하니까 송우암이 밥을 안 먹고 떠났는데, 어머니가 떠나서 따르니 삽작 바깥이 훤하더라고. 도깨비들이 불을 밝혀,

"대감 오십니까?"

하더란다.

말로는 회덕서 자고 축지[176] 써서 옥길 폭포서 세수하였다 한다. 한림학사 때 세자를 안 보니, '눈을 떠보라.' 하니 '뜨면 세자가 놀랄 것'이라 해도 '떠보라.' 하니 그래 버쩍 뜨니 호랑이 눈이라 세자가 기절했다 한다.

25) 뫼방골

1967. 10. 22. 심천리 / 박헌, 남 · 21

옛적 대홍수가 나서 지상이 다 침수되었을 때 유독 거기만 뫼[177] 하나만큼 남았을 뿐이므로 '뫼만큼 남은 골'이라 해서 뫼방골이라 한다. 거긴 굴이 있는데 묘가 묻혀 있다고 한다. 그래 한 백 미터나 될까— 동네 사람이 피신할 때 다 숨었던 골이라 한다.

---

174) 옥천군 동이면과 영동군 심천면에 걸쳐있는 산.
175) '외손에게 덕 볼 일 없다'는 뜻의 속언.
176) 축지(縮地). 도술로 지맥(地脈)을 축소하여 먼 거리를 가깝게 하는 일.
177) 묘(墓).

26) 아내에게 절하는 남편을 만난 어사 3 ·······························
－ 오배정(五拜亭)

1967. 10. 22. 심천리 / 박헌, 남 · 21

　*유관 자료인 충북 괴산군 〔청천면 자료 56〕; 단양군 〔단양읍 자료 8〕; 동 〔매포읍 자료 13〕 참조할 것.

　예전 성종대왕이 성군인데 이조 때－ 누가 신하냐 하면 박문수 박어사란 말이야. 명어사지. 잘 끄집어내기도 하는[178] 시절인데, 경기도 광주군－ 전라도 광주는 광(光)이요, 경기도는 광(廣)이니, 거기서 양주로 가는 길에 오배정이 있는데－ 오(五), 배(拜)짜라. 어째서 그러냐 하면, 그 당시 임진사가 살았는데, 팔도강산 나쁜 놈을 징계하고 그러니 한 십사 년이라고 하니, 시방으로 치면 국정감사같이 있으면서 어사가 있었어. 그때 원이 윤기봉인데 (조사자 : 어떻게 씁니까?) 기(其), 병(炳)이라. 윤기봉인데, 그는 청렴결백한 고을인데. 그때 임진사가 부자인데, 원님도 정직하고 그러니 폐 끼칠 수가 없었단 말이지. 임진사 부자영감이 지나간[179] 이가 잘 때도 묵어서 가면 노비[180]까지 주는데－ 그의 부인이 더 먹는데[181] － 임진사는 마흔인데 부인은 마흔 다섯인데 슬하에 자식이 없어. 요새 사람은 돈이 없으면 망했다고 하나 절손[182]이 되어 문패 뗀 것이 큰 모슌이다.[183] 후사[184]를 받을 수 없는 것이 망한 것이거던. 같은 직계[185]는 없어진 것이거든. 사십이 넘었으니 애 낳긴 다 글렀다. 무자[186] 귀신이 되

---

178) '화제에 많이 오르는 때'란 뜻임.
179) 지나가는.
180) 노비(路費). 노자(路資). 먼 길을 떠나 오가는 데 드는 비용.
181) 남편보다 아내가 더 나이가 많다는 뜻임.
182) 절손(絶孫). 대를 이을 자손이 끊어짐.
183) 예전엔 절손이 되면 망했다고 하는 것과는 다르다는 말임.
184) 후사(後嗣). 대(代)를 잇는 자식.
185) 직계(直系). 혈연이 친자 관계에 의하여 직접적으로 이어져 있는 계통.

는 거야. 한탄하고 집을 나와서 쭈구리고 앉았어. 그때 마침 대사187) 양반이 지나다가 중이 자청해서 인사를 드리걸랑.

"왜 그리 근심을 하고 생각을 골똘히 하시오?"

하니, 임진사가 한숨을 쉬며,

"참 내가 오대 독자니 아들은 없고 손이 끊어지게 되었습니다."

하고 한숨을 쉬니까, 종교적 입장이 들어,

"그럴 것이 없이 속리산에 가서 법당에 가서 불공을 백 번만 드리면— 그것을 드리면 영검188)해서 아들을 나리다."

그래. 대사 간 뒤에 두 내외가 말했어. 머슴에겐 말하고 한 두어 가마 실고 절에 갔지. 절에 가서 그런 정성이 지극하면 불공을 드리려고 진지를 들고 아들을 발원하는데 정성을 시주할 때 부부가 별실을 써. 합공189)할까봐 그러지. 목욕재계하고 열심히 불공을 드린 후 오랜만에 집에 내려와서— 그 이튿날 내려왔어, 집으로.

그때 당시 나이는 칠십에 비하면 사십은 얼마나 젊고 그리웠겠어? 그래 합공이 된 거야. 과학적으로 말하면 정액을 진짜로 부인께서 빨아드려서 아이가 된 것이고. 하여간 그 때부터 아이가 생겼어. 종교로 보면 정성이 지극해서 애가 있는 것으로 짐작하여.

그 이듬해 옥동 같은 아이를 낳으니 얼마나 좋으랴. 애기 낳은 달이 모심을 때라, 얼마나 좋겠어? 임진사가 단지 세 식구니 노모하고 임진사하고 부인하고 자식이라. 노모는 팔십이 넘었는데— 팔십 안쪽인데 망령은 안 들었는데 똥을 싸면 메덕질190)을 하고 해서 옷도 입히고 척척해질까봐 질191) 옷을 갈아입히지. 별 해괴망측한 일을 하거들랑. 그때가 모심을 때

---

186) 무자(無子).
187) 대사(大師). 불교의 출가 수행자.
188) 사람의 기원대로 되는 신기한 징험이 있음.
189) 합궁(合宮). 남녀가 성교함. 또는 그런 일.
190) 매닥질. 매대기. 반죽이나 진흙 따위를 아무 데나 함부로 뒤바름.
191) 질척해진. 젖은.

라, 밥을 해가지고 샛밥[192]을 갖다 주니 그래 같이 일을 하다가 부인더러,

　"오늘 점심은 한 시간 쯤 빨리 가져오라. 우리는 점심 먹고 쉬고서 일을 시킬 터이니 밥을 빨리 내오라."

하니,

　"아, 그렇게 합시다."

해서 집에 와서 밥·국을 끓이다 보니 가만히 보니 물이 마춤[193] ─ 물을 푸러 방구리[194] 들고 논틀깨[195]로 건너오면, 응달[196]이 있어서 방구리를 이고 대문간을 나서서 집에 오니 팔십 노모가 안방에 앉아 있어. 부엌에 나가서 불을 때고 있단 말이야. 불을 때니까 노인─ 시어머니가 이리 나오며,

　"건너 마을 이진사댁 며느리가 닭을 갖다 주어 고은 것이다. 밥하고 국을 가져오너라."

한다. 아, 그래 누가 갖다 줄 턱도 없고 의심이 버쩍 나서 보니 아 애기를 아이구! 그 아이구─ 그냥─ 난 지 얼마 안 되니 그 끓는 솥에 보얗게 삶았네! 그런데 자 남편이 효자니 며느리도 효자라. 며느리는 관가에서 알면 잡혀갈까봐 걱정이야. 아전 한 사람은 돈을 받으러 올 때 그걸 보면─ 동네 이장이며 마름[197] 본 사람을 데리러 오는데, 볼까봐 건져가지고 낭굿단[198] 속에다가 넣고 밥을 다시 싹 가져서 밥을 다시 짓고─ 그러다 보니 밥이 늦어졌단 말이야.

　이제 들판에서는 점심들을 내서 먹는데 한 시간 빨리는커녕 늦게 나오니 임진사가 화가 났어, 성이 났지.

---

192) 농사꾼이나 일꾼들이 끼니 외에 참참이 먹는 음식.
193) 마침.
194) 주로 물을 긷거나 술을 담는 데 쓰는 질그릇. 모양이 동이와 비슷하나 좀 작다.
195) 논틀길로. '논틀길'은 논두렁 위로 난, 꼬불꼬불하고 좁은 길.
196) 음지(陰地). 볕이 잘 들지 아니하는 그늘진 곳.
197) 지주를 대리하여 소작권을 관리하는 사람.
198) 나뭇단. 땔나무 따위를 묶어 놓은 단.

"이 예펜네 나오면 다리 옹도라지199)를 부러뜨려야겠다."

지게 작대기를 들고 단단히 기다리니 천상 와야지. 그래서 눈을 부릅뜨고 동구나무 쪽을 연신200) 보며 이렇게- 그래 단단히 기다리니 밥 광주리 들고 안양반이 반찬을 들고 오니 임진사는 화가 나서 지게 작대기를 들고 뛰어가고 일 하는 사람이 '뭘 그러냐?'고 쌈 말리러 가고 그래 노니 임진사 부인은 광주리를 두고 달아나 버렸다. 그래 일꾼이 밥을 들고,

"이왕 그런 걸 어찌하겠소?"

하고 영감을 끌고 동네 마누라가 말리고 그러니 논으로 갔지. 마누래가 한 이십이나 지나고 분이 꺼준 줄 알고 물을 떠 들고 남편 눈치만 보고 내려가니 뭐라고 손짓해. 들의 정자나무로 일루 오라고 눈짓을 하니, 임진사는

"노모가 망녕이 들어서 그런가보다."

그러니 어서 가서 보니 자세한 이야기를 하니, 그러니 그 오죽 기가 막힌 소린가? 참, 기가 막혀. 그러나 가만히 생각해 보니 고마워. 그래,

"고맙소, 고맙소!"

하며, '시어머니를 위해 그렇다니 그런 효성인 줄 모르겠다.'고 절하고 절하고 그랬어. 밤중쯤 해서 뒤에 아201)를 묻을려고 동네 사람을 일을 하게 하고 마누래보고 밥을 일찍 하라 하고 그래 일찍 집으로 들어갔어.

밥을 채려202) 두래기203)상에 두고- .204) 그기 상머슴205)의 점심인데, 주인이 어디 나갔는데 자기가 그 밥을 다 먹도록 안 와서 변소 간 주인을

---

199) 옹두리. 정강이에 불퉁하게 나온 뼈.
200) 연방. 잇따라 자꾸.
201) 아이.
202) 차려.
203) 두리기. 크고 둥근 상에 음식을 차려 놓고 여럿이 둘러앉아 먹음.
204) 문맥상 머슴의 점심상을 처려 놓은 다음에 '아이를 묻으러 갔다.'는 말이 생략된 듯함.
205) 일을 잘하는 장정 머슴.

찾으니- 주인을 확인해 보고 싶어서 나왔어. 그 주인은 사실인가? 아무래도 미심쩍어[206) 그래 사실인가 몰라서 낭긋단[207)을 들어서 보니 다 보얗게 된 거야. 그러니 그 임진사가 사실이걸랑. 그래서, '고맙소, 고맙소.' 하고 절을 하니 하늘 같은 남편이 칭찬을 해야[208) 그래 '고맙다.'고 마누래가 절을 하니 서로 맞절이라. 절이 끝이 안 나. 머슴이 주인을 찾으러 왔다가 이걸 보고, '때려죽일 년'이라던 임진사가 제 부인에게 절을 하니 머슴이 물었어. 그러니 깐난쟁이[209) 얘길 하니 머슴이 듣고 진짜 효거든. 그래 진차 효니 그도 놀래서 절을 하니 삼인이 절해야.[210)

그 집이 맨 끝인데 아전이 가 보니 집안이 나그네만 식사를 하니 이상해서 들어가 보니 부엌에서 절만 꾸벅꾸벅하거든. 그래 아전이 마름이 물어보니 주인이 말을 안 해. 주인이 칭찬하느라고 와 말을 하니, 아전 마름이 다 감복해서 양인이 또 절이야. 그러니 몇이 절이야? 다섯이지. 그래 오(五), 배(拜), 정(亭)이야. 오배정. 참 희한하지. (조사자 : 그래 박문수는 어찌 되었습니까?)[211) 응, 그건. 이야기는 동네 사람들이 얘기하더라고. 박문수가 나왔다가 윤기봉 얘기를 듣고 정직하니 떠날 때에 우리 동네 효자가 났다 해서- 사실 그런 일이 있었으니, 박문수가 정자를 짓고- 나랏돈으로 졌지. 이건 천구백육십육 년 여름, 거기 가서 보고 듣고 그런 거지. 어때? 재미있지?

---

206) 미심(未審)쩍어. '미심쩍다'는 '분명하지 못하여 마음이 놓이지 않다.'
207) 땔나무 따위를 묶어 놓은 단.
208) 해서.
209) 갓난쟁이. 갓난아이. 태어난 지 얼마 되지 아니한 아이.
210) 절을 해.
211) 제보자가 이야기 첫머리에 '박문수'를 거론한 후 이야기가 끝나도록 그에 대한 이 야기가 전혀 없어서 조사자가 물은 말임.

27) 용당리(龍塘里)

1967. 10. 22. 심천리 / 박헌, 남 · 21

남자가 보면 올라가는데 여자가 보면 용이 못 올라간다. 장마가 질 때 이메기[212]가 강을 막아 마을에 뚝이 넘쳐 피해를 입었다. 어떤 사람— 어부가 용수[213]가 상당히 깊은데 창으로 고기를 찍어내어 그것으로 연명하였다. 용수 밑에 잉어집이 있고 큰 바위가 세 개가 있었다. 매일 한 마리씩 잡아 생계를 유지하다가 두 마리를 꿰어가지고 나왔다. 구멍이 작아 나오지 못하고 죽었다.

한 사람이 들어가 오래 있어도 나오지 않아 알고 봤더니 그 물 속에 물구렁이가 있어. 그래 그 사람 조카— 초강리[214] 장사가 들어갔다. 자기 삼춘이 반신이 구렁이 입속으로 들어간 것을 보고 구렁이를 죽이고 삼춘을 구해가지고 나왔다.

28) 동대공의 축지법

1967. 10. 22. 심천리 / 박지현(朴之鉉), 남 · 68

*제보자는 현재 약방과 신문 지국을 경영하고 있다.

옛날 동대공 사랑채를 구탄리에 두고 안채는 용당리 봉황대에 두었다. 봉황대 밭둑가에는 하마석[215]이 있다. 봉황대에 손님이 오면 하인이 구탄리까지 달려가 이것을 전하면 동대공은 말을 타는데 금방 사라져 버린다. 하인이 달려가 안채에 가 보면 말은 이미 하마석에 매어 있고 공은 안채

---

212) 이무기.
213) 용소(龍沼).
214) 초강리(草江里). 심천면 초강리.
215) 하마석(下馬石). 말에 오르거나 내릴 때에 발돋움하기 위하여 대문 앞에 놓은 큰 돌.

에서 손님과 주안상을 마주 놓고 한참 담화 중이었다. 이는 공이 축지법을 쓰고 있었으므로 눈 깜박할 사이에 십 리 길을 드나든 것이었다.

29) 바보의 게장사 ···

1967. 10. 24. 옥길리(玉吉里) 주막 / 박덕연(朴德淵), 남 · 44

옛날에 숙맥이 있었는데, 결혼을 하니 부인은 매우 똑똑하였다. 부인은 남편의 어리석음을 알고 장사를 시키고자 하였다. 그래서 게를 사서 주며,

"'거이 사시오'라고 하며 오십 전씩 받으라."

하였다. 숙맥은, '거이 사시오'를 계속 외우며 가다가― 봇도랑216)을 건너다가 '거이'를 잊어버렸다. 아무리 생각해도 생각나지 않아 게를 내려다 놓고 자세히 보니 배에는 보섭217)을 차고, 등은 소두막218)을 짊어지고 침을 째― 흘리며 옆으로 살살 간다. 그래 백여 호의 촌부락 앞에 와서 바보는,

"배는 보섭을 안고 등에는 소두막을 짊어지고 침을 째―흘리며 옆으로 살살 가는 거 사시오!"

하고 외쳤다. 마을 사람들이 나가서 보니 그것은 게였다. 어느 아낙네가,

"이건 별 수 없는 거이구먼."

했다. 그러자 '거이'란 말을 들은 바보는 '거이'란 말을 아는 것은 마누라였으므로 이 사람이 바로 제 마누라인 줄 알고,

"이거 우리 마누라구나!"

라고 했다. 그래서 '거이'라고 말하는 모든 여자를 보고 '마누라'라고 불렀다. 놀란 여자들이 마을에 가서 말하니 동네 청년들이 나와서 뭇매를

---

216) 봇물을 대거나 빼게 만든 도랑.
217) 보습. 쟁기, 극젱이, 가래 따위 농기구의 술바닥에 끼우는, 넓적한 삽 모양의 쇳조각.
218) 솥뚜껑.

가했다. 바보는 콩밭길로 도망쳤다. 콩밭에서 찰마구리[219]가 도망가는 것을 보고 바보는 도망가는 것은 다 게장사인 줄 알고,

"너도 거이 장사냐?"

고 했다.

30) 뻐꾸기로 환생한 며느리

1967. 10. 26. 기찻간 / 김씨(金氏), 여 · 48

*이하는 조사단이 영동군 지역에서의 현지조사를 끝내고 상경하던 중에 기차간에서 제보자들을 만나 채록했던 이야기이다.

옛날에 시어머니하고 며느리하고 사는데 이웃집에서 시어머니가 떡국을 한 그릇 얻어 왔다. 이것을 집의 개가 먹어치워 버렸는데, 시어머니는 며느리가 몰래 먹었다고 구박하고 때려서 죽었다. 그래 며느리의 원혼이 죽어서 뻐꾹새가 되었는데, '떡꾹, 떡꾹 개 개 개 개ㅡ' 하며 운다. '내가 떡국은 안 먹고 개가 먹었다.'는 뜻이라 한다.

31) 두더지

1967. 10. 26. 기찻간 / 김씨, 여 · 48

*제보자는 이 이야기를 40년 전 아주 어려서 들었으나, 별로 입담도 없고 생각이 잘 나지 않는다고 하는 것을, 채록자가 질문과 답변을 통하여 얻은 결과를 종합하여 재구성했다.

옛날 한 곳에 한 여자가 신발도 제대로 못 신으면서 사는데, 애를 난

---

219) 개구리.

것이 칠성의 정기를 타고 난 칠 태아를 낳더란 말입니다. 그래 사람이 짐
승같이 일곱이나 낳는다고 쫓아내 버리니, 그만 신이 하도 귀했던가, '자
식이 영감만 못하다.'더라고 짚신 할아버지에게 개가를 하였다. 그러니까
친모가 죽은 게 아니지. 그런데 새로 각시220)를 얻었으니 계모지.

　계모가 일곱 아들을 죽이려고 그래 꾀병을 하느라고 누워서는, '약을
지어 오너라.'고 그래 무슨 약인지 구하기 어렵지. 그러나 일곱 아들들은
하늘의 칠성인지라, 먼저 알고 하늘에 기도를 하니까, 하늘서 금덩어리
뭉탱이를 주거든. 그래갖고는 계모에게 주니까 무슨 약인가 하고 보다가
금이니까 좋아서 벌떡 일어나더래. 그런데 칠성은 괘씸하다고 죄를 주어
서 죽여서 두더지를 만들었어. 그래서 해를 못 보지.

　그래 칠성이 친어머니를 만나려면 막내가 다리를 놔서 짚신 할아버지
네 어머니를 만나는데 그날이 칠석날이지. 그러니까 여섯 아들은 배근하
고 막내는 다리를 놓아주고- 비가 오고 그런답니다. 그래 자식이 영감만
못하다는 이야기야.

32) 장화와 홍련 ··

1967. 10. 26. 기찻간 / 김씨, 여 · 48

　이건 고담책221)에 있는 건데 열두 서너 살 시절에 들은 기야. 지금도
그런 계모가 애 똥구멍에 호스를 박고 바람 불어 넣어 배불려 죽인 일도
있잖은가? 다 계모란 그런 거야. 그럼 『장화홍련전』 이야기를 하지.

　그러니까 언젠던가- 계모가 전실 자식 딸 둘이 있는데 아버지는 원이
고 이 서모가 데리고 온 아들이 장쇠라든가 있어. 들은 지 오래라서 잘
모르겠구만. 그래 딸을 죽일려고 보살에게 물어서 약을 알았대. 어디 사

---

220) 일곱 아들의 아버지가 본처를 쫓아내고 새로 후처를 맞은 것임.
221) 고담책(古談冊). 옛날이야기책. 고전소설 책을 뜻함.

는 뫼에 나는 메물을 구해다가 떡을 해 먹여서 먹고 나니 쇠약하여지고 얼굴에 기미가 끼이고 그러니께, '나쁜 짓을 해서 아[222] 가졌다.'고 음애[223]를 잡더란 말이야. 밥은 항상 일찍하지. 그런데 방 밖에다 멍석을 쳐두어서 어둡게 하니 장화가 내[224] 늦잠을 잤다네— 깜깜하니께. 안 일어나니 별안간 문을 열고서 집어치니께 피가 나왔어. 쥐 모가지를 까질어서 사타구니 속에 넣어둔 거야. 그 오죽 피나겠어. 그래 낙태를 하였다고 영감에게 사실인 듯 얘기를 하고, 제가 데려온 장쇠란 놈을 시켜서 어떤 못에다가 묶어서 집어던졌어. 죄 받는다고 그랬는지 호랑이가 장쇠를 잡아먹었지. (청중 : 그래도 싸) 그 앙화[225]를 받은 것이지. (조사자 : 홍련이는 어찌 됐어요?) 응. 그 홍련이는 지 성[226]이 올 때를 바라다가 어디 못인가 가— 제 형과 같이 가서 죽었어. 그 원혼이 새가 되었다지, 아마.

33) 호랑이 퇴치한 결의형제 1 ···

1967. 10. 26. 기찻간 / 김기홍(金基鴻), 남 · 36

　*제보자는 천원군 동면 용두리(龍頭里)에서 국민학교를 다니고, 청주에서 고등학교를 다니다 부산으로 가 4년간 살았으며, 동아대를 졸업하여 현재는 공무원이라고 했다. 이 이야기 역시 기찻간에서 우연히 동석하게 되어, 위의 김여인의 이야기를 경청하던 제보자를 유도하여 얻은 것이다. 이 자료는 10여 전 군대에서 동갑내기인 '부여 사는 오통수(통수를 잘 불어 얻은 별명이라고 함)' 사병에게서 휴식시간 중에 들었던 것이라 한다. 유관 자료로 충북 괴산군 〔청천면 자료 72〕; 경북 상주군 〔화북면 자료 6〕 및 동 〔화북면 자료 9〕를 참고할 수 있다.

---

222) 아이. 아기.
223) 음해(陰害). 몸을 드러내지 아니한 채 음흉한 방법으로 남에게 해를 가함.
224) 내내. 처음부터 끝까지 계속해서.
225) 앙화(殃禍). 지은 죄의 앙갚음으로 받는 재앙.
226) 제 형.

내가 대포[227] 이야기를 하나 하지. 이야기를 들었으니 안 할 수 있어야지.

옛적에 소금장사가 하나 있었는데, 힘이 장사라 등에다가 삼십 가마를 지고 가니 추력으로 반 추력 분이지. 그래 어느 두메를 가는데 고단해서 느티나무 옆에서 자는데, 그때 옆을 지나던 한량이 하나 있어. 지나다 보니 바람은 없는데 둥구나무가 흔들흔들하거든. '이상하다!' 하고 보니, 이상한 거라고는 한 사람이 잠자는데 그 숨소리라. 한량이 '됐다.' 하고-.

그런데 한량은 본시 네 부자가 살았는데 백호가 있어 매년에 하나씩 다 잡아갔어. 자기 차례가 되어서 이걸 죽이려고 말 타고 활 쏘는 것을 배우며 산천을 댕기던 터라, 그 기회가 왔어. 힘이 센 소금장사니까 그래 깨워서 집으로 모셨어. 기와집이 큰 것이 대궐이요 갑부인데, 독신이니까 잘 먹고 매일 먹고 대접하다가 하루는,

"이제부터 형님이라고 부르겠습니다."

하고 절을 하여 형제가 되었지. 이삼 일 후에,

"형이 좀 도와주시오."

한다. 사실- 백호 이야기를 다하고, 소금장사가 겁쟁이라 사양하니까,

"응- 쌈은 내가 할 테니 형이 응원만 해 주십시오"

그 이튿날 산중에 가서 칼을 빼들고,

"백호야- 이놈, 나오너라."

아, 그랬더니 수백 년 묶은 백호가 나와서, '이놈!' 하며 일 합 이 합 삼 합 싸우나 승부가 나질 않는다 말어.

"자, 오늘은 이만하고 삼일 후에 싸우자."

하고, 집에 와서 형 소금장사를 나무라는 거야.

"왜 날 응원을 안 해서 못 이기게 했느냐?"

고.

"내가 싸우걸랑 '우리 동생 잘 싸운다.'고만 응원해 달라."

---

227) 대포(大砲). 허풍이나 거짓말, 또는 그것을 잘하는 사람을 빗대어 이르는 말.

는 거야. 그래 또 싸우게 되었어.

　"백호야? 이놈, 나오너라."

하고 싸운데, 입을 벌리고 겨우,

　"우리 동생 잘……."

　다음에는 말이 안 나와. 또 저녁이 되어 휴전이지. 또 동생이 원망하며 이번에도 안 들어주면 죽일 결심을 하고 형을 둥구나무228)에 밧줄로 묶어두고,

　"응원을 못하면 죽인다."

고 하였는데, 역시 응원이 없는지라ㅡ 싸움을 쉬고 보니까, 거 둥구나무 뿌리가 뽑혔고 개울가에서 누워서 가재를 고기라고 잡아먹는 거야. 배가 고파서.

　"이번엔 꼭 응원해 달라."

고 하고는 단단히 약조229)하고 종일 싸워도 무승부야. 이번에도 응원을 무서워 못하여 도망가다가 지쳐서 낙엽이 쌓인 곳에서 덮고 누워 있는데, 싸우다가 간 백호가 여기를 지나는데ㅡ 그건 자는 것을 안 먹는다고. 깨 울려고 그 소금장사 발바닥을 긁어 간지럼을 주니까, 냅다 후려찼다. 백호가 맞아서 하늘로 떴는데 조그막해.230) 떨어질 때는 뻗어 버렸지. 백호는 죽은 거야. 대답도 없어. 그래 동생을 찾아가니, 그가 '고맙다.'고 '은혜를 갚는다.'고 온갖 것을 다 주어 부자가 되었다지.

34) '들어온 복도 발길로 내찬다'의 유래 ···

1967. 10. 26. 기찻간 / 김기홍, 남 · 36

　이조 성종 때야, 『이조실록』에도 있는 이야기야. '들어온 복도 뱃길231)

---

228) 크고 오래된 정자나무.
229) 약조(約條). 조건을 붙여서 약속함.
230) 조그마해.

로 찬다'란 내력담을 이야기하지. 성종대왕 때 이야기지. 그때 당시 동네 '현씨' 노인네가 한 분 있고, 모르는 소리지만 '내가' 노인네가 있어. 부르면— '내서방?' 하면 이거 남편을 부르는지 사람이 웃는데— (제보자 : 하하하) 그래 현영감, 내영감이 사는데— 두 영감태기가 산데, 현영감은 부잔데 맘이 지독히 좋으나, 내영감은 쌍놈 부자지. 아주 악한 늙은이야. 내가는 돈이면 꿈벅꿈벅 긁어모아. 내가는 일어나면 머슴들을 볶아대. 하루는 자기 밭을 아침에 돌아보니, 행인 하나이 객사야. 인제 이 송장 치고 관가에 이르면[232] 그날 일이 안 될 테니까, 가만히 생각하다가— 그놈의 영감태기가 아래 있는 현영감 밭으로 밀고 시치미를 뚝 떼고 집으로 간데, 현영감은 가만히 일어나서 내영감이 왔다 간 줄 모르고 자기 밭으로 가서 보니 웬 송장이 있어. 불쌍한 생각이 들 거 아니여? 불쌍한 생각이 들어, '어떤 양반이 이리 객사를 하였나? 집이라면 양지 바른 곳에 묻을 걸.' 하고 집에 와서는 아들더러,

　"송장 넣을 관을 사 오라."

하여 아들이 나가니, 군청 사람이,

　"자네 집에 초상났나?"

하고 물어.

　"아니. 실은 남의 객사한 것이야."

　그러고는 아들이 와서 보니 옷을 봐서 그리 안 좋아.

　"어이,[233] 내 옷 빨아 놓은 것 주게."

　그래서 고이[234] 적삼을 내어 죽은 명인이라도 매장한다고 남편도 아내도 다 정성이야. 자기 남편 옷을 내와서 갈아입히니— 조끼, 저고리, 바지 벗기고 속에 보니— 그 노인네는 지금 같으면 광산 같은 덕대[235]란 직업

---

231) 발길. 앞으로 세차게 뻗는 발.
232) 고하면.
233) 어서. 빨리.
234) 고의(袴衣). 남자의 여름 홑바지.

을 가진 이라. 뭐가 들어서 보니 밤톨만한 금이− 금덩어리가 나오거든.

성종대왕 때니까 그걸 원님에게 갖다 바치니, 원이,

"정직해− 정직해서− 그건 그 사람 복이다."

남의 송장 치다 나오니, 그건 주인이 없어. 무주236)라. 누굴 주겠어?

"맘 좋은 이가237) 수고 값을 줄 게 없으니 너 먹으라."

해서 준다. 그래서는 그 금덩어리를 팔아서 백석지기를 했어.

이 소리를 들은 내서방은 울화통이 터져서 죽었어.

"아이고, 그건 내 복인 걸−."

남이 잘된 것을− 잘돼 노니 배가 안 아프겠어? 지금이나 그제나 맘 착하면 된238) 거야. 짧게 하려고 노력했어. 이건 그전 할아버지께 들었어. 남 업신여기면 안 된다는 거야. 참 서울서는 이런 얘기 못 듣지? 만날 사탕물 먹으러 간다며? 사탕물 먹는 데가 어디래드라. 응 다방− 다방으로.

35) 용못

1967. 10. 26. 기찻간 / 김기홍, 남 · 36

충남 천원군 동면 용두리239)엔 용못이 있다. 옛날 구천(九川)이 있었는데 조금 위에 용못[龍池]이 있고 그 뒤에 용머리라 하여 옛말에 '이 용못과 청주 장자늪이 진천 덕문이 방죽240)의 세 못이 속으로 연결되었다고 한다. 진짜 용이 있었는지는 모르나, 지금은 이시미241)가 있어, 옛날 제방

---

235) 광산 임자와 계약을 맺고 광산의 일부를 떼어 맡아 광부를 데리고 광물을 캐는 사람.
236) 무주(無主). 임자가 없음.
237) 이에게. 사람에게.
238) 되는. 잘되는.
239) 용두리(龍頭里). 현 충청남도 천안시 동남구 병천면에 있는 리(里).
240) 충청북도 진천군 진천읍 삼덕리의 동호지(東湖址).
241) 이무기. 전설상의 동물로 뿔이 없는 용. 어떤 저주에 의하여 용이 되지 못하고 물 속에 산다는, 여러 해 묵은 큰 구렁이를 이른다.

이 큰 것이 있어서 소를 매어 두면 저녁에 소가 없고 고삐만 있어. 그 늪엔 소껍질만 둥둥 떠 있는데, 소를 딱 보고 있다가 꼬리를 치면─ (조사자 : 암수가 있대요?) 암수가 있대는 거지. 땅이 바다가 되어 소가 물에 들면 잡아먹는다고 한다.

36) 장자늪 4

─ 청주(淸州)

1967. 10. 26. 기찻간 / 김기홍, 남 · 36

*이본으로는 강원도 명주군 〔옥계면 자료 2〕; 충북 괴산군 〔청천면 자료 64〕; 단양군 〔대강면 자료 4〕; 영동군 〔심천면 자료 37〕; 동 〔용산면 자료 28〕 등이 있다.

청주의 장자늪은 청원군 절의 스님이 재미[242]를 얻으러 옛날 기와집이 한 채 있었는데, 아주 잘 살았다. (제보자 : 이야기니까 그렇지, 거기 기와집이 있었을라고) 그래 스님이 재미를 얻으러 가서 부자 영감보고 달라니까 며느리는 좀 주자고 하나 영감은─ 시아버지는 소 오양[243]을 치고 있다가 거름을 찍어주며,

"이거나 가져가라."

한다. 그걸 보고 며느리가 가슴이 아파서 냉수라도 주었더니 중이 생각하니 며느리는 인간성이 있어. 그래 자부[244]를 데려가며,

"내 뒤를 따르되 뒤를 보지 말라."

고 말한 뒤 앞서가며 며느리는 뒤따라가니, 뒤서[245] 천둥친 소리가 나고

---

242) 재미(齋米). 승려나 사찰에 보시로 주는 쌀.
243) 외양간 동물의 배설물.
244) 자부(子婦). 며느리.
245) 뒤에서.

지진이 나서 물바다가 되었어. 죄를 지은 거지. 그래 뒤를 돌아서 보았더니 산 날망246)에서 그만 돌이 되었다 한다. (조사자 : 그럼 쌀 같은 것이 조개가 되었나요?) 쌀 조각만한 조개가 있다고 한데,247) 그 못은 품지를248) 못해. 좀 푸면 물이끼가 좍 깔려서 계속 품으면 뇌성벽력이 나. 나중에 정 안 되면 큰 뱀이 중두막249)을 짤라서 물 수문을 막아서 못 푼다.

37) 장자늪 5 ···

― 청주

1967. 10. 26. 기찻간 / 최갑철(崔甲鐵), 남·48

*천안이 가까워오자 곧 내리려는 제보자에게서 이 이야기를 들었다. 40여 년 전 들은 것으로 그 동네에서는 다 아는 이야기라 하였다. 이본은 위의 자료 참조할 것.

청주 장자늪의 위는 까치내가 있는데 수천 석 해 먹는 장자가 살았다고 한다. 하루는 중이 동냥을 얻으러 왔는데 마침 그 부자 영감이 오양을 치고 있다가 바리때250)에다가,

"이거나 가져가라!"

하고서 오양을 한 삽 퍼주었다.

그때 며느리는 디딜방아를 찧고 있다가 쌀을 한 바가지 퍼서 주니까 중이 쌀을 안 받고,

"나하고 같이 나가자."

---

246) 마루. 등성이를 이루는 지붕이나 산 따위의 꼭대기.
247) 하는데.
248) 푸지를.
249) 가운데, 중간.
250) 절에서 쓰는 승려의 공양 그릇. 나무나 놋쇠 따위로 대접처럼 만들어 안팎에 칠을 한다.

하면서 '뒤를 돌아보지 말라.'는 것이었다. 그런데 뒤에는 천둥치고 그래서 뒤를 보니까 강이 되었고 여자는 빠져 죽었다 한다. 지금도 쌀이 조개가 되었다는 쌀조개가 있다. 그 터를 '장자터'라 한다.

38) 도깨비

1967. 10. 26. 기찻간 / 최갑철, 남 · 48

(도깨비는) 사람이 장에서 술을 먹고 오면, '물을 건너 주마'고 척 나선다. 그래 월천[251]하다 수중에서 업어치워[252] 버린다고 한다.

39) 비새

1967. 10. 26. 기찻간 / 성명 미상, 여 · ?

*기찻간에서 만난, 전남 보성의 곰재에 사신다는 아주머니에게서 들었던 이야기이다.

이건 비새인데— 하늘을 대가리를 쳐들고 다닌다. 하늘을 보고 날아가며 이것저것 원망하고 지껄이니까 항상 벼락을 때린다. 새의 일종이다. 연기를 싫어하니까 연기를 피워서 잡는다. 차일[253] 치는 것도 그 때문이다.

---

251) 월천(越川). 내를 건넘.
252) 메쳐. 메어치어. '메어치다'는 어깨 너머로 둘러메어 힘껏 내리치다.
253) 차일(遮日). 햇볕을 가리기 위하여 치는 포장.

4. 용산면(龍山面)

1) 떡점[餠店] ··

1967. 6. 10. 구촌리(九村里) 장터 김동표 씨 댁 약국(藥局) / 김순헌(金舜憲), 남 · 65

*어려서 서당엘 다녔다고 한다. 현재 농사를 짓고 있다.

옛날 시골서 과거를 보러 서울 가면 지금의 떡점[1]을 지나는데, 이 유래를 들어보면— 사람이 없이 떡을 갖다 놓으면 돈을 주고 사다 먹었다 한다. 오늘날 무인 판매 같은 것이지. 한국에 문화가 없었다 해도 이런 문화야 지금보다 낫지. 서울 가는 것은 주로 과객[2]들이지— 그때는. 사소한 일이야 누가 서울 가는가? 이 이야기는 여기 공사장에 떡장사가 떡을 팔러 가니까 그곳 일꾼들이 마구 돈도 주지 않고 웃으며 먹어대니까 떡장사가 원통하다고 하며 이런 말을 해서 내가 떡장사에게서 들었어.

---

1) 경기도 화성시 병점동(餠店洞).
2) 과객(科客). 과거(科擧)를 보러 오거나 보고 돌아가는 선비.

2) 떠 온 산[浮來山] 1

ㅡ한산

1967. 6. 10. 구촌리 장터 김동표 씨 댁 약국 / 김순헌, 남 · 65

*이본으로 충북 영동군 〔황간면 자료 17〕; 옥천군 〔청산면 자료 16〕을 들 수 있고, 그 밖에 유관 자료로 영동군 〔영동읍 자료 22〕를 참조할 수 있다.

다른 지방에서 떠들어온 산을 한산이라고 한다. 옛날 어느 고장에 산이 떠내려 왔다. 강원도 일부엔 '떠드렁산'이란 것이 있는데, 금강산 중이 하처3)에 와서 매년 산세를 받아갔다. 고을 원이 흉년이 들어 골치가 아프므로 고민을 하는데, 그 아들이 계교를 가르쳐 주었다. 중이 와서 세를 받아가려 하므로 산이 이곳에 와서 우리의 옥토를 버렸으니 세금 받아간 이자까지 반납하고 이 산을 다시 묶어 가라고 했다.

3) 신털이봉

1967. 6. 10. 구촌리 장터 김동표 씨 댁 약국 / 김순헌, 남 · 65

지금 어디 있는지 모르나,4) 여러 사람이 산을 털어서 흙이 모여 봉(峰)이 되었다고 기억하나, 어디 있는지 생각이 안 난다.

---

3) 하처(下處). 떠내려 와 있는 곳을 가리킴.
4) '신털이봉'이라는 이름의 산은 경기도 여주군 북내면 상교리 고달사지 앞, 또는 충북 제천군 의림지, 충남 서산시 팔봉면 진장리, 충남 공주군 계룡산 신도안 대궐터 부근, 전북 김제군 대제호(大堤湖) 등지에 있는 것으로 알려져 있다.

4) 신문장(申文章) ···

1967. 6. 10. 구촌리 장터 김동표 씨 댁 약국 / 김순현, 남 · 65

*조사자 중 한 사람이 여주에 살고 있다고 하자 이 이야기를 꺼냈다.

고사리 캐서 장에 팔러, 서울로 갔다가 궁중에서 임금을 만나 한시의 내기를 한 바, '월백설백천지백(月白雪白天地白)'[5] 하니─ 그 뒤는 잊었으나[6], 천하 명문이라는 찬사를 받고 양주군수를 하였다.

5) 식우집(拭疣集) ···

1967. 6. 10. 구촌리 장터 김동표 씨 댁 약국 / 김요헌(金堯憲), 남 · ?

나의 십일 대 방조[7]에 괴애(乖崖)선생─ 김수온(金守溫)[8] 선생이 있었는데, 그의 문집에 '식우집'[9]이 있는데─ 이십사 권인가 된 것인데, 육이오 때 거의 다 타버리고 두 권만 남긴 것을 이번에 박았다. 그는 문장이어서 혹[10]을 만지기만 해도 문장이 술술 나왔다 한다.

---

5) '달도 희고 눈도 희고 천지도 희다.'는 뜻.
6) 민간에는 '월백설백천지백(月白雪白天地白)'의 시구는 김삿갓의 시로 알려져 있으며, 대구는 산심야심객수심(山深夜深客愁深, 산도 깊고 밤도 깊고 나그네의 시름도 깊다)이라고 한다.
7) 방조(傍祖). 육대조(六代祖) 이상이 되는, 직계가 아닌 방계의 조상.
8) 조선 전기의 학자 · 문신(1410~1481). '괴애'는 그의 호.
9) 김수온의 문집 이름. '식우(拭疣)'는 그가 글을 지을 때에 혹을 만지는 버릇이 있다고 해서 붙인 이름이라고 함.
10) '식우집'의 '우(疣)'자는 '혹'을 가리킨다.

6) 장장군(張將軍)

1967. 6. 10. 구촌리 장터 김동표 씨 댁 약국 / 김동표(金東表), 남 · 49

*제보자는 소싯적에 한학을 하였다고 한다. 현재 자택에서 약방을 운영하고 있는데, 조사도 이 약방에서 이루어졌다.

옛날에 천마산 정기를 타고난 장장군이라는 장군이 있었다. 그런데 미끄네[梅川里]11) 앞에 큰 연못에서 항상 남이 모르게 무엇인가 나와서 소리를 내고 있었어. 이 이야기를 듣고 하루는 담이 큰 장장군이 움막에서 숨어서 보니 용마가 나와 휘두르고 있었어. 장장군이 용마를 떨칠려고 하다가 실패했지. 그래서 장장군은 늘 그것을 분히 여겼지. 그러다가 용마를 드디어 잡았어. 장장군은 용마와 같은 좋은 말을 얻어서 전쟁 연습을 하였고, 임진왜란 때 왜군과 잘 싸웠지. 그러다가 황간에서 싸우다 죽었어. 이것이 장장군이라는 사람 이야기야. 지금 그의 비가 서 있어.

7) 율곡과 임진왜란

1967. 6. 10. 구촌리 장터 김동표 씨 댁 약국 / 김동표, 남 · 49

임진왜란 전에 일본이 조선을 침략하려고 하나 이율곡 선생이 계셔 침략할 수가 없었어. 그래서 일본 근처에 있는 바다의 용왕이,

"누가 이율곡 선생을 십 년을 감수시키겠는가?"

하니, 용왕의 딸이 제가 하겠다고 나선단 말이야. 한편 율곡 선생도 책을 읽고 있는데 도사가 지나가다,

"선생님! 아무 날 아무 시에 좋잖은 일이 있을 터이니 글이나 읽으십시오."

---

11) 영동읍 매천리.

하니, 율곡 선생이,

 "그것도 못하랴!"

하고 장담했지. 그 시간이 다가와도 아무렇지도 않더니 뇌성벽력이 일어
나고 검은 구름이 껴서 곁에 사람 뺨을 쳐도 모를 지경이야. 문이 열렸다
닫혔다 하고 말이야. 율곡 선생이 책 읽기를 잠시 멈추고 곁에 보니 웬
미인이 있어 황홀해지는데, 미인이,

 "선생님 글만 읽으십니까?"

하는데 혹해서 십 년을 감수했지. 이때 율곡 선생이 책만 읽었더라면 임
진왜란은 안 일어났을 거야.

8) 은진 미륵(恩津彌勒)

1967. 6. 10. 구촌리 장터 김동표 씨 댁 약국 / 김동표, 남 · 49

　동양에서 돌로는 제일 크다 하여 가 봤으나 비은 미륵에 비하여 별로
안 크다. 그 절 중이 처음에 세우려 할 때 그 무건[12] 것을 올리랴매 궁리
가 안 나는데 어디를 가자니까 저런 옆 (제보자 : 아이를 가리키며) 아들
이[13] ─ 저 같은 애가, '은진미륵 세운다.' 하고 돌을 흙에 묻어 두둑이 하
고 또 이렇게 반복하여 다 돌은 올린 뒤에 은진미륵을 세웠다. 이걸 보고
미륵을 세웠다고─. 그 전부터 들은 이야기로, 이 은진미륵을 가 보니 관
척[14]이란 곳에서 내려야겠더군.

---

12) 무거운.
13) 아이들이.
14) '관촉(灌燭)'의 잘못. 관촉동. 충청남도 논산시 취암동에 속하는 법정동.

9) 명소지

－외아들의 군초(軍招)[15] 면케 한 세 과부

1967. 6. 10. 구촌리 장터 김동표 씨 댁 약국 / 김동표, 남 · 49

그전에 어떤 글 잘하는 선비양반이 길을 가고 있었어. 지금은 기차다, 자전거다 하는 것이 있지만, 예전에야 보행이지. 부자나 되야 말이나 교자[16]나 사인교[17]나 가마나 타고 다녔지. 보통은 보행이야. 아마 큰길이었던 모양이야. 지나다 보니 곡성이 진동하는데－ 이상스럽게 난단 말이야. 피로해서 마을 앞 주막에서 술 먹으며 쉬면서 주모한테 물었어.

"아이, 지내다 보니 크나큰 집에 곡성이 나는데 무슨 상고[18]가 났느냐?"

주모 말이,

"상고가 아니라 그 집에 가정 형편이 말이 못 됩니다."

"무슨 일이요?"

주모 말하기를,

"그전에는 조이[19] 지냈습니다만－ 아들 삼 형제가 장가를 갔는데 맏아들 하나만 아들을 낳고 삼 형제가 모두 죽었습죠. 그러니까 손자 하나와 며느리 셋 모두 네 식구죠. 세 과부는 아이 하나를 쥐면 터질까 불면 꺼질까 하고 키웠습죠."

그전에는 개가라는 것이 없었거든.

"그 아이 하나 의지하고 살다가 조카가 육례[20]를 갖추어 장가들면 그 씨를 받아 전해 줄까 해서 둘째, 셋째 과부는 살았지요. 그런데 그 아이

---

15) 군초(軍招). 징집(徵集). 병역 의무자를 현역에 복무할 의무를 부과하여 불러 모음.
16) 가마.
17) 사인교(四人轎).
18) 상고(喪故). 사람이 죽은 사고.
19) 좋게. 잘.
20) 육례(六禮). 우리나라에서 전통적으로 내려오는 혼인의 여섯 가지 예법.

가 한 이십이 돼서 갑자기 국란[21]이 생겨 군초에 걸렸단 말이예요. 그래 놓으니 세 과부가 수절하고 살다가 그렇게 됐으니 어찌 울지 않겠습니까?"

"아, 그러면 그 집이 딱하다."

하고, 그 집을 물어서 들어가 보니 난장판이 되어 있었어.

"지나는 나그네가 초면에 실례합니다."

하면서,

"왜 이렇게 우시오? 무슨 연고가 있느냐?"

하니, '아니 그런 게 아니라, 여차여차 해서─' 하는데 주모가 한 말과 똑같더란 말이지.

"아, 애석하구나! 허황[22]한 일이요마는 내 글 하나 지어 줄 터이니 꼭 믿지를 말고서 군초장에 가서 대장에게 보이시오. 대장이 지식인이면 될 것도 같소이다."

이런 지경에 이런 일이 얼마나 반가우랴. 세 과부는 밥 얻어먹으며 갔더란 말이야. 그전에 선비가 말하기를,

"수문장이 잘 들여보내지 않을 터이니 어떻게든지 들어가서 대장에게 보이시오."

하였기에, 세 과부는 가서 사정하였으나 언간생심[23]이었어. 그래도 며칠이고 엎드려서 비는데,

"제발 살려 주시오."

하니, 할 수 없이 승낙하고 말았어. 그래 들어가서 백배사례하고 글을 올리니 대장이 쪽지를 받아 보았어. 대장이 떡 글을 보니,

---

21) 국란(國亂). 내란. 나라 안에서 일어난 난리.
22) 허황(虛荒). 헛되고 황당하며 미덥지 못하다.
23) 언감생심(焉敢生心). 어찌 감히 그런 마음을 품을 수 있겠냐는 뜻으로, 전혀 그런 마음이 없었음을 이르는 말.

　　삼과부지일자[24]

　　십사경지일장[25]

　　만군중무일인[26]

　　구우지일모발[27]

　　(세 과부의 한 아들도 10명의 봉사가 작대기 하나를 다투는 것이요, 만
군 중에서 사람 한 사람 없는 것은 아홉 마리 소의 한 가닥의 털과 같도다)

　　대장이 읽어 보고 그 아들을 불러 물어보니, 전에 그 이야기를 하더란
말이지.

　　"너 그럼 수문장한테 가서 내 심부름 간다 하고 집에 가거라."
해서 아들은 집으로 돌아왔지.

10) 토정(土亭) 선생의 아버지 ··

1967. 6. 10. 구촌리 장터 김동표 씨 댁 약국 / 김동표, 남 · 49

　　*유관 자료로 충북 영동군 〔심천면 자료 16〕; 동 〔영동읍 자료 26〕을 들 수
있다.

　　토정[28] 부친이 조선 팔도를 살 만한 터를 얻으려고 돌아다니다가 강원
도 어느 땅에든가― 잘 생각이 안 나는군. 딱 한 군데 마음 드는 데가 있
어 거기에 뗏막[29]을 짓고 그날 거기에서 자는데, 밤에 현몽을 했지. 무엇
인지는 모르겠으나 어떤 괴상한 것이 나와서 하는 말이,

---

24) 삼과부지일자(三寡婦之一子).
25) 십사경지일장(十師競之一杖).
26) 만군중무일인(萬軍中無一人).
27) 구우지일모발(九牛之一毛髮). 세 과부의 한 아들을 열 군사가 다투는 모양이도다. 만
　　군사 중에 한 아들이 없더라도 구우일모에 지나지 않는 것을.
28) 토정(土亭) 선생. 조선 선조 때의 학자 이지함(李之菡, 1517~1578). '토정'은 그의 호.
29) 띠풀로 엮어 만든 집. '띠풀'은 볏과의 여러해살이풀.

"내가 조선 팔도를 다 돌아다니다가 여기를 자리잡아 사는데, 내가 사는 데를 왜 네가 살려고 하느냐?"

하기에, 토정 아버지가 말하기를,

"나도 조선 팔도를 다 다녀 보고 구한 자리요."

했다. 그러자 그것이 말하기를,

"그래도 내가 먼저 왔으니 나가라."

옥신각신─ 귀신은 자꾸 토정 아버지에게 나가라고 윽박지르고 토정부는 물러서지 않겠다고 꿈속에서 싸웠다. 토정은 네 식구를 거느리고 있었는데, 곧 마누라와 세 아들이었다. 귀신이 말하기를,

"그럼 좋다. 네가 안 나간다면 네 마누라는 내일 저녁 죽는다."

"죽어도 좋다."

과연 다음날 저녁 마누라가 죽었다. 또 밤에,

"나가지 않으면 네 아들 삼 형제 중에 내일이면 맏아들이 죽는다."

"죽어도 좋다."

그 이튿날 큰아들이 죽었다 말이여. 내일은 둘째아들, 그 다음날은 마지막 한 아들까지 죽었지. 그날 저녁 꿈에 귀신이 탄복하며 말하기를,

"과연 대담하다. 내가 기어이 지고 가는구나! 나는 삼천 년을 묵은 용인데 내일에는 득천할 것이니 내일 오정에 내가 네 집 앞을 지나갈 것이니 내 거동이나 보아라."

다음 날 오정까지 아무렇지도 않다가 과연 정오가 되자 소나기가 때리고 천둥이 쳐서 곁에 사람도 안 보여. 그런 후에 눈에 빛이 나는 무서운 용이 지나가며,

"네 자식들 죽은 것은 자연스러운 일이다.[30] 네가 잘 살면 후에 일국의 재상을 얻을 것이다." 용이 하늘로 올라가면서 그 큰 눈으로 토정 아버지를 힐끗 보고 올라갔지. 그 후 토정 아버지는 다시 결혼하여 토정을 낳았다.

---

30) 천명(天命)으로 죽은 것이라는 말임.

11) 경주 최부자네 개무덤 2 ··

1967. 6. 10. 구촌리 장터 김동표 씨 댁 약국 / 김동표, 남 · 49

*이본인 괴산군 〔청천면 자료 33〕을 참조할 수 있다. 다른 유형의 '개무덤 이
야기'인 영동군 〔영동읍 자료 14〕를 참조할 수 있다.

경주최씨에 중조상 한 분이 벼 만석꾼이 있었는데, 여름 어느 날 제삿
날이 돌아와서 비부31)와 마름들이 음식을 장만하고 제물 장만을 한참 하
는데, 하두 더워서 열두 대문 밖으로 나올려고 거동차 나와 보니 고양이
가 젯상의 제물을 먹고 있었어. 하도 괘씸하여 삼죽부채32)로 '에 이놈의
고양이―" 하고 머리를 톡 때리니까, 고양이가 떼그르 궁그러 죽었어. 그
런데 이 죽은 놈이 암놈이고, 수놈은 제사 후 사라지고 없어졌어. 그런갑
다33) 했지.
　몇 해 후 한 팔구 년이 지난 후 그 근방의 절에 도사가 와서,
　"소승 문안드립니다. 시주 좀 주십시오."
하니 그 자리에서 쌀 천 석을 문서로 써주었어. 백배치하34)하고 나아가다
가 되돌아와서― 그 도사가 하도 감축35)해서 그 주인한테 관상과 점쾌36)
를 하나 풀더니
　"아, 대감님! 큰일 났습니다. 몇 해 전에 고양이 죽인 일이 있지요?"
하니,
　"없는데―"
　"아, 왜 있지 없다고 하십니까? 대감님 부채에 맞아 죽은 놈은 암놈이

---

31) 비부(婢夫). 계집종의 남편.
32) 세살부채. 대나무 살이 셋인 부채.
33) 그런가보다.
34) 백배치하(百拜致賀). 거듭 절을 하며 칭찬하며 축하함.
35) 감축(感祝). 받은 은혜에 대하여 축복하고 싶을 만큼 매우 고맙게 여김.
36) 점쾌(占卦). 점을 쳐서 나오는 괘. 이 괘를 풀이하여 길흉을 판단함.

고, 수놈은 짐을 나가서 남쪽가의 해남에 가서 원수를 갚으려고 십 년을 기운을 돋아 어느덧 소만합니다. 며친날 몇 시에 그놈이 오는데 예비하는 방법이 하나 있습니다. 대감께서는 돈도 많고 하시니 비부와 마름을 전국에 풀어서 좋은 개 열두 마리를 구하여 하루에 소 한 마리를 잡아 먹이시오.” 하니, 대감이 그제서야 고양이 죽인 생각이 나더란 말이야. 그래서,

“그렇게 하마.”
하고 며칠이 지난 뒤에도 쌀을 안 가져가므로 광을 열어보니 쌀 천 석이 없어졌드란 말이야.

그래서 대감은 감탄하고 즉시 개를 구해다가 하루에 소 한 마리를 먹였지. 그전에 도사가 말하기를,

“열두 대문을 잠그되 한 대문에 두 마리씩 개를 놓고 집안 식구는 싹 숨으시오. 그리고 대감께서는 헤메진37) 방 누다락38) 위에 벽장에서 보시오.” 하였었어. 그래 그대로 해놓고 벽장에 있으니, 그 시간이 되자 첫째 대문에서 개가 억시게 짖고 싸우는 소리가 들렸어. 그러다가 조용해지고, 또 중간 대문에서 개 짖는 소리가 났어. 또 조용해지더니 차츰차츰 개 짖는 소리는 마루에 가차워졌어. 마침내 마지막 개 두 마리가 있는 마루에서 개 싸우는 소리와 밀치락달치락39) 하는 소리가 들려서 대감은 거의 까무러치다시피 되었지. 얼마 후에 쾅 하는 소리와 함께 멍멍멍 하는 개의 세 마디가 있었고, 그런 뒤에는 조용해졌어. 무서워서 가만히 있으니, 얼마 후에 닭이 울어 새는데─ 육칠 월쯤 됐던 모양이야. 이웃의 사람 소리가 나고 해서 마루에 나가보니 타작섬40)만한 놈이 쓰러져 있고 개 열두 마리는 전부 죽었어. 하도 개에게 고마워서 사람처럼 행상41)을 해서 무덤을

---

37) 후미진. 아주 구석지고 으슥한.
38) 다락집의 위층.
39) 밀치락달치락.
40) 곡식을 타작하여 넣어둔 섬.
41) 행상(行喪). 상여(喪輿). 사람의 시체를 실어서 묘지까지 나르는 도구.

세웠는데 그것이 바로 개무덤— 최씨네 개무덤이야.

12) 명소지

1967. 6. 10. 구촌리 / 박상필(朴相弼), 남 · 72

옛날 한 시골 사람이 인제 서울을 과거 보러 간다고 가다가 중도에서 일기[42]가 다 되어서 자고 가야 할 판이다. 한 곳에 가서, '여봐라.' 하니까 한 노인이 나오는데,

"좀 자고 갑시다."

하니까,

"먼저 물어보겠는데 책을 좀 봤느냐?"

하는 거야. 『통감』[43] 두 권만 읽었으나 자고 갈 욕심으로,

"좀 봤다."

고 하니,

"들어오라."며, "자고 가라."

는 것이었다. 그래 우선 자리를 잡고 수인사[44] 뒤에 소지 한 장 써달라는 것이었다. 시방은 뭔가 진정문 같은 것이지. 그 소지를 하나 써 달라는 거야. 그래,

"그 이야기[45]가 무어냐?"

하니까,

"우리 아들은 대장간 일을 하는데 어떤 놈이 사람을 죽여서 불무간[46]에 집어넣었소. 그래서 살인범으로 몰려 감옥에 들어갔으니 오죽 원통하

---

42) 일기(日氣). 날.
43) 『통감(統鑑)』. 중국 송나라의 사마광이 영종의 명에 따라 펴낸 중국의 편년서.
44) 수인사(修人事). 인사를 차림.
45) 소지를 쓰기 위한 자초지종 이야기.
46) 풀무간. 대장간. 쇠를 달구어 온갖 연장을 만드는 곳.

겠소? 그래 아무리 소지를 써서 넣어도 효과가 없는데 당신이 하나 써주시오.”

이래서 저녁을 먹고 아침에 쓰려 하니 맹랑한 일이다. 그러나저러나 쓰기를 '항우살이제[47]하여 투어강중[48]하니 죄재항우[49]요 죄부재어강중[50]이며, 야도살인[51]하여 투어야막[52]하니 죄부재야막[53] 황급야막지주호[54]아? ─ 항우가 이제를 죽여 강가에 버리니, 죄가 강 가운데에 있는 것이 아니요 죄 지은 사람은 항우니, 들도둑놈이 사람을 죽여서 대장간에 집어 내던졌으니 죄는 도적놈에게 있지 불무간에 있는 게 아니다. 하물며 그 죄가 그 주인에게 있을 수 있겠는가?' 이래 써서 갖다 주니 담박[55] 효과가 있더라네. 그럴 수밖에 없지 않는가? 딴은[56] 옳은 말이지.

13) 박달산(朴達山) ···

1967. 6. 10. 구촌리 / 박창섭(朴昌燮), 남·36

  *제보자는 잡화상을 경영하고 있다고 한다.

---

47) '항우살의제(項羽殺義帝)'의 잘못. 항우가 의제를 죽임. '의제'는 중국 진(秦) 말기, 다시 세워진 초(楚)의 왕으로, 처음에는 회왕(懷王)이라는 칭호를 썼지만, 진(秦) 멸망 후에 의제(義帝)로 바꾸었다. 진(秦)이 멸망한 뒤에 항우에게 살해되었다.
48) 투어강중(投於江中). 강 속에 던짐.
49) 죄재항우(罪在項羽). 죄가 항우에게 있음.
50) 죄부재어강중(罪不在於江中). 죄가 오강에게 있지 않음.
51) 야도살인(野盜殺人). 도적이 사람을 죽임.
52) 투어야막(投於冶幕). 풀무간에 처넣음.
53) 죄부재야막(罪不在冶幕). 죄가 풀무간에 있지 않음.
54) 황급야막지주호(況及冶幕之主乎). 하물며 풀무간 주인에게 미치겠는가? 혹은 '화급야막지주호(禍及冶幕之主乎)'로 보아 '죄가 풀무간 주인에게 있겠는가?'로 볼 수도 있겠음.
55) 단박. 그 자리에서 바로를 이르는 말.
56) 남의 행위나 말을 긍정하여 그럴 듯도 하다는 뜻을 나타내는 말.

옛날 대홍수가 났을 때 다 물에 잠기고 조금만 남아서 배를 달았던 터
가 지금도 있다.

14) 백화산(白華山)

1967. 6. 10. 구촌리 / 박창섭, 남 · 36

모든 산은 서울을 향하여 있는데, 유독 백화산[57]만이 역산(逆山)[58]이다.
왕을 보지도 않고 있어서 역적으로 몰린 산인데, 아닌 게 아니라 그곳은
전부 역적만 났다.

15) 썩은 달걀을 써 얻은 명당

1967. 6. 10. 구촌리 / 박창섭, 남 · 36

*썩은 달걀로써 속여 명당을 차지하는 관련 자료는 충북 영동군 〔용산면 자
료 16〕 참조할 것.

경상도 정씨네 산에 묏자리 참 좋은 곳이 있는데, 언젠가 원님이 풍수
였는데 산을 쓱 둘러보고, '이 자리를 쓰면 무슨 벼슬이 나오겠다.'고 속
으로 중얼거렸다. 그것을 엿본 한 사람이 있었는데, 원님이 달걀을 집어
넣는 것을 보고, 그 이튿날 썩은 달걀을 넣어서 갈아치워 버렸다. 그 원
이 다음 날 와 보고 혀를 차며 가 버렸는데, 그 사람이 거다 묏자리를 써
버렸다. 묘가 좋은데 옆의 바위가 안 좋았다고 하는데 하늘이 그 사람이
미웁다고 벼락을 쳐서 깨뜨려 버렸다고 한다. 이것이 동래정씨 유래담인
데 그 지방에서는 모르는 사람이 없다.

---

57) 충청북도 영동군 황간면과 경상북도 상주시 모동면의 경계에 있는 산.
58) 반대로 향해 있는 산. 돌아앉아 있는 산.

16) 명당을 폭로한 출가외인[59] ....

1967. 6. 10. 구촌리 / 홍종순, 여 · 41

*생업으로 담뱃집을 하고 있다. 이 이야기는 어렸을 적 집에서 들었던 것이라고 하는데, 지명을 잊은 외에는 내용을 잘 기억하고 있다고 한다. 이 이야기와 유사한 자료는 충북 옥천군 〔청산면 자료 11〕 참조할 것.

옛날 어딘가 백여 호가 먹는 우물— 네모반듯한 우물이 있었는데, 다들 매우 중히 여기는 터였다. 그 고을에 매우 영한 풍수가 있었는데, 그가 죽게 되어서,

"이제 내가 죽을 것이다."

하니, 죽으면 유언한 것이 있을 것 아닌가? 그래서,

"무엇 할 말이 있습니까?"

고 자손이 물으니까, 뺑 둘러보고는

"외인이 있어서 말 못하겠다."

여긴 자식들과 어머니만 있는데, 외인이 있다고 하니까,

"어머니 말씀입니까?"

"그렇다."

하거든. 여자가 그렇게 오래 살았는데 외인이라 해서 그 방에서 쫓겨나면서 서운하여 나간 척하며 문 밖에서 엿듣고 있노라니까.

"우리가 먹는 우물에 내 죽은 목을 그곳에 집어넣고 모른 척해라."

하는 것이야. 풍수의 아들이 그대로 감쪽같이 했다. 그런데 그 물을 동네 사람이 먹는 것이다.

그러저러 초기[60]가 나고 삼 년이 난데,[61] 그 불과 몇 달이면 다 삼 년

---

59) 출가외인(出嫁外人). 시집간 딸은 친정 사람이 아니고 남이나 마찬가지라는 뜻으로 이르는 말.
60) 초기(初忌). 죽은 지 1년이 되는 날. 또는 삼년상을 마친 뒤에 처음으로 지내는 기제.
61) 지났는데.

이 될 것인데, 모자간에 대판 싸움이 벌어졌다. 무슨 일로 그러니, 제 어머니가 뒷산에 올라가서,

  "저놈, 제 애비 목을 끊어다가 식수를[62] 넣었다."

고 외장을 쳐버렸다.[63] 동네 사람이 퍼 보니, 그 아버지가 말이 되어서 하늘로 등천하려고 하는데, 한 발은 하늘로 올리고 한 발도 마저 올리려고 하는 순간이었다. 물이 없어져서 스르르 사그라져 버려 하늘로 못 올라갔다. 물론 올라갔으면 큰 벼슬을 하지. 지금도 그 물에다가 신체[64]를 집어넣으려 해서 물 위에서 일 메타 가량 위에 달걀 하나 못 들어 갈 만큼 철망을 씌워두고 식수를 한다고 한다. 시암[65]이 정 네모졌고 옆엔 상나무[66]가 있다고 한다. 이 이야기는 여자는 방정맞아서 될 일도 안 된다는 이야기다.

17) 생사 시금석(試金石)

1967. 6. 10. 구촌리 / 홍종순, 여 · 41

돌멩이가 있어서 거기다 돌을 갈면 전쟁에 나간 자식이나 남편이 죽었으면 암만 돌려도 안 붙고 살았으면 들러붙는다고 한다. 이것은 한 여장수가 버린 세 개의 돌로, 성을 쌓기 위해서 그리한 것이다.

---

62) 식수에. 우물에.
63) '외장치다'는 '독장치다', 즉 '다른 사람은 무시하듯 혼자서 고래고래 떠들다.'
64) 신체(身體). 시체.
65) 샘.
66) 향나무.

18) 용산(龍山) ···

1967. 6. 10. 구촌리 / 성명 미상, 남 · ?

*제보자는 용산국민학교 교사라고 했다.

1.

옛날 중국의 이여송(李如松)이가 우리나라 산천을 보니 장수 인물이 날까 봐서 지금 용머리[67]를 칼로 끊었더니 피가 콸콸 쏟아진 것을 한 부인이 치마로 막았다. 그 끊은 곳은 나중에 돌로 쌓았다. 비가 오면 붉고 검다고 한다.

2.

이여송이가 용두봉(龍頭峯) 뒤 상룡리(上龍里) 뒤 신용리 고개의 혈맥[68]을 끊고 금강산으로 들어가려다가 초립동에게 혼났다고 한다. 용산 신항리 고개를 끊어서 피고름이 나왔다 한다.

19) 학승패가 2 ···

1967. 6. 10. 구촌리 / 제보자 미상

*유관 자료로 충북 영동군 〔영동읍 자료 49〕; 동 〔용산면 자료 38〕; 동 〔황간면 자료 4〕를 참조할 것. 그 밖에 파명당(破名堂) 설화로 괴산군 〔청천면 자료 12〕도 있다.

황간면 완정[69]이란 곳에 옛날 한 부자가 살았는데 대단히 인색하였다.

---

67) 문재와 신항리(新項里) 사이.
68) 혈맥(穴脈). 풍수지리설에서 혈(穴)이 이어지는 맥을 말함.

어느 날 대사가 동냥을 달라고 하니 쪽박을 깨뜨리고 쫓아내 버렸다. 앙심을 먹은 대사가 그들의 메[70]자리를 알아보니 백화산 상상봉에 무덤이 있는지라 그 다음에 변장을 하고 가서 여전히 시주를 달라 하며,

 "잘되려면 그 묏자리를 조금 틀어 놓으라."

고 하였다, 이 욕심쟁이 사람이 그대로 하였더니 그날 밤 불이 나서 패가하였다 한다.

20) 지명 유래 8 ···

1967. 10. 24. 구촌리 / 정인달, 남 · ?

 *조상 때부터 대대로 살고 계신 토박이라 했다. 현재 농사를 짓고 있다. 주로 지명 유래나 인물에 관한 이야기를 조심스레 구연했는데, 5, 6세 때 어머니로부터 들은 이야기라 한다. 한학을 공부한 분이라, 이야기할 때는 문헌을 찾아 보여주며 열심히 설명을 하기도 했다.

1. 선바위

 선바위가 있는데, 신선이 놀던 곳이라 해서 '선바위'라고 하는데, 비만 오면 바위의 색깔이 빨래해 놓은 것같이 변한다 한다. 뾰족한 것과 평퍼짐한 것이 있어 암바위, 숫바위라고 부르고 있다.

2. 한산

 양산면[71]에 있다. 구 년 홍수 때에 양산서 산이 떠 내려와서 산이 새로 생겼다.

---

69) 충북 영동군 완정리.
70) 묘(墓).
71) 영동군 양산면(陽山面).

3. 빙옥정(氷玉亭)72)

고려 말 때 영의정을 하신 김전객령73)이 공민왕 때 학정에 낙향하여 기산의 산림이 좋다 하여 학문에 힘쓰다가 작고하였다. 그 뒤 병란으로 난리를 치르고 묘를 잃었다. 그때 자손들이 '빙옥정'이라는 정자를 지었다. 도문화재에 등록된 것이다. 고을 면장이 가끔 제사를 지낸다.

21) 박효자(朴孝子)가 구한 꿩 ···

1967. 10. 24. 구촌리 / 정인달, 남 · ?

*유관 자료인 강원도 명주군 〔성산면 자료 5〕 및 충북 단양군 〔가곡면 자료 32〕 참조할 것.

박규하 씨 아들이 아버지를 위해 꿩이 좋다는 말을 듣고 꿩을 구했으나 구하지 못하여 산에서 울고 있자니 꿩이 저절로 날아와 잡았다.

22) 조헌(趙憲) ···

1967. 10. 24. 구촌리 / 정인달, 남 · ?

조헌74)의 나이 아홉 살에 아버지가 돌아가셔 계모가 들어와서 학대를 많이 하니, 그 말이 자기 외조모에게까지 들어갔다.

"허! 그 딸자식이 미쳐서 그래 학대를 당하니 어떡헌다?"

어느 때 외조모가 외손자가 학대를 받는다는 말을 듣고,

"아니? 네가 학대를 받고 어떻게 사니?"

---

72) 양강면(楊江面) 남전리(藍田里)에 있는 정자.
73) 김정객령(金典客令). 고려 때에 '전객령' 벼슬을 지낸 김영이(金令貽)를 말함.
74) 조선 선조 때의 문신 · 의병장 · 학자(1544~1592). 호는 중봉(重峯).

"아, 할머니, 별말씀을 다 하십니다."

"글쎄— 네가 그렇다면 몰라도—"

하고 조중봉은 외조모 댁에 발길을 끊고나서 장가를 든 뒤 조모를 찾아
가니, 조모가 말하기를,

"면75) 일로— 어머니마저 죽고 쓸쓸한데 너마저 내게 오지 않니?"

"할머니, 별말씀 다 하십니다. 제가 만일 할머니 댁에 자주 들리면 모
자간에 정의가 끊어지지 않습니까? 제가 할머니 댁에 발을 끊다니 그게
웬 말씀입니까?"

하였다.

23) 윤병개 ⋯⋯⋯⋯⋯⋯⋯⋯⋯⋯⋯⋯⋯⋯⋯⋯⋯⋯⋯⋯⋯⋯

1967. 10. 24. 구촌리 / 정인달, 남 · ?

윤병개의 아버지가 재취76)를 했는데 이씨이다. 그가 성질이 고약해서
그 전취부인 제사 때가 되면 집안이 시끄러웠다. '밥 한 그릇이라도 이왕
지내 주는 것 정성스럽게 지내 주는 것이 좋을 텐데—' 하던 중 부인이
죽고 다시 삼취77)를 했다. 그는 전처 마누라와는 달라 제사가 되면 메78)
한 그릇이라도 갖다 놓고 정성껏 제를 지내준다. 제사를 지내고 잠을 자
게 되었는데, 사랑방에서 얌전한 부인이 나타나서는 삼취 부인 방으로 들
어와서 부인이

"아 어떤 분이 들어오십니까?"

하니,

"나는 다름 사람이 아니고 내가 전처부인인데, 내가 은혜를 졌는데 재

---

75) 웬. 어쩐.
76) 재취(再娶). 아내를 여의었거나 아내와 이혼한 사람이 다시 장가가서 아내를 맞이함.
77) 삼취(三娶). 세 번째 장가감.
78) 제사 때 신위(神位) 앞에 놓는 밥.

취가 들어와서 거렇게 분란이 많더니 그대가 들어와서 이렇게 제사를 잘 지내니 내가 염라대왕에게 가서 말해서 그대의 명을 늘여 놨으니 그리 아시오.”

하면서 갔다. 꿈을 깨고 생각하니 하도 이상해서, 집안 식구에게 그 모습을 말하여 초취[79]부인인 것을 알았다. 그 이듬해 윤병개는 귀자를 낳았다 한다.

24) 매금리의 개두릅나무 ···

1967. 6. 11. 매금리(梅琴里) / 김홍연(金弘淵), 남 · 46

*현재 매금리의 이장직을 맡고 있다.

매금리 동네는 들어오다 보면은 연전만 하여도 아름으로 다섯 아름이 넘는 큰 고목이 있었다. 그런데 자연적으로 넘어졌는데 속이 비어서 상해 넘어간 것이다. 임진왜란 때던가 그 산 그 고목나무에 올라가서 화살을 쏘았다고 하는데, 굉장히 위하던 나무이었다. 이 나무가 넘어져서도 아무도 손을 안 댔는데, 타부락 사람이 가져다가 땠다.

사십 년 전 야학에 다니던, 지금 꼭 회갑이 되는 김병태 노인이 지은 창가가 있었으니, 여러 절 중 지금 주로 불려지는 것은 다음과 같다.

> 1. 용산에서 북방으로 백 여호 대촌(大村)은
>   살기 좋고 아름다운 우리 매금리
>   앞으로는 개두릅나무 우뚝 서 있고
>   뒤로는 용봉산이 내려다 본다.
>
> 2. 반공중에 우뚝 솟은 개두릅나무는

---

79) 초취(初娶). 처음 장가가서 아내를 맞이함.

   화려하게 춘풍을 몰아들이니
   옛날옛적 역사를 전해 오듯이
   천신천신 나아가세 우리 매금리.

25) 매금리의 산제(山祭)

1967. 6. 11. 매금리 / 김홍연, 남 · 46

1. 목적

‘동네 사람, 특히 우마가 편케 해 달라’는 축문을 읽는다.

2. 장소

동네 뒷산. 동네서 약 일 킬로미터 떨어진 응봉산(鷹峰山) 솔밭. 사당은 없으나 단을 만들어 두었다.

3. 시기

상원(上元) 십사 일 밤.

4. 참가 주관자

동네서 가장 정결한 사람. 본인이 승낙해야 한다. 제관과 축관만 참가.

5. 경비

동네 공용의 산제계(山祭契)가 있고, 회원 약 백 명 모두 참가한다. 약 천 원 정도로 간소하다.

6. 준비물

그림 같은 것은 없고, 준비해 둔 떡시루에 정갈하게 음식을 담아 공양한다.

7. 방법

① 소지 : 부락에 있는 사람(一家 戶主)의 이름을 써서 소지를 읽은 다음 태운다.
② 축문 : 동네 사람, 특히 우마가 편케 해 달라고 하고, 그 축문을 태우고 원본은 계주가 가져다 비치한다.

8. 결과

지내고 나서 그 이튿날은 술과 음식을 나누어 먹는다.

26) 허장자(許長者) ······

1967. 6. 11. 매금리 이장 댁 / 성명 미상, 남 · ?

옛날 매금리 앞산 넘어 허적이라는 사람이 충청도에서 조정에 상납하는 상납물을 약탈했다. 충청도 황간서부터 서울로 올라가는 길옆에 큰 연못이 있었는데, 허적은 그곳에서 재물을 약탈했다 한다. 마을이 생기기 전에 허적은 큰 기와집을 짓고 살았다.

27) 짧은 이야기 ······

1967. 6. 12. 미전리(米田里) 돌무정이의 길가 상점에서 / 성명 미상, 여 · ?

*장을 보려 가려고 버스를 기다리던 어떤 부인에게 요청하여 얻은 자료이다.

(조사자) 아주머니 이야기 하나 해주셔요.

(제보자 : 마지 못해서) 한 사람이 꿈을 꾸니까 수건을 쓰고 떡 한 짐 을러메다가 '에이샤!' 하는 바람에 꿈을 깨버렸대. 이것이 끝이여.

28) 장자늪 6

─황지(黃池)

1967. 6. 12. 미전리 돌무정이 / 이재석(李在錫), 남 · 53

*제보자가 친구분과 서넛이 술을 드시면서 구연하였다. 제보자는 일정 때 황 지에서 살면서 이 이야기를 들었다고 하는데, 황지에서는 누구나 잘 아는 이야 기라고 했다. 이본으로는 강원도 명주군 〔옥계면 자료 2〕; 충북 괴산군 〔청천면 자료 64〕; 단양군 〔대강면 자료 4〕; 영동군 〔심천면 자료 36〕; 동 〔심천면 자료 37〕 등이 있다.

강원도라 삼척 말이야. 황지80)란 데─ 말을 들으면 희한하거든. 황주서 는 소81)가 있는데 둘레가 열댓 평 될 것이야. 본시 소 생긴 것이 집 앉 은82) 자리래. 그 집이 그 중에서 제일 잘 살았다네. 옛날에 거기는 강낭 이83) 수수뿐이요, 베84)를 심으면 요만큼밖에 안 크거든. 근데 하루는 어 느 날 며늘네85)가 디딜방아를 찧고 있노라니까, 중이 동녕86)을 달래. 영 감이 마침 소를 끌어내고 똥을 치는데─ 마구를 치고, 며늘네는 애기 업 고 방아를 이렇게 치는데, 시아버지가 동녕을 달라니 똥을 퍼서 주니 중

---

80) 강원도 태백시 황지동에 있는 못.
81) 소(沼). 늪.
82) 앉았던. 있던.
83) 강냉이. 옥수수.
84) 벼.
85) 며느리.
86) 동냥. 동냥미. 승려가 시주(施主)를 얻으려고 돌아다니는 일. 또는 그렇게 하여 얻는 쌀.

이 냉큼 받아 두더래. 며느리가 애기 업고 그걸 보다가 며느리가,

　“아버님도─ 왜 그러시냐?”고, “조금만 주면 될 걸.”

　그리고 디딜방아로 찧던 쌀을 떨어주니, 중이─

　“살라면 잠깐 날 따라오라.”

고. 그래 며느리가 사립 밖을 따라나서서 한 오십 미터 가량 가니 뇌성벽력 번개가 일고 비가 오고 굉장하더라는 거야. 중은,

　“그래도 뒤를 돌아도 보지 말고 따라오라.”

고 하드래. 그래 황지 장터에서 구사리[87]까지는 한 오 리 되는데, 굉장히 궁금해서─ 앞은 환하고 뒤는 비가 막 오고─ 그래 뒤를 보고는 싶고 중이 앞장서서 가니 따라는 가야겠고─ 산등갱이[88]에 가설랑은 재 말랑[89]에 가설랑은 가만 생각해서 하 궁금해서 보니─ 뒤를 보니, 미륵이 됐다는 거야. 그래가지고 사람이 미륵된 거지. 그 동네는 둘러삐지고[90] 그래가지고 소가 되었다는 게야. 그래가지고 산 계곡으로 물이 내질러서 바위가 뚫려서 폭포수가 되고 그 아래가 시퍼런 물이 되었어. 시퍼렇커든. 황지소 물이 삼척 구무소[91]로 나간다는 노래도 있으닝께─.

　(청중 1 : 하여간 희한하다) (청중 2 : 바로 탄광 지역인데 그곳에 돌을 던지면 물이 부해가지고 돌개바람이 일어난다더군) 그래 중은 도사인 모양인지 간곳이 없고─ (청중 2 : 뒤 안 돌아봤으면 살 걸. 시아버지는 죽더래도) (청중 3 : 그런데 말이야. 애까지 개까지 따라갔다는 말도 있거든)

---

87) 강원도 삼척군 도계읍(道溪邑) 구사리(九士里).
88) 산등성이. 산의 등줄기.
89) 마루. 등성이를 이루는 지붕이나 산 따위의 꼭대기.
90) 둘러엎어지고. 마구 둘러서 뒤집어엎어지고.
91) ‘구무’는 ‘구멍’의 옛말. ‘구무소’는 강원도 태백시 동점동(銅店洞)에 있는 소(沼). 구문소(求門沼)라고도 한다.

29) 원효대사의 도술 ··

1967. 6. 12. 미전리 돌무정이 / 이재석, 남 · 53

*제보자는 이 이야기를 한 5, 6년 전 어느 집 사랑방에서 들었다고 했다.

설총[92] 아버지 원효대사가 도승인데, 여기 앉아서 중국을 돌았단 이야
기가 있어. 중국 어디서 수백 명이 모여서 이야기를 하는데 방중에서 문
밖을 보니 나무 꼬챙이가 돌개 같은 것이 희한하게 된다.[93] 집이 자꾸 내려
앉는다는 것도 모르는데,[94] 그걸 돌려서 이상해서[95] 나오게 한 거지. 그래
다들 나오고 난 뒤 폭삭 집이 가라앉아서 ─ 그대로 두면 다 죽는 것이지.

30) 미혈(米穴) 1 ··

1967. 6. 12. 미전리 돌무정이 / 이재석, 남 · 53

*이본인 충북 단양군 〔대강면 자료 3〕; 동 〔어상천면 자료 11〕; 영동군 〔용
산면 자료 43〕 참조할 것.

예전 이름도 모르고 성도 모른 이야기인데 (제보자 : 그걸 처도[96] 된
가?) 한 친구가 농사도 안 짓고도 하얀 쌀밥을 먹고 사니 사람이,
　“이 사람, 놀고도 먹는 수가 있느냐?”
하니, 통 대답이 없어. 차근히 물으니 가르쳐 주는데,
　“내가 시킨 대로 하게.”

───────────────

92) 신라 경덕왕 때의 학자(655~?). 국학(國學)에서 학생들을 가르쳐 유학의 발전에 공헌
　　하였으며, 이두(吏讀)를 정리하고 집대성하였다.
93) 나무 꼬챙이가 공중에서 빙빙 돌았다는 말임.
94) 방안에 있던 사람들이 집이 허물어지는 것을 모르고 있었다는 것임.
95) (그걸 보고) 이상히 여겨.
96) ‘이야기해도’ 또는 ‘들어도’의 뜻임.

하고,

“그곳에 가서 구멍에다 대롱을 찡겨[97] 놓고 두면, 쌀이 삭대― 대끝에서 나오듯 줄줄 나오는데, 때가 되면 덜렁[98] 말고 먹을 만큼만 받으라.”는 거야. 마누라도 못 들어가게 이야기를 하고 넘겨주었것다. 때만 되면 자기만이 그렇게 하고 거기만 들어가면 양식이 나오니 ‘이상하다!’ 때만 되면 나오니까― 마누라가 안 가르쳐 주고 쌀은 나오니 궁금해서 몰래 들어가 보고서는,

“예끼, 이놈의 것 꾹 쑤셔나 보자.”

하고 꾹 대롱을 내리 쑤시니 쌀이 막 나오는 거야. 그 서방이 와 보니 마누라가 쌀 속에서 파묻혀 눈만 말똥말똥하게 있어. (청중 2 : 부잣집 것이지?) 그러니 살 수가 있어야지. 그래 큰일 났다고. 알려준[99] 사람에게 말하니,

“큰일이 났는데! 그게 군량미 쌀이 막 날라오는 거야.”

뭐라고 술법을 했던가 봐. 쌀이 딱 그쳤으나 나라에서 쌀을 따라가서 그 집을 찾아 그 친구를 나라에서 잡아가 족쳤지. 여차여차 이야기하니, ‘그리한 것을 먹다가 마누라가 그랬다.’고. 다 이야기하니 가르쳐 준 사람[100]을 잡아가지고,

“너는 나라 군량을 훔쳤으니 도둑이 아니냐?”

그리고 죽이게 됐거든. 거 안 됐지.

---

97) 끼워.
98) 더는. 더 많이는.
99) 처음에 쌀을 나오게 하는 방법을 알려준 사람.
100) 위와 같음.

31) 친자식보다 나은 양아들 4 ....

1967. 6. 12. 미전리 돌무정이 상점 / 민병필(閔丙泌), 남 · 60

　*유관 자료인 충북 괴산군 〔청천면 자료 35〕; 동 단양군 〔가곡면 자료 31〕; 동 〔대강면 자료 9〕 참조할 것.

　*사리티[101]에 사시는 분으로, 버스를 기다리는 때에 만나 뵙게 되어 이야기를 들었다. 호기 있고 조리 있게, 그리고 흥에 겨워서 하는 말투였다. 들으신 지 한 20년이 된다고 하셨다.

　옛날 청주한씨라고 하는 분이 있는데 참한 딸을 셋을 두었어. 자식[102]은 없고. 그래서 딸을- 자기 식토[103]는 삼백 석 지기가 넘어서 딸에게 좋은 사위 얻어줄 생각이었지. 그래 사위를 셋을 불러다 놓고 맏딸, 둘째 딸, 셋째 딸을 불러 얼마씩 주고 백 마지기씩 주며,
　"너희들이 어찌되었던 날 먹여 살려라."
하고 다 나눠주고 딸들에게 얹혀 지내기 몇 해 지나니 싫어하는 눈치라. 맏딸, 둘째, 셋째 일 년씩이면 한 삼년을 사는데- 친구를 찾아가서- 정승 지낸 이니까 사실 이야기를 했지. 딸들이 괘씸하다는 거지. 그 집에 떠돌어다니면 이십여 세의 머슴이 한- 어디 한가인지 본도 모르는 한가이 있었는데-
　"내가 이 사람을 어려서 길러 내 식토를 주어 장가를 보내려 하니 네가 아들 삼아 보는 게 어떠냐?"
해서, 그래 타합[104]을 하고 입사하고 집 사고 살게 되었어. 장가를 들이고 한 해 두 해 지나니 첫손자를 보았는데, 두 내우가 어찌 봉양을 잘한

---

101) 솔티. 황간면 용암리에 있는 고개.
102) 아들.
103) 식토(食土). 곡식을 심어 먹을 수 있는 땅.
104) 타합(打合). 어떤 일에 대하여 서로 좋게 합의함.

지 친자보다 더해서 하루는 방에다가 안주찬[105]을 하여 드리며,

"아버지 이 술 잡수시고 애기를 보아 주세요. 우리는 밭에 갑니다."

하고 사립문 밖으로 나가는 거여. 그리고 애기를 안고 있는데, 일을 하는 때가 봄새[106]든가 며느리가 일을 하고 밥을 지으려고 와서 부친 방을 보니까 글쎄 술에 취해서 그 애기를 무릎에 안고 잔다는 게 엎드려 자는 바람에 애가 깔려 죽었다 이 말이야. 이렇게― (제보자 : 동작을 보임) 자부[107]가 밥 지러 왔다 이걸 보고 시아버지를 바로 눕혀 애기를 안고 나와서, 어른 점심을 해 드려야 할 것이었으나 그냥 애를 둘둘 말아서 밭 매는 데 가서 남편에게 사실 이야기를 했지. 이 사람 오죽하겠는가?

"그럼 아버지가 모르게 조용히 그러지 그랬는가?"

"그랬소."

그래서 묻기로 하고 밭뚝을 파가지고는, 동네 사람들에게 말하지 말라 하고 그곳을 파니 뭐가 땡그랑 소리가 나기에 보니께 단지에 백금이 수두룩이 있어. 그래 밭도 안 매고 집에를 가 보니 아버지가 술 깨서 있다가,

"야, 애기가 어디 갔구나?"

"놀러간 모양입니다."

하고 점심을 해 드리고,

"일하는 데 애를 데리고 갑니다."

하고 갔다가 빈손으로 오니,

"왜 애가 없느냐?"

"곧 데려옵니다."

이렇게 매일 하니 아버지가 그 눈치를 채고 애가 달리 없어졌다는 것을 알았지.

어느 날 친구를 찾아가서,

---

105) 안주. 안주와 반찬.
106) 봄철이 지나는 동안.
107) 자부(子婦). 며느리.

"사실이 이러니 나도 여기 못 있겠다."

그러니 친구가 아들 부부를 불러다 물으니 사실이 그런지라, 친구가 듣고 그 아버지한테도 이야기를 하고 그냥 모시고 살았다네. 그런데 한 탯줄에 팔 형제를 낳다고. 이게 뭐냐 하면 어른도 그렇고 아이도 그런데 있을 법한 이야기야. 효성이 지극해야지.

32) 김진사 묘

1967. 6. 11. 법화리(法化里) / 맹신호(孟信鎬), 남 · 33.

*제보자는 타지 분으로 공사장 감독으로 와 있는 것을 만났다.

충북 괴산군 사리면 사담리[108]서 오십 호 가량의 우씨네가 사는데 일 년에 사초[109]도 하고 그런데 그 뒷산이 보광산[110]이고 그 위에 보광사[111]가 있고 그 위에 큰 묘가 있는데 '김진사묘'라 한다. 시시한[112] 산만하다. 그런데 김진사가 죽을 때 종을 죽은 주인 따라 보낸다고 산 채로 묻었다더군. 그 종의 아들이 분통해서 지관[113]을 연구하고 연구하고 해서는 제법 알 만하니까, '이대로 가서는 김진사 묘가 자손만대로 부귀를 누릴 곳이다. 이대로 두지 말아야지.' 하고는 지관 기술로 해칠 법을 배워서는 어디를 막으면 자손이 패할 것을 연구해서- 지금 가서 보면 뚜렷이 나타나 있다.

"이대로 가면 몇 대 안 돼서 곧 패할 것이니- 당대에 곤란하니, 여기

---

108) 사리면(沙梨面) 사담리(沙潭里).
109) 사초(莎草). 무덤에 떼를 입혀 잘 다듬는 일.
110) 보광산(寶光山). 충청북도 괴산군 사리면에 있는 산.
111) 보광사(寶光寺). 보광산에 있는 사찰.
112) '낮은'의 뜻.
113) 지관(地官). 풍수(風水). 풍수설에 따라 집터나 묏자리 따위의 좋고 나쁨을 가려내는 사람.

를 쌓으면 더 부귀 자손을 얻으리라."
하고 주인을 가르쳐 줘서 묘 뒤로 쌓아 올렸다. 그러자 그 집은 망해 버렸다. 그야 물론 김진사 종의 아들이 주인을 망하게 하여 복수한 거지. 그 뒤 봉분[114]을 또 하나— 김진사 부인 것을 해서 내외 묜데, 실제 그곳은 근사하다. 봉분이 커서 호당[115] 나가서 사초해도 저물도록 한다. 그리 크다. 우리 동에서 불과 시오 리 떨어져서 놀러도 가보고 했다.

33) 쉰세골 ···

1967. 6. 11. 법화리 / 연성흠(延成欽), 남 · 33

　*제보자는 현재 충북 괴산군 도안면(道安面) 도당리(道塘里)에 거주하고 있는 분으로 수리조합 공사장의 감독으로 용산에 와 있는 것을 만났다.

　충북 괴산군 증평읍에서 괴산읍 가는 재에[116] '쉰시골'이 있다 하여, 여러 번 관심을 갖고 그곳의 유래를 물어보니, 그 골짜기가 본시 마흔아홉 골짜기였는데, 거기서— 성명까지는 모르나 우(禹)씨가 최고 갑부였었는데— 사 형제가 있었는데, 죽어서 봉우리를 새로 해서 크게 묻으니 마흔아홉에다 다시 넷을 더하니 쉰싯이 돼— 큰아들은 크게, 작은아들은 작게, 다음은 더 작게 해서 쉰세 골이 되었다. 이곳을 '쉰시골'이라 부른 것은 이 까닭이고, 그 동네는 우씨가 판치는 곳이다.

---

114) 봉분(封墳). 흙을 둥글게 쌓아 올려서 무덤을 만듦.
115) 호당(戶當). 집마다.
116) 고개에. 고개는 괴산군 사리면(沙梨面) 사담리(沙潭里)에 있음.

34) 금대야 은대야의 꿈 2 ··

1967. 6. 11. 법화리 / 이해수, 남 · 42

*제보자는 원래 집이 충북 청주시 석교동(石橋洞) 47번지인데, 컴프레서 기술자로 이곳에 와 수리조합 공사장에서 일을 하고 있다고 한다. 이 이야기의 이본은 충북 단양군 〔단양읍 자료 5〕가 있다.

옛날에 어떤 놈이 하나, '허, 오늘 꿈을 잘 꾸었다!'고 한바탕 말만 하지 영 꿈 이야기를 안 해. 딴 사람이 졸라서 이야기를— 졸라도 좋은 꿈 이야기라고 영 안 해. 좋은 꿈은 이야기하면 실천이 안 되거든. 그래서 마침내 관가에서 이야기하라고 하나 통 이야길 하지 않았어. 감옥에 넣으려도 죄가 있어야지. 포도청에 잡아다 놓고 이야기하래도 함구무언이야.

하루는 공주님이 부스럼을 냈다.[117] 큰일이다. 그래 나랏님이,

"꿈 이야기를 하려느냐? 공주 부스럼을 나으려느냐? 아니면 죽이마."

고 이야기하니까, 이놈이 공주병을 낫겠다고 했지. 그래 감옥 속에서 밥풀 흘린 것을 조물딱조물딱 하고 그것을 새까맣게 만들었지. 그래 곰곰 생각한 끝에, "이거라도 붙여야지." 하고 결심하고 공주의 몸에 난 부스럼에다 때가 새까맣게 묻은 밥 덩어리를 붙였더니 그 병이 금방 다 났다. 아, 그래 인저 그 병을 고쳐 나왔는데, 중국에서도 공주가 이게 뭔가? 응, 후발치[118]가 나서 데려다가 낫게 하니, 이것도 밥을 짓이겨서 몇 번 가라앉혀서 고쳤지. 개불알도 모르던 놈[119]이 왕의 딸을 둘씩이나 고친 게야. 고스란히 공주를 둘 얻으니 마누라가 둘이지.

그래 조선 왕의 딸은 은대야를 가지고 시집오고 중국 왕의 딸은 금대야를 가지고 시집왔어. 어느 날 두 아내가 대야에 물을 담아 발을 씻기는

---

117) 났다. 생겼다.
118) 목 뒤쪽에 생기는 뾰루지. '뾰루지'는 뾰족하게 부어오른 작은 부스럼.
119) '아무것도 모르는 사람'이란 뜻의 비어임.

데 생각하기를, '꿈속에서 해가 내 품속으로 뛰어 들어온 것은 이 사람의 금대야요, 달이 내 품속으로 들어온 것은 이 사람의 은대야다.'고 생각했다.

35) 법화리(法化里) ···

1967. 6. 11. 법화리 / 정민량(鄭敏亮), 남 · 38

*제보자는 현재 용산국민학교 교사이다. 이 자료는 정이장님 조카와의 대화를 채록한 것이다.

임진왜란 정도 이전일 것이다. 나의 구 대 조모가 여길 시집왔다니까 그 이전이겠지요. 절이 전에 법화사(法化寺)였는데, 빈대로 망하였다 하고 지금도 돌을 떠들어보면 빈대 자국이 있다. 동네 어구에 자연석으로 높이 이 점 오(2.5) 미터 가량의 돌비 같은 것이 동네 어귀에 있는데, 미신으로 믿는 증거가 안 보이는 걸 보면 옛날 절의 표시로 돌을 세워 입구 표시를 한 것 같다.

절이 없어진 뒤에 큰 바위가 있고 석불(石佛)이 둘 있는데 하나는 떨어진 머리를 최근 땜질해 두었고, 석탑은 오층탑이 원뿔 모양으로, 일 점 오(1.5) 미터 가량의 다듬은 인공석이 산 남방에 있고, 그 밑에 지석(支石)이 있는데 이상한 이야기지. 장정이 안고 들으면 들리는데, 상인[120]이 들면 안 들린다니 이상한 일이다. 그 부처와 석탑을 절 본당이 있던 대로 옮긴 뒤에 전성기의 청년들이 좋은 일을 못 보아서 셋이나 죽는 일이 생겨, 다시 원 위치로 옮겨 두었다.

○평풍바위 : 그것은 신방을 치룰 때 쓰인 것이라 그런지 처녀 총각 형태가 보인다. 생각한 대로 보인데, 호랑이라 생각하면 호랑이가 보이고,

---

120) 상인(常人). 상사람. 조선 중기 이후에 '평민'을 이르던 말.

그냥은 남녀로 보이는데— 그리 생각대로 그런 것이다.

36) 송시열

1967. 6. 11. 법화리 / 정민량, 남 · 38

*우암 선생이 외가에서 박대를 받고 외가와 등을 진 이야기는 이 밖에도 단양군〔어상천면 자료 2〕; 영동군〔심천면 자료 4〕; 동〔심천면 자료 24〕; 동〔용산면 자료 36〕; 옥천군〔청산면 자료 13〕에도 나타난다.

충북 옥천군 이원면에 금강 상류인 접동강이 마른 때가 있었는데, 송시열이가 태어났을 때다. 그가 어려서 외가에 놀러 왔는데, 외삼촌이랑 자고 있는데, 어떤 친척이 송씨네 정객 이야기를 하며 비방을 했던바, 이 이야기를 듣고 난 송시열이가 돌아가겠다고 나선다. 밤이니 쉬어 가라 하나 굳이 간다고 해서 고집대로 보내고 뒤를 돌아다보니 도깨비들이 불을 켜들고,

"나리님, 오시느냐?"

고 인사를 하더라는 것이다. 송시열이가 다시는 외가를 안 찾고, 수세[121] 뒤에는 그 친척을 양반과 법혼(法婚)도 못하는 상민[122]으로 만들어 버렸다고 한다.

송시열의 제사 때에는 제물 차린 것이 어마어마하다. 미성년자는 참가할 수 없는 이 제사에는 옛 도복을 입고 하는데 일곱 가지— 돼지, 소 등의 고기를 쓰는데, 몇 자씩 되는 상이고 장정 둘 내지 네 명이 들게끔 제사를 지낸다.

옛날 송모(宋某)가 원혐[123] 때문에 쫓겨 다녔는데, 그 부인 유씨(柳氏)

---

121) 수세(數世). 여러 세대. 또는 여러 세기.
122) 상민(常民). 상인(常人).
123) 원혐(怨嫌). 못마땅하게 여겨 싫어하고 미워함.

가 유복자를 두어, 그 육대손이 송시열이라 한다. 제사 지낼 때는 유씨
부인을 선조같이 모신다고 한다.

37) 월리봉 ·····

1967. 6. 11. 법화리 / 정민량, 남 · 38

황간에 월리봉[124]이 있는데 우리 친구 간에 황간 애들을 '월리봉 기질
을 가졌다.'고 한다. 영동서 황간 가는 곳이 작은 '솔티재'[125]인데 그것은
월리봉에서 떠내려왔다고 누구나 그런다. 그런데 한 사람이 며느리가 죽
어서 산에 묻었는데, 지관이 보고서 '머리를 그쪽으로 돌려 쓰라.' 했다.
그날 시아버지 꿈에 며느리가 뒤로— 곧 궁둥이로 인사를 하기에 나무래
니까,

"아버님이 날 거꾸로 묻었으니까 그런 것입니다."
했다나. 이래서 시체를 바로 돌려 앉혔다. 꿈대로 보면 월리봉서 온 것이
아니다.

38) 학승패가 3 ·····

1967. 6. 11. 법화리 / 이은현(李殷賢), 남 · 72

*유관 자료로 충북 영동군 〔영동읍 자료 49〕; 동 〔용산면 자료 19〕; 동 〔황
간면 자료 4〕를 참조할 것. 그 밖에 파명당(破名堂) 설화로 괴산군 〔청천면 자료
12〕도 있다.

황골에 부잣집인 여씨네집에서는 중이 동냥하러 갈 적마다 귀를 꿰매

---

124) '월류봉(月流峰)'의 잘못.
125) 충북 영동군 황간면 용암리에 있는 고개.

어 매달았다. 하루는 도승이 왔다가 또 귀를 꿰달아 도망도 못 가고 있다가 대과[126] 급제 되게 해 준다면서 풀려나왔어. 그런데 그 동리는 동네로 물이 밀어닥치다가 싹 돌아가도록 하는 산이 하나 있었어. 노승이 말하기를,

　"동네를 보고 물이 들어오다가 쫓기는군요."

하니 산을 끊어 버렸어. 끊은 맥은 동그란 샘이 되었고 여씨네 집은 모조리 망하고 말았다.

39) 부모 때리는 효도 3 ···

1967. 6. 11. 법화리 / 이은현, 남 · 72

　*이본인 충북 괴산군 〔청천면 자료 10〕; 동 영동군 〔영동읍 자료 33〕; 동 〔용산면 자료 39〕; 경북 상주군 〔화북면 자료 3〕을 참조할 것.

　남원양씨 집에 아들 하나가 있었는데, 부모가 자식을 귀히 여기느라고 등을 턱턱거려 주니 아, 이놈이 애비 등도 때리고 애미 등도 때렸어. 워낙 산간벽촌이라 배울 것이라곤 이런 것뿐이 없었어. 하루는 아들이 쪽지게[127]꾼을 따라 한참 가니— 한 이백 리는 간 모양이야. 어떤 할아버지를 만나 동행하게 되었는데, 그 할아버지가 조구[128]를 가지고 갔어. 그 할아버지 집에 가 보니 그 할아버지의 아버지가 백발노인인데, 조구를 해서 아버지만 드리고 방도 뜨신가 손을 이불 밑에 넣어보고 자리에 눕혀 주고 하니 이상스럽게 생각되어,

　"이게 뭐하는 거냐?"

하고 물으니,

---

126) 대과(大科). 과거(科擧)의 문과와 무과를 소과(小科)에 상대하여 이르던 말.
127) 작은 지게. 흔히 등짐장수들이 썼다.
128) 조기.

“이것은 봉신이다.”

하고 대답하였어.

집에 돌아와서 절을 어머니께 하고 조구를 해서 까시를 빼고,

“어머니 많이 잡숴요.” 하니 어머니는 참 이상하다고 생각했지.

그렇게 효자가 되어 지내다가 모친이 병이 들었는데— 동지섣달에, ‘두릅나물 그것만 먹으면 낫겠다.’ 하시니 그 두릅나물을 구하러 밤에 집을 나섰어. 달은 희미한데 이 궁리 저 궁리 하고 있으려니까, 대호[129]가 앞에 있었어. 그런데도 무섭지가 않았어. 그 대호가 궁둥이를 대고 꼬랑이를 쳤어. 그래서 “타라는 거냐?” 하니 고개를 *끄덕끄덕*하였어. 타고 나니 막 달리다가 불 있는 집 앞에서 멈추어서 그 집에 들어갔지.

“이 밤중에 웬 양반이요?”

“산중에서 길을 잃었는데 하룻밤만 자고 갈까 합니다.”

하고 방에 들어가 보니 방은 후끈후끈한데 두릅이 있더라. 이상스러워서,

“여보시오, 다름이 아니라 여차여차한데—”

하면서 모친 이야기를 하니,

“올 겨울에는 이상하게 두릅이 피더이다. 이것은 당신 꺼지 내꺼 아니오.”

하면서 주었어.

올 때도 호랑이를 타고 와서 모친께 해 드리니 깨끗이 났어. 그래서 효자가 됐지.

40) 여우 구슬 얻고 지리 통달한 도선(道詵) ······························

1967. 6. 11. 법화리 / 이은현, 남 · 72

도선[130]이가 산을 넘어 글 배우러 가는데 날마다 여자가 나와서는 입

---

129) 대호(大虎). 큰 호랑이.
130) 통일 신라 말기의 승려(827~898). 풍수지리설의 대가.

맞추고 하더니 몸이 꼬챙이같이 말라 갔어. 그래 집에서 이상히 여겨 도선이에게 물었지. 도선이는 여차여차해서 그렇다고 말하니,

"그럼 너가 내일 그 여자를 만나거든 그 여자가 입 맞추자고 하여도 맞추지 말아라. 그러면 그 여자 입에 파란 구슬이 있을 터이니 그것을 집어먹고 하늘을 보고 땅을 보아라."
하고 집에서 말했지.

다음날 도선이가 가다가 보니 산에서 또 그 여자가 나타나서 입 맞추자고 하니, 도선이가 싫다고 하자, 이 여자가 몸이 달아 입 속에 파란 구슬을 내보이니, 도선이가 얼른 집어 먹고 하늘을 보려 하니 여수가− (제보자 : 그 여자가 여수− 여우였어) 머리를 할퀴어 땅만 보아서 땅에 대하여 통달했지. 하늘을 보았더라면 천문도 통달하였을 걸.

41) 석탑(石塔) 숭배 ··

1967. 10. 23. 율리(栗里) / 영일 정씨(迎日 鄭氏), 여 · 61

어떤 사람이 길을 닦으려고 옆의 석탑을 허물려 했다. 동리 사람들이 말렸으나 결국 허물어 버렸다. 그날 밤 자는데 구척 장성[131]이 나와서, '왜 허물었느냐?'고 야단을 치고 동행한 마누라도 함께 꾸짖었다. 할 수 없이 다시 쌓아놓으니 이때부터 나오지 않아 동리 사람들도 같이 제사를 지냈다.

충북 괴산 사람들이 육이오 때 피란 와서 장성, 솟대를 패어서 연료로 썼다. 격전지여서 딴 곳보다 이곳 사람들의 피해가 격심했다.

언제인지는 확실치 않지만, 하루는 누군가가 뱀을 죽여 석탑 위에 던졌다. 이후 동네에 재난이 잦아지고 뱀에 물린 사람이 속출했다. 이상히 여겨 석탑으로 가 보니 뱀이 있었다. 버리고 제사를 지내자 그런 재난이 없

---

131) 장승.

어졌다.

석탑의 제례는 섣달 그믐날 밤에 지낸다. 집행자는 남자가 하며, 그 중에서도 가중에 무고한 사람에 한하여 일주일 전부터 목욕재계하여 제례를 모신다. 그런데 별안간 술병이 깨어졌다. 알고 보니 집행자의 부인이 전일 생리 중이었다고 한다. 금줄 치고 제사 지내기 직전에 임신부가 이곳을 지나갔는데 그날 저녁 낙태해 버렸다.

42) 용과 구렁이 ···

1967. 6. 13. 버스 안 / 버스 승객, 여·?

*다음 자료와 함께 이 두 자료는 영동군의 지방 버스 속에서 들은 이야기이기 때문에 편의상 '영동 이야기'로 분류하였다.

1.

영동에서 십 리쯤 되는 미륵당서 미륵골로 가면 산성이 나오고 조금 더 가면 절이 있는데, 이 절은 예전에 용을 쫓고 지었다고 하더구만. 알 수 있어야지. 그야 처녀 때 듣고 가 본 곳인데 지금도 있어.

2.

경상도 김천여고 터엔 누런 구렁이가 있는데, 학교에 무슨 사고가 있을려면 나온다고 한다. 그전에 이 학교를 세운 이가 죽어서 학교를 지켜 주는 누런 구렁이가 되는 지킴이 되었다고 그 학교 학생들은 믿는데, 우리 조카딸이 그 학교 다니며 들려 준 이야기야.

43) 미혈 2

1967. 6. 13. 버스 안 / 버스 승객, 남·약 40

*제보자는 버스 속에서 만났던 40세가량의 안경을 쓴 중년 신사이다. 조사자가 위의 할머니(「용과 구렁이」의 제보자)와 이야기를 나누는 것을 보고 동참하여, 고향인 청주에서 어려서 들었던 이야기라며 해주셨다. 이본인 충북 단양군〔대강면 자료 3〕; 동〔어상천면 자료 11〕; 영동군〔용산면 자료 30〕 참조할 것.

청주서 삼십 리쯤― 약 십이 키로 떨어진 곳에 오가리강이 있고 절이 있는데 이름을 모르겠소. 그 절에 쌀 나오는 구멍이 있어요.

내우가 사는데 참 가난했습니다. 그래 절에 불공을 드리며 부자 되고 자손 있기를 비나 아무런 보람이 없었는데, 한번은 꿈에 할머니가,

"어디를 가면 쌀 나오는 구멍이 있으니 가 보되 욕심을 내지 마라."
하고 가르쳐 주어서 그곳에 가 보니 쌀이 나오는 거요. 꼭 하루만 먹을 것이지. 그래서 급해서 부지깽이로 꾹 쑤시니 쌀이 안 나오고 그 속에서 탄 쌀이 주루루 나왔다고 합니다. 이런 이야기야 많지만 이제 다 정거장에 와서 그쳐야 하겠소. 하하하.

44) 연식고초(鳶食枯草)

1977. 5. 17. 영동경로당 / 제보자 미상

*이하의 자료들은 1977. 5. 16.~5. 19에 실시된 국민대 국문과 학술조사에서 얻은 것들이다. 현재 원 녹음테이프는 모두 망실되었고, 당시 채록 원고도 일부만 남아 있는 상태이며, 채록 상황이나 제보자 상황 따위는 전혀 남아 있지 않다. 따라서 현재 남아 있는 자료만을 대상으로 하여 당시 채록 원고 그대로 수록하였으므로, 자료 중에는 의미를 알 수 없는 부분이 상당수 포함되어 있다.

독수리가 후루룩 날라 비둘기집에 턱 앉으니까− 암놈 두 마리가 앉으니까, 비둘기가 깜짝 놀라며,

"아구, 저놈들이 남 잡아먹는 짐승이라고."

독수리 하는 말이,

"아서라. 천(天)은 무형(無形)이나 만물생(萬物生)하고, 하늘은 형기가 없어도 만물을 내시고, 지(地)는 만물을 유불량하시어, 땅은 젖이 없어도 만물을 젖을 먹여 기르는데, 호생천132)이라, 하늘은 내기를 좋아하는데, 초개(草芥) 목숨이라도 내가 생목숨을 뚝뚝 짤라 먹는 사람이 아니라. 공자님 말씀이 연식고초(鳶食枯草)133)라 하여, 여북해서 소리개가 마른 풀을 먹겠느냐? 내가 이렇게 마른 풀을− 풍재목에 흘러 떨어지는 쓸데없는 마른 풀을 먹는다."

"하, 저놈이 착하기는− 남을 잡아먹는 놈인데도 참 착하기는 짝이 없구먼!"

"너희들 나를 겁내지 말고, 네 자식들 두 내외가 조롱조롱 새끼를 먹여 길러 잘 살려라."

비둘기 두 내외는 제 새끼를 먹여 살리려고 벌레를 잡으러 다른 데로 날아갔드랍니다. 수놈이 턱 덤벼들어서 비둘기 새끼를 하나 잡아먹으니까, 암놈은 턱턱 집어 먹는 게야, 암놈은 세 마리를 먹고, 수놈은 두 마리를 잡아먹었단 말야. 그러자 비둘기가 와 보니까 천은 무형이나 만물생하고, 지는 만물을 유불량하여 호생천이라고, 다른 놈들이 내 새끼를 다 잡아먹었단 말이야.

"애야, 네가 착하기는 기가 막히게 착해서 내 새끼를 안 잡아먹는다 해 놓고, 어째− 왜 잡아먹느냐?"

---

132) 제보자의 이야기 속에는 '호생천'이란 말이 여러 번 나온다. 이것은 '하늘은 태어나게 함을 좋아한다'는 제보자 뜻풀이대로라면 '천호생(天好生)'이라야 옳을 듯하다.
133) 솔개가 마른 풀을 먹는다는 뜻으로, 상대방의 환심을 사서 신임을 얻은 후 해를 입히는 경우를 일컫는다.

"아니다. 내 마음은 그렇게 먹었으나, 날고기 먹든 놈이 날고기를 옆에 다 놓고, 어째 목구멍으로 넘어가는 것 같아서, 이 다음엔 몰라도 이번엔 잡아먹었다."

아, 그러구 나니 분하기 짝이 없더란 말이야. 수놈이 암놈 모간지[134]를 탁 물고,

"이년, 이불식독불식이라. 우마(牛馬)는 초분식(草分食)하고 산저(山猪)도 갈분식(葛分食)해. 소와 말은 풀을 나눠 먹고 산돼지는 칡뿌리를 나눠 먹는다는데, 이불식독불식이라고 너는 세 마리를 먹고 나는 두 마리를 먹고— 나는 두 마리를 먹었으니, 한 마리를 기워[135] 내놓아라."

그걸 보고 문자 쓰는 것이 '연식고초'라. 도적놈들이 도적질을 해가지고 돈 만 원을 했는데, 한 놈은 이천 원을 주고, 한 놈은 팔천 원을 먹었단 말야. 어, 이놈 연식고초지. 이불식독불식이라고, 너는 왜 팔천 원을 먹고, 나는 왜 그 천 원을 주느냐? 이걸 보고 '연식고초'라 하는 거야.

45) 삼부지(三不知)

1977. 5. 17. 영동경로당 / 제보자 미상

충주에 '삼부지'는 어째서 삼부지냐? 옛날에 김판서 박판서가 계시는데, 박판서가 육십이 되고 김판서가 육십이 되어서, 박판서 부인도 오십이요 김판서 부인도 오십인데, 서로 잉태가 있었단 말요.

"아이구! 이런 이상하여. 오십이 연만토록 혈육이 없어서 이거 원— 방사[136]만 좋았는지 오늘날 나는 잉태가 있네."

"아이구, 자네가 잉태가 있다고 하니 나도 잉태가 있어. 만약에 자네와

---

134) 모가지.
135) 게워.
136) 방사(房事). 남녀가 성적(性的)으로 관계를 맺는 일.

내가 잉태가 있다고 하구선 생남생녀를 할 것 같으면, 자네가 생녀를 하구 내가 생남을 할 것 같으면, 우리 사둔을 정하세.”

“그렇게 하세.”

이런 언약을 맺어놓고는 금석[137]같이 지내는데, 김판서는 아들 낳고, 박판서는 딸을 낳았단 말이야. 서로 언약 맺고 서로 출입 같이 지내다가 십 세가 되니까 김판서 아들이 득병해서 병석에 누워 죽었단 말여. 박판서 집에설랑 결혼하겠다던 김판서의 아들이 죽었으니께, 그 딸을 상옷을 입히고 대성통곡을 하고, 이렇게 지내는 가운데 후원 초당에다 집을 짓고 공부를 시키는데, 박판서가 늘 혼자 된 딸을 불쌍히 여겨 저녁이면 거길 가서 경서를 읽히고 할 것 같으면,

“아이고, 아버지 오시느냐?”

고, 지팡이를 끌안고 경서를 좍좍 읽고 이러다가, 하루 저녁은 가니께 기척이 없더라.

“아이구, 이게 잠이 들었느냐, 어쨌느냐?”

이러면서 문을 열고 들어가니까, 큰 높은 베개를 비고서는 앞으로 컥 꼬꾸라져서는 누웠는데,

“야야, 아가 아가, 무슨 잠을 이렇게 고히 자느냐? 일어나거라.”

하고 보니까— 엎드려서 일어나고 보니까 눈물, 콧물이 흘러서 그 비개가 흠뻑 젖었드란 말여. 이 금년에 딸은 스물다섯 살이라. 아뿔싸, 제 영감은, ‘십 세에 상부(喪夫)를 하고 이제까지설랑은 천지 만물이 다 음양을 창조하는 호생천[138]인데, 이게 이렇구나. 후유!’ 담배를 툭툭 털고서는, 담배를 한 대 먹은 후에,

“아가?”

“예?”

<hr>

137) 금석(金石). 쇠붙이와 돌이라는 뜻으로, 매우 굳고 단단한 것을 비유적으로 이르는 말.
138) 천호생(天好生). 앞의 주 참조.

"너 내 말 듣겠느냐?"

"아버지 혈육을 타구서 아버지 말을 안 듣는다면 이 게 될 수가 있습니까? 수화139)에라도 들어가라면 들어갈까. 아버지 말씀이면 수화에라도 들어가지요."

"오냐. 후유―"

하고 집에 돌아와 사랑에 와서 청지기더러,

"너, 게 있느냐?"

소리를 냅다 지르니까, 청지기가 깜짝 놀라서,

"대감님, 이 밤중에 무슨 말씀을 이렇게 총망히 이렇게 듣습니까?"

"너 내 말 듣겠느냐?"

"대감님, 무슨 말씀입니까? 대감님의 말씀을 들으려고 제가 여기 와 있는데 대감님의 말씀을 안 듣다니요? 무슨 말씀입니까?"

약장에서 서랍을 쑥 빼더니만, 평양에 가막주란 술을 쓱 꺼내더니만 사진보를 씌워놓고 대접에다가 술을 한 잔 탁 따루면서,

"먹어라."

안 먹을 수가 없어서, 거역할 수가 없어서, 술을 한 사발 먹으니께 얼근히 취했다.

"야, 니 오늘 저녁에 내 말 들어라. 하인 두 놈을 불러라."

하인 둘을 불렀더니만, 대감 손수 또 가막주를 한 사발 풍풍 따르며 두 놈 보고,

"먹어라. 외인은 하인 둘하고 청지기하고 나하고 넷인데 우리 오늘 저녁에 행사한 게 누설되면 너와 나와 한 칼에 세상을 떠날 줄 알아라. 가매140) 둘 조군141) 맞조군142)만 이리 대령하라."

---

139) 수화(水火). 물과 불.
140) 가마.
141) 교군(轎軍). 가마꾼. 가마를 메는 사람.
142) 맞교군. 두 사람이 메는 가마. 혹은 그러한 가마를 메는 사람.

가매를 맞조군 후원 초당에다가 떡 갖다 대고,

"아가, 너 수화에라도 들어간다고 했으니 이 가마 안으로 들어가거라."

가마 안으로 툭 들어가니 문을 턱 닫으며 금퇴침,[143] 삼천 냥 되는 퇴침, 가마 안에다 훅 던지며,

"이만하면 네 평생은 먹고 살리라."

청지기 귀에다 소근소근 대며,

"가다가다―"

돈 열댓 냥 주고,

"돈 일곱 냥만 쓰거든 길 가에다 내던지고 오너라."

이러고 갔단 말이야. 저녁에 내보내놓고 그 비화당[144]에다 짚더미를 쌓아놓고 부싯돌을 쳐서 불을 확 싸질렀단 말야. 구십구 간의 그 노속[145]들이,

"후원 초당에 불이 났다."

고 법석 야단인데, 대감 하는 말이,

"그년이 팔자가 좋을 것 같으면 십 세에 상부하고, 오늘 저녁에 또 그 초당에 불이 나? 불 끄는 자가 있으면 참하리라."

하고 불을 못 끄게 하니, 불이 팍싹 나서 그만 자즈러졌던 말이야. 그 이튿날 군을 풀어서,

"부토[146]를 그냥― 그 잿채로 그 부토로 하라."

하고서는 그 위에다 화초를 심고, 정부인은 큰애가 죽었다고 매일매일 통곡을 하고 울더란 말이여.

충주 모섬고개[147]에 살던 김석돌이란 사람이 편모시하[148]에 이부[149]를

---

143) 금덩이.
144) '별당(別堂)'을 뜻하는 듯.
145) 노속(奴屬). 종의 신분을 가진 사람. 또는 그런 무리.
146) 부토(腐土). 20% 이상의 부식질을 포함한 짙은 갈색의 비옥한 흙.
147) 아래에서는 '무덤고개'라고 되어 있다. 어떤 것이 옳은지 모르겠다.
148) 편모시하(偏母侍下). 홀로 남은 어머니를 모시고 있는 처지.
149) 의부(義父). 어머니가 개가함으로써 생긴 아버지.

데리고 살았더란 말이야. 차차 나이 많아 스물다섯이 되어 장가도 못 가고,

"이부, 저도 따로 농사를 짓겠습니다."

"오냐, 따로 농사를 지어라."

길가 밭을 한 천여 평을 개똥 줏어놓고 뒷간재 줏어놓고 구덩이를 파고― 참 어매니가, 참외를 놓으니까 참외가 열어서 아주 기가 막히게 돼. 어머니가 슬슬 돌며,

"야야, 이 참외 하나 따 먹자."

즈 어머니 편모 시하가―

"어머니, 참외 안 됩니다. 내가 오늘― 아버지 죽은 후로는 오늘이 처음 농산데 조상에 유월유두에 천신150)하고 어머니 따 드리고 팔 텐데 걱정 마슈."

아, 그러다가 그 어머니께 그만 토사에 곽란151)으로 급병 나서 그만 작고했단 말여. 애고, 내가 그만 조상에 천신도 못하고 우리 어머니가 따 달라는 걸 따 드리지도 못하고 이랬으니께루, '이 참외는 돈만 알라는가 뭐하냐?'구 따서 막 내던지며 질152) 가는 사람 따서 내주는 게 일이야. 어느 명사153)가 배가 잔뜩 고파서 거길 와서, 돈두 없구 시장두 하구, 그러나 참외를 보구 따 먹두 못하구 이래설랑은 뻔히 보구 있응게,

"아이구 대사님, 이 참외는 돈이154) 받지 않는 참외니께서루 많이 잡수시오― 잡수시오."

하며 따다 중께,155)

"이게 무슨 연고냐?"

하고 물었드란 말이여.

---

150) 천신((薦新). 철따라 새로 난 과실이나 농산물을 먼저 신위(神位)에 올리는 일.
151) 토사곽란(吐瀉癨亂). 위로는 토하고 아래로는 설사하면서 배가 질리고 아픈 병.
152) 길.
153) 명사(名師). 풍수지리에서, 묏자리나 집터를 잘 본다고 이름난 사람.
154) 돈을.
155) 주니까.

"그런 게 아니라, 우리- 내가 첫 농산데 이 농사를 지어가지고 우리 어머니 따드리구, 유두156)에 천신하구 이랬더니, 우리 어머니가 급하게 이렇게 죽었으니, 내가 돈만 아는 것 같아서 이 참외를 팔지 안 하구 막 다 버립니다."

"아, 그런가? 자네 어머니는 그래 장사를 지냈는가?"

"우리 어머니 장사두 지내지 안 하구 저 밭따물157) 밑에다 저 퇴장158)을 해왔습니다."

"하, 그려? 내가 이 길루 오다가 옥녀탄금형159)을 보았는데, 거기다 쓰면 급히 잘 돼. 니가 속심이 기가 맥히니께루 이 아이들 얻구- 사람 얻으면 내가 거기다 뫼를- 장지를 잡아주면 급히 발복을160) 될 자리를 봐 놓았어. 그러니 거기 갖다 뫼를 써라."

가서 뫼를 써 줬단 말야. 사람을 얻어 와 옥녀탄금형- 이 충주 옥녀탄금형에다 뫼를 떡 써 주니- 아 그러구선,

"넌 저 밭따물 밑에다 집을 짓고 살면 일 년에 천 석을 할라." 그랬더란 말야.

아! 그래구나니까 박판서가 그 땅을 갈구설랑은 오다오다 보니까 충주 무덤고개를 - (청취 미상)- 비는- 빗바람은 불고 오뉴월에- 오뉴월에 갈 데 없구, 노자는 일곱 냥을 썼더란 말야.

"아뿔싸- 일곱 량을 썼으니 여기 내번지구161) 가야지."

스물다섯 살은 먹은 박판서의 딸을 거기다 내번졌더란 말야. (박판서의 딸이) 아 떡 나서 봉께 천둥은 우루룩하고, 오늘 같이 비는 오구, 갈 덴

---

156) 유두(流頭). 우리나라 명절의 하나. 음력 유월 보름날이다.
157) 밭덤불. 덤불밭. 덤불이 넓게 우거진 곳.
158) 토장(土葬)의 잘못. 시체를 땅속에 파묻어 장사 지냄.
159) 옥녀탄금형(玉女彈琴型). 옥같이 깨끗한 여자가 거문고를 타는 형국이라는 뜻으로, 풍수지리에서 산의 모양을 몇 가지로 나누어 부르는 이름의 하나.
160) 발복(發福)이. '발복'은 운이 틔어서 복이 닥침. 또는 그 복.
161) 내버리고.

없구 안개는 찌구, 어디 갈 데는 없어. 한 밭따물 밑에 연기가 무럭무럭 솟아나. 하 그래 거기를 속히 들어갔단 말야. 총각놈 김석돌이가 말야. 보리밥에 밥상을 하고선 가설랑 보리쌀을 지녁162)을 해가 떡 왔거덩.

"여보, 총각. 나두 이래 천하무가객163)이여. 그런데 갈 데 올 데 없이 여기 왔는데, 사내가 되어 여자가 밥을 하지, 남자가 밥을 해? 이 주슈. 내가 밥을 할께."

그래 밥을 하구 나니께루 둘이가 총각 색시여. 과부가 됐드래두, 그 색시란 말여. 그래 밥을 하게 됐는데, 밥을 떡— 시장이 반찬이라구, 밥을 떡 먹구 나니께루,

"아, 이 총각은 우찌해서 여기서— 밭따물164) 밑에서 혼자 있소?"

"나는 편모시하165)를 모시구 있다 울 어머니 돌아가시구 여기에다가 뫼를 쓰고 갈 데 올 데 없이 장가두 들지 못하구 나 혼자 있노라."

그러니께루,

"하 나두 역시 시집두 못 가구 색신데, 가다가다 보니께 여기— 올 데 갈 데 없어, 하늘이 지시한 곳이 당신 집이요. 하늘이 지시한 곳에 당신한테 왔으니, 다시 갈 데 없구, 나와 같은 사람— 천한 사람하구두 (제보자 : 시방 말루 말여) 연애를 해 가지구 살면 어떨까?"

"아 이 역시 고마운 말이다. 그렇게 되길 바랄 수 있겠냐?"

구. 아 그래가지구선 거기서 찬물을 떠놓고 예를 이뤘더란 말여. 예를 이루구 떡 나니껜 말여. 그 이튿날 말여.

"아이구, 이런 집에 살 것 없이 어디 집을 하나 사가지구 살았으면 좋겠는데—"

"아, 집 나는 게 이 동네 이진사 집이 이천 냥짜리가 하나 났는데 아

---

162) 저녁밥.
163) 천하무가객(天下無家客). 하늘 아래에 집이 없이 떠도는 나그네.
164) 덤불밭. 덤불이 넓게 우거진 곳.
165) 편모시하(偏母侍下). 홀로 남은 어머니를 모시고 있는 처지.

그걸 뭐 돈 있어야 사지."

"아, 여보. 돈은 여기— (제보자 : 가방에 금이란 말여) 돈이 얼마 있으니까 흥정을 해 보라."

구. 그래 이진사 집에 가서,

"아 이진사님, 서울루 가신다구 그러더니 이젠 집을 팝니까?"

"팔기는 파는데 어디 팔 데가 있느냐?"

"예, 지가 살랍니다."

"니가 사문— 내 이천 오백 냥을 살166) 텐데, 이천 냥이면 팔겠다."

"아, 이천 냥에 꼭 파시겠습니까?"

그래 집에 와서는 어제 저녁에 장가든 여자를 데리구 가서,

"무거운 그 엽전으로 받을랍니까? 가벼운 돈으로 받을랍니까? 금으로 받을랍니까?"

"아 내가 서울 가는 사람이— 금으로 다오."

그래 이천 냥을 디꺽167) 달아 주었단 말야. 안방으로 들어가서는 그 이튿날부터, 사람이 부자가 되어 사니까— 부지하인168)이 말야. 상놈이 와서 사니께루, 충주 포교는 그 형사요— (제보자 : 시방 이름으로) 사령은 순산데—.169) 어 부지하인이 부자가 되어 사닝께,

"이거 뎅깡170)을 부려야겠다. 이놈의 집이 어떠냐— 어짜냐?"

술을 먹구 그렁께루, 둔171) 열 냥을 보버찌를 주어서—주니께, 그래 가고 가고— 날마다 와서 그러닝께 행패를 부리네. 아 이거 배길 수가 있나?

---

166) 받을.
167) 디꺽. 일 따위를 서슴지 않고 하거나 쉽게 하는 모양.
168) 부지하인(不知何人). 어떤 사람인지 알 수 없음.
169) 순사(巡査)인데.
170) 뎅깡. '뎅깡부리다'라는 표현으로 많이 쓰이는 일본어. 한자로는 '전간(癲癇)'으로 쓰며, 원래는 '간질병', '지랄병'을 뜻하는데, 우리나라에서는 뜻이 변하여 '억지 부리다, 생떼 쓰다'의 뜻으로 사용되고 있다.
171) 돈.

"아 여보, 이래가지구선 우리가 살 수가 없소. 그러니께루 박판서[172]가 어떤 사람인지 몰라도, 박판서 집에 편지를 하믄 되리다."

박판서한테 편지를 일필휘지[173]를 해설랑 동네 (원고 훼손 5~6자 망실) 김석돌 해 보냈단 말야. 그 박판서의 딸이란 말여. 그 박판서가 편지를 딱 해가지구 받아 보니깐―

"박판서 댁에 편지가 왔습니다."

떡 편지를 받아 보니 댁의 딸의 편지란 말야.

"오냐, 알았다. 웃방에 자거라."

웃방에 떡 자구선 그 이튿날 내려 보낼 적에 돈 댓 냥을 해서 내려 보내며,

"알았으니 너 내려가거라."

떡 내려 보내구서, 이 양반이 어떻게 된 일인지 호가 판선가? 영상이요 영흥부사요 일인지하에 만인지상[174]이란 말야. 천하를 다 호령하는 이래[175] 권[176]을 쥐었는데, 아― 조회[177]에 상감님께,

"이 큰일 난 일 있습니다."

"무엇이 경은 큰일 났나?"

"삼남[178] 삼도에―충청도, 전라도, 경상도 이 삼남 삼도에 흉년이 와서 양반이 토획[179]이 많고 절도가― 도둑놈이― 절도가 많고, 이 배걸[180] 수가 없으니 어떡해야 옳습니까?"

---

172) 여자가 자기 아버지를 가리킨 것임.
173) 일필휘지(一筆揮之). 글씨를 단숨에 죽 내리 씀.
174) 일인지하(一人之下) 만인지상(萬人之上). 한 사람 곧 임금의 아랫자리이자 만 사람의 윗자리. 곧 예전에 영의정의 지위를 이르던 말.
175) 이렇게. 이런.
176) 권(權). 권력. 권세.
177) 조회(朝會). 모든 벼슬아치가 함께 정전에 모여 임금에게 문안드리고 정사를 아뢰던 일.
178) 삼남(三南). 충청도, 전라도, 경상도 세 지방을 통틀어 이르는 말.
179) '토색(討索)' 즉 '돈이나 물건 따위를 억지로 달라고 함.'
180) 배길.

"아니 그건 소생181)이 처리를 해야지."

"내 맏자식이 참판으로 있는데, 택수182)해서 암행어사 겸 삼남통제사183) 겸 내려 보내면 어떨까 하나이다."

그래 그 이튿날 그 애— 박판서의 아들로다간 삼남통제사 겸 삼남 암행어사를 하여 삼남을 거쳐서 오게 마련할 적에, 저 문 밖에 떡 강께,184) 박판서가 손수 보선발루 화다다다닥 튀가면설랑,

"야야?"

"녜."

"네 부명185)을 어긋내지 말라. 충주에 김석돌이란 사람이 있응께 내 가장 애끼는 사람이다. 가거든 너 참 좀 찾아 보구 오너라."

"녜."

이래구 갔더란 말이야. '김석돌이— 김석돌이—' 가면 생각하니 상놈의 이름인데, '아버지가 어째 그 김석돌이를 찾아보고 오래나?' 하 이래며 참 내려가서 삼남 삼도를 다 겪고 충주가 영장186) 관절 개멱 삼관도인데 떡 앉아서 김석돌이한테 편지를 했단 말야. '내가 김석돌이를 만나 보겠다.'구. 암행어사면 생사지권187)이 있단 말야. 사람을 죽여두 관계없단 말야. 그런데 아 이 김석돌이가 하는 말이,

"바쁘면 지가 오지. 내 갈 게 없는데—"

이런단 말야. 아, 이 포교 사령꾼들이 가서 뎅깡을 부려서— 모두 이 위 했는데, 아, 그렇게 말하니,

---

181) 소생(小生). 예전에, 말하는 이가 자기를 낮추어 이르던 일인칭 대명사. 본문에서 이 말은 임금이 한 말로 여겨지므로, '소생' 대신 '경'이라고 했어야 옳을 듯하다.
182) 택수(擇受). 즉 가려 뽑아 벼슬을 내림.
183) 삼도통제사(三道統制使). 임진왜란 때에, 경상·전라·충청 세 도의 수군을 통솔하는 일을 맡아보던 무관 벼슬.
184) 가니까. 박판서의 아들이 아버지 집 문 밖에 이르렀다는 뜻임.
185) 부명(父命). 아버지의 명령.
186) 영장(營將). 조선 시대에 둔, 각 진영(鎭營)의 으뜸 벼슬.
187) 생살지권(生殺之權). 사람을 살리거나 죽일 권리.

"아 이거 어떤 양반인가? 이거 죽는 것두 겁을 내나?188) 죽는 게 겁을 안 내믄 안성 장군이 무섭다구, 이 사람이 어떤 사람인가?" 하뿔사!189) 아 그 박판서의 아들이,

"내가 가 뵈야지."

떡 나간다니까— 암행어사가 간다 하니께루, 영장이 따라 나스구, 삼인 육갑190)을 차리구—삼인육갑을— 그 담엔 닐리리 띠따꿍— 이래가지구 사람이 천—상관이 냅다 오니께루, 그 큰 소를 잡구 술을 해서— 안주를 해서 환영 접대를 해서랑— 참 하는데, 참 그 부잣집이니까 전부 거기다 설랑 접근해서 접대를 하는데, 잘 먹구—

"아 그 누구시오?"

"아 난 주인 김석돌이오."

김석돌이는 우리 아버지한테 듣긴—들어서 김석돌이— 김석돌이 참 성 화191)는 들었으나 이 우떤 이친지192) 알 수가 없단 말요. 그래 거기서 하 루 묵는데, 본관들은 다 가 버리구 그 이튿날 자구 나니께루,

"아침은 안방에서— 사또에 아침을 차려 놨다."구, "사또의 아침을 먹 으라구 고하시오."193)

시수194)를 하구 중문 밖에 떡 들어가니께루,195) 시방으루 말하면 요리 잘하는 여공들이 주루루 이렇게 세워 놓구 아까 마냥으루 달걀196) 지지 미를 지진다, 빵을 붙인다, 쇠고기 갈비를 다진다, 파를 다진다, 마늘을

---

188) '내지 않나?'의 뜻이 잘못 됨.
189) 아뿔싸. 일이 잘못되었거나 미처 생각하지 못했던 것을 깨닫고 뉘우칠 때 가볍게 나오는 소리.
190) '삼현육각(三絃六角).'의 잘못. 피리가 둘, 대금, 해금, 장구, 북이 각각 하나씩 편성 되는 풍류.
191) 성화(聲華). 세상에 널리 알려진 명성.
192) 이치(理致)인지. 까닭인지.
193) 박판서의 딸, 즉 김석돌의 아내의 말임.
194) 세수(洗手).
195) 암행어사가 되어 간 박판사의 아들을 가리킴.
196) 달걀.

깐다, 이런 여공들이- 그 음석 잘하는 여공들이 주루루 앉아설랑 있는데, '이건 이럭해라, 저건 저럭해라' 그 지도자가 아 이리 가구 저리 가구 그러는데, 물은 손에 흔드루드니- 예쁜 색시가 이리 가구 시키구 저리 가구 시키다가서는 어사또가 들어오니께루 앞을 들어가설랑 그 어사또의 손목을 잡구,

"아이구, 오라버지."

이러거든. '오라버지' 하는 바람에 어사또는, '그 후원 동산에서 죽어서 그 불테미[197]에 묻혀서 거기다 묻어서 그 댁의 어머니가 초하루 우구루 지사[198]를 지내 그 우던[199] 그 동생이 살았단 말이 웬 말이냐?'구. 육친의 정이라는 게 기가 맥혀. 낙극비상[200]- 즐거운 게 슬픔을 딸더라구,[201] 낙극비상으루 그만 말을 못하구 말여. 목이 쿡 메어서, 꽁무니에 손수건을 차구선[202] 눈물을 탁 가리면서,

"오냐. 알았다. 김석돌이 시[203]가 네 시를 믿고 이러는구나!"

하하하하하- 매부란 말야. '어, 네 시를 믿구 이러는구나!' 눈물이 주루룩 흘러서 낙극비상이여. 즐거운 게 앞으로 오면 슬픔은 뒤에 따르는 게고, 이중해심[204]이라. '이가 무거우면 해가 짙더라'고, 그 붙은[205] 문장이란 말야.

"니가 우쩐 일이냐?- 죽었던 니가 우쩐 일이냐?"

구, 그만 통곡을 해. 방안에 들어가서 턱 앉아 보니깐,

"오냐. 김석돌이가 네 세를 믿구 이렇게 당당한 세를 (청취 불명) 난 천

---

197) 불더미. 불이 붙은 더미.
198) 제사(祭祀).
199) 오던.
200) 낙극비생(樂極悲生). 즐거움이 다하면 슬픔이 생기게 마련이라는 뜻.
201) 따르더라고.
202) '찼던 손수건으로'의 뜻.
203) 세(勢). 세력. 힘.
204) 이중해심(利重害深). 이로움이 많아지면 해도 깊게 마련임.
205) '낙극비생'이나 '이중해심'이란 말은 함께 따라다니는 말이란 뜻.

하에 어떤 센지 모르는구나?”

그 질로 올라가서 김석돌이 그 무식한 상놈을 갖다 승지[206]를 덜컥 씌웠단 말야. 승지— 승지를 씌우니 말야. 야, 상놈들이 그 김석돌이를 우터케[207] 알았는데— 상놈인지 알았드니만 그 양반이란 말이야. 아이구, 모두 김승지 근본 몰라. 그 근본 모르지. 외서촌 그 질이 요리 가고 저리 가구 그래서 그 길 근본을 몰라. 아이구 외서촌 길 근본을 몰라. 충주 관청 대들보 근본 몰라. 그래 삼부지야, 충주가. 삼부지 이야기란 말이야. 하하하.

46) 화담[208] 선생(花潭先生) ·······························

1977. 5. 17. 영동경로당 / 제보자 미상

역사에두 있는데, 남중절색[209]으루 그 어느 상에가 하는 이가 남중절색인데, 어느 해 비에 갔다 오다가서는— 천에 밑에 갔다 오는데, 그 이쁘기가 남중절색이요, 백석상[210] 지비[211]— (청취 불량) 목욕하고 앉은 제비같이 딱 앉았으니께루, 그 뒤치 오는 비가 끄치지 아니하구, 날은 일모(日暮)[212]해설랑, 그 쥔더러,

“쥔 양반, 오늘 저녁 여기 침소[213]해 갑시다.”

하니까, 얼른 환영 접대하며, 종년이 와서 사랑에 들라구 해서 드는데, 그 들어가니께루 가진 저녁 석반[214]이 들어오는데— 석반— 저녁이— 가진

---

206) 승지(承旨). 승정원에 속하여 왕명의 출납을 맡아보던 정삼품의 당상관.
207) 어떻게.
208) 조선 중종 때의 학자인 서경덕(徐敬德, 1489~1546)의 호
209) 남중절색(男中絶色). 견줄 데 없이 빼어나게 잘생긴 남자.
210) 백석상(白石上). 흰 바위 위.
211) 제비.
212) 일모(日暮). 해가 서쪽으로 넘어가는 일.
213) 침소(寢所). 사람이 잠을 자는 곳.
214) 석반(夕飯). 저녁에 끼니로 먹는 밥.

석반이 들어오는데, 가진 찬215)이 있더란 말야. 가진 찬에, 닭을 잡구, 술을 받아설랑 탁 하니-

"주인은 없는데 나를 어찌 대접을 하는고!"

하구선, 그 저녁을 먹는데, 그 찬을 들구-먹구, 술잔을 들어 보니께루 그 편지 봉투가 하나 딱 써 있드란 말야.

"하! 이 집에 주인양반은 없구, 종년들만 이렇게 왔다 갔다 이렇게 비벼 들며 다니는데, 어쩐 편지가 오는고?"

그 편지를 저녁을 먹고 디어216) 보니, '원차인간종217)하라- 원하는 걸 빌기를 원하니- 빌 차짜 인간종하라- 사람의 씨를 좀 빌려 달라'구. (제보자 : 웃음)

"아뿔싸! '원차인간종하라' 이 사람의 씨를 좀 빌려 달라니까 이게 과부의 집이로군!"

사람의 씨를 좀 빌려 달라니까 과부의 집이란 말야. 남의 석반을 얻어먹고-이런 대우를 얻어먹고 글을 문답도 없이 그저 갈 수 있나. 천기난상신218)이라- 하늘 귀신을 쐬겨서, 천기-하늘을 쐬겨, 쐬길 기짜219)- 난상신- 어려울 난짜 귀신 신짜- 귀신을 속이야겠단 말야. '천기난상신'이라. 답장을 턱 했단 말야. 그래구선 그 집이서 잘 건데, 밤에 그만 야반도주220)를 해서 왔단 말야. 이 여자가 산란끼221)- 포태 기미222) 있단 말야. 짐승과 사람이 교접할 적에 그 음양 이치루다설랑 그 울적한 마

---

215) 찬(饌). 반찬.
216) 열어. 펴.
217) 원차인간종(願借人間種). '사람의 씨를 빌기를 원한다.'는 뜻.
218) 천기난상신(天欺難上神). 제보자가 '하늘을 속이기는 어렵다'란 의미의 한문어구를 잘못 말한 듯함.
219) 속일 기자(欺字).
220) 야반도주(夜半逃走). 남의 눈을 피하여 한밤중에 도망함.
221) 산란기(産卵氣). 알을 낳을 낌새. '산란'은 '산기(産氣)'라고 해야 할 것을 잘못 말한 것임.
222) 기미(機微, 幾微). 낌새.

음이랄지 참지 못하구설랑 그 색광223)이 돼서서 그만 미쳤단 말야. 미쳐서 뒤남은 기 서화담 서경덕— 서화담 서경덕— 이렇게 그 이튿날까장 미쳤으니껜, 서화담은 집으루 돌아왔단 말야.

그 동생224)이 서화담을 잘— 동문수학225)을 하구 친했는데,

"이 세상은 넓으나 우리는 두 남매밖에 없는데 음양은 죄가 없다. 우리 누이 혼자 되어설랑 서화담을 보지 못해서 이렇게 돌아가시는데, 서화담만 보면 우리 누님이 날226) 테니께루, 서화담이 우리와 동문수학 친구다. 내가 가서 데려 올께, 우리 누님은 마음을 편하게 하시오."

하고, 서화담을 들떠 왔단 말야.

"여보게— 여보게. 작야227)에 어느 석반을 얻어먹고 온 데가 있지? 그 집이 다른 데가 아니라 우리 매씨228)의 집인데, 우리 매씨가 자네를 못 봐서 그만 여기 방정229)으루 그만 여 죽게 되었으니, 자네가 가서 우리 누님을 살려 주게."

"여보게. 그런 도리가 있나? 수실어사230)하고— 고기는 물을 잃어버리면 죽구, (제보자 : 고기는 물을 잃어버리면 죽는단 말야) 의탈인사231)라. 사람은 의리에 벗어나는 일을 하면 안 돼. 참 자네 매씨는 당당 수절 과부요, 나는 내우232)가 있는 남자로서 어디 그럴 수가 있나?"

그 아버지233)가 안방에서 듣다가,

"얘야, 뭘 그렇게 하느냐?"

---

223) 색광(色狂). 색에 미친 사람.
224) 여자의 동생임.
225) 동문수학(同門修學). 한 스승 밑에서 함께 학문을 닦음.
226) (병이) 나을.
227) 작야(昨夜). 어젯밤.
228) 매씨(妹氏). 누이.
229) '방장(方張)'의 잘못. 한창 세력을 뻗어 감.
230) 수실어사(水失魚死). 고기에게 물이 없으면 죽게 됨.
231) 의탈인사(義脫人死). 사람이 의리에 벗어나는 일을 하면 죽어야 한다는 뜻.
232) 내외(內外). 부부. 남편과 아내를 아울러 이르는 말
233) 서경덕의 아버지.

"이러이러하외다."

"호생천이다. 하늘은 내기를 좋아하는데, 사람을 살리구 봐야지 사람을 죽이는 법이 있나? 빨리 가 사람을 살리구 오너라."

가자 하니 의리 도덕엔 틀렸구, 안 가자 하니 부명이구, 불효가 되겠구 해서 거길 갔더란 말야. 가서 마당에 가 안성거지해서 부인더러,

"여보 부인, 엊지녁에― 작야에 나 석반은 해 올리구 날[234] 때매[235] 병이 났다니, 안심하여 병을 나웁소서."

하니께,

"아이구, 여기 좀―"

자꾸 '들어오라.'구, 마당에 좀 들어― 마당을 빌어 봉당을 빌어, 뜰에 떡 올라서니께루, 팔딱 뛰어오르면서, 상투를 냅다 들면서 가 짐치를 지구서 상투를 들면서,

"너와 나 무슨 철천지 대원수냐?"

고, 아 이러면서 함혈피분에― 혀를 깨물어서 피를 먹으면서 얼굴에다 품구서 곧 죽어 자빠진단 말야. '하뿔사. 사람을 살리러 온다더니 죽이러 왔구나!' 그만 그 질로 집에 돌아오는 가에 시냇가에 오면 정세심지[236]하여 이 마음을 시내에다 씻는단 말야. 정세심지. 정세심지하고 사차심[237]을 차심하여 집으로 돌아오니, 그 아버지가 깜짝 놀래면서,

"이놈 사람을 살리고 오랬더니만 사람을 죽이고 왔구나! 니 얼굴을 돌아다봐라. 그 함혈피분한 그 피투성이 얼굴이가 정세심지해도 그 얼굴이 가 낫지 아니하고 그만 피투성이가 됐구나! 소죄는 십 년이요, 중죄는 이 십 년이요, 대죄는 삼십 년이라. 여자의 모함도 열 지집[238] 보댔다구―

---

234) 나.
235) 때문에.
236) 정세심지(淨洗心志). 마음을 물에 씻어 깨끗이 한다는 뜻임.
237) 사차심(斯次心). 이 같은 마음.
238) 계집.

여자가 모함해– 원하는 걸 해 풀어주지 못한 것도 네가 십 년 죄다. 이래가지구서 니가 이 세상에 나설 수가 있느냐? 십 년 먹을 걸 가지구서 어느 궁벽한 산중에 가서 십 년을 기다리구 오너라.”

금은보화를 가지구서는– 식량을 가지구 어디를 갔는고 하면, 합천 해인사를 떡 가설랑, 십 년이라 하는 긴 세월을 보내는데, 십 년 마지막 가던 날에 팔월 절서[239]가 되어서, 제승들이 찬한 먹을 끼니를 가지구 둥둥둥둥둥둥– 이래 가며 노는데, 어떤 중은 제팔이[240]를 치구 어떤 상좌는 춤을 추구, 어떤 중은 새끼루다 목을 걸구, 어떤 중은 얼굴이다 붉은 묵칠을 하구 둥둥둥둥 춤을 추는데, 그 붉은 얼굴루 거 가 세껴서[241] 놀 만하다구, 가서 덩덩덩덩 ‘술을 한 사발 들여라. 두 사발 들여라’ 해서 술을 먹구 가서 어깨춤을 실쭉실쭉 추니께루,

“참 피투성이 얼굴이 서방님 참 우습습디다. 우습습디다.”

하는 바람에 술을 먹구 종일 그 남사당패를 따라 댕기면 춤을 추구 놀다가 어느 한 비화당 골목 밑에 가서 툭 쓰러져서 잤단 말야. 잠을 얼마나 잤던지 일어나가 보니께 제승찰[242]이 다 고요하고 사람은 다 지내갔는데, 그 어떤 모퉁이 사람이 하나 거 푹 쓰러졌더란 말야.

“여보, 여보. 망보[243]일보라 걸음걷기가 바뺐소. 해는 서산에 떨어지고 망보일보라니, 우리 절로 들어갑시다.”

깨워봉께 그 사람이 또 피투색[244]이야. 하하.

“네 이놈, 나도 이매[245] 얼굴에 이렇거든 어째 얼굴에가 피투성인고?”

---

239) 절서(節序). 절기의 차례. 또는 차례로 바뀌는 절기.
240) ‘자바라.’의 잘못. 놋쇠로 만든 타악기의 하나. 둥글넙적하고 배가 불룩하며, 불교 의식에서 많이 쓴다.
241) 섞여서.
242) 모든 중과 사찰 안? 혹은 그냥 ‘사찰 안’?
243) 망보(忙步). 바쁜 걸음.
244) 피투성이.
245) 이미. 이마?

그 피투성이가 하는 말이,

"예, 면종씨가 이렇게 말씀하시니 속일 수가 없소. 남부끄런 말로 저가 젊어 청춘 소시절에 여기 방정246) 시절에 월하에 달은 밝고— 월삼경 십오야에 월하에 휘파람을 휘휘 불면설랑 오르락나르락할 적에, 그 젙에247) 어떤 과수248)가— 도도하고249) 잘난 잘난 과수가 있습디. 그 과수를 한번 볼라고 월장250)을 하여 갔더니, 그 과수 하는 말이, '중명절하태산하고 사세가래홍모하고251) 남의 절개를 왜 훼절하느냐?'고, 그 피— 혀를 깨물어라 피를 품어서 훼절을 해서252) 내가 이 피투색이다."

그러니까 서화담은 여자가 윽박하고 그러니까, 그 여자를 볼려고 하니까, 반대란 말이여.

"이놈, 쳐 패 죽일 놈 같으니. 이 천하무익한 놈. 니가 이째까지 살아 있는 게—"

하고 발길루다 차 탁 차니까, 그만 그 남자가 궁글어 죽으니께루, '흐유' 하면서 어떤 흰 소복다리253)가 이나드니만,254)

"선상님이 철천지웬수를 분수255)를 해 주시니, 이 은혜는 백골난망이올시다."

국궁256) 사배257)를 하면서 서화담 몸에 확 잡아당기니, 어떤 여자를 확 잡아당기니— 어떤 여자를 확 잡아당기니,

---

246) 위의 주 참조.
247) 곁에.
248) 과수(寡守). 남편을 잃고 혼자 사는 여자.
249) '도도하다'는 '잘난 체하여 주제넘게 거만하다.'의 뜻.
250) 월장(越牆). 담을 넘음.
251) 청취 불량.
252) 전후문맥으로 보아 여자가 자결을 해 죽었다는 뜻임.
253) 소복(素服)다리. 소복을 입은 사람. '다리'는 '쟁이', '꾼'의 뜻을 지닌 말임.
254) 일어나더니마는.
255) 보수(報讎). 원수를 갚음.
256) 국궁(鞠躬). 윗사람 앞에서 존경하는 뜻으로 몸을 굽힘.
257) 사배(四配). 네 번 절함.

"나를 못 봐서—"

하는 여자가 나타난단 말이야.

"이년, 선상님이 잘못하느냐? 니가 잘못하느냐? 니가 선상님의 모함을 하려고 십 년을 이렇게 액운을— 해하러 다니니, 너 같은 년은 염라대왕의 풍도지후258)로 가두겠다."

고 둥글둥글 하더니만 가지고 공중으로 가더니만— 아 그러자 난데없는 대풍이 일어나며 사색259)이 날리고 남기260) 부어지고261) 태호262)가 내리때리는데 그런 성현도 뭐서워서 '에코' 하며 귀를 납짝 막고 그 절로 들어오니께로, 아— 제승들이,

"아이구 서방님, 얼굴이 어찌 이렇게 이뻐지셨습니까?"

그 얼굴에 피가 싹 씻어졌단 말이야.

"허허, 우리 아버지 말씀이 십 년 여자의 모함을 십 년이나 그지 오늘날이 십 년인고 에이 이 추세—"

그래서 떡 집에서 나오다 보니께로 길가에서— 도중에서 나오는데 과운263)이 터져서 왕이지264) 필법으로— 어 맹자 필법으루다— 왕희지 필법으루다 한 장 떡 했더니만 장원급제해서 성지265)가 떡 띠웠는데, 성지가 하실 적에, 팥죽을 잡숫다 말고— 제승266)들이,

"우리 팥죽 한 그릇 먹세."

하고, 팥죽을 먹다가 자꾸 웃는단 말야, 서화담께서. 그래,

"경은 식불언267)이니 어째서 웃는가?"

---

258) '풍도지옥(酆都地獄)'의 잘못. 도가(道家)에서, '지옥'을 이르는 말
259) 사석(沙石, 砂石). 모래와 돌을 아울러 이르는 말.
260) 나무가.
261) 부러지고.
262) 대우(大雨)의 잘못? 혹은 '대호(大呼)' 즉 큰 소리?
263) 과운(科運). 과거시험에서의 행운.
264) 중국 동진시대의 서예가인 왕희지(王羲之, 307~365).
265) 성지(聖旨). 임금의 뜻.
266) 제보자가 '제신(諸臣)'이라고 말해야 할 것을 잘못 말했음.

"우스운 일이 있습니다. 제가 합천 해인사에 은적268)한 그 판두방269)을 십 년이나 있었는데, 오늘 아침에 동짓날이라고 제승들이 팥죽을 쑤다가 중놈이 하나 가마에 빠져 죽어서, 팥죽을 쑤다가 송장을 발견해가지고, 송장을 먹었다고 게우는 놈도 있고, '우리 친구 죽었다.'고 우는 놈도 있고, 그러니까 그거 보니까 장이270) 우습습니다. 지가 이보271)를 합니다."

이보- 이 천리를 봐. 시방은 라디오로 서울말을 듣지만, 예젠 이보법이 있단 말이여.

"아- 역마272) 파발273)로 알아보세."

그러니께로, 참 중놈이 팥가마에 빠져 죽었거든.

하, 또 한 번은 붓글씨를 쓰려고 이래이래 하다가 연적에다 물을 솥뚜껑 위에다 탁 튕기는데 일점 흑운이 풍덩 우러274)가거든.

"그 무슨 장난인고?"

"합천 해인사에 불이 붙어서 견망275) 중인데 그 불 꺼 주니라고 그랩니다."

역마 파발로 알아보니께루,

"난데없는 서북간에서 일점 흑운이 와서 우리 절만 돌리싸고 대우276)가 내리때서 우리 불이 꺼졌으니 우리 부처님 영흠277)이 이거 대단합니

---

267) 식불언(食不言). 밥을 먹으면서는 말을 하지 않아야 함.
268) 은적(隱迹). 자취나 종적을 감춤.
269) '판도방(判道房)'의 잘못. 절에서 불도를 닦는 승려가 모여서 공부하는 방. 절에서 가장 크고 넓은 방임.
270) 장(壯)히. 매우. 또는 몹시.
271) 이보(耳報). 직접 보고 듣지 못한 일을 귀신이 와서 귀에 대고 일러 주는 말로, 점을 쳐서 알아내는 일.
272) 역마(驛馬). 조선 시대에, 각 역참에 갖추어 둔 말.
273) 파발(擺撥). 파발꾼. 조선 후기에, 공문을 가지고 역참 사이를 오가던 사람.
274) 올라.
275) 견망(見望). 바라봄.
276) 대우(大雨). 큰비. 상당한 기간에 걸쳐 많이 쏟아지는 비.
277) 영험(靈驗). 영검. 사람의 기원대로 되는 신기한 징험.

다.”

하고 그려, 중들 말이-. 서화담이 그런 양반입니다. 서경덕- 서화담, 장
성서씨입니다.

47) 사돈마누라의 고쟁이 ···

1977. 5. 17. 영동경로당 / 제보자 미상

한 사람이 사돈의 집을 떡 갔는데- 술을 잔뜩 먹고 사돈의 집을 가다
가 보니께로, 사돈의 집은 외칸방에서 사돈 마누라와 사돈이 잔단 말이
여. 그래 밤에, 있다가,

“아 사둔 사둔?”

“그 우찌 사둔이 왔나?”

하구서는 (사돈을) 웃방으로 탁 내쫓고설랑- 꼭 이전엔 소까지불[278]도
있고 성냥이 없단 말이야.

“아 자네 저녁 어떡했나?”

“저녁을 먹었네. 나 장에 가서 술 잔뜩 먹고-이렇게 먹었으니께루 아
걱정 말고 자세.”

사둔이 방은 웃방으로 쫓겨 올라가고, 어 술이 잔뜩 체서[279] 행전[280]
풀어놓고 자니, 외올 묵은 중[281]적삼을 입었는데 술이 잔뜩 체다 보니께-
발질에 툭툭 치다보니 홀랑 벗어졌더란 말이여. 빨가둥이[282]가 됐더란 말
이야. 아 그 마누라가 웃방에서 언네[283]가 똥을 쌌거덩.

---

278) 솔가지불. 관솔불. 관솔에 붙인 불.
279) 취하여.
280) 행전(行纏). 바지나 고의를 입을 때 정강이에 감아 무릎 아래 매는 물건.
281) 중의(中衣) 곧 고의(袴衣)일 듯. 남자의 여름 홑바지.
282) 빨가숭이.
283) 어린애.

"아이 여보 여보. 그 횃대[284] 밑에 걸레가 있으니 그 걸레 좀 집어 주."
그러니께, 어 후줄그름한 게 중우[285] 벗어논 게 걸레 같더란 말이야. 아
그래 툭 치워[286] 줬더란 말이야. 똥을 닦아서 문 밖으로 내났더란 말이
야. 아 날은 부득부득 새 가는데 중울 찾으니 중우가 있나? 이거 빌어먹
을— 아 이거— 빨가둥이가 어떡할 수 있어? 하, 횃대 밑에 고쟁이[287]가
하나 걸렸더란 말이여. 그 고쟁이는 사돈 마누라 건데, 아무것도 없어. 예
전에 매미 고쟁이를 잔뜩 입고서 밑에서 행전을 잔뜩 씨고서 있는데, 아
그래 아침을— 두풍을 잔뜩—무릎을 꿇고 도포를 잔뜩 입고설랑 이러구
서 아침을 먹고서는, 아 그리고 그 집에 당나귀를 가지고—말을 탈려고
하는데 말이여. 아 우트케 좀 잘 탈라 하는기 정말에 가 홰뜩 나자빠졌네.
그러니께 아 이웃 여자들이 보고선,
　"우무개 댁이 염불에 빠졌다는 이야기구먼."
　아 이래[288] 고쟁이 입고 이래구 나오니—나올 수가 있나? 아 그래 이
거 감감하니— 며누리한테 오면 혼날 테고, 마누라한테 혼날 테고 올 수
가 있나? 그래 어느 친구 집을 또 찾아갔더란 말이야. 방에 떡 들어가,
　"여보게. 여보게. 집에 있나?"
　"아, 이거 자네 우짠 일인가?"
　그래 마누라는 그만 웃방으로 내쫓고설랑 아 거기 들어가 그냥 앉았어.
아 주인이 그냥 홀랑 벗구 자거던. 빤스만 입고. 그래 고쟁이를 실무시[289]
벗어놓고서는 그 빤스를, 그 주인의 것을 홀쳐[290] 입었다고. 아 (주인이
밤새) 무슨 잠을 그렇게 오래 잔단 말이야. 아침에 주인이 본께, 중우가

---

284) 옷을 걸 수 있게 만든 막대. 간짓대를 잘라 두 끝에 끈을 매어 벽에 달아매어 둔다.
285) 중의(中衣). 남자의 여름 홑바지.
286) 차.
287) 한복에 입는 여자 속옷의 하나. 속속곳 위, 단속곳 밑에 입는 아래 속곳.
288) 이렇게.
289) 슬며시.
290) 낚아채.

있나? 암만 찾으니 고쟁이 하나밖에 없단 말이야. 고쟁이를 앞마당으로
확 집어 내던지고선- 아 마누라는 안마당으로 쫓겨 들어왔단 말이야.

　"아이구, 칠칠치 않은 예펜네. 옷 내오라."

그래. 이-이 마누라가 가만히 생각을 하니께로 그래구 안 했는데 이렇게
성을 내니,

　"아이구 아무거시 어머니네 집에 가 자고 왔더니만 영감이 고쟁이를
바꿔 왔나? 이거-"

48) 국수가 먹고 싶다

1977. 5. 17. 영동경로당 / 제보자 미상

　아, 어떤 사람이 죽을라고 말이야. 사랑에 가 죽으면 객사[291]한다고-
죽는다고 해서, 요 위에다 떡 뉘었는데, 며느리 손자 뭐 이렇게,

　"아이코 지쿠! 우리 아버님이 죽는다."고, "우리 아버님이 죽는다."
고 울고서는, 이렇게 떠미니 말이야. 요를 이리로 들고 저리로 들고서는
반을 들고 앞마당을 떡 들어가자니- 앞마당을 떡 들어가는데, 며느리를
보고 떡 하는 말이,

　"오늘 저녁 국시[292] 할래?"

　며느리를 보고 이러거든, 죽는 분이-. 아 그러는께, '우리 아버님이 돌
아가실 때 국시가 잡숫고 싶어 하는가?' 하고,

　"아버님, 국시가 잡숫고 싶어요?"

그렁께로, 아 이래서 울다가 짓다가 웃더라구. 허허허, 그런 얘기는 짤막
짤막하지.

---

291) 객사(客死). 객지에서 죽음.
292) '국수'의 방언.

49) 주처해주(住處害主)[293]의 상동이 상진[294]정승 ·····················

1977. 5. 17. 영동경로당 / 제보자 미상

상동이[295]라구 하는 아이가 있는데, 상동이ー 상동이라는 아이가 있는데ー 상동이가 저이 어머니 아버이가 상동이를 낳고 나니께로, 저의 어머니 아버지가 구몰[296]을 했단 말이야. 구몰을 하고 나니께로, 그 외조 할머니가 보니께로 딸의 혈족이요, 나의 혈족으로 불쌍하기 짝이 없더라고, 이 아를 갖다 길러설랑은ー 세 살을 길러 놓께, 그 외갓집에가 말캉[297] 몰살 죽음을 했단 말이야. 누가 빌어서 그 아이를 받들어 키울 사람이 없고 해서, 고모가 한 분이 있는데, 고모가 '아이는 우리 친정의 핏줄이요, 우리 친정에 조상에 내려오는 혈족은 이뿐이다' 하고서는, 그 고모가 데려다가 키웠는데, 아이를 아홉 살을 키워 놓께, 그 고모의 일족들이 하나 두 없이 다 죽었드란 말이야. 갈 데 올 데 없어서 걸신[298] 불식[299]하고 장안에 댕기며 빌어먹어 댕기는데, '그 아이의 참 팔자도 참혹하다!' 하고 설랑은 그 어이[300] 친구가 아는 사람이 있는데, 장안에 어느 골목에 가니께로, 상제[301]가 상을 골상[302]을 뚫어지게 봐.

"여보, 여보. 야갸[303] 내 아들인데, 야 팔자의 상 어떤가 상을 좀 봐 주시오."

그 상제가 깜짝 놀라면서,

---

293) 주처해주(住處害主). 머무르는 곳에는 반드시 주인을 해침.
294) 상진(尚震, 1493~1564). 조선 명종 때의 문신.
295) 상동(尚童)이.
296) 구몰(俱沒). 부모가 모두 세상을 떠남.
297) 말끔. 조금도 남김없이 모두 다.
298) 걸식(乞食). 음식 따위를 빌어먹음.
299) 불식(不食). 먹지 아니함. 먹지 못함.
300) 아버지.
301) 상자(相者). 관상쟁이. 관상을 보는 사람.
302) 골상(骨相). 주로 얼굴이나 머리뼈의 겉으로 드러나 보이는 생김새.
303) 이 아이가.

"빌어먹던 놈 같으니-. 니가 저 아들을 뒀으면 니가 벌써 죽었을 텐데-거짓말도 한다."

하여, 상보따리를 싸서-그놈은 보따리를 웅켜 싸 들고 도망질을 했다. 딱 붙잡고,

"여보. 내 아들 상을 왜 안 봐 주고 당신은 왜 이렇게 내빼우."

"여보. 이 아이가 주처해주라. 머무를 주(住)짜, 곳 처(處)짜, 해로울 해(害)짜, 주인 주(主)짜, 머무른 곳마다 주인이 해로운데, 당신이 이런 아들을 뒀으면 당신이 벌써 죽었어. 야가 하루 밥을 시304) 때를 얻어먹어도 그 사람들이 시원을 앓지 않으면 염병을 앓아도 않고, 고뿔305)을 앓아도 않건데, 당신의 아들이라니 무슨 아들이냐?"

'주처해주'라 하고 이러고 내뺐다. 이 아이가 열두 살을 먹어 그런 소릴 들으니,

"내가 이 세상에 괜히 태어나서 우리 어머니 우리 아버지가 죽어, 우리 외깃집306)이 죽고, 우리 고모의 집이 죽었으니, 이런 인생 살아 무엇하랴?"고 한강수 깊은 물에 풍덩 빠져서 풍덩실 한량없이 떠나가는데, 어떤 한사307)가 사무308)하고- 일은 없고 이래설랑 한강에 가서 낚시질만 해다께, 어떤 아이가 둥둥 떠나와,

"너는 불쌍하기도 짝이 없다. 부모도 없느냐? 너는 어떻게 이런 물에 빠져 왔느냐?"

이러고 이 아이를 건져다가 모래턱에다가 뉘어놓께, 그 모래턱에 엎드려서 얼마쯤 살아나.

"너는 어쩐 아이냐? 부모도 없고 형제도 없느냐? 니가 이 물에 참혹하

---

304) 세.
305) 감기(感氣)를 일상적으로 이르는 말.
306) 외가(外家). 어머니의 친정.
307) 한사(寒士). 가난하거나 권력이 없는 선비.
308) 사무(事無). 할 일이 없음.

고[309] 떠내려 와서 내가 건져 냈다.”

“아유, 어르신네. 나를 건지신 은혜는 백골난맹[310]이나 저는 주처해주올시다. 저를 건져 주시면 큰 해를 입습니다.”

“이놈아, 그런 법이 없다. 천도법[311]이 그런 법이 없다. 천(天)은 무형이라 만물생[312]하고ㅡ하늘은 형체가 없어도 만물을 내주고, 지(地)는 만물을 유불량이요, 하늘은 내 호생덕이요 호생천이요, 내기를 좋아해서 사람 살렸다고, 나는 한 향화[313]가 있다고 그러는데, 니가 그런 방정맞은 말을 하느냐? 날 따라 가자.”

“저는 따라 가면 으르신네가 해로우니 따라 가지 않습니다. 해로워서 따라 가질 않아요.”

“사(死)는 이(易)어니와 생(生)은 난(難)이요ㅡ죽기는 쉽거니와 살기는 어려우니라. 날 따라가 다오. 니가 살아 봐서 니가 해로우면 내가 죽고, 니가 또 와서 죽거닌 쉽거니와 살아 보자.”

“세상에 사람이 이 세상에 와서 죽기를 좋아하는 사람이 누가 있습니까? 어르신네를 따라 가겠습니다.”

그 아이를 데리고 와서 저녁밥을 먹이고 글을 가르쳐 보니, 일람척[314]이요, 비화 후원 초당에 앉히고, 독선생을 가지고 글을 가르치당께, 그 이튿날 어느 친구가 와서,

“여보게 자네 집에 향화가 났네. 우리 조정에서 성지[315]가 작골[316] 하셨는데, 우리 조회에 문필 좋은 사람을 조사하다 보니께 자네여. 자네는

---

309) 참혹하게.
310) 백골난망(白骨難忘). 죽어서 백골이 되어도 잊을 수 없다는 뜻으로, 남에게 큰 은덕을 입었을 때 고마움의 뜻으로 이르는 말.
311) 천도법(天道法). 하늘이 낸 도리나 법
312) 만물생(萬物生). 만물이 생겨남.
313) 영화(榮華). 몸이 귀하게 되어 이름이 세상에 빛남.
314) ‘일람첩기(一覽輒記)’를 잘못 말한 듯함.
315) 승지(承旨). 왕명의 출납을 맡아보던 벼슬.
316) 작고(作故)를.

과게317)도 없이 초립318)으루다 승지가 되었다고 여러 대승319)들이 상에320)를 해서, 상에 성품이 생긴 사람이니 들어가세."

그 양반이 그 길루 이 꼴로 해설랑은 승지가 되어 참판이 되어 판서가 된 담에,

"이 복덩어리를 건지321) 왔다."

고, 그 아이를 독선상322)을 앉히고 점점 글을 갈치니, 일람첩귀323)로 재주가 비상하여서 ― 재주가 비상하여서 공부를 점점 잘하는 가운데, 이 양반은 벼실이 점점 돈독324)하여 상 ― 부시관325)이 되어 ― 상시관이 되야 일등 장안에 사관326)을 맘대로 고를 적에,

"아뿔싸, 너 땜에 내가 잘 되니께 너는 오늘 급제를 시키서 경상감사를 시키리라."

장원급제를 시키서 소년등과327)시키어 정상감사328)를 떡 내보내서 ― 정상감사를 가서 이십 사삭 가만329)을 채우고 이십사 삭 만에 참판이 되어 대구갬영330)에 와갖구 떡 자는데,

"식전에 어서331) 박수 치는 소리가 어서 이렇게 나느냐?"

---

317) 과거(科擧).

318) 초립(草笠). 예전에, 주로 어린 나이에 관례를 한 사람이 쓰던 갓. 여기서는 아직 과거를 보지 않은 선비를 가리키는 말.

319) 대신(大臣).

320) 상의(相議).

321) 건져.

322) 독선생(獨先生).

323) 일람첩귀(一覽輒記). 한 번 보면 다 기억한다는 뜻으로, 총명하고 기억을 잘함을 이르는 말.

324) 돈독(敦篤). 도탑고 성실함.

325) 부시관(副試官). 과거 시험의 시관(試官) 가운데 상시(上試) 다음가는 둘째 자리의 시험관을 이르던 말

326) 사관(仕官). 벼슬살이를 함.

327) 소년등과(少年登科). 젊은 나이에 과거에 급제하던 일.

328) 경상감사(慶尙監司).

329) 과만(瓜滿). 벼슬의 임기가 끝나는 시기를 이르던 말.

330) 대구갬영(大邱監營).

"상쟁이가 상을 하두 잘 봐서 이 박수를 칩니다."

"어, 내가 열두 살 먹어서 어떤 상쟁이한테 상을 보니께 나를 주처해주라고 그래서 내가 한강에 물에 풍덩 빠져서 죽을 뻔했는데, 상쟁이이란 놈들은 혹시 미불[332] 사람을 쇡이는 놈들인데, 오늘날 그 상쟁이를 좀 불러라. 내가 신상[333]에 상을 좀 봐야겠다."

딱 보금[334]을 빼서 딱 팔짱을 찌구,[335] '이놈 상을 잘못— 보지 못하면 나한테 이 진금[336]으로다설랑은 네가 물고[337]를 당하리라.' 하고, 보검을 빼서 팔짱을 찌고 떡 들어오는 놈을 보니께, 그때 보던 그 상쟁이 그놈이더란 말이야. '허허, 이놈. 거짓말 잘하는 너로구나! 오늘 와서 상을 좀 보아다고.' 팔짱을 보금을 떡 찌서[338]—팔짱 안에다가 넣어갖구설랑은,

"상을 봐 달라."

구 그러니께, 이 사람 상쟁이가 상을 떡 보더니만,

"아, 대감님. 상을 바 주면 이 자리에서 물고를 받겠습니다."

"으째 물고를 받나?"

"그짓말을 많이 하고 남을 쇠긴 죄가 많사오니 집에 돌아가 상서[339]를 불에 지르고 행술[340]을 하지 않으께 용사하여 주시오. 용서하여 주시는 것이 다름 아니라 저렇게 구인[341]을 보고 주처해주라고 하니 상서가 맞지 않을 리가 있습니까? 용서하여 주십시오."

---

331) 어디서.

332) 미상불(未嘗不). 아닌 게 아니라 과연.

333) 신상(身上). 한 사람의 몸이나 처신, 또는 그의 주변에 관한 일이나 형편.

334) 보금(寶劍).

335) 끼고.

336) 진금(眞劍).

337) 물고(物故). 죄를 지은 사람을 죽임.

338) 껴서.

339) 상서(相書). 사람의 얼굴을 보고 그의 운명, 성격, 수명 따위를 판단하는 방법을 써 놓은 책.

340) 행술(行術). 의술, 복술, 지술(地術) 따위로 행세함.

341) 귀인(貴人).

아, 그때도 저놈이 날더러 주처해주라고 하더니만 요번에도 주처해주라'고 하니 그 이상하거던.

"그 으째 날 주처해주라 그러느냐?"

"대감님 상이 양미간이 광활해 일대 성공할 분이요, 활인적덕342)해 천주이 내린 상―된 상 싶은데 남에게 큰 적선을 한 일이 없습니까?"

"아니다. 내가 두 번째 상인데 네가 나를 열두 살 먹어 주처해주라 하여 이런 신세 살아 무엇하냐 그래 한강에 빠져 둥둥 떠내려가다 시방 상시관으로 계시는 박판사께서 나를 건지사 정상감사로 보내주니 내가 언제 나락343)에 적선한 일이 있겠느냐?"

"어이구, 큰 적선하셨습니다. 여럿을 해롭게 하느니 나 죽고 말자는 그참 큰 적선이올시다. 이다음으로 나가면 참 영상344)하겠습니다―진급돼서 영상을 하시겠습니다."

목천상씨에 상진이―외345) 상짜 벼락 진짜, 인종 때 상진이란 정승이 그렇게 영상을 하였습니다. 마음이 상불여심346)이요 사주불여심347)이라구, 마음이면 그렇게 복이 들어오는 겁니다.

50) 병부를 감추고 찾은 어린 아이들의 꾀 ·······························
1977. 5. 17. 영동경로당 / 제보자 미상

평양감사를 갔는데― 평양감사 행로에서 지지명언348) 평양인데 고인349)불식 평양이라고― 지명은 알았으나 그 가면 아는 사람이 누가 하

---

342) 활인적덕(活人積德). 사람의 목숨을 살리어 음덕을 쌓음.
343) 나락(奈落). 벗어나기 어려운 절망적인 상황을 비유적으로 이르는 말.
344) 영상(領相). 영의정.
345) 오히려.
346) 상불여심(相不如心). 외면에 드러난 상(相)은 마음보다 못하다는 말.
347) 사주불여심(四柱不如心). 타고난 사주가 마음만 못하다는 말.
348) 지지명(地之名)은. 땅의 이름은.

날꼬? 아뿔싸! 거기 송부사라고 부사가 하나 있구나. 이렇게 가설랑은 그 날 밤에 거기를 인제 도임해가지고 자는데 각방 그 관기들이 위로를 서서 잠을 쩌끼를350) 드렸단 말야. 송부사가 큰 근심을 하고 낙루351)를 탁ㅡ 송부사의 아들 열두 살 먹은 아들이,

"아부지는 무슨 근심을 이렇게 하십니까?"

"그런 게 아니라 서울서 김감사라고 하는 사람이 있는데, 우리가 전 조352)에 세교353) ㅡ 세렴354)이 있다. 그 원수가 감사로 오니 내가 그 밑에 서 무슨 정사를 할 수가 있느냐?"

"아이고, 아버님, 그 해결이 문제올시다? 그까짓 걸 가지고 무슨 근심을 합니까? 소자를 돈 삼백 냥만 줄 거 같으면 그 해결을 해줄게 돈 삼백 냥만 주시오."

"오냐. 돈 삼백 냥 가져가거라."

돈 삼백 냥을 가가지고 평양 시내에 가서 관기들을 모으니께로, 한 삼 십 명 모아설랑 삼인육갑355)을 빼고 닐리리 쿵다쿵카고 우는데, 이 년도 뽀찌356) 한 우큼, 저 년도 뽀찌 한 우큼 돈을 막 집어 주는데, 월선이라고 하는 여자는 뽀찌를 주고선,

"너는 좀 남아 있거라."

"아, 도련님, 무슨 말씀이니까?"

"백문이불여일견357)이라고, 내가 후에 감사로 오더라도 너를 보면 구

---

349) 고인(故人). 오래 전부터 사귀어 온 친구.
350) 의미 불명.
351) 낙루(落淚). 눈물을 흘림.
352) 전조(前祖). 이전의 할아버지 때.
353) 세교(世交). 대대로 맺어 온 친분.
354) 세혐(世嫌). 두 집안 사이에 대대로 내려오는 원한과 미움.
355) '삼현육각(三絃六角)'의 잘못. 피리가 둘, 대금, 해금, 장구, 북이 각각 하나씩 편성 되는 풍류.
356) 경기나 도박 등에서 이기거나 많은 돈을 획득한 사람이 기쁨과 감사함의 표시로 주위 사람들에게 일정양의 사례를 하는 것.
357) 백문이불여일견(百聞而不如一見). 백번 듣는 것이 한 번 보는 것만 못함. 제 눈으로

면이 아니냐? 이러니― 백문이불여일견이라고 너를 보면 귀여워해 주고
이러는데, 내가 말로만 들었지, 귀로는― 눈으로는 보지 못했다. 감사가
오면 병부358)라는 게 있는데, 죽마고구359)라 어려서 클 적엔 대를 쪼개가
지구서 하난 네가 갖구 하난 네가 갖구― 그 대를 쪼개 보면 죽마고구라.
병부라 하는 건 나라―평양감사가 확 찍으면, 한 쪼가리는 상감이 갖고,
한 쪼가리는 감사가 갖는데, 그 병부라는 걸 보지 못했으니, 네가 그때
평양감사의 숙청360)을 할 적에 울앙361)에서 그 병부를 꺼내서 담 너머로
나를 좀 넘겨다보면,362) 내가 만져 보고 너를 넘겨 볼363)테니께로 그만한
요청―"

"어이 되련님, 그야 못할 거 뭐 있습니까?" 그날 밤에 감사가 자는데,
울앙에서 그 월선이가 훔쳐가주 담 너머로 송부사의 아들을 주었단 말야.
송부사의 아들은 그걸 가지구 그만 내뺐단 말야. 김감사 그날 자고 일어
나니께 병부가 어딜 가고 없더란 말이야. 하하― 얼굴이든 썩어 기미364)
도― 이거 문서가 없는 감사가,

"이거 어떡한단 말이냐?"
하고 대상통곡365)을 할 이 지경인데, 그 여섯 살 난 딸이,

"아따! 아부지 아부지, 뭐를 이러십니까?"

"그런 게 아니라 너 알 거 아니다만, 내가 오늘 병부를 잃었다."

"병부를 잃었습니까? 그까짓 거 대답합니까? 그까짓거 가지고 아부지

     직접 한 번 보는 것만 못함을 이르는 말.
358) 병부(兵符). 발병부(發兵符). 조선 시대에, 군대를 동원하는 표지로 쓰던 동글납작한
     나무패.
359) '죽마고우(竹馬故友)'의 잘못. 대말을 타고 놀던 벗이라는 뜻으로, 어릴 때부터 같이
     놀며 자란 벗.
360) '수청(守廳)'의 잘못. 아녀자나 기생이 높은 벼슬아치에게 몸을 바쳐 시중을 들던 일.
361) 울타리 안.
362) 주면.
363) 줄.
364) 얼굴에 끼는 거뭇한 얼룩점.
365) '대성통곡(大聲痛哭)'의 잘못.

가 근심을 하십니까? 오늘 도임 잔치를 하지 말구선 생일잔치라구 각 고을 수령들을 이 좌석으로 불러라. 우선 삼인육갑을 재피고366) 찬찬히 노시다가설랑 관복을 벗어서 송부사 어깨에 턱 걸구선, 지가 내당367)에다 불을 지르고선 ‘불이야’ 하거든, 불이라는 게 참 사람의 신상에 급한 겁니다. 감투를 벗어 마당에다 집어 내던지구, ‘불이라는 말이 웬 말이냐?’구 문 밖으로 들어오면, 그 병부가 자연 들어옵니다.”

“오냐, 네 말대로 해 보자.”

그날 생일잔치라고 각 고을 수령들을 불러설랑은 생일잔치를 하여, 기상368)을 불러 삼인육갑을 잡히구, 닐리리 쿵다쿵 하고 놀다가, 내당에서 ‘불이야’ 소리가 냅다 나니께,

“이렇게 좋은 경사에 불이란 일이 웬일이냐?”구, 감투는 벗어서 마당에다 집어 내던지구 관복을 벗어 송부사 어깨에 탁 걸구서 마당에 들어오니, 거지369) 불지른 것을 구경꾼이 꺼서― 확 끄고 나서니까,

“아이, 내가 감투는 마당에다 집어 내던졌고, 관복은 송부사 어깨에 걸었지.”

송부사 아들이 그 병부를 훔쳐 갔는데―

아이구―기냥 그 울앙에서 병부를 떡 넣어서 주었어. 김감사가 관복을 턱 입고 울앙에 손을 떡 넣으니께 잃었던 병부가 울앙에 떡 있어. 하하. ‘이 꿈이냐? 생시냐? 이 병부가― 울앙에 없던 병부가 이렇게 들었으니 내 궁둥이로 난 내 딸의 의견이 참 낫구나!’ (웃음) 아, 이래구서 병부를 턱 넣구 집에 들어오니― 송부사는 집으로― 병부를 찾아가지고 집에 들어왔어.

---

366) 잡히고. 놀리고.
367) 내당(內堂). 안방. 안주인이 거처하는 방
368) 기생(妓生).
369) 거진. 거의.

“야야, 영애야. 네 말로370) 참 이 병부가 울앙에 들었으니 이 꿈이냐 생시냐? 우짠 일이냐?”

“병부가 자연 울앙에 들어오는 벱이 올시다. 오늘날 연광정에서 도임 잔치를 해서 송부사더라 ‘연광정 이륙을371) 언제 했느냐?’고 송부사더러 한번 물어보시랴우?”

아, 각 수령들을 불러서 평양 연광정에설랑 도임 잔치를 하는데,

“송부사는 지식이 많고, 역사를 통해 알겠지? 평양 연광정에 이륙은 언제 했는고?”

“아 ‘엉큼년’에 했습니다.”

송부사의 아들이 떡 이래— 송부사가,

“엉큼년에 했습니다.”

어 엉큼년이 언젠 줄 아나? 그만 암말도 못해고 들어와 딸더러,

“그 평양 연광정 이륙은 엉큼년에 했단다.”

“아이구 아버지, 참 딱하오이다. 엉큼엉큼 기면 ‘기미년’이 올시다.”

엉큼엉큼 기면 기미년이 아니냐 말야.

“엉큼엉큼 기민 기미년이올시다. 그 연유를 편지를 하시려우?”

편지를 해. 엉큼년이 언제던고372) 편지를 하니께로, 송부사 아들이 편지를 떡 쓰기를— 어— 어— 편지를 쓰기를, 비 한 자루와 감 한 접시와 밤 한 접시를 떡 뇌설라믄 편지를 해 보냈어. 어— 그거 도무지 알 수를 있나? 감 한 접시, 비 한 자루라. 아 터득을 할 수가 없어. 딸더러,

“야 이 편지를 볼 수 없다. 너 이 편지를 볼 수 있느냐?”

“아부지, 그 무어 대단히 어렵습니까? ‘나무373) 제사에 감 놔라 밤 놔라’ 할 것 없이 내 앞이나 씰고 있을랍니다.”

---

370) 네 말대로.
371) 이륙하기를.
372) 언제인가.
373) 남의.

“오오, 그러냐? 하하하— 참 특등한 남자가 있구나!”

“아버지 천 리에 원수가 있고— 지척에 원수가 있고, 천 리에 인연이 있더라고, 이런 시염374)이 대단합니까? 영특한 그 남자의— 남자가 특수하니, 우리의 원수를 풀랴면 그 청원을 너시랴우375)?”

송부사를 불러서,

“여보게, 우리의 전조에 시염이 대단한가? 원수가 인연 되고 인연이 원수 된다네. 자네는 들으니 영특한 남자를 두었다니— 나는 불초376)한 여식을 두었는데, 그 사돈을 하면 어떤가?”

하하— 아 송부사 말이,

“대감님 말씸은 참 황송하오나 그렇기를 바랄 수 있습니까?”

“그렇게 하세. 우리 사돈 하세.”

그래 사돈이 되었단 말이여. 그래 그게 누군가 하니는 송동춘377)—우리 문모378) 배향379)하신 양반 송부사의 아들 송동춘이란 양반이여. 그래 어려서 김감사의 딸하고 이렇게 사돈이 되어서 배필이—원수가 인연이 되고 인연이 원수가 되어서, 그래 결혼을 해서 잘 지냈드란 기여. 그래 특수한 남자는 말여. 어릴 적부터 배포380)가 있어.

---

374) ‘세혐(世嫌)’의 잘못.

375) 넣으시려오.

376) 불초(不肖). 자식이 아버지를 닮지 않았다는 뜻으로, 못나고 어리석은 사람을 이르는 말.

377) ‘동춘’은 조선조 때 문신 겸 학자인 송준길(宋俊吉 1606~1672)의 호 ‘동춘당(同春堂)’

378) 문묘(文廟). 공자를 모신 사당.

379) 배향(配享). 학덕이 있는 사람의 신주를 문묘나 사당, 서원 등에 모시는 일.

380) 배포(排布). 그릇. 담략(膽略).

51) 선달의 꾀

―이문덕, 어필수, 정온양

1977. 5. 17. 영동경로당 / 제보자 미상

김석주[381]라 하는 이가 청품김씨에 훈련대장으로 영상[382]까지 된 인물인데, 병조판세로 계셔서 누구를 접대하는가 하니는 안주병사에 이문덕이와 페양[383]별장에 어필수, 온양군수 한 이[384] 싯[385]을 데리고 이야기를 떡 하는데,

"여보게, 자네들 병서를 많이 봤잖나?"

이문덕이가 안주병사거덩, 병사믄 지금으로 이르면 대장급에 갔다 말이여.

"아 제가 안주병사로설랑 시방 병서를 많이 연구합니다."

"그래 연구하니 무슨 지묘[386]가 있다?"

"네 무슨 지묘가 있습니다. 대감님이 여기 앉았는데 확 튀 나가게 할 수 있습니다. 가만 있어두 확 튀 나가게 할 수가 있습니다. 요거는 얘기를 해선 안 되고 저 나가시면 확 튀 들어오게 할 수가 있습니다."

"어, 그래?"

확 나가니께루,

"그만하면 확 튀나갔네유."

그래 확 튀나갔단 말야.

"팔을 저 안 잡아다녀두 내 앞으로 들어옵니다."

"안 잡아당개두 자네 앞으로 가? 그 날아갈 수 없는데? 안 잡아당겨두?"

---

381) 김석주(金錫冑). 조선 시대의 문신(1634~1684).
382) 영상(領相). 영의정.
383) 평양(平壤).
384) 온양군수를 하는 사람.
385) 셋.
386) 지묘(智妙). 묘한 지혜나 꾀.

"아 안 잡아당겨요."

"자네 앞으로 가게 해 보게."

안을 이렇게 쓱 끌어 잡아당겨.

"안 잡아당겨두 거 잘 오네유."

아 그래 여— 아 안을 이렇게 잡아 당겨.

"아 대감? 맨 입387)에 술 한 잔 잡수실 수 있어요?"

"아 여보게, 맨입388)으로— 안주 안 먹구 맨입으로 술 한 잔 먹을 수 읍냐고?"

"아 그 잡숫겠습니까? 맨 입에 꼭 잡숫겠습니까?"

"아 꼭 먹지."

"아 그럼 맨 입에 술 한 잔 잡숴 보시오."

대님을 끌러서 입을 됭여맨단 말이여.

"아 그 맨 입 말이여? 그 맨 입 참 못 먹겠네."

아 이렇게 얘기가 더 등달낭달389)하는데 채문걸이라는 이가 선달인데 거기를 떡 지나다가,

"어 대감님, 진망을 하시고 가셔야지오. 오늘 야담을 잘합니까?" 하고 떡 들어오니까, 안주병사에 이문덕이가 앉았고, 평양별장에 어필수가 앉았고, 저 온양군수 한 이가 앉았단 말이여. 성화390)는 다 들었어도 얼굴은 아 모르는 사람이란 말이여. 떡 들어가 앉아서,

"대감님, 요새 심심한데 대감님을 위해서 전두391) 야담을 한 개 하구 갈까요?"

"아이구 글쎄 여보게. 여기 앉게. 자네가 나를 위해서 얘기— 야담을

---

387) 붙들어 맨.
388) 다른 것과 같이 먹지 아니하고 한 가지만 먹는 입.
389) 들락날락.
390) 성화(聲華). 세상에 널리 알려진 명성
391) 저도.

하나 해 준다면 여북 좋은 일인가.”

“그 전에 충효 대가루다가설랑은 시골에 어떤 사람이 하나 있는데 열다섯을 먹어설랑은 취처392)를 하여 놓으니께루 소가 닭 보듯하고 닭이 소 보듯하더래요.”

“‘어그그, 큰일났구면. 그 집 큰일 났네.”

“에- 그래서 사십이 연만393)토록 일점혈육이 없어요. 신랑이 여자를 볼 적엔 소가 닭 보듯하고 여자가 신랑 볼 적엔 닭이 소 보듯하니, 어 그거 큰일 났어유.”

“어, 그 집이 큰일 났네.”

“그래서 한날은 허욕을 떡 할라고 송곳을 찾는데 비는 구죽지기394) 오늘같이 와설랑은 오이395)는 통금되고 그래설랑은 대청에 가서 송곳을 찾으니께, 송곳이 없어서 안방문을 열게 되었더랍니다. 그래서 그 부인은 안방에서 외는 통금되고 몸은 개렵구 그러니께 이 사냥을 시작했더래요. 치매 벗구 속곳 벗구 고쟁이 벗구 이래서 홀랑 벗구 이를 뚝뚝 죽이고 있다 보니께루 그 냄편이- 소가 닭 보듯하던 남편이 문을 떡 열거든요. 아, 남부끄럽기 짝이 없어서 이놈으 고쟁이를 확 치킬래니까 확 옹켜서396) 입어지지 안 하거든요. 그래서 내 앞에 그냥 얼굴을 이불에다 폭 숙이구 엎드리구 있으니께루, 아 그 소가 닭 보듯하든 사내가 그 못난 얼굴에 몸뚱이를 쓱 보니께, 얼굴은 그 못났으나 몸뚱이는 신선 같더래요. 아 그래서 울적한 마음이 들어서는- 아 그래 아 그 몸뚱이를 보니께 울적해- 얼굴은 못 생겼으나 몸뚱인- 울적한 마음이 들어서는 아 그 동품을 자연 하는데, 아 울적한 마음으로 동품을 대어서 그날부터 태기가 있어 일

---

392) 취처(娶妻). 장가를 들어 아내를 얻음.
393) 연만(年晚). 나이가 아주 많음.
394) 구질게. 구질구질하게.
395) 외(外). 바깥.
396) 엉켜서.

등 기남자를 탄생하여서 아 이-그 부인이 '얼싸 좋다' 이래면 '둥둥 둥둥' 하면서 이럭저럭 하니, '이가 깨문 덕이라 이문덕이라고 이름을 지어라' 그래 이문덕이라고 이름을 지었답니다."

안주병사 이문덕이가 가만 들으니까 어떤 놈이 와서 말이야. 제 어머니 아버지가 그 전에 이가 깨물어서 이문덕이- 이가 깨문 덕이란 말여. 그 덕이 아니면 자식이 안 생겼단 말이여. 이문덕이라고- 그래 아 부끄럽기 짝이 없어서,

"대감님, 저는 갑니다."

아 그 이문덕이가 쫓겨나는 걸 보니께 김석주가 어떻게 아는지 껄껄 웃으면서- 이문덕이가 그만 되게 남부끄러 내뺐단 말이야.

"그 비슷한 얘기루 하나 더 아뢰지."

"아 글쎄올시다. 그 전에 열다섯 살 먹은 사람이 취처를 하고 나니께 사모하는 마음이 비할 데 없더래요."

"아이쿠! 이건 정이 좋구만."

"아 물 이러397) 가는데 치매 꽁뎅이 잡고 따라 가기가 예사구, 밥하는 데 불 때 주기가 예사구-"

"아 그 정이 좋구면."

"한 탯줄에 아들 딸 낳기를 칠팔 남매를 낳더랍니다. 그래서 이 자가 서울 사는데 가빈398)해서 질399)품팔이를 팔로 시골로 갔는데, 이때저때 하다 한 뒤 달 됐더래요. 사모하는- 사랑하는 그 부인을 두고 한 뒤 달 돼서 사모하는 마음이 비할 데 없더래요. 그래 어느 날 저녁에 이렇게 떡 왔는데 우묵400)에서 상을 차려 주니께 밥을 먹고 떡 나니께루 칠 팔 남매는 죽 이루 눕고 저루 눕고 하여 그 부인 곁에 갈 틈이 없더랍니다. 아

---

397) '이다'의 활용형. '이다'는 물건을 머리 위에 얹다.
398) 가빈(家貧). 집안이 가난함.
399) 길.
400) 윗목. 온돌방에서 아궁이로부터 먼 쪽의 방바닥.

그래서 그 남편이 웃목에서 애를 쓰는 걸 보고 병시런401) 말이 있어서 등 배(背)짜, 질 부(負)짜― '배부수'―"

(제보자 : '등으로 짊어지고 오너라― 등 뒤로 오너라' 말야, 이 말은) 그래 비비적 비비적 애들을 떼밀고 '배부수' 그래 등 배짜, 질 부짜, '배부수' 그러니께루, 아 젖꼭지 꼭 물었던 아이가,

"어무니, 나 불렀어?"

만놈이 서당에 다니는데 문자를 알아서,

"왜 저 불렀나? 업힐 수(어필수)란 말이지.― 업히라 말이지."

배부수니까. 등 배짜, 질 부짜― 니가 등에 짊어지니께 업히란 말이여. 이런 제기― 흐흐 하하 아 '배부수' 하니께루 업히란 말이지.

"왜 저 불렀나?"

그러니께루― 그러니께루 이 평양병사 어필수가 있다 보니까 더러운 문자가 있더라 기거거든.402)

"아이쿠! 저도 갈랍니다."

아 이리구 어필수도 그만 달아났더란 말이야. 정온양이서 또 하나403) 앉았는데―

"시방 본 것두 얘깁니까?"

"아 시방 본 것두 얘기지."

"아 시골 어떤 고약한 상놈이 있는데 얌전한 상놈을 보구설랑, '너 어디 가니?' '이 자식이? 너 어데 가니?' 아 뺨을 냅다 때려요. '이 자식, 너 어데 가니? 너 이놈아. 나 양반이야. 이놈아 못 생겼다고 그러지 마라. 우리 온양 형님 보면 너 고드래뼈가 부러질라.' '야, 정온양 아나 정온양 할애비래도 뎀벼들어라."

시골 어떤 못난 일가가 자기를 등지고 그러는데 굉연히404) 거기 앉아

---

401) 병(病)스런. 혹은 별(別)스런.
402) 그것이거든.
403) 혼자.

서 저희 징조할아배까지 들먹이고 있단 말여. 정온양이가,

"아이구! 이거 나도 갈랍니다."

아 이러구 다 돌아가 버려. 다 돌아가구, 채문걸하구 둘이 앉았는데,

"대감님 그 슬하는 어찌 그리 분분한지 – 조용히 앉아 할 얘기 있습니다."

"뭔 얘긴가? 초록은 동색405)이여. 기필하고406) 남으407) 일에 이 갈고 뎀벼들지 말어."

"허적408)이요. 허젝이가 영승409)이 아닙니까? 허젝이가 사궤장410)을 받았는데 내일 유삼채니 용붕채니 이놈 역모411)로 몰아서 – 역적으로 몰립니다. 그러니까 대감님 그런 줄 아십시구요."

'아 이놈을 가만히 두고 보니까, 내 문하에 온 지 오륙 년인데, 저놈이 영상을 저렇게 욕을 할 적에야 내 – 판서는 어떻게 욕을 할까?'

"아뿔싸! 자네 안 보면 보고 싶고, 보면 이 갈린데, 이번에 고을이 하나 빘네.412) 북병사413)가 비었으니까 –" (이후 채록 망실)

---

404) 공연(空然)히. 아무 까닭이나 실속이 없게.
405) 풀색과 녹색은 같은 색이라는 뜻으로, 처지가 같은 사람들끼리 한패가 되는 경우를 비유적으로 이르는 말.
406) 기필(期必)코. 반드시.
407) 남의.
408) 허적(許積, 1610~1680). 조선 숙종 때의 문신.
409) 영상(領相).
410) 사궤장(賜几杖). 늙어서 벼슬을 물러나는 대신(大臣)·중신(重臣)에게 임금이 안석과 지팡이를 내려주던 일.
411) 역모(逆謀). 반역을 꾀함. 또는 그런 일.
412) 비었네.
413) 북병사(北兵使). 조선 시대 함경도의 '북도 병마절도사'를 줄여 이르는 말.

52) 쫓겨난 딸과 해후한 황진사 ·······························

1977. 5. 17. 영동경로당 / 제보자 미상

황진사의 딸이 하나 있는데, 황진사가 또 취처를 해서, 그 (본처의) 딸
이 점점 자랐는데, 그 취처의 계모가 그 모함을 잡아설랑은— 연애했다고
시방 말로— 이런 일이 있어가지고 그 아이를 물에 떼워[414] 죽이려고, 중
이 널[415]을 짜서 한강에 띄우는데, 양주에 사는 사람인데— 그 중이 짊어
지고 가다 그 열아홉 살 먹은 딸을 호생천이요 (일부 청취 불능)—려고
하는데,

"내 옷을 입구설랑 너는 철리말리[416] 도망가서 살어라."
하고 보내주었습니다. 이 처녀가 남복을 하고 어디를 갔는가 하니 경기도
양주 땅에 가서 걸궁[417] 여행하여 다닌께로, 이씨의 어느 과택이 있는데,
그 아이를 글을 갈치는데, 진서[418]를 좍좍 읽는데, 같이 동문수학[419]한
거 모양으로 젙에[420] 가서 글을 읽다 보니께, 글이 좀 낫고 그러니께,

"총각은 어디 있는지,[421] 우리 집이 와 같이 살면 나 글을 좀 갈쳐 달
라."
고 해. 그래 선생이 돼서 그 집에서 삼년을 지내면서 글을 갈쳐 주고 선
생이 되었어. 그래서 그 아들 이씨의— 이 과택 아들 장갤[422] 보낼라고
혼서지[423]를 쓰고, 사주를 써 달라고 하니께로, 먹에다가— 벼루에다 먹

---

414) 떼워.
415) 널빤지. 혹은 관(棺).
416) 천리만리(千里萬里).
417) 걸궁(乞窮). 빌어먹음.
418) 진서(眞書). 한문(漢文).
419) 동문수학(同門修學). 한 스승 밑에서 함께 학문을 닦음.
420) 곁에.
421) '어느 곳에 사는지는 모르겠으나'의 뜻이 포함된 말.
422) 장가를.
423) 혼서지(婚書紙). 혼서를 쓰는 종이.

을 갈고 필[424]을 잔뜩 묻혀서 그 사주를 쓸려고 하니께로 한심한 생각이 들어가서, '너는 좋은 배필을 얻어서 동방화촉에 재미가 나서 살겠다. 나는 개밥에 도토리로 이 사랑에 떨어져서 객이 되겠구나!' 이런 생각이 들어가서 못 먹는 술을 먹고 술이 잔뜩 취해서 남복을 벗어놓고 젖퉁이에 - - 양쪽 젖퉁이를 활짝 허트려 놓고 거지잠이 들어 자다 보니께로, 그 아이가 들어와 보니께 선생이 총각임을 알았더니만 젖퉁이가 양쪽이 불거구[425] 하니까, 깜짝 놀라서,

"어머니, 어머니? 그 선생이 총각인 줄 알았더니 이런 색시 - "
라고 안방에 가 일르니께루, 그 어머니가 깜짝 놀라 나와 보니께, 참 과연 남자가 아니라 색시인 것이 나타나,

"야야, 야야? 며느리를 구하는데는 어진 숙녀만 구할 따름이요 뭐라 상관 있느냐? 니 그리 장갈 들었음 좋겠다."

"아이구! 어머니? 안 될 말씀이오. 선생이 참 여자 같으면 저도 그리 장갈 가면 향화[426]올시다."

그래 그 선생을 깨우니 깜짝 놀래 깨어서는,

"바로 말하라."
고 그래설랑,

"그런 게 아니라, 나는 부지거처[427] 여자야. 남자 행실하고 이 집에 와서 삼 년 있다가 이런 숨김을 들켰으니 할 수 없이 어머니 말씀대로 하시오."

그 사람을 며느리로 삼아서 - 그래 (남자가) 과게가 터서 장원급제를 해가지고 양주목사를 해가지구 내려왔는데 - 재개[428] 친정 황진사의 집

---

424) 필(筆). 붓.
425) 불룩하구.
426) '영화(榮華)'의 잘못.
427) 부지거처(不知居處). 간 곳을 모름. 여기서는 '갈 곳을 모름'의 뜻으로 사용된 듯함.
428) 자기의.

에 와서 자꾸 자고 가자고 그래서, 재개 친정의 집엘 자러 들어갔는데, 그 양주목사가 황진사가 친임[429]해서 사랑에 도입해서 숙소를 삼아 그 숙부인[430]의ー 황진사의 딸 이왕에 크던 그 비화당[431]에 가설랑 그날 밤에 경과[432]를 하는데 발로다설랑은 그 모개[433]를 찍어서 벽에다 그림을 그려 붙이는데, 황가일엽[434]이 풍표표[435]라ー 황가 한 잎사귀가 바람에 날리고 날렸더라. 가입해당접이지[436]라ー 가입은 어디 가 했는가 하니 해당[437]이 올 땅에 이가[438]에다 접을 붙였더라. 부소인생[439]은 구욕견[440]인데ー 물에 뜬 인생을 구해서 볼랴고 할진대, 명조거마상양주[441]라ー 내일 아침에 가는 거마가 양주로 가더라. 그래 발로다 그림을ー 글씨를 그려 붙이는데ー, 그리고 그날 아침에 양주를 떠났거든. 하인이 그 황진 사에 말하기를,

"비화당의 그 숙부인이 뭘 발로다가 베람빡[442]을 베려 놨습니다."

황진사가 깜짝 놀라 그 베람빡을 가 보니 '황가일엽풍표표요 가입해당 접이지라 부수인생은 구역경인데 명조거마상양주'라 하였거든. 딸의 글씨 가 분명하다. 대상[443]ー 낙극비상[444]으로 대성통곡을 하고 그 딸을 찾아

---

429) 친림(親臨). 몸소 옴.
430) 숙부인(宿婦人)? 혹은 숙부인(淑夫人)?
431) 별당(別堂)?
432) 경과(經過). 어떤 단계나 시기, 장소를 거침.
433) 먹[墨].
434) 황가일엽(黃哥一葉). 황씨의 한 잎, 즉 황씨의 딸. 여기에서 '황가'는 '황화(黃花)로 볼 수도 있음. 즉 '황화일엽(黃花一葉)'
435) 풍표표(風飄飄). 바람에 흩날려.
436) 가입해당접이지(嫁入海棠接李枝). 해당을 시집보내 이화[李氏]에 접을 붙였더라.
437) 해당(海棠). 해당화.
438) 이가(李哥).
439) 부수인생(浮水人生). 물 위에 뜬 인생. 부평초(浮萍草) 같은 인생.
440) 구욕견(求欲見). 구해서 보고자 하면.
441) 명조거마향양주(明朝車馬向楊州). 내일 아침에 거마는 양주로 향하도다.
442) 바람벽.
443) 대성(大聲).
444) 낙극비생(樂極悲生). 즐거움이 극도에 이르면 슬픔이 생김.

가서 부녀 상봉을 하고- 이런 일도 있답니다.

53) 고양이밥과 달생원의 차이 ·······································

1977. 5. 17. 영동경로당 / 제보자 미상

장끼가 하- 눈은 설산[445]이 되고 먹을 건 없고, 저 건너 쥐 굴을 보니 요새 벼도 따 가고 콩도 따 가고 깨금[446]도 따 가고 머루도 따 가고 그게 연한 곡식을- 연한 곡식으로 싸 놓은 것 같아서 거기를 가니께루- 거기를 떠억 가서,

"괴[447]밥아 괴밥아?"

아, 쥐는 고양이가 먹는 고양이 밥이거든. '괴밥아 괴밥아'-

"어이쿠, 이거 큰 괴변이 났구나! 어떤 놈이 날더러 괴밥이라 부르는구나! 사대문 꼭 닫아라."

아 꼭 닫으니 뭐 들어갈 데 없으니 장끼가 돌아갔단 말이야. 다람쥐가 요새 먹을 게 없어서 거길 떡 가서,

"서생원,[448] 서생원?"

"아이고! 거 누가 찾나? 문전 손님 흔연[449] 대접이라고- 거 흔연 접대해라."

하, 이래. 불러다- 다람쥐 꽁지를 물고 자손들이 나가서 이래고 저래고 하니께로,

"아이쿠 이거 달생[450]이로구먼. 아, 달생원이 어쩐 일이십니까?"

---

445) 설산(雪山). 눈이 쌓인 산.
446) 개암. 개암나무의 열매.
447) 고양이.
448) 서생원(鼠生員). '쥐'를 높여 부르는 말.
449) 흔연(欣然). 기쁘거나 반가워 기분이 좋게.
450) 다람쥐.

"그런 게 아니라 서생원이 보시다시피 내가 농사를 좀 잘 못 지서 서생원한테 콩 뒤 섬 꾸러 왔네."

"아이구―"

포도주도 내놓구 깨금 과실도 내놓구 밤도 내놓구 실컨 흔연 대접을 한 후에,

"저 달생원 콩 댓 섬 져다 줘라.―아 달생원? 이거 보세요. 장끼란 놈이 턱 와서 날더러 하는 말이 '괴밥아, 괴밥아?' 아 저는 그럼 매밥이 아닌가? (제보자 : 아, 그거 매가 잡아먹는 꿩451)이란 말이야) ― 매밥이 아닌가? 아 그런 고약한 놈 같으니. 문전 손님은 흔연 대접이라고 내가 그럼 배가 고퍼 온 놈을 서들광문으로 불러들이다가― (제보자 : 서들구녕 큰 구녕으로 불러들이면 쟁끼도 불러들인단 말야) 아 그런 주리452)를 씌워 버릴― 나더러 괴밥아? 사벽에 딱 문 닫고 내다보지도 않았지."

"아 그거 잘했어. 그놈 푸드득 하는 바람에 나는 독수린가 하고 깜짝 놀래― 그놈 참 밉기는 짝이 없이 밉습니다." (제보자 : 사람은 다 대울453) 해야지. 거 짐승을 해서 그렇게 구랭이더러 구랭이라면 좋지 않아)

54) 황희 황정승 ···
―회초리 맞은 교훈

1977. 5. 17. 영동경로당 / 제보자 미상

*이본으로는 강원도 명주군에서 채록한 〔사천면 자료 4〕를 참조할 수 있다.

황해454) 황정승이 인제 과게를 보러 가는 질인데, 가만가만 가다 보니

---

451) 꿩.
452) 죄인의 두 다리를 한데 묶고 다리 사이에 두 개의 주릿대를 끼워 비트는 형벌.
453) 대우를.
454) 조선 시대의 명신(名臣)(1363~1452)인 황희(黃喜, 1363~1452).

께 인간부도처455)가 어디고 심산궁곡이 어디오. 날이 일모456)해서 갈 길을 찾지 못하고 이러다 허방대다457) 보니께루 어느 산골에 불이 삔뜩삔뜩해여. 거기 사는가 하고 가 보니―

"여보시오. 이리 지나가는 과객이 날은 일모하구 하룻밤 침소458)하여 갑시다."

"네 침소하고 가는 건 좋으나 나는 혼자 사는 여자로서 남자를 자고 가랄 수가 없습니다."

"에이, 괜찮습니다. 이 인간부도처에 그러니 어떡합니까?"

들어가니 그 여자가 밥을 해서 저녁 석반459)을 해서 차려다 주고― 안방에다 차려 주고 치매하고 행조치매460)하고 저 문고리 이 문고리― 문고리를 매구서 안방을 맨글구서는,

"저는 안방에 자니께 이 웃방에 주무시라."

고 방을 두 개 망글어서 웃방에다 재워 주구― 황해 황정승이 그 문틈으로 그 여자를 내려다보니, 그 얼굴이 황홀하여 백석청탄461) 새빛에 목욕하고 제비 앉은 것 같고 도화가 만발하여 황홀한 저 얼골은 천신에 돋는 달과 같구 이래서 전딜462) 수가 없어서 치매를 걷구 나가서 그 두체에다 발을 턱 언지니께루,

"아 이 손님이 행로463)가 곤해설랑 잠을 이렇게 고히464) 지미시는고?"465) 이래고 그 발을 실무시466) 내려 노니께, 깜짝 놀래서 또 한 번 거기다 발

---

455) '인간부도처(人間不到處). 사람의 발길이 닿지 않는 곳.
456) 일모(日暮). 날이 저묾.
457) 허둥거리다.
458) 침소(寢所). 사람이 잠을 자는 곳.
459) 석반(夕飯). 저녁밥.
460) 행주치마.
461) 백석청탄(白石淸灘). 흰 돌이 있고 맑은 물이 흐르는 경치 좋은 여울.
462) 견딜.
463) 행로(行路). 가는 길.
464) 곤(困)히. 곤하게.
465) 주무시는가?

을 올려 놓으니께루,

"아, 이 손님이 잠을 고이 자는군!"

그래고 또 웃방으로 실금실금 그 치매폭과 행주폭 두 치매를 그 맨 웃묵으로 떠대매니껜 또 궁글어[467] 내려와서도 또 팔을 얹고 다리를 얹이니께루, 그 여자가 확 일어 앉이면서,

"이 냥반이 오늘 지녁에 자고 가자드니만, 오늘 지녁에 야심을 먹는구면! 당신이 오늘 저녁에 나를 야심을 먹는데, 내가 글을 한 귀 지을 테니 그 글귀를 짝을 채우렸다?"

"무슨 글귄지 글귀를 부르시오."

"가련금야신연결[468]인데―"

그 글귀를 짝을 채우지 못해서 닭기 우는 이짝으로[469] 기약을 하고 맺는데 아무리 생각해도 그 짝을 채울 수가 없었어. 여자가 '가련금야신연결인데 구랑구고황천곡이라.'[470] 하고 종아리를― 피가 나도록 종아리를 냅다 쳐 종아리를 맞고 그 이튿날 닭 울기로 새워 보니께루, 바우[471] 밑이더랍니다. '아하, 이게 무슨 짝인고! 집인가 절인가 했더니 집도 절도 없고 이 바위 밑이로군! 이 산 거리에 신선이 나를 이렇게 속였다.' 하고 그 이튿날 거기서 잠을 자구서 서울 과게를 하러 갔더니, 서울 팔도 센비가 구름 모이듯 해서 갈 곳이 없어서, 유곽[472]을 정하지 못해서 이리저리 정하다가 어느 흰 소복살이가 손짓을 까불까불 하면서,

"당신 주인을 정하지 못했거든 내 집으로 가자."

그래서 흰 소복한 여자를 따라가니, 비화당― 한 초당엘 들어가니, 저

---

466) 슬며시.
467) 뒹굴어. 굴러.
468) 가련금야신연결(可憐今夜新緣結)인데. 오늘 저녁에 새로운 언약을 새로 맺을진대.
469) 닭이 울기 전.
470) 구랑구고황천곡(舊郎九顧黃泉哭)이라. 옛지아비는 황천에서 곡을 하더라.
471) 바위.
472) 유각(留閣). 유관(留館). 잠을 자기 위해 머무는 여관.

녁을 해서 석반을 잘 대접해서, 그 석반을 잘 얻어먹고 난즉 생각을 하고 또 생각을 해서 어제 저녁 일이 생각이 나서, '어제 저녁에 참 고이하던 군. 산도 집도 없고 사람 인적도 없는데, 어떤 사람이 와서 나를 버르장 머리를 가르칠꼬? 오늘 저녁에 행실을 잘못하면 내가 큰 실수를 하겠군!' 하구선, 그 여자가 '한 방에서 자자.'고 하는 걸, '남자'[473]가 분별한데 내가 한 방에 잘 수 없으니—' 남자가 분별한데 한방 자리에서는 잘 수 없고 두루매기와 도포를 벗어서 어제 저녁에 행주치매와 치매 있던 그 모양으로 문고리를 매,

"부인은 안방에서 자시오. 나는 웃방에서 자겠습니다."

하구설랑 웃방에서 자니께, 그 부인이 슬슬 굴러서 들어와서 또 팔을 자기가 엊저녁에 하던 행세를 하거든. 그래서, '이 부인이 잠을 고이 자는 군!' 하구선 팔을 썩 내려노니께루, 이 여자가 또 팔을 얹고, 또 팔을 얹어서, 아 그만 화딱지가 덜컥 나서 일어났더란 말야. 어제 저녁에 하던 글귀를 외웠어. '가련금야신결연이면—' 이래니 그 여자가 글을 짓지 못하고 닭기 '꼭꼬요!' 하니께루 엊저녁에 하던 말루, '구랑구고황천곡이라' 신랑이 황천에서 곡을 한다고— 하 이래서 휘초리로 냅다 때리니께루—

그 어느 대감의 며느리[474]가 청춘 과수[475]가 되어 수절을 하는데, 어떤 남자[476]를 가는 걸 보고, 비장[477]을 불러서,

"그 메가지[478]를 끌어오너라."

문 밖에서 칼을 가지구 지키니께루,[479] 그 남자가 청백하기가 기가 맥

---

473) '남녀(男女)'의 잘못임.
474) 과거 보러 가던 황희를 유혹해 들인 청춘 과부를 가리킴.
475) 과수(寡守). 과부.
476) 황희를 가리킴.
477) 비장(裨將). 조선 시대에, 감사(監司)・유수(留守)・병사(兵使)・수사(水使)・견외 사신(使臣)을 따라다니며 일을 돕던 무관 벼슬.
478) 모가지.
479) 비장이 과부가 된 대감 며느리의 명령을 받고 황희를 끌어들인 방문 밖을 지켰다는 말임.

혀. 그 여자의 말을 안 듣고 그 여자의 버르장머리를 그렇게 가르켜 주니께, 그 비장이 대감한테 가 이르기를,

"도인[480]이 수리(雖利)[481]나 불참무죄인[482] - 칼날이 비록 잘 드나 죄 없는 사람의 며가진 들어가진 않습니다. 이 사람의 행사[483]가 이러저러 하니께루 어찌 그 사람의 며가지를 끌어오겠습니까?"

"하, 그러냐? 그 선비 불러라."

그 선비를 불러서- 황해 황정승이 초시[484]에 그 시관한테 가설랑은 교훈을 받고,

"그대가 와서 나 며느리 홀로 있는 걸 그렇게 그 절개를 지켜 주니 그 은혜는 감사하애."

하구선 그 글귀루 초년에 글을 했다는 그런 풍설이 있습니다.

55) 벙어리 흉내 내다 들통 난 걸객 ·····························

1977. 5. 17. 영동경로당 / 제보자 미상

어떤 벙어리가 길을 가자니께 말이여. 어떤 부인들이 천렵[485]을 해설랑은 노래도 하고 창가도 하고 국시[486] 먹을 것도 넣더란 말이여. 멀쩡한 놈은 부인한테 뭐를 청해서 얻어먹을 수가 없더란 말이여. 배를 두드리며 '아아 아아-' 이러니께루,

"아이구, 저 벙어리가 배가 고픈 모양인데-뭐 좀 달래네."

아 그러니께 국시를 좀 찾아 주니께, 아 이놈이 비잡게[487] 먹었단 말

---

480) 도인(刀刃). 칼날.
481) 수리(雖利). 비록 날카로우나.
482) 불참무죄인(不斬無罪人). 무죄한 사람을 죽이지는 못한다.
483) 행사(行事). 어떤 일을 시행함. 또는 그 일.
484) 초시(初試). 과거의 첫 시험.
485) 천렵(川獵). 냇가에서 고기도 잡고 하여 노는 일.
486) 국수.

야. 아 이놈이 비잡게 잔뜩 먹구서 - 아 그래 한 부인이 - 우스운 부인이 있단 말여. 벙어리는 듣든 못하구 보기는 보나 말도 못하잖아?

"아 그렇지! 벙어리두 자지가 있나 좀 보까?"

하 그래 붙잡구서 그까짓 거 용을 쓰니 어떻게 할 수가 있나? 벙어리니께루. 양짝 팔을 붙잡구 여러 부인들이 불러서는 아 껍데기를 까구 자지를 발질로 이쪽으루 차구 접쪽으루 차구,

"이것도 자지가 있네."

아러거든. 벙어리가 하는 말이,

"아 부인들이 왜 날 국시를 줬으면 국시값을 하나. 왜 이래?"

부인들이,

"아 저놈의 새끼, 말을 한다."

고 이러거든. 이건 우스개[488] 소리지.

56) 새신랑에게 대구를 요구한 새색시 ....

1977. 5. 17. 영동경로당 / 제보자 미상

아 장가를 갔는데, 첫날밤에 - 한 총각이 장개를 갔는데 그 색시가 하는 말이,

"당신 글 배웠소?"

"나는 글을 배우지 못했습니다."

"사나이 대장부가 글을 배우지 못하면 소인이 되는데, 나 글을 배우지 못한 사람에겐 시집을 안 가오."

"아 여보, 내가 장가를 당신한테 왔는데, 글을 못한다고 해서 나한테는 안 간다고 하니, 난 참 철천지원수가 되오."

---

487) 바쁘게. 급히.
488) 남을 웃기려고 익살을 부리면서 하는 말이나 짓.

색시가,

"글을 한 귀 부르면 내 글귀를 채워 쓰게시리[489] ― 그 글귀를 짝을 지우면 내 당신하고 살겠소."

"그래 글귀를 불러 보시오."

"탄화궁성[490]이 울리성[491]이라. ― 목화 타는 활소리는 흰구름 섞인 (청취 불명) 같더라."

아 글귀를 무식한 사람이 채울 수 없어서 어느 절에 가서 십 년을 공부해설랑― 참 책을 가지고 골통을 앓아서 글을 짓는데― 그 글을 지었더란 말이야. 한 날은 픽 웃단[492] 말이야. 그 중이 있다가서,

"아이구, 도련님은 이렇게― 왜 웃습니까?"

"내가 우리 부인이 지시는 걸 글을 짓지 못해서 십 년을 고생하다 오늘은 글을 지었다."

"뭐라 지었습니까?"

"우리 부인이 글을 지으면서 '탄화궁성이 울리성'이라― 목화 타는 활소리는 구름 속에 움직이는 것 같더라. '식엽잠성[493]이 춘우과[494]라'― 봄비가 누에가 말야. 식엽잠성이― 봄누에가 뽕잎새 먹는 것은 봄비가 지내가는 것 같더라."

"아 그 글귀가 잘 됐다."

어떤 사람의 이야기를 들으면 그렇게도 지었다기도 하고, 어떤 사람의 글귀를 들으면 또 그렇게 얘기한단 말이야. 얘기가 다 각각이란 말이여.

---

489) 쓰면.
490) 탄화궁성(彈花弓聲). 목화를 타는 활소리. 목화는 씨아로 틀어서 씨를 빼내고 활줄로 튀기어 퍼지게 한다.
491) '운리성(雲裏聲)이라기보다는 '운리동(雲裡動)' 즉 '구름 속에서 움직인다'가 더 좋을 듯하다.
492) 웃는단.
493) 식엽잠성(食葉蠶聲). 뽕나무 잎을 먹는 누에의 소리.
494) 춘우과(春雨過). 봄비가 지나가는 것 같더라.

'불식불여귀[495]는 탄증소[496]요 − 먹지 않는 소쪽새는 솥이 적다고 탄식을 해. 무전비칙은 귀우래라− 먹지 않는−발 없는 소리개[497]는 비 안 온다고 소리하더라.' 또 이렇게 하기도 하고, '산고(山高)하니 지두거(地頭擧)'라. − '산이 높으니 땅이 머리를 들었더라'. 이래구, '일출(日出)하니 천개문(天開門)− 해가 나오니 하늘이 문을 열었더라.' 이렇게두 애기를 하고, 그래 얘기가 여러 가지야. (이하 망실)

57) 이조판서 이생필의 만유(漫遊)

1977. 5. 17. 영동경로당 / 제보자 미상

전의이씨의 정강 자손에 판서를 지낸 이가 있는데, 팔십이 되도록 이조판서를 꽉 했는데 탄식을 해.

"아뿔싸! 내가 시골 나가면 어떤 양반에다 과객을 잘하는지 살림살이를 어떻게 하는지 농사를 어떻게 짓는지 이 알지 못하고 이 궁중에 묻혀서 죽는구나!"

이렇게 한탄하니, 상감이,

"아이구, 신이 그렇다면 조선에 가 유람을 해라."

그래 인마를 수습해설랑 금강산 귀경을 가서 장안사[498]를 떠억 가니께루, 참 노리[499]가 떼꺽떼꺽 뛰고, 인마를 삼십여 명 역졸들을 데리고 가니께루 하도 노비가 맥혀,[500]

"너들은 다 내려가거라. 나 죽장망혜[501]로 해서 해금강으로해설랑 내

---

495) 불식불여귀(不食不如歸). '불여귀'는 '소쩍새의 이칭. 따라서 글귀의뜻은 '먹지 않는 소쩍새'란 뜻임.
496) '탄정소(歎鼎小)'의 잘못. 솥이 적다고 탄식함.
497) 솔개.
498) 장안사(장안사). 강원도 금강산에 있는 큰 절.
499) 노루.
500) 거치적거려.

집에를 섣달 그믐께는 들어갈 테니께─”

  석 달 기약을 나라에다 맡아가지구 가는데─ 그래 다 내려보내고 가는
데, 어딜 가느냐? 양양 입암리502)를 떠억 가니께루, 해는 일모503)하구, 북
천에 연기는 더럭더럭 나는데, 갈 바를 몰라설랑은 한 집에─한 지구를
들여다 보니께루 글소리가 좌악좌악 나. ‘아 이곳도 신성상국에 독서성이
라. 신성한 상국에서도 이 글을 읽어 과게 할라고 이렇게 글을 읽는구나!’
이래고 그 서당을 찾아들어가니께루, 아 날은 일모한데─ 일모한데 떠억
들어가니께, 서당 선상은 나무504) 집에서 글을 갈치는데 떡 가고, 애는─
학상은 책을 찌고 디가구505) 빈방같이 되었단 말야. 아 주인도 없는 서당
에─빈방에 떡 있으니께루, ‘아이구, 난도506) 얼루507) 가야지. 남이508) 빈
방에 이렇게 앉아 있으면 어떡하느냐?’ 이래서 해는 일모하구 구부렁구부
렁하고 지팡일 잡고 나가니까, 물 지고 들어오던 주인 아가씨가─ 주인댁
이라 하까 아가씨라고 하까, 주인 새댁이라고 할까, ‘이런 분이 저희 사랑
에 서당인 줄 알고 저런 할아버지가 지무실라고509) 들어온 모양인데 나
가시다니─’

  “우리 남편 벽승510)을 가져서 과게 할라고 서울 가서 과게를 영 못하
구 영 십 년째 나오지 못합니다. 할아버지, 나 며느리두 같구 딸도 같으
니, 우리 집에 지무시고 가시오.”
그래면서, 아 날은 일모하니 갈 데 없고, 그러니 그 부인을 따라 들어가

---

501) 죽장망혜(竹杖芒鞋).
502) 입암리(笠岩里). 강원도 양양군 현남면에 위치한 리(里).
503) 일모(日暮). 날이 저묾.
504) 남의.
505) 들어가고.
506) 나도.
507) 어디로.
508) 남의.
509) 주무시려고.
510) 벽성(僻姓). 흔하게 볼 수 없는 아주 드문 성(姓).

까 하고 부인을 따라 그 방으로 들어가니께, 요도 펴 놔 주고 이불도 펴
놔 주고 저녁 석반을 갖다 줘서 잘 먹고 잤단 말야. 자고서 일어나서 그
이튿날 갈라고 그 주인마누라한테 인사를 하러 들어가니께, '갈따기[511]
노(蘆)짜 노가[512]야. 갈따기 노짜 노간데, 아주 벽승이고 과게도 못한
성[513]이구 한데, 그 일기장에 턱 적구서,

어디를 가니 '완산고려국하니[514] 일면금강산[515]'이라 하니 금강산 귀
경을 하고, 동방에 강릉 구경을 하다간 최병기네 집에 와설랑— 관전놀이
를 떠억 하는 사람이 와서는 과객으로 하고 앉았으니께, 그 최병기가 보
니 글을 좍좍 읽어.

"선상님은 어디서 봐도 천인[516]이 아니올시다. 아무리 저렇게 누추하
고 남루한 옷을 입었으나, 이 여상사[517] 인물이 아무리 보아도—" (중
략)[518] —미간[519]이 광활하구 턱 하니 경서를 갖추어 읽으니까 아주 선
상님으로 대접을 하고선, 그 글을 읽다 보니깐 하루 이틀 가다 보니 시월
달이— 구월달이 지내 시월달이 지내 동짓달이 지내니까 동짓달 중순에
눈이 와서 눈이 탁 맥혀서 갈 수가 없네. 섣달 그믐날 대궐령[520] 턱 무너
져가지구선 제천 장꾼 보는 노변을 따라설랑 이렇게 썩 내려오다 보니께
제천읍을 떡 섣달 그믐날 왔더란 말이여. 이 집을 빼꼼 들여다보니 잘 데
없고 저 집을 빼꼼 들여다보니 잘 데 없고,

"여기 부자가 누구냐?"

---

511) 갈대.
512) 노가(蘆哥).
513) 성(姓).
514) 원생고려국(願生高麗國)하니. 고려국에 태어나기를 원하여.
515) 일견금강산(一見金剛山). 금강산을 한번 봄.
516) 천인(賤人). 예전에, 사회의 가장 낮은 신분에 속하던 사람.
517) 예상사.
518) 이 부분은 2~3행 정도가 원필사지의 산화(酸化)로 인해 훼손되어 알 수 없음.
519) 미간(眉間). 두 눈썹의 사이.
520) 대관령(大關嶺). 강원도 강릉시 성산면과 평창군 대관령면 사이에 있는 고개.

하니까,

"이도철이라는 사람이 부자다."

이도철의 집을 찾아가, 섣달 그믐날ー.

"여기 좀 자고 갑시다."

그러니께,

"여보, 이 노인? 당신은 집도 없고 절도 없소? 어째 섣달 그믐날 남에 집에 와 자고 가자고 그러오?"

"아 천지에 무고아[521]요, 아들도 없고 딸도 없고 이렇게 천한 늙은이 가, 당신 집에 처마는 두툼하고 먹고 살기는 괜찮을 것 같아 저 내 찾아 왔소."

"그러면 자고만 가오."

그래서 그날 저녁에 그 집에ー 그 집에서 자구설랑 아침에 시수[522]를 할라고 떡 나오는데ー 이도철이 시수를 할라고 나오는데, 안에서 명지[523] 두루매기, 명지 바지저고리에 토시에 버선에 도포에 내오니께루,

"내가 시수를 해구 입구선 제행[524]을 참예[525]하겠다."

고 그래구 세수하러 나간 뒤[526] 그 옷을 막상 빼앗어서 갈아입었단 말이 오. 이도철이가 세수를 떡 하고나니께루 옷을 막상 그 늙은이가 갈아입었 거든.

"여보 당신? 나무 집에 자는 것도 뭣한데 나무 옷을 자꾸 이렇게 입으 면 어떡하오?"

"아이고! 하도 군정군정[527] 해서ー 아이구 미안하다."

---

521) 무고아(無孤兒). '아무것도 없는 고아'란 뜻임.
522) 세수(洗手).
523) 명주(明紬).
524) 제행(祭行). 제사를 지내는 일.
525) 참여(參與).
526) 주인이 그랬다는 것임.
527) 근질근질. 자꾸 근지러운 느낌이 드는 상태.

고 그러며 확 내뺀단 말야. 확 내빼구 보니께루 아랫집에 나무 집에 와서 이 집 저 집 이렇게 돌아다니니께, 이 집에서 차사[528]를 지내구 저 집에서 차사 지내구, 지팽이를 까꾸루 잡구 이리저리 다니는 밖에.

이도철의 부인이,

"아이구, 우리 집에 자던 손님 이 왜 내쫓았소?"

"그런 게 아니라 그기 남 바지를 입구 내뺐잖소?"

"여보, 바지저고리 입은 게 그 대단하오? 우리 집에 바지저고리가 또 있는데 우리가 이만한 살림살이로서 초하룻날 손님을 내쫓으면 우리 비평이 얼마나 나오? 알면 가 모시고 오시오."

아들을 불러서는,

"가 모셔 와라."

"아이구! 여보 손님― 손님? 우리 어머니하구 우리 아버지하구 손님 내쫓다구 막 싸움이 벌어졌으니 우리 집으로 좀 가주시랴우?"

"그래야?"

그래 집에 오니께루,

"손님이 입은 바지저고리 외에도 우리가 또 바지저고리가 있으니께 미안하게 생각지 말고 우리 집에서 설을 쇠구 초승[529]이 지내거든 가십시오."

"아이고! 안인심[530]이 좋구면!"

그래구선 거기서 앉아서 초승이나 지낸 뒤에 갈 적에,

"이렇게 잘 살면 꺼껍한[531] 게 없는데, 일월도 한계가 있더라고― 이렇게 살면 또 꺼껍할 때가 있으니께, 나를 찾아오면 내가 무슨 큰 권한은 없으나, 이조 이판서와 부자지[532]를 맞두르고 동문수학을 했어. 나를 불

---

528) 차사(此事). 이런 일.
529) 음력으로 그달 초하루부터 처음 며칠 동안. 혹은 초순(初旬).
530) 집안에서 안사람이 남에게 쓰는 인심.
531) 갑갑한.

쌍하다고, '자네가 얼루 갈라나?' 내533) 집에서 죽게 하는 걸 내가 고집을
세우고 시골을 내려왔다가 이런 큰 고상을 하니– 내 그 대감의 집에 가
서 죽을 테니, 그 대감이 내 말이라면 거역을 안 해. 무슨 꺼껍한 일이 있
을 때 날 찾아와서 청을 들면 청이 들어가지."

　그래 갔더란 말이지. 이도철이가 그 역촌534)이니께 역마를 찾아갖굴랑
은 이리저리 놀다가 역마도 타고 다니구 그래다가 제천군 가고 나서,

　"이도철이가 이놈이 역마를 타구 논다지. 이놈이 서리 역졸인가 이놈
잡아 나꿔라."

　잡아다가 옥에다가 가두고,

　"이놈아, 나라에서 역마 키워서 너 타고 당기라는 거냐? 어사출또535)
귀관이 타고 다니란 게지. 이놈 잡아 쥑여야겠구나! 너 목숨을 잡아 죽이
랴, 돈 만 냥을 내놓래?"

　아 이런, 큰 화를 당했지. 아비 죄에 자식을 대신 가두고 이도철이가
죽장망혜536)로 이 이생필이537)가 무슨 권세가 있나 그래구서538) 서울엘
가니께루 아 판서 집에 가서,

　"이 대감집에 이생필이란 늙은이가–과객539) 하는 늙은이가 있습니까?"
그래니까 이가 이판서 들으니까 깜짝 놀라면서,

　"아 누가 이생필을 찾느냐?"

---

532) 불알과 자지를 아울러 이르는 말.
533) 자기.
534) 역촌(驛村). 역이 있는 마을.
535) 조선 시대에, 암행어사가 지방 관아에 중요한 사건을 처리하기 위하여 좌기(坐起)
　　를 벌이던 일.
536) 죽장망혜(竹杖芒鞋). 대지팡이와 짚신이란 뜻으로, 먼 길을 떠날 때의 아주 간편한
　　차림새를 이르는 말.
537) 앞의 이야기에서는 빠졌으나, 이판서가 이도필 집에 묵을 때에 자기 이름을 이생필
　　이라 한 것 같음.
538) 있는가 하고
539) 과객(過客)질. 노자(路資) 없이 먼 길을 가다가, 도중에 모르는 이의 집에 들러 밤을
　　지내고 거저 밥을 얻어먹는 짓.

버선발로 확 튀어 나와 보니 이도철이라, 아— 손목을 턱 잡고,

"아 자네가 우짠 일인가? 들어가세."

떡 들어가구 보니까 대감이라 금관자540) 딱 붙이고 감투 떡 쓰고,

"자네 어짠 일인가?"

"아 약차541) 이러저러해—"

"아 그거 괜찮으이. 공주 관찰사로 속달542)을 불러라. 왕박어사 불러 급히 파발543)을 해라."

중주544)관찰로 충주영장으로 청풍부사로 제천현감에 '이도철이를 귀양 풀라'고 냅다 그냥 뭐 호령이 내려서 데꺽 풀게 해.

"자네가 뭐하나? 밭을 매나 논을 매나? 나하고 바둑이나 떼고 놀세. 이거 한 벌 내어다 입어라."

인모망건에 통냥관545)을 떠억 쓰고 같이 바둑을 대감하고 뛰니546) 참 좋더란 말이야.

"아 이 사람, 자네 가면 뭐하나? 밭을 매나 논을 매나?"

거기서 여섯 달루다 금구령을— 이태희란 국회의원 한 사람의 증조할 아버지란 말이여. 그렇게 적선을 해두 그렇게 했단 말이여.

---

540) 금관자(金貫子). 금으로 만든 관자. 정이품, 종이품의 벼슬아치가 달았음.

541) 약차(若此). 이러이러함.

542) 속달(速達). 빨리 배달함. 또는 그런 것.

543) 파발꾼 혹은 파발마. 공문을 가지고 역참 사이를 오가던 사람이나 그런 사람이 타던 말.

544) 중주(中州). 충주의 옛이름.

545) 통영관(統營冠). 통영갓. 경상남도 통영 지방에서 만든 갓. 또는 그런 양식으로 만든 갓. 품질이 좋고 테가 넓은 것이 특징임.

546) 두니.

58) 황희 황정승의 간통 재판 ··

─등에와 파리 우화

1977. 5. 17. 영동경로당 / 제보자 미상

어느 문안 대가에서는 유부녀 통관547)을 해서 사향548)을 받았더란 말
이여. 죽이라고. 옛날엔 유부녀 통간을 하면 때려 죽여두 살인이 없더라
구. 이런 사향을 떡 받았는데 그날 조회에 그 결판이 떡 나는데― 황해
황정승이 떡 와야지― 일인지하요 만인지상549)이오. 그런나 영 반응이
안 온단 말야. 그래 나중에― 맨 끝판에 떡 들어왔거든. 그래,

"대감은 으째 그렇게 인제 오시오?"

"아니 내가 주의해 오느라고 오다 보니께, 서울 시구문550) 밖에 어디로
오는데 마방판551)엘 떡 오는데, 말과 소가 떡 매 있었는데, 등에란 놈이
쇠등어리를 탁 뜯구 말등어리를 탁 뜯구― (제보자 : 등에란 파리가 있단
말여) 진디기란 놈이 하는 말이,

"야야 야야, 나도 쇠등어리를 금방 뜯구 말대가리를― 말허리를 금방
뜯어 피를 잔뜩 먹구서는 배가 잔뜩 불러 똥구녕이 메어서 떨어져서 큰
길가에 사람에― 인간에 잡혀서 탁 터져 죽을 운명이 됐는데, 네 그 민활
진552) 주둥아리로 내 똥구녕을 좀 쑤시라."구, "그러면 (네가) 그 피를 빨
아 먹으면 내가 살겠다."

"에끼놈, 큰일 날 소리 한다. 아무개는 남 뚫어진 구녁도 뚫구서는 시
방 사향을 받느냐― 죽느냐― 시방 공판이 오늘 오후에 나는데, 남 생 똥

---

547) 통간(通姦). 간통(姦通). 결혼하여 배우자가 있는 사람이 배우자가 아닌 사람과 성적
　　관계를 맺음.
548) 사약(賜藥). 죽을죄를 지었을 때 임금이 독약을 내림. 또는 그 독약.
549) 일인지하(一人之下)요 만인지상(萬人之上). 지위가 단 한 사람 곧 임금의 아래에 있
　　고 만인의 위에 있음. 예전에 영의정을 가리키는 말임.
550) 시구문(尸口門). 시체를 내가는 문이라는 뜻으로, 수구문(水口門)을 달리 이르던 말.
551) 마방간(馬房間). 마구간(馬廐間). 마방이나 마방집 따위에서 말을 매어 두는 곳.
552) 민활(敏活)한. 날쌔고 활발한.

구녕 찢구서 난 어느 지경에 가느냐? 아, 이랬어야."

이랬거든. 하 그래 만조백관이 박장대소하고 다 웃었더란 말이야. 아 유부녀 뚫어 달래니까 뚫어 주었지. 그래 그만 무죄 방송553)이 되더래요.

59) 이종성(李宗城) 이판서 ···

1977. 5. 17. 영동경로당 / 제보자 미상

이종성554) 이판서가 오성대감의 오대손. 호는 오천대감. 임진강 오천대감. 호는ㅡ 오성이ㅡ 그 왜 고조는 오성이고 휘555)는 이항복, 오대손은 오천대감, 휘는 이종성 이판서. 송파읍 파주에 그 오성대감의 사당이 있어서 그 사당에 초하룻날이 되어서 오는데 헌 파립556)을 씨고서 상노557) 아이를 데리고 떠억 다니는데 송파 그 강가에 임진강 건너서 송파 끝에 오면 허여자라고 예전에 기생 다니던 여잔데 시조 한 장 잘하구 깨끗하구 그래서 그 술장살ㅡ 시방으로 말하면 대포술 장사하구 있어. 거길 늘 들려서랑 시게558) 한 마디ㅡ

"시조 한 마당 하려나, 마누라?"

"여보, 첨지!"

고약한 얘기로 해.

"아 그러나 늙어 가면 어떻게 하나? 시조나 한 마디 하구 자네네 집에 대포나 한 사발 주게."

이래서 먹구 늘 댕기는데, 아 거기를 떡 오니까 그 여자가 빨래를 하구

---

553) 방송(放送). 죄인을 감옥에서 나가도록 풀어 주던 일.
554) 조선 영조 때의 무신(1692~1752). 호는 오천(梧川).
555) 휘(諱). 죽은 어른의 생전의 이름.
556) 파립(破笠). 해어지거나 찢어져 못 쓰게 된 갓.
557) 상노(床奴). 밥상을 나르거나 잔심부름을 하는 어린아이.
558) 세게. 크게. 혹은 농담(?).

분주하단 말야.

"마누라?"

"마누란 뭐 제 마누란가? 왜 이렇게—"

이첨지가 이래.

"아 그럼 예편네 마누라지. 그럼 사난559)가? 뭐 그래? 그러나 점심 요기를 해야지 어떻게 해."

"아유, 바뻐서 오늘은 아무것도 못하겠군! 찬밥이 한 그릇 있는데 상추쌈이나 싸 먹을라나?"

아무거나 상추쌈을 싸설랑은 기름을 풍겨서 마루에다 상 놓아. 상추쌈을 이는 빠진데 오그랑오그랑— 아 그 여자가 음식 치레560) 잘하구 깨끗하구— 전에 기생 다녔다구.

파주군수가 거기 새 쭉편을 떠억 차린단 말여. 아, 파주군수가 새 쭉편 차린다구,

"거기 누가 있거든 다 일어나라."

구 아우성을 냅다 치는데, 파주군수가 떡 들어와 보니께루 이놈의 늙은이 헌 파립에다 상노아이를 데리구설람은 상추쌈을 싸 먹다가 상을 널름 들구설랑은 뒷방으로 떠억 들어갔더란 말이여. 아, 그래 화문석561)을 깔구 호피562) 담요를 펴고 거기설랑은 파주군수가 좌정을 하였는데, 통인들이 한 발은 되는 부채를 갖구 확 펴들구설랑은 부채질을 양짝에 확확확 하게 더워서 허어허어 이러고 있다 보니께 옆에서는 이 빠진 늙은이가 상추쌈을 싸 먹느라고 입을 오그랑오그랑—

"첨지 먹는 게 뭐여?"

---

559) 사낸. 사나이인.
560) '치러 내는 일'의 뜻을 더하는 접미사. 또는 '겉으로만 꾸미는 일'의 뜻을 더하는 접미사.
561) 화문석(花紋席). 꽃돗자리. 꽃의 모양을 놓아 짠 돗자리
562) 호피(虎皮). 호랑이의 털가죽.

"상추쌈이올시다."

"그 이리 한 상 가져와 봐. 뭐 그리 맛있길래 오그랑오그랑 처먹어?"

아, 그래 상추쌈을 이리 보리밥 뒤 덩이 턱 싸설랑은 목구녕을 천장을 떡—

"고약한 늙은이. 뭐 그리 처먹어?"

확 내뱉어서 마당에 내뿜구선 물을 가져다 떡 하구 나니께루,

"야, 파주군수 이 사첫방563)야. 우린 가자."

이래고 하고 가는데, 상노 종아이가 헐뜯을 게 없는데 이정승 이판서를 확 잡아 나꾼단 말야.

"너 왜 이러니?"

"아, 대감님? 전 분해 못 가겠습니다. 파주군수가 이렇게 거만을 부리는데 제가 이렇게 갈 수 있습니까?"

"야야, 철모르는 사람이 호강을 해서 이 군수 지내564) 가면 그래니라."

"철모르는 사람이 인민 치민565)도 합니까?"

"어 그건 참 그렇다. 모르겠다."

아 송파읍 작은댁으로, '이종성 이판서한테 파주군수 잽혔다.'고 아우성을 냅다 치니께루, 하 집에선 오면서랑 솟을대문566)을 열구 영창567)을 떡 열구 애들이 인살568) 하구 가족덜이 환영을 하구,

"아유, 우리 대감님."

모두 다 인사를 하는데,

"아 너 인사 그만 둬라. 나 고단해서 좀 눠야겠다."

---

563) 사첫방(私處房). 손님이 묵고 있는 방.
564) 지내러.
565) 치민(治民). 백성을 다스림.
566) 행랑채의 지붕보다 높이 솟게 지은 대문. 좌우의 행랑채보다 기둥을 훨씬 높이어 우뚝 솟게 짓는다.
567) 영창(映窓). 방을 밝게 하기 위하여 방과 마루 사이에 낸 두 쪽의 미닫이.
568) 인사를.

퇴침을 베구선 탁 들어누니께루, 일장죽을 스르르 물구 잠을 그만 스르르 드는데, 파주군수는 관복을 입구 자갈밭에 탁 꿇어앉으면서,

"대감님 죽을 때가 돼 그랬습니다."

한숨 자구선 밀창문을 떡 열구서 보니께루 자갈밭에 꿇어앉아서는 아쉬자에 땀을 흘려서 그득 괴고, 얼굴에는 오뉴월 땡볕에 발갛게 익고 그래서는 허대거든.569)

"어, 파주군수로구먼! 화문석 위에 호피 담요 위에 통인들이 한 발은 되는 부채를 들구서두 활활 더워서 죽겠다는 사람이 우째 그래 자갈밭에 저렇게 꿇어 엎드려 있는고?"

"예 죽을 때가 돼 그렇습니다."

"죽을 때가 된 것도 아니고 자네가 철을 몰러. 시방 인민은 촉근목피570)로 해설랑 생명을 보존치 못해서 낭구— 송피571)를 베긴다 촉근목피를 뺀다 나물을 뜯어다 공복572)을 채우는데, 보리밥도 못 먹는 사람이 가서 인민 치민을 우떡게 해여? 가서 더 배워 가지. 철나거든 가. 괄복573) 벗어 놓으렸다?"

아 그러니 해 볼 수도 없구 괄복 벗어 올리구 뻘건 중의 적삼으로 쫓겨나니께, 신연574) 사령들과 신연 나졸들이 거기 있어.

"도임한 후에— 그 주막에 노패575)가 퍽 낫네.576) 이 돈 삼백 냥만 놓고 가게."

---

569) 허덕거리거든.
570) 초근목피(草根木皮). 풀뿌리와 나무껍질이라는 뜻으로, 맛이나 영양 가치가 없는 거친 음식을 비유적으로 이르는 말.
571) 송피(松皮). 송기(松肌). 소나무의 속껍질.
572) 공복(空腹). 배 속이 비어 있는 상태. 또는 그 배 속.
573) 관복(官服).
574) 신연(新延). 도(道)나 군(郡)의 장교와 이속(吏屬)들이 새로 부임하는 감사(監司)나 수령을 그 집에 가서 맞아 오던 일.
575) 노파(老婆).
576) '낫다'는 보다 더 좋거나 앞서 있다.

거길 가설랑 아 이 사람이 나무의 길을 가다가 파주군수를 떡 맞추어 가서 거길 가니께루, 파주군수가 되어서 돈 삼백 냥을 떡 내놓구설랑- 아 이래 파주군수 간 뒤에 그 상노 아이를 데리구 슬슬 거길 가니께, 아 그 마누라가 하는 말이- 대감님을 몰랐더란 말이여.

"아이구 대감님, 저를 쐭이구설랑 저를 시게두 하고, 저를 쥑일렵니까, 살릴렵니까?"

아 이러니께- 절을 큰 절루다 떡 하니께,

"아따, 그 년. 시집가는 절루다- 큰 절루다 한번 잘 해 봐라."

아 그래,

"아 대감님? 그 파주군수한테 말하기를 돈 삼백 냥을 제해 놔라 하셨으니 돈 삼백 냥을 어따 쓰렵니까?"

"어따 너하구 시게한 뽀찌루다 받아 둬라."

돈 삼백 냥을 제해 주구선 헌 파립에 임진강에 가니께 임진강 뱃사공이- 아태조(我太祖) 꿈에 건네다니던 꿈에 신선이 근너 다녔다고 아태조 그 꿈에 선몽[現夢]한 말로다가 임진강 뱃사공을 감투를 대대로 내려 씌웠는데, 감투를 씨고 직함이 높았더란 말이여. 아 헌 파립에 감투도 안 쓴 늙은이가 날마다 건너다니면서 뱃삯도 안 내거든.

"아 씨부럴 늙은이가 늘 다니며 뱃삯도 안 낸다."고, "그러니 오늘날은 나한테 겪어 봐라. 오늘 너 돈 없이는 내게 크게 당하여."

"아이구 여보 뱃사공님, 나 돈은 없고- 돈이라군 이거뿐이오."

국전577)을 떡 내보이니께 다 팔아먹어두 말야. 본전은 남았더라고. 옛날에 칙사578)가 나올 때 본전 한 푼이면 삼천 냥이구, 조선 국전은 백 냥이란 말야. 이대신 집에 영상 이래 국전 한 푼씩 가져 오는데 국전 한 푼은 탁 탈치구 물러 떡- (이하 망실)

---

577) 국전(國錢). 공금(公金). 국가나 공공 단체가 소유하는 돈.
578) 칙사(勅使). 임금의 명령을 전달하는 사신.

60) 유아무와부득(唯我無蛙不得) ···

1977. 5. 16. 영동경로당 / 성원식(成元植), 남 · 63

*이 이야기의 '이야기 속의 이야기'인 동물들의 목청 다툼 이야기는 충북 제천군 〔청풍면 자료 1〕을 참조할 것.

숙종대왕께서 그 민정 시찰을 참 많이 했다는 말씀인데, 그것이 그 당시 인제 숙종께서 밤에 등불을 가지고서 참 어디 민정을 살필랴고 밤에 나가셨던 말이야. 나가서 인제 어딜 나가셨는데, 서당에서 아들579) 글 읽는 소리가 쭉 나는데 그게 보니까 애들 몇을 놓고 선생님이 머리가 희끗희끗한 양반이 아랫목에 앉아서 아이들을 글을 가르치고 있는 모양이야. 그게 인제,

"지나가는 과객이 글소리를 듣고서 글 읽는데 구경할라고 들어왔다."
고 하니까,

"들어오시라."
고. 근데 앉아서 구경하다 보니까, 그 선상님이 아랫목에 앉았는데 그 뒤에 벽에다가 '유아무와부득'580)이라고 떡 써 붙여 놨단 말이야. 그래 그 숙종대왕께서 암만 그걸 따져 봐도 무슨 뜻인지 모르겠단 말이야. 그러니까,

"과객으로서 선상님한테 뭐 한 말씀 물어 되겠냐?"
고 하니까,

"뭘 묻겠느냐?"
고 하니까,

"근데 저 벽에 붙인 '유아무와부득'이란 말이 무슨 뜻이냐?"
고 물으니까,

"아, 그거, 알라고 하실 필요 없다."

---

579) 아이들.
580) 유아무와부득(唯我無蛙不得). '오직 내가 개구리를 얻지 못했다.'는 뜻.

고.

"아, 그렇지만 내가 암만 해도 궁금증이 나서, 나도 글자라도 배운 사람이 그걸 모르겠으니 좀 가르쳐 달라."고 자꾸 애원을 했다 이거지. 그러니까,

"그럼 정 과객이 그거를 알고 싶어하니께 얘기를 하겠다."

고.

예전에 날즘승581)들이 명창대회를 열었는데— 가령 인제 날짜를 뜩 정해갖고 '몇친 날 날즘승 명창대회를 연다.' 이렇게 대횟날을 정했는데, 거기에 심판에는 독수리가 심판관되었든게비여. 그건 가만히 독수리가 사방을 돌아보니께 뭐 꾀꼬리니, 앵무새니 할 것 없이 뭐 기가 맥히게 노래 연습을 많이 하거든. 그럼 날아가는 참 꾀꼬리 같은 소리라든지— 그런데 게우582)란 놈이 가만히 생각해 보니께, '생전 끽끽 소리밖에 못하니 내가 명창대회 가서 뭣을 어떻게 해야 되느냐?' 하고 게우가 생각해 보았는데, 그래서 독수리가 무엇을 가장 즐기냐 하는 것을 연구했어. 심판관을 조절해야 되겠단 말씀이야. 보니까 개구리를 기가 막히게 좋아하는 거야. 그러니께 게우란 놈이 들치고 해치우는데, 여간 잘 들쳐? 그래가지구 개구리를 한 마리만 잡아주어도 괜찮은데 두 마리를 잡아서 주었어.

그래 독수리가 가만히 생각해 보니께, 가장 내가 즐기는 개구리를 가져왔으니, 한 마리도 아니고 두 마리를 받아먹고 생각하니까 뭔가 보답을 해주어야겠는데, 소위 동정심이 생겼거든. 말하자면 부조리가 생겼단 말이야. 그래서 인제 그 명창대회 날이 되었는데, 독수리가 뜩 앉아서 심판을 하는데, 제일 먼저 뭐 앵무새니 꾀꼬리니 하는데,

"에이구, 여성다워서 못쓴다."

구, 대번에 불합격이거든. 그래 죽 인제 날즘승들이 노래를 한 번씩 했는

---

581) 날짐승.
582) 거위.

데, 맨 끝머리 게우란 놈이 끽끽거리니까,

"아 그거 남성다워서 좋다."

고 합격을 시켰단 말이야.

그와 마찬가진데, 그 글방 선생 얘기가,

"나는 과거를 몇 번 봐도 오직이나 낙방해 떨어지고 떨어지고 하는데, 그래 가만 생각하니까 내가 뭔가 참 그 부조리라 할까, 사바사바583)를 좀 해야겠는데, 그걸 못해서, 그래서 내가 써 붙인 거─"

라고. '유아무와부득'이라고. 개구리가 없어서 과거를 못해야, 부득이야. 이렇게 얘기하드란 말이야.

가만히 생각해 보니까,

"아, 그러냐?"고, "과객으로서 참 좋은 말씀 들었다."

고 하니까,

"아이구! 그만 당췌 남부럽기두하구, 나 참 글도 많이 배우구 글언584) 자신이 있는데, 아, 가기만 하면 떨어지구 떨어지구 하니 아이 못 보겠다."

구 하니,

"아, 그러냐? 다시 한 번 보라."

구 하구 나와서 대왕은 돌아가셔서 임시 과거 방을 막 써 붙였단 말이야. '메칠 날 과거를 본다.' 이렇게 방문을 써 붙였단 말이야. 글방선생이 가만히 생각─ 그때 과객에게 들은 말도 있구 해서 한번 봐 보까 어쩔까 하다가, '한번 봐 보자.' 그래 과거를 보러 갔더라. 가니께, 아 그 '유아무와부득'의 해석을 쓰라구 떡 제목이 나왔드란 말이야. 아, 그래 다른 사람은 생전 들어보지두 못한 얘기로 '개구리가 없어서 부득'하단 말이 알 수가 있어? 그 사람은 그가 아는 대로 쭉 설명해서 써서 특채로 합격이 돼 버

---

583) 원래 일본어로, '뒷거래를 통하여 떳떳하지 못하게 은밀히 일을 조작하는 짓을 속되게 이르는 말'이란 뜻임.
584) 글은.

렸어. 그래서 과거를 늦게나마 머리가 희끗희끗해가지구 과거에 합격했단 사화가 있단 말야.

(61) 닭 벼슬·개 다리·돼지 코 ···

1977. 5. 16. 영동경로당 / 성원식, 남 · 63

개가 어째 낮에 오줌을 눌 때 다리를 쳐드느냐 하는 이런 얘긴데, 그전에 천상에 무슨 저 지금 국태민안하니 옥황상제께서,

"내려가서 놀고먹는 놈 제 놈만 잡아 오너라."

이랬단 말이야. 그래 천사들이 내려와서 지구에 와서 돌아보니까 놀고 먹는 놈이 돼지하고 닭하고 개하고 시[585] 종류는 놀고먹거든. 이걸 잡아가지고 옥황상제께 앞에 꿇어 앉혔단 말이야. 처음에 닭을 문초하는데,

"너는 도대체 무슨 일 하고 있느냐?"

"아, 저는 아무것도 하는 일은 없지만 그 인간들이 시간을 몰라서 그래 그 시간을 알려 주고 있습니다."

그래서 옥황상제께서 닭에게는 빨간 벼슬[586]을 내려 주었거든. 그것이 지금 닭 벼슬이란 말씀이지. 그래서 사람들이 벼슬만 하면 좋다고 하는 모양이야. 그래 또 개를 대령하라고 했더니, 개가 그전에는 개가 뒷다리가 하나 없드라드만. 그래 시 발로 걸어 다니는데, 기우뚱 쩔룩거리며 걸었드라는 기여. 개가 떡 들어오니,

"너는 무엇을 하는 놈이냐?"

하니,

"아, 저는 아무것도 하는 일은 없지만, 인간들에게 도둑이 많아서, 도둑을 지켜 주고 있습니다."

---

585) 세.
586) 닭이나 새 따위의 이마 위에 세로로 붙은 살 조각.

이렇게 얘기하니, 가만 보니,

  "너 다리가 시 개라서 불편하겠다."

하면서 다리 하나를 붙여 주었단 말이야. 어찌된 일인지 옥황상제한테도
오줌 눌 때 만날 쳐들고 눈다는 기여. 그래서 귀중한 다리라는 기여. 그
래서 개한테 물으면 확실히 안다는구만. 그래서 오줌 눌 때는 조심스럽게
쳐들고 눈다는구면. 아, 그런데 돼지를 맨 끄트머리에 꿇어 앉혀 놓았는데,

  "아, 그 너는 도대체 무엇하느냐?"

하니까, 그냥 꿀꿀 하면서 대답을 안 하거든. 그래 옆에 몽둥이를 들고서
주둥이를 때렸더니 그때부터 돼지의 주둥이가 (치켜) 올라갔다 한다.

(62) 부용동

1977. 5. 16. 영동경로당 / 조만택, 남 · 54

  *제보자는 부용리의 이장이다.

  아랫녁 어디서 말이야. 먹고 살기도 풍족한 사람이 하나 있더라. 먹고
살기만 풍족한 것이 아니라 그 사람이 잘 배워서 실권이 있는 사람이란
말이야. 말하자면 영동으로 말할 것 같으면 아매[587] 국회의원쯤 되었던
모양이야. 그 전으로 말할 것 같으면 좀 그 집전[588]도 좋고 아들도 있이
니까 잘 가르쳐서 자기도 도움을 받을려구 했다. 그런데 이 사람이 아주
숭악[589]해야. 남한테 좋은 일을 할 줄을 몰라. 어떻게 지독하게 하던지
말이야. 당체 숭악하기 짝이 없는, 숭악한 사람이야. 그 집 좀 좋지, 먹고
살기 좋지, 아들 여럿 두어서 그 사람들도 가르칠 만해서 훌륭한 사람으

---

587) 아마.

588) 집전(執錢). 돈을 쥔다는 뜻으로, 어떤 물건을 돈으로 바꾸거나 돈으로 만듦을 이르
    는 말.

589) 흉악(凶惡).

로 맨들어서 사는데-

그 사람이 참 각중에590) 이 사람이 어째 까무러쳐서 죽었던 모양이요. 죽어서 떡 저승이라고 가 보니까 말이야. 부자로 사는데 저승으로 가 보니께 무어 여기저기 산더미 같은 창고가 느륵느륵 있는데 말이야. 아 가 보니까 어떤 창고는 쌀도 하나 찬 창고 있고, 어떤 창고는 나락도 가득찬 창고도 있고, 어떤 창고는 말하자면 보리도 있고, 뭐 잡곡도 있는 창고도 있고, 꽉꽉 들어찼드란 말이야. 근데 한 군데 창고를 가 보니께 딱 짚 한 단이 놓여 있고, 창고가 떡 비어 있단 말이야. 그러다가 창고를 다 둘러 보고서 집으로 와서 이 사람이 깨어났다. 이 사람이 순간적으로 까무러쳐 서 아마 저승이 갔던 모양이야.

그래서 집에 와서 자기 자신을 가만히 생각해 보니께 자기 남한테 적 선한 것이 하나도 없고, 이웃집에서 아낙이 아591)를 해산했는데 짚을 한 단 제우592) 지어593)준 것밖에 없단 말이야. 그것이 자기 창고라는 거여. 근데 거기서 느낀 것이여. 거기사 느껴가지고서 인제부터는 내가 여적 지594) 벌어서 노름도 많이 하고 남한테 지독하게 많이 했은게 인심도 써 야겠다. 자기 자신에 우러나서, 그래 말하자면 소작인들을 모두 불러가지 고서- 시방으로 쉽게 알아듣게 얘기하자면 토지 개혁을 시켰어. 딱 시켜 놓고 참 그때부터는 자기 먹고 살 만큼만 가지고 있고서는 소작인을 시 켜놓고, 없는 사람한테 적덕을 해야겠다. 가난한 사람을 돌보기도 하고 굶어 죽을려고 하는 사람도 참 좋은 일을 해서 살려 내기도 하고- 그런 데 한번 딱 까무러치고 나서 저승에 갔다 와서 마음을 개선하여가지고 사람이 되어가지구설라무니 참 옳은 사람 노릇을 하더라 이거야. 그런 사

---

590) 갑자기. 별안간.
591) 아이.
592) 겨우.
593) 쥐어.
594) 여태껏.

람도 있더란 말이야.

(63) 오대 적덕(五代積德)

1977. 5. 16. 영동경로당 / 조만택, 남 · 54

한 사백 석 바탕을 가졌더라 이거여. 선대에서− 그 전 얘기라 이거여. 선대에서 한 사백 석 바탕을 가지고 있는데, 그 이제 재물을 그렇게 많이 가지고 있는 양반이 훌륭하던 분이야. 가만 생각하니 안 되겠단 말이야. 사백 석 바탕에서 불어나가는 것, 도지받는 것, 자기 먹을 만참만 넘겨두고서 그걸 가지고 적덕595)을 했던 모양이야. 그럼 그것이 한 대만 해도 크다고 보아야 해. 그런데 오 대를 적덕을 했어. 언제던지 사백 석 바탕, 자기 먹을 것은 가지고 있고, 나머지 늘어나가는 것, 요걸 가지고 쉽게 말하자면 영동면이면 영동군래596) 전체를 다했어.

그럼 어떻게 적덕을 했느냐? 군내 전체로 보아서 누구든지 해산하면 쌀 한 말, 미역 한 낱, 누구나 물론하고 있는 사람이건 없는 사람이건 그런 소식만 들었으면 했어. 근대 한번 하기 시작하니까 연첩597)하여 정확히 들어오드란 말이야. 그래서 전체를 다했어. 그럼 그게 한 대만 해도 좋을 텐데, 오대를 했으니 그게 여간 큰 것이요? 그 양반이 훌륭한 것이여. 그럼 그 양반이 어떤 뜻으로 그런 좋은 일을 했냐? 쉽게 알아듣게 얘기하면 죄도 버려야 되고 복도 벌어야 되겠단 말이여. 그렇찮습니까? 그래도 남한테 이렇게 적덕을 많이 해가지구서 선대에서 벌어 놓았기 때문에 박대통령이 되었단 말이여.

---

595) 적덕(積德). 덕을 많이 베풀어 쌓음.
596) 영동군내(永同郡內).
597) 연첩(連疊). 잇따라 겹쳐 있음. 또는 그렇게 함.

64) 동물들의 교접의 횟수 ···

1977. 5. 16. 영동경로당 / 김동표, 남 · 60

닭도 그렇고, 돼지도 그렇고, 교미를 하는데 말이야. 이건 뭐 여자가 남자를 낳음으로써, 교미를 하게 되어. 특히 닭 같은 거는 다르지만, 사람이란 것은 이것은 뭐 수시로 하고 싶은 날, 그야 아침 먹고 나가다가도 마누라가 한번 하고- 하면 하는 것이고, 낮에도 어쩌다가 생각이 나면 하는 것이고, 밤에 자다가도 하고 뭐 이 모양이거든.

근데 아 양반이-에 대한 얘기여. 한번은 염라대왕 회갑잔치에 떡 갔더니 삼라만상의 동물이란 동물은 다 집합했네. 그래가지고서 염라대왕 회갑날이라고 하니 염라대왕 눈에 들려고 야단들이지. 그러니까 뇌물을 바치는 여석들도 있고, 아부하는 놈도 있는 거고 거나하게- 그저 뭐 별 모양들이 있었어. 가만 생각하니까,

"내가 술을 한 잔 먹고서 기분이 나니, 너희들은 어짜피 내 생일을 축하하기 위해 왔으니 너희들에게 선물을 하나씩 주겠노라."

이랬단 말이야. 그래 닭이란 놈은,

"새벽에 시간을 알리는 공로가 있으니 그냥 하루에 생각나는 대로 한 두 번 해라."

돼지란 놈은,

"에이, 너는 안 돼. 험악하게 놀면 네 신상에 해로우니께 암놈이 암샘이 나면 해라."

소도 역시 그렇고- 그래서 전부 동물들에 선물들을 쭉 주고- 하나씩 주었단 말야. 그러다가 좋아하는 말 차례가 돌아왔단 말이야. 근데 말한테 얘기하기를,

"너는 그건 무척 좋아하는 놈인데, 너 그거 신상에도 해롭고, 즐기다 보면 오래 살지도 못할 것이고, 너도 역시 그냥 암놈이 암샘 하거든 해라."

이렇게 명령을 내렸단 말이야. 아, 말이란 놈이 가만히 듣자 하니 생각할
수록 분하고 원통하거든. 그래 ×몽둥이를 빼가지고 막 염라대왕에게 막
갖다 휘두리면서,

 "아, 내가 좋아하는데 말이야. 나를 하루에 몇 번씩 하두룩 하지. 겨우
한 번이냐?"

고 했다. 아, 그런데 다른 동물들은 모두 선물을 받았는데, 사람은 선물을
못 받았네. 그래 사람이 쫓아가서,

 "대왕님, 대왕님, 이거 큰일 났습니다. 딴 동물들은 선물을 주었는데,
나는 어떡합니까?"

이러니까, (염라대왕이) 먼저 말한테 맞아서 정신을 못 차리며 하는 말이,

 "몰라, 몰라, 네 맘대로 해라."

했네. 그래서 사람은 수시로 그것을 하게 되었다.

65) 벙어리 흉내 내어 대인 출산

1977. 5. 16. 영동경로당 / 배기헌, 남 · ?

 전라도 광산김씨 한 사람이 외아들을 글을 잘 가르쳤다. 아이가 서당에
서 글을 배우는데, 친구가 와서,

 "아들을 장가들이라."

고 권유했다. 처녀도 얌전하고 해서,

 "그렇게 하겠다."

고 대답했다. 그러다 사주 거래를 하기 위해 애를 썼으나 처녀가 도무지
말을 하길 않아 벙어리인 줄 알고 파혼을 했다. 서당에서 돌아온 아들이
그 말을 듣더니,

 "저는 그래도 그리로 장가를 가겠습니다."

하고 고집을 하여, 부모가 더 이상 어쩌지 못하고,

"그러라."

고 했다. 그래 처당을 지어 잔치를 잘했어. 일 년이 넘은 뒤 포태 있어 아이를 낳았어.[598] 이때 시아버지가 기쁜 나머지 무심결에 던진 말에 뜻밖에 며느리가 대답을 했다. 며느리가 도무지 말을 하지 않아 벙어리인 줄로만 알았던 시아버지는 너무나도 기뻐 동네 사람들에게 며느리가 대인을 낳고 말도 하게 되었다고 자랑했다. 며느리에게 말을 하지 않은 이유를 물으니, 며느리는 자신이 '버버리[599]가 되면 큰 인물을 낳을 텐데—' 하는 말을 듣고, 입을 다물고 말을 하지 않았다고 했다. 후에 정말 그 아들은 큰 인물이 되었다.

66) 김도깨비담 ··

1977. 5. 16. 영동경로당 / 배기헌, 남 · ?

옛날에 농촌에 한 사람이 살았는데, 날이 가물어 논에 물을 대려, 밤중에 윗물을 푸는데, 우물 속에서 장승 같은 도깨비 거인이 나타나,

"너 물 푸러 왔냐?"

물어.

"그래, 물 푼다."

하니까, 자기가 물을 퍼 준다고 하고, 도깨비가 일을 금방 끝냈다. 그래 그 사람이 도깨비에게,

"너 참 물 잘 푼다. 너 잘 먹는 게 뭐냐?"

하고 물으니,

"개대가리와 메밀묵을 잘 먹는다."

고 해. 그래 그 사람이 집으로 돌아와 부인에게,

---

598) 낳았어.
599) 벙어리.

　“오늘 저녁 개대가리 하나와 메밀묵을 좀 하거라.”

했다. 그래 여자가 다음날 개대가리와 메밀묵을 해 가져갔다. 여자가 보니 그 도깨비가 보이지 않았다. 그래,

　“가져 온 것 먹으라.”

고 소리치니, 도깨비가 대답하기를,

　“난 냄새만 맡으면 먹는다.”

고 했다. 여자도 도깨비를 발견했다. 갑자기 도깨비가 여자에게 달려들었다. 그 후에는 남자가 논으로 나가기만 하면 번번이 도깨비가 나타나 여자에게 붙었어. 여자가 이유 없이 점점 말라갔다. 여자가 마르는 것을 보고 남편이 물으니 여자가 대답하여,

　“당신 물 푸로 가면 도깨비가 나타나 나를 못 살게 굴어 마른다.”

고 했다. 그래 남편이 물 푸로 가는 척하고 삽작거리600)에서 몽둥이를 들고 있으니까 도깨비가 온단 말여.

　“너 인제 오니? 너 어디 가니?”

　“너 마누라한테 가지.”

　“그래? 잘 놀아라. 근데 너 돈 좀 가져올 수 있니?”

하자, 도깨비가,

　“그럼 가져올 수 있지. 내일 저녁에ㅡ”

　그리고 가더니 도깨비가 이틀날 저녁에 정말 오더니 말했다.

　“돈, 어따 부려?”

　“거기다 부려.”

　엽전 시절이라, 도깨비가 밤새도록 엽전을 가져다 산더미처럼 쌓았다. 도깨비한테 번 돈은 사면 못 가져간다는 말이 있어. 그래 그 돈으로 땅 사고 나서 도깨비를 딸601) 궁리를 했다. 후려갈기면서,

---

600) 대문 밖 가까운 길거리. 집 근처.
601) 뗄.

"넌 우리—"

도깨비가 달아나며 소리치기를,

"네까짓 놈 농사질 줄 아느냐? 네 논 내 다 띠어 갈 꺼다."

남자가 하루 저녁 나가 보니 도깨비가 땅을 띠어 간다고 논바닥에 말뚝을 박으며 밤 새 '앗쌰 앗쌰' 애를 썼다. 그 노인이 그것을 보고 비웃으니, 도깨비가 마침내 땅은 떠가지 못하고, 논농사를 못 짓게 하기 위해 논에다 와글와글 자갈을 논바닥에다 갖다 채워 놓았다. 노인이 그걸 보고,

"어허 웬 자갈? 소똥 개똥이 아니라 다행이다. 소똥 개똥이라면 난 정말 망하는 거지."

하며, 짐짓 좋아하는 척했다. 도깨비가 그 말을 듣고 밤새 자갈을 치워버리고 진짜 개똥, 쇠똥을 논에다 잔뜩 갖다 놓았다. 그래 그 사람은 농사를 잘 지어 잘살게 되었다. 그리고 도깨비가 오는 것을 때려 쫓아 보냈다.

67) 착한 막내와 충실한 김노인 ···

1977. 5. 16. 영동경로당 / 정금봉, 남 · 60

옛날 개성에 한 농부가 살았다. 생활은 매우 간구[602]했지만 슬하에 삼 형제를 두었더랍니다. 아버지가 쟁기를 들고 밭에 나가 일하는데 삼 형제가 따라가 놀곤 했는데, 그러던 차에 아버지가 병이 들어 죽으면서,

"다른 사람들은 헤어져 살더라도 너희 삼 형제는 사이좋게 한집에서 살아라."

하고 유언을 했더랍니다. 그래 세 아들들은 아버지의 유언에 따라 한 울타리 안에서 함께 살며 혼인도 하여, 큰아들은 외부의 일을 맡고, 둘째는 농사를 짓고, 셋째는 누에치는 것을 맡으면서 우애 있게 살았습니다. 집안 살림을 큰며느리가 다 맡아가지고서, 삼 형제가 아버님 유언대로,

---

602) 간구(艱苟). 가난하고 구차함.

“우리가 그저 우애 좋게 살자.”

고 하고선 참 살더랍니다. 사는데, 그 집에 일꾼이 누가 있느냐 하면 김서방 노인이라고, 두 내외가 그 집일을 안팎으로 도우며 살았습니다. 그 맨 끝에 동생이 아들 형제를 두었는데, 김서방을 데리고 뽕을 따러 가서 뽕을 따다 보니, 크다만 뽕나무가 있는데, 올라가 뽕을 따다가 그만 가지가 부러져서 떨어져 돌에 부딪쳐 돌에 깨져서 (막내동생이) 세상을 떴답니다. 끝이 났단 말야. 그러고 보니까 끝에 며느리가 자기 남편을 잃고 보니, 어린 것들 둘을 데리고 그만 건넌방에서 혼자 있으니까 집안이 안 될라면 무엇이 어떻다더니, 여자들이 이제 뭐라 그냐면, 그 맏동세,603) 둘째동세가 인자 상의를 하기를,

“아, 우리가 괜히 벌어가지고서는 끝동세 저것들 삼모자를 뭐하러 먹여 살리겠냐?”구, “그러니까 이렇게 하면 안 되니까 어떡하든지 쫓아 내도록 해보자.”

이런 얘기를 상의를 하게 됐다. 그래서 맏동세가 자기 남편보고,

“아, 여보? 저거 저 뭐 끝동세 삼모재604)를 우리가 죽었다고 벌어서 일도 안 하고 있는 거를 어떻게 멕여 살리겠느냐?”구, “그러니까 어떡하든지 내보내도록 하자.”

허니께, 자기 남편이 솔곳하니께,605) 둘째 또 동세가 자기 남편에게 그러니께 또 둘째남편도 솔곳했단 말여. 그러니께 여자들 둘하고 남자들 둘하고 끝에 동세만 빼놓구서는 너히606) 회를 해가지고는 쫓아내기로 했어. 그러면 살림을 나되, 어느 논빼미 있는 걸랑은 그 동세를 주고 이렇게 이렇게 하자고 상의를 했어. 하더니 하루는 동네사람들을 전부 논으로덜 오라고 청하드라는구만. 그래 노인들 죽 가니께,

---

603) ‘동세’는 ‘동서(同壻)’. 시아주버니 또는 시동생의 아내를 이르는 말.
604) 삼모자(三母子).
605) ‘솔깃하다’는 ‘그럴듯해 보여 마음이 쏠리는 데가 있다.’
606) 넷이.

 "이거 무슨 술이나 한 잔 낼라는가? 지사607)나 지내는가?"
하구서 가니까, 큰아들이 떡 메라608) 그냐 하면,

 "이거 우리가 이렇게 살림 분배를 하면 잘했다 못했다고 할는지 몰라
서 여러 어른네들 데려다 놓고서난 이렇게 상의를 하는데, 아무디 아무디
논은 우리 형님이 장자니께 지사도 하니께 차지해야 되고, 아무디 아무디
논은 내가 차자니께 내가 차지해야 되고, 아무듸 논하고 아무케는 우리
저 말동생609)을 주야겠다."
구— 동네 어른들이 가만히 생각하니께,

 "아 이 사람네야, 잔네610) 살림 분배하는 것을 잔네끼리 하지 동네 사
람이 무슨 상관이 있어설랑은 오라구 했냐?"구, "별놈의 소리 다 한다."
구. 전부 이저 달아납니다. 그러고 보니께 끝에 동생 논 몇 마지기 준 것
은 가물으면 가물어서 못 먹고, 비가 쪼끔 오면 물이 켜서 못 먹는 거 이
거 몇 마지기를 주고, 소두 몇 마리가 되는디, 소두 암소 비쩍 마른 것 하
나 그 집에 주구설랑은— 저 건너다 집을 사설랑은 주면서, 김서방 두 내
외를,

 "거 가설랑은 농사나 지라."
고 이자611) 보냈단 말이야. 그러는데 김서방이 메라 그냐면612)— 김노인
이 메라 그냐면,

 "세상에 이럴 수가 있느냐?"구. "원형이정613)은 천도지정614)이라고—
마음을 바로 쓰면 하느님이 다 돌보는데 자기네는 좋은 걸로 하고, 내가

---

607) 제사(祭祀).
608) 뭐라. 무엇이라.
609) 말(末)동생. 막냇동생.
610) 자네.
611) 이제. 인제.
612) 그러냐 하면.
613) 원형이정(元亨利貞). 하늘이 갖추고 있는 네 가지 덕. 세상의 모든 것이 생겨나서
     자라고 이루어지고 거두어짐을 뜻한다.
614) 천도지정(天道之情). 하늘의 정.

시방 한 오십여 년을 자기네 집에 살지만, 어느 논이 어떻고 어느 논이 어떻고, 어느 소가 어떻다는 것을 내가 잘 아는데, 그래 이건 가물으면 가물어서 못 먹고 비가 좀 오면 물이 켜서 못 먹고 이럭하는 것을, 그래 이걸 논으로 준다 말이냐?"구, "그러구 소두 그렇게 여러 마리가 있는 놈의 거 하필이면 저렇게 삐쩍 말라서 끙끙 앓는 놈의 암소 한 마리를 주면서 농사를 지라냐?"

구. 그래 그 여자가 머라 그냐 하면,

　"아무라커든 내비 두라."구, "그건 뭐 생기는 대루 먹자."

구 이럭하는데, 팔월 추석이 돌아오는데, 거 김서방이 메라 하느냐면,

　"아, 아씨님? 그럴 것 없이 저 소 저거 주아615) 삐쩍 말르고 농사도 못 질 거니까, 저거 잡아서, 추석에 잡아서 팔구서 다시 대비로 하자."

구. 아 그래,

　"맘대루 하라."

구. 아 그래 소를 잡고 보니께 우황616)이 들었답니다. 그 우황도 암소마냥 끙끙 앓는다더니 그렇게 말로드래요.617) 그래 인제 어떤 사람이 그 소를 사 간다고 하는데, 그 돈을 삼천 냥 받았에요. 우황을. 그래 자기 성618)들이 그 얘기를 듣고 뭐라 그냐 하면 쫓아와서,

　"그 소는 줬지만서두 우황까지는 안 줬다. 우황은 내 노라."고, "우황은 우리 꺼ㅡ"

라구. 그래 김서방이 이놈의 그 소리를 듣고 그냥 가지고 달아났단 말이야. 가지고 달아났는데, 자기ㅡ 지수619)는 줄라고 하는데 김서방이 가지고 달아났으니 말야. 돈 삼천 냥을 가지구 달아났어. 달아나서루,

---

615) 줘야.
616) 우황(牛黃). 소의 쓸개 속에 병으로 생긴 덩어리. 열을 없애고 독을 푸는 작용을 하여, 중풍, 열병, 경간(驚癎) 따위에 쓰인다.
617) 마르더래요.
618) 형(兄).
619) 제수(弟嫂). 아우의 아내.

"어떡하든지 이 끝의 아씨님 어떡하든지 살려야 하겠다."

고, 이놈의 걸 가지고서는 장사한다고 저 강원도를 들어갔는데, 강원도 들어가서 한 어느 봉노방620)에서 잠을 자느라고 저녁에 인제 이렇게 자는데, 한 사람이 자다가 벌떡 일어나더니만 방바닥을 탁 두들기면선,

"아, 이거 어떡하느냐?"구. "큰일 났다."

구. 아 그래 자던 사람이 전부 일어나서,

"왜 그럭하느냐?"

구 그러니께,

"아, 집에서 아버지가 돌아가셨다고 사람이 시방 왔는데, 아 이건 물 견621) 가지고 와서 팔지는 않고 했는데, 물건이라도 팔아야 가겠는데, 이 거 큰일 났다!"구, "그렇게 삼베 세 바리622)가 있는데 누구든지 한 바리 천 냥씩 삼천 냥만 내고서는 이거 좀 사라."

구 그라드라는 거지. 그래 누가 돈 삼천 냥 있어서 그거 세 바리를 살 사 람이 있어야지. 김서방이 가만있다가,

"봇짐 이거 거식623)하더니 내가 산다."

구, 삼천 냥을 데걱 주고설랑 샀단 말야. 그래 이 사람은 자기 아버지 죽 은 디를 갔어요. 그래 이놈을 가지고서는 서울을 들어가야 하겠는데, 그 날 저녁부텀 장마가 져서 비가 오기 시작하는데, 한 달을 이상 비가 오더 랍니다. 쇡624)이 터져 죽겄지. 그래 하룻저녁은 이렇게 보니께 별이 초롱 초롱 하면서 날이 개이는 것 같애서 한 바리를 싣고서는 서울을 향해서 가는 판인데 의정부 쪽을 거진 채 못 가니께 송쟁625)이 나오기 시작을 하는데, 막 들것이다 송쟁이 막 나오드라는 거여. 아 그래,

---

620) 봉놋방. 여러 나그네가 한데 모여 자는, 주막집의 가장 큰 방.
621) 물건.
622) 마리.
623) 거시기. 하려는 말이 얼른 생각나지 않거나 바로 말하기가 거북할 때 쓰는 군소리.
624) 속.
625) 송장. 시체. 죽은 사람의 몸을 이르는 말.

"아 여보쇼? 워짠 송쟁들이 이렇게 막 미고 나오느냐?"
구 그러니께,

"당신 서울 뭐하러 가냐?"
구.

"아 삼베 가지구 간다."
구,

"삼베 가지고 가면 참 좋긴 좋으나, 당신 서울 들어가면 죽는다."
고.

"아 왜 죽느냐?"
니께,

"아 서울서 시방 괴질병으로다가 아이구 전부 다 죽는데, 그냥 몰사 죽음을 한다."구. "아 그런데 거긴 뭐하러 가냐?"
구.

"아 그렇거니 뭐 어쨌거니 가야 한다."
구. 아 떡 서울 동대문께 채 못 들어가니께, 아 어떤 사람이 떡 붙들고서,

"뭐냐?"
구,

"삼베라."
구 그러니께,

"아 삼베 사자."
구.

"아 사라."
구.

"거 얼매 주겠느냐?"
구 그랑께,

"한 바리에 삼천 냥 준다."
구 그라드라는 거여. 삼천 냥 받았지. 세 바리에 삼천 냥 준 걸 한 바리에

삼천 냥 받았어. 받구나니께 거기 거관626)하는 사람이 하나 있는데, 거관
하는 사람이 뭐라 그냐면,

"아 영감님, 또 있소?"

그래,

"또 있다."

고,

"멧 바리나 있소?"

"두 발627) 있다."

고 그러니께,

"아이 그거 주오."

아 내려와설랑 이자 전부 두 바리를 가져와서 삼천 냥씩 구천 냥을 받
았단 말여. 구천 냥을 받아가지구서 메라 그러냐면, 그 소개하는 사람이,

"영감님, 이 돈을 가주628) 가지 말고 시방 여기 시방 괴질병으로 전부
죽어서 빈 집이 시방 많은데, 이거 헐값으로 살 수가 있으니까 집이나 한
채 사 놓으시오."

"아 그럼 그렇게 하라."

구. 아, 큰놈의 집을− 몇 층짜리 되는 집을 하나 사고서는, 이 남은 걸로
다가 옷감 몇 통 끊어 가지구서는 짊어지고서 집으로 오니까− 그러다
보니께 오래 됐드라믄 그래요. 농사는 안 짓고− 아 그래 집이를 떡 오느
라고 오니께, 그 집이는 인자 농사가 어떻게 됐냐면, 그 해 아주 비가 너
무 쏟아져서 말여. 다른 농사는 전부 버렸는디, 이 논 몇 마지기 진 집이
는 모심기를 했는디, 나락이 겁나게 잘 됐어. 그래 저놈들 성제629) 가만
히 생각하니께,

---

626) 거간(居間). 사고파는 사람 사이에 들어 흥정을 붙임.
627) 바리.
628) 가져.
629) 형제(兄弟).

"자, 우리 나락은 안 익었은께 저 지수씨네 나락이 좀 가 보니께, 논빼미 가 보니께, 언간히 익었으니 이것 좀 어떻게 그름[630]이나 우선 좀 벼다 좀 먹게 하자."

구. 그래 가서 지수씨 보고,

"거 지수씨네 나락이 익었으니 우리가 벼다 먹고 우리 나락 익으면 드릴팅께 벼다 먹읍시다."

그러니께, 계수씨가 뭐라 그러냐 하면,

"아 다 벼다 잡수라."

고. 아 그래 다 벼다 이놈들이 먹었단 말여. 근데 인제 그 집[631] 아들 성제가 저 건네 유주부라고 하는 집이설랑은 한문 공부를 하고 있습니다. 그래 인제 김서방이 옷감을 짊어지고 선뜩 오니까, 그 인자 글 배우는 아들이,

"아이구! 김노인 온다."

구 하문섬 막 붙들고 같이 들어가서 얘기를 하니까, (제수가)

"아, 잘했다."구, "다 잘 했다."

구 그라는데, 할멤[632]이,

"왜 남의 물건을 가져다설랑은 팔아가지구는 돈을 가져다설랑은 집까지 서울 가서 사놓고 오느냐?"구, "물어보지두 않구―"

하니께, 저놈들 성제 떡 그 야기[633]를 듣고서는 뭐라고 하느냐면,

"아 이거 안 되겠다."

구,

"아 그놈이 서울 가서 집을 사 놨다니께, 서울 가서 집을 뺐든지 하든지 하야지 안 되겠다."

---

630) 그놈.
631) 막내의.
632) 형수.
633) 이야기.

구. 간데634) 셍635)이 하룻저녁 가서 술집 가 술을 먹고 자고 오니께, 동생이 가만 생각하니께 자기 성보고,

"아, 성은 어제 저녁 가서 막 술 먹고, 술집이 가서 뚜드리고 놀구 자고 오구, 나는 뭐라구 집이서 일하느냐?"구, "나도 가서 술 먹고 논다."
구, 아 이놈이 가서 또 술 먹고 뚜당거리고 놀고,

"성님이 가설랑 놀음하고 돌아댕기면 성 하는데 나는 왜 못 가나?"
구 저두 가서 하고─ 아 그래 몇 달 동안을 살림살일 다 없앴네. 다 없애 버렸어. 그래 놓구서는 인제 먹을 디 없으니께 지수씨네 집에 와설랑 인제 김서방보고,

"서울 가서 집 사 논 것을 달라."
고, 김서방보고,

"자네─ 아, 소는 내가 우리 기수636)씨를 줬지만, 우황은 내가 준 거 아닌데, 남 우황을 삼천 냥 받고 팔아가지구서 서울 가서 집까지 샀다지? 그러니께 자네 집을 내놓게."

아 그러니께 그 김서방이 메라 그냐 하면,

"뭐 나야 준다고 할 수도 없고, 안 준다고 할 수도 없으니, 아씨님 마음에 달렸지. 내가 뭐 어떻게 할 수가 없다."
구 그러니께 머라 그냐면, 자기 지수씨 보고,

"집을 달라."
는 겨. 그니께 지수씨가,

"사 논 데 가서 팔아다가 쓰라."
구 그란께, 이놈들 성제 좋아하고서 서울로 올라갔어. 인제 이거를 가지고 인제 집문서를 가지고서 떡 올라가서 찾아보니께 해필이면637) 어제

---

634) 가운데.
635) 형(兄).
636) 계수(季嫂). 남자 형제가 여러 명일 경우 막내의 부인을 이르는 말.
637) 하필(何必)이면.

저녁에 불이 나가지구 집이 홀라당 다 탔네. 팔 게 없어. 그래 다 타서 연기가 꾸역꾸역 난단 말여.

"간밤에 불이 나서 집이 불타고 나는 부상을 했으니- 올라오시면 대가로 집을 하나 사 줄 테니 올라오시오."

아 거 팔러 가 보니께 팔 것이 없어서 허탕치고 내려왔네. (부분적으로 의미 불명)

"몸을 다쳤으니 문병이나 가라."

고 했다. 그래 문병을 가니,

"걱정하시지 말고 내일부터는 삽과 곡괭이를 가지고 집터를 다듬으시오."

그래 집터에 삽괭이를 가지고 다시 집을 짓기 시작했지. 돌멩이는 돌멩이대로 재는 재대로- 사흘째 매일 가서 파 뒤집는데, 쇠떵이 같은 게 있어 두드리니까 통통 소리가 났다. 솥뚜껑이 있어 뒤집어 보니 금단지가 나온 것같이 환해졌다. 그 이유는 부자가 솥단지에 금을 넣어 파묻고 괴질병으로 그 집 식구가 다 죽고 자손이 하나 남았는데. 사촌이 그 집을 팔아 그렇게 된 것이었다. 금단지 안에는 금이 가득했다. 조금씩 조금씩 금을 팔고 보니 돈이 이루 말할 수가 없었다. 그 돈으로 집 네 채를 사고 나머지는 땅을 샀다. 그리고 고향에 가 보니 형제는 빚을 짓고 모두 야간도주638)하여 서울로 가버렸다.

"거관하는 사람이- 유주부가 나의 매부다. 거기서 만나자."

고 했다. 말하니까 큰아들을 사위로 삼았다. 서울로 올라와서 집 하나는 유주부, 또 하나는 김노인, 또 하나는 작은아들, 또 하나는 큰아들이 차지했다. 김노인이 어딜 가다 보니 지게꾼이 하나 있었다. 싸우는데 보니 상전 이름이 나와 언뜻 들으니 자기 상전 이야기였다. 상전을 찾아 지게품 파는 데로 갔다. 지게꾼들이 모퉁이에 있었다.

---

638) 야간도주(夜間逃走). 남의 눈을 피하여 한밤중에 도망함.

"형님은 유치장에 들어갔다. 그런데 김서방이, 어쩐 일이냐?"

"찾으러 다닌다."

함께 조카 이사한 집을 찾아 가 보니 파리가 낙성[639]을 할 정도였다.[640] 큰아베 일할 것 없이 집이 두 채고 큰아버지 한 분은 유치장에 들어갔다. 그래서 한 집에서 백억씩의 재산을 써서— (끝부분 모호)

(68) 팔삭동이[641] 날 묘터 ···

1977. 5. 16. 영동경로당 / 정금봉, 남 · 60

*유관 자료로 단양군 〔매포읍 자료 42〕; 영동군 〔용산면 자료 71〕 따위를 들 수 있다.

옛날에 부잣집 대갓집이 망하여 끼니를 잇기 어려울 정도가 되었다. 그래도 부자의 아들은 학자라 글만 들여다보고 끼니 걱정을 하지 않았다. 하도 배가 고파 그 아내가 하루는 영감보고,

"여보시오. 당신은 며칠씩 굶어도 글만 보냐?"

고 나무라며,

"그 전에 시할아버지는 쇠 가지고 다니며 묏자리 보아주고 돈도 잘 벌어 오셨는데 당신은 글은 보아도 그건 못 봅니까?"

했다. 선비가 할 수 없어,

"한번 해보지."

하고 책을 덮고 일어나 쇠를 넣고 집을 떠났다. 선비가 어느 기와집이 한 삼백 채나 되는 마을에 이르러 한 집에 들어가서 하룻저녁 묵게 되었는

---

639) 낙상(落傷). 떨어지거나 넘어져서 다침.
640) 너무 벽 같은 것이 미끄러워 파리조차도 미끄러져 떨어진다는 말임.
641) 팔삭둥이. 여덟 달 만에 태어난 아이.

데, 주인집에 유고642)가 생겼다. 당장 상례를 지내야 하는데, 그 동네는 종노릇을 하던 사람들이 부자가 된 동네라 모두 무식하여 지방643) 쓸 줄 몰랐다. 그래 그 집 주인이 선비를 보고,

"지방을 쓸 줄 아는가?"

물으니, 똥개보고, "똥 먹을 줄 아느냐?" 하는 격이었다. 그래,

"쓸 줄 안다."

고 하니 저녁상을 요란하게 차려다 주었다. 저녁을 먹고 지방을 잘 써주었더니, 제사를 지낸 후에 후한 상을 또 차려 주어 잘 먹었다. 다음 날 날이 샌 후에 어느 사람이 찾아와서, 그 사람이 주인보고,

"어째 어제는 지방을 써 달래러 오지 않았냐?"

고 물었다. 주인이 어제 일을 말하자, 그 사람이 선비가 쓴 지방을 보더니 놀라는 척하며 말하기를,

"아니, 이걸 지방이라고 놓고 제사 지냈냐? 삼년 만에 삼족이 멸하면 지가 와서 산다고 썼는데—"

라고 했다. 사실 옛 머슴들이 무식해서 한 샘백 호가 몽땅 무식쟁이뿐이었다. 그 중 똑똑한 놈이 엉터리로 아무렇게나 써주고 그날까지 그럭저럭 지내온 터였다. 그래 선비가 옳게 써주고도 매만 맞고 쫓겨났다. 식자우환644)이지. 다른 마을로 가니 그 마을도 상당히 컸다. 한 곳엘 가니 지관들이 모여 묘터를 어디 쓸까를 놓고 아는 척하며 서로 떠들고 있었다. 선비는 어찌할 줄 몰라 한쪽 구석에 쪼그려 앉은 채 조용히 있었다. 맏상주가 와서 선비를 초당에 모셔다가 저녁을 잘 차려다 주었다. 그러나 선비는 밥 생각이 없었다. 앞서는 아는 지방을 써주고도 뺨을 맞았는데, 아무것도 모르는 터에 어떻게 묏터를 잡아주는가? 그때 창문에 여자가 나타나서,

---

642) 유고(有故). 특별한 사정이나 사고가 있음.
643) 지방(紙榜). 종잇조각에 지방문을 써서 만든 신주(神主).
644) 식자우환(識字憂患). 학식이 있는 것이 오히려 근심을 사게 됨.

"자기가 이 집 셋째 며느린데 칠개월 만에 아들을 낳았다고 부정한 여자라 하여 날 잡아 죽이려 하니, 아무데 산 중턱에 있는 자기 집 시할아버지 산소를 가리켜 주면서, '작년에 이 산소를 썼는데, 내일 당신이 조부 산소 좀 보자.'고 청하고, 쇠를 꺼내 본 후, 무조건 '산소자리가 좋다.'고 하고, '잘 잡았다.'고 하고, '이런 훌륭한 자리라면 며느리가 일곱 달째 득남할 자리라.'고 하라고 하고, '만일 그런 일이 없다면 삼년 안에 삼족이 멸할 것이라.'고 하면 그 은혜는 반드시 갚겠다."

고 했다. 그래 그 말대로 하여 며느리 목숨을 구해주고, 또 며느리의 말대로 양지쪽 한 곳에 좋은 뫼터도 잡아주었다. 그 덕으로 선비가 일 년 동안 대접을 잘 받았다. 그 집에서 더 붙잡으려 했으나, 선비는 또 산소자리를 봐 달랠까봐 걱정이 되어, 집안일이 궁금하여 그만 가 봐야겠다고 핑계하고 떠났다. 집에 돌아와 보니, 그 사이에 자신도 모르게 부잣집에서 집을 지어 주고 논을 사주어 벼락부자가 되어 있었다.

(69) 간부간부를 재판한 아이의 꾀 3 ···

1977. 5. 16. 영동경로당 / 정금봉, 남 · 60

*이본인 충북 괴산군 〔청천면 자료 2〕; 동 단양군 〔매포읍 자료 48〕을 참조할 것.

중년쯤 전 이야기다. 두 내외가 어느 시골 면장 집에서 종살이를 하며, 남자는 바깥일을 하고 여자는 안일을 하며 근 십오 년을 살았다. 담살이는 먹고 자고 하니 돈 쓸 필요가 없었다. 그래 내외는 받은 돈을 몽땅 면장에게 맡겼다. 십오 년쯤 후에 면장이 생각하니 원금 이자를 따져 임금을 주려면 자기 재산 다 줘도 모자랐다. 그래서 면장이 담살이 여자를 꼬셔서 동품645)을 했다. 그리고 여자를 꾀어,

“너랑 나랑 같이 살게 되었으니 네 사내 도장을 훔쳐 오너라.”

그 남편의 도장을 가져 오게 해서 몰래 모든 품삯을 가져간 것처럼 영수증을 만들어 뒀다. 하루는 머슴이, ‘우리가 이제는 더 이상 이렇게 살 필요가 없다.’ 생각하고 분가를 하려 했다. 그래 마누라에게 얘기하기를,

“이제 그만 돈 찾아 나갑시다.”

고 의논했다. 그랬더니 마누라가 뜻밖에도,

“당신 돌았군. 당신 돈 다 찾아 갔잖아?”

했다. 남자는,

“무슨 소리요? 내가 언제 돈을 찾았단 말이요?”

한편 여자는,

“찾아갔다.”

고 하니 내외간에 싸움이 시작됐다. 주인이 못 들은 척하다가,

“자다 말고 왜 싸우느냐?”

고 물었다. 사내가 자초지종을 이야기를 하니, 주인은,

“자네 돌았어? 자네 다 찾아갔잖아?”

하며 돈 받았다는 영수증을 보여주었다. 주인이 돈 다 찾아갔다고─ 돌았다고 하니, 머슴이 진짜 반실성한 채 원님 댁에 가서,

“십오 년 머슴 산 돈을 찾아 달라.”

고 하소연을 했다. 머슴이 매일같이 찾아가 억울한 사정을 하소연하니 원님은 귀찮아 죽을 지경이었다. 하지만 영수증까지 있는 터라 원님도 별 뾰족한 수가 없었다. 쫓아내면 들어오고 쫓아내면 들어오고─ 머슴이. 하루는 원의 아들이 열두 살 났는데, 하루는 글공부를 하러 가다가 머슴의 하는 양을 보고,

“아버지, 저 사람이 매일같이 찾아와서 대체 무엇 때문에 저럽니까?”

물었다. 그래 원님이,

---

645) 동침(同寢).

"넌 알 것 없다."

그러니, 아들은,

"그럼 전 이제부터 공부 안 하겠습니다."

"왜?"

"왜냐하면 아버님이 늘 모르는 건 물으라고 하셨잖습니까?"

하고 반문했다. 그래 원님이 아들의 채근에 못 이겨 할 수 없이 그 이유를 일러주니, 아들은,

"아버지, 그러지 말고 제게 맡겨 주세요. 열흘간 만 말미만 주시면 제가 해결하겠습니다."

그래 원님이 그러라고 아들에게 맡기니, 아이는 머슴을 제 뒷방에 앉히고 먹을 것을 잘 대접했다. 열흘쯤 지나는 사이에 머슴이 제 정신이 돌아오는 듯하니, 아이는 자초지종을 이야기하게 했다. 머슴이 이 얘기 저 얘기를 남김없이 이야기하자, 그 말을 듣고 나 대충 사태를 짐작한 아이는,

"염려 마라. 내가 찾아준다."

고 약속했다. 그리고 열흘이 지난 후, 아이는 공문을 그 고을에 보냈다. '아무 달 아무 날 면장허고 머슴의 재판을 하겠노라.'고. 그래 모두들 구경하러 왔다. 아이가 궤짝 두 개를 만들어 문을 달고 잠글 수 있게 했다. 그리고 공개적으로 궤짝 하나에는 여자를 넣게 하고, 다른 궤짝에는 몰래 형사를 넣은 후 잠갔다. 그리고 여자에게는,

"조금 있다 공판을 할 테니 가만히 있거라."

고 다짐했다. 그리고는 여자 궤짝을 감춘 후 형사 궤짝을 내놓았다. 먼저 머슴646)에게 형사가 든 궤짝을 짊어지고 읍내를 한 바퀴 돌고 오게 했다. 궤짝을 짊어지고 가던 머슴이 제 예펜네가 있는 줄 알고,

"이 죽일 년 같으니─ 네가 주인놈과 붙어 내 도장을 쳐 영수증을 만들고 뭐 어째?"

____

646) 여자의 남편을 말함.

이 말을 형사가 다 들었다. 머슴이 돌아오니, 이번엔 면장에게 궤짝을 지고 돌아오게 했다. 면장은,

"이번 일은 모두 당신 입에 달렸으니 다 받았다고 얘기하라. 부디 그렇게 얘기하라."

고 어르기도 하고 좋은 말로 꾀기도 했다. 물론 모든 말을 형사가 들었다. 그런 줄도 모르고 면장이 궤짝을 지고 관청으로 돌아오자 아이는 궤짝을 열어 형사를 나오게 하여 도중에서 있었던 일을 말하게 했다. 이렇게 하여 면장은 아이의 꾀로써 흉악한 심뽀[647]가 드러나 벌을 받고 머슴은 돈을 찾았다.

70) 천자의 병을 고친 돌팔이

1977. 5. 16. 영동경로당 / 박해선, 남 · 75

*유관 자료로 괴산군 〔청천면 자료 5〕; 동 〔청천면 자료 18〕; 단양군 〔매포읍 자료 49〕; 동 〔매포읍 자료 50〕 등을 참조할 수 있다.

전라도 춘달이라는 사람이 조실부모하여 빈곤하여 남의집살이를 했다. 돈을 벌면 남을 꿔줘서 그 사람이 떼먹고 도망가곤 하여 늘 가난했다. 그때 중국 천자가 천지창이 났는데 아무도 고치지를 못했다. 그래 병을 고쳐주면 큰돈과 벼슬을 준다는 방을 내걸고 조선에서 인재를 구했다. 춘달이 이 말을 듣고 죽음을 각오하고 왕 앞에 나가 며칠 대우를 잘 받은 다음 중국으로 가기 위해 압록강을 건느니 대국에서,

"만리에 오느라 수고했다."

며 맞아주었다. 춘달은,

"약을 제조하는데는 정성을 들여야 하기 때문에 백일 동안 있어야 합

---

647) 심보.

니다. 조만간 시골에 초당을 지어 주세요."

하고, 속으로는 초당에서 잘 먹다 죽어야겠다고 생각했다. 세월은 빨라 어느 사이 내일 모레가 백일이 되는 날이 되고- 드디어 백일이 되는 날 춘달은 밥상을 받고 죽음에 임하여 제 신세를 생각하고 혼자 울고 있는 데 벽에서 흙이 떨어져 내렸다. 밥을 한 숟가락 뜨니 밥도 떨어졌다. 그래, '이것을 붙여야겠다.'고 하고 흙하고 밥하고 합쳐 으깨어 댓돌[648]에다 주물르니 곶감만한 고약이 됐다. 그래 천자 앞에 나아가,

"오늘이 기한이니 모시러 왔습니다."

고 했다. 천자는 머리에 천지창이 나 의사들도 못 고친 병이었는데 운이 맞을려니 고약을 붙이자 천지창이 녹아서 흘러내렸다. 그것을 뒤집어 붙이니 천지창이 완전히 나았다. 왕이 기뻐하여 춘달에게,

"그게 무슨 약이냐?"

묻자, 춘달은 얼핏 '낙반식벽상토'[649]라 했다. 그래 대국 천지에서 의사들을 모아 못 고친 병을 소국에서 데려온 의사가 병을 고치니, 천자는 춘달에게 높은 벼슬을 주고 평생 먹을 것을 주었다. 그리고 또 묻기를,

"경의 소원이 무엇인가?"

했다. 춘달이 아직 장가를 가지 못했다고 하자, 궁녀 중에서 제일 이쁜 여자를 골라 장가들게 했다. 그래 춘달은 장가도 가고 만석지기 부자가 되어서 조선으로 돌아왔다.

---

648) 섬돌. 집채의 앞뒤에 오르내릴 수 있게 놓은 돌층계.
649) 낙반식벽상토(落飯食壁上土). 벽에서 떨어진 흙과 밥상에서 떨어진 밥.

71) 우연의 국풍(國風) ....

1977. 5. 16. 영동경로당 / 박해선, 남 · 75

*유관 자료로 단양군 〔매포읍 자료 42〕; 영동군 〔용산면 자료 68〕 따위를 들 수 있다.

옛날에 국보[650] 풍수가 있었다.[651] 풍수로 유명해서 잘사는데, 동생은 선비라 먹을 것도 없었다. 동생 마누라가 방아 찧는 품을 팔아먹는데, 남편이 책만 읽고 집안일에는 신경을 안 쓰니 속이 답답했다. 하루는 여자가 남편에게 말하기를,

"여보, 당신은 책에서 뭐가 나오오? 남들은 책을 읽어 과거에 합격도 하고, 시아주버이는 풍수쟁이해서 정승같이 사는데— 당신도 큰댁에 가서 시아주버이한테 헌쇠라도 하나 달라고 하시구려."

했다. 학자가 할 수 없어 헌쇠[652]를 빌리러 형님을 찾아가 부탁을 하려니, 형은,

"누구를 망하게 할라고 쇠를 빌려 달라느냐?"

고 야단만 쳤다. 그래 여자가 삼십 리 밖 친정으로 쇠를 빌리러 가, 쇠를 얻어다가 남편을 주니,

"당신 소원이니 나도 풍수하러 가겠소."

하고 동생도 개나리봇짐을 싸 풍수쟁이를 나갔다. 그러나 아무 집에서도 받아주지를 않아 문전걸식으로 떠돌아다녔다. 하루는 큰 들판에 정자나무가 있는 곳에 이르러 배는 고프고 기진한 채 한숨 자게 되었다. 이때 백만장자가 풍수를 구하러 다니다가 보니 어떤 허름한 차림의 선비가 쇠를

---

650) 국보(國寶). '나라의 보배처럼 뛰어난'이란 뜻임.
651) 제보자는 이야기가 끝난 후 조사자와의 대담에서 "국보 풍수의 이름은 모르느냐?" 는 물음에 '박상하'로 알고 있다는 대답을 하였다.
652) 한 패철(佩鐵). '패철'은 지관(地官)이 몸에 지니는 자침(磁針).

베고 잠을 자고 있어서, 명인653)이 산천구경을 하다가 고단하여 잠을 자는 줄 알아 깨우지는 못하고 말을 매어 놓은 채 선비의 잠이 깨기만을 기둘렀다.654) 선비가 잠에서 깨어나 도랑의 물을 먹고 세수하고 정신을 차리고 앉았으니 장자가 다가가 인사를 건넸다.

“선상님, 시장하실 테니 제 집이 멀지 않으니 말을 타고 함께 가십시다.”

그래 상주가 선비를 말에 태워 집으로 데려가니, 이미 바깥사랑에는 십여 명의 지관들이 앉아 해박한 척 떠들고 있어, 선비는 잠자코 앉아 있었다. 상주는 그날로 여비를 줘서 지관들을 모두 보내 버리고 선비 혼자만 남겨 안사랑에 모셔다가 식사 대접을 했다. 그런데 선비는 여름이 가고 그럭저럭 몇 달이 지나가고 겨울이 가도록 도무지 아무런 말이 없었다. 지각 있는 사람은 선생655)이 산을 보러 가자고 해야 따라 나서는 법이라, 장자는 선비의 말이 떨어지도록 몇 달이고 기둘렀다. 그러나 산이라곤 가 본 적이 없는 선비는 염치도 없고 겁이 덜컥 나 속으로, ‘이제 날도 풀리고 했으니 아침밥을 먹고 도망갈 도리밖에 없다.’ 생각했다. 그래 얼른 짚신을 든든히 챙겨 신고 산봉우리 위로 뛰었다. 주인은 선비가 맥656)을 따라 뛰는지 알고,

“선생님, 산 보러 가실려고 하십니까?”

하며 부지런히 쫓아갔다. 급히 서두르던 선비는 한 곳에 이르렀을 때 발을 잘못 헛디디는 바람에 그만 나자빠지고 말았다. 하인을 시켜 술병을 지게 하여 뒤따라 온 주인이 그곳을 보니 참으로 명당 같아 보였다.

“예가 어떤 곳입니까?”

선비는 아무 생각 없이,

---

653) 명인(名人). 어떤 분야에서 기예가 뛰어나 유명한 사람.
654) 기다렸다.
655) 풍수(風水).
656) 맥(脈) 혈맥(穴脈).

  "대장군혈이다."

라고 해버렸다. 그래 그곳으로 자리를 정한 후 나그네를 잘 모셔다가 대접했다. 그리고 묻기를,

  "선비님네 집은 어디요?"

했다. 선비가 제 집을 일러주니 장자가— 부자는 재물을 갖추어 그 집을 찾아갔다. 선비의 집은 산밑 초가집에 형편없었다. 선비의 부인이 나오는데 거지 비슷했다. '선생 부인은 고생하는 법'이라며, 몇 달을 묵으며 가져간 돈으로 수십 칸의 고래등 같은[657] 집을 짓게 하는 한편 옷과 말 따위도 바리바리[658]로 주었다. 소문을 들은 형이 아우 집을 찾아가 보니 초가집은 간데없고 번듯한 기와집이 즐비했다. 아우가 잡아 주었다는 장자의 묘터를 찾아가 보니 틀림없는 대장군혈이었다. 그래 아우에게 달려가,

  "나 좀 가르켜 달라."

고 하니, 아우는,

  "풍수는 딱 한번 한다. 난 이만 모른다."

고 했다. 그 후 선비는 잘 살았다.

72) 강태공(姜太公)의 요물(妖物) 퇴치 ·······································

1977. 5. 16. 영동경로당 / 박해선, 남 · 75

  대국 주나라 때 강태공 선생이 공부하던 양반인데, 어려서 조실부모해서 고향을 떠나 산속 절로 들어가 수십 년간 공부를 하다가 칠십에 나왔는데, 그 전에 살던 집에 형제가 이미 모두 죽고 후손이 없었다. 오랜만에 지인[659]을 만나니,

---

657) '고래등 같다'는 기와집이 덩그렇게 높고 큼을 이르는 말임.
658) 여러 바리. '바리'는 마소의 등에 잔뜩 실은 짐을 세는 단위.
659) 지인(知人). 아는 사람.

“자네 나이 칠십이나 후손이 있어야 하니 장가를 가라.”
고 해.

“내가 나이 칠십에 무슨 장가를 가나?”
했으나, 결국은 십칠 세 먹은 왕씨가의 처녀와 혼인을 했는데 포자660)가
없었다. 강태공선생은 배운 재주는 광주리 엮는 것밖에 없었다. 살림이
하도 간구661)하니, 부인이 말하기를,

“당신은 절에서 공부한 사람이 배운 게 없느냐? 광주리라도 만들어 팔
아 호구지책이라도 마련하자.”
졸라, 태공이 싸리를 가져다 광주리를 만들었다. 두 내외가 광주리를 만
들어 짊어지고 팔러 나가 온 시내를 돌아다니니 누가 사는 사람이 없자
부인이 투덜거렸다.

“다른 사람 것은 잘 팔리는데 우리 것은 안 팔린다. 장에 오다 보니 국
수를 파는 걸 보니 국수가 잘 팔릴 것 같다.”고. “국수 장사를 해보자.”
고, 친정오빠에게 돈을 빌려 국수 수십 관을 삶어서 광주리에 담아 놨으
나 한 그릇을 누가 사 먹지 않았다. 저녁 때 주나라 패전 군사들이 와서
전부 말아 먹고는 다 모두 돈도 안 내고 그냥 가려 해 돈을 달라고 하자,
돈은커녕 도리어 욕을 하며 매질만 하여 잔뜩 맞기만 했다. 그래 부부가
싸웠다. 부인이 점쟁이를 보고는 강태공에게,

“당신은 저런 것도 못 배웠냐?”
하고 물으니, 강태공이,

“나도 점할 수 있다.”
고 하여, 점을 하다 보니 돈을 잘 벌었다. 얼마 후 차차 소문이 나더니 주
나라에서 유명한 점쟁이가 되었다. 이때 꿩이 둔갑하여 사람이 되었다.
어느 날 강태공이, 천년 넘은 여우가 사대부로 변장하여 점을 치러 온 것

---

660) 포자(胞子). 아이를 가짐.
661) 간구(艱苟). 가난하고 구차함.

을 알아보고,

　"손금을 좀 보자."

고 하고서 팔목을 잡고 벼룻돌로 머리를 찧어 피가 낭자하게 되자, 동네 사람들이 와서 꽁꽁 묶어 천자 앞에 가서 고했다.

　"그놈을 붙들어 오라."

　태공이 여우를 붙들고 왕에게 나아가 말하기를,

　"저건 실은 사람이 아닙니다."

하고 부적을 등에 써 붙이니 갑자기 천년 먹은 불여우로 변했다.

　"이것은 태워 죽여야 나라가 편합니다."

　그래 여우를 태워 죽였다. 왕비가 왕을 꾀어서 강태공에게 정승 벼슬을 주게 했다. 그런데 강태공이 천자 부인을 보니 천년 묵은 꿩이 변해 된 사람인데, 왕후가 거문고를 뜯는데, 강태공이 죽일려고 거문고로 내려쳤으나 빗나가ㅡ 도망가니 군사들이 잡으러 갔다. 군사에게 쫓기다가 장천교에서 신발을 벗어 놓고 뛰어내려 물속으로 들어갔다. 이에 군사들이 찾지 못하고,

　"물에 빠져 죽었다."

고 했다. 주나라는 망해 가는 나라이기 때문에 강태공이 도망하여 집에 와서 부인에게,

　"이 밤에 도망하자."

　"뭐가 그래서 도망가느냐? 당신이나 가라."

하고 안 갈려고 했다. 강태공이 풍년기를 만들었다. 강태공이 다시 강을 건너 피해갔다. 그 후 주나라가 망하게 되어 태공이 강가에 가서 고두낚시[662]를 하니 고기가 낚이지 않았다. 그 동네 고기 잡는 어부가 있는데,

　"선생님은 낚시하면서 점도 잘하느냐? 어느 방향에 가면 고기를 많이 잡느냐?"

---

662) 곧은낚시. 미끼를 끼지 않고 하는 낚시.

했다. 태공이,

"어느 방향으로 가면 잘 잡는다."

고 하니, 그날 그곳에 가서 고기를 잘 잡았다. 그 후도 그러니, 어부가 매일 밥을 해다가 강태공에게 주었다. 그곳에 한 총각이 나무장사를 해서 식구를 먹여 살렸다. 강가에 가면 웬 늙은이가 고두낚시를 하고 있었다. 하루는 고두낚시질하는 강태공을 찾아가 - (중간 약간 미상)

"남이야 고두낚시를 하건 말건- 너 나무판에 갔다 와서 떨어져 죽는다."

나무장사가 시장에 나무 팔러 갔다가, 문왕이 나뭇가지에 걸려 떨어져 죽었다. (문맥 이상)[663] 그래서 옥살이를 할 것 같아 밤에 도망하여 강태공에게 갔다. 강태공이,

"마당에 물을 퍼다 놓고 뗏장을 배에 얹고 있어라."

고 했다. 주왕[664]이 육갑을 뽑아보니 이미 죽었다. (중간 문맥 약간 미상) 그런데 한날은 군사가 순행하는 길에 보니 옥살이하던 놈이 나무를 싣고 온다. 그래 나무장사를 보고 붙들어갔다.

"어떻게 해서 육갑에는 죽은 놈이 여적지[665] 어떻게 나무장사를 하느냐?"

하고 자초지종을 물으니, 나무장사는,

"강태공이 이야기를 해서 그랬다."

고 실토했다. 그래 강태공을 잡으러 가니 강태공은 이미 없어졌다. 어진 신하가 임금에게,

"정성을 들여야 만날 수 있다."

고 상소했다. 그래 폐백을 갖추고 강태공을 만나러가서, 주왕[666]이 절을

---

663) 아래의 이야기 내용으로 보아 문왕이 나무에서 떨어져 죽은 것이 아니라 '다쳤다'라고 하여야 함.
664) '문왕(文王)'의 잘못일 듯.
665) 여태껏. 아직까지.

너붓이하고 만날려고 했으나 강태공은 만나려 하지 않았다. 세 번 절을
하니 비로소 돌아보며,

 "전하께서 오시느라고 수고하셨다."

고 하고 임금을 모시고 갔다. 임금이 모든 국사를 강태공에게 맡기니 결
국 강태공이 주왕667)을 쳤다. 왕후는 백년 묵은 꿩이었는데 잡혀 죽고,
주왕은 분신자살했다.

73) 영동(永同) ·····

1977. 5. 16. 영동경로당 / 제보자 미상

 백제 때 골터 성안에서 계산668)으로 변했다. 계산이 영산669)으로 다시
영동으로 변했다. 영동의 양수670)가 합해져 영동이라 불리워졌다.671) 이
조 전부터 근처의 낙화대에서 대감의 연회를 베풀었다. (낙화대는) 관기
가 연기 도중 빠져 이에 유래돼 이름 지어졌다.

---

666) '문왕'의 잘못일 듯함. '문왕'은 기원전 12세기 중국 주나라(周)의 창건자인 무왕(武
  王)의 아버지로, 주나라의 기초를 닦은 명군인데, 서백(西伯)이라고도 함.
667) 주왕(紂王, ?~?). 중국 은나라의 마지막 임금. 주색을 일삼고 포학한 정치를 하여
  인심을 잃어 주나라 무왕에게 살해되었음.
668) 계산(稽山). 원래 신라 때 '길동군(吉同郡)'이었던 것을, 경덕왕 때 '길(吉)'자를 한자
  훈(訓)에 해당하는 '영(永)'자로 바꾸어 '영동(永同)'으로 고쳤고, 고려 때에 이르러
  995년(성종 14) 계주(稽州, 혹은 稽)로 다시 개칭하였다.
669) 영산(永山). 영동의 고려 때 이름인 '계주'의 개칭이라기보다는 일종의 별칭이었다.
670) 양수(兩水). 영동읍의 주곡천(主谷川)과 양정천(楊亭川)의 이수(二水)를 말함.
671) '이수(二水)'를 한 글자로 쓰면 '영(永)'자가 되고, 또 신라시대의 이름이었던 '길동
  (吉同)'의 '길'도 한자로 바꾸어 쓰면 '영'이 되어, 영동(永同)이란 명칭이 생기게 되
  었다고 한다.

74) 말무덤

1977. 5. 16. 영동경로당 / 당제보자 미상

*이본으로 충북 영동군 〔영동읍 자료 31〕; 동 〔영동읍 자료 51〕을 들 수 있다.

이성계 장군이 살촉을 쐈는데 말이 화살보다 먼저 가야 하는데 말이 늦어서 죽여 버리고 말았는데 후에 알고 보니 말이 먼저 왔더라 해서 말을 위한 무덤을 세웠다 한다.

75) '궉씨'의 유래

1977. 5. 16. 영동경로당 / 김도근, 남 · 63

상조대에 부잣집 과부며느리가 혼자 살고 있었는데 나물을 뜯다가 목이 메워[672] 물을 먹으려고 시냇물에 입을 대고 마신 것밖에 없는데 이상하게 배가 부풀어 올라 잉태를 했다. 집안에 온통 소동이 났다. 고생 끝에 옥동자를 낳았는데 이름을 지을려고 하니 막막했다. 그러던 중 새가 날라가는 것을 보았다. 생각 끝에 원에게 들어가 사정을 했다. 원님이 여자에게 아이를 가지게 된 사정을 물어 자세히 듣고 나서는,
"하늘에 새가 '꿱'하고 울었다니 애 이름은 '궉(鴌)'가라 해라."고 했다.

76) 호환 때문에 생긴 두 신부

1977. 5. 16. 영동경로당 / 제보자 미상

이조 중엽 안동권씨가 경북 성주한씨에게 장가를 보냈는데 첫날밤 신

---

672) 말라.

방을 차리고 잘 시간이 됐는데 방이 뜨겁고 해서 신랑이 앞문을 열고 바람을 쐬고 있는데 난데없는 범이 하나 나타나 신랑을 물고 뒷산으로 사라져 버렸다. 신랑이 업혀 가던 중 '쐐쐐' 소리가 났다. ??군[673] 부암면 한산이씨가 고서를 읽고 있는데 거기에 '쾅'하는 소리가 나 문을 열고 내다보니 신랑이 자빠져 있었는데, 보니 범이 한 마리 담을 넘어 갔다. 신랑이 뻗어 있어 간호한 후 다음날 아침 아버지가 신랑에게 얘기를 했다.

"넌 누구냐?"

신랑이 자초지종 얘기를 했다. 아버지 집에서 신랑을 간호한 후 원래 신랑집으로 연락을 했다. 후에 신랑을 본가로 돌려보냈다. 신부측에서는 혼인한 것이 틀림없다 하여, 양가[674]에서 재판이 벌어졌다. 원님이 생각하니― 한쪽은,

"정상적으로 혼례를 치렀으니 내가 정실이다."

다른 한쪽은,

"호랑이가 물어다줬으니 어쩔 수 없이 내가 정실이다."

하니,

"호랑이를 탄 것은 하늘의 인연이니 정실이요, 말을 탄 것은 사람의 탓이니 후처니라."

하고, 판결문을 쓰기를, '호승자로 위처하고 마승자로 위첩하라'[675]고 했다.

---

673) 청취불능. '부암면'은 경남 밀양군·의령군, 전북 고창군, 강원 평창군, 충남 부여 등지에 있는데 이 중 어느 곳인지는 알 수가 없다.

674) 성주한씨와 한산이씨 양가를 말한다.

675) 호승자(虎乘者)로 위처(爲妻)하고 마승자(馬乘者)로 위첩(爲妾)하라. '호랑이를 탄 자로 정실를 삼고 말을 탄 자로 첩을 삼아라.'라는 뜻임.

77) 3년 동안 벙어리, 귀머거리, 장님 ··

1977. 5. 16. 영동경로당 / 제보자 미상

옛날 과년676)한 딸을 둔 집이 있었다. 마침 혼인 말이 있어 딸을 여의게 되었다. 부모는 늦게 여의는 딸이 시집가서 잘 살기를 바라는 마음에서 '무슨 말을 들어도 못 들은 척, 귀 먹은 척하고, 무슨 일을 보아도 못 본 척할 것이며, 무슨 말이건 함부로 하지 마라.'고 타일러 보냈다. 부모의 뜻은 시집살이는 말이 많은 법이니 함부로 말을 해서 구설수677)를 만들지 말 것이며, 궂은일을 보아도 못 본 척하는 것이 상책이며, 쓸데없는 말은 들어도 못 들은 척하는 것이 부덕이며, 그래야만 탈 없이 시집살이를 할 수 있다는 뜻이었다.

부모의 교훈을 마음속에 단단히 명심한 딸은 시집가서 그대로 지키기를 삼년 동안이나 했다. 시집식구들은 답답했다. 새며느리가 귀머거리, 벙어리, 눈 뜨고 못 보는 장님이니 답답할 수밖에 없었다. 처음에는 가엾게 보이던 며느리가 차츰 바보 천치로 보이기 시작하고 드디어 병신 며느리를 둘 수는 없다 해서 친정으로 되돌려 보내기로 했다. 시아버지는 며느리를 동정하고 무슨 곡절이 있는 것으로 믿어 며느리를 감싸고 변호했으나 가족들이 모두 반대하니 하는 수가 없었다.

시아버지를 따라 며느리는 가마를 타고 친정으로 향했다. 생각하니 기가 막혔다. 옛날에는 출가외인이라고 해서 한번 시집가면 일생을 그 집에서 살다가 죽어야 했다. 친정으로 쫓겨 온다는 것은 여성으로서 가장 수치스러운 일이요 창피스러운 노릇이다. 시집살이를 말없이 하려고 삼년 동안 귀머거리, 벙어리, 장님으로 산 것만 해도 억울한데 마지막에 쫓겨나는 몸이 되었으니 기가 막혔다. 친정 마을에 도착했다. 일행의 발자국 소리에 놀라 숲속에서 꿩이 푸드덕 하더니 날아갔다. 이 광경을 본 며느

---

676) 주로 여자의 나이가 보통 혼인할 시기를 지난 상태에 있음.
677) 구설수(口舌數). 남과 시비하거나 남에게서 헐뜯는 말을 듣게 될 운수.

리는,

　"어머! 아버님, 저기 우리 산에서 꿩이 날아갑니다."

고 했다. 이 말을 들은 시아버지는 놀랍고 반가웠다. 그래서 무릎을 탁 치면서,

　"그러면 그렇지. 우리 며느리가 벙어리일 수야 있겠는가?"

하며 기뻐했다. 시아버지는 며느리가 꿩이 나는 것을 보았으니 장님이 아니요, 꿩이 나는 소리를 들었으니 귀머거리도 아니요, 또 말을 했으니 벙어리도 아님을 알았다. 그래서 하인을 시켜 꿩을 잡아오게 하고 가마채를 돌려 어서 집으로 되돌아가자고 했다. 시아버지는 며느리를 데리고 의기양양 집으로 돌아왔다. 가족들도 며느리를 다시 맞이했다. 그리고 그동안 서러움을 준 데 대하여 미안하게 생각했다. 며느리는 부엌에 들어가 잡아온 꿩을 요리하면서 감싸주던 시아버지를 고맙게 여기고 학대하던 가족에 대하여 섭섭한 노래를 지어 불렀다. 이 딱한 며느리의 사정은 노래로서 전해 내려오는데 지금도 민요로 전하고 있으니 널리 불리어져 왔다.

5. 황간면(黃澗面)

1) 도선의 풍수 잘못 ···

1967. 6. 10. 금계리(金溪里) 죽전(竹田) / 태극도인, 여·56

　*제보자는 끝까지 태극도인이라고만 하였을 뿐 자신의 이름을 밝히지 않았다. 무학으로, 현재 농사를 짓고 있다.

　도선[1] 풍수가 길을 걸어가는데 초가삼간 집에서 곡소리가 들리며 조그만 머슴애[2] 우는 소리가 들렸다. 문을 열어보니 아버지가 죽고 또 어머니도 죽었는데 어린애가 울고 있었다.

　"왜 너는 혼자 울고 있느냐?"

하고 물었더니,

　"부모가 다 죽었다."

고 이야기 했다. 그래 도선 풍수가,

　"네가 참 불쌍하고 측은하니 묏자리나 하나 봐 줄 테니 네 아버지 업고 가자. 이 뫼를 쓰고 내려가서 삼년 내에 발복이 돼서 잘살게 될 거다."

---

1) 도선(道詵, 827~898). 통일 신라 말기의 승려. 풍수지리설의 대가. 속성은 김(金).
2) 머슴아이. 남자아이를 낮잡아 이르는 말.

그렇게 헤어지고 나서 삼년 후에, '이제는 장가도 들고 잘 됐겠지.' 하고 그 동네에 가서 물어보니 묏자리 쓰고 삼일 후에 피를 팍팍 쏟고 죽었다. '남 못할 짓을 해서 공연히 사람만 죽였구나!' 그 묏자리에 다시 가 봤더니 아무리 봐도 좋은 자리여서 도깨리[3]를 가지고 부수려 하니 공중에서,

"도선아, 패[4]를 그 자리에 이제 다시 놓고 봐라. 그 패는 땅한테 속고 너는 하늘에 속았구나! 그 자리는 돼지 목 따는 혈이라 그 사람은 좋은 자리에 들어갈 수 없는 사람이다."

2) 호랑이 굴에서 호랑이 잡은 노인 ·······························

1967. 6. 10. 금계리 죽전 / 태극도인, 여 · 56

죽전에 사는 백씨라는 칠십 세쯤 되는 노인이 백화산으로 나무를 하러 갔다. 비가 와서 큰 낭[5]이 생기고 뚤뚤 패여 인적이 닿지 않는 옆떠래기[6]에 큰 장승이 있었고 그 옆 큰길에는 이상한 소리가 들려왔다. 이상히 생각하여 가 보니 바위틈에 조그마한 동굴이 있고 굴속에 호랑이 새끼가 서넛 마리, 아니 두어 마리가— (제보자 : 호랑이는 두 마리밖에 못 낳는다. 백여 년 전에는 너덧 마리도 낳았으나 백년 이쪽으로는 두 마리밖에 못 낳는다) 있었다. 그 사람이 안에 들어가서 거워안고 손짓을 하면서 이래— (제보자 : 시늉을 하며) 씻는 중인데, 굴 안이 캄캄히 막혀 안 보였다. 그것이 어미 호랑이인데 호랑이는 나갈 때는 앞으로 나가고 들어올 때는 뒤로 오는 법이라고 한다. 백노인이 꽁지를 힘을 퍽 주면서 잡아당기니 호랑이가 발버둥을 치다가— 그 밑은 낭떠러지였는데, 잡아땡긴 꽁

---

3) 도끼.
4) 패철(佩鐵). 지관(地官)이 몸에 자침(磁針)을 지님. 또는 그 자침.
5) 낭떠러지. 벼랑.
6) 옆댕이. 옆.

지가 끊어져 낭떠러지에 떨어져 죽었다. 백노인이 호랑이를 잡아 지게에 지고 왔다.

3) 구령이의 앙화(殃禍)[7] ·····································

1967. 6. 10. 금계리 죽전 / 태극도인, 여 · 56

거먹바위 밑 용문산 석굴암은 제삼 석굴암이다. 제일 석굴암은 경주 석굴암이고, 제이 석굴암은 대전 석굴암이라고 한다. 일제 때 왜놈이 큰 나무를 내일 베겠다고 흥정하고 갔는데, 옆엣 집 여자 꿈에 노인이 나타나,

"날 좀 숨겨 달라."

고 부탁을 해도 숨겨 준다는 소리는 안 하고,

"어떻게 숨겨 주느냐?"

고 물었다.

"내가 내일 죽겠으니 꼭 숨겨 달라."

꿈을 깨고 나서 이튿날 아침 시커먼 구령이 두 마리가 짚둥[8]서리[9]로 들어갔다. 잠시 후 왜놈들이 나무를 베러 왔다 나무를 보고 깜짝 놀라며,

"큰 뱀을 죽이려고 나무를 베는데 어디 갔는지 모르냐?"

묻기에 여자가 짚벗가리 속으로 들어갔다고 가르쳐 주었다. 그랬더니 잠시 후에 아르켜[10] 준 여자가 피를 쏟고 죽었다.

---

7) 지은 죄의 앙갚음으로 받는 재앙.
8) 짚동. 짚단을 모아 한 덩이로 만든 묶음.
9) 무엇이 많이 모여 있는 무더기의 가운데.
10) 알려.

4) 학승패가 4 ···

─쌀개봉

1967. 6. 10. 금계리 죽전 / 태극도인, 여 · 56

*유관 자료로 충북 영동군 〔영동읍 자료 49〕; 동 〔용산면 자료 19〕; 동 〔용산면 자료 38〕을 참조할 것. 그 밖에 파명당(破名堂) 설화로 괴산군 〔청천면 자료 12〕도 있다.

완정리에 사는 어떤 김해김씨가 산에 백일기도를 드리고 묘터를 잡아 부자가 되었다. 어느 날 중이 동냥을 왔는데 때려 쫓아 버렸다. 그는 항상 중이 시주만 오면 볼기를 쳐 보내었다. 그 중이 생각하기를, '너의 조상 묘는 잘 들였는데 신령을 받지 않는 사람은 본때를 보여 주어야겠다.' 하며 도사로 변장하고 나타나, '묘를 한 치만 비켜 쓰면 더 큰 부자가 된다.'고 했다. 주인이 그 말대로 묘를 옮겨 쓰자 누런 학이 날아갔다 한다. 지금도 발로 굴리면 쿵쿵 울린다 한다.

5) 호랑이 목에 걸린 비녀 3 ·····································

1967. 6. 10. 금계리 죽전 / 태극도인, 여 · 56

*유관 자료인 충북 단양군 〔매포읍 자료 36〕; 동 단양군 〔어상천면 자료 7〕 및 동 옥천군 〔청산면 자료 15〕 참조할 것. 그 밖에 영동군 〔영동읍 자료 30〕; 경남 남해군 〔고현면 자료 25〕도 참조할 수 있다.

옛날에 어떤 사람이 약을 사러가다가 호랑이를 만났다. 그 호랑이가 입을 벌려서 잡아먹을 줄 알고 고개를 흔들흔들했더니, 호랑이가 고개를 끄떡끄떡하며 아─ 벌려 입을 쳐들어 보니 비녀가 가로질러 있었다. 그래 비녀를 빼 주고, "이제 가라." 해도 안 가길래, "타래?"[11] 했더니 고개를 끄떡끄떡해서 타고 약국에 갔다. 약국에 가서 나왔을 때까지도 호랑이가 엎드려 있다가 벌떡 일어나서, '타래?' 했더니 또 고개를 끄떡끄떡해 집에까지 타고 왔대.

이제는 그이의 호랑이가 되었는데, 그 호랑이는 낮에는 간 곳이 없고 밤에만 나타나 항상 타고 다녔는데, 하루는 꿈에 나타나, "내가 천마산 어떠어떠한 함정에 빠져 있는데, 어떤어떤 동네 와 구해 주시오." 해서 그 동네로 가,

"호랑이를 잡으려고 설치는 사람이 어디 있소?"
하니 가르쳐 줘, 그곳에 가서,

"내 호랑이인데 왜 잡으려고 야단이오?"
했더니 사람들이,

"어찌 이놈이 당신 호랑이란 말이요?"
해서 한참을 다퉜다. 그러다 이 사람이,

"이 호랑이가 내 호랑이면 나를 물지 않을 것이요, 내 호랑이가 아니면 나를 물 것이니―"
하며 발을 달라고 손을 내미니, 호랑이가 지 손을 끄내 주어 잡아 끄내 주었더니 달려들어 머리를 속으로 파고들며 야단이었다. 그래서,

"이놈아, 어째 걸렸느냐? 조심해라. 너 죽을 때를 모르느냐? 조심해라. 너는 산신령의 제자가 아니냐?"
하며 타일렀어.

그 뒤 몇 달이 되도록 안 와 궁금증이 났는데, 어느 날 저녁 꿈에, '내가 무슨 무슨 산에 걸려 있는데 나 좀 구해 주시오.' 해서 급히 달려가 봤지만 그때는 기피를 하고 모다 각을 뜨고[12] 한 뒤였다. 그래서 실성을 하고 '그것 참―' 해쌌코 입맛을 다시고 야단을 했었다.

---

11) 타랴.
12) '각을 뜨다.'는 '잡은 짐승을 머리, 다리 따위로 나누다.'의 뜻임.

6) 인피(人皮) 신발 신은 머슴

1967. 6. 10. 금계리 죽전 / 태극도인, 여 · 56

어떤 사람이 남의 집 사는데, 주인이 신발을 하나 내어 주며 말하기를,

"아무 때라도 이 신발이 떨어지면 세경13)을 주고, 안 떨어지면 떨어질 때까지 우리 집에서 살아야 한다."

고 약속했다. 그 사람이 신발을 신어 보니 웬 신인지 편하기 한이 없었다. 신어 봐도 신어 봐도 생전 안 떨어지고 삼사 년을 더 살았다. 그래 하루는 '어쩌다 내가 된통 걸렸나?' 하며 울고 앉았으니, 지나가는 도사가 우는 이유를 물어보았다. 그 사람14)은,

"어떤 분인가 별것을 다 물으시네."

하고 대답하려 하지 않았다. 도사가 거듭 묻기에 그 사람이,

"그럼 하도 답답하니 애기 좀 들어보시오. 우리 집 주인이 신발을 주면서 신발이 다 떨어지거든 세경을 주기로 했는데, 삼사 년 살아도 신발이 안 닳아 하도 기가 막혀서 우는 것이오."

도사가,

"신발을 벗어 보라."

하여 신발을 벗어 보았더니, 사람 발바닥을 몇 겹으로 만든 신발이었다. 도사가,

"벼그루만 밟고 다녀라. 그럼 얼른 헤어질 테니ー"

그래 그 사람은 믿기지 않았지만, 산에 가서 나무를 해 올 때에도 벼그루만 밟고 다녔더니, 과연 창15)이 곧 나갔다. 그래 주인에게 떨어진 신발을 가져가서 세경 주기를 청하니, 주인이 보면서 자꾸 고개를 갸웃거리며,

"어째 떨어지더냐?"

---

13) 새경. 머슴이 주인에게서 한 해 동안 일한 대가로 받는 돈이나 물건.
14) 머슴을 가리킴.
15) 신발창. 신의 밑바닥 부분.

그 사람이,

"떨어질 때가 되어서 그렇지요."

고 대답했다. 주인이,

"몇 해 더 살라."

고 했지만, 그 사람은,

"신발이 떨어지면 세경을 주신다 했으니 안되겠습니다."

하고 도사 덕분에 세경을 받게 되었다.

7) 부처님 가슴에 꽂은 칼 2 ···

1967. 6. 10. 금계리 죽전 / 태극도인, 여 · 56

*이본으로 단양군 〔매포읍 자료 52〕가 있다.

　옛날 머슴살이 떠꺼머리16) 노총각이 모아 논 돈으로 양식을 사려는데, 하루는 중이 나와 당신이 시조17)를 하면 복 많이 받고 남의 집살이 안 하고 한다고 해서 머슴이 깊이 생각하다 시주를 했다. 중이 시주받은 양식으로 정성을 많이 들여 빌고 나서 생각하기를, '내가 이만큼 정성을 많이 들여 빌었으니 장가들어 행복하게 잘 살겠지.'라고 생각하고 동네에 와 물으니 산에 가서 호랑이에게 잡혀 먹혔다는 것이다. 하도 기가 막혀, '잡아먹은 때를 모르냐?'고 물어 잡아먹은 골짜기에 가 보니 가운뎃손가락 하나만 남아 있었다.

　절에 가서 하도 화딱지가 나서, '뼛심18)을 들여 남의집살이하는 사람의 양식으로 정성껏 빌어 주었으나 호랑이에게 잡혀 먹히다니─' 그래 부처

---

16) 장가나 시집 갈 나이가 된 총각이나 처녀가 땋아 늘인 머리. 또는 그런 머리를 한 사람.
17) 시주(施主). 자비심으로 조건 없이 절이나 승려에게 물건을 베풀어 주는 일.
18) 모든 육체적 활동의 바탕이 되며, 몹시 어려운 처지를 이겨 나가려고 할 때 쓰는 힘.

앞에 가서 부처님 가슴팍에 큰 칼로 푹 찌르며,

“부처님이 어디 있느냐?”

하고 홧김에 칼을 빼려 하니 안 빠져. 수십 동리 사람을 불러와 동아줄로 매어 빼려도 못 빼었다. 칼을 박은 부처라 손님도 오지 않고 그래도 산골짜기에 혼자 사는데, 하루는 십오륙 세 되는 웬 총각이 말을 타고 와서 여기서 하룻밤 유숙을 청하며,

“여기가 절입니까?”

“그렇습니다.”

“부처님은 어디 계십니까?”

“저기 법당에 있지요.”

아침에 과거를 보러 가려고 법당에 고하려 가니 칼 꽂힌 부처가 있었다. 총각이 놀라 물어보니, 사정 애기를 하며,

“내가 화가 나서 칼로 찔렀더니 수천 명이 빼 봐도 못 빼니 할 수 없어 그대로 두고 있지요. 마음엔 곧 빠질 것 같아도 안 빠집니다.”

총각이,

“나를 좀 봅시다.”

하여 중이 총각을 보니 가운데 손가락만 없었다. 중이,

“나이가 몇이요?”

물으니 십칠 세라고 했다. 중이 죽은 때부터 따져 보니 머슴 총각이 죽은 지 꼭 십칠 년이 되었다. 다시 묻기를,

“뉘 집 자제인고?”

“김정승 자제인데 많이 공부하여 과거를 보러 간다.”

하는 것이었다. 중이 생각하기를, ‘사람 마음이란 시간문제요, 땅과 하늘이 준 팔자는 못 고치는데, 사람은 죽어가서 하늘이 팔자를 다시 먹여 주어야 한다.’고 했다. 총각이 과거를 보아 출세를 하였다 합니다.

8) 지네와 구렁이의 다툼 2

1967. 6. 10. 금계리 죽전 / 태극도인. 여 · 56

*이본인 충북 단양군 〔대강면 자료 10〕 참조할 것.

옛날 어떤 사람이 있어 한 집에 아버지와 살았는데, 참 빈한해서 남구19)를 해다가 좁쌀을 사먹고 매일매일 살더니, 하루는 웬 예쁜 색시가 나타나서,

"나를 따라오라, 따라오면 그 짓 안 해도 산다."

해서 산중으로 따라가는데, 고래등 같은 기와집에 와서 하인들에게,

"이 사람 옷 벗기고 목욕시키라."

하니 이 사람 생전 목욕 안 해본 터라,

"나 좀 살려 주시오. 잘못한 것 없소."

고함을 지르고 야단법석을 떨었다. 간신히 목욕을 시킨 후에 비단 옷까지 입혀 놓으니 미남인지라 정이 들어 같이 살았다. 색시가,

"공부를 알아야 한다."

고 공부까지 가르쳤다. 색시가 하루 저녁에는,

"떨어져서 자라."

하면서, 방문이 찢어지고 불도 안 땐 방에 넣고 자라고 했다. 그때 그 아버지가의 혼이 나타나서,

"애, 길동아?"

불러서,

"그 여자가 왜 너를 삼년 동안 잘 먹이고 가꾸었겠느냐? 네가 오늘 저녁 자시쯤 그 여자 방을 들여다보아라. 너를 잡아먹으려 할 것이다. 내가 기다리다 기다리다─ 죽어서 내 영혼이 가르쳐 준다. 알아들었지?"

---

19) 나무. 땔나무.

“예, 알아들었어요.”

“꼭 그래야 한다.”

하고 자시쯤 문구멍으로 들여다보니 벽장문으로 여자가 무엇을 둘러쓰고 스르르 내려가더니 큰 지네가 되어 와시락와시락 방바닥을 기어 다니고 벽에도 붙고 천정에도 올라가 붙고 재주가 좋다. 반시간쯤 후에 후르륵 무엇이 벗겨지며 본 색시로 되어 옷은 벽장에 넣고 앉았는데, 남자가 가슴이 두근두근하여 들어가니,

“추은 데서 얼마나 고생이 많았소?”

물어도 아무 말도 안 하고 그 여자가 다리를 베고 아양을 떨어서, ‘담배침을 뱉으라.’는 아버지 영혼의 말을 생각했다. 담배를 갖다 주니 담배침을 잔뜩 물고서 쳐다보는데− (제보자, 조사자에게 : 뱉겠소, 못 뱉겠소?) (조사자 : 에이, 못 뱉죠) 자기 목숨만 살려면 뱉지만, 자기가 산골짝에 살았다면 평생 조죽[20]이지, 이렇게 호강할 수는 없을 터이니 일평생 남은 것을 다 살았다 여기고 담배침을 딴 데다 뱉고,

“빨리 잡아먹으라.”

고 들이대자, 이 여자가 뺑소니를 치면서,

“한 마디만 들어 보라.”

고 했다.

“당신 아버지와 나는 이 세상 원수로 당신 아버지는 삼천 년 묵은 구렁이고, 나는 삼천 년 묵은 지네인데, 당신 아버지가 먼저 죽으면 나는 인도환생[21]하고, 내가 먼저 죽으면 당신 아버지는 용이 되기로 약조가 되었소. 당신 아버지가 먼저 죽었으니, 이제는 당신을 잡아먹을 필요가 없게 되었소. 내 옷 저것만 사르면[22] 나는 인도환생하게 돼요. 그러니 옷을

---

20) 좁쌀로 쑨 죽.
21) 인도환생(人道還生). 사람이 죽어 저승에 갔다가 이승에 다시 사람으로 태어남. 또는 그런 일.
22) 불태우면.

사라주고 당신 가르친 공부를 나에게 가르쳐 주시오.”
해서 옷을 사라주니, 여자가 바보가 되어 인도환생하게 되었다. 그 뒤에
남자가 바보가 된 여자를 하나 둘 가르치고 행복하게 살았다.

9) 방귀 안 뀐 사람만 따먹는 오이 ·······························

1967. 6. 10. 금계리 죽전 / 태극도인, 여 · 56

어떤 신부가 첫날밤에 방귀를 끼었다.[23] 그랬더니 신랑이,
“웬 방귀를 그렇게 심하게 끼는가? 에이, 방귀 버릇없이 끼는 것 — 소
박이나 맞아라. 버릇이 없어 못 쓰니 영 안 된다.”
고 자기 아버지에게 돌아가자고 했다. 그래 첫날밤을 자고 새벽에 쫓겨
났다.
후에 그 색시가 애를 낳아서 아홉 살이 되자 서당에 다니는데, 아이가
묻는 말이,
“엄마, 나는 왜 아버지가 없어? 알으켜 줘.”
어머니가,
“그런 것은 알 필요가 없으니 공부나 잘하라.”
하고 대답은 아니했다. 서당에서는 친구들이 호로자식[24]이라고 곯리니,
하루는,
“엄마가 바른 대로 말하지 않으면 칼로 찔러 죽는다.”
고 바르르 떨며 칼을 꽂았다. 그랬더니 어머니가,
“서울 김정승 아들 김 아무개가 장가들러 와서 참다못해 방귀를 꾸었
더니 소박을 맞았다.”
고 대답했다.

---

23) 뀌었다.
24) 호래자식. 배운 데 없이 막되게 자라 교양이나 버릇이 없는 사람을 낮잡아 이르는 말.

“진작 말하지, 그렇게 큰 죄도 아닌데 이때까지 얘기를 하지 않았어?”

어머니의 얘기대로 서울로 찾아가서,

“저녁에 심어 아침에 따 먹는 물외씨[25] 사려! 저녁에 심어 아침에 따 먹는 물외씨 사려!”

하고 외치고 다녔다. 사람들이,

“정말이냐?”

했더니,

“그런데 방귀 한번 안 꾼 사람이라야 따 먹습니다.”

“에이 녀석, 그런 사람이 어디 있어?”

그 애가 정승집 앞에 가서 하도 요란히,

“저녁에 심어 아침에 따 먹는 물외씨 사려!”

하고 외치니, 정승이,

“웬 놈이 시끄럽게 구느냐?”

이상히 생각한 정승은,

“물외씨 장사를 데려오라.”

고 했다.

“정말 그런 오이가 있느냐?”

“보통 사람은 안 됩니다. 방귀 평생 한번 안 낀 사람이라야 됩니다.”

“에이, 미친 녀석. 방귀 평생 안 낀 사람이 어디 있어?”

“그럼 당신이 우리 어머니를 왜 내쫓았어? 그건 칠거지악[26]에 걸리는 죕니까?”

하고 따졌다. 정승이 듣고 부끄러워하고, 자기에게는 첫아들이오 아이가 똑똑해서 그 후에 일내겠다[27] 생각하여 아내로 다시 맞아들였다.

---

25) 오이씨. ‘물외’는 ‘참외1’에 대하여 ‘오이1’를 구별하여 이르는 말.

26) 칠거지악(七去之惡). 예전에, 아내를 내쫓을 수 있는 이유가 되었던 일곱 가지 허물. 시부모에게 불손함, 자식이 없음, 행실이 음탕함, 투기함, 몹쓸 병을 지님, 말이 지나치게 많음, 도둑질을 함 따위이다.

10) 내 복에 사는 딸 2 ··

1967. 6. 10. 금계리 죽전 / 태극도인. 여 · 56

*16년 전에 할머니께 들은 이야기라 한다. 이본으로 단양군〔매포읍 자료 44〕를 참조할 수 있다.

예전에 딸 삼 형제가진 아버지가 있었는데, 하루는 딸 삼 형제를 불러 첫째에게,

"너는 누구 덕에 사느냐?"

딸이 답하기를,

"아버지 덕이죠."

둘째는 대답하기를,

"엄마 덕이죠."

막내는,

"내 덕이죠."

라는 대답이었다. 아버지가 막내의 말이 하도 괘씸해서,

"정말 네 덕에 먹고 사느냐?"

라고 물었다. 그러니,

"정말 내 덕에 먹고 삽니다."

하니 아버지가,

"요년 괘씸하다."

하고 쫓아내었다.

딸이 가다가다 누구에게 붙잡힐까봐 산골로 산골로 들어가니 숯을 굽는 두 모자가 사는 집에 이르렀다. 유숙을 청하니 선뜻 응락하고 맞았다. 처녀가 하룻밤 자고 이튿날 가려 하니 그 어머니가 아들 장가 때문에 보

---

27) '일내다'는 '말썽을 일으키다.' 여기서는 '훌륭한 사람이 되겠다.'는 뜻임.

내기가 싫어서,

"며느리 삼으려니 살래?"

하고 물었다.

"저 같은 쫓겨난 여자를 맞아들이겠습니까?"

"아니, 그게 무슨 소리야? 없는 사람은 없는 사람끼리 살지."

그리하여 살게 되었다. 그 다음날 물 길러 샘터에 가서 금독착[28]이 굴에 박혀서 들어보니 유난히 무거웠다. 그 돌을 타인에게는 안 보이고 그 여자에게만 보였다. 집어 가 남편더러,

"이 독착을 지고 아무가 뭐래도 아무 소리 말고 지고 가라."

고 했다. 그 남편이 어딘지는 모르나 시내로 가서 부잣집 근방에 팔았더니 돈을 굉장히 주어서 미처 다 못 가져가고 일부만 갖다가 집 짓고 땅 사고, 시내에 나와 숯도 안 굽고 팔자를 고쳤다.

11) 용한 점쟁이 2 ··

―천 냥 점(千兩占)

1967. 6. 10. 금계리 죽전 / 태극도인, 여 · 56

*이본은 단양군〔매포읍 자료 34〕참조할 것.

전에 내외가 살았는데, 안[29]에서는 베를 짜고 남자는 장에 가 양식을 팔아[30] 왔다. 용한 점쟁이가 장에서 법석치는 것을 보고 생각하기를, '나도 쳐 받으면 좋겠는데―' 점을 치면 복채가 비싸서 쌀을 못 사 집에도 못 가게 되었지만 점을 쳤다. 점괘가, '마음이 위태롭거든 목적지까지 가

---

28) 금돌. '독착'은 '돌'
29) 여자. 아내.
30) 사.

지 말고 되나오라. 무섭거든 춤추라, 반가워하거든 살살 기라.'

그 남자가 집에를 못 가고 어디를 가는가 하면 도망을 가는데 큰 대강[31]이 앞을 막아 배를 타게 되었는데, 사람이 모다야[32] 가는데 기다리다가 사람이 차서 떠났다. 바람 불고 날이 꾸무럭해지고[33] 돌개바람[34]이 불어 배가 뒤집힐 듯했다. 점괘 때문에,

"아이, 무서워 못 가겠다. 돌아가자."

고 야단을 했더니,

"정말 못 가겠느냐?"

"아, 그래. 나는 안 간다."

할 수 없이 도로 갖다 주고 배가 중간쯤 가다가 돌개바람이 불어 휘떡 뒤집혀. 그는 점쟁이 말이 맞다고 생각했다.

그길로 산골길로 가다보니 집도 없고 첩첩산중에 초입부터 해골이 쓰러 문드러져. 되나오자니 들어갈수록 해골이 어시무레해.[35] 첫 번에 뭔가 동그란 게 또글또글[36] 굴러와서 상다구[37]를 쳐다 본 게 키가 구십 척도 더 큰 것이 눈을 화등잔[38]같이 큰 것이 춤을 췄다. 그래서 '무서우면 춤을 추라.'는 점괘를 생각하고 같이 덩실덩실 춤을 추었더니 차차차차 작아져 사람 만하게 되어 보고 웃으며,

"나는 소원을 풀었다. 당신 때문에 원 풀었다. 나는 마초[39]귀신이나, 하도 천상에서 죄를 많이 져서 구천[40] 상제님께서, '네놈 얼굴 보고 춤추

---

31) 대강(大江). 큰 강.
32) 모여야.
33) '꾸무럭하다'는 '날씨가 흐리다'는 뜻임.
34) 회오리바람.
35) 어슴푸레해. '어슴푸레하다'는 '뚜렷하게 보이거나 들리지 않고 희미하고 흐릿하다.'
36) 작고 무거운 물건이 자꾸 구르는 모양. 떼굴떼굴.
37) 상판대기. 얼굴을 속되게 이르는 말.
38) 화등잔(火燈盞). 기름을 담아 등불을 켜는 데에 쓰는 그릇. 여기에서는 '놀라거나 두려워 커다래진 눈을 비유적으로 이르는 말'의 뜻으로 쓰였다.
39) 마초(馬超, 175~222). 중국 삼국시대 촉한의 장수.
40) 구천(九天). 가장 높은 하늘.

는 놈 있으면 죄 풀리리라.' 하고 말한 다음에 춤추는 사람이 없어 한이 되더니, 당신 때문에 원 풀었으니 당신의 소원이 무엇이든지 들어주겠다."

그래,

"부자가 되고 싶다."

고 했다.

"그러면 동삼밭을 가르쳐 줄께."

하고,

"고개고개를 넘어 양지쪽 꼭대기 바위가 빼딱한데 동삼밭이 있을 것이다."

해서 말대로 찾아가 뽑으니 무 같은 동삼이 한정 없이 나왔다. 하도 좋아한 망태기 가지고 집에 갔다. 마누라가 반가워했다. 또 '반가워하거든 살살 기라.'는 점괘 생각에 살살 기었더니, 마루 밑에 시퍼런 칼을 든 괴한이 있었다. 그 사이에 다른 남자를 데리고 살려고 했던 것이었다.

"아하, 나 죽일려고? 내 이 집도, 내 아내도, 그 자식도 다 줄 테니 나오라."

나오니 그 사람은 다 버리고 동삼을 팔아 서울에 와서 잘 살았다.

12) 신문장(申文章)의 출세 ···

1967. 6. 10. 금계리 죽전 / 이시우(李時雨), 남 · ?

*농사를 짓고 있으며, 금계리의 이장직을 맡고 있다. 유화인 경북 상주군 〔모서면 자료 4〕를 참조할 것.

팔음산 아래, 경북 상주군 하동면 평산리는 평산신씨(平山申氏)의 본관이다. 신접장41)이라는 이가 있었는데, 글을 좋아했으나 집이 가난하여 매일 짚신만 삼았다. 숙종대왕께서 밤에 민가 시찰을 하시다가 밤이 이슥한데 한 집에서 불이 반[42]하거늘 가 보니 노인이 신발을 삼고 있었다.

"대관절 왜 신을 삼습니까?"

"할 일은 없고 심심해서 신을 삼지요."

이 얘기 저 얘기 해보니 상당히 배운 사람이라. 수차 왕림하시곤 하였다.

어느 날 임금께서는,

"서울 한번 놀러오시라."

하며,

"어떻게 찾느냐?"

고 물으니, 주소를 아르켜 주며,

"이동지를 찾으라."

하였다. 잊고 있다가 갑자기 서울 갈 생각이 나서 이동지를 찾으라는 기억이 떠올랐다. 그리하여 서울에 올라가 대궐로 가서- 들어가려 하니 수문장이

"누구냐?"

고 물었다.

"경북 상주 하동 평산에서 왔다."

"누굴 찾느냐?"

"이동지란 분을 찾습니다."

도승지가 숙종께 고하니,

"모셔 들여라."

고 하였다. 신접장이 들어가 보니 짚신 삼을 때 그 사람이 있으므로, 이 얘기 저 얘기 하며 훌륭한 대접을 받았다. 숙종이 소원을 물으니, 팔음산[43]이라고 했다.

---

41) '접장(接長)'은 '훈장(訓長)' 곧 '글방의 선생'.
42) 빤하므로. '빤하다'는 어두운 가운데 밝은 빛이 비치어 조금 환하다.
43) 팔음산(八晉山). 경상북도 상주시 화동면과 충청북도 옥천군 청산면에 걸쳐 있는 산.

"팔음산은 왜 가지려 하느냐?"

"나무 때는 것 때문입니다."

이에 숙종에 팔음산을 평산신씨에게 하사하시어 지금도 팔음산은 평산신씨의 것이라 한다.

13) 광학루의 현판

1967. 6. 10. 금계리 죽전 / 이시우, 남 · ?

어느 때인가 광학루의 현판을 떼어 버리자 물이 거슬러 올라갔다. 현판을 다시 달았더니 전(前)과 같이 흘렀다 한다.

14) 금계리(金溪里)

1967. 6. 10. 금계리 죽전 / 이시우, 남 · ?

삼화지지(三華之地)는 비결44)에 '백만백호에 삼화지지다'라고 했다. 그런데 여기의 삼화지지는 백화(白華), 법화(法華), 청화(淸華)를 가리킨다. 오백 년 전 경주이씨 선조가 소론, 노론 당파 사움이 한창일 시절에 몰락하여 낙향하였다 찾은 곳이 바로 삼화지지였다. 와 보니 지금의 고백당(孤栢堂) 터인데 잣나무가 하나 있어서 그 잣나무를 베고 지어서 그 이름을 '고백당'이라 지었다. '외로운 잣나무같이 홀로 살리라.'는 뜻에서 그 이름이 유래하는 듯하다. 이곳은 '금계(錦鷄)'라 하다가 '금계(琴鷄)'로 변하였고, 다시 일제 때에 지금의 이름인 '금계(金溪)'라 하였다.

---

44) 비결(秘訣). 앞날의 길흉화복을 얼른 보아서는 그 내용을 알 수 없도록 적어 놓은 글이나 책.

15) 문장 사위 ···

－산지고고석다고(山之高高石多故)[45]

1967. 6. 10. 금계리 죽전 / 이윤우(李潤雨), 남 · 35

*16년 전 마을의 홍석기 씨에게서 들은 이야기라고 한다.

옛날 어떤 사람이 장개를 갔는데 처남들이 몹시 드셌다. 그런데 그 사위 되는 사람이 못나서 항상 처갓집에 가면 시달리기만 했다. 어느 날 처갓집을 갔을 때 술좌석에서 한번 글짓기 내기를 하자고 하면서 처남들이,

"우리가 운짜[46]를 낼 터이니 답해 보시오."

그래 운자를 내게 되었다.

처남 : 산지고고는 석다고요.
매부 : 산지고고는 석다고어니와 천지고고[47]도 석다고냐?
처남 : 송지청청은 중실고[48]요
매부 : 송지청청은 중실고어니와 죽지청청[49]도 중실고냐?
처남 : 학성장명은 장경고[50]요
매부 : 학성장명은 장경고어니와 와성장명[51]도 장경고냐?

그런데 그 사람의 장모는 키가 적었다.

처남 : 노류장화[52]는 열인고[53]요

---

45) 산지고고석다고(山之高高石多故). 산이 높고도 높은 것은 돌이 많은 까닭이다.
46) 운자(韻字). 한시의 운으로 다는 글자.
47) 천지고고(天之高高). 하늘이 높고도 높음.
48) 송지청청(松之靑靑)은 중실고(中實故). 소나무가 푸르고 푸르름은 속이 꽉 찬 까닭이다.
49) 죽지청청(竹之靑靑). 대나무가 푸르고 푸르름.
50) 학성장명(鶴聲長鳴)은 장경고(長頸故). 학의 울음소리 긴 것은 학의 목이 긴 까닭이다.
51) 와성장명(蛙聲長鳴). 개구리 울음소리가 길음.

매부 : 노류장화는 열인고어니와 장모부장54)도 열인고냐?

16) 술 좋아하는 아버지 맹세 ···

1967. 6. 10. 금계리 죽전 / 이윤우, 남 · 35

*한 마을 홍이섭 씨에게서 들었던 이야기라고 한다.

옛날에 어느 술꾼이 술을 잔뜩 먹고 자기 방인 줄 알고 들어갔다가 잠을 깨 보니, 자부의 방이었다. 깨 본 즉 아들은 마당에서 보리타작을 하고 있었고, 며느리는 시아버지를 생각하여 밖에 일찍 나가고 없었다. 뒷문으로 나가 자기 방으로 가서 생각하니 같잖은55) 일이었다. 생각하니 큰일이어서 아들 이름을 부르고,

"야야, 들어오너라. 타작도 바쁘지만 붓과 벼루, 먹을 가져 오너라."

아들이 가져왔더니,

"내 부르는 대로 써라."

하여 아들이 쓰는데, '음주자는 황견지자야56)니라.'

그런데 며느리가 효부였던 모양이어서, 전부터 시아버지의 술버릇을 잘 알아 콩나물국에 고추장을 발갛게 풀어 팔팔 끓여 올리고 약주 한 잔 따끈따끈히 데어 왔다. 그리고 며느리 하는 말이,

"아버지, 어저께는 약주가 높으셔서 가슴 쓰리실 텐데 술이나 한 잔 드

---

52) 노류장화(路柳墻花). 아무나 쉽게 꺾을 수 있는 길가의 버들과 담 밑의 꽃이라는 뜻으로, 창녀나 기생을 비유적으로 이르는 말.

53) 제보자가 이야기를 잘못 기억한 것이다. 즉 이 대목은 '노류부장(路柳不長)은 열인고(閱人故)'라야 뜻이 제대로 통한다. 즉 '길가의 버드나무가 키가 작은 것은 많은 사람을 겪기 때문'이란 것이다.

54) 장모부장(丈母不長). 장모의 키가 작음.

55) '같잖다'는 '하는 짓이나 꼴이 제격에 맞지 않고 눈꼴사납다.'

56) 음주자(飲酒者)는 황견지자야(黃犬之子也). 술을 마시는 자는 누런 개의 아들이니라.

시죠?"

  아버지가 술 생각이 꿀떡 같으나 생각다 못해 아들을 부르며,

  "야야, 좀 들어와. 뭐 좀 빠졌다. 고칠 데가 있다."

  아들이 돌아오니, 고친 게 아니라 뒤에 덧붙여 썼다. '음주자는 황건지자야니라. 연이나[57) 조주삼배는 불가피[58)라.'

17) 떠 온 산 2

─자라바위

1967. 6. 10. 금계리 죽전 이장 댁 / 서승대(徐承大), 남 · 20

  *제보자는 중학을 졸업한 후 농사를 짓고 있다. 김포(金浦)와 서울에서도 거주했던 일이 있다. 이 이야기는 9년 전 조부께 들은 것이다. 이본으로 충북 영동군 〔용산면 자료 2〕; 옥천군 〔청산면 자료 16〕을 들 수 있고, 그 밖에 유관 자료로 영동군 〔영동읍 자료 22〕를 참조할 수 있다.

  바위가 떠내려 오자 아이 밴 여자가, '바위가 온다, 바위가 온다.' 하며 방정을 떨어 멈춰 섰다. 그 바위가 떠내려 왔으면 황간읍 소재지가 될 것이 허사가 되었다.

18) 자식 혼이 든 뱀

1967. 6. 10. 금계리 죽전 이장 댁 / 서승대, 남 · 20

  *역시 조부께 들은 이야기라고 했다.

---

57) 연(然)이나. 그러나.
58) 조주삼배(朝酒三盃)는 불가피(不可避). 아침 해장술 석 잔은 피할 수 없다.

어느 구렁이가 많은 동네에— 그 동네에는 큰 구렁이가 어찌도 많은지 밤낮으로 애를 내버려 두질 못하는데, 하루는 어린애를 땅에 눕혀 놓고 일 보고 오니, 어린애 입에 뱀이 거진 다 들어가고 꼬리를 바르르 떨고 있었다. 어린애가 죽어서 동네 처녀를 불러다 뱀꼬리를 빼려 하나 꼬리가 끊어져 버렸다. 자기 어머니가 기름을 팔팔 끓여 갈아서 멀리 띄웠다.

얼마 후 여름에 방문을 열고 자는데— 문을 닫고 자려다 말고 열어 놓고 자다 보니까, 갑자기 자기 몸 옆이 선득해서[59] 보니까 팔뚝보다 굵고 길이가 삼 배 이상이 되는 구렁이가 가만히 있어서 할머니가 뱀과 이야기를 했다.

"너 같이 깨끗한 동물이 왜 더러운 인간에게 와서 자려느냐?"
물어도 가만히 있어 물을 떠 놓고 빌면서, '밭에 가 자라.'고 해도 혓바닥을 내놓으며 가만히 있어 흰죽을 가마에 끓여 놓고 빌었더니 밖으로 나갔다. 그래 꽃밭에 등불을 키워 놓고 자라하고 흰죽을 주었더니 머리를 죽그릇에 파묻고 쳐들며 먹는 꼴이 꼭 자기 어린애와 똑같아, '저것은 어린애의 혼인가 보다! 뱀에게 그 혼이 들어가 저런가 보다!' 하고 그 뱀을 고이고이 길렀다 한다.

19) 의붓아들 눈알 먹는 계모

1967. 6. 10. 금계리 죽전 이장 댁 / 서승대, 남 · 20

옛날에 한 고을에 원님이 있었다. 그 원님이 일찍이 결혼하여 자식 하나를 낳고 부인은 죽었다. 다시 재취하였는데, 계모 아들 하나가 원님 전실 자식과 동갑이었다. 원님은 충신이었으나 역적에 몰려 귀양을 갔다. 가면서 계모에게 언제 올지 모르니— (제보자 : 개똥이라 해두고—) 개똥이를 잘 봐 달라고 신신당부하였다. 그랬더니 계모는,

---

[59] '선득하다'는 '갑자기 놀라서 마음에 서늘한 느낌이 있다'라는 뜻.

"걱정 말고 몸이나 성해 돌아오십시오."
하고 울고불고 헤어졌다.

아들이 동지섣달 노각[60]에 올라가 아버님의 살아옴을 칠성당에 찬물 떠다 놓고 기도를 하나, 후처의 생각에 전실 자식인 저게 없으면 전 재산은 자기 것이 되리라고 생각하여 죽일 생각을 가지고 꾀를 내어 남을 시키어 위조 편지를 썼다. '아무 곳에 와 있는데, 몇 달 전부터 몹쓸 병이 걸렸다. 눈을 먹으면 병이 나을 것이라고 한다.'

"애, 아무것이야? 네 아버지한테 편지가 왔다."

하도 기뻐서,

"무슨 편지가 왔어요?"

읽어본 후에,

"종재기[61]와 대롱 하나만 가져오세요."

물을 것도 없이 눈을 때려 종재기 속에 담아, 이 눈을 방으로 가지고 들어가 잘 싸서 가져다주며,

"아버지가 바라는 것인데 잘 전해 달라."

고 하며 주니 계모가 눈을 감추었다.

두어 달 후에 계모가,

"애, 아무개야. 편지가 또 왔다."

읽어 본 후 한 눈이 남아서 보는데 그 눈마저 빼어 주었다. 봉사가 되니 평소에 어딜 가도 몰고 가야 하니 귀찮아서 위조 편지를 다시 썼다.

"눈을 잘 먹고 나았다. 나라의 은[62]을 입어 돌아가게 되니 부둣가로 마중 나오라."

눈이 없어 아는 친구에게 읽어 달라고 하고 집에 와 어머니께 말씀 드리니 계모도 기뻐하는 것 같았다. 아들은 그날을 기다려 부둣가로 나가니

---

60) '누각(樓閣)'의 잘못.
61) 종지. 간장·고추장 따위를 담아서 상에 놓는, 종발보다 작은 그릇.
62) 은(恩). 은혜. 덕.

큰 장대와 늘판대[63]를 가지고 갔다. 계모가 바위에 널판때기를 놓고 앉으라 해서 앉으니 장대로 바다 가운데로 떠밀었다.

떠내려가다가 멀리서 고동소리[64]가 들리니 그날이 마침 아버지가 돌아오는 날이어서 아버지가 배 위에서 멀리서 어린아이 울음소리가 들려왔다. 선원들한테 행방[65]을 물어 데려오게 하니, 눈은 없어도 자기 아들이 분명하였다. 연유를 물으니,

"동삼[66]을 앓아서 눈이 병신이 되어 자살하러 나왔다."

고 말했다. 아버지가 의심을 품고 집에 가서 후처에게 물으니 계모가 질려서 대답도 못하고 있는데, 아들이 옆에서,

"아버지는 동삼을 앓아서 그렇다니까요."

하니 계모도 그렇다고 대답했다. 아버지가 눈 빠진 아들을 더욱 귀여워하여 항상 데리고 자는데, 어느 날 밤 개[67] 주머니에서 편지 석 장을 발견했다. 즉시 읽고 계모를 붙잡아 죽인다고 했지만, 애가—

"어머니 죽으면 내가 먼저 죽겠어요."

해서 계모를 쫓아내었으며, 우목낭상[68]에 넣어 두었던 눈을 물에 넣어 불쿤[69] 다음에 눈에 박았더니 보였다.

---

63) 널판때기. 널빤지. 판판하고 넓게 켠 나뭇조각.

64) 신호를 위하여 비교적 길게 내는 기적 따위의 소리.

65) 원뜻은 '간 곳이나 방향'. 여기에서는 '소리가 나는 곳'을 뜻함.

66) 눈동자에 좁쌀만 하게 생기는 희거나 붉은 점.

67) 그 아이.

68) 우목낭상(寓目囊箱). 『천자문』에 나오는 구절. 한번 읽으면 잊지 아니하여 글을 주머니나 상자에 둠과 같다는 뜻임.

69) 불린. 어근 '붇다'는 '물에 젖어서 부피가 커지다.'

20) 열부(烈婦)와 호랑이

1967. 6. 10. 금계리 죽전 이장 댁 / 서승대, 남 · 20

옛날 사냥꾼들이 사냥을 갔다가는 돌아오지 않고 했는데, 유명한 포수 하나가 그 산중에 들어갔다가 날이 저물어 멀리서 별이 반짝이고 있어 그 집을 찾아 들어서니 곡소리가 났다. 한 여자가 나와서, 하룻밤 자고 가기를 청하니,

"오늘은 안 됩니다. 시아버지가 돌아가셔서서 남편이 재 넘어 베 뜨러 가고 나는 범이 많아 시체를 물어갈까봐 지키고 있다."

고 했다. 그래도 포수가 자고 가기를 청하니, 여자가 허락하고 제안하기를,

"시체를 지키겠소? 남편 마중을 가겠소?"

남자가 이렇게도 저렇게도 할 수 없어 둘 다 못한다고 하니,

"이왕 이리 된 바에는 어느 편이라도 택하시오. 그럼 시체를 놓아두고 같이 갑시다."

포수가 여자와 함께 얼마쯤 가니 호랑이가 여자의 남편 배를 가르고 뜯어먹고 있다가 도망가 버렸다. 시체를 둘을 맞게 되니,

"집에 가서 거적을 가져오겠소? 여기서 시체를 지키겠소?"

포수가 이리도 저리도 할 수 없었으나 집에 오는 게 나을 것 같아서 집에 오니 송장이 거꾸로 서서 마당을 뛰어다니고 있었다. 무서워서 머리 카락이 섰으나 할 수 없이 거적때기를 가져와 여자에게 얘기하니 여자와 시체를 가지고 돌아와 묻었다.

이튿날 아침 포수가 떠나려 하니,

"나를 죽이겠소? 데리고 아내로 살겠소?"

포수가,

"이미 처자가 있는 몸이라 못 한다."

고 대답하니, 여자는 집에 불을 지르고 죽었다. 포수가 어디쯤 와서 절에 들어가 묵게 되었는데, 그 여자가 꿈에 초롱불을 들고 나타나,

“잠시 후에 호랑이가 올 테니 빨리 문 옆으로 숨으시오.”

포수가 숨자 중이 배낭을 메고 들어오더니 이내 쓰러져 코를 골며 잤다. 또 조금 뒤에 큰 호랑이가 들어와 중의 배를 갈라 내장을 꺼내 먹은 후에 중을 베개 삼고 잤다. 호랑이는 새벽이 되었을 때 나가 버렸다고 한다.

Ⅳ. 옥천군(沃川郡)

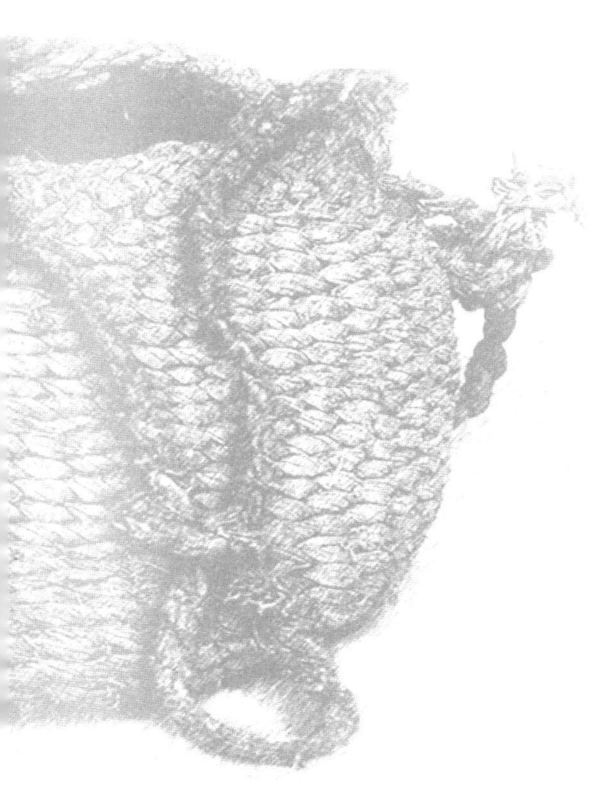

1. 청산면(靑山面)

1) 두꺼비의 보은 3

1967. 6. 12. 의지리(義旨里) / 양만필(梁晚弼), 남 · 54

*의지리에서 태어나서 지금까지 살아 왔는데, 이 마을엔 자신의 15대 조부가 처음 들어왔으며, 그때 이 마을엔 이미 차씨(車氏)가 살고 있었다고 한다. 이본인 충북 괴산군 〔청천면 자료 69〕; 영동군 〔영동읍 자료 45〕 참조할 것.

성명도 모르는 처녀인데, 두꺼비가 쪼그만 놈인데 냠냠 먹고 살강1) 밑으로 먹고 들어가고 먹고 들어가고 해. 밥 때만 되면. 차차 커서 아주 컸는데, 이제 처녀가 과년하여 시집을 가는데 두꺼비가 가마 안으로 들어와 한 가마에. 들어오니 시집을 같이 갔는데 그 여자의 남편이 고시2)지— 과거를 보아 되어서 벼슬이 전라감사로 가는데— 지명적으로3) 가는데 왜 지명적이냐 하면, 어쩐 연고로 한 디4) 감사가 가기만 하면 죽어. 국가에서 장력5)이 강해서 제왕시대는 임금의 말이면 법이 되니께,

---

1) 그릇 따위를 얹어 놓기 위하여 부엌의 벽 중턱에 드린 선반.
2) 고시(考試). 과거(科擧)의 성적을 살펴서 등수를 매기던 일.
3) 지명(指名)이 되어.
4) 어떤 데. 어느 곳.

"경이 전라감사를 해서 잘 가보라."

고 하고 나라에서 보내니, 죽을 줄은 아나 왕명을 거역할 수는 없지. 그래 가게 되는데, 집에 있을 때는 아무 일도 없는 두꺼비가 어디나 가면 따라나선다. 그래서 전라감사 댁은 그걸 데리고 갔는데 무슨 변이 있는가 싶어서 육방관속6)을 풀어 수색을 하고 지키고 방에 있는데 두꺼비가 들어오려 하니 그대로 두었다. 그래 세 식구가 되었어. 그래 날이 저물고 밤중이 되는데 어디서 오는지 쇠소리가 나더니, 지네가 쑥 위에 나타났는데 지네가 (제보자 : 대들보를 가리키며) 보7)와 같더래. 하두 엄청해서 바라보고 기절하고 있으나, 두꺼비가 새파란 불을 지네가 빨간 불독8)을 주어 힘을 더 쓰면서 올라가고 내려가고 그리 버티는데, 얼마 경9)을 하고서 보니 뚝 떨어져서 정신을 차려서 봉께로 지네가 떨어졌는데 껍질만 남았더래. 두꺼비도 죽었고―. 결국 두꺼비가 은혜를 갚은 것이야.

2) 토정 선생의 죽음 ···

1967. 6. 12. 의지리 / 양만필, 남 · 54

지네 이야기가 나왔으니까 그런데, 지네 물린 데는 먹는 밤이 제일이란다. 옛 토정 선생님이 지네 생집10)을 잡수셨는데 그것으로 돌아가셨대. 변두풍11)을 잘 앓으셨는데 오송12) 생집을 마신 다음 즉시 밤을 그냥 먹

---

5) 장력(掌力). 장악력(掌握力). 다스리는 힘.
6) 육방관속(六房官屬).
7) 들보. 칸과 칸 사이의 두 기둥을 건너질러 도리와는 'ㄴ' 자 모양, 마룻대와는 '十' 자 모양을 이루는 나무.
8) 독기가 있는 불.
9) '께', ' 무렵', '쯤'.
10) 생즙(生汁). 익히지 아니한 채소나 과일 따위를 짓찧어서 짜낸 즙.
11) 변두풍(邊頭風). '편두통'을 한방에서 이르는 말.
12) '오공(蜈蚣)'의 잘못. '오공'은 지네.

으면 되는데- (제보자 : 생집 그릇을 떼자마자) 그래야 오송독을 친다는데 말야.

한 통인[13]이 죄가 있어서 이걸 취조하다가 죽이게 되었는데, 통인의 자식이 있어서 원님이 제 애비 통인을 죽였다 하여 그 자식이 복수를 하려고 하는데, 이 양반이 봄이나 갈[14]이나 변두통이 있어서 오송 생집을 자시는데, 관속[15]을 시켜서 버드나무 위로 밤같이 놓고 아래에 밤을 두어드리니, 버드나무니 깨칠 일이 있어? 그래서 '생율![16] 생율!'하고 죽었다 해. 통인은 원님의 일꾼이야.

3) 김삿갓과 돌림뺨[17] ....

1967. 6. 12. 의지리 / 양만필, 남 · 54

김립[18]이 여관집에 가서 삿갓만 믿고 다닌 사람인데, 옆방에서 술 먹고 고기 돔부리[19]를 하는데 수북이 하고 먹으니 쑥 들어서면서,

"구면이요."

하니,

"누구냐?"

옆사람이 김병연[20] 씨를 때리니, 옆 사람을 냅다 때린다.

"대체 어디 사는 누구냐?"

---

13) 관아에서 수령(守令)의 잔심부름을 하던 구실아치.
14) 가을.
15) 관속(官屬). 지방 관아의 아전과 하인을 통틀어 이르던 말.
16) 생률(生栗). 날밤. 익히거나 말리거나 하지 아니한 밤.
17) 돌림뺨. 차례로 돌아가면서 치는 뺨.
18) 김립(金笠). '김병연'의 다른 이름. 김병연(1807~1863)은 조선 시대의 방랑 시인. 자는 난고(蘭皐). 속칭 김삿갓.
19) '덮밥'을 이르는 일본어.
20) 김병연(金炳淵). 김립(김삿갓)의 원래 이름.

"내가 김삿갓이다."

고 그러드랍니다.

4) 주운 사람이 임자 ···

1967. 6. 12. 의지리 / 양만필, 남 · 54

일곱 살 먹은 아이가 그 아버지가 소를 먹여서 오다가, 종지[21]와 같이 만들어서 소리 내는 풍경[22]을 떨어뜨리고 오는지라.

"아버지, 풍경이 어딨소?"

그래서 길에서 잃은 줄 알고 가 보니 한 사람이 소를 몰고 가다가 주워가는지라, 달라고 하니,

"안 된다."

고.

"왜요?"

"주었으니까[23] 내거요."

그래서 못 찾고 되돌아오니 아들이,

"아버지 왜요?"

"주었으니까 제 것이란다"

그러니 아이가 가서 시비를 든다.

"우리 풍경을 주시오."

"이놈 주었는데 다 내 거다."

이러는 사이에 그 사람의 소가 앞서가니 아이가 가서 소 끈을 잡고는 간다.

---

21) 종지. 간장·고추장 따위를 담아서 상에 놓는, 종발보다 작은 그릇.
22) 소풍경. 소의 턱 밑에 다는 방울. 풍경 모양으로 생겼음.
23) 주웠으니까.

　“이놈아, 소를 왜 가져가느냐?”
　“나는 주었으니 내 거요.”
하고 원님에게 가지고 가서,
　“원님, 난 소를 한 마리 주웠소.”
　“임자를 만났으면 주어야지.”
　“그도 안 될 말이요.”
　여차여차[24]한 이야기 다 이야기하니 원님이 듣고,
　“이 고얀 놈아? 이놈 소를 뺏겼어도 싸다.”
하고 소를 아이에게 주었다. 물론 풍경 찾고 돌려주었겠지. 어른이 있으
나 일곱 살 먹은 아이가 하니, 우습다고 그런 거다.

5) 정종(正宗)과 술 잘하는 신하 ·····························

1967. 6. 12. 의지리 / 양만필, 남 · 54

　예전 정종대왕이 술을 못 잡수는데 신하들이 술을 먹으면 임금은 위요,
신하는 아래인데 술내[25]가 맡기 싫어서 술을 되도록 적게 먹도록 시켰다.
　그러면 다들,
　“아, 글쎄 적게 먹을려고 그랬습니다.”
　그리 변명하니,
　“그럼 조정에서는 적게 먹어라. 이 은을 줄 테니 잔을 만들어 먹어라.
그 한 잔만 먹을 것이다.”
이랬는데, 이 참판이라는 이는 얼굴이 벌건히 자시고 있지 않는가. 그래
대왕이 나무라니,
　“소신은 한 잔밖에 안 먹었습니다. 설마 전하를 속일 수가 있습니까?

---

24) 여차여차(如此如此)한. 이러이러한,
25) 술 냄새.

은이라 뚜드려 늘여 큰 사발 잔을 만들어 먹었습니다.”

하니 왕이 웃으면서,

　“충신은 충신인데 어찌 술을 못 참느냐?”고 하시드란다.

6) 몸이 뜨거운 송시열 ·····

1967. 6. 12. 의지리 / 양만필, 남 · 54

　＊우암 선생의 탄생담은 영동군 〔영동읍 자료 23〕; 동 〔심천면 자료 4〕; 동 〔심천면 자료 24〕; 동 〔용산면 자료 36〕; 옥천군 〔청산면 자료 13〕들에 보인다.

　1.

　송시열 선생은 대인이지. 그 양반이 포태할 적에, 그 자당26)께서 태몽인데ㅡ 옥천의 접동강27)하고 서대산28)이ㅡ (제보자 : 산명이 뭐라드만ㅡ) 웅, 서대산하고 접동강하고 입에 막 들어와. 마음에 배가 불러서 괌29)을 지르니께로 우암 선생 엄친네30)가 한방에서 자다가,

　“왜 그러느냐?”

고 흔들어 깨우니까 여차여차하다고 하니 바로 태몽인 줄 알드래.

　그 아이가 포태할 때 서대산의 풀이 마르고 접동강이 말랐다고 한다. 그 산천 정기를 타고 나서 평생에 낯 씻고 세수를 하는데 낯수건으로 닦지 못했는데, 왜냐하면 더워서 금방 마르니까 그런 것이다. 더운 방에서 못 잤다고 그러지.

　송시열 씨 사촌동생이란 양반이 있었는데, 그 양반이 서당에서 예전엔

---

26) 자당(慈堂). 남의 어머니를 높여 이르는 말.
27) 옥천군 이원면(移院面)에 있는 물 이름.
28) 서대산(西臺山). 충남 금산군 추부면(秋富面) 서대리(西臺里)와 군북면(郡北面) 보광리(寶光里)의 경계에 있는 산.
29) 고함(高喊). 크게 부르짖거나 외치는 소리.
30) 엄친(嚴親)네. 엄한 어버이. 주로 바깥부모를 이른다.

사람이 전해서 편지를 하니께, 사촌이 젊은이를 심부럼시켰는데 우암 선생과 함께 자게 되었다지. 엄동이라서 극히 추운 때라 냉돌방[31]에서 같이 자는데 우암 선생은 아랫목서 주무시고 청년은 웃목서 자는데 영 견딜 수가 있어야지. 잠은 안 자고— 꼬물꼬물 하고 자지 않아. 그러니 우암 선생이 그걸 보았던가.

"아, 자네 안 잔가?"

"글쎄요."

"젊은이가 이래서는—"

혀를 차고는 자리를 바꾸는데 가니까 따끈따끈하지. 그래서, '하, 이 방은 아랫목만 때나 보다.' 하고 그냥 잠이 들어 자는데, 한숨 자고 나니 또 추워. 꼬물꼬물 하니— 우암 선생이 또 자리를 바꾸어 주니, 역시 뜨거워졌더라는 거야. 그 정도로 뜨거운 양반이야.

2.

송시열은 키가 크고 충신이었다. 평생에 자기 오줌을 먹는데 처음 나온 것은 버리고 그 오줌 받는 중그래기[32]로 받아먹으니 속에 오줌 버꾸[33] 저기 돼 가지고— 예전에 사약이 세 사발이 보통인데— 그 하나만 먹어도 당장 죽는데, 이 양반은 두 사발을 먹어도 끄떡을 않더라. 그러니까,

"어찌 약이 이리 무량[34]하냐?"

고. 송시열 씨가 말했어. 세 사발 먹고 퇴침 지듯이[35] 죽으셨다 한다. 만약 송시열 씨가 안 죽으면 금부도사[36]가 죽는 거야.

---

31) 냉돌방(冷堗房). 불기 없는 찬 온돌방.
32) 종구라기. 조그마한 바가지.
33) 버캐. 액체 속에 들었던 소금기가 엉겨 생긴 찌끼.
34) '무량(無量)하다'의 원뜻은 '정도를 헤아릴 수 없을 만큼 많다.'는 것이나, 여기서는 '묽다; 멀겋다'는 뜻으로 사용된 것임.
35) 베고 자는 것처럼.
36) 금부도사(禁府都事). 의금부에 속하여 임금의 특명에 따라 중한 죄인을 신문(訊問)하는 일을 맡아보던 종오품 벼슬.

7) 금동산

1967. 6. 12. 의지리 / 양만필, 남 · 54

예전에 우리나라에 이서구[37]라는 양반이 있었는데, 전라 도백[38]으로 가셨는데 광주 어디에 금동산(金東山)이라고 한 데의 고개 위에 척 올라서니 정자가 있어서 하인이랑 쉬는데, 더웠던가 부채질을 하고 있노라니 어떤 백발노인이 소금짐을 지고 휴! 하고 쉬니까, 이서구 씨가 딱했던지,

"저 노인이 저런 소금짐을 지고 가니 퍽 고되겠다. 저 바위 아래 금이 있으니 캐다 파시오. 그게 낫지 않소?"

하고 알려 주니,

"야— 이 사람, 별소릴 다하네. 관원이면 치민이나 하지. 왜 남의 간섭만 해. 하필 그 바위 밑인가? 이 바위도 있고 저 바위도 있는 걸!"

하고 가더란다. 그 뒤에 '금동산'이라 하는데 금 묶음이 들긴 든데 못 찾는다고 한다. 이는 양반은 물욕에 탐하지 않았다— 분외의 재산을 안 탐한다는 것이다.

8) 구복여행 3

1967. 6. 12. 효목리(孝木里) / 송용순(宋用順), 여 · 54

*이 이야기는 제보자가 17세 때 청산면의 친정에서 들은 자료라고 한다. 이 본인 충북 괴산군 〔청천면 자료 58〕; 동 영동군 〔영동읍 자료 9〕 참조할 것.

옛날에 모자가 살았는데, 아들은 나이가 많도록 장가를 못 갔다. 하루는 나무를 해 오고 나서 밥을 얻어 오지 못해 누웠었다. 그런데 꿈에 노

---

37) 이서구(李書九, 1754~1825). 조선 순조 때의 대신 · 문인.
38) 도백(道伯). 관찰사. 조선 시대에 둔, 각 도의 으뜸 벼슬.

인이 부엌에 가보라고 하여 가 보니 부엌의 재속에서 생미[39]가 든 단지가 있었다. 쌀을 자루에 퍼내어 베고 누워 자니 어머니가 밥을 얻어 왔다. 어머니에게 내 보이니 훔쳐온 줄로 알고 나무랐으나 사실을 말하여 다시 나가 보니 또 쌀이 가득 차 있었다. 아들은 이 쌀들을 가지고 어머니는 살라고 하고 삼천동을 찾아갔다.

가다가 어느 집에 들어 저녁을 좀 달라 하여 먹으니, 그 집에 색시가,

"삼천동에 가거든 나이 많은 색시가 왜 시집을 못 가는지 좀 알아오라."

고 했다. 그 다음 어느 집에서는 노인이 먹던 팥죽을 주어서 먹고 행선지를 물은 후,

"삼천동에 가거든 온갖 나무가 열매가 여는데 왜 배나무가 열매를 열지 않는지 물어보라."

고 했다. 그 다음 집에서 나와 강을 건너게 되어 배가 없어 어찌할지 몰라 할 때 이미기[40]가 나와서 강을 건네주고,

"삼천동에 가거든 용 못된 이미기가 왜 그러한지 이유를 좀 알아 오라."

고 했다. 그 다음 어느 집에 이르러 주인에게 물으니,

"여기는 새 짐승만 날아오는 삼천동이라."

하여 세 가지 의문된 것을 물으니,

"나이 많은 색시는 처음 만난 총각이 연분인 것이고, 배나무는 그 밑에 금은보화가 묻혀 있어 그렇고, 용 못된 이미기는 뱃속에 아금자[41]가 둘이라서 그렇다."

고 하여 그 집에 자고 아침에 일어나니 그곳은 집이 아니라 바위 틈새였다. 돌아오면서 이미기에게는 가르쳐 주고 아금자를 하나 얻고, 노인에게서는 금은보화를 얻고, 색시는 자기가 제일 처음 만난 사람이니 서로 연

---

39) 생미(生米). 날쌀. 생쌀. 조리하지 않은 쌀.
40) 이무기.
41) 이야기가 끝난 후 제보자에게 문의한 결과 '부자방망이'라고 했다.

분이라 하여 함께 집에 돌아와 잘살았다.

9) 딸은 남의 집 식구

1967. 6. 12. 효목리 송용순, 여 · 54

*썩은 달걀로써 속여 명당을 차지하는 관련 자료는 충북 영동군 〔용산면 자료 16〕, 이른바 출가외인(어머니, 딸)이 친정의 명당을 가로채는 관련 자료는 서울 서초구 〔염곡동 자료 6〕 참조할 것.

친정에서 좋은 묏터[42]를 잡아 놓았는데 그곳은 친정아버지를 모실 예정이었다. 딸이 이곳은 초저녁에 달걀을 가져오면 새벽에 홰를 치고 운다는 명소였다. 그래서 친정아버지 죽었을 때에는 삶은 달걀을 갖다놓아 명소가 아니라고 속이고 오라버니한테 허락을 받아 자기 시가집 아버지 묘를 써서 친정집은 못 되고 시가집[43]은 잘되었다고 한다.

10) 가재와 메기

1967. 6. 12. 효목리 / 송용순, 여 · 54

옛날에 가재와 메기가 살았는데, 가재는 꿈 해몽 잘하기로 이름이 나 있었기에 꿈을 꾼 메기가 찾아갔다. 메기가 꾼 꿈은,
"군데[44]를 띠고,[45] 무지개 뜬 하늘에 탕건[46]을 쓰고 용상[47]에 올랐

---

42) 묘(墓)터.
43) 시가(媤家). 시집. 시부모가 사는 집.
44) 그네.
45) 뛰고
46) 탕건(宕巾). 벼슬아치가 갓 아래 받쳐 쓰던 관(冠)의 하나.
47) 용상(龍床). 임금이 정무를 볼 때 앉던 평상.

다.”

고 했다. 이 꿈 이야기를 듣고 가재가 해몽하기를,

 “군데를 띠는 것은 낚싯줄 낚싯밥에 걸릴 것을 말함이고, 무지개 뜬 하늘에 탕건을 쓰고 용상에 올랐던 것은 불에 굽혀서 그릇 위에 올려질 것을 말한다.”

고 했다. 그러니 메기가 화를 내고 몽댕이로 가재의 등을 치니 등이 깨어져 지금도 등이 갈라져 있다고 한다.

11) 사자 교구(死者交媾) ··

1967. 6. 12. 효목리 / 송용순. 여 · 54

 총각이 사십이 넘도록 장가를 못 갔었다. 하루는 모구불48)을 피워 놓고 자다가 깨어 장마가 났기에 냇가 물구경을 가니 새파란 처녀가 물에 떠내려 와 죽어 있었다. 총각이 죽은 처녀를 갱변49)에 데려다가 누워 잤다. 그런 뒤에 집에 와서 생각하니 불쌍하고 가책50)도 되어서 장사 지낼 양으로 삼베 한 필 떠다가 후하게 장사 지냈다. 이것을 본 동네 사람들은 흉을 보았다. 삼오51) 때 삼오를 지내고 그날 밤에 꿈에 현몽하기를,

 “그것도 연분이니 이제 참 연분을 기다리라.”

했다. 석 달 후에 정자나무 아래서 자다가 모구불52)을 베러 가다가 젊은 부인을 만났다. 자기를 붙들기에 온 연유를 물으니, 정승 댁 딸인데, 일찍 남편을 잃고 시집을 갈 연분이 없어 찾아 나섰다고 하였다. 그러니 자기가 연분이라고 하여 총각도 그렇게 여기고 젊은 부인이 가져온 돈으로

---

48) 모깃불.
49) 강변(江邊).
50) 가책(呵責). 자기나 남의 잘못에 대하여 꾸짖어 책망함.
51) 삼우(三虞). 장사를 지낸 후 세 번째 지내는 제사. 흔히 가족들이 성묘를 한다.
52) 여기서 ‘모깃불’은 모깃불을 피우는데 사용되는 풀을 가리킨 것이다.

잘살았다고 한다. 맘씨 좋은 사람은 잘되는 것이다.

12) 바보 며느리와 메뚜기

1967. 6. 12. 효목리 / 송용순, 여·54

*아주 어릴 때 들었던 이야기라고 한다. 이런 이야기를 해도 좋을지 모르겠다며, 차근차근히 조리 있게 구연했다.

옛날에 바보 같은 며느리가 있어 하루는 시어머니에게,

"아이를 어디로 낳느냐?"

고 물으니,

"배꼽으로 낳는다."

고 했다. 밭에 갔다가 오는 길에 오줌이 마려워 풀밭에서 소변을 보다가 풀밭에 있는 메뚜기가 놀래어 날아가니 며느리는 자기 아들인 줄 알고,

"아가 아가, 너거 부친 생면[53]하고 가거라."

하고 쫓아가 잡아 보니 그 메뚜기 아들은 머리는 증조부 대머리 닮고 입은 쭉 째진 장터거리 고모 닮았고 앞정쟁이[54]는 종조부처럼 길었더라 한다.

13) 우암(尤庵) 선생

1967. 6. 12. 효목리 / 송용순, 여·54

*우암 선생이 외가에서 박대를 받고 외가와 등을 진 이야기는 단양군 〔어상천면 자료 2〕; 영동군 〔심천면 자료 4〕; 동 〔심천면 자료 24〕; 동 〔용산면 자료 36〕에도 나타난다. 우암 선생의 탄생담은 영동군 〔영동읍 자료 23〕; 동 〔심천면 자료

---

53) 생면(生面). 처음으로 대함.
54) 앞정갱이.

4]; 동 〔심천면 자료 24〕; 동 〔용산면 자료 36〕; 옥천군 〔청산면 자료 6〕에 보인다.

　옛날에 곽씨, 윤씨, 송씨가 살았어. 곽씨네 집에서 며느리가 오면 일을 못했어. 시아버지 앞에서 오줌을 싸고 머리를 긁적긁적하였지. 하루는 이 며느리가 꿈자리가 뒤숭숭했는데 압록강 물이 쭉 내려오는 꿈이었어. 시아버지가 큰 자손 날 징조라고 하셨지. 꿈꾸고 난 후 태기가 있더니 옥동자55)를 낳어. 세 살이 되던 해부터 학방에 다녔지. 워낙 집이 가난하여 발가벗고 다녔고 굶기를 잘했지.

　그런데 강 건너 외갓집은 부자였어. 어느 날 외할아버지께서 먹으러 오라고 하셔서 동지섣달에 발가벗고 갔어. 그런데 외할아버지와 손님이 이야기하는데 들어가니 손님이,

　“저 애가 누구요?”

하니,

　“얻어먹는 아이요.”

하고 대답하자, 아 글쎄 다섯 살짜리가 문을 차고 나갔어. 밖에는 눈보라가 치는데 어린 것이 그냥 가는 것이 안 돼서 외할아버지가,

　“아무것아,56) 저놈이 내가 얻어먹는 아이라고 했다고 그냥 갔는데 네가서 불러오너라.”

하셔서 외삼촌이 가서 데려올라 했으나— (아이가) 강을 건너가는데 하늘에서,

　“송대감57) 가신다. 물 멈춰라.”

하는 소리가 들리더니 물이 멈췄어. 우암이 건너고 난 뒤 물이 도로 흐르기 시작하였지.

　우암이 이런 일이 있은 후에 곽씨네 집에 앙심을 품고 곽가네 산소를

---

55) ‘송시열’을 가리킴.
56) 우암 선생의 외할아버지가 자기 아들을 부르는 말임.
57) 우암 선생을 가리키는 말임.

둘러보니 못이 있었는데, 이 못 때문에 부자였어. 그래 못 옆에다가 써 붙이기를, '이 못에 돌을 던지지 않으면 가지 못한다.'고 썼더니, 모두 돌을 던져서 못을 메웠지. 이때부터 곽가는 못살았어.

14) 며느리의 방귀 ···

1967. 6. 12. 효목리 주막집 / 제보자 미상

어느 색시가 시집을 가게 됐다. 그 어머니는,

"니가 시집을 가서 방귀를 꾸면 안 된다."

고 주의를 주었다. 과연 이 딸은 며칠 동안을 탈 없이 지냈다. 안색이 창백해져서 시부모가 물으니,

"방구를 못 꾸어서 그렇다."

고 했다. 그러면서 하는 말이,

"남편은 상기둥을, 시아버지는 소두방58) 뚜껑을 잡으세요."

했다. 딸이 한번 방귀를 꾸니 시아버지는 소두방 뚜껑을 들었다 났다 하고, 시어머니는 맷돌 짝을 들었다 났다 한다. 시부모가 이를 보고, '그냥 뒀다간 이 집안 다 날라가겠다.'고 생각하고 친정으로 돌려보내려고 시아버지가 데리고 산 고개를 하나 넘었다. 산꼭대기에 큰 배나무가 있었는데 사람들이 그걸 따 먹지 못하고 웅성거리고 있었다. 딸이 아버지보고 피하라고 하고는 방구를 뀌니 장사꾼들은 풀을 뽑았다 심었다 한다. 놀란 장사꾼들은 모두들 도망가고 시아버지는 며느리와 함께 많은 짐과 배를 가지고 집으로 다시 돌아왔다.

---

58) 솥뚜껑.

15) 호랑이목에 걸린 비녀 4

1967. 6. 13. 효목리 윤씨 댁 / 제보자 미상

*유관 자료인 충북 단양군 〔매포읍 자료 36〕; 동 단양군 〔어상천면 자료 7〕 및 동 영동군 〔황간면 자료 5〕 참조할 것.

김정승이 가난하게 살았다. 낙향하여 산골짜기에 살며, 감자, 조 등을 심어 팔아 보태어 살았다. 워낙 청백하여 생활은 매우 궁핍했다. 마누라가 죽었으나 장례를 치르지 못하고 있었다. 저녁때쯤 호랑이 한 마리가 집 앞에 나타나서 아가리를 딱 벌리고 있었다. 그래 김정승이,

"뭐가 걸렸느냐?"

하며 팔을 걸어 목구멍의 비녀를 꺼내 주니 호랑이는 가 버렸다. 아들보고 외갓집에 가서 돈을 얻어 오라고 했다. 아들은 돈을 얻어 오다가 강가에서 어느 자가 딱한 사정을 말하기에 돈 천 냥을 그대로 주어 버렸다.

그런데 어느 날 밤이 되어 호랑이가 나타나 궁둥이를 들이대고 타라고 해서 탔더니 몇 십 리를 뛰어서 큰 동네가 있는 큰 산에 내렸다. 김정승은 그곳을 묏자리로 보고 있는데, 동네 구장이 이상해서 하인을 시켜 김정승을 잡아다가,

"당신들 뭔데 왜 산에서 돌아다니시오?"

"내 형편이 이러니 내 처의 묏자리를 얻기 위해 그런다. 입산 좀 하게 해 달라."

하고 인사를 한 뒤, 주인 말이,

"당신은 효자다."

아들이 돈 천 냥을 준 애기를 들은 구장은,

"당신은 내 은인이다."

하면서,

"돈 천 냥을 받은 사람은 바로 나다."

하고 말하며 같이 잘 살았다.

16) 떠 온 산 3

1967. 6. 12. 효목리 목동(목골) / 이용기(李鎔起), 남 · 21

*이본으로 충북 영동군 〔용산면 자료 2〕; 동 〔황간면 자료 17〕을 들 수 있고, 그 밖에 유관 자료로 영동군 〔영동읍 자료 22〕를 참조할 수 있다.

청산 읍내 산계리[59] 보 위에 동그랗게 보이는 것이 집이 열댓 채 뚜드려 만든 것 만한 바위산이 소위 보은서 떠내려왔다는 것이다. 근년에 보 막는다고 그 산을 깨 버려서 청산읍의 양반 부자 살기 좋고 인물 난다는 것이 안 난다는 것이다. 남포[60]를 터뜨려서 헌산이 되었다. 그래 보은서 산세를 받으러 왔다가 아이가 그랬다던가?

"너 산 도로 떼 가라."

하니까 그냥 가 버렸다고. 홍수가 나면 뱀이 막 그리로 올라갔다고 한다.

17) 목골 정자나무

1967. 6. 12. 효목리 목동(목골) / 이용기, 남 · 21

(조사자 : 동네 입구에 수백 년을 헤아리는 나무가 있고 마침 단오날이어서 그네를 달아 뛰고 있었다. 한쪽 줄기는 절로 쓰러져서 땅에서 가지가 'ㅜ'자형으로 받쳐져 있고, 그 아래에는 소들을 매두었다) 고로[61]의 이야기를 들어보면― 칠월 달이 되어 백중[62]이 되면 일꾼이 날을 받아서 여기에서 술을 먹고 하는데, 근년은 별로 안 하고 철렵[63]을 하면 여기서

---

59) 청성면(青城面) 산계리(山桂里).
60), 도화선 장치를 하여 폭발시킬 수 있게 만든 다이너마이트.
61) 고로(古老). 경험이 많고 옛일을 잘 알고 있는 늙은이.
62) 백중(百中)날. 음력 칠월 보름.
63) 천렵(川獵). 냇물에서 고기잡이하는 일.

모여 먹는다. 저 드러누운 낭키이[64] 바람이 불어서 끝이 무거서 그런 건
디, 다른 나무 같으면 톱으로 썰기도 할 일이나, 치우면 동네가 소란스럴
까 봐서 나두는[65] 것이다. 그야 당산[66]이고 괴목[67]이다. 둥구냉키[68]지.
동네 수구목[69]이고 보물이니까 손을 안 대지. 이런 나무 손대선 해되는
것뿐이다.

육칠 월 농사 지내고 나면 동네서 여기가 미납하면 다 수축[70]한다, 무
너지면 떼 떠서 바로 한다는 거지. 정초 걸립[71] 때 타동[72] 걸립이 나오면
여기 와서 놀고 절하며 고사[73]를 한다. 아, 나무가 한 물[74]에 잎이 꽃 피
면 모내기는 한 물이고, 두 물에 잎이 꽃 피면 모내기는 두 물이고, 세 물
에 잎이 꽃 피면 모내기는 세 물이란 징험이 있는데, 작년도 아니 그랬는
데. 금년은 단번에 피었대. 그야 어찌될지 모르나 이번 가물에 단비만 오
면 한 물에 안 심겠는가?

---

64) 나무가.
65) 놓아두는.
66) 당산(堂山). 토지나 마을의 수호신이 있다고 하여 신성시하는 마을 근처의 산이나 언덕.
67) 괴목(槐木). 느티나무. 느릅나뭇과의 낙엽 활엽 교목.
68) 동구(洞口)나무. 동네의 어귀에 서 있는 나무.
69) 수구목(守口木). 마을을 보호해 주는 나무.
70) 수축(修築). 집이나 다리, 방죽 따위의 헐어진 곳을 고쳐 짓거나 보수함.
71) 걸립(乞粒). 동네에 경비를 쓸 일이 있을 때, 여러 사람들이 패를 짜서 각처로 다니
　　면서 풍물을 치고 재주를 부리며 돈이나 곡식을 구하는 일.
72) 타동(他洞). 다른 동네.
73) 고사(告祀). 액운(厄運)은 없어지고 풍요와 행운이 오도록 집안에서 섬기는 신(神)에
　　게 음식을 차려 놓고 비는 제사.
74) 농산물이나 해산물 따위가 얼마 동안의 사이를 두고 한 목씩 무리로 나올 때의 차례.

18) 목동 산제(山祭) ··

1967. 6. 12. 효목리 목동(목골) / 이용기, 남 · 21

1. 때

정월 삼일. 매년 걸른 적이 없었다.

2. 주관

산제계. 깨끗한 사람. 이장 중심.

3. 장소

동네 뒤. 집은 없다. 똥, 오줌으로 더럽게 하거나, 또는 함부로 들어가기만 해도 동네에 아픈 일이 생긴다. 그 언저리는 아무도 못 들어간다.

4. 제수

그날 샘물을 제일 먼저 퍼서 제사 지낼 때 쓴다. 그날만큼 또는 전후 하루— 이틀, 사흘, 나흘까지는 일반인은 물을 못 긷고 산제 지내는 사람만 물을 긷는다.

5. 제단

터가 있고 솥단지 등 여러 기구가 있다.

6. 제의

축을 읽고 이름을 써서 소지[75]한다. 집집마다 황토흙 여섯 개를 삽작

---

75) 소지(燒紙). 창호지에 축문을 써서 외우고 불에 태워 올리는 것을 일컫음.

이[76] 밖에 세 개씩 두 줄로 두는데, 왼새끼 금계줄[77]을 한다. 조용히 집에 있어야 되고 밤낮으로 근신한다. 담배도 함부로 피우지 못한다. 선발된 사람만이 활동하고 타지서 온 사람은 못 나가게 하고 동네 사람은 출타를 못하게 한다.

19) 누룩바위

1967. 6. 12. 효목리 목동(목골) / 이용기, 남 · 21

목동 뒤엔 '누룩바위'란 것이 있고 그 위에 백 메타 가량 가면 '코바위'란 것이 있어 흡사 사람 코와 같은데, 옛날에 코가 나왔다는 말도 있는데 일본 사람이 깨뜨려 버렸다고 한다. 그곳이 천금산(千金山)으로 효림리(孝林里) 뒷산인 것이다. 누룩바위는 어른들 말씀이 장수들이 앉아 놀려고 싸 두었다고 한다. 그 바위 밑에 펑퍼짐해서 장정 서넛이 놀 수 있다. 장수가 오줌 눈 자리란 곳은 바위꽃도 안 피고 하얗게 발자국까지 나 있다. 그리고 거기 어디에 일본 사람 셋이 쇠말못[78]을 박고 갔는데 워낙 묏자리[79]가 좋아서 버려 놓은 것이라 한다.

20) 목동의 형국(形局)

1967. 6. 12. 효목리 목동(목골) / 성명 미상, 여 · 약 35

이 동네 형상은 가재 같아서 가재굴[穴]이라고 한다. 그래서 아들이[80]

---

76) 사립문. 사립짝을 달아서 만든 문.
77) 금계(禁戒)줄. 금줄. 부정한 것의 침범이나 접근을 막기 위하여 문이나 길 어귀에 건너질러 매거나 신성한 대상물에 매는 새끼줄.
78) 쇠못. 쇠말뚝.
79) 묘(墓)터.
80) 아이들이.

− 특히 남자가 많다고 하는데, 동네는 얼마 안 된데 국민학교 학생이 팔십 명이 넘는다. 자식 못 난 사람은 여기서 살면 자손을 볼 것이다. 많이 선전해 달라. 하하하.

21) 효림리(孝林里)[81] 풍속 ··

1967. 6. 12. 효목리 효림이 / 김홍찬(金洪讚), 남 · 31

*제보자는 보은에서 태어나서 25년 전부터 지금까지 이곳에서 살고 있다. 현재 이장 일을 맡고 있다.

칠월 달에 호무시[82]를 한다. 날망[83]에 가서 제사 지내고, 느티나무 아래서 술 한 잔 먹는 정도로 하고, 농악을 울리며 잘 논다. 김을 다 매고 나서, 잘 갖추어진 풍물을 치며 걸립을 가고 그런다.

음력 정월 달 십이, 십삼, 십사일에 횃불을 들고 나가서 석전[84]을 하고 그랬는데 요즘엔 별로 안하니 어쩐지 섭섭하다. 이곳은 전부터 산제[85]는 안 지낸다. 옆 골은 다 해도 여긴 안한다.

마을 역사는 약 오백 년 전경 파평윤씨가 들어와 지금 이십일 대 손까지 내려왔다. 팔십이 호 중 오십육 호가 윤씨이고 배씨가 이삼 호, 그 밖에 김씨, 오씨 등이 있다.

---

81) 행정적으로는 효목리에 속해 있다.
82) 호미씻이. 농가에서 농사일, 특히 논매기의 만물을 끝낸 음력 7월쯤에 날을 받아 하루를 즐겨 노는 일.
83) 마루. 등성이를 이루는 지붕이나 산 따위의 꼭대기.
84) 석전(石戰). 돌팔매질을 하여 승부를 겨루는 놀이.
85) 산제(山祭). 산신제. 산신령에게 드리는 제사.

V. 제천군(堤川郡)

1. 청풍면(靑風面)

1) 꾀꼬리와 따오기의 목청 자랑 ···

1970. 10. 25. 사오리(査伍里) / 제보자 미상

*이 이야기가 이용되고 있는 자료로 충북 영동군 〔용산면 자료 60〕을 참조할 수 있다.

꾀꼬리와 따오기가 한 버들가지에다 집을 지었는데 따오기가 버러지를 물고 날아오다가 역시 버러지를 물고 오던 꾀꼬리와 부딪쳤다. 꾀꼬리는 매우 골이 나,

"이놈, 천하에 이런 고얀 놈아? 꾀꼬리가 나니 뭇새가 날지 못하는 법인데 네가 이렇게 날아서 내 날개를 흩으렸것다. 이런 천하의 고얀 놈이 있느냐, 이놈아? 너는 황금 같은 꾀꼬리란 말도 못 들어 봤느냐?"

"형산백옥[1]이 티끌에 묻힌 지 모른다고 나도 땅에 옥[2]이다. 네가 잘났니 내가 잘났니 할 것 없이 네가 춘치자명[3]으로 우리가 싸울 것 없이 새

---

1) 형산백옥(荊山白玉). 중국 형산에서 나는 백옥이라는 뜻으로, 보물로 전해 오는 흰 옥돌을 이르는 말.
2) '따오기'가 '땅에 옥(玉)'이라는 뜻임.
3) 춘치자명(春雉自鳴).봄철의 꿩이 스스로 운다는 뜻으로, 제 허물을 제 스스로 드러냄

의 조종4)은 천상의 학인데 구만리 장천5) 날아 갈 것 없고 땅에 황새가 학 비슷하니 내일로 우리 재판을 한번 해 보자."

"그럼 그렇게 해 보자."

따오기가 큰 주둥이로 청마구리6)를 탁 물어가지구선 황새한테 찾아가니, 황새가,

"자네 어쩐 일인가?"

"아이고, 어르신네? 어르신네가 늘 저 비슷한데 저보다 더 크십니다. 그러니까 늘 못 잊어서 이 맛이 좋은 청마구리를 하나 대접하려고ー"

"아이고! 이거 잡기 어려운데 자네가 이걸 나한테 대접한단 말인가? 하, 그거 참 내가ー 내가 먹기는 잘 먹네."

그래 황새가 잘 먹었것다.

그 이튿날 꾀꼬리와 따오기가 재판을 하러 그 마당엘 가니,

"아이고! 자네들 어쩐 일인가?"

"아니올시다. 꾀꼬리가 제 목소리가 좋다 하고 저는 제 목소리가 좋다고 하다가 황새님한테 재판하러 왔습니다."

"그래? 꾀꼬리 네 노래를 해봐라."

꾀꼬리가 앵성7) 면면8) 노래를 하니,

"네 노래는 참으로 좋다마는 요조숙녀는 군자호구9)라고, 너는 기생으로 잘해 주마. 떠오기, 이번엔 네가 한번 해봐라."

따오기가 "따옥." 하니,

으로써 남이 알게 된다는 말.
4) 조종(祖宗). 가장 근본적이며 주요한 것을 비유적으로 이르는 말.
5) 장천(長天). 끝없이 잇닿아 멀고도 넓은 하늘.
6) 청머구리. 청개구리.
7) 앵성(鶯聲). 꾀꼬리의 소리.
8) 면면(綿綿). 끊어지지 않고 죽 잇따라.
9) 요조숙녀(窈窕淑女)는 군자호구(君子好逑). '요조숙녀' 곧 행동이 얌전하고 덕성이 있는 여자는 군자의 좋은 짝이란 뜻.

“참 대장부의 목소리로다!”

그래 따오기 말은 참 대장부 목소리라고 하니, 꾀꼬리가 한번 지고 말았는데― 져서 나가는데 뜸부기를 만나니, 뜸부기 말이,

“아뿔싸! 비왜불성[10]이라.― 개구리가 아니기 때문에 성공하지 못했구나! 너도 어제 개구리를 잡아 줬으면 이길 텐데 그 재판을 지고 말았구나!”

개구리를 잡아 주지 못해서 ‘비왜불성’이라. 시방 말로 빽이라는 말이지.

---

10) 비와불성(非蛙不成). 개구리가 아니라 뜻을 이루지 못함.

충청남도 편

I. 당진군(唐津郡)

1. 합덕면(合德面)

1) 효감호(孝感虎)와 정삼품송(正三品松) ·······························

1972. 5. 12. 옥금리(玉琴里) / 윤상렬(尹相烈), 남 · ?

　*유관 자료인 경북 안동군 〔길안면 자료 12〕; 동 남해군 〔고현면 자료 13〕 참조할 것.

　옛날 신평이씨(新平李氏)의 집에 가난한 과부와 그의 아들이 살고 있었다. 그런데 이 아들이 소문난 효자였는데, 하루는 어머니께서 덜컥 병이 드셨다. 의원을 모셔다 물어보니 개의 날간을 천 개를 먹여야 한다고 했다. 개 두세 마리만 사면 가산이라는 가산은 다 떨어질 형편인데, 개 한 마리에 간이 한 개밖에 없으니 어떻게 천 개의 간을 구한단 말인가? 아들은 서낭당에 가서 간절히 빌었다. 그러다 잠이 들었는데 무어가 선득한 것 같아 깨어 보니 커다란 호랑이가 엉덩이를 들이대고 있었다. 호랑이가 꼬리에 물을 묻혀서 깨운 것이었다. 깜짝 놀라서 호랑이 허리를 꼭 껴안았더니, 그러니까 호랑이 궁둥이에 가슴을 대고 허리에 손을 두른 셈이었다. 그랬더니 호랑이가 막 달리기 시작하더니 어디에 가서 개 한 마리를 입에 물었다. 입에는 개를 물고 궁둥이엔 사람을 태우고 호랑이는 마을로 내려갔다. 내려와서는 이 효자의 집 앞에 내려 주었다. 아들은 기뻐서 당장 그 개를 잡아서 간을 어머니께 드리고 고기는 문 밖에다 내두었더니 호랑이가 물고 가 버렸다.

그 이후로 매일 호랑이가 매일 개를 한두 마리씩 잡아왔고 아들은 개를 잡아서 간을 빼서 병중의 어머니께 드리고 고기는 문 밖에 두면 호랑이가 가져가곤 했다. 이렇게 해서 간 천 개를 다 먹이자 어머니는 낫게 되었다. 그러는 사이에 아들과 호랑이는 매우 친하게 되어 어디 갈 일이 있으면 호랑이를 타고 가곤 했다, 아들이 서울에 과거 갈 때도 호랑이를 타고 남산에 갔다가 시험을 치고는 다시 남산에 와서 호랑이를 타고 집으로 돌아오기도 했다. 그 뒤로는 더 친해져서 아예 집 뒤 소나무에 범을 매어 두고, 범도 이제 늙었으니까 아들이 고기를 사다가 먹였다. 얼마 뒤범이 늙어서 죽자 그 매어 두었던 소나무 밑에 묻었는데 조정에서 이 이야기를 듣고 그 범이 묻힌 그 소나무에 정삼품 벼슬을 내렸다.

2) 열 아들을 얻고 죽을 서달안의 운명 ·······························

1972. 5. 12. 옥금리 / 윤상렬, 남 · ?

달성서씨 달안이는 조실부모하고 남의집살이를 하고 있겄디. 주인이 무작정 데리고 있더니 하루는 말하기를,

"너는 그만 나가거라. 네 마음대로 가되 석양쯤에 한 여자를 만날 것이다. 그 사람이 네 배필이니 그 사람과 인연을 맺어라."

하였다. 한편 달안의 마누라도 조실부모하고 남의집살이를 하던 중 그 주인이,

"너 나가거라. 종일 가도 아무도 못 만나다 저녁 때 사람을 만날 테니 그 사람을 남편으로 삼도륵 하라."

해서 그 집을 떠나게 되었다. 그리하여 달안은 비탈에서 보따리를 인 그

여자를 만나,

  "어딜 가는 처녀요? 나는 거처 없이 나온 사람이오. 우리 서로 내외하고 삽시다."

하여 산에 소나무 밑에다 살림을 차렸다. 그런데 달안의 주인이 내보낼 때에 이런 말을 하였다.

  "아들 오 형제를 낳거들랑 십 년을 떨어져 살아라. 왜냐하면 마누라가 열 아들을 다 낳으면 힘들어 먼저 죽을 테니까ㅡ"

  그 부부는 달성에서 살았다. 그들은 펀덕[1]에다 밭을 일구고 논도 만들어서 공휴지에 팻말을 꽂았었다. 그런데 그 넓은 땅에다,

  "여기다 우리 곡식 좀 심읍시다."

하고 심은 사람의 농사는 무성했으나,

  "지가 돈 주고 샀나? 무슨 땅인데ㅡ"

하면서 심은 것은 심는 대로 말라 죽고 말았다 한다. 그렇게 살다 보니 벌써 아들이 오 형제가 되어 달안은 보따리를 싸들고 집을 나섰다. 경상도 김판서 댁에 이르러 사유를 말하니 쾌히 응낙을 하여 십 년을 살게 되었다. 그런데 그 김판서는 첩까지 있었으나 아들 딸 하나 없는 사람이었다. 달안이 십 년이 다 되어 가매 이별을 고하였다. 김판서는 부인들에게 조용히 말하기를 달안과 동침하라 하였디. 큰부인은,

  "아무리 자식이 없어두 어찌 그런 일을 한단 말이오?"

하며 펄펄 뛰었다. 김판서는 둘째 첩에게도 권했으나 역시 놀라며 거절했다. 셋째 넷째도 마찬가지였다. 그런데 다섯째 부인이 승낙하였다. 큰마누라는 생각키를 '만약에 저 몸에서 아들이 태어나면 이 몸은 구박이나 받지 별수 없을 거라.' 하여 대감을 불러,

  "대감, 전의 말이 농담이오? 진심이오?"

하니,

---

1) 버덩. 높고 평평하며 나무는 없이 풀만 우거진 거친 들.

“진실이라.”

하였다.

“그러면 대감 뜻대로 하리다.”

하며 응낙하였다. 둘째도 여차하면 끈 떨어진 만석꾼 처지가 될 것 같아 응낙하였다. 그래서 모두 응낙하게 되었다.

어느 날 김판서가 술을 마련코 말하기를,

“자네가 십 년이나 우리 집에 있었으나 우리 집 가사를 못 보지 않았나? 구경함세.”

하며 큰부인 방으로 이끌어 들이고는 문을 잠그고 나가 버리었다. 달안은 객기도 있던 중 여자가 자자고 청하여 동침하였다. 다음 날도,

“둘째 첩 귀경가세.”

하여 술을 권커니 자커니2) 한 후에,

“잘 자게.”

하곤 나가 버렸다. 그리하여 다섯 번째 첩 방까지 이르렀다. 그러나 사실은 김판서는 이 사실을 은폐코저 달안을 다음 날 아침 내다 죽일 계획이었다. 이 계획을 눈치 챈 다섯째 첩이 탄식하며 말하기를,

“이 밤 안으로 도망가야 사오.”

하였다. 그래서 벽창문으로 명줄을 잡고 열두 길 낭떠러지로 내려 고향으로 도망했다.

고향에 도착하니 난데없는 기와집이 우뚝 섰기에 누구 집인가 의아해했으나, 이것은 김판서가 달안이 몰래 돈을 보내 준 덕분이었다. 헌털뱅이3) 달안이 들어서니 사내아이 다섯이 갓을 쓰고 공부하다가,

“누구냐?”

고 물으니,

---

2) 받아 마시거니. 잡거니.
3) 헌것’을 속되게 이르는 말.

"나는 서달안이요."

하기에 먹살을 잡으려 든다.

어미가 보니 자기 영감이라 놀라서,

"애들아, 너의 아버지다."

하곤 목욕시키고 새 옷 입히니 멀쩡해지더라. 그 후 달안은 아내더러,

"내가 죽으면 김판서 댁에 부고해 주오."

하고 죽었다. 부고를 받은 김판서가,

"전에 우리 집에 있었던 달안이 죽었다."

하니까 난데없이 아들들이 슬퍼 울더라. 그건 피가 씌운 탓이다. 아들과 며느리들을 소가마에 태워 오니 아들 며느리 모두 합쳐 스무 사람이 다 모여 장사를 잘 지냈다. 달안의 오 형제는 모두 대과 급제하고 김판서 쪽 아들들은 모두 무과 급제하여 잘 살았다 한다.

II. 보령군(保寧郡)

1. 웅천면(熊川面)

1) 말구멍의 아기장수 ···

1971. 7. 25. 독산리(獨山里) / 김종길, 남 · 20

충남 보령군 웅천면 독산리 뒷 바닷가에는 동굴—두 쪽으로 쪼개져 있는 둥근 큰 바위가 있다. 그 옆에 약 오백 미터 떨어진 곳에 동굴이 있는데 끝이 나지 않는 긴 굴로 되어 있다.

예전에 한 노파가 바닷가에를 다녀오는데 동굴 안에서 짐승의 울음소리가 났다. 그래서 그 속을 들여다보니 한 마리의 말이 울고 있다가 노파의 인기척을 알아차리고 동굴 속으로 깊숙이 도망갔다. 한데 이상한 것은 그 후 동굴 근처에 있는 둥근 돌이 하루하루 자라나는 것이다. 처음에는 물속에 잠겨 있더니 차차 커져서 물 위로 나오게 되었다.

이 이야기는 동네에 퍼지고 관가에까지 알려졌는데, 당시 고을 원님은 마음이 좋지 못한 사람이라서 이 돌이 큰 장군이 태어날 징조라는 걸 예감하고서 빨리 깨 버리라고 명령했다. 그래 깨 보았더니 그 속에서 날개가 나 있는 한 아기가 나왔다. 마지막 깃이 나지 않아 날지 못하는 아기를 원님은 죽여 버리도록 명령했다.

그 아기가 죽은 후 동굴 속에서 말이 뛰어나와서 발광을 하다가 돌에 머리를 부딪쳐 죽었다. 이 말은 하늘에서 내려온 말이었는데 장차 나라를 다스릴 아기가 죽어 버리자 자기도 따라 죽었던 것이다. 그 후부터 이 동굴을 말구멍이라고 부르기 시작했는데, 이 동굴은 가장 높은 산 위의 구멍과 통하고 있기 때문에 하늘의 말이 자랄 수 있었다고 한다.

경상북도 편

I. 안동군(安東郡)

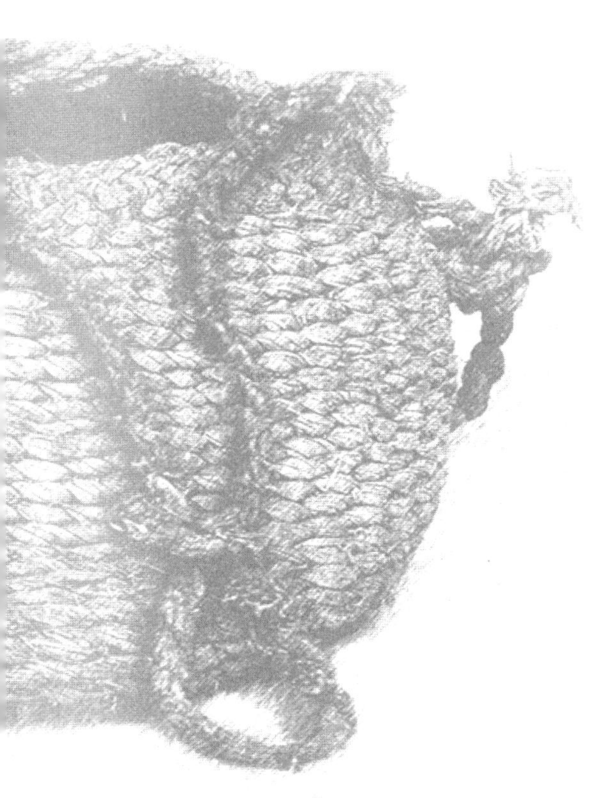

1. 길안면(吉安面)

1) 임천각(臨川閣)

1967. 6. 9. 송사1리 송제(松堤) / 권오수, 남 · 61

*제보자는 한문에 능하며, 농사를 짓고 있다. 이곳에서 태어나 현재까지 61년 간 거주하고 있다고 한다.

안동읍에 고성이씨(固城李氏) 문중의 큰집이 임천각이었다. 임천각은 그 방이 구십구 간인데, 그 집을 지을 때 도깨비가 지었는데, 밤새 구십 구 간을 짓다가 닭이 울어 남은 한 간을 짓지 못해 결국 구십구 간이 남 아 있다고 전한다. 이것은 아마 이씨의 후손이 그 집을 높이기 위해 지어 낸 말일 것이다.

2) 쥐의 혼인

1967. 6. 9. 송사1리 송제 / 권오수, 남 · 61

쥐가 딸을 낳았는데 그 딸은 천하일색이다. 쥐가 대단히 기쁘게 여겨 옥황에게 사위가 되라고 한다. 괘씸히 여긴 옥황이,

"네 딸도 좋으나 나는 이미 약혼했다. 하계에 으쓱대는 자가 있으니 용왕이다. 그에게 가 보라."

고 한다. 용왕과 쥐는 상극이다. 용왕에게 가니 용왕이 말하기를,

"나도 이미 정혼했다. 내가 하나 겁내는 자가 있으니 우수[1] 풍상에도 꼼짝 안하는 돌멩이이니 그리 가 보라."

한다. 쥐는 돌에게 가서 사위 될 것을 청하니 돌은,

"나도 이미 정혼했다. 이 세상에 겁나는 것은 하나도 없으나, 내 밑을 파는 쥐가 제일 귀찮다. 그러니 쥐에게 가보라."

한다. 그래서 결국 쥐는 쥐에게 딸을 주고 말았다.

3) 홍씨(洪氏)의 유래

1967. 6. 9. 송사1리 송제 / 권오수, 남 · 61

과부가 봄날 마음이 심란하여 산에 나물 하러 갔다. 남쪽 양지에서 어떤 영감에게 겁탈을 당하고 산꼭대기로 도망갔다. 거기서 포수에게 겁탈당하고 숲으로 도망갔다. 또 거기서 총각에게 겁탈을 당하고 얼마 후 세 쌍둥이를 낳았다. 성을 어떻게 해야 할지 몰라 군수에게 청원하니 군수 왈,

"삼수 공동[1]으로 '홍'이라 하고, 당한 곳에 따라 남양, 풍산, 부림[2] 홍씨라 하라."

---

1) '우수(雨水)'라기보다는 '우설(雨雪)'이나 '우습(雨濕)' 혹은 '우서(雨暑)'로 봄이 낫지 않을까 여겨진다.
1) 삼수(三水)[氵] 공동[共].
2) 남양(南陽), 풍산(豊山), 부림(富林).

4) 추루인시낙화인(墜壘人是落花人) ·····································

1967. 6. 9. 송사1리 송제 / 권오수, 남 · 61

부자 석순이3)의 소가4)인 녹주5)는 천하일색이었다. 조왕6) 윤이 녹주를 보고 뺏으려 하나 석순이 응하지 않았다. 이에 조왕과 석순 사이에 전쟁이 일어났다. 문루에 서서 녹주가 보니 자기편이 지고 자기는 살 것 같지 않아 거기서 투신자살했다. 여기서 '추루인시낙화인'이란 말이 생겼다.

5) 선록왕(善鹿王)7)과 중생 ·····································

1967. 6. 9. 송사1리 송제 / 권오수, 남 · 61

석가는 서른세 번 만에 석가가 되었는데, 그 전에는 온갖 동물이 되었었다. 열여덟 번째에는 선록8)이 되었는데, 왕은 추장, 반장과 같은 것이다. 그 산 너머에는 사자왕이 있었다. 사슴족은 사자에게 늘 억눌려 해마다 사슴을 사자왕에게 바쳐야 한다. 어느 때 한번 반회를 열어 희생이 될 사슴을 뽑았는데 임신한 암사슴이 뽑혔다. 사자에게 가면서 암사슴은,

---

3) 중국 서진(西晉)의 부호(富豪) '석숭(石崇, 249~300)'의 잘못.
4) 소가(小家). 첩이나 첩의 집을 높여 이르는 말.
5) 석숭의 애첩으로, 피리를 잘 불 뿐 아니라 악부(樂府)도 잘 지었다. 석숭은 녹주를 총애하여 '원기루(苑綺樓)' 또는 '녹주루(綠珠樓)'라고 하는 백장(百丈) 높이의 누각을 지었다. 조왕(趙王) 사마륜(司馬倫, ?~301)의 측근이었던 손수(孫秀)가 녹주의 미색을 탐하였으나 석숭은 받아들이지 않았다. 300년(永康 원년) 조왕 사마륜이 가후(賈后)의 세력을 제거하고 전권을 장악하자, 석숭은 황문랑(黃門郎) 반악(潘岳)과 함께 회남왕(淮南王) 사마윤(司馬允, 272~300), 제왕(齊王) 사마경(司馬冏, ?~302) 등과 연합해 사마륜(司馬倫)을 제거하려 했다. 손수(孫秀)가 이를 알고 대군을 이끌고 금곡원(金谷園)을 포위하자, 녹주는 누각에서 몸을 던져 자살하였고, 석숭은 반악(潘岳) 등과 함께 사로잡혀 참수(斬首)되었다.
6) 조왕(趙王). 조나라의 임금.
7) 선록왕(善鹿王). 착한 사슴의 임금이란 뜻임. 석가모니(釋迦牟尼)가 과거세(過去世)에서 착한 사슴의 임금이었다는 데에서 비롯된 말임.
8) 선록(善鹿). 착한 사슴.

"나는 뽑힌 죄가 있으나 뱃속의 새끼는 죄가 없다."
고 슬피 울었다. 이를 들은 선록왕은 그 사슴을 돌려보내고 자기가 희생이 되겠다고 나섰다. 늦게 온다고 호통을 친 사자왕은 선록왕의 사정 이야기를 듣고 감동하여,

"너는 다른 놈과 달라 다른 놈 대신 스스로 희생이 되려 하는구나! 이미 나는 요기를 했으니 너를 놓아주겠다."
고 했다. 그 영혼이 서른세 번 만에 인간이 되어 석가가 된 것이다. 석가 장례식에는 그 모든 동물들이 모여들었다. '일절중생'[9]의 의미는 바로 이러한 것에서 연유했다.

6) 용담사(龍潭寺)

1967. 6. 9. 송사1리 송제 / 권오수, 남 · 61

송제(松堤) 마을에서 사 키로 떨어진 곳에 용담사[10]라는 절이 있다. 이 절은 천 삼백 년 전에 세워진 것이다. 이 절에는 쇠삿갓 쓴 사람이 오면 절이 망한다는 전설이 있는데, 어느 비가 억수같이 오는 날 한 여자가 솥뚜껑을 쓰고 절을 찾아 왔다. 이것이 바로 전설에 내려오던 그 흉조였다. 그래서 이 비에 그 절 아래 있는 용추[11]에 있는 큰 돌이 빠져 버려 절이 떠내려가고 망해 버렸다. 그 돌은 절을 떠받치고 있던 것이다. 현재 이 절은 일부만 남아 있다.

---

9) 일체중생(一切衆生). 모든 짐승.
10) 길안면 금곡리 황학산(黃鶴山)에 있는 절.
11) 용추(龍湫). 폭포가 떨어지는 바로 밑에 생긴 웅덩이. 용소(龍沼).

7) 월(越)나라 서시(西施)의 죽음

1967. 6. 9. 송사1리 송제 / 권오수, 남 · 61

옛날 월나라의 서씨[12]가 천하일색이라 찡그려도 예뻤다. 정승 범소
백[13]이가 서씨와 뱃놀이를 하는데, 백성에게 새 배를 만들라고 명하니 백
성들이 아교풀로 배를 만들어 주었다. 바다에 나가니 배가 녹아 둘 다 죽
었다.

8) 천지갑산(天地甲山)

1967. 6. 9. 송사1리 송제 / 권오수, 남 · 61

송제 마을 앞에 천지갑산[14]이라는 산이 있고, 그 산은 깎아 세운 절벽
으로 바위로 된 둠[15]으로 이루어져 있다. 그 산 앞에 강이 흐르는데 그
산 밑의 물에는 이시미가 살고 있다. 이 산의 둠이 하나 무너지면 그 해
에는 반드시 마을에 어떤 사람이 죽게 된다는 전설이 있다. 천지갑산은
금강산 다음 가는 아름다운 산이라고 마을 사람들은 생각하고 있다.

---

12) 중국 춘추 시대 월나라의 미인 '서시(西施)'의 잘못.
13) 범소백(范小伯). 중국 춘추시대 말기의 정치가인 범려(范蠡). 그의 자(字)가 '소백'임.
　　그는 월나라 왕 구천을 섬겼으며 오나라를 멸망시킨 공신으로, 원래 오나라를 섬기
　　다가 후에 제나라로 가 재상에 올랐다. 하지만 얼마 뒤 재물을 모두 친지 · 향당(鄕
　　黨)에게 나누어 주고 재상자리를 버리고 떠났다고 한다. 당시 교통 · 상업의 중심지
　　였던 도(陶, 현 山東省 定陶縣)로 가서 도주공(陶朱公)이라 칭하고 상업에 종사하였다.
　　범려는 장사를 하여 다시 거만(巨萬)의 재산을 모았다고 전해진다.
14) 길안면 송사리에 있는 산.
15) 늪. 못. 넓고 오목하게 팬 땅에 물이 괴어 있는 곳.

9) 단혈(斷穴)

1967. 6. 9. 송사1리 송제 / 권오수, 남 · 61

보통 이여송이가 임진왜란 때 우리나라 각지를 돌아다니며 우리나라에 인물이 날 것을 두려워하여 산의 바위에 있는 혈을 짤랐다고 하나, 그것은 풍신수길이가 한 짓을 이여송에 덮어씌운 것이다. 임진란 전에 풍신수길이가 중으로 변장해서 사오 년간 우리나라를 돌아다니며 임진란에 대비하기 위해 우리나라에 인물이 나는 것을 막기 위해 혈을 짤랐다. 그리고는 이여송이가 짜른 것이라고 뒤집어씌웠다.

10) 신성근

1967. 6. 9. 송사1리 송제 / 권오수, 남 · 61

오영문[16] 수위대를 뽑는 시험은 모래 열닷 말을 어깨로 넘겨 던지고, 석 길 담을 뛰어넘는 것인데 이 중 가장 센 사람이 신성근이었다. 그런데 서울 남산에 범이 나타나 나라에서 방을 붙여 이 호랑이를 잡는 자에게 대장을 시킨다고 했다. 신성근이가 맨주먹으로 범을 잡아 대장이 됐다. 이 범을 경복궁 추녀에 다니 꼬리가 땅에 닿았다. 대장이 된 신성근이 때마침 지구를 재러 온 영국인을 습격[17]하여 그들을 쳐부쉈다. 영국은 이홍장[18]에게 호소하나 정부는 모른다고 했다. 영국은 다시 일본에게 소송해 일본이 들어주어 우리 정부는 벌금을 물었다.

---

16) 오군영(五軍營). 조선 시대에, 오위(五衛)를 고쳐 둔 다섯 군영.
17) 역사상으로는 이 일을 '병인양요(丙寅洋擾)'라 일컫는다.
18) 이홍장(李鴻章, 1823~1901). 중국 청나라의 정치가. 태평천국 운동에 공을 세우고 양무운동의 중심인물로 군대와 산업의 근대화에 힘썼으나, 청일 전쟁의 패배로 실각하였다.

11) 마을에서 잡은 호랑이 ··

1967. 6. 9. 송사1리 송제 / 권오수, 남 · 61

송제 마을이 시작할 때 (제보자 : 천 년 전쯤) 호랑이가 앞뒤 산에서 울었다. 어느 날 아침 일꾼들이 앞산을 오르다가 쓰러진 큰 범을 잡았다. 그 범은 자갈로 된 앞산을 오르다가 자갈이 굴러 내려오는 바람에 허리가 부러진 범이었다. 잡아서 물방앗간에 매다니 꼬리가 땅에 닿았다. 관에서는 위험한 짓을 했다고 벌금으로 호당[19] 팔십 냥씩 물게 하였다.

12) 홍생원(洪生員) 범 ··

1967. 6. 9. 송사1리 송제 / 권오수, 남 · 61

*유관 자료인 충남 당진군 〔합덕면 자료 1〕; 경남 남해군 〔고현면 자료 13〕 참조할 것.

옛날에 홍생원이 살았다. 모친이 병이 들어 사방에 알아보니 개의 지레[20] 일천 개를 먹으면 낫는다 했다. 홍생원은 백방으로 알아본 결과 어떤 도사에게 비법을 배웠다. 그것은 범으로 변해 개를 잡아 지레를 꺼내는 방법이었다. 어느 날 밤 홍생원의 부인이 보니 잠자던 남편이 마당에 나가 곤두박질을 치더니 범이 되어 어디로 가버렸다. 나갔다 올 때는 개의 지레 하나를 가져와 모친의 방으로 갔다. 겁을 먹은 아내가 다음날 다시 자세히 살펴보니 남편은 밤중에 일어나 이상한 책을 꺼내 읽더니 금방 곤두박질하여 범이 되어 나가서 한참 뒤 개의 지레를 갖고 돌아온다. 그리고는 다시 책을 보더니 곤두박질하여 사람이 되어 태연히 자기 옆에

---

19) 호당(戶當). 집마다 배당된 몫.
20) ‘쓸개’의 방언.

눕는 것이었다.

　이렇게 몇 달이 지났다. 천 개를 모으기에는 아직 먼 어느 날 밤 남편이 범이 되어 나간 사이 불안과 공포에 떨던 아내는 책을 태워 버리면 남편이 범이 되지 않으리라 생각하여 책을 태워 버렸다. 돌아온 홍생원은 책이 없으므로해서 사람이 될 방법을 몰라 영원히 사람이 되지 못하고 범이 되고 말았다. 어머니의 병을 고치지 못한 홍생원은 범이 되어 늘 눈물을 흘리며, 사람들이 '범 봐라.' 하면 잡아먹고 '홍생원 봐라.' 하면 주먹 같은 눈물을 흘리는 것이었다.

13) 주원장(朱元璋)의 탄생 ·····································

1967. 6. 9. 송사1리 송제 / 권오수, 남 · 61

　어떤 농부가 산에 가서 나무를 하고 있을 때 큰 뱀이 나타나 즉시 도끼로 자기를 죽여주기를 애원했다. 만일 자기를 죽여주지 않으면 농부를 물어 죽이겠다고 했다. 어차피 죽을 것이라 생각한 농부는 모르겠다 하고, 도끼로 뱀을 내려쳤다. 그러자 뱀의 머리에서는 피는 안 나고 시퍼런 기운─ 가스 같은 것이 쏟아져 나와 어느 쪽으로 날아갔다. 농부가 따라가 보니 그 기운은 어느 골짜기의 오두막집의 문구멍으로 들어가는 것이었다. 한참 후 그 방에서 총각 처녀가 나왔다. 뱀의 기운이 마침 정교를 하고 있던 색시 태내로 들어간 것이다. 색시가 임신 후 아이를 낳으니 이가 뱀의 정기가 변해서 된 주대명[21] 곧 주원장이다.

---

21) 주대명(朱大明). 중국의 명나라를 건국한 '주원장'을 일컫는 말.

14) 강철

1967. 6. 9. 송사1리 송제 / 권오수, 남·61

'강철'22)이란 뱀, 잉어, 메기, 가물치, 뱀장어 등 오래 묵은 것이 용이 되는데, 그 중 용이 못된 것을 말한다. 용과 강철은 재주는 꼭 같으나, 강철은 불량자, 불합격자다. 가문 저녁ー (제보자 : 음 사월 칠일) 강철이 가는 쪽에 흉년이 진다고 한다. 강철은 벌건 불덩어리다.

15) 오뉘바위

1967. 6. 9. 송사1리 송제 / 권성창, 남·27

*제보자는 어렸을 때 마을 어른들에게 들은 이야기라며 구연하였다.

송제에서 길안면 소재지로 십오 리(6키로)쯤 가면 속이 텅 빈 바위가 크게 두 개 있다. 이 떨어져 있는 두 바위가 옛날엔 붙어 있었는데, 어느 때 오누이가 그 밑에서 쉬다가 불의의 육체관계를 해 버렸다. 하늘이 노하여 바위 한쪽을 떨어뜨려 둘을 죽였다. 현재 바위 위에 붉게 보이는 색깔은 오누이의 원한 맺힌 피가 묻은 것이다. 그 맞은 편 강 건너에 있는 구멍 뚫린 바위는 그때 거기서 빨래하던 중이 그 벼락치는 소리에 놀라 뒤로 자빠져 엉덩이에 받혀 바위가 들어가 버린 것이다.

---

22) 경상도 지역에서 전승되는 이무기의 일종. 여의주가 없는 용으로 표현되거나, 불을 뿜고 가뭄을 일으키는 것으로 알려져 있다.

16) '고시네'의 유래

1967. 6. 9. 송사1리 송제 / 권성창, 남 · 27

송사일동[23]의 송제마을에서 일 킬로미터 쯤 떨어진 곳에 부처 바위골이 있다. 이 골에 있는 부처 바위 속에서 옛날 성진도사[24]라는 사람이 공부를 해서 지리 풍수에 대통했다. 바위 속에서 공부할 때 묵계[25] 전씨(田氏)와 만음[26] 옥씨(玉氏)가 양식과 의복을 대 주었으므로 대성한 후 그는 은혜를 갚기 위해 각각 묘터로 낚시혈과 목탁혈을 양 문중에 잡아 주니, 낚시혈에서는 낚시의 미끼를 갈아 줘야 하는 것처럼 가매장 묘를 하나 더 써서 자주 묘를 옮김으로써 옥씨는 대흥했다. 대흥하자 옥씨는 거기에 비석을 세우려고 비석을 갖고 올라가고 있는데, 갑자기 옥씨 집안에 흉난이 일어 비석을 버리나, 낚시에 돌을 얹으면 가라앉는 것처럼 이래서 옥씨도 낚시혈의 운이 다하여 망했다. 목탁혈은 중의 것이므로 목탁혈을 가진 전씨 중에 중이 되는 사람은 똑똑하고 잘난 사람이 되었다.

성진도사는 계속 전국 각지를 돌아다니며 남의 묘터를 잡아 주었다. 불교에 귀의한 그는 결혼도 아니하여 자손이 없었다. 만년에 자식이 없어 부모의 제사도 받들어 줄 사람이 없게 되자, 어머니 묘터를 찾아 죽은 모친의 뼈를 추려서 짊어지고 각지를 헤맸다. 어머니 묘터를 좋은 데 잡음으로써 자식 없이도 제사를 받게 하기 위함이었다.

어느 날 논산 지방에서 그는 어느 집 추녀 밑에 명당을 발견하고 밤에 가서 몰래 땅을 파고 있었다. 그때 방안의 부부가 이야기하는 중에 부인이,

"성진도사가 묘를 파는 소리가 들리는구나! 거기 묘를 써선 안 될 걸."

하는 소리를 듣고 대경하여, 들판에 가 보니 과연 돌무지가 있고 명당인

---

23) 송사일동(松仕一洞).
24) 제보자는 도사의 이름은 기억이 확실치 않다고 하였음.
25) 경상북도 안동시 길안면에 있는 리(里). 제보자는 송제(松堤)에서 20리 거리라고 하였음.
26) 경상북도 안동시 길안면에 있는 리(里). 제보자는 송제에서 25리 거리라고 하였음.

지라, 거기 모친의 뼈를 묻었다. 그런데 그 후 그 들판에는 곡식이 안 되어 사람들이 도사들을 찾아다니며 알아보니, 성진도사 모친의 무덤 때문이며, 그 들판에서 밥을 먹을 땐 먹기 전에 한 술을 떠서 '고시네'라 하고 먹으면 곡식이 잘될 거라 했다. 과연 그랬더니 곡식이 잘됐다. 이래서 성진도사의 어머니는 영원히 제사를 받게 됐다. 이것이 전국에 퍼져 '고시네'의 기원이 됐다.

17) 사람 살리는 나팔

1967. 6. 9. 송사1리 송제 / 권성창, 남 · 27

옛날에 한 부자가 있었다. 그의 돈을 낚기 위해 어떤 젊은 사람이 한 가지 계교를 꾸며 독 하나를 들고 산에 가서 부자가 보는 앞에서 굴렸다. 미리 죽은 꿩을 독이 떨어진 장소에 두고 마술 부리는 독이라 하여 부자가 샀다. 험산 산골에 가서 굴리니 독만 깨졌다. 화가 난 부자가 찾아왔을 때 젊은이는 다른 계교를 꾸며 놓고 있다가 부자가 돌아오자 꿀을 먹인 강아지를 꺼내 와 배를 누르니 항문에서 꿀이 나왔다. 꿀을 누는 강아지라 하여 많은 돈을 주고 부자가 사서 밥을 실컷 먹였는데 손님이 온 날 배를 누르니 똥이 나왔다.

화가 난 부자가 또 왔을 때 젊은이는 나무나팔을 하나 준비하고 있었다. 마누라를 마구 때리는 시늉을 했다. 마누라는 바가지 긁는 시늉을 하고─ 그러다가 영감이 와서 말려도 막무가내였다. 드디어 마누라가 죽은 시늉을 했다. 그러자 젊은이는 걱정 없다면서 태연히 마누라의 항문에 대고 나무나팔을 부니 마누라는 눈을 비비며 일어났다. 사람을 살리는 나팔을 본 부자는 또 욕심이 나서 큰돈을 주고 그 나팔을 샀다. 젊은이는 그것을 부자에게 팔자 보따리를 싸서 마누라와 함께 달아났다.

18) 장씨(張氏)의 유래

1967. 6. 9. 송사1리 송제 / 심씨(沈氏), 여 · 45

*제보자는 전모 씨(田某氏)의 소가로, 이곳에 와 술집을 하며 산 지 15년가량 된다고 한다. 이 이야기는 어렸을 때 들었던 것이라고 한다.

옛날에 한 새댁이 있었는데 무가— 끝장이 다 돼가는 무구덩이에서 무를 꺼내기 위해 몸뚱이까지 무구덩이에 처넣고 있었다. 그래서 치마가 거꾸로 내려와 국부가 노출됐다. 지나던 청년이 욕정을 느껴 그대로 일을 치르고 달아나자 여자는 황급히 성이라도 묻자 하니 '염'27)이라 했다. 다음날 또 그런 상태로 무를 내고 있는데 또 한 청년이 그 짓을 했다. 성을 물으니 '태'28)씨라 했다. 그 후 새댁이 애를 낳고 성을 짓기를 소금과 콩이 합하면 '장'29)이 된다 하여 '장'씨라 성을 붙였다.

19) 호랑이를 쫓아버린 여자

1967. 6. 9. 송사1리 송제 / 심씨, 여 · 45

옛날 험한 재가 하나 있었다. 한두 사람은 못 넘고 삼십 명 이상 모여야 이 재를 넘을 수 있었다. 호랑이가 재 위에 있기 때문이었다. 어느 날 한 여인이,

"내 혼자 넘어 보겠다."

고 하며 재 밑에 가서 속옷을 벗어 버리고 치마를 뒤집어쓰고 손 발 네 개로 땅을 짚고 뒷걸음질하여 산을 올랐다. 재 위에서 내려다보던 여산대호30)가 이를 보고 깜짝 놀랐다. 짐승은 분명한데 입이 가로 찢어진 동물

---

27) 원래는 '염(廉)'이겠지만, 여기에서는 '소금 염(鹽)'을 가리킨다.
28) 원래는 '태(太)'이겠지만, 여기에서는 '콩 태(太)'를 가리킨다.
29) 장(醬). 간장, 고추장, 된장 따위를 통틀어 이르는 말.

은 생전 처음 본지라 질겁을 하여 멀리 달아나 버렸다. 의기양양하여 여자가 내려오는 것을 보자 사람들은 안심하고 그 후 마음대로 다닐 수 있었다.

20) 누명 쓴 시묘 남자의 처
―범인 백지삼

1967. 6. 9. 송사1리 송제 / 권오만, 남 · ?

*10년 전 영천서 60세 정도의 노동자에게서 들었던 이야기라고 한다.

옛날 어떤 이가 일찍 부모를 여의고 삼년 동안 묘에 가서 세묘살이[31]를 하는데, 그 생활을 한 지 이태 만에 마을 청년 하나가 그 남자와 같은 꼴을 하고 남자의 부인의 방을 침입하여 불을 켜지 못하게 하고 일을 치루었다. 부인은 남편인 줄 알고 그냥 당했는데, 관습상 세묘살이 중 남녀 관계는 불가하니까 소문 낼 수도 없으니까 그냥 그랬다. 향후 십 삭에 부인이 잉태하매 세묘살이를 마친 남편이 놀라서 그 일을 따졌다. 남편은 따지고 아내는 분명 남편이 그랬을 줄 생각하나 남편이 부인하니 고민하여 종내 자살하여 누명을 씻으려 했다. 남편은 그 시체를 호수에 던져 버렸다.

그 후 그 고을 원이 부임하면 으레 죽곤 했다. 그래 마침 용감한 원이 부임한 날을 기다리고 있노라니, 한 용감한 원이 오매 임신한 부인의 원혼이 나타나 복수를 부탁하며 '삼(三)'자를 쓴 종이를 주고 사라졌다. 원은 무슨 내용인 줄 몰라 고심한 끝에 해석을 했는데, '백지'의 '백지(白

---

30) 여산대호(如山大虎). 산더미처럼 큰 호랑이.
31) '시묘(侍墓)살이'의 잘못. '시묘'는 부모의 거상 중에 3년간 그 무덤 옆에서 움막을 짓고 삶.

紙)’와 ‘삼(三)’을 합해서 ‘백지삼’이라는 자라 하고 그를 찾아보니 과연 있었다. 그래서 원은 그와 결의형제를 맺고 의좋게 지내다가, 어느 날—

"내 처가 병중이나 곡성을 안한 상복을 구해 달여 먹으면 낫는다."
고 부탁하니, 백지삼은 범행시의 상복을 끄내 보였다. 원은 그것으로 알고 원수를 갚았다 한다. 물론 원혼의 누명을 푼 것은 당연한 일이다.

21) 명대감의 시조(始祖)

1967. 6. 9. 송사1리 송제 / 권오만, 남 · ?

명대감은 똑똑하고 이대감은 좀 뭣했던지 만날[32] ‘씹할 자식’이라 하고 욕을 하니, 이대감은 만날 화가 났다. 어느 날 사랑에 있노라니 동냥을 구한 중이 명가[33]인 걸 보고,

"이웃에 명대감이 있는데 내 성인 ‘이’를 보고 늘 욕을 하니 어찌 해명해 다오."
라고 말하니, 중은 말하기를,

"우리도 욕을 많이 먹는다오. 내일 거기로 내가 동냥을 가겠소. 그때 이야기하지요."

"그래, 그럼 많이 사례하지."
이렇게 약조하였다.

이튿날 중을 본,

"대사 성은 무엇인가?"
하고 명대감이 물으니, 중이—

"허, 워낙 성이 더러워서 말 못하겠습니다."

"뭐냐? 말해 보라!"

---

32) 매일같이 계속하여서.
33) 명가(明哥). 명씨.

“그래도 워낙 더러워서—”

“말하게나.”

“옛날에 한 주막에 한 홰낭년34)인가 천비35)가 있었는데, 천비가 경영하는 주막이 있었지요. 그 산 양쪽에 각기 일광사, 월광사가 있고 두 중이 서로 그 천비에게 다녔습니다. 그래서 애를 낳으니, 군수가 한참 생각하다가 ‘일’, ‘월’을 합해 명이라 명가로 판결해서 된 명가가 제 성이 올시다.”

하고 중이 이야기하니, 명대감 불끈하여,

　“이놈, 중놈아? 냉큼 가버려라!”

하더란다.

---

34) 홰낭년. 서방질을 하는 여자.
35) 천비(賤婢). 신분이 천한 여자 종.

II. 상주군

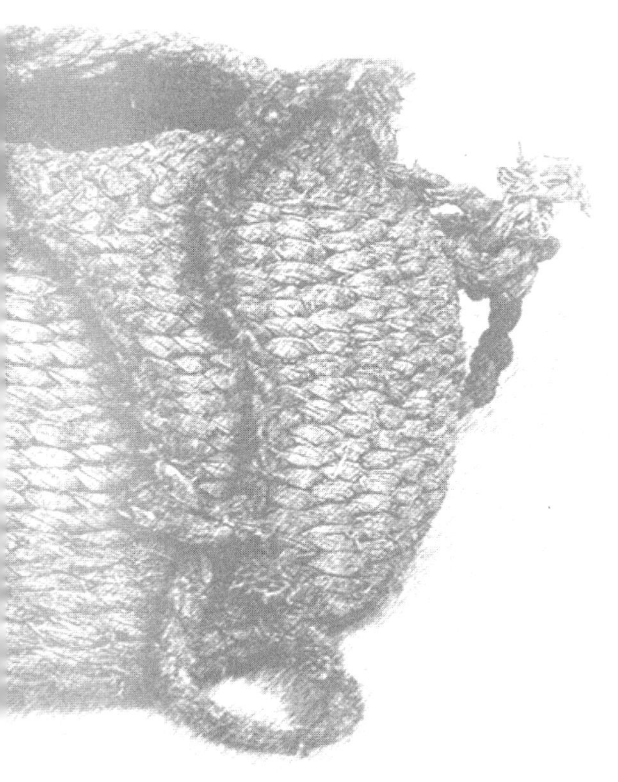

1. 상주읍

1) 빈대 절터 1 ···

1967. 6. 10. 상주읍 장터거리 / 최암석(崔巖石), 남 · 72

　*제보자는 읍내 장터에서 미곡상을 하시는 분이다. 이본으로 상주군 〔모서면 자료 6〕이 있다.

　옛날 의성 땅에 큰 절이 있었는데, 샘이 참 좋았다. 그런데 큰 절인데 빈대 때문에 망하였다. 지금은 절이 하나도 없다. 빈대가 없어졌어도 여전히 절은 없어진 채인데, 지금도 비가 오려면 풍경[1]소리가 난다. 그전에 우물을 묻을 때 풍경을 하나 묻었던 것이라고 한다. 이것을 찾으면 장수가 난다는데, 여기서 찾으면 저가[1] 나고 저가 찾으면 여가 나고 하여 종잡을 수 없어 종내 찾지 못한다고 한다. 이런 것은 임자가 따로 있다는 것이나 범연히 보이겠는가? 이 절은 의성 큰재— 응 여우리재[2] 우에 있는 절로 산골에 있어서 동네를 가려면 한 이십 리 가야만 되는데, 여우리재는 무서운 재이며, 도둑이 많았다고 한다.

---

1) 풍경(風磬). 처마 끝에 다는 작은 종. 속에는 붕어 모양의 쇳조각을 달아 바람이 부는 대로 흔들리면서 소리가 난다.
1) 저기에서. 저기에 가서.
2) 경북 예천군 풍양면에서 의성군으로 가는 곳에 있는 고개.

2. 모서면

1) 용수샘

1967. 6. 12. 정산리(井山里) 작도 마을 / 서계선(徐繼善), 남 · 52

정산리에서 이 키로 떨어진 백화산[1] 중턱에 직경 이 미터, 깊이 사 미터 이십 센치인 밑이 더 넓어지는 샘이 있다. 이것은 전해지는 말에 소가 다니다 빠지면 밤새에 밖에 나와 있고 돌을 넣으면 저절로 떠올라와서 밖에 나와 있었다. 이 샘의 수침[2]은 황간까지 이어져 있다 한다. 여기에서 예전에 용이 나와서 '용수샘'이라 한다.

2) 부락제(部落祭)

1967. 6. 12. 정산리 작도 마을 / 서계선, 남 · 52

약 백여 년 전 유방[3]이라는 곳에 부자(父子)가 둘이 살고 있었다. 그런데 아버지는 중풍이 들고 움직이지 못하여 아들이 얻어다 노부를 봉양했

---

1) 백화산((白花山). 상주시 모동면(牟東面) 수봉리(壽峰里) 소재.
2) 수침(水沈). 물에 가라앉음. 여기에서는 '물길'의 뜻으로 쓰였음.
3) 상주군 모서면(牟西面) 유방리(柳坊里).

다. 집은 동리서 좀 떨어진 토굴이며 생활이 비참했다. 어느 날 아침 일찍 일어나 밥을 얻으러 갔다가 나오니 자기 집에서 불이 났다. 중풍 때문에 나오지도 못하고 병이 들어 있는데 아들이 쫓아가서 구하려다 함께 타죽었다. 그런데 이 부자가 작은 밭 한 뙈기[4]를 짓고 있었는데, 동네 사람들이 그것을 팔아 장사 지내고 효자문을 만들어 주고 그 밭에서 받은 돈으로 매월 제사를 지내준다.

3) 지명 유래 9

1967. 6. 12. 정산리 작도 마을 / 서계선, 남 · 52

*당시 화산국민학교 교장으로, 현지 거주 경력은 9년가량 되었다고 했다. 교장 자택에서 4명의 조사자를 상대로 하여 이야기를 구연하였다.

1. 모동면(牟東面)

1) 용호리(龍湖里)

금계천(琴溪川)에 용암(龍岩)이 있고, 그 아래 호수가 있다.

① 창리(倉里) 마을

현 안평(安平)에 조선조 때 창고(倉庫)가 있었다.

2) 덕곡리(德谷里)

행정구역 개편시 덕망 높은 인물이 많이 출현하였다.

---

4) 일정하게 경계를 지은 논밭의 구획을 세는 단위.

① 안평(安平) 마을

천오백 년 전 당시 기러기가 많이 앉는다 해서 '안평(雁平)'이라 했는데, 임란 후 중모현(中牟縣)이었을 때 '안평'으로 개칭하였다.

② 원산(元山) 마을

이백 년 전 서씨가 입주. 마을 위치가 원체 산골짜기이기에 '원산'이라 함.

• 성봉산(星峰山)

산봉우리에 매일 밤 큰 별이 떠오르므로, 당시 '별봉산[星峰山]이라 불렀다.

3) 이동리(梨洞里)

사백 년 전 임란 때에 배나무[梨]를 많이 심었다.

① 상리(上梨) 마을

배나무를 많이 심었다.

② 송림(松林) 마을

소나무가 많다.

③ 하리(下梨) 마을

배나무를 많이 심었다.

④ 건평(乾平)

약 백 년 전 장수황씨(長水黃氏)의 동족촌으로 부근이 건조하였다.

4) 금천리(琴川里)

뒷산을 '옥녀탄금봉'이라 하고, 앞으로는 '금계천'이 흐르므로 '금천'이
라 했다.

① 산금(山琴) 마을

일명 '미끼미' 또는 '금천리'. 뒷산이 백화산(白花山)이며, 산 중간
에 옥년탄금봉이 있다 하여 '산금'이라 칭함.

② 죽전(竹田) 마을

수백년 전 '죽전'이 있었음.

③ 송정(松亭) 마을

이조말 표정승이란 분이 정자를 지어 그 밑에 소나무를 심었다.

④ 무릉(武陵) 마을

본래 '무등'으로 칭함. 이조 중엽 무사 한 사람이 죽어 뒷산에 장
사 지내고부터 '무릉'이라 칭함.

5) 상판리(上板里)

① 상판(上板) 마을

일명 솔보로 한자로는 '송보(松洑)'라 쓴다. 마을 앞에 소나무가 있고

보(洑)가 있다.

② 와성(瓦城) 마을

조선조 때 기와를 구웠고, 마을 뒤에 성이 있다.

③ 부곡(釜谷) 마을

일명 신촌(新村). 구십 년 전 옹기굴이 있어 부곡이라 했더니, 그 후 폐촌이 되었고, 다시 마을이 생겨 '새마을'이라 한다.

6) 정양리(正陽里)

산중에 위치했는데도 불구하고 양지바르다.

① 화장(花庄) 마을

화장(花庄)을 뒤에 두고 화촌(花村) 마을의 옆에 있다.

② 호림(花林) 마을

마을 집집마다 살구나무가 있어 봄이면 마을이 꽃밭이 된다.

7) 신흥리(新興里)

① 마분(馬分) 마을

마을 뒷산이 천마시풍격(天馬嘶風格)이다.

② 방장(芳庄) 마을

고려시대 뒷산에 화장사(花庄寺)가 있었다.

8) 수봉리(壽峰里)

마을 뒤 옥봉을 헌수봉(獻壽峰)이라고도 한다.

① 옥동(玉洞) 마을

세종 때 영의정 황희(黃喜)선생을 배향[5]한 옥동서원이 있다.

② 일관(一貫) 마을

본래 오도(吾道) 마을이었는데, 공자님 말씀에 '오도(吾道)는 일관(一貫)'이라는 데에서 따 마을 이름으로 하였다.

③ 오도(吾道) 마을

토정선생이 도자기를 굽는데, 자기만이 아는 무늬를 넣었대서, 자기만이 안다는 뜻으로 이름 지었다.

2. 모서면(牟西面)

1) 삼포리(三浦里)

동리 안에 포정(浦亭)을 중심으로 세 마을이 있었으므로 '삼포리'라 한다.

① 사제(社提) 마을

삼백오십 년 전 창설. 앞뜰이 넓어 장차 마음이 커지고 사회에 대한 '둔덕'[6]이 될 것이라는 뜻으로 이름을 지었다.

---

5) 배향(配享). 학덕이 있는 사람의 신주를 문묘나 사당, 서원 등에 모시는 일.
6) 언덕. 가운데가 솟아서 불룩하게 언덕이 진 곳.

② 포정(浦淳) 마을

일명 삼포리. 사백 년 전 창설. 당시 풍수설에 마을 지형이 '계주형(擊舟形)'이라 하여, '배 위에 마을이 있다.'는 뜻으로 이름 지음.

2) 도안리(道安里)

신라 경덕왕(景德王) 때 '도안현'에 속했었으므로 그 이름을 지었다.

① 역(驛)말 마을

신라시대부터 창설된 부락이며, 경덕왕 때에는 도안현이라 했다가, 고려시대에 와서 '역(驛)말' 또는 '역촌(驛村)'이라 불려 왔는데, 지금은 '역마루'라 부른다.

② 금잔(金盞) 마을

약 이백 년 전 김씨가 창설. 마을 안에 '금잔옥대(金盞王帶)'라는 귀형(貴形)이 있다 해서, '금잔'이라 부른다.

③ 혜산(惠山) 마을

약 이백 년 전 민씨가 이룬 부락이며, 당시 풍수설에 따라 이름을 지었다.

④ 한가매부락

일명 가산(佳山) 마을.

3) 소정리(召井里)

① 원소정(元召井) 마을

삼백여 년 전 이씨가 창설. 당시 백학이 많이 집합하였기에 '학천(鶴泉)'이라 칭함. 행정구역 변경시 '원소정(元召井)'이라 하였다.

② 선유(仙遊) 마을

사백년 전 신씨(申氏)가 이룬 마을로, 당시 풍수설이 신선이 하강하여 선유[7]하는 모양의 지형.

4) 대표리(大杓里)

마을의 지형이 표주박처럼 생겼다.

① 노산(蘆山) 마을

사백년 전 창설 당시 '갈마[芐]'가 많이 자라는 산중이라 하여, '노산'이라 칭했다.

② 함박 대표(大杓) 마을

삼백오십 년 전 창설 당시 함박꽃이 많이 피었고, 지형이 표주박같이 생겼다.

5) 석산리(石山里)

이(里) 중에서 가장 큰 마을 이름을 따랐다.

① 석산(石山) 마을

사백오십 년 전 당시 돌이 많았다.

---

7) 선유(仙遊). 신선이 놀음.

② 금곡(琴谷) 마을

백오십 년 전 풍수설에 지형이 거문고 같이 생겼다 하여 '금곡'이라 했다.

③ 시기재 마을

육십 년 전 창설. 마을 근처에 '부기(賦起)'라는 재가 있어 변음(變音)했다.

④ 봉양(鳳陽) 마을

이백 년 전 풍수설에 의해 지형이 봉황새의 모양이며, 봉은 양(陽)을 좋아한다.

6) 유방리(柳坊里)

① 자하곡(紫霞谷) 마을

일명 광산촌. 약 오십 년 전 창설. 마을 뒷산인 팔음산(八音山)에 일출과 월출이 원거리로 보이고 안개와 구름이 많아 '자하(紫霞)골'이고, 광산 개발 후의 마을이라 해 '광산촌'이라고 한다.

② 득수(得水) 마을

약 사백 년 전 창설. 계곡에 광신이 개발되고 물이 많이 흐르게 되어 '득수촌(得水村)'이라 함.

③ 등구(졢九) 마을

이백 년 전 창설. 당시 '둥거나무'가 많았으므로, '둥거'가 변음되어 '등구'로 됨.

④ 유방(柳坊) 마을

육백 년 전 창설. 당시 '버드나무'가 많아서 이름 지음.

4) 지성으로 우연 출세한 사람 ·······································

1967. 6. 11. 정산리(井山里) 대관(大觀) / 김건수(金建洙), 남 · 45

*제보자는 원래 작도벌 사람으로, 농사를 짓는 한편 방앗간을 하고 있다. 어렸을 적에 한문 공부를 좀 하였다고 한다. 낮에 대관 앞에서 만나 뵙게 되어 이야기들을 들었다. 유화인 충북 영동군 [황간면 자료 12]를 참조할 것.

팔음산에 한 선비가 있어 글만 알았지 사회 물정에 어두웠는데, 하루는 내 임금님을 뵈옵겠다고 집에서 인절미며 찰떡을 해가지고 서울로 올라갔다. 대궐로 겨우 기어들어갔다. 어디로 들어가는지 몰라, 들어가면 만나겠지 하고 밤은 되고 잘 데가 없어 마루 밑으로 기어들어갔다. 이때 임금님이 댓구를 맞추지 못해 하던 차에 이 사람이 맞추었다. 임금님이 이상히 여겨 사람을 시켜 찾으라 하니 마루 밑에 있었다. 그 사람은 거지 중에 상거지였다. 연유를 물으니 백성된 도리로 임금님을 뵙기 위해 왔다고 아뢰었다. 글에 대해서는 빈틈없는 대답을 했다.

이때 이 사람이 짊어지고 왔던 것을 펴놓고 보니 인절미며 찰떡이 하도 오래되어 푹 썩었다. 임금님이 기특히 여겨 소원을 물으니 백화산에서 나무를 하다가 산임자에게 혼이 났기에 팔음산을 원한다고 했다. 이에 임금님께서 팔음산 근처 오십 리의 땅과 돈 천 냥을 내려 주었으며, 벼슬은 할 것 같지 않아 주지 않았다. 그의 후손이 지금도 새실에 살고 있다. (제보자 : 팔음산이라는 이름이 그때 생겼는지는 모르겠다)

5) 서삽살 일화

1967. 6. 11. 정산리 대관 / 김건수, 남 · 45

서삽살이 아들 형제를 가르치는데, 매일 자정 무렵에 밤참을 가지고 가서 공부를 하고 있으면 밤참을 주고 불이 꺼졌으면 무릎을 꿇고 나올 때까지 기다렸다. 또 새벽참을 가져가서도 일어나 있지 않으면 역시 일어날 때까지 꿇고 기다렸다. 아들이 나와 아버님에게,

"웬일이십니까?"

놀라 물으면, 서삽살은,

"도련님 덕분에 양반이나 좀 되어 봅시다."

고 하였다 한다. 그리하여 아들 형제가 모두 진사에 급제하였다. 수석리(水石里) 이용직8)이 이를 갉아 누를려고 도임 잔치하는 삼부자를 붙잡아다 엄나무 방석을 펴놓고,

"그 위에 앉으라."

하니 서삽살이 옷을 벗고,

"이리 궁굴9)까요, 저리 궁굴까요?"

하며 응수했다 한다.

6) 빈대 절터 2

1967. 6. 11. 정산리 대관 / 김건수, 남 · 45

*제보자는 이 이야기를 용산 노루목서 정태선이라는 분에게 들었다고 한다. 이본으로 상주군 〔상주읍 자료 1〕이 있다.

---

8) 제보자에 의하면, 경상감사를 지냈다고 함.
9) '궁굴다'는 '뒹굴다'라는 뜻.

옛날에 어떤 사람이 용산 일대에 구암10)을 지으며 산골에서 홀로 사는 사람이 있었는데, 도를 닦느라고 사십이 넘도록 독신으로 보냈다. 그러던 차에 혼인을 했으나 밥만 먹으면 없어지곤 했다. 의심을 품은 여자가 하루는 따라갔더니 온 산에 있는 나무와 풀잎이 다 움직였다. 가만히 보니 자기 남편이 암석 위에 올라앉아 산천초목을 호령하고 있었다. 여자가 모른 척하고 집에 와 있었더니 산에서 돌아온 남편은 한숨만 푹푹 쉬었다.

여자가 방정맞게 남자가 하는 일을 보았기에 이러한 일이 밖에 알려져서 모처에 역적이 날 것이니 잡으라고 나라에서 칙사를 보내었다. 벽화산11)까지 오게 되어 틀림없다 하고 근본을 그려 잡으라 했다. 암자에서 암자로 옮겼기 때문에 잡히지는 않았으나, 결국 큰일을 못 이루게 되자 원한이 맺혀 빈대가 되어 기둥을 만들었다. 이렇게 폐해진 절이 빈대 절 터이다.

7) 장수바위 ···

1967. 6. 10. 정산리 대관 / 김영배(金英培), 남 · 22

*제보자는 서울에서 3~4년 정도 산 적이 있으나, 이 이야기는 마을 노인에게서 들은 이야기라고 한다.

옛날 어떤 요술 잘하는 도사가 있었는데, 그 변화가 심하여 나쁜 짓ー 이를테면 부인들과 강간, 간통을 하였다. 그는 자기 생각대로 투명인,12) 짐승, 거인 등으로 변하는 재주를 가졌다. 어느 날은 바위 위에 도사가 앉아 다른 것으로 변화를 하는데ー (청중 1 : 여러 사람이 도사를 죽였다)

---

10) 암자(庵子). 도를 닦기 위하여 만든 자그마한 집.
11) 백화산(百花山).
12) 투명인간(透明人間). 속까지 환히 비치도록 맑아서 보이지 않는 인간.

(청중 2 : 그게 아니라 한 장수가 있어 돌로 눌러 죽였다) 그런데 아직도
붉은 피가 나고 지금도 흐르고 있는데, 육이오 때도 피가 흘렀다. 그 바
위 복판에는 금이 나서 아래 바위와 위 바위의 경계를 이루고 있다.

8) 붕어 명당 ··

1967. 6. 11. 호음리(好音里) 원호울 / 성명미상, 남 · ?

　*제보자는 농사를 지어 생활하며. 이 이야기는 제보자의 자택에서 들었다.

　옛날 지리학에 밝은 사람이 어떤 곳에서 물이 먹고 싶어 물이 있을 곳
을 찾아 길을 걸어가다 보니 한 곳에 옹달샘13)이 있었다. 급해서 물을 한
모금 먹고 나서 보니 큰 붕어 세 마리가 놀고 있었다. 가만히 내려다보니
큰 붕어 세 마리 밑에는 새끼 붕어가 여럿 있었다. 그래 물을 마실 만큼
마시고 담배를 피고 생각하니 정말 명당이었다.
　가까운 동네에 찾아가 숙소를 정할 량으로 사랑칸이 있는 부잣집으로
가서 저녁을 먹고 인사를 하는데 주인이 늘 아프다고 야단이어서,
　“어디가 아프냐?”
고 물으니,
　“복통이 잘 난다.”
해서,
　“복통 같으면 청심환14)을 먹고 배를 뜨뜻하게 하면 될 게 아니냐?”
고 해서 주인이 청심환을 먹고 배를 뜨뜻하게 하니 그냥 나아 후히 대접
하였다.
　첫날은 보통 보통 객처럼 대접했지만, 이튿날은 아들들을 인사 시켜서,

---

13) 작고 오목한 샘.
14) 청심환(淸心丸). 심경(心經)의 열을 푸는 환약.

자제 칭찬을 한바탕 하고 나서,

　"자제분은 몇 분입니까?"

하니,

　"칠, 팔 형제입니다."

해서,

　"당신은 몇 형제요?"

하니,

　"삼 형제입니다. 모두 생활이 풍부하고 아들네들도 그럭저럭 삽니다."

라는 답이여서, 이 사람 생각에 자기가 먹던 물과 이 사람 선조가 무슨 연관이 있나 하는 생각이 들었다. 그래 붕어 한 마리의 눈을 바늘로 꼭 찔러 놓고 집에 가니,

　"삼15)이 섰다."고, "어떻게 나을 수 있냐?"

고 묻기에,

　"창졸간16) 일이라 약은 쓸 수 없다."며 "무슨 뱅이17)를 하면 나으리라."

하고는 붕어 있는 데로 와 침을 빼 놓으니 병이 씻은 듯이 나았다.

　그것으로 풍수는 이 사람들 선조와 그곳이 무슨 관계가 있구나 생각했다. 그래―

　"당신네가 여기 와 몇 대를 살았소?"

물으니,

　"몇 대를 살았는데 몇 대 할아버지로부터 묘를 몰라 실종한 자식이요. 메18)를 못 찾아 지금도 큰 한이요."

라는 답을 듣고,

---

15) 눈동자에 좁쌀만 하게 생기는 흰 점. 또는 붉은 점.

16) 창졸간(倉卒間). 미처 어찌할 수 없이 매우 급작스러운 사이.

17) 액땜.

18) 묘(墓).

　"사실은 이리이리하여 그곳이 당신네와 무슨 연결이 있나 해서 눈을 찔러 봤더니 그러하니 내일 파 봅시다."
하여 파 보니 그곳이 바로 주인의 바로 위 할아버지의 메이어서 그 풍수는 후한 상을 받고 용하다고 이름을 날렸다.

3. 화북면

1) 나무꾼과 선녀

1968. 10. 1. 입석리(立石里) 자택 안방 / 고기준(高基俊), 남 · 60

　*제보자는 농사를 짓고 있으며, 소싯적에 서당을 다녔다고 한다. 이하의 자료들은 모두 제보자의 집 안방에서 채록하였다. 유관 자료는 〔화북면 자료 2〕를 참조할 것.

　에— 이건 좀 근거가 조금 있는 얘긴데— 책에도 잘 나오고— 국민학교 책 말이여. 이야긴데— 예전에 한 사람이 산에 가 낙엽을 긁다가 있는데, 나무 할려구 하니 한 노루가 급히 달려와요. 노루가 옛날에 말을 했더래요.

　"나를 좀 숨겨 다오. 이제 날 잡으러 포수가 따라오니 날 좀 감춰 다오"

　그래 급하거든.

　"그래라. 그 나무 가리[1] 속으로 들어가라."

　그래 그 속에 감춰 놓았단 말야. 그래 좀 있으니께 포수가 총을 들고

---

[1] 솔가리. 소나무잎이 말라 떨어진 소나무 낙엽을 일컫는 말이다.

쫓아와,

"아, 노루 못 봤는가?"

"아, 못 봤습니다. 저리 뛰어 가더라."

그래 걸로2) 가니께,3) 노루가 나올 게 아닌가? 그래 인사를 하면서,

"내가 오늘 당신을 안 만냈으면 분명 죽을 건데 내가 오늘 당신을 만내 살았으니, 이 은혜 어찌 갚을 도리가 없소. 그러니- (제보자 : 이 강원도 얘긴데-) 요 너매4) 가면 은폭동이라는 이런 소5)가 있어. 음력으로 칠월 보름날이면 하늘에설랑 선녀 서이6)가 내려오는데 그 선녀가 옥황상제님 딸이라. 내려와서 목욕을 할 것이니 그러면 맏딸은 옷을 우다7) 벗어 놓고 둘째는 중간에다, 작은 건 밑에다 벗어 놓은 그 의복을 훔쳐라. 그러면 그 둘은 옷을 입어도, 옷을8) 감춰 놓으면 못 올라간다. 이제 그걸 감춰라. 그리고 그 아들을 낳을 테니 그 아들 삼 형제를 낳거들랑 그 옷을 줘라. 그 이상은9) 옷을 주지 말아라."

이래칸단10) 말야.

그래 그 노루의 말이 허황한 일이건마는, '이걸 그리 하도록 하자.' 그래 칠월 보름날 기다리고 기다려서 가 보니께, 달이 훤하거든. 보름날이니께. 밤 열두시쯤이 돼서 그래 사람 서이 무지개로 내려오더니 여자 서이 옷을 척척 벗어 놓고 물에 들어간다 이거야. 물 들어간 뒤 끝에 옷을 가마이 감찼다. 그래 목욕을 얼마나 하고 나오더니마는 두 사람은 의복을 입고, 그 사람은11) 의복이 없거든. 옷이 있어야지. 그래 하늘에 올라가 버

---

2) 그곳으로.
3) '포수가 가 버리니까'라는 뜻임.
4) 너머에.
5) 소(沼). 늪. 호수보다 물이 얕고 진흙이 많으며 침수(沈水) 식물이 무성한 곳.
6) 셋.
7) 위에다.
8) 막내의 옷을 가리킴.
9) '아들 셋을 낳기 전에는'이라는 뜻임.
10) 이렇게 한단.

리고 떨어진다 이거라. 그래 붙잡았지.

"니 옷 내가 훔쳤으니 같이 살자."

딱 붙드니 도리가 있어야지. 좀 달라고 구구한 사정을 해도 옷을 딱 감
췄지. 그러니 이 여자가 어떻게 하는 건지 일거[12] 기와집이 생기고 뭐 살
림이 버글버글하고 뭐 진진하고 부자가 된다 이거야. 대번에.

그래 그같이 몇 해를 살았던지 맏아들을 턱 낳거든. 낳으니께 이름을
'꼬꾜'라고 지었거든. 그러니께 그게 한 두어 살 먹더니 아들 하나 낳더
니 '고교'라고 짓거든. 그래 아들 둘 낳고 내외가 정의가 있으니께 두텁
게 살고 먹을 것도 넉넉하고 이러니께 그래 '옷을 달라.'고 구구한 사정
을 해. '어찌든지 주지 말고 감추 놓으라.' 했지만―. 그래 아들을 둘씩이
나 낳고 정의가 그만치 두터운데 아들 둘만 낳고 옷을 떡 내어주었다 이
거라. 목욕하러 갔던 옷을. '이게 날개옷인데 한번 입어보겠다.'고 입어보
더니 애들을 겨드랑 새에 끼고 올라갔지. 하늘로. 그만 놓쳐 버렸단 말야.
아들도 놓치고 마누라도 놓쳤거든. 다 갔어. 나는 올라갈래야 올라갈 도
리도 없고 하도 어이가 없어서 올라간 뒤 보니까 집도 없고 바우만 남았
어. 아무것도 없어 전체가. 넋을 잃은 사람마냥[13] 앉아서 누구하고 이 얘
기할 수도 없고 그냥 멍히 이래 앉았으니께 어떤 노리[14]가 훙용히 뛰어
들더니만― 그 노리란 말이야.

"대체 어떻게 된 일이야 말이다. 내가 왜 서이 낳으면 옷을 주라고 했
는데 둘을 낳는데 주었나 말이다. 이제는 다시 회복할 수 없다."

"다른 도리가 없느냐?"
물으니께, 그 다음 봄이 되던 거여.

"그 여자 서이 언제나 보름날이면 내려와 목욕하는데 이제는 한번 봉

---

11) 막내는. 셋째는.
12) 일거(一擧). 단번에. 한 번 움직임. 또는 한 번 일을 벌임.
13) 사람처럼.
14) 노루.

변을 당한 후에 그걸 안하고 이제 그 샘에 두레박 있잖아? 이제 물을 떠다 목욕을 한다. 이래서 처음에 맏두레박은 맏처녀가 가져갈 것이고, 둘째도 그렇게,15) 셋째도 내려올 것이다. 그러걸랑 그 두레박은 물을 쏟고 사람이 올라타라. 그러면 하늘로 올라갈 것이다.”

“그러냐?”

고 해서 그날 기다리고 있으니께, 그런 바가지가 줄을 달아 내려와가지고 물을 한 바가지 떠가지고 올라간다. 내비16) 두었지. 그 다음에 또 내려온다. 이러다가 세 번째 내려올 때 딱 붙들고 올라갔잖아. 물 대신에. 올라가다 보니─ 하늘재17) 올라가네. 올라갔다. 올라오니 아들 둘하고 마누라도 다 있을 거 아녀? 그래 올라가 보니 도리가 없어. 그래 하늘을 올라가서 아들하고 마누라하고 살림을 하는데 지하 사람이 하늘로 올라가도 더 좋을 거 없거덩. 그래 지하 생각이 난다 이거야. ‘지하에 내려가서 친구들한테 내가 하늘에서 올라가서 하늘이 어떻다고 이야기하고 오면 어떨까?’ 하고 마누라한테,

“지하에 내려가면 어떨까?”

하고 이야기를 하니,

“가야 불가하다.”고, “갈 필요도 없다.”

고 하거등.

“어떻게 가서─ 한번 갔다 오면 좋겠다.”

“정히18) 가고 싶으면 갈 도리가 있다.”

“그럼 가게 좀 해주시오.”

“그러면 가설랑, ‘지하에 다녀오겠다.’고 인사를 해라. 그러면 ‘그 말이 여섯 필이 푹 놓여 있는데 네 마음대로 하나 골라 타고 가라.’ 하거든 그

---

15) 그렇게 할 것이고.
16) 내버려.
17) 하늘에.
18) 진정으로 꼭.

중 끄트머리 조그마하고 아주 바짝 마른 말이 있으니 그걸 달라 해라. 그 말 안 준다 할 것이다. 좋은 말 타고 못 간다. 그 말을 타야 할 것이다.”

그래가[19] 장인한테 가 인사를 하고,

“지하에 고향 구경하고 좀 다녀왔으면 좋겠습니다.”

“정히 그렇다면 그래 갔다 오라.”고, “근데 말을 마음대로 좋은 걸 골라 타고 가거라.”

“저는 좋은 것 다 싫고 저 끄트머리 바짝 마른 조그만 것 주시오”

도대체 그걸 잘 안 줄라케요. ‘마음대로 가지고 가라.’ 했으니께 할 수 없으니까 허락해 준다 이거야. 그 말을 탁 탔단 말이야.

그래,

“그 말을 얻었다.”

고 하니께,

“그러냐?”

고, 그래 마누라가 부탁을 하기를,

“지하에 내려가서 며칠을 당기던지[20] 몇 달을 당기던지 간에 이 말이 급하게 소리를 세 번 지를 때가 있을 끼라. 그러거들랑 소리를 세 번 지르는 동시에 말 등어리에 붙어야 타지,[21] 소리를 세 번 지를 동안 말등어리에 못 붙으면 지하에 떨어지고 만다.”

그렇게 약속을 했다.

그래 말을 타고 지하에 내려갔어. 어디를 가나 말을 타고 다니기 마련이여. 내 친한 친구며 친척의 집이며 당기면서 내 하늘에 사니께 어떻다 하고 하늘 이야기하면서 댕기다가 마음에 엥간히[22] 기한이 갈 때가 됐지 않나 싶어서 할 때 친한 친구 하나를 못 찾아봐서 그 친구 집에서 한나절

---

19) 그래가지고. 그래서.
20) 다니든지.
21) 붙어 타야 하지. 올라타야 하지.
22) 엥간히. 대중으로 보아 정도가 표준에 꽤 가깝게.

때쯤 어정댔다 이거야. 찾아가니께,

"아이구! 이 사람아, 하늘 갔던 사람이 왔나? 참 반갑다. 널리 떨어졌으니 점심때도 됐고 급하니 술이나 한 잔 먹자."

딱 술상을 갖다놓고 술 한 잔 부을라 카니께, 말이 소리를 한단 이거야.

"아이고! 이 사람아. 술을 못 먹겠네."

"이 사람아, 술 한 잔 못 먹고 갈 수가 있어?"

그래 붙들렸는데, 말이 한 번 소리를 지르니- 먹기 전에 세 번 지르니 떡 없어졌어. 다시 그만 아니야. 올라가기는 틀렸고. 그길로 무심히 죽어버렸어. 병이 나서 죽었단 말이야. 죽어서 이 사람이 뭐가 되었느냐 하면 닭이 됐어. 그래 닭이라 하는 것이 떡 되고, 아들 형제는 하늘에 봉이 됐다.

그래가지고 닭이 자시가 되어야 울지. 자시가 안 되면 울지 못해. 그것은 우째 그러냐 하면 하늘에설랑 '지하 아버지 올라오시오' 이렇게 운다 이거야. 그 소리를 듣고 우는데, 닭이 울 때 홰를 탁탁 치면서 '꼬꾜' 하고 소리를 지르거덩. 그리고 또 '고교'하고 소리를 지른다 이거야. '꼬꾜' 하고서 '고교' 하고 두 아들 이름을 부르며 운다는 말이야. 그게 다 일리가 있지.

2) 노루의 보은 ···

1968. 10. 1. 입석리 자택 안방 / 고기준, 남 · 60

*유화는 〔화북면 자료 1〕을 참조할 것.

전에 아주 조실부모하고 쬐그만 아이가 남의 집 고공살이[23])를 해야. 애가 주인 밥을 먹고 갈퀴를 지게에다 꽂아 놓고 산에 산책을 했단 말야. 가서 보면 나무가 수북이 쌓였으니께. 전에 포수가 많았는데, 포수가 총

---

23) 고공(雇工)살이. 남의 머슴 노릇을 하는 일.

대를 메고 온단 말야.

"얘— 얘, 이 뒤에 포수가 온다. 내가 죽을 께니께 너 긁은 속에다 날 넣어주면 내 너 은혜를 해주마."

"그래라, 그럼."

남구[24] 수북한 데다 집어넣고 남구를 덮어두었단 말야. 그리고 벅벅 긁었지. 아, 그래 조선 포수가,

"얘, 나무하는 애야, 너 노루 못 봤니?"

"못 봤어요."

"아, 금방 여기 앉았는데, 아 자욱도 여기까지 있잖어?"

"아, 못 봤어요. 나무 긁느라고 어디 봤어유?"

아, 노루가 가만히 들어니께 그러구 한단 말이야. 아 꼭 죽을 건데 게 때문에 살게 되었단 말야. 포수가 등성이로 훌쩍 넘어가서,

"아, 그놈이 분명히 이리로 왔는데 어디로 갔나?"

노루가,

"얘, 그래 너 불쌍한 앤가보다."

"왜?"

"내가 보니까 그렇다. 관상을 하니까— 내 너 나 살린 은혜를 갚을 테 니 꼭 내 말대로 할 테니?"

"그래, 우뜩하니?"

사타구니에서 털 셋을 빼서 주면서,

"너 있는 집에 처자가 있지? 그래 그 처자가 후미[25]에 가서 오줌을 눌 라. 그 오줌 눈 터에다 노루털을 하나씩 꽂아라. 꽂구서 그럼 저 여자가 죽는다고 야단을 칠 끼여. 그러거든 소문[26]에서 '비쓱비쓱' 소리가 날라. 그 집에서는 야단났다 할 끼여. 좀 있다가 두 개를 꽂아라. 그럼 조금 있

---

24) 나무.
25) 후미(後尾). 뒤쪽의 끝. 여기는 단지 '후미진 곳' 정도의 뜻으로 쓰였음.
26) 소문(小門). 하문(下門). 여자의 음부를 완곡하게 이르는 말.

다가 ‘비쓱비쓱’ 자꾸 그런디 그럴 때 종당[27]엘랑 셋 다 꽂아라. 그러면 ‘비쓱비쓱’ 이웃이 요란치 않을라. 세상에 의원은 소용없고 네가 나가서, ‘고칠 테니 우뜩 할래유?’ 그러면 색시어머니가 ‘고쳐만 주면 사위를 삼겠다.’ 이럴라.”

“그래? 그럼—”

셋을 종이에 싸서 주머니에 넣단 말야. 남구를 지고 내려가는데 오줌을 워서[28] 누는지 알 수가 있나? 하루는 가만히 낫을 갈다 보니께 후문 초당 옆에 가서 누는데 살며시 가서 하나를 꽂았겠다. 처음에는 비쓱비쓱 하니께,

“어머니, 자꾸 소리가 나요.”

아 그래 둘을 꽂았단 말야. ‘비쓱새쓱’ 그런다. 다 셋을 다 꽂으니께 이웃까지 들린단 말야.

“아이구, 어머니— 죽겠으요.”

의원이 자꾸 들어오는데— 부자니까 별 약을 다 써도 침을 주어도 되나? 아 그 며칠 만에,

“주인마님, 내가 그 병을 고칠 터니 우뜩 할라우?”

“아, 고쳐만 주면 너를 사위로 삼겠다. 고쳐만 다우.”

“그러우.”

살며시 가서 하나를 뺐단 말야. 뜸하단 말야.

“이제 어떠우?”

“고대[29]보다는 훨썩 나은 것 같아유.”[30]

“아이구! 애 그럼 고치겠다.”

이놈이 둘을 뺐네. 아, 훨썩[31] 들하여.[32] 셋을 다 뽑았단 말야. 아, 다

---

27) 종당(終當). 끝. 일의 마지막.
28) 어디서.
29) 이제 막.
30) 딸의 말임.
31) 훨씬.
32) 덜해. ‘덜하다’는 어떤 기준이나 정도가 약하다.

났어. 아, 괜찮단 말야. 이 이걸 사위라고 삼는데, 아 이놈이 동네 사람 남 부끄러워서 살겠어? 아33)가 좀 똑똑해야겠는데, '거것이34) — 아무거시35) 사우라지.' 그 소리 챙피하구 마누라는 자꾸 사울 삼자네.

"쟈36) 병을 고쳤으니—"

예37)를 하니께 술도 담구구 돼지도 잡고 동네 뭐한 분 죄 불러서.

"이 술이 다른 술이 아닐세."

"우짠 술이여?"

"우리 집 젊은 애 있잖아? 걔가 우리 딸애 병을 고쳤어."

그런데 걔를 사위를 삼고 보니께 눈치를 보니께 죄 반대해. 뒤로 얘기를 들으니께 사우를 파한다는 말이 들려.

"에이, 빌어먹을!"

얘가 그 터럭이를 종이 싸서 넣고 다니다가 또 꽂았네. 그러니 '비쓱새쓱'해. 셋을 꽂으니께 버쩍 더하단 말야. '비쓱새쓱—'

"아 어머니 또 도져서 큰일 났어요."

"내가 또 고친다."

얘가 색시 어머니보구,

"주인아주머니, 왜 또 그렇다지요?"

"아이구! 얘, 너는 못 듣니?"

"아주 양구38)하게 고쳐줄 테니 날 단단하게 사우를 삼우."

"그래, 그래라."

아 가서 하나 빼고 둘 빼고 다 뺐네. 괜찮아. 아, 그 집은 정말 사우로 알고 그렇게 잘 먹이고 잘 입히고 대우도 잘하고, 그런 후로는 터럭이 다

---

33) 아이.
34) 그것이. 그 아이가.
35) 아무개의.
36) 저 아이의.
37) 성례(成禮). 혼인 예식을 지냄.
38) 양구(良久). 오래 오래.

집어 베리고 그 부잣집이니까 한 밑천 해가지고 잘 살더라오.

3) 부모 때리는 효도 4 ···

1968. 10. 1. 입석리 자택 안방 / 고기준, 남 · 60

　　*이본인 충북 괴산군 〔청천면 자료 10〕; 영동군 〔영동읍 자료 33〕; 동 〔용산면 자료 39〕를 참조할 것.

　　예전에 나이가 사십 오십을 넘었는데도 아들을 못 났어. 한 오십이 되어서 단독으로 아들39)을 나니 대견스러울 거 아냐? 그래 한 서너 두 살 먹도록 키우니까 아장아장 다니고 귀여울 꺼 아녀? 저녁으로 매일 심심하니까,

　　"아, 느 어머니 때려라. 느 아버지 때려라."

이런단 말야. 이러다보니 서로 때리라구 해서 때렸지. 아이는 차차 커지구 이러다 보니 아버지가 떡 죽었단 말야. 한 여나믄 살 ─ 열댓 살 되도록 배운 게 없단 말야. '그래, 잘한다' 해 봤으니께 어디만 갔다 오면 아, 어머니 때리는 게 일이야. 그렇게 안 할려도 안 되고 ─ 아, 이런 꼬라지 어딨나? 그러니 나중에 자식이 원수야. 내뺄 수도 없고 결국 아들한테 맞아 죽겠단 말야. 즈 어머니는 늙어지고, 그 놈은 아주 자라지. 또 자주 때리지. 그렇게 안하는 거라고 해도 자꾸 때려 큰 걱정이란 말야. 그래 ─ 그래 지나온 형편에 건너 마을에 효자라고 소문난 어떤 사람이 즈 아버지 친상을 당해서 제삿날이 당했단 말이야. 그 즈음에는 이놈도 이십이 삼 세 되어 가니 사랑으로 놀러 다니고 이럴 꺼 아녀? 즈만 알겠어? 온 동네가 다 알겠지. '저 놈 불효다, 저 웃동네 누구는 효자다.' 이놈은 불효가 되고 저놈은 효자 됐다. 그 사랑을 가니까 그놈을 놀리랴고 하는 거야.

---

39) '단독으로 아들'이란 '외아들[獨子]'라는 뜻임.

“가는[40] 참― 저 건너 아무개는 효자구 제사를 지내고 그렇게 잘한단 말야. 그렇게 할 수가 있나?”

“그 음식도 잘하고 제삿집에 가면 음식도 얻어먹고 귀경도 하고 할 텐데, 즈 어머니 때린다는 소문이 났으니 음식을 주겠나구?”

“내가 얻어 올 테니 내기를 할려나?”

“하자.”

지금으로 말하면 몇 천 원 내 놓고서,

“음식을 못 얻어 오면 변상을 하고, 얻어 오면 우리가 그 돈을 네게 상금으로 주마.”

내기를 딱 해서 제삿집에 찾아가서, 상제도 불효라는 걸 알지. 즈 어머니 때린다구. 알지만, ‘내 집에 온 손님이니까 너는 오지 말라.’구 할 수 없거든. 상제를 보고 인사를 하고, 으레 제삿집에 가면 술도 주고 음식도 주는 기여. 그런데 그러다 보니 다른 사람보다 늦어서 독상을 주는 기요. 그래 이 사람이 먹지는 않고 가만히 앉았어. 하나도 손도 안 대고 앉았다. 상제가 돌아다보니 다른 사람보다 늦어서 독상을 주는 기여. 그래 이 사람이,

“홀어머니를 모시고 있는데 음식을 보니 어머니 생각이 나서 혼자 먹을 수가 없습니다.”

아, 그놈 불효라 하더니 말하는 걸 보니 효자거든.

“그러면 좋다. 이 음식을 먹으면 내가 가지가지해서 봉송[41]할 음식을 싸서 줄 테니, 어서 먹게.”

“그렇게 해주시면 먹겠습니다.”

하고, 하인더러 우리 제사 지내는 대로 한 가지도 빠지지 말고 봉지에 싸라. 골고루 해서 봉지에다 싸서 갖다 준단 말야.

---

40) 그 아이는.
41) 봉송(封送). 물건을 싸서 선물로 보냄. 또는 그 물건.

“이건 갖다 봉신[42]하고 이건 너 먹고 가거라.”

그래서 먹었더라. 그놈을 가지고 사랑에 가니까 사랑에서 동지들이 모여 앉아 논단 말야.

“내 음식 이만큼 얻어왔다.”

못 얻어 올 줄 알았는데 다 얻어 왔단 말이야. 그래 준다는 거 준다. 돈을 떡[43] 주고 먹을랴고 하니까,

“느가[44] 얻어 오라고만 했지 먹는다고는 안 했다.”

하니 어떻게 해? ‘어머니 갖다 봉신하겠다’, ‘못한다’ 옥신각신하다 가지고 가게 되었어. 밤중에나 실했는데,[45] ‘어머니 자느냐?’고. 어머니는 또 와 때릴까 봐 숨어서 겁이 나서 소리도 못하죠.

“아 불 좀 켜 놓죠.”

그래 벌벌 떨면서 불을 키니께 봉지를 갖다 주면서,

“어머니 이걸 잡수시오.”

때릴 줄 알았는데 안 때리고 먹을 걸 주니,

“이게 우짠[46] 음식이냐?”

“제사 집에 가서 얻어왔다고─. 잡수세요.”

음식을 주니 먹으면서 이상해요. 사람이 되는가 하고 생각했지. 먹으라면 먹고. 그래,

“뒷산엘 갔더니 절은 절 같은데 중이 하나─ 유식한 선생이 있는데 거길 가서 공부할랍니다.”

그래서,

“해라.”

---

42) 봉심(奉審)? 받들고 보살핌.
43) 딱. 아주 단호하게 끊거나 과단성 있게 행동하는 모양.
44) 너희가.
45) 밤중이 실히 되었는데. 밤이 꽤 되었는데.
46) 어쩐. 어떤. 어떻게 된.

보굴암을 찾아갔더니,

"왜 왔니?"

"선생님이 없어요."[47]

다 알지, 속을 떠 보느라고 알고도 피했지. 꼭 사흘 만에 선생을 만났지. 떡 만나서,

"제가 공부하러 왔습니다."

"그래. 벌을 사진으로 봤나?"

"네."

"벌은— 벌은 장봉[48]을 수천 마리가 옹위한다 말여. 또 기러기가 나는 것을 봤나?"

"네."

"기러기는 대장을 제일 앞장세운다 말여. 개미가 먹이를 물고 가는 걸 봤나?"

"네."

"개미는 하나가 힘이 들어 하면 죄 와서 같이 운반한단 말야. 비둘기가 한 쌍 노는 것을 봤나?"

"네."

"비둘기는 사이가 좋단 말여. 사람도 이 다섯 가지 뜻을 알기만 하면 되는 기요. 다섯 가지가 다 의미가 있는데, 범은 부자유친이요, 벌은 군신유의요, 기러기는 장유유서[49]요, 개미는 붕의유신[50]이요, 비둘기는 부부유별이라는 기여."

얘가 그래 크게 깨닫고 학문을 해서 출세하고 어머니께 효성을 다 했다는 얘기요.

---

47) 아들의 말이라기보다는 절의 중이 대꾸한 말로 생각된다.
48) 장봉(將蜂). 여왕벌. 알을 낳는 능력이 있는 암벌.
49) 장유유서(長幼有序). 어른과 어린이 사이의 도리는 엄격한 차례가 있고 복종해야 할 질서가 있음.
50) '붕우유신(朋友有信)'의 잘못. 벗과 벗 사이의 도리는 믿음에 있음.

4) 구두쇠가 쫓아간 장도둑 2 ···

1968. 10. 1. 입석리 자택 안방 / 고기준, 남 · 60

*이본으로 충북 단양군 〔매포읍 자료 71〕 참조할 것.

거 동양에 삼 대 성인이 누군고 하니 공자, 이마두,[51] 자린고비 셋인데, 맨 먼저 공자님이 나서 온 세상을 편안히 다스리고 법도를 세워 놓으셨단 말야. 그래 이마두란 사람이 떡 나서 보니께루 세상에 동양은 공자님이 다 다스려 놓으셨으니 자기는 심심하단 말야. 그래서 심심하니께 바다를 건너서 그만 미국 땅엘 갔단 말야. 갈 때 커다란 지팡이를 짚고 건너갔는데, 미국 땅을 슬슬 지팡이를 끌고 왔다 갔다 하니께, 그 지팡이 자욱이 꼬불꼬불할 거 아녀? 사람들이 그걸 보고 글자를 만들었는데 그게 영어의 알파벳이란 말여. 그 영어가 그리 된 거여.

그러다가 자린고비가 조치원에 났는데 가만히 보니께 자기는 할 일이 없거든. 그래서 구두쇠 노릇이나 하다가 죽어야겠다고 어찌 구두쇠로 굴었던지 하여간에 간장 종지에 파리가 한 마리 빠졌는데 그 간장이 아까워서 파리 한 놈을 잡으려고 막 쫓아왔단 말야. 어디까지 오다오다 보니께 파리란 놈이 어떤 바위에 앉더란 말야. 그래 '옳다 됐다.' 하고 잡았다 말여. 그런데 그만 아깝게도 간장은 바위에 묻어[52] 버렸어. 그래 다리를 휑거서 간장을 뺄라고 했었는데 그래 원통하지만 할 수 있어? 그 장바위란 데가 장이 묻었다고 해서 장바위가 된 거여. 장사가 들은 바위라고 그런 게 아녀.

---

51) 이마두(利瑪竇). 이탈리아의 예수회 선교사인 마테오 리치(Matteo Ricci, 1552~1610)의 중국 이름. 명나라 만력제(萬曆帝)로부터 베이징(北京) 정주를 허가받고, 중국에 가톨릭 포교의 기초를 쌓았다.
52) 간장이 바위에 들러붙어 흔적이 남았다는 뜻임.

5) 여우 잡는 몽둥이 2

1968. 10. 1. 입석리 자택 안방 / 고기준, 남 · 60

*이본으로 충북 괴산군 〔청천면 자료 65〕 참조할 것.

어떤 사람이 산속을 가는데 잠간 쉬는 참에 숲에서 이상한 소리가 나서 가만히 넘겨다보니까 한 천년 묵은 여우가 뭐라고 뭐라고 주문을 외우면서 둔갑을 하는 중이야. 가만히 보니까 노파로 변하드래. '이게 뭐냐?'고 따라갔지. 노파가 아래 마을로 내려가서 어느 잔칫집에 가는데 물어보니까 오늘이 환갑이야. 노인이 안방에 좌정하고 앉았어. 점잖게 주인 아들을 찾아서 사실이 이러이러하다고 잡인을 물리치고 얘기했지만 아무도 믿지를 않았다 말이야. 그래 증거를 보여 준다고 모두 물리치고 노파의 정수리를 방맹이로 치니까 과연 여우가 캥캥하고 죽더래. 사람들이 들어가 보니 여우가 있고 진짜 할머니가 왔단 말야.

구경 왔던 사람이,

"야, 그 방맹이 팔아라."

"이건 팔 수 없다. 가보53)다."

값을 아주 비싸게 해서 팔았단 말야. 그래 방맹이를 사가지고 이웃 마을 잔치집에 가서 보니 마침 노인이 환갑이야. 그래서 고대로 반복했단 말야. 정수리를 냅다 때렸더니 여우커녕 진짜 할머니가 돌아가셨지. 그래서 동네 사람들이 그 사람을 때려죽였대.

---

53) 가보(家寶). 한 집안에서 대를 물려 전해 오거나 전해질 보배로운 물건.

6) 호랑이 퇴치한 결의형제 2 ·······························

1968. 10. 1. 입석리 자택 안방 / 고기준, 남 · 60

*유관 자료로 충북 괴산군 〔청천면 자료 65〕; 동 영동군 〔심천면 자료 33〕; 경북 상주군 〔화북면 자료 9〕를 참조할 수 있다.

그런 얘기라면 나도 한마디 하지.

옛날에 한 총각이 조실부모했는데 이 총각이 밥만 많이 먹고 하는 일이 없이 떠돌아다니다가 어느 산골에 들어와서 어두워져 가만히 보니, 오두막집이 하나 있는 기여. 그래 가 보니까 홀어머니 모시고 사는 장수가 있는 기여. 그 총각 장수 말이,

"우리 아버지가 호상이라54) ─ 호랑이한테 물려 죽었다."

는 기여. 즈 아버지가 말이지.

"그래 원수 갚으려고 여기서 산다."

고 그러는 기여.

"우리 아버지 잡아먹은 호랑이가 산 넘어 하나 있는데 힘만 거들어주면 잡겠는데 내 힘으로는 암만해도 잡을 도리가 없소. 그래서 누구든 힘만 거들어주면 원수를 갚겠는데, 도저히 잡을 수 없으니 형님이 가서 좀 거들어주면 원수를 갚겠소."

그래 가니게 이렇게 큰 바위굴이 떡 있는데, 주인 총각이,

"거길로 오지 말고 산등성이에 있으라."

고 하는 기여.

"여기 있어서 나하고 한참 싸울 적에 위쪽에서 소리 한마디 질러 주시오. 그러면 내가 해결할 테니 한번 지르라."

고. 그래 총각이 '지른다.'고 하니게 그 굴에 떡 가서,

---

54) 호상(虎喪)을 당할 팔자라. '호상'은 호랑이에게 잡혀 먹힘.

“백호야!”

하고 소리를 지르니게, ‘어홍―’ 하고 거기서 나오는데, 아마 참 큰 소만 한 게 나오는 기야. 앞발로 번쩍 치켜들고 나오는 기야. 그랬드니만 그 주인 총각하고 막 끌어안고 딩구는 모양이야. 그런데 한마디 소리를 질러 야 할 텐데 기함55)이 되어서 소리를 지를 수가 없단 말이야. 암만 지를라 고 해도 소리가 안 나와, 한 마디 소리를 못 질런단 말야. 이 사람은 싸우 다 싸우다 할 수 없으니게, ‘내일 하자.’ 하고 놓고서 호랑이는 굴속으로 들어가 버렸지. 와서는 그래 왜 멀거니 앉았다 말야. 소리 한마디 못 지 르고. 그래 암말도 않고 집에 왔어.

그냥 와서 또 자고서,

“그래 왜 소리 한 마디 질러라니게 못 질렀소?”

‘기함이 되어 못 질렀다.’고 할 수는 없고,

“원 그년56)의 개호지57) 한 마리를 못 잡고 남아가 나서 (제보자 : 허허) 소리 질러 뭐 하나? 하도 시뻐서58) 안 질렀다.”

이기야.

“그러니 동생은 집에 있으면 내 내일 잡을 테니 그러지 말라.”

“아이 참, 그렇겠네.”

“아, 내가 잡겠다.”

주인이 생각해도 저보다 몸뚱이도 크니까 장군인 줄 알았지. 그래,

“형님이 가 보라.”

구.

“그래. 가겠다.”

그래 형님을 보냈지. 가만히 생각을 해보니 호랑이를 못 잡으면 그 주

---

55) 기함(氣陷). 기력이 없어서 가라앉음.
56) 그놈에, 그까짓.
57) 개호주. 범의 새끼.
58) ‘시쁘다’는 껄렁하여 대수롭지 않다.

인한테 죽을 거구, 자 호랑이를 잡으라니 말 한마디 못하겠고. 어디로 내빼도 못하겠고 그물에 얽혀서 아무리 해도 할 수 없겠어. '그래, 내가 이왕 죽을려면 호랑이한테 죽는 게 낫겠다.' 이거야. 사람의 손에 보다ㅡ.

그래 보니께ㅡ 그 큰 굴 옆에 이제 보니께, 매끈한 나무가 이렇게 있는데ㅡ 가닥쟁이가 이렇게 진 나무가 있는데, 그러니 그 위를 올라갔지. 빨개벗고 올라갔지. 살은 얼마나 쪘겠어. 그 꼭대기에 올라가서 큰 소리로 질렀다 이거야.

"백호야?"

하니까, '어홍!' 하고 나왔다. 또 한 번 지르니까 나무 있는 데를 쳐다보니까 고깃덩어리가 하나 올라앉았다 이게야. 그래, '야, 이거 살판이 났다.' 싶어서 호랑이가 남구에 못 올라가니까 힘대로 뛰었단 말야. 너무 올라가니까 하필 내려온다는 게 나뭇가지에 꼭 찔렸다 이거야. 오도 가도 할 수가 있어야지. 비거적거리니까ㅡ 호랑이가 양쪽에 배가 꼭 찔렸으니 호랑이란 놈 큰 놈이 건공59)에 떴다가 콱 내려찍히니 오도 가도 못하겠어. 이제 총각은 옷을 입고 집에 왔디야. 신이 났지, 호랑이 하나를 찍어 놨으니께. 와가지고서는 아주 얼굴이 옥실옥실하니ㅡ 동생은,

"어찌 됐소?"

"하, 어찌 되고말고 뭐 있니? 왼손으로 집어가지고 나뭇가지에 꼭 집어 놨다."

참ㅡ 나뭇가지에 가 보니께 참말로 장군은 장군이야. 우째 잡았던 간에 잡긴 잡았으니께. 아 그러니,

"이제는 형님이 우리 아버지 원수를 갚아 주고 이러니 참 감사합니다. 그러면 나도 이제 여기 살 사람이 아니오. 원수 갚았으면 가야지."

그러니 가죽 벗겨 놨던 것이 아까 학생 말마따나 참 많드래. 형제 지고 시장에 가 파니까 돈이 많드래. 지금 돈으로 말하면 몇 십만 원 됐던 게

____

59) 건공(乾空). 반공중. 땅으로부터 그리 높지 아니한 허공.

지. 그놈을 반을 갈라주면서― 나는 나대로 가고 형님은 형님 갈 대로 갔지.

아, 그래 배지[60]는 큰 놈이 원 사먹다 보니 또 며칠 먹을 수가 있어? 또 다 사먹었다. 다 사먹고 가다가 갈 데가 없어서 원 강원도인지 어느 산골에 떡 가서 고개마루를 넘으니께 그 밑에 가서 웬 기와집이 훤편하게 있는데, 참 초가집도 있고 한 동리드래. '아― 참 저리로 갈 수밖에 없다.' 하고 거기를 척 찾으리라 하고― 이 집에 가도 빈집, 저 집을 가도 빈집, 다 빈집이야. 텅 벴다 이거야. 거 이상하다!

그래 제일 큰 놈의 집에 떡 들어가 보니 바깥에서 찾아봐도 아무도 없어. 예전 집이란 건― 아, 조선집이란 건 대문이 곁대문이 있고 속에 들어가도 대문이 있고 또 안대문에 들어가서 또 안채가 있어. 그래 안대문 턱에 들어가서 소리를 지르니께 방에서 무슨 소리가 나는 것도 같고 안 나는 것도 같고 이렇거든. 하여간 빈 집이니께 가서 문을 열어 보니 색시가 하나 방에 앉았는데, 한 이십 살 돼 뵈는 색시 하나밖에 없어. 그래 들어가지도 못하고 문도 열어 놓고서 그래,

"이 동네 들어와서 사람을 찾으니께 사람은 없고, 와 보니 이 집에 색시 하나밖에 동리에 없으니 그 어떻게 된 사실이냐?

라고 물었지.

"그런 것이 아니고 우리는 양반이고 부자인데, 이제 옆에 있는 집이 다 동리인데 한 달포[61] 전 부터 도둑놈이 들어와서 자꾸 돈을 훔쳐 가고― 자꾸 훔쳐 가니 살 수가 없어서 사람이 다 떠났다." 이거야. "우리 식구는 그만 저녁마다 하나씩 잡아간다." 이거야. "뭐 다 잡아가서 죽이는지 어디로 갔는지 다 잡아갔는데 오늘 저녁에 내가 마저 죽을 차례요. 동리 사람이 나 하나밖에 없으니께. 그러니 내가 처녀라, 어디를 가도 못하고 죽도 못하고 이제 밤에 죽을 때나 바라고 앉았는데, 그래 앉았는 길이요."

---

60) '배[腹]'를 속되게 이르는 말.
61) 한 달이 조금 넘는 기간.

"그래? 그러면 내가 여기서 어떻게 되는가 볼 테니, 여기서 자면 어떻
겠느냐?"

"좋다."

이기야.

"그러면 색시는 여기서 기다리시오."

벽장 안에 색시를 감춰 놓고 황초를 켜 놓고 방에 떡 앉아서 기다렸다.
초저녁에는 기척이 없고 열두 시쯤 되니 사람 소리가 저벅[62] 나고 한 놈
이 문을 펄쩍 열고 오더니만, '아이쿠!' 이러구 탁 떨어지니까 하는 말이,

"아이, 참 장군님!" 하고는 아무 소리도 안 해야. 그러다가,

"아, 형님, 어쩐 일이오?"

아 보니 호랑이 잡을 때 그놈이란 말이여. 그게 도적놈이야. 겨우 도적
질을 다 해 놓고 거기 색시한테 장가들 작정이야. 죽일 작정은 아니야.
그럴랴고 했던 건데 형이 거기 앉아 있으니께. 형님이 먼저 차지했으니
되는 기여? 저놈은 죽도록 일만 해주고.

"내가 사실은 그 색시한테 장가들려고 했는데, 형님이 먼저 차지하셨
으니 형님 잘사시오. 나는 갑니다."

후에는 사람들, 종들도 다 돌어오고 말이야. 결국 그 아버지 어머니도
어따 감췄었는데, 다 들어오고 말이야. 사람도 살려 놓고 원체 부자가 돼
놓으니께 처가 덕으로 일평생을 배불리 먹고 살았다는 기여.

7) 독장사 순임금을 살린 신령 ···

1968. 10. 1. 입석리 고기준 씨 댁 안방 / 박윤길(朴允吉), 남 · 65

어디 지끄려[63] 볼까. 나라에서 말이야요. 독장수하던 순임금이 그 등

극64)할 무렵에 국사65)가 났던 기야. 출입을 하느라고 금풍66)을 좀 쐰다고 나갔다가서 한 곳을― 산골을 들어가니께, 수염 허연 영감이 막걸리를 커단67) 단지에 갖다놓구선 사발을 놓고 짠지 부스러기를 조금 놓고 이라고 앉았거던.

순임금이 시장은 하고,

"여보시오, 이 술 파는 기요?"

"예, 팝니다."

"나 한 그릇만 주우."

예전 사발로 한 사발 가득 주고―

"부어라."

먹을라고 하니께, 아 노인이,

"주주객반68)이라니, 주인이 한 잔 먹은 다음에 객이 먹는 것이라."

고, 아 쭉 들이켜. 가만히 생각하니께 괘씸하거든. 술은 내가 먹을라고 '부라.' 그랬는데, 저 사람이 먼저 먹는다고. 아, 그래서 분하지만 하직하고서 한 곳을 또 가니께 분을 보이얗게 바른 여자가 술상을 놓고 앉았는데, 좌판을 안주를 잘해 놓고 순임금 올 때를 바라보고 있단 말야. 또 한 사람이 순임금을 죽여야 자기가 임금 노릇을 앉을려고 그 여자를 앞을 세워놓고 그 승한69) 독주를 만들어 놓고 막걸리는 건져서 놓고 이랬거든.

"주모?"

"예?"

---

64) 등극(登極). 임금의 자리에 오름.

65) 국상(國喪). 국민 전체가 복상(服喪)을 하던 왕실의 초상. 태상왕(太上王), 상왕(上王), 왕, 왕세자, 왕세손 및 그 비(妃)의 상사(喪事)를 이른다.

66) 금풍(金風). '가을바람'을 달리 이르는 말. 오행에 따르면 가을은 금(金)에 해당한다는 데에서 이르는 말이다.

67) 커다란.

68) 주주객반(主酒客飯). 주인은 손님에게 술을 권하고, 손님은 주인에게 밥을 권하며 서로 다정하게 식사를 하는 일.

69) 흉(凶)한.

“술 파는 기야?”

“예, 술 팝니다.”

“나 한 그릇 달라고.”

“예. 앉으시기오.”

앉으니께 좌판 밑에서 독주를 내준단 말이야. 가만 생각하니께 먼저 술 먹던 데서 격식은 알았고, ‘주주객반이라니 주인이 한잔 먹은 후에 객이 먹는 법’이라고, 아, 들이대네.[70] 죽을라고 둑주를 먹어? 안 먹는 기야. 죽어도 안 먹는 기야.

“이거 무슨 소리냐?”

고, 억지로 입에 대서 찌우려[71] 넣어서 조금 입에 들었단 말이야. 독기가 입에 들어갔단 말야. 살 여지가 있어? 죽었단 말야—. 여자가.

가만 생각하니께, 아, 그렇구나! 거기서 그 술 먼저 먹던 데서, ‘주주객반이라니, 주인이 한 잔 먹은 후에 객이 먹는 것이라.’고. 옳지. 이거 알아 둘 말이로구! 그 거기서 배웠단 말야.

잠깐— 아, 그래서 하직하고 나왔는데, 아— 어느 곳을 슬슬 가니께 큰 산 밑에 새카만 오두막집[72]이 있는데 이래구 들여다 보니께 웬 늙은이가 앉아서 짚세기[73]를 삼구 있어. ‘아 세상에! 사람이 세상을 저런 데서 어떻게 살까?’ 하고 들어가 볼 꺼라구. 부르니께,

“들어오시오, 손님.”

“아— 여보, 그 여기서 어떻게 살우? 거 우리는 못 살겠다.”

“아 거 모르는 말씀이요. 내일 모레 등극할 순임금이 여기 좌상을 찾아서 한번 앉아 볼 자리요. 터가 좋습니다.”

---

70) 순임금이 주모의 입에 독주를 들이댄다는 말임.

71) 기울여.

72) 오막살이집. 오두막처럼 작고 초라한 집. ‘오두막’은 사람이 겨우 들어가 살 정도로 작게 지은 막. 또는 작고 초라한 집.

73) 짚신.

“아, 그 순임금이 등극을 하겠소?”

“한 사날 있으면 용상에 올라앉습니다.”

“아, 그러냐?”고. “그 아들도 있소?”

“아무것도 없소, 난—”

“그 우떼기74) 사우?”

“아, 짚세기 삼아 팔아먹고 사오.”

그 모두 일짱 산신령이란 말야. 한 곳을 접어들어 가니께, 아, 뭐 송장을 거적에 싸고 지게에 걸어 놓고는 땅을 판단 말이여. 아, 가 본다고 슬슬 올라가니께, 손님이 올라오신다고. 장례를 모시는데.

“누구요?”

“예. 우리 어머님이요.”

“묘터를 누가 잡아 줬소?”

“잡긴 뭘 잡아요?”

“거기 묘이75) 못 쓸 것 같소”

“아, 거 모르는 말씀이오. 내일 모래 등극할 순임금이 여기 올라와 보실거요.”

“아, 그거 순임금이 등극을 하겠소?”

“한 사날 있으면 용상에 올라앉을 거요.”

아, 그래 하직하고 나왔는데, 그래 이제 한 사날 후에 등극했거든. 순임금이 가만히 생각하니 먼저 이도 보통 사람이 아니고 말짱 산신령이 하여간 순임금을 올라앉게 하려고 죽을까 봐서— 안내하는 분들이라서 그랬거든. 다 했시오.

---

74) 어떻게.
75) 묘를.

8) 며느리의 노 꼬기 기술 ···

1968. 10. 1. 입석리 고기준 씨 댁 안방 / 박윤길, 남 · 65

예전에 딸을 하나 두었는데 웬만하게 자라나니까 아무것도 안 가르치고 똑 노[76] 꼬는 것만 가르쳤어. 아무것도 못해. 밥도 못해 먹게 하고 노닥지[77] 앉아 노 꼬는 공부만 시켰응게. 나이 어지간해서 출가를 가도록 컸단 말야. 이 노를 들고 앉아서 만날 먹고서만 앉았다. 아, 그래 시아버지 되실 분이,

"애 며느리야, 애야. 너는 너희 집에서 무얼 배웠느냐? 배운 기 뭐냐?"

"왜 그라시오?"

"먹고 뭘 하는 걸 못 보았구나."

"아버지 그러지 말고 다음 장에 청울치[78]라는 것을 말짱 사시구려. 한 짐 사가지고 오시오."

그래 그 다음 장날 꽤 많이 샀든 게지. 한날은,[79]

"아버님?"

"왜 그러냐?"

"어디 나가십니까? 난 방에서 노를 꼬는데 한데[80]서 노를 꼬는 대로 잡아당겨 주세요."

그래 문틈으로 노끈을 꼬아서 내밀고는 잡아당기라는 거요, 한데서. 아 노를 방에서 배비작거리니 아 당최 숨 쉴 여가가 있어야지. 자꾸 비비는데ㅡ 수북하게 쌓이는데ㅡ 아, 노끈을 안 잡는단 말야.

"아버지, 왜 안 잡아당기시오?"

"아ㅡ 애야, 잡아당길 새가 없다."

───────────

76) 실, 삼, 종이 따위를 가늘게 비비거나 꼬아 만든 줄.
77) 늘. 항상.
78) 청울치. 칡덩굴의 속껍질. 베를 짤 수도 있고 노를 만드는 재료로도 쓴다.
79) 하루는.
80) 실내가 아닌 바깥.

"잡아당기세요."

아, 자꾸만 꼬니 꼰 걸 쌓을 데가 없어. 그래 문 밖에서 푼나무[81] 쌓듯 쌓아놓고 날마다 일하는데, 청울치가 떨어지면 장에 가서 사오고 하는데-

아, 바다 사람들이 노를 사서 그물을 뜰라고-

"아, 얼마냐?"

고,

"아, 얼마 달라."

고,

"아, 그럭하라."

고. 아 그 저 앞바다에 그물 떠는 노를 다 대더라오. 그래서 잠깐 새에 살림이 일더라오.[82]

9) 호랑이 퇴치한 결의형제 3 ·······················
-이순신 장군

1968. 10. 1. 입석리 고기준 씨 댁 안방 / 박윤길, 남 · 65

*유관 자료로 충북 괴산군 〔청천면 자료 65〕; 동 영동군 〔심천면 자료 33〕; 경북 상주군 〔화북면 자료 6〕을 참조할 수 있다.

예전에 저 금강산 귀경[83]을 갔는데, 날이 저물어서 산골에 집이 한 채 있는데, 자고 가려고 가서 주인을 찾으니께 여인이 나오는데 키가 어떻게 큰지 고개를 발딱 제껴야 얼굴이 보이는데,

"왜 찾냐?"

고.

---

81) 몇 푼어치씩 팔고 사는 땔나무.
82) 일어나더라고 한다.
83) 구경.

　“날이 저물어서 하룻밤을 자고 가려고 찾는다.”

고.

　“들어오라.”

고. 방에다 앉혀놓고서 저녁을 차려서 내는데, 그 말양푼[84]에다 밥을 한 양푼 푸고 술을 큰 말양푼에다 한 양푼하구 갖다 주니께루, 벌써 장산줄[85] 알구선 말이지. 밥은 한 반 양푼 먹고 술도 한 반 양푼 먹고 상을 물린다 말야. 저 웃간에 가서 올라앉으니, 얼마 있다가 바깥에 징 박히는 소리가 척척 나더니 지침[86]하는 소리가 나고 주인이 들어왔어. 주인은 말양푼으로 밥 한 양푼 푼 거 다 먹고 술을 한 양푼 죄다 먹는다 말야. 마누라가 얘기를 하니께 불러 내려가서 인사를 하고,

　“우리가 소싯적에 우리 아버지를 이 산꼭대기에 있는 백호가 물고 갔는데, 그 원수를 갚으려고 우리가 이렇게 나이 많이 먹도록 오늘까지 원수를 못 갚고 있는데, 자구서 내일 아침에 나하고 가서 그 백호하고 나하고 건공[87]에 올라가서 싸우면 그저 지침만 해 달라고. 그러면 그 호랑이를 내가 잡을 테니까.”

　이순신 씨도 장사요. 그러니까 설마 지침이야 한번 못하랴 하고서 말을 하고, 아침 먹고서 거기를 갔단 말야. 산꼭대기를 가서 큰 굴이 있는데, 백호야 하고 부르니께루 아 산더미 같은 허연 범이 쫓아 나오더니,

　“이제 미결한 싸움 또 하자.”

　아, 둘이 붙더니 싸워서 건공에 올라가면서 싸운단 말야. 그걸 보고서 이순신 씨가 까무려졌단 말야. 싸움을 암만해도 지침을 안 하니께루,

　“또 내일 싸우자.”

하고 뚝 떨어져 호랭이는 굴로 들어가고― 아, 가 보니께 까무려쳤어. 간

---

84) 크기가 매우 큰 양푼.
85) 장사인 줄.
86) 기침.
87) 건공(乾空). 반공중. 땅으로부터 그리 높지 아니한 허공.

신히 주무르고 이렇게 해서 정신을 돌이켜서,

"네 소행으로 말하면 내가 오늘 너를 죽일 텐데 살리는 건 내일 와서루 네가 지침 한 마디를 해야지 안 하면 그러면 너를 죽인다."

"그락하겠다."

구.

그래 데리고 내려와서 자구서 그 이튿날 또 갔단 말야. 또 가서루 불러내가지고 건공에 싸워 올라가는데 간신히 지침 한 마디를 쿨룩 했단 말야. 참 지침하니께 호랑이라 돌려다볼 적에 철편으로 냅다 쳐서 호랑이를 때려죽여서 잡았단 말이야. 내려와서,

"원수를 갚아줘서 대단히 고맙다."

고. 그것도 신령이요.

"그런데 나는 은공을 갚을 수가 없으니께 내 마누라를 데리고 가거라. 안 데리고 가면 너를 죽인다."

목숨 살라고,

"데리고 가겠다."

고 허락하고서, 그 이튿날 쌀을 담궈 빻아서 설기[88]를— 떡을 쪄가지고서는 보따리에 넣고 수수 모가지 한 여나문 가지 짤라가지고 지구가지구— 그래서 지구서루는 마누라하고 오다가 배만 좀 고프면 물가에 앉아 물 좀 마시고 그 설기 좀 떼먹으면 종일 가도 배가 안 고파.

갬밭[89]이 고향이니께 갬밭에 떡 왔어. 그래 어떻게 요술을 해가지고설랑 집을 삽시간에 한 채 지어놓고서 살림을 하는데, 자구서 밥만 먹으면 큰 넓은 진펄[90]에를 다니면서 고쟁이[91]로 꼭 찌르고서 종구리씨[92]를 하

---

88) 백설기. 시루떡의 하나.
89) 개밭. 개흙이 많이 섞인 밭.
90) 땅이 질어 질퍽한 벌.
91) 꼬챙이.
92) 조롱박씨.

나 넣고서 수수를 하나 넣고 꼭 박고 며칠을 다니면서 그래던지 그 너른 갬밥을 죄다 다니면서 죄 그렇게 심어 놨는데, 거기서 수수남기나[93) 박이 싹이 나서 수수나무를 감으면서 올라가. 수수가 커서 박이 열어갖구선 한 나무 하나씩은 다 열었는데 그 너른 진펄에 수수밭이 꽉 들어찼는데 일본에서 조선을 먹을려고 나오는데 그 갬밭 뒷 고개를 떡 올라서니께루 그 너른 들판에 아주 군대가 빽빽이 들이쟁였어. 그래 염두[94)가 안나서 일본사람이 대구 회진[95)을 해서 돌아갔단 말야.

　그렇게 한 뒤 하룻밤을 자구서 일어나니께루 책이 한 권 있어서 책을 보니께 거북선 꾸미는 책이야요. 그 책을 가지고 거북선을 꾸며가지고는 그 이순신 씨가 일본 사람 많이 죽였이요. 암 많이 죽였지유.

10) 호랑이 잡은 제주도 군마잡이 ···

1968. 10. 1. 입석리 고기준 씨 댁 안방 / 박윤길, 남 · 65

　하여간 노형들은 모를 끼유. 몇 해 전에 나라에 군마[96)가 있었지. 아이들이 돌아다니며 떠들고 놀면, '아, 저놈들이 군마 세빌랴고[97) 돌아다닌다고 그러잖어? 군마가 어디서 붙들으냐 하면 제주도에서 붙들어요. 제주 한라산 있어. 거기서 일 년 내[98) 말만 붙들어서 그 참 지금 말로 공출하는 거맹이로[99) 나라에 바치고서 먹고 사는 사람이 하나 있어. 사람이 낼리고[100) — 날래려니와 마누라가 썩 뭐한 말로 참 이쁘거든. 그런데 요 몇

---

93) 수수나무와. 수숫대와.
94) 엄두. 감히 무엇을 하려는 마음을 먹음. 또는 그 마음.
95) 회진(回陣). 군대를 돌림.
96) 군마(軍馬). 군대에서 쓰는 말.
97) '쌔비다'는 '남의 물건을 훔치다.'라는 뜻의 비어(卑語)임.
98) 내내. 끊임없이. 줄곧.
99) 것처럼. 것과 같이.
100) 날래고.

해 전에 양인101)들 때문에 나라에서 말을 써? 그 담부터 파이102)가 돼서 먹고 살 도리가 없단 말야. 그 마누라더러,

"여보게?"

"예."

"이거 뭐 나라에서 군마도 안 사고 우리가 말만 붙들어가지고 먹고 살다가서 말을 안 쓰니 우뜩하는가. 저 멀찌감치 가서 살자."

"어디로 가느냐?"

하니까,

"강원도로 가자."

거 남부여대103)하고서 여자 데리고 강원도로 접어들었단 말야. 강원도로 접어들어 하전 어느 산골짝에 들어섰는데 하전 가야104) 컴컴해지는데 새까만 집이 하나 있고 멀찌감치 동네가 하나 있는데, 들어가서,

"아, 길을 가다가 저물어서― 좀 자고 갑시다."

주인이 내다 보니께, 마누라는 참― 아주 애들 문자로 하이칼라야.

"아, 들어오시오. 주무시고 가시오. 우리가 두 내외요."

"아, 그러십니까?"

그 아랫방인지 웃방인지 방으로 들어가서 자게 되는데,

"주인 내외가 이렇게 나오셔서 생계가 무엇입니까?"

"내가 살기는 제주도 한라산 밑에 사는데 이제 군마를 붙들어서 나라에 바치고 살다가 지금 군마가 어디 쓰여요?"

"아, 그렇지라우."

"그래서 요 강원도 지방을 들어왔죠."

---

101) 양인(洋人). 서양사람.
102) 안 좋음. 그름. 틀림.
103) 남부여대(男負女戴). 남자는 지고 여자는 인다는 뜻으로, 가난한 사람들이 살 곳을 찾아 이리저리 떠돌아다님을 비유적으로 이르는 말.
104) 가서.

아, 가만히 생각하니께 속에 도둑놈 마음이 들어왔단 말이야. 제가 마누라를 차지할까 하고서 — 망할 자식이지.

"아, 여기는 군마가 많습니다. 여기 군마는 어떠우?"105)

"아 거기 군마는 어때요?"

"말이 발이 통발106)이지. 쇠발 같지도 않고 말발 같다."

구.

"아, 그러냐?"구. "여기는 말발이라고 큰 개발 같습니다."

아, 호랑이한테 죽일려고 호랑이한테 보내는 기여.

"한 마리 붙들어 볼까요. 크죠?"

"붙들어 보세요. 서울 가져 가면 비싸게 팝니다."

"아, 그러냐?"

고.

"어디 가면 있소?"

"저기 저 산꼭대기 올라가면 말이 놀고 물 먹는 이런 진터107)가 있소. '대포108)야' 하고 큰 소리를 지르면 제일 큰 놈이 나옵니다."

"그러냐?"

고.

"시키는 대로 해줄라요?"

"아, 그렇게 하죠, 뭐. 뭐요?"

"참쌀 세 되만 볶아 빻고 꿀 한 식기만 하고 주갔소?"

"주죠."

"무슨 정자 하나 지을 께니께 그런 감도 있소?"

"다 있다."

---

105) 제주도 군마잡이의 말임.
106) 손가락이나 발가락 사이의 살가죽이 달라붙은 손발.
107) 질펀한 곳.
108) '대호(大虎)'를 이르는 것임.

고.

　"아, 해 달라."

고.

　아, 죄 해준다 말요. 찹쌀을 볶아 빻고 꿀에다 개가지고 꼭 약국의 환약맹이로 소아발맹이로[109) 굵직굵직하게 만들어서 저자다에다 소주한 걸 잔뜩 넣고서 그 여문 박달나무를 요만큼 끊어서 육자방맹이[110) 둘을 맨들고―

　"여보, 주인? 승마 지작고리 있소? 날 그 두 관만 변통해 주."

　갖다 주니께, 방맹이를 구덩[111)을 뚫고서 *끄나끼*[112)를 찔러가지고 손목에다 떡 매고 요렇게 들어갈 만하게― 갔단 말야. 저작저작[113) 올라갔지. 올라가서 넘어다보니께 널찍한데, '대포야!' 하고 소리를 지르니께, 아 대가리가 물레 덩어리만한 놈이 아, '어홍!' 하고 나온단 말야.

　"너 나 못 알아보느냐?"

하니께, 아 뻔히 쳐다보거든? 아, 어느 결에 번개같이 올라앉았어. 등어리 사람이 올라앉으니께 물라고 이리 대가리짓[114)을 하고 저리 대가리짓을 하고 이라면 이짝 방망이로 주둥이를 댑따[115) 때리고 이짝을 물으라면 이짝을 댑따 때리고― 아, 그러니 정신을 못 차리지. 아 들고뛴단[116) 말야. 뛰는데 그저 덤불 속이나 바위 꼭대기나 번개같이 뛴단 말야. 이 이놈의 것 등어리 타고 있다가 배가 고프면 전대[117)를 뚫고서 한짝 손으로

---

109) 소합(蘇合) 알 모양으로. 소합환(蘇合丸)의 알갱이처럼. '소합환'은 '사향(麝香), 주사(朱沙) 따위를 갈아서 빚어 만든 환약'임.
110) 육모방망이. 역졸·포졸들이 쓰던 여섯 모가 진 방망이.
111) 구멍.
112) 끈.
113) 자작자작. 지축지축. 힘없이 찬찬히 걷는 모양.
114) 머리를 흔드는 모양.
115) 냅다. 몹시 빠르고 세찬 모양.
116) '들고뛰다'는 '달아나다'를 속되게 이르는 말.
117) 전대(纏帶). 돈이나 물건을 넣어 허리에 매거나 어깨에 두르기 편하도록 만든 자루.

가만히 집어 먹고 집어 먹고 이라고 있는데, 밤낮 뛰는데 아 보름을 뛰었 단 말야. 밤이고 낮이고 보름을 뛰었는데, '아, 제주도 한라산에선 말을 올라앉으면 고작 가야 열흘 안쪽으로 붙들어가지고 내려오는데 여기 말 은 이상하구나!' 아, 스무 날 뛰었단 말야. 스무 날 만에 이놈이 그 바위 꼭대기를 그저 남구 속으로 들락거리더니 개바닥[118]에 뛰어 내려가더니 서 가지고 떡 엎어지더란 말야.

"인젠 너 기운이 다 빠졌구나!"

일어나서 꽁무니에 찼던 승마 지작고리를 가지고 굴레를 짰단[119] 말이 요. 말맹이루 굴레를 짜가지고 지작고리를 골뱅이[120]를 해가지고 몰고 내 려오는 기요. 저작저작 몰고 내려오다가 집에 당도했단 말야. 아, 그거 산 에 가서 이십일 있는 동안에 이 사람들이 ― 둘이 어울렸단 말야. 아, 들 어가는 줄도 모르고 주인 녀석이 쳐먹으면 그판이요. 여자하고.

아, 그 기침을 하니께 문틈으로 내다보니께, 아 그 주인이 꼭 죽은 줄 알았는데, 아 범을 몰고 온단 말이야.

"어허! 주인 온다."

말야.

"아니, 그러냐?"

고. 그래 마누라가 벌떡 일어나서 문 열고 일어나서 보니께, 아― 범을 떡 끌고 온단 말야. 도끼를 찾더니 마당에다 말뚝을 박고는 거기다 매 놓 고 들어온단 말이야. 아, 들어와 보니께 제 계집을 데리고 산다 말야. 아 그 여편내를 조졌어.

"에이, 나쁜 년! 너 행동이 그 무슨 짓이냐?"

고.

"이제 생각하니께 너 여기 말은 발이 개발 같다고 그랬지? 가져왔다.

______

118) 평지 바닥.
119) 씌웠단.
120) 고삐.

이 죽일 놈! 날 죽이면 네 계집이 되려고 네가 작정한 것 아니냐?”

아, 죄진 놈을 막 패네. 호랑이 두들기는 방맹이로 막— 아, 늘씬하게 팼단 말야. 아, 그래—

“용서해 달라.”구. “살려 달라.”구.

“아, 이놈아! 살려주는 게 뭐야? 멀쩡한 도둑놈아.”

아 매에 못 이겨,

“여보, 사람 살려주!”

“살려주고말고. 임마, 너 죽이고서 어디로 잘 갈니께[121] 죽일 수밖에 없어.”

“여보, 가는 데 내 마음대로 대줄 테니까 살려 주쇼.”

아, 처음에는 오백 만 냥 말했다, 아— 몇 천 냥이 떡 됐단 말야.

“당장 해 다구!”

“산 덩어리, 논마지기, 집, 살림살이, 소, 밭 죄 팔아서 이놈을 해주오.”

지구 다니던 궤짝이 있는데, 돈을 거기다 싣고,

“너 잘 있거라. 나는 간다.”

가서 서울로 갔단 말이야요. 모르지만 동물원 호랑이가 지금도 있는지 모르지만— 그 사람이 판 거란 말이오.

11) 좌상[122] 차지한 두꺼비 ···

1968. 10. 1. 입석리 고기준 씨 댁 안방 / 박윤길, 남 · 65

예전엔 짐승들이 뭔 짐승들이든지 다 말을 했거든요. 각 짐승이 시방

---

121) 갈 것이니까.
122) 좌상(座上). 상좌(上座). 여러 사람이 모인 자리에서 가장 나이가 많거나 으뜸가는 사람.

국회의원맹이로 짐승들이 하루는 어른을 내세우는 회의를 하게 됐단 말야. 너구리, 오소리, 토깽이, 다람쥐 죄 모였지. 모여가지고 회의를 하는데, 나이 제일 많은 것을 어른을 하자고 한단 말야. 제각기 지지하게[123] 지껄이는 것이 가관이란 말이야.

두꺼비가 참석을 했는데 한 옆에 가만히 앉았으니께, 아 너구리고 오소리고 지껄이는 것이 가관이란 말이야.

"여러분들이 끝났냐?"

두꺼비보구 너구리가,

"아 끝났습니다."

"가만히 앉았으니께 기가 막혀 그라네. 저 건너 금산 아래 느티나무 몇 아름짜리가 있어. 내 둥근 느티나무를 보니께 생각이 나네."

"우째요?"

"저 느티남구 하늘에 별 해 박을 적에 방맹이 깎아 올리라구 해서 저거보다 더 큰 걸 비어서 내가 방맹이를 깎아 올렸는데 그 움이 나서 저렇게 컸네그려. 가만히 보니 그 생각이 나네."

호랑이구 노루구 모인 짐승들이,

"여러 말할 것 없소. 저 두꺼비를 좌상으로 합시다."

즉 국회의원이지. 아 그 두꺼비가 좌상을 다 얻더라우.

12) 길러준 부모를 모른 척한 패륜아 ·······························

1968. 10. 1. 입석리 고기준 씨 댁 안방 / 박윤길, 남 · 65

일전에 한 박생원이 하나 있었는데 두 분이 자식이 없어요. 자식이 없는데 한 날은 웬 빌어먹는 아이가 하나— 조그마한 아이가 하나 들어온단 말야. 박생원은 살림이 살기도 좋고 하니께 아들이 없으니 불쌍해서,

---

123) '지지하다'는 수다스럽게 자꾸 지껄이어 어지럽다.

"네 성이 뭐냐?"

"박가 올씨다."

"어디 박가냐?"

"밀양박가 올씨다."

"내가 너를 길러서 공부시켜 줄 테니 너 아들로 살려느냐?"

"아, 하지요."

그 아이가 나이로 말하면 한 칠팔 세밖에 안 되었지. 공부를 시키는데 아주 이놈이 재주가 있더라 이거야. 이래서 공부를 잘 시키는데 그래 자라서 이십 가까이 되었는데 한 적에는 나라에서 과거 시험을 뵌다 그랬다 말이야. 그래 과거를 보러갔다.

"가거라. 네게 편지를 한 장 써 줄 테니 이것은 예전 대원대감[124]한테 갖다 드리면 자연 될 테니 대원대감한테 갖다 드려라."

대원대감이 나라 아버지요. 이 사람이 과거를 보러 갔단 말이야. 대원대감을 뵙고 승지[125] 벼슬을 얻었다 이거야. 박생원이 편지라도 해라 했는데— 아— 이놈의 자식이 편지 일 장이 없단 말이야. 그때 이씨 왕일 테죠? 그래 대원대감이,

"너 성이 뭐냐?"

"네, 이가 올씨다."

아, 성을 갈았다 이거야. 승지 벼슬은 훌륭히 되지 않았습니까? 아, 박생원이 아들 오길 기다려도 어디 와요? 그 아들이 안 오거든. 그래 얼마 후에 세전[126]이 나왔어요. 예전에는 세전이 백 냥이면 지금 백만 원 될걸요. 가만 생각하니, 논 몇 마지기 해야 단 십 원이 안 되요.

---

124) 대원대감(大院大監). 대원군(大院君). 홍선대원군(興宣大院君). 고종의 아버지로, 이름은 이하응(李昰應, 1820~1898).

125) 승지(承旨). 승정원에 속하여 왕명의 출납을 맡아보던 정삼품의 당상관.

126) 세전(稅錢). 세금. 국가 또는 지방 공공 단체가 필요한 경비로 사용하기 위하여 국민이나 주민으로부터 강제로 거두어들이는 금전.

“아— 안 되겠네. 내가 한 번 서울로 가보리라.”

그래 차도 없고 아무 것도 없고 늘 걸었지요. 여기서 이르면 삼백 서른 리죠. 아, 며칠을 가서 서울엘 갔지요. 그 대원대감하고 박생원하고도 친하거든요. 박생원이 들어가서 인사를 하니,

“박생원이 어찌 왔소?”

“달리 온 게 아닙니다. 제가 뭐 있겠습니까? 아무 것도 없습니다. 세금이 백 냥이 나왔으니 어떻게 하겠습니까?”

“아, 나는 세금을 내린 일이 없다. 그래 그것 때문에 왔느냐?”

“아니 올시다. 제 자식이 여기 과거 시험을 보러 왔는데 도무지 편지도 없고 오도 안 해서 일 년이 넘어가도 안 와서 여기를 찾아보러 왔습니다.”

“아들 성이 뭐요?”

“박가요.”

“그 이상하다. 엊그제께— 한 일 년 전에 시험을 뵀였더니 ‘이’가라는 사람을 승지를 주었는데, 그 이상하다.”

아 그래서,

“나가서 있으라.”

고.

“예.”

막 나오자 박생원 아들이 입시했지요. 아 자식을 보니께 아 그러니 좀 반가워요.

“아무거시 아니냐?”

“아, 저 냥반 미쳤오? 어쩐 늙은이가 날더러 하대127)를 해요?”

“허! 아무거시 아니냐?”

“미쳤오?”

---

127) 하대(下待). 상대편에게 낮은 말을 씀.

획 나가거든? 아, 기가 막히지. 하는 수 없이 대원대감한테 들어갔습니다— 박생원이.

"사맥128)이 이만저만해서 제 자식이 저기 지나가기에 하 반가운 인사를 내가 하니께루 날 보구 미쳤다구 합니다. 이 이런 원통한 일이 있습니까?"

"하! 그럴 수 있나?"

나인129)을 불러서,

"너 저기 가서 이승지 좀 불러오너라."

그 박생원하고 대감하고 세 분이 앉았어요.

"그래, 네가 이가냐?"

대감이 물었거든요. 박생원이 여기 앉았으니 도리가 있나요. 그래,

"너 대역무도130)도 분수가 있지 이럴 수가 있냐?"

나인131)을 불러서,

"이놈 잡아서 사약을 받아라."

그래 가뒀더랍니다. 박생원은 집으로 보내고, 사형선고를 받아서 죽이더래요.

---

128) 사맥(事脈). 일의 내력과 갈피.
129) 궁궐 안에서 왕과 왕비를 가까이 모시는 내명부를 통틀어 이르던 말.
130) 대역무도(大逆無道). 임금이나 나라에 큰 죄를 지어 도리에 크게 어긋나 있음. 또는 그런 짓.
131) 나인[內人]. 궁궐 안에서 왕과 왕비를 가까이 모시는 내명부를 통틀어 이르던 말.

경상남도 편

I. 남해군(南海郡)

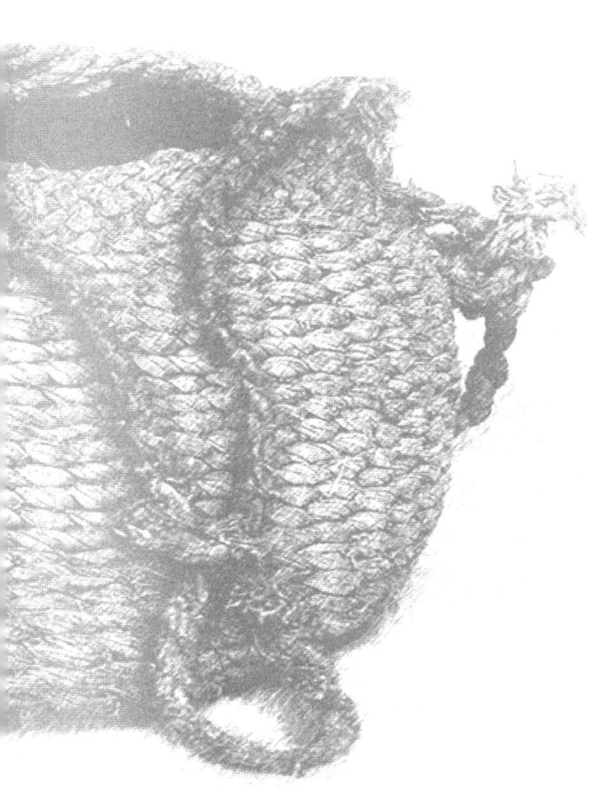

1. 고현면(古縣面)

1) 망두석 재판 ···

1971. 9. 24. 도마리(都馬里) / 정두경, 남 · 76

그 예전에― (장내가 소란해지자, 제보자 : 가만― 조용허입시다) 예전
에 뭐 알 수 있나? 어디 가서 어는 뭐 비단이라 그믄 그때는 원래 아매
자주 같은 게 제일 비단입디다. 이런디― 아이, 그래서 아 이걸 그냥 다
멧 필 사서 아 젊어지고 꾸벅꾸벅 오니께 아이 어는[1] 동리서 어쨌는고
하니 아 그만 그 눈 와서 죄랄까 뭐 어는 좀 거― 거― 거그 가서 좀 가
만이 놓고 아 좀 앉았으니께 그만 잼[2]이 오네. 그만 쪼끔 오래 됐다. 그
래 뭐 누[3] 자는 동시에 아이 우째 되고 하니 아 쪼끔 아 누워 있다 일어
나 보니 그만 비단짐이 음써졌어. 음써졌는디― 아 이걸 어디 누가 옆에
숨켜 났는가 싶어서 아 그만 여기저기 뒤집으니께 어느 양반이 하기를,
　“아이, 당신은 뭘 이력― 이르코 (하냐?)” (청중 중 한 분이 자리에서
인사하고 나가는 바람에 장내가 소란스러워짐) 아, 이렇게― 아, 이렇게

---

1) 어느.
2) 잠.
3) 누워.

— 이 뭐고? 가만히 — (제보자 : 소란한 청중에게— 아이— 그만해 거. 왜 이래 싸노?) 그래 그걸 얘기해. 아, 그래서—

"아, 여보시오. 그러지 마야. 우리 고을에—" (제보자 : 뭐 거 전에는 원님이락 카고 요새는 군수락 헌다) 있는디— 아 그 사람이 말하기로 우째는고 하니,

"그 우리 고을에 그 군수가 약간 참 잘하는 그런 양반인데 아, 그만 게 갖다 (제보자 : 지금은 고소라 카지만 그땐 소지4)라 했다이) (조사자 : 비단이 없어졌으니까 원님한테 찾아간 거군요?) 예. 아 그래 찾아가서,

"아이, 내가 이렇게 이렇게 해서 거기 좀— 뭐고? (제보자 : 요새 같음 대서쟁이) 에— 요 사람한테 가서 죄 써 가지구 정해 노니께, 아 그 군수가 해기를 뭐라 허는고 하니,

"아, 그래? 그 눠든5) 자리에 뭐이 아뭇것두 없드냐?"
물었어. 물어보니께,

"아, 일나 보니께 아뭇것두 없습디다."
"그래? 그렇다구 아뭇것두 없어? 소털뿔6)두 없어?"
"아, 그 옆에 망조석7)이 섰대요."
그래.
"아, 그래?"
망주석을 그 저 뭐고— 원님이,
"잡아 와라."
해서, 그 소졸8)이 전부 나서 망주석을 잡아왔에요. 잡아왔는데 아, 그 망주석이 약간 무거운 게 여럿이서 영차영차 허믄서— 하구 아 메구 왔네.

---

4) 소지(所志). 예전에, 청원이 있을 때에 관아에 내던 서면.
5) 누었던.
6) 소털.
7) 망주석(望柱石). 망두석(望頭石). 무덤 앞의 양쪽에 세우는 한 쌍의 돌기둥.
8) 소졸(小卒). 하찮은 졸병.

아, 왔는데,

"네가 망주석이냐?"

군수가 그리 영을 내렸닥 해.

"그렇죠. 내- 내가 망주석입니다."

"그러믄 네-"9)

아! 짐을 져다 놓고,

"아- 이- 이 사람- 저 눠 잔 사람 (비단)- 이 누가 가주갔는지 네가 모르느냐?"

그래니께 아, 뭐 망주석이 뭐라구 허겠습니까? (조사자 : 그렇죠) 답이 없지요. 답이 없으니께,

"아- 이늠을 둘러엎어 보라."

예전 시절에는- 둘러엎어 노면 매를 되게 때린 기라. 그놈을-

"태장10)을 들여라."

해가주구 들여 엎으려 놓구선 막 무조건 때린 거야. 망주석이 아픈 줄 아나? 뭣도 모르고 아-이 옆에 구경허는 사람들이- 저 망주석 떠미고 온 사람들이,

"아, 구경허러 간다."

고. 아, 따라 들어가서 그- 그 이웃- 그 근처에서 아, 이거 말도 모르는 망주석을 이렇게 때리니께 하도 우스워서, '허이- 차!' 하고 웃었다. 웃어 노니께 그래서,

"그 망주석 고만 때리고 내놓고, 그 밖에 '허이, 차!' 해구 웃은 그 사람들 다 오락 해라. 잡아딜이라."

그래 이 점을 말핸 거여.

"잡아딜이라."

---

9) 망주석과의 문답은 제보자가 잘못 구연한 것이어서 바로 정정하였음.

10) 태장(笞杖). 볼기를 치는 데 쓰던 형구.

　　그래 노니께, 아이 그래 저 밖에 있던 사람을 다 잡아들여 노니께 아이 약간― 아이 여러 명이라.

　　"네 이눔덜. 내가 느그를 꼭 처벌을 헐 껀디 네 나가거라. 이 사람 비단을 약간 지구 오다가 잃어뿌렸이니 너그 가서 하내11) 비단 세 필쓱만― 비단 세 필쓱만 가져 오니라."

이랬어. 아이 그만 ―

　　"글12) 않으면 너는 마 큰 죄을 당한다."

　　이렇게 노니께, 아― 이 사람들 겁이 나거던. 아이, 그래 나가서 아무리 뒤봐두13)― 요새는 점방14)에 가믄 꽉 찼지. 그때는 꼭꼭 지구 댕겨야 되야. 아 그리 나가서 아무리 뒤보나마나 비단을 세 필을 살 수가 있나? 아이 그리― 아이 막 사방에 어디 헤매구 댕기니께 아이 우떤 그 같은 동무들이 아이 뭐라고 그러는고? 아이 뭐이 모도 (지구 와).

　　"너 그 이 뭐꼬?"

　　"비단 세 필 사갖구 온다."

　　"어디서 샀느냐?"

　　"아, 이 서문 밖에 김서방 집에 간께 거기 있드라."

이러거던. 아, 그래서 아, 이 사람들이 그만 돈 다 그만큼 있겄다. 다 가서 그만 하내 세 필쓱 사가 와가지구 바쳤다. 그 원님에게 그걸 줬어. 그만 나갔다.15) 나갔는디 아이 그 저 비단 잃어삐린 사람한티 불러가 물어 본 거야.

　　"그래 이제 됐느냐?"

　　"비단이 세 필이 모재랩니다.― 세 필이 모재랍니다."

---

11) 한 사람이.
12) 그렇게
13) 뒤져 봐도.
14) 점방(店房). 가게. 가게로 쓰는 방.
15) 비단을 사다 바친 사람을 말함.

이거야.

"그래야?"

고. 아, 그래 그늠- 그 비단 가온[16] 사람 불러서,

"너 이 비단을 어디서 샀느냐?"

이거야.

"그 저 서문 밖에 김서방 집에서 사가 왔습니다."

이러니께, 아 그 김뭐시[17]를 그만 영장을 내놨어. 저눔 호출을 가. 아, 이래-아, 그 사람이 어째냐믄 아 그 뭐- 뭐 급히 그 잡아오락 해 노니께 그만 잽혀갔다. 아, 그거 뭐꼬? 뭐락 그런고 허니,

"야, 이늠, 네가 김뭐시냐?"

"그렀습니다."

"너 이눔, 비단 다 팔고 비단 세 필 남었지?"

그래 뭐랠 꺼야. 할 수 읎서,

"세 필 남었습니다."

이거야. 그래 어트케 계산을 해보니까 아홉 사람이- 아홉 사람이 하내 비단 세 필쓱 가오믄 삼구는 이십칠-

"그래 그 세 필 남은 거 어떡했는고?"

그래가지고 그 남은 세 필마저 찾았답니다. 그 사람이[18] 비단 서른 필 다 지[19] 보내고, 헌 망주석은 그 저 도독질헌 그 사람이 갖다 다 세와 줬답니다. (모두 웃음) 아, 이런 얘기를 해야 돼? (조사자 : 네, 저희가 듣고자 하는 얘기가 바로 이런 얘깁니다)

---

16) 가져온.
17) 김아무개. 김모(金某).
18) 사람에게.
19) 지워. 지게 하여.

2) 형제간을 화목하게 한 맏동서의 꾀 2 ·······························

1971. 9. 24. 도마리 / 정두경, 남 · 76

*이본인 충북 괴산군 〔청천군 설화 35〕를 참조할 수 있다.

내 잠깐 얘기하련다, 그 사람이 아, 가만히 사다가 보니께 그거 뭐 동기간에 - 그 삼행제 가운데 하나는 걸뱅이[20]고 하나는 그만 오음스럽게[21] 살고 - 큰집은 - 큰집이라고 그만 오음스럽게 이리 해나가는데 뜻밖에 즈그 큰아이 아, 저 뭐꼬? 생일 - 난 날 그날이라 해서 그 가운데 동생이 아이 뭐 술이고 뭐 떡이고 아, 이 반찬을 가져와서 많이 드렸네. 아, 이 뭐 잘 먹었다. 먹고,

"끝에 동생 오락 해라."

그래 왔네. 와갖고 - 그래서,

"아, 이 사람아. 술 한 잔 먹게."

아, 동생이 술을 한 잔 벌쩍[22] 마셨다. 마셔 놓고,

"아, 형님? 이거 웬 술이오?"

"아, 이 사람아, 그게 다른 술 아니라 그 내가 오늘 모도 생일이라고 해서 아이 가운뎃집 동생이 술을 한 잔 가져와서 그거 묵어 보니까 얼마나 맛있는가? 그래 동생 오락 했네."

그래 또 한 잔, 한 잔 석 잔 - 아, 이걸 먹고 나니께 그만 맴이 막 울렁해진단 말이지잉?

"아이, 헹님 그럴 수가 있습니까?"

"아이, 그렇다면 나도 술 한 잔 - 내도 술 한 잔 - 그만 놔둬라. 동생. 그만 놔둬라."

---

20) 거랭이. 거지.
21) 호화(豪華)스럽게. 부유(富裕)하게.
22) 벌컥.

아, 그리 그만 그날 그대로 지냈씸니다. 지냈는데, 아 이 가갖구 마누라 한테 그런 자랑을 했단 말이지. 아 이 갔다 오드니,

"아이, 여보? 그 중간에 있는 헹님이 아 이 술과 떡을 해가주 와서 아 이 뭔 술을 해 베풀어줬는디 우리가 이래가 되었나?"

그래서 그만 마음이야 참— 사실 맘대로 헐 수가 없걸랑. 헐 수 없으니께 아 이리— 아 그래 인자 그만 그냥저냥 이래 넘어간다. 넘어가댔는데 한번은 아 그 걸뱅이가 고만 어디 가서 윷이나 놀고잉. 아, 친구 간에 술만 묵고 고만 좋다고 이리 허는 걸뱅인디, 어쩌다가 즈그 집에 아, 그날 얼른 안 나갔든가 아이, 우쨌는고 아 이 즈그 제일 큰동서가,

"아재, 이리 오시오. 이리 오시오.— 이리 오시오. 이리 오시오."

그래 해쌌닝께— 아, 그래서— 그래 아, 그만 불구염체[23]허고 가 봤단 말이지. 가 보니 그 집에는 아매[24] 에— 좀 지내기가 넉넉했던 모냥이제잉? (조사자 : 네) 아, 뭐 술— 저—저 청주— 청주 아는가? (조사자 : 네, 청주) 청주 그걸 솥 안에 여[25] 났던 걸,

"아재, 이거 잡수시오."

"뭐 헐라꼬요? 그만 형님 뒀다 주이소."

"아, 그리 말고 잡수라."고, "잡숫구 가세요."

그래니깐 들어가봐 그 아 이거 뭐 아 술 먹든 사람이 되노니께 얼마나 반가버든고 아이 뭐 이노무 술잔으로 술술 다 넘어갔다. 먹어논게[26] 그만 술끼가 생겨.

"아이, 그 참 고맙습니다. 아이, 헹님 줄 낀데 그 나한테다 오락 했냐?"

이럭해 노니까,

"그런 게 아니라— 아재, 들어보시오."

---

23) 불구염치(不拘廉恥). 염치 불구.
24) 아마.
25) 넣어.
26) 먹어 놓으니까. 먹으니까.

"그게 뭐고?"

"다른 게 아니라 내일 모레 메칠 날 그 뭐고? 그 자기 그 장인 생일이 돌아오는데 아이, 그 가운뎃집에는 그만 해마당 뭐 술과 떡을 가져와서 이리 한번쓱 가지구 이리 허는데 아이, 아지배27)는 마 건달루 들어서 이렇게 허기 때매 이렇게 대접으로— 아이, 가서— 와서 술 한 잔 먹어 봤던 그 좀 안주가 없지— 안 있습니까?"

(제보자가 조사자에게) 그— 그렇겠지? (조사자 : 예) 돈 십 원— 돈 십 원 내주면서 뭐락 하냐 허믄,

"아재, 요것 가가서28) 그 뭐고 살29)도 좀 팔고30) 뭔가 술도 좀 사고 괴기두 좀 사고 이러믄 그 저 작은집보담— 가운뎃집보담 좀 더 낫게 안 되겠나?"

이렇키 예약을 했어. 그 이게 볼 직이는31) 멋32)도 모르고,

"그거 쓸데없소. 내 마음만 묵으면 괜찮다."

아, 이래 떨치는 걸 기어이 보냈다. 뷕에서33) 여어서 고만 보내 노니께 아이, 그리 그걸 받아 마누래헌테,

"아, 이 사람아. 아이, 오늘 성수34)가 오래서 이렇게 저렇게 해서 가니까 좋은 술을 이리 줘서 마셔 노니께 참 맴이 좋데."

(조사자 : 술 한 잔 드시고 목 좀 축이고 하십쇼) (잠시 중단) 아, 그래서 마누래 마음에, '야, 그렇다.'고. '우리 동서라도 큰형님이 돼 노니께 마음이 안 넜었든가?' 아, 이래서 아, 그 돈 십 원 가지고 아, 고기 사고

---

27) 아주버니.
28) 가지고 가서.
29) 쌀.
30) 사고.
31) 적에는.
32) 뭣. 무엇.
33) 부엌.
34) 형수(兄嫂).

쌀 폴고35) 술 뭐 사고 이래 놔두 흡족해요.

　“아, 그만 그만 하세요.”

하니 그 저 뭐고? 아, 큰시숙36) 앞에 - 이 뭐고? 모니까지 가도록 그렇게 가져 노니께 우째 된고 하니, 아이 - 아, 큰시숙이 누웠다가 일어나믄서,

　“아이, 와37) 이 저 뭐 가운뎃집에서 아 이리 막 설동38)을 해싼가?”39)

　이러구 보로시40) 인저 - 아, 그 마누래가 뭐라코 허는고 하니,

　“하이, 이 - 이 일어나서 이거 차41) 보소. 우리 저 뭐 끝에 새집에서 아, 이렇키 음식을 이리 해가갖고 아이, 술도 좋게 이리 해가 왔다.”

고 이래싸. 아, 이래 아, 그 일어났다 말야.

　“아이, 흡순하게42) 해 왔습니다잉?”

　“야, 그게 아무 - 아들43) 데불고 참 절체44)읍시 사는 것이 - (제보자 : 이 얘기 잘아서45) 들리세요?) (조사자 : 아이, 괜찮습니다) 절체 없는 것들이 이게 무슨 모양인고?”

　아, 이러믄서 막 그 술을 - (청취 불능)

　“아, 그럼 한 잔 마셔 보세요. 을마나 맛이 이 좋습니까?”

　아, 이 아무리 썩는 사람이라도 술 한 잔 마셔 노믄 씨익 풀어집니다. (제보자 : 그렇지요?) (조사자 : 허허허. 네) 고마 그 저 뭐고? 마누라를 때려도 고만 약간 뭐고? 술만 한 잔 잘 대접을 허믄 괜찮아지는 기요. 그와 일치로서46) 아 이 - (청중 : 그런 소릴 -) (조사자 : 괜찮습니다) 잘 모르

---

35) 팔고.
36) 큰시숙(媤叔). ‘시숙’은 남편의 형제를 이르는 말.
37) 왜.
38) 선동(煽動). 남을 부추겨 어떤 일이나 행동에 나서도록 함.
39) 했는가.
40) 간신히.
41) 좀.
42) 흡족하게. 흠씬.
43) 아이들.
44) 정처(定處).
45) (소리가) 작아서.

는 기라도 잉? 아, 그래서,

“아, 이 영감—”

그 저 큰집 마누래가,

“그— 영감 그 술 한 잔 자셔 노니께 좋지요?”

“아, 좋네.”

“한 잔 더 자스까47)?”

“아이 고만—. 먹을 만큼 먹었는데 뭐할라꼬?”

아이, 그러니께 그 마누래가 아 또 좋은 청주를 한 잔 더 디려 노면서 그 총재가 고만 시48)를 줘 뿌렸어. 시를 줘. 누49) 자는 그런 행편인데— 아이 가만히 가서 그 여자가 이 누 자는데 살피 봐야50) 아이 그만 놔 두구— 이러는 중에 아 그만 자기 성수가 그 저 뭐고? 궤문을 끼려51) 가지구 논문서를 내 놨어. 논문서를 내가52)— 그 저 남에 말해선 모까?53) 아저씨라고 허까54) 여그 말로는 도련님이라고 허까— 아 이제 그리 되는 도령인데,

“아이, 이건 어디 논문섭니까?— 이거는 어디 논문섭니까?”55)

이리 차근차근 물어가면서 하니까루, 어디 한 군데 논 닷 마지기 논문서가 있어.

“이거 도련님 가져가소.”

“어이구! 그거 뭔 짓이요? 아이, 성수가 아무리 맴이 넉넉하닥 해도 아

---

46) 같게.
47) 잡수실까?
48) 쇠. 열쇠.
49) 누워.
50) 보고.
51) 끌러. 열어.
52) 내가지고.
53) 무엇일까?
54) 아저씨라고 할까.
55) 형수가 막내 시동생에게 묻는 말임.

이, 헹님 명 없이 이거 가져가도 됩니까?”

　이러니,

　“아이, 괜찮씸니더. 그만 가져 가이소.”

　아이, 하도 그래싸 고만 그— 그 사람이 논 닷 마지기 문서를 가주 나

강게,

　“아주배56)— 여 도련님, 함부로 이 뒤에 가서 거충57) 대충 말고 이걸

가지고— 고만 이걸 가지고 어디 가서 잘 살두룩 헙시다.”

　이러니—

　“아이, 참 감사합니다.”

　아이, 그 아지매58) 얼마나 감사합니까? 고만 이리 일어나서 갔는데—

아이, 즈 남편 저 아 술이 한참 듬뿍 취해가지구 아이, 일어나서— 아이,

얼매나 그 목이 맥혔든가— 그래서,

　“아이, 저 할멈 있는가?”

　“예, 예 있습니다.”

　“그런가? 그 내가 저 물을 한 그릇 먹어야 되겠네.”

　이래니까,

　“아이, 물 묵는 것보담 아이, 예59) 좋은 술이 있는데 아 술을 한 잔 더

자시지요?”

이러니까— 아이, 이렇게 하니께,

　“술이건 물이건 고만 내가 갈증이 되게60) 나니께 그만 얼른 주시오.”

　아, 그래 그 갖다 줬다. 줘 논게 아이, 이거 먹어 논게 아, 그만 또 새

로 취허네. 아 일어나니께— 아, 일어나 노니께 아, 우쩐— (도중에 전화

---

56) 아주버니.
57) 일 따위를 내용이 없이 겉만 번지르르하게 대강대강.
58) 아주머니.
59) 여기.
60) 아주 몹시.

가 걸려오는 바람에 한동안 중단) (조사자 : 그만− 나는 그만 이 이야글 − 아이, 나 끝이 나도록 합니다잉?) 그래서 인자 아, 일어나 놓고− 아, 이눔으− 아 이 깔고 누웠던 요를 이리 필쳐 노니께 아, 이눔으 문서가 막 깊숙이 아, 요 밑에 있네.

"아이, 이게 뭐인고?"

"와 그렇게 하시오?"

그 자기 남자를 보고,

"아니 아까 얼매나 술을− 좋은 술이라고 자시더마는 아이− 아이, 술김에 '그 궤문째 이리 가 오니라.' 이래싸니 아이, 내 아무 짬도 모르고 아, 이렇키 갖다 노니께 아 뭐 차곡차곡 그러더니 아, 논 닷마지기 문서를 아, 그 저 뭐고 아무 데 그 도련님을 주데요. '야, 함부로 이걸 어디 가서 말하지 말고− 이걸 가지고 잘 살도록 해라.' 아이, 그렇게 허데요."

이러니까, 아이− 이 영감은 아, 술낌에 그건 몰랐다.

"아, 그래?"

고만 할 수 없어,

"그랬는가? 아, 그래? 그런 일이 있어? 아 내가 그런 마음을 먹었더니 말야. 아이, 자네가 그런 일이−"

"아이, 내가 뭔 일을 냈소? 아이, 영갬이 가져오라구 해 놓고− 하여튼 뭐 내는 그 주라구 허니께 참 반갑데요."

고만 끝이요.

3) 쌍종골

1971. 9. 24. 도마리 / 김한영, 남 · 65

쌍죄골이라구 있어. (조사자 : 쌈지골이요?) 쌍죙골이라 예 있지. 죙이 둘이란 말이지. (조사자 : 제가 두 개요?) 깃대 말이야. (청중 : 쌍종인데)

(조사자 : 쌍종? 아 예−) 쌍쵱이란 말야. 쌍쵱골이라 이러는데− 쌍종골이라 했지만 우리는 (그 뜻을) 몰랐는데 지금 그 핵교가 터가 됐거던. 지금 한− 그게 지금 한 삼십 년 됐시까. 핵교 된 지가. 그래가지구 지금 종을 뚜들겨. 종을−. 종을 자꾸 뚜드려. 종을 뚜드려 노니께− 아 그게 정말 맞았다. 종이 두 개 있어.

4) 촉물점(觸物占) ···
−까치가 팔팔 날아가

1971. 9. 24. 도마리 / 김한영, 남 · 65

백년 전이까 오십 년 전이까 그건 내가 똑똑히 모르는데− 그거 오십 년 됐이까 모르는데, 이 동리에 한 사람이 있는데 그러니께 이제 그 집 애명이 있는데− 점도라구 그런 사람이 있는데,

그러니께 예전에는 여기가 지금 큰 정자나무가 노자[61]정자가 되어 있는데− 그 정자나무 밑에 사람이 한 여나문도 모이고 한 칠팔 명도 모여 논단 말이야, 그 사람이 촉물점[62]을 해− 촉물점을. 딱 보면 그만 딱 알아맞쳐. 촉물점을 해. 촉물점을 잘 하는데− 그래 이 영감이 대로[63]− 대로로 저 타처로 갈 일이 있어 가는데, 그래 우짠 사람이 뭘− 여자가 뭘 이고 오니까− 이고 오는 게 뭔가 꼭꼭 옇단[64] 말이지. 이고 오니께,

"저 이고 오는 게 뭐냐?"고 "알아맞쳐 봐라."

딱 잡아내, '뱀'[65]이라구− 밤, 뱀이라구 해서,

"그거 몇 개냐?"

---

61) 노좌(露坐). 한데에 앉음.
62) 촉물점(觸物占). 물건을 보고 알아내는 점.
63) 대로(大路). 큰길.
64) 넣었단.
65) 밤[栗].

구 그러니까,

"육십 네 개."

라구 해. 육십 네 개. 아 그래서 뱀이 육십 네 개라구 그래서 내가 이고
오는 걸 봐야 되는 거 아냐? 이고 온단 말이야. 이고 오니까 그래―

"좀 보자."

구― 밤 이고 오는 여잘 불러가지구,

"좀 보자."

구― 그 사람 불러가지구,

"보자."

구 하니께루 아 그게 뱀이란 말이야,

뱀이고, 딱 세니 육십 네 개야, 육십 네 갠데― '하, 참 그 희한한 일이
다.' 그거여. 그 우찌 그리 딱 맞쳐 내는지 희한한 일이다.

"우찌 압니까?"

허구 물으니,

"그게 아니고 그 말 딱 헐 적에― 저게 뭐냐 말할 쩍에 딱 쳐다보니께,
간치66)가 나무를 물고 서쪽으로 날아가. 나무를 물고. 서쪽으로 날아가니
께― 서역 서짜 나무 목자니께 밤 율― (모두 웃음) 뱀이고― 몇 개냐 헐
그 때게67) 간치가 팔팔 날아가― 팔팔 날라가. 팔팔 육십 사. 팔팔 육십
사. (옆에서 듣던 청중 모두 웃으며 그 중 한 사람 "그게 촉물점이다!"라
고 맞장구를 침) 그래 딱 맞았다고 해서― 그런 말이 있어요.

---

66) 까치.
67) 때에.

5) 임석조를 살려준 명복(名卜) ·······························

1971. 9. 24. 도마리 / 김기영, 남 · 60

*유관 자료로 강원도 명주군 〔성산면 자료 1〕; 충북 영동군 〔심천면 자료 10〕
을 참조할 것.

이거 아무것두 아닌데— 아무것두 아닌데, 우리 뭐 저 참 모여 앉으면
— 심심하믄 뭐 농담 삼아 허는 이런 얘긴데, 저 뭐가? 봉사[68] 얘기를 하
나 하지. 백운산 근방에 있는 저런 가차운[69] 디 있던 봉사인 모양이야.
응, 봉산디— 아이. 여기 저 말하자믄 그 점도 잘 친다고 마 이러는— 자
기 말로는 잘 치는데— 당신이 아무리 잘하지만 누가 알아주는 이 있느
냐 말이지. 그래 인자 '아이, 내가 이럴 수 없다. 인제 어디를 가두 내가
참 이름을 좀 내야겠다.' 말이지. 이런 마음으로— 그 이 자기 밑에 인자
그 뭐 제자를 하나 다리고— 그 인자 그 아이를 다리고 하 이 하루 종일
토록 길을 갔단 말이지. 길을 갔는데 어디루 갔는고 하니 산골루 들어갔
어. 산골루 들어갔는데 아무리 가도 동네가 보이지 않애. 보이지 않애서
그래 제자가 선상을 보고,
　"아이, 선상님, 큰일 났습니다."
　"왜 그러니?"
　"종일 왔는데 동네는 보이지 않고 어디루 내려가야 동네가 있을른지
모르는데 집으루 돌아가자니 갈 수도 없는 기고, 밤은 아주 오고 시간은
많이 됐는데 이거 어떻게 해야 되겠습니까?"
　"그래야? 그러믄 네 손에 뭣이든지 잽히는 대로 주워가지구 한번 떤져
봐라."
　그래서 인자 제자가 저 자기 손에 인저 줍는다고 주운 기 마 산이 돼

---

68) 맹인(盲人). 소경.
69) 가까운.

자니께 마 돌멩일 주웠단 말야. 돌멩일 주워가지구 떤지니께─ 숲으로 떤
지니께 새가 한 마리 푸르르 날아가. 그래서,

"내가 돌을 하나 주가지고 떤지니 새가 한 마리 날아갑니다."

"그럼 그 새가 어디루 날아가느냐?"

"예. 아무 데루 갑니다."

"그래야? 그럼 가자. 물론 새가 밤이 되면 마을로 찾아가닝게 글로 가
는 거 아니냐? 그러니께, 얼마 안 가서 마을이 있을 거이다. 가자."

그래 참 차츰차츰 가느라고 갔더니 아닌 게 아니라 그 등을 넘고 또
한 군델 넘어가니께는 해가 딱 지는데 아 동네가 보인다 이거야. 그래,

"아, 선상님, 동네가 보입니다."

"그래. 그리 찾아가자."

그래 그 동녤 쪽 들어가니 어뒀다 이 말이야. 어뒀는데─ 그 동네를 들
어가먼은 누굴 찾아얄 줄을─ 주인을 찾아야 될 낀데─ 몰라서,

"선상님, 누구를 찾아야 됩니까?"

"응. 그러믄 저 임석조(林石鳥)라구 허는 사람을 찾아라."

(조사자 : 임─ 석─ 조─) 응. 임석조.

"임석조를 찾아라."

그러니까 왜 임석조를 찾느냐 하믄 그걸 해석을 해야 되거든. 응─ 돌
을 수풀에 떤졌으니─ 떤지니까 새가 날아간단 말이야. 새가 날아가니─
수풀 임짜 돌 석짜 새 조짜란 말이야. 그러니까 임석조─ 그래 그 동네에
가 인제 임석조를 찾으니 (제보자 웃으며) 아, 이늠─ 이 임석조가 있단
말이야. (모두 웃음) 아, 그래 임석조라두 허는 사람이 있는디─ 그래 인
자 임석조를 찾아갔드니 그 사람이 에─ 있다가 뜩 사랑방에다가 해갖구
그 방에 들어가니─ 그래 자기 같이 들어가가지구,

"그 당신네들이 우리 집을─ 우리 데를 찾아올 때에는 우트케 찾아왔
느냐?"

그러니께 그래 저 사람들이,

"예. 꼭 가자 왔씸니다."

이래거든.

그 꼭 가자 왔다는 말이 가량 뭐꼬? 점을 치고 찾아왔단 그 말이야. 그러나 인자 그 소릴 듣고서 그 주인이 나왔단[70] 말이지. 나와서 뭐 저 사람들 뭐 굶길 수두 없는 기고― 집에 온 사람을 뭐 밥을 새로 해 줘야 할 모양이야. 그래서 인자,

"아, 이 사람들 뭐 밥이 있나?"

"아유, 밥을― 없씸니다."

"그럼 그 밥을 좀 해라."

"아유, 뭐 밥은 좀 뭐― 그럼 어트케 해야 되겠습니까?"

"그러믄 국수라두 좀 하여라."

"예."

인저 국수를 하라고 시겨[71] 놓고 그래 놓고 들어가서― 방에 다시 인자 들어가서,

"당신네들이 우리 데를 찾아 왔시면 당신네들이 저 뭐고? 식사를 허는 데 무엇을 하는가 한번 알아봐라."

이랬단 말야.

"점을 쳐가 왔다니 점을― 점을 해서 이 식사는 무엇을 하는가 한번 알아봐라."

인자 봉사가 인저 제자를 보고,

"네 점꽤[72] 하나 빼라."

그래 꽤를 뜩 빼드니만 제자가 하기를,

"아매[73] 국수를 허는가 봅니다."

---

70) 사랑방에서 나왔단 말임.
71) 시켜.
72) 점괘(占卦). 점을 쳐서 나오는 괘.
73) 아마.

제자가 이력 허거든. 그러니까 손- 뭐고? 이 주인이, '아 이눔들 정말로 아는 놈이로구나!' 이럴 꺼 아닌가? 자기 시겨 놓고 왔으니 물론 국수를 헐 게 아닌가? 그래 선생이 인자 그 뭐- 예나 선생이라구 하믄 모두다 아주 그 점잖은 기라.

"내가 한 분 또 해 보께."

그래 자기가 잘랑잘랑74) 하드니 꽤를 하나 쑥 빼드니 그 손에 꼬지작 꼬지작 이래 해보드니,

"야, 이거 아니다. 국수를 할락 하다가 반죽이 잘못돼가 수지비75)가 됐다."

(청중 : 웃음) 그래고 하거든. 그래서 인제 주인이, '도대체 무슨 일이 이리 되었다? 좌우간 곧 올 끼니께 뭐 두고 보자.' 앉아 있는데, 그래 머심이- 종 머심이 저녁상을 들고 오는디- 그 머시마가 하기를,

"국수를 헐라고 허다가 좀 물이 좀 많이 붜서 그만 수지비가 되었씸니다."

수지비가 되었단 말야. 그래 노니까 주인이 생각허기를, '아, 이 사람들이 참말로 아는 사람이구나! 인제 저녁만 먹기만 묵고 나면 내가 우찌든지 이 사람들 우째 한번 해보리라.'

그래 인저 저녁을 떡 먹고 나니까는- 그리 저녁상 난 뒤에 주인이 그래거든.

"당신네들 여기까지 우리 집을 찾아오셨는데 내 점을 한번 해주시오."

"해주것다."

고 그러거든. 그래 이 점을 보드니만- 인제 주인 점을 허는데, 점을 허고 나서는 당췌는76) 불문곡직77)허고 마 갈락 허는 게라. 다시는 좋단 말

---

74) 산통을 흔드는 소리임.
75) 수제비. 밀가루를 반죽하여 맑은장국이나 미역국 따위에 적당한 크기로 떼어 넣어 익힌 음식.
76) 당최. 도무지. 영.

도 안 허고 굿단 말도 안 허고. 아, 봉사들이 고만 갈락 헌다고. 그러니 어럽지. 좋으면 좋다든지 궂으면 궂다든지 말로 허든지 말도 안 허고 가삐릴라고 허거던. 그래서,

"여보시오. 당신네들이 뭐 얘길 허고 오든지 가든지 해야 말이지. 점괘 이약두[78] 안 허고 그러고 갈라느냐?"

구.

"그게 아니라."구, "그게 아닌디— 우리 시기는 대루 허믄 다행인데, 안 할— 주인이 우리 시기는 대루 안 헐 거입니다. 안 할 거이니 우리는 여기 있으믄 참 환을 당할 모양이니—"

그러니 주인이,

"시기는 대루 헌다."고, "한번 해 보라."

구. 그래,

"그러믄 꼭 헌다믄 당신이 우리 시기는 대루 안 허믄 오늘 제녁에 열두 시 정각에 당신 목숨이 다헌다. 그러니 우리 시기는 대루나 해야만 되지, 시기는 대루 안 허믄 다될 모양이니 그 우리 시기는 대루 허거라— 허라."

"그래 뭐이냐?"

"당신이 우애든지[79] 제일 좋아허는 세 가지가 필요헌데 그 세 가지 중에 한 가지래도— 뭐고? 쥑여야 되지 나 두면은 당신이 죽는다."

그러믄서 자기— 뭐고? 제일 좋아하는 게 뭐이냐 허믄, 젤 좋은 말 한 필— 그 말이 있고, 또 매가 한 장— 한 마리 있고— (조사자 : 사냥하는 거?) 응. 사냥하는 거. 그러고 뭐 첩이 하나 있고—(조사자 : 철?) 응. 처지— 첩. (청중 : 작은마누라) 작은마누라. 응, 작은마누라 하나 있고,. 그러고 그냥—

---

77) 불문곡직(不問曲直). 옳고 그름을 따지지 아니함.
78) 이야기도.
79) 어쨌든지.

"속히 나가 보라."

구. 그래 나갔단 말이지. 나가가주구 대충 마팡[80]에ㅡ 인자 말 있는 대루 가지. 그래 말이 주인 온다고 발 굴리고 뭐 엉덩이 꽁지를 치구 고함을 치니 말을 쥑여 버릴 수 있는가? 그래 못 쥑이구 나왔어. 또 매 있는 디루 가니 그 매가ㅡ 매가 문을 열고 푸르르 손등에 올라앉아 빤히 쳐다봐. 그래 또 못 쥑여. 그래서 할 수 없이 인자 거 나와서 자기 이 뭐고? 첩 있는 대루 가 보니ㅡ 대초[81] 자기가 데리꼬 사는 사람이지마는 이건 꽃 겉은 미인이라. 미인을ㅡ 저런 좋은 각시를 쥑일 수 있느냐 말야? 또 나왔단 말야. 나와서는ㅡ 방으로 들어가니ㅡ 들어가니께ㅡ

"아이구! 이거 뭐 어서 속히 가자. 우리가 이거 뭐 곧 죽을 일이 있으니 가자."

구 자꾸 내빼 갈려구 헌다. 그래서 인저 주인이,

"여보쇼? 요번엔 내가 하여간 어뜨케 해도 내가 쥑이구 올 모양이니께 좀 뒤쳐라."

그래.

"요번에 꼭 쥑이믄 다행이지마는 못 쥑이믄 우리가 죽을 끼니 꼭 가야 되것다."

구.

"아이고! 이ㅡ 있으라."

구. 그래 놓구 인저 그때는 뭘 가져갔는고 허니 활을ㅡ 활 쏴는 활을 들구 나간다구. 응ㅡ 활을 들구 나가가지구 뜩 하니 마팡에 들어가서 활을 겨눠가지구ㅡ 마팡에 든 말을ㅡ 그 좋다고 허는 긴데 우찌 쥑이 버릴 수 있는가? 또 몬 쥑였지. 또 매방엘 가도 역시나 또 그래서 또 몬 쥑였다구. 자기 처ㅡ 첩 있는 대루 가가지고 활을 들고 이래 갔는데 우치게 나갔는

---

80) 마방. 말을 기르는 곳.

81) 대체(大體). 다른 말은 그만두고 요점만 말하자면.

지 활이 확 나가 비렸다 그거지. 아— 자결로[82]— 절로 나갔는데— 그 인저 방에 큰 궤가 있는데 화살 나가가지구 궤에 떡 맞혔어. 제절로 나가서— 떵 허는 소리가 나서— 그래 머심을 시켜서 인저 궤를 끌어 내갔어. 궤를 끌어내다 보니께 그 첩이,

"아이고! 그 안에 내 옷만 있지. 아뭇것두 없는데 그 궤를 뭐 헐라구 끌어내느냐?"

낡아볼라구 그저 못 끌어내게 헐라고 궤를 잡구 붙들구 막 이렇게 한다구.

"에이, 그런다."
구 궤를 끄집어— 끌어내가지구 장중[83]에서 썬다구. 톱으루 이래 해가지구— 머심을 시겨서,

"네 그 궤 당장 인저 썰라."
구.

"아이구, 저 그 궤를 버리믄 몬 쓴다."구, "여기 내 옷만 있지 안 된다."
남자가 그—

"에이, 그래도 뭐 그거 안 된다."

뭐이냐믄 그 안에 간첩[84]이 들은 거야. (청중 : 응, 간부?) 응, 그 여자— 그 여자 말이지. 좋아하는 사램이지. 그래 가지구 온종일 그 안에 남자는 그 인제 그 임석조라구 허는 사람이 자러만 오믄 탁 모가질 쳐서 쥑일 참이라. 응, 쥑일 챔인디— 그날—.

그래가지구서 인자 그 여자를 갖다 말이지— 여자 그걸 쥑여 삐렸거든. 여자 그걸 쥑이고— 그 사람이— 임석조라구 허는 사람이 봉사를 그만 몬 가락히.[85] (청취 불능)

---

82) 저절로.
83) 장중(場中). 마당 안.
84) 간부(奸夫)를 말함.
85) 가게 해.

그래 있다가— 그 후 몇 개월 있다가,

'여보시오. 나도 우리 집이 가믄 돈도 있고 전밭86)두 있소. 내가 뭐인고 허니 내가 명87)이 안 나서 내가 명옐88) 하나 얻을라고 허는 긴데 내가 당신 재산이 탐나서 그런 기 아니요."

그래 그 봉사가 명을 얻었다는 그런 얘기가 있어.

6) 명풍수 아우 덕에 삼정승을 얻은 형 ···

1971. 9. 24. 도마리 / 김기영, 남 · 60

즈 아부지가 먼저 갔고— 즈 부모가 모두 갔고— 아들이 형제가 있는데— 아들 형제가 사는데, 한 천석이89)가 사는데— 한 천석이가 사는데, 즈 아부지가 죽을 때게90) 그 유언을 하고 죽었단 말야.

"바로 그 반쓱 가지구 살아라."

가령 그 천만 원 같으믄— '하내91) 오백만 원쓱 가지고 살아라.' 그 유언을 하고 죽었단 말이야. 죽었는데, 죽은 뒤에 내 노니께 동생이 그냥 즈 형님보고,

"내가 저걸 개지구 그냥은 큰집까지는 안 갈 테니께 십리 밖을 내 주시오."

"아, 그러라."

구. 한 십리 밖에 인제 땅을 제 아우 줘. 즈 아부지 인제 죽었으니께 삼장92)을— 예전엔 삼장을 다 모시구— 삼장을 모셨는데, 간 뒤에는 그만

---

86) 전(田)밭. 논과 밭.
87) 명(名). 이름.
88) 명예(名譽)를.
89) 천석꾼. 곡식 천 석을 거두어들일 만큼 땅과 재산을 많이 가진 부자를 비유적으로 이르는 말.
90) 때에.
91) 하나. 한 사람.

통 그눔이 안 온단 말이요. 통 안 와요. 그런 게 뭐 즈그 아부지 잃은게[93] 삭망[94]두 있구 날두 지내구 하는데 당최 안 오거든. 아이 즈그 셍이가 가만이 생각허닌게, '아 이늠이— 동생눔이 하나 있는데, 이렇게 나쁜 늠이 있나?' 싶어서 말야. 잔뜩 지금— 지금 괘씸치. 괘씸해서 늘 만나믄 요걸 탓하리라 하구 있었는데— 이 사람이 그러닝게 즈이 한 형제 나인데 그 사람네 즈 형수 말야. 형수 되는 이가 즈 형하구 사닝게 하룻제녁에 가봤단 말이야. 그 집이 가닝게— 가본게 즈 형수 오닝게 그만 버선발루 뛰내려와서 인사를 한단 말이야. 즈 형수를 문 앞에 가 잘 대우를 허고— 형수가,

"안 온다고 저 형님이 말하더라."고, "왜 안 오느냐?"

고 이래니께,

"아이, 내가 지금 풍수질을 조끔— 풍수 공부를 허는디 당최 갈 여가 없다."고, "갈 여가 없어— 풍수 공부를 허는디 갈 여간 없고— 공부에 바뻐서 당최 갈 여가 없다."

고. 그래 인자 그 이야구를 듣고는 왔는데— 듣구 와서 즈 형헌테— 저 영감헌테 그 말허니께,

"그늠 염치없는 눔이 풍수 공부헌다고 여가가 없다구 허드냐?"

그래가지구 형이가 또 한번 갔다. 가가 인제 아 요전번처럼 버선발루 뛰나와가지구 형님을 모시구 들어가,

"아이 내 당초[95] 내 풍수질을 공부헐 때문에 갈 일 없다."

구.

"그래 뭐 때문에 풍수 공부허느냐?"

니께,

---

92) 삼장(三葬). 삼년상(三年喪). 부모의 상을 당해 삼 년 동안 거상하는 일.
93) 잃었으니까. 돌아갔으니까.
94) 삭망(朔望). 상중(喪中)에 있는 집에서 매달 초하룻날과 보름날 아침에 지내는 제사.
95) 당최.

"돈— 돈 번다."구, "돈벌이 허는데— 돈 벌기 바뻐 당초 뭐 여가가 없다."

구 이러거든. 아, 그래—

"아, 그러믄 아부지가 지금 저 뭐고? 아이고, 아부지 저 묘도 좀 못 험섬 뭐 넘으96) 몰 보느냐?"

허닝게,

"그래도 아부지도 묘— 그 돈만 주면 내 허겠다."고— "돈만 주면 내가 뭐든지 헌다."

구 이래. (청중 웃음) 허— 그래서,

"돈 주제. 돈 주면 되냐?"

고.

"그리 하자."

구.

"그럼 이제 벌써 삼년이 다 돼 가니께 언제쯤 하면— 저 그리 당일 장례를 모시자."

항게,

"아, 그러자."

구 그래. 살림을 전부 그냥 싹 다 주구 인자 아마 어느 초 한 자루 받는다구. 초 한 자루. 아, 그래 가만 보니까 이 자슥이 무신 자식인가 모르지만, '뭐 이런 자식이 어디 있을까?' 싶어 저것하구 뭐 다닌다구. 묘를 구해 다니구 보니께,

"장례를 모시라. 여기가 장지다."

그래 비둘게97) 논밭 전부— 이제 문서는 전부, 그집 오백 만 원 남은 거 전부 다 싹 빼—. 다 빼갖고 그집 살림을 전부 그렇게 싹 다 갔는디—

---

96) 남의.
97) 비탈에 있는.

한 한 달분 양슥은 놔두고 싹 다─ 싹 다 가지고 장례를 모셨는디─ 장례에 드는 그 비용 걸은 건 전부 제가 당한다고. (조사자 : 동생이?) 응, 동생이 당허고─ 그리 장례를 모셨는데─ 이제 하루는 장례를 모셨는데─ 거기 가 뫼[98] 구덩을 파고 뫼셨는데 좌우간 터가 좋은 모양이라. 묘를 파고 이라는디─ 인제 얼추[99] 다 파고 인자 하관을 할라고 해가지구 관을 운반할라구 인제 이래 됐는데 그만 폭우가 터진 게라. 바람비가 막 치는데 그 상두군[100]들은 전부 난리다─ 그러니깐. 난리구─ 막 난릴 피고─ 생여[101]만 인자─ 막 갱[102]에만─ 그래 인자 큰 상주 내외간만 우찌[103] 안─ 우찌 우찌 바람에 안 붙이고 말이지. 그 뫼구덕[104]에─ 뫼구덕에─ 뫼구덕에 말이지. 뫼 파 논 구덕에 들어갔단 말이지. 구덕에 들어가 우찌 우찌하여 그만 유임[105]이 됐던 모양이야. 유임이 됐어. 뗌 뒤에 폭풍우가 통과가 돼서 고만 그쳤는데─ 아이 그러나 통과가 돼야 되는데 뗌를 입히는데 그 뗌 뒤에[106] 하 거 큰 뭔 저─ 요새 같으문 뭐 인저 그냥 뭐인고 모르지만도 군인도 같고 사람도 같고 그렇고 한 총도 쓰고 막 굉장한 모양이야. 칼 들고 와서─ 그 뫼 구덕 앞에 와서,

  "아유! 삼정승이 나─ 삼정승이─ 삼정승이 나 놔서 할 수 없다."
이러구 돌아가. 그 분상으로 돌아가요. 돌아가고─ (조사자 : 삼정승이?) '삼정승이─ 삼정승이 생겼으니 할 수 없다.' (조사자 : 생겼으니까─) '할 수 없다.' 이라고 돌아가고─ 또 좀 된게[107] 또 큰늠이 투구 쓰구 오드니,

---

98) 묘(墓).
99) 대강. 어지간한 정도로 대충.
100) 상두꾼. 상여꾼. 상여를 메는 사람.
101) 상여(喪輿).
102) 갱(坑). 구덩이.
103) 어찌.
104) 묘 구덩이. 묘를 쓰기 위해 파 놓은 구멍.
105) 유임(有姙). 임신을 함.
106) 청취 불량.
107) 되니까.

“아하, 세─ 삼정승이 생겼구나! 안 되겠다.”

그 돌아가거든. 간 뒤에─ 간 뒤에 거기 파러 왔다. 묘를 파고 난 뒤 잘 치르고 났는데 그─그─ 그 구덕에서 말여. 그 묻은 거기 삼정승이─ 삼태108)가 됐어. 삼태가 딱 됐어. 삼정승인디─

그 사람이 우찌 된고 하니 그냥─ 그냥 그 자리를 받으면 절대 혼이─ 혼이 없닥 해. 혼이 없어. 거기 자리 받으면 혼이 없어서 그 즈 헹의 살림을 억지루 받은 거야. 그래 혼을 본 뒤에는 다모정에서 다니고109)─ 다모정을 지었다. (조사자 : 구전을─ 구전을 안 주고 풍수를?) 암110)─암. 그냥 주믄 곤란해. 땅도 다 줘 버리구 그라구서 삼정승이 저 삼태가 됐어. (조사자 : 삼태?) 응, 삼태. (청중 : 세 쌍둥이)

7) 정승 치고 얻은 벼슬

1971. 9. 24. 도마리 / 제보자 불명

시골 사람이라고 서울 사람 안 알아주득키 예전에 시골에 참 살림이 유족한 사람이 참 선부111)가 돼서─ 글을 참 배와갖고 서울 과게를 뜩 올라갔는데 아, 이놈으 과게를 보니 과게 안 된단 말이라. 그래 안 되는데 가만 생각해─ 여서112) 아무리 생각해 그대로는 안 되겠고 고만 정승을 붙었다. 붙어가지고 ‘우터케든지 내를 과게를 하나 봐주라.’구 이러니 정승이, ‘하나 봐주것다.’구 그래─ 그때 정승이 누구냐믄 박정승이야. 저희 집이 그 참 수만 석 되는 살림을 죄 그만 퍼날랐다. 정승헌테 퍼날러서 아 뒤나 봐주고 뭐 자꼬 이것을 인저 운동을 해서 한 삼 년 떡 해도

---

108) 삼태(三胎). 세쌍둥이.
109) 청취 불량.
110) 아무렴.
111) 선비.
112) 여기서.

아무것두 음딴113) 말이라. (청중 웃음)

저희 집이선 편지가 올라 와도 괜히 다 폴아114) 올려지고 아이 냇가 쑤숙115) 움막을 쳐서 즈 처랑 들어가 있다구 헌단 말이라. 다 폴아 올려 삐리고. (청중 : 인제 망했어) 가만히 생각항께 이거 이거 내려가 봐야 먹을 끼두 없고 이거 부모님헌테 말할 것두 웂고 기가 차거던. 그래 한날 보니께 그 집 사람이 모다 출동을 해뿌리구 엄꼬 영감한테― 아 사랑에 있단 말이라. 사랑에 있어서― 가만히 생각한 것을, '내가 이왕지116) 이래 댕기구 고만 부모나 헌 번 찾아보구 고만 죽어 뿌리겠다!'구, 정승헌테 가서,

"아이, 내가 잠깐 마음에 고만 집에 가 보자 생각을 하길래― 문득 생각이 나서 가보재니께117) 그리 아시라."

항께,

"그리여? 하, 우리 집에 한 삼 년 있으니께 가 봐야 되지."

이러고는 돈을 그때 돈으로 석 냥을 줘. 그래서 그놈을 차구 인자 뜩 나오닝께 아 서울 종로엘 떡―종로 거리 떡 나오닝께 아주 베118)를 이런 놈을 갖다 놓구 파는데 보니께 아주 겁나게 국꼬119) 맛이 있어 뷘단 말이라. '내가 이때꺼정 살림을 다 팔어서 정승헌테 갖다가 드렸는데, 이런 좋은 베는 내가 이 종로 거리 봐서는 첨인데, 이런 베를 한 개 사다 디리며는 뭐 하나 주까 싶어서 돈 석 냥을 주고서 베를 샀다. 그래서 한 아름 보듬고 뜩 정승집에 강게120) 정승이 문에 들어서― 문 앞에 인자 쓱 나

---

113) 없다는.
114) 팔아.
115) 수수. 수숫대.
116) 이때까지. 혹은 이왕지사(已往之事). 이미 지나간 일.
117) 가보려 하니까.
118) 배[梨].
119) 굵고.
120) 가니까.

와 집에 밖으로 이렇게 온다.

"내가 가다가— 가 보다 왔습니다."

"우째 돌아왔는가?"

"아이, 종로 나가보니깐 큰— 굵은 베가 있어서 하다[121] 베가 좋아 뵈서 대감님 디릴라고 내가 베를 사왔씸니다."

"흥, 그리 하믄 더 내를 셍기야지.[122] 이리 가 오너라. 보자."

이러거던. 에이 그걸 문질문질해 막— 막 베를 가지구 고만 쌔려[123]뻐렸거던. 쌔려 노니께 그 큰 베를 맞아 노니께 (모두 웃음) 마 벡[124]에 휘뜩 넘어가 버려. 그만 한 개 더 뻗져 버렸단 말이라. 그래 눈이 휘해가 뻐득뻐득[125]하거던. 그만 이게 베로 앞에다 모아 놓고 고만 올라갔단 말이라. 위에 올라가서,

"아이고! 큰일났에요. 영감께서—"

"아이, 뭐이냐?"

"그래 내가 참 대감님헌테 내가 시골 내려갈락 허다 차비를 석 냥을 줘 놔서 아 종로엘 나가 보니께 아 하다 좋은 베 세 개를 사가지구 떡 오니께 아, 대감님이 막 숨이 곧 넘어간다."고, "눈이— 눈이 휜허고 불러도 말도 안 헌다."

이러거던. 아이 즈그 아들이— 아들이 뭐 쫓아나가 본게 그 지경이라. 눈이 휘해 숨이 넘어감선 말도 안 허고—. (이하 녹음 망실)[126]

---

121) 하도.

122) 섬겨야 하지.

123) '쌔리다'는 '때리다'의 방언.

124) 벽(壁).

125) 버둥버둥. 덩치가 큰 것이 매달리거나 자빠지거나 주저앉아서 자꾸 팔다리를 내저으며 움직이는 모양

126) 끝 부분의 녹음이 약간 망실되었음. 채록 당시의 기억에 의하면 시골 선비가 정승을 쳤지만 결국에는 벼슬을 얻는 것으로 이야기가 끝났다.

8) 청산에 안개 보소 ⋯⋯⋯⋯⋯⋯⋯⋯⋯⋯⋯⋯⋯⋯⋯⋯⋯⋯⋯⋯⋯⋯

1971. 9. 24. 포상리(浦上里), 천동 마을 / 하동숙, 여 · 83

또 하나는 전에— 전에는 과게해러 가서— 전에 조선글을 해서— 한문 글로 과게를 가믄 참 모도 즈그 집을 그만 내부리고 가거던. 즈그 집을 내비리구 가가지구 과게를 해가지구 오닝께 즈 어매 아배가— 즈그 집인 안 갔던가 댕김성[127]— 즈이 아들 과게 간 연[128]에 댕김성 을어 묵고— 을어 묵다 앉아가 있거덩. 그런 적에 과게를 하고 말을 타고 모도 오믄성 대로변에 부모가 앉았는데— 동냥치가 돼가 앉았는데 지 함께 해가진[129] 친구는 많고 그러구서 부모라구 알기를[130] 하믄 내 친구가, '아이구, 저 사람은 부모가 동녕치구나!' 이[131] 제껴갖구[132] 거기서 알기로[133] 못허고 그 인제 가믄서 노래를 부르길,

'청산에 안개 보소. 노중[134]에 부모 보소.'— 청산에— 저 산에는 안개 가 있고 노중엔 이 부모가 앉았다고. — '청산에 안개 보소. 노중에 부모 보소. 인인[135]이 만만[136]해여 잉? 등기[137]로 떼고 가요.'— 인이 만만— 제 동무가— 친구가 많아서 고만 말을 타고 고만 간단 말이지. 부모를 알 지를 못허고 간다고. '인이 만만하여 등기를 떼어 가요. 일월이 하산[138] 컬랑 내 몸 된 곳을 찾아드시다— 일월이 하산커든— 해가 산을 넘어가

---

127) 다니면서.
128) 어떤 일이 일어난 다음.
129) 한.
130) 아는 척을.
131) 이것.
132) 제껴서. '제끼다'는 '거치적거리지 않게 처림함'.
133) 아는 척하지.
134) 노중(路中). 길 가운데.
135) 인인(人人). 사람들.
136) 만만(萬萬). 많고 많음. 많음.
137) 등기(쯩騎)? 말을 탐.
138) 산에서 내려오거나 내려감. 여기서는 해가 서산으로 진다는 뜻임.

걸랑 아들 오는 데루 찾아들어갖구' 그 말이라. 그렇께 그리 참 부모가 그 소릴 알아듣고— 그래 인자 즈그 아들이 즈그 집이루 인자 동네를 찾아 그 찬찬이 찾아들어 온게 기 그 말이고.

  그런데 과게 갔다 옴서 — 전에는 모도 과게로 가믄 그렇드라는 거야. (조사자 : 인인이— 인인이 하 많커든?) 아, 인이 만만하거던. (조사자가 다시 한문구를 확인하려 하자) 아. 청산에 안개 보소. 노중에는 부모 보소. '노중에'는 길이고 잉? 길이믄— 길에 즈 부모가 앉았다고. 청산엔 안개— 안개가 끼고 그 이 '인이 만만해여 등기만 떼고 가요.'— (조사자 : 등기만 떼고?) 하, '인이 만만—' 제 친구가 많아서 부모를 알지 못허고 고만 등기에 떼고 부모를 그만 내베리고 간다고. 그러닝께 '인이 만만허여 등기만 떼고 가요.' (조사자 : 등기는 뭔데요?) 등기가 내 말을 그만 타고 가 베린다는 말이지. 부모가 알지를 못허고 내가 고만 부모를 내베리고 간단 그 말이라. 그 말인께, '인이 만만해여 등기만 떼고 가요. 일월이 하산컬랑— 이제 해가 지거들랑 몸 된 곳으로 찾아 드시오.' 그렇께 지 인제 가는 디로 즈 부모를 찾아오라 그 말이여.

9) 사마실고개

1971. 9. 24. 포상리, 천동 마을 / 하동숙, 여 · 83

  '길삼139)가삼 가는 베140) 장사야.' 잉? '질삼가삼—' 이거는— 이게 질쌈— 질쌤. '질삼가삼 가는 베 장사야 닥141) 운다고 질142) 나지 마소. 그 대키143) 닥 아닐라144) 사마실고개 소마실대키요.' 그 인자— 그 인자 그

---

139) 길쌈. 실을 내어 옷감을 짜는 모든 일을 통틀어 이르는 말.
140) 세마포(細麻布). 삼 껍질에서 뽑아낸 가는 실로 곱게 짠 베.
141) 닭.
142) 길.
143) 그 닭이.

거는 인자 내도 그 말 그 대주께잉. 질삼 가삼 가는 베를 해가주구 장사
가 인제 묵고 살라고 막 사가지고 짊어지고 저 가다가 인자 자고 밥 사
묵고 가는 데가 있거턴. 그러닝게 그 자니라고[145] 봉게 그 도둑눔 곁
집[146]이라. 그러닝게 그 여자가 인제 저편은 자는 뱅[147]이고 여 앉아 불
을 여으면서[148] 여자— 쥔— 안주인이 불을 여으면서 '질삼가삼 가는 베
장사야. 닥 운다고 질 나지 마소. 그대키 닥 아닐라 사마실고개 소마실대
키요.' 헝게 베장사가 아무래도 그 수상커턴. 그래,

　"안주인, 그 소리 한 번 더 해 보소."

　"더하믄 알아듣겄소?"

　"야,[149] 한번만 더 하믄 알아듣겄소."

　그래 인자,

　"저 가는 베장사 베를 해서— 해 짊어지고 가믄 우리 집이가선[150] 도
둑늠 곁집이라고 나를 여가[151] 메어가지고[152] 허는 수가 없이 이 노래를
해주구 밥을 해주구 살아도— 하다 안 되믄 와갖구 아, 목숨을 끊어싸—
내가 하 원통해서 내가 그 노래를 불렀다."
구 그러드라구.

　그리 하구 저 소마실고개라구 허는 거가 재가 있는디 거기는 집도 없
고 사람도 엄찌.[153] (조사자 : 그건 어디 있습니까?) 엥이? 그게 뭐 저 어
딘고 모르지. 사마실괴개라는 게 어디가 사마실인고— 고걸 인제 노래만

---

144) 닭 아니라.
145) 자다가.
146) 이웃하여 붙어 있는 집. 여기서는 '첩'을 말함인 듯.
147) 방(房).
148) 넣으면서.
149) 예.
150) 집은.
151) 여기에.
152) 매어서. 얽매여서.
153) 없지.

그렇지. 그 '질삼가삼 가는 베 장사야, 닥 운 때 닥이 운다고 나가지 말란 말이지. 닥 운다고 길을 나지 마소 그 댁이 닥이 아니라 사마실고개─ 사마실고개 가면 죄 도독놈 앉았거던. 먹어치니껜 소마실댁키라 그러거던. 그래 다 사마실고개 소마실대키─ 사마실고개에 가면 이 도─ 이 그 이 주인이 나가─ 저 도독놈들이 나가서 앉았다가 고만 저 사람 죽이고 그거 뺐어가지고 묵고 살거던. 그래 논께 그 말이라. 그래 논께,

"아유, 그러믄 내가 하몬[154] 저 밥을 세 끼 해 줘라구, 밥을 세 끼 해 주걸랑 묵고 어떻든지 사마실고개루 가지 말고 오든 길루 쎄게 가야지 저 사람들이 인차[155] 가믄 똑 쫓궈갖구[156] 쫓궈서 잽히 노면 마 큰일인께 어특허든지 안 잽히고루 가라."

고. 그래싸서 해서 묵고 오든 질로 고만 가 삐리고 거기 안 가 놔 그 사람 살게 돼요.[157]

10) 실수를 거듭하는 바보 사위 {.......................................}

1971. 9. 24. 포상리, 천동 마을 / 유아지, 여 · 52

*이야기 중 끝 부분의 삽화는 충북 영동군〔심천면 자료 14〕를 참조할 것.

전에 한 사람이 장개를 들었다. 그 사람 바보잖아? 그 사람이 장가를 들어논께 장인[158]네 집에 강께 저 참 저 사우[159] 왔다꼬 참 존 거로 막 떡을 해가─ 히서 잘 주드래마. 잘 준께 전에 같으믄─ 요새 같으믄 그

---

154) 그러면.
155) 이제. 혹은 곧.
156) 쫓겨서.
157) 이어서 제보자는 이 이야기를 다시 한 번 반복 구연했으나 같은 내용이라 채록은 생략했음.
158) 장인.
159) 사위.

뭐 까 묵고− 저 빵뗑160)인가 몰라. 그건 모르는데, 빈대떡− 빈대떡−
빈대떡− 그게−. 까 묵고 집에 와서 하는 말이,

"늬 처갓집에 가서 뭘 잘 주데?"

그렇께 인제 그 아들 허는 말이,

"뭘 이리 까 묵고− 까 묵고 할랬드니 이리케가지고 묵고 이리케가지
고 묵고 그래 쌌태."

그러닝께,

"아이구! 야야, 기기161) 야야, 저− 저 빈대떡이다. 담에는 가걸랑− 한
번 히 주걸랑 다−껍질허고 다 묵어라."

아들허고 그럭해 논께, 인제 또 요번에 갔다. 간께 저 반지락162)− 반
지락을 장모가 인자 갱변163)에 인제 개밭164)에 가가지고 반지락을 파다
가 인자 그 껍디기 채 쌂아서 한 사발 떠 났다. 그러니께 아이 그거−
(제보자 웃느라고 말을 명확히 하지 않아 청취 불능) 아니 사우 밥 묵는
걸 가 보니께 껍질 다− 한 입에 먹더란다. 그래서는 장모가 퍼뜩 하는
말이,

"아이, 안만 까 묵고 껍데기는 내려야 되는데 껍데기를 다 묵는다."
구 그렇께,

"우리 어메165)가− 우리 어매가 저 껍데기하고 다 묵으라 허더라."
구. (모두 웃음) 그래 인자 장모가,

"아이, 그거는 저− 저− 그게 빈대떡인데−"

"그러야?"

고. 인제 그래 저희 집이 와 그런− 저희 어메를 보고 그럭키 히딴 말이

---

160) 빵떡. 혹은 빵 덩이.
161) 그게. 그것이.
162) 바지락. 백합과의 조개.
163) 강변(江邊).
164) 개흙이 많이 섞인 밭.
165) 어머니.

야. 그러니께 '그런 건 까 묵으라.' 했던 모양이야. 다음에 또 인자 왔다. 와가 인자 또— 집은 존께166) 인자 아, 참 새 사우라고 인자 떡을 해가지고 인자 전에는 그 벌꿀이지. 그눔허구 인자 그럭키 베끼지 말구 인제 준다. 다 묵었다. 그눔 다 묵고 즈그 각시보고,

　"이기는 뭐이고 이거는 뭐이고?"
이래니께,

　"이건 핀167)이고 이건 꿀이요."
이라구 갤치거던. 그런게 그거 가지구 인자— 개지구 인자 가믄서 '꿀 핀 꿀 핀' 자꾸 그런다. (청중 : 꿀 핀 꿀 핀—) '꿀 핀 꿀 핀—' 즈그 집이 와서 즈 어매헌테 가서 얘기헐라고 '꿀 핀 꿀 핀' 그래. 그러믄서 즈그 집이 인제 온다. 이래니께 냇가에 물이 많대— 냇물이 많더란다. 냇물이 많은게 그놈 그 내 건늘라구 잊어삐렀거던. (청중 : 웃음) 잊었는데— (냇가에서 여자가) 큰 빨래를 허는디 인자 자꾸 물에서 주쌌드란다.168) 물에서 주싸니께 저편에 인자 여자가— 아주매— 부인이 빨래를 허다 허는 말이,

　"아저씨, 뭘 잃고 그리— 그리 주쌌소?"
헝께— 아냐. 그러닝께 어뜩하냐먼,

　"이 핀에서 잊었소, 저 핀에서 잊었소?"
　인제 그 말을 들응께, 그만 이 남자가,
　"이 핀 저 핀 꿀종지!"
　그러고,
　"꿀 다 나오너라."
　하하하. (모두 웃음)

---

166) '잘사니까'의 뜻임.
167) 편. '떡'을 점잖게 이르는 말.
168) 줍더란다. '찾더란다'의 뜻임.

11) 시부모를 살찌워 팔려던 며느리 5 ··

1971. 9. 24. 포상리, 천동 마을 / 유아지, 여 · 52

*이본 채록은 충북 괴산군 〔청천면 자료 19〕, 단양군 〔매포읍 자료 16〕; 동 〔매포읍 자료 31〕, 동 〔어상천면 자료 5〕 등을 참조할 것.

전에 한 사람이 한체[169] — 즈그 한체 부모 즈그 아부지 한체 하나뿐인디 장[170] 이리 시장 — 시장을 가 보믄 밤날 딩여[171]쌌고 딩여쌌께 당체 한분씩 오믄 한체 사는 즈그 아부지가 예비여.[172] 예비고 — 고건 즈그 할멈[173]은 단 하내 즈그 아부지로 죽으믄[174] 마음에 그리 해부리고 그래 (남편은) 그 여자가 — 할멈은 그래 하지 마라고 조치를 해도 말 안 듣더라네. 말 안 들은께 이래 하루는 일어나기루 — 인제 남자가 일어나기로 남자가 잉? 요러코롱 일어나가지고 인저 아부지를 어떡하면 — (청취 불능)[175] 하루는 장에 갔다와서 즈 할멈을 보고,

"저 할멈, 오늘 장에 갔더니 사데 — 사람을 사데."

"아이구, 사람을 삽디까? 우찌 삽디까?"

그러닝게,

"나이 많은 사람에게 물어봉께, 뭐 얼굴두 좋고 살찌고 그런 사람은 비싸고 인자 야비고[176] 그런 사람은 싸고 그렇데. 그렇게 우리 아부지를 사복을 잘 시켜가지고 우리 장에 갖다 폴세."[177]

---

169) 혼자.
170) 늘.
171) 다려.
172) 여위어(져)
173) 부인을 말함. 아버지에게는 며느리임.
174) 죽었으면.
175) 자기 아내에게 봉양을 벗게 할 수 있을까 궁리를 하였다는 뜻으로 생각됨.
176) 여위고.
177) 파세. 팝시다.

그렁께 그 할멈이,

"아이, 한번 그래 봅시다."

그만 뒷날은 가서 고기를 산다 밥을 쌂아 그저 잘 해서 잡수게 한다. 잘 잡수닝께 (청중 : 폴라헝께?) 응, 잡수닝께―

"언제나 인저 데불고 가서 폴끼여?― 폴끼여?"

그러닝께,

"두 승 달 더 있다 가세."

(청중 : 한 두어 달 더 있다 가자?) 응,

"두어 달 더 있다 가세. 그러니께 자꾸 인자 그렇게 소복178)을 시켜라."

시키니께 함멈이 자꾸 살이 쪄. 그래서 인자,

"언제 데려갈 끼여?"

그러니께,

"조금만 더 있다 가 보세."

"오늘 한번 가 보세."

데리구 왔지. 데리구 와서 또 기운을 잘 돋궈서 온 데루 데꾸 다녀 기운을 잘 시켜가지고 와서,

"아직은 좀 여비서 좀 안 되겄대. 좀 헐테179) 헐어서 안 되겄대."

그러니께 또 인자 자꾸 또 허더라네. 또 인자 메칠 있다가,

"언제나 또 데부180)갈 끼여?"

그러니께,

"이번 장에나 데부가 볼까?"

또 데부 갔다. 또 데부가논께― 181)

---

178) 소복(甦復). 회복(回復).
179) 헐하대. 값이 싸대.
180) 데려. 데리고.
181) 이다음에 시장에 갔다 그냥 돌아왔다는 말이 빠진 듯함.

“그래 사논께?”182)

“어디요? 옷을 참 잘 입고— 옷을 잘 입혀가지구 그런 사람을— 그런 사람이 비싸데. 그러니 좀— 아부지 옷을 잘 입혀가지구 그래가지구 훗장에 데불고 가세.”

그래 헌다. 그렇께 살다가 더럭더럭 그냥 자시니께 인제 뭐냐 하면 몬 잡숫— 몬 자시고 있다가 집이 일을 다허니께— 인제 남자는 낮에 일을 해쌌고 일은 인제 노부183)를 은어가 할라먼 일은 인자 잘 안 되고 허닝께 이 사램이 가만 날이면 날마다— 살이 찐께 나무도 헌다— 집안 이런 걸 다 죄 다 씰구 헌께 그만 저— 저— 일이 그만 잘 되거던. 그런게 여자가 있다 허는 말이,

“그 아부지 폴지 맙시다.”

(모두 웃음)

“폴지 맙시다.”

그럭 허니,

“와?”

허니께,

“아부지 두문 참 일을 많이 해 줄 낀디— 아부지가 그렇콤 일을 헌께 원 노부 둘 일 있소? 이제 폴지 맙시다.”

그러더랍니다. (모두 웃음)

12) 시묘(侍墓) 살던 효자가 구해낸 호랑이 ·······························

1971. 9. 24. 대사리(大寺里) 탑동 마을 / 정미수, 남 · 77

　*유화인 충북 영동군 〔영동읍 자료 30〕; 동 〔황간면 자료 5〕 참조할 것.

---

182) 삽디까?
183) 노부(勞夫). 일꾼.

　언젠지 모르겠지만두 시내라는 동네에 연효자가 있는데, 연효자가 즈 그 부모가 안부모가 죽었는가 밖부모가 죽었는가 그 점은 잘 모르겄지마는 거기 가서 인자 이런 뫼에 가서 말야. 시모[184]살이를 살라고 가서 있으니께 어트케 알았는가 호랭이가 저 먼 산에서 사방 빙 돌아갖고 돌고― 저녁마당[185] 그래. 그래서 차차 차차 가족이 될라구 해. 가족― 가족이 돼가지고는 인자 낭장에[186] 가 보면 옆으루 막 똑 빙 돌고 그래가지고 한 멧 달 지내닝께 여그 저그마다 한테 마 재워― 한테 재우고 이래는데 그 좋은[187] 호랭이 들어가 겨울에 한테 자니까 오죽 좁은가. 참 삼 년을 호랭이허고 한 시모를 살다가 그 참에 시모 다 살고 호랭이허고서 잭별 허고[188] 즈 집에 돌아왔단 말야.

　집에서 가서 지내는데 하루 제낙[189]에 꿈을 꾸니까 아 호랭이가 이거 뭐 함정에 들어서 그 죽게 됐다고 이게 고만 그 선몽[190]을 했네. 그래서 그만 쫒아 그곳을 갔단 말이지. 가닝게, 가자마자 사램이 저 좌우로 고만 콱 들어찼는데 뭐 행편 없닥 해. 그래가지구 호랭이 구할랑게 사램이 저리 그냥 꽉 들어찼는데, 그 사램이 쫒아가면서,

　"호랭이 건드리지 마라."

고 이렇키 야단허고 쫒아가니께 호랭이가 함정에 치어가지고 아이, 눈에 그냥 눈물이 크렁크렁하고 있응께 그래서 인자 그 사람이 뭐 그래고 들어가서,

　"이 호랭이는 내가― 여하한 호랭인데 이 속 안에는 잘 좀 뭐한다."

고 그 사램이 딱 들어가서 목을 안고 아, 나오닝께 거기 사람들이 뭐 보

---

184) 시묘(侍墓).
185) 저녁마다.
186) 나중에.
187) 덩치가 커다란.
188) 작별(作別)하고.
189) 저녁.
190) 현몽(現夢).

고 다시는 말이 없는 기고― 그래가지구,

　"호랑이는 네가 데려가거라."

하믄선 서로 작별허고― 그래 왔드라는 이야기가 있네.

13) 효자와 호랑이 ···

1971. 9. 24. 대사리 탑동 마을 / 제보자 미상

　*유관 자료인 충남 당진군 〔합덕면 자료 1〕 및 경북 안동군 〔길안면 자료 12〕 참조할 것.

　예전에 한 사람이 즈이 모자까지 사는데 (조사자 : 오대까지?) (청중 : 모자끼리) 모자끼리 사는데 뭐 오마니가 그만 워낙 나이 많아서 병이 들었는데― 집은 간고191)코 저 아들이 (청취 불능) 정성이 대단하지. 그래 지나갔어. 그래닝께― 그리 오마니 걱정이 되어 지나갔는데― 하루 저녁 꿈을 꾸니께 노인이 와서 말허기를,

　"네가 부모헌테 그리 정성이 있으닝께 내가 저 빚192)을 하나 가리쳐 줄 끼니께 네가 그래로 해라."

　"그래겄다."

구. 그래 뭐 책을 하나 놔 뚜구 가여. (조사자 : 책을?) 응, 책을― 책을 하나 놔 두구 갔는데― 그 책 뭐인가― 이걸 그 사람은,

　"이걸 오마니로 효자 밭에 간을 내서 그런 디 놔 둘 끼고193) 그럭키 인제 이걸 해서 그러면 이걸― 네가 나오면서 이걸 멧 번 읽으면 말이지― 한 삼독194)을 허믄― 네가 호랭이가 될 끼다. (조사자 : 삼독을? 어머니가

───────────

191) 간구(艱苟). 가난하고 구차함.
192) 방법. 방도.
193) 이 부분의 구연이 명료치 않음.
194) 삼독(三讀). 세 번 읽음.

호랑이가 된다는 말인가요?) 응? 지가. (조사자 : 지가? 기모네가?) 응. (조
사자 : 예)

"내가 될 테니께 내가 되믄 말을 헐 테니께 잘 따라서 네가 잘 배워 봐
라."

그렁께- 그러구 꿈을 깼는데, 깨놓구 보닝게 간이 옆에 책이 하나 있
단 말야. 그래 제가 그대로 맺 번 따라서 인제 허네. 된단 말야. 그래가지
구 그만 마실[195]에 그 인자 개를 잡아서 즈 오마니 봉양을 했는데, 그래
서 즈 오마니 나섰단[196] 말이야. 나았는디 즈 오마니가 가만이 본께 저기
아들 자식 그눔이 호랭이가 돼 있거던. 그래서 나간 뒤에 그만 그 뒤
방[197]을 따라 댕기네. 아들 뒤에. 따라 댕겨 논께 아들 와 본게 고만 책이
엄따.[198] 그 아들 뭐 거기서 변성[199]을 헐 수가 있나? (조사자 : 책을 불
살라 버렸습니까?) 아, 불살아 부렀지. 그래 논께 저 아들이 뭐 다시 인저
고마 호랭이 까죽을 다시는 못 벗는단 말야.

그래가 즈그 오마니로- 고만 즈그 오마니로 뫼실 수도 읍꼬- 그 뒤
에 그길로 저 요 삼봉산이라구 허는데- (조사자 : 삼봉당?) 응, 삼봉산이
라구 허는데- 삼봉산 여- (조사자 : 산?) 응, 산- 산. 있는데 거기 가서-
굴에 가서 이 사람이 되었다- 호랭이가. (조사자 : 응, 호랑이가 돼가지
고) 거 가 산다. 거 가 살며 뭐 짐승도 잡아묵고- 인자 고마 즈 오마니
는- 마, 인자 말하자믄 호랭이지. 그두 가 여그 와 사는디- 그러잔게
인자 우짠 게 나중 인제 사람헌티 사람을 해듯하네.[200] (조사자 : 아, 호
랑이가?) 아. 그래 저 부락민이, '이늠이 이럴 수가 없다.'고. 그래 한 집
이 망침[201] 나와가지고 그 굴에 가서 그 앞에다 섯[202]을 놓고 지름을 놔

---

195) 마을.
196) 나으셨단. (병이) 나았단.
197) 뒤쪽.
198) 없다.
199) 변성(變性). 변색(變色).
200) 해치네.

가지고 그 사람들이 호랭이를 잡은 거여. (조사자 : 불을 질러가지고─ 연기를 내 가지고?) 응. 그─ 그 산엔 시방[203] 굴이 시방까지 있다고. 시방─ (조사자 : 아, 있습니까?) 아, 있다고. (조사자 : 삼봉사 이 바로 뒷산입니까?) 응, 바로 뒷산인데. 그랜 얘기 있지. (조사자 : 그런데 어떤 분은 또 백년굴이라구도 하든데 그건 또 뭡니까?) 그게 내나[204] 백년굴이지. (조사자 : 백년굴이 기모굴이예요?) 네.

___

201) 마침.
202) 섶. 잎나무, 풋나무, 물거리 따위의 땔나무를 통틀어 이르는 말.
203) 시방(時方). 지금.
204) 역시.

저자 조희웅

〈주요 경력〉

서울 출생
서울대학교 문리과대학 국어국문학과 졸업
동 대학원 문학 석사 · 박사
한양대학교 전임강사, 국민대학교 교수를 거쳐 현 명예교수
하버드대학 및 규슈대학 객원교수
국민대학교 2부대학장 · 문과대학장 · 대학원장 역임
고전문학회장 · 구비문학회장 역임

〈주요 저서〉

『구비문학개설』(1971), 『조웅전』(경판 교주, 2008), 『조웅전』(완판 교주, 1978; 2009), 『편옥기우기』(공역, 2002), 『한국구비문학대계』(1-1 서울 도봉구 편, 1980; 1-4 경기 의정부시 · 남양주군 편, 1981; 1-6 경기 안성군 편, 1982; 1-8 경기 용인군 편, 1984), 『경기북부 구전자료집』 Ⅰ · Ⅱ(공편, 2001), 『영남 구전 자료집』 1~8(공편, 2003), 『영남 구전민요 자료집』 1~3(공편, 2005), 『호남 구 전 자료집』 1~8(공편, 2010), 『*Korea Folktales*』(2001), 『조선후기 문헌설화의 연 구』(1980), 『한국설화의 유형』(1983; 1996), 『설화학강요』(1989), 『고전소설 이 본목록』(1999), 『고전소설 작품연구 총람』(2000), 『고전소설 문헌정보』(2000), 『고 전소설 줄거리 집성』 Ⅰ · Ⅱ(2002), 『고전소설 연구보정』 상 · 하(2006), 『고전 소설 등장인물 사전』(근간), 『이야기문학 모꼬지』(1995), 『이야기문학 가을갈이』 (2008), 『이야기문학 실타래』(2008), 『이야기문학 징검돌』(2009) 외.

글누림 학술 총서 6 - 현지채록 구비전승 자료집

이야기 망태기 2 충북(2) · 충남 · 경북 · 경남

초판 인쇄 2011년 12월 20일 | **초판 발행** 2011년 12월 30일

지은이 조희웅

펴낸이 최종숙 | **책임편집** 임애정

편집 이태곤 전희성 | **디자인** 이홍주 안혜진 | **마케팅** 박태훈 안현진 | **관리** 이덕성

펴낸곳 글누림출판사 | **등록** 제303-2005-000038호(등록일 2005년 10월 5일)

주소 서울시 서초구 반포 4동 577-25 문창빌딩 2층

전화 02-3409-2055, 2058 | **팩스** 02-3409-2059

홈페이지 http://geulnurim.co.kr | **전자우편** nurim3888@hanmail.net

ISBN 978-89-6327-166-8 94810
     978-89-6327-144-6 (세트)

정가 40,000원

* 잘못된 책은 교환해 드립니다.